Richard Schwartz
Die Zweite Legion

PIPER

Zu diesem Buch

Krieger Havald und die Halbelfe Leandra erfahren von einem geheimnisvollen Fremden, dass die sagenumwobene Großmacht Askir nicht mehr existiert. Zersplittert in sieben Reiche, herrschen Zwietracht und Feindseligkeit an allen Fronten. Um die Bewohner vor den gefährlichen Truppen Thalaks zu warnen, begibt sich Havald mit seinen Freunden zum magischen Portal, das sich in der schwer zugänglichen Donnerfestung versteckt und hinüber nach Askir führen soll. Tatsächlich finden sie das Tor und landen im Wüstenreich Bessarein. Doch Thalaks Armee zieht unaufhaltsam vorwärts … Der zweite Band der aufregenden Saga um »Das Geheimnis von Askir«.

Richard Schwartz, geboren 1958 in Frankfurt, hat eine Ausbildung als Flugzeugmechaniker und ein Studium der Elektrotechnik und Informatik absolviert. Er arbeitete als Tankwart, Postfahrer und Systemprogrammierer und restauriert Autos und Motorräder. Am liebsten widmet er sich jedoch phantastischen Welten, die er in der Nacht zu Papier bringt – mit großem Erfolg: Seine Reihe um »Das Geheimnis von Askir« wurde mehrfach für den Deutschen Phantastik Preis nominiert.

Richard Schwartz

DIE ZWEITE LEGION

Das Geheimnis von Askir 2

PIPER

Entdecke die Welt der Piper Fantasy:

PiperFantasy.de

Von Richard Schwartz liegen im Piper Verlag vor:

Das Geheimnis von Askir:
Band 1: Das Erste Horn
Band 2: Die Zweite Legion
Band 3: Das Auge der Wüste
Band 4: Der Herr der Puppen
Band 5: Die Feuerinseln
Band 6: Die Eule von Askir
Band 7: Der Kronrat

Der Falke von Aryn
Die Götterkriege (Serie)
Die Lytar-Chronik (Serie)
Die Sax-Chroniken (Serie)
Die Eisraben-Chroniken (Serie)
Schwarze Wacht

Originalausgabe
ISBN 978-3-492-26818-9
März 2007 (TB 6629)
1. Auflage Juni 2011
10. Auflage September 2025

Für einen direkten Kontakt und Fragen zum Produkt
wenden Sie sich bitte an: *info@piper.de*
Umschlaggestaltung: Guter Punkt, München
Umschlagabbildung: Uwe Jarling | www.jarling-arts.com
Satz: EDV-Fotosatz Huber/Verlagsservice G. Pfeifer, Germering
Druck und Bindung: CPI books GmbH, Leck
Printed in the EU

Dieses Buch widme ich meinen Eltern, die immer
an mich glaubten, meinen Freunden, die mich unterstützen,
und natürlich Kai, Christian, Robbie und Volker,
die mir halfen, Askir zum Leben zu erwecken.

1. Tore und Steine

Ich lehnte mich zufrieden in meinen Stuhl zurück. Eberhard, der Wirt des Gasthofs *Zum Hammerkopf*, hatte sich in der Küche selbst übertroffen, und ich fühlte mich angenehm gesättigt. Es war gemütlich in der Gaststube und warm genug, um einen kühlen Schluck Fiorenzer Wein zu genießen. Vielleicht war es sogar etwas zu warm, aber ich bezweifelte, dass sich jemand beschweren würde.

Vor drei Wochen hatte hier, am Fuß des Donnerpasses, ein magischer Eissturm gewütet und uns mit seiner Kälte zu erdrücken gedroht. Nur durch das Opfer tapferer Männer und Frauen war es gelungen, den Verursacher des Sturms zu besiegen und seine Macht zu brechen. Nie wieder wollte ich diese Kälte spüren. Oder mich beschweren, wenn es mir zu warm war.

Der Sturm war also vorbei, doch der Winter ganz gewiss nicht, und so blieben wir eingeschneit. Aber jetzt erschien mir der Winter, obwohl klirrend kalt, als mild.

Eberhard besaß ein großes Lager mit ausreichend Proviant und Brennholz, die Gesellschaft war – mit wenigen Ausnahmen – angenehm, und der Frühling würde irgendwann kommen. Ich hatte es nicht eilig.

Was konnte einem Mann besseres passieren, als mit einer bezaubernden Frau eingeschneit zu sein?

Ich stellte den Wein ab, erlaubte mir ein dezentes Gähnen und ergriff mein Schnitzmesser und das Stück Holz, aus dem die Königin werden sollte. Dem Holz Figuren zu entlocken war weniger eine Kunst als eine Gabe, die Gabe, im Holz das zu sehen, was es werden wollte … In diesem Fall hatte ich lange nach dem passenden Stück gesucht.

In der Maserung des Holzes konnte ich sie bereits sehen, die weiße Königin. Auch das war keine große Kunst, hatte ich doch noch am Morgen ihr schlafendes Gesicht in aller Ruhe studieren können.

Leandra, Maestra de Girancourt.

»Ich sage euch, er führt etwas im Schilde! Wundert ihr euch denn nicht, dass er erst ankam, nachdem alles vorbei war?«

Irritiert sah ich auf. Diese quengelnde Stimme gehörte Holgar, einem Händler aus Losaar. Er war einer der weniger angenehmen Zeitgenossen hier im Raum. Ich wusste nicht, wie oft er schon erzählt hatte, dass er nun ruiniert sei, dass jener Sturm ihn seine Existenz gekostet habe, der Pass vor der Zeit geschlossen worden sei und dass es nur recht und billig wäre, gestände man auch ihm einen Teil des Schatzes zu, den wir unter dem alten Gasthof gefunden hatten.

Die Blicke, die er auf diesen Vorschlag hin erhalten hatte, brachten ihn wohl dazu, seine Taktik zu ändern. Ich fragte mich insgeheim, wie lange es wohl noch dauern mochte, bis ihn jemand draußen vor dem Tor im Schnee fand. Tiefgefroren.

Astarte lehrt uns, dass es nicht weise ist, einem anderen Menschen Unglück zu wünschen, aber Holgar, so fand ich, konnte die Geduld eines Heiligen strapazieren. Heilige indes waren schwer zu finden – und schon gar nicht im *Hammerkopf*.

Jetzt versuchte er schon seit einiger Zeit, Misstrauen gegen den einzigen Gast zu schüren, der diesen verheerenden Eissturm nicht erlebt hatte. Er sprach von Kennard, einem Mann mittleren Alters, Geschichtsgelehrtem und Geschichtenerzähler. Was Holgar ihm zum Vorwurf machte, war, dass er, kurz nachdem der Sturm abgeflaut war, hier erschienen war. Und dass er, nach Holgars gelehrter Meinung, zu viel über das Alte Reich wusste.

»Warum fragt ihn niemand, woher er kommt? Und vor allem, wie er es durch den Sturm geschafft hat. Du, Maria, ich will noch einen Wein!«

Mit einem Seufzer legte ich das Schnitzmesser zur Seite. Ich wollte nicht riskieren, dass sich mein Ärger im Holz niederschlug.

Maria, eine der Töchter des Wirts, warf ihm einen halb geduldigen, halb amüsierten Blick zu. Ich bewunderte sie ob ihrer Ruhe, als sie gemessenen Schritts zu seinem Tisch ging und ihm Wein nachschenkte. Mit verkniffener Miene nahm er einen Schluck und sah sich zornig um. Es schien, als ob er keine Anhänger finden würde, denn niemand saß mehr an seinem Tisch, selbst jene nicht, die ihm zuvor als Wächter gedient hatten. Also führte er, vom Wein beflügelt, ein Gespräch über die Tische hinweg, während die anderen sich redlich bemühten, ihn zu ignorieren.

Als ich zu ihm hinübersah, bemerkte er es wohl, denn sein Blick fiel nun auf mich.

»Ha! Ein Held wollt Ihr sein ... Doch Ihr lasst Euch an der Nase herumführen wie eine Sau! Aber das ist ja wohl passend, nicht wahr, Schweinehirte?«

Ich stand auf. Im Lauf eines langen Lebens hatte ich etwas Geduld gelernt. Etwas, nicht viel. Vielleicht auch etwas Weisheit. Da mir nun die Geduld ausging und meine Weisheit mir riet, ihn nicht zu erschlagen, suchte ich Abstand zwischen mich und sein Geplärre zu bringen.

Meine Atemfahne stand vor mir in der Luft, als ich die Tür zum Hof öffnete. In den Schnee waren Gänge gegraben worden, die zum Brunnen in der Mitte des Hofes, zur Schmiede und zu den Stallungen führten. Und zu dem eingeschneiten Tor, genauer gesagt, zu einer Mannpforte darin.

Wer die Geschichte des *Hammerkopfs* nicht kannte, mochte sich vielleicht ein wenig über den wehrhaften Charakter des Gasthofs wundern. Aber er war nicht immer ein bloßer Gasthof gewesen, sondern ein Depot für eine ganze Armee: die Armee des Alten Reiches im Nordwesten, die ausgezogen war, um dieses Land von den Barbaren zu befreien.

Fast tausendzweihundert Männer waren zu Zeiten unserer Ahnen von hier aus losmarschiert, um das Land zu befrieden, und nicht einer kehrte je in seine Heimat zurück.

Ohne darüber nachzudenken, lenkte ich meine Schritte hinüber zu der Mannpforte. Jenseits des Tores führte der Gang im Schnee zu einem kleinen Hügel. Dort hatten wir nach dem

Sturm die Toten begraben, mit ihnen auch neun Soldaten jenes Alten Reiches, deren Leichen wir tief unter dem Gasthaus gefunden hatten.

Es war nicht meine Absicht zu lauschen. Es ging ein leichter Wind, und dieser trug Eiskristalle über den in den Schnee gegrabenen Gang, sodass ein ständiges Knistern und Rascheln meine Schritte übertönte. Dennoch waren die Worte deutlich zu verstehen.

»Ihr habt leicht reden, Meister Kennard. Für Euch ist das dunkle Imperium, das verfluchte Thalak, nicht mehr als ein Fleck auf einer Landkarte. Für mich hingegen ist es ein unerbittlicher Feind, und mein Plan war es, Hilfe zu finden. Hilfe von jenem, der unsere Vorfahren einst hierher schickte, um seine eigene Macht zu festigen.«

»Es tut mir leid, Maestra, aber ich sagte Euch schon, Askannon gab seinen Thron schon vor Jahrhunderten auf. Das Reich Askir existiert nicht mehr, es ist zerfallen in sieben Königreiche, die sich kaum mehr ein Imperium nennen können.«

Leandra lachte bitter. »Seht Ihr nicht die Ironie, Meister Kennard? Dieser verfluchte Knotenpunkt der Magie unter unseren Füßen ist der Grund, warum unser Land besiedelt wurde! Um ihn zu schützen, brachte dieser machthungrige Magier Askannon unsere Vorfahren ins Land. Zugleich ist dieser Ort aber auch die Saat unserer Vernichtung, denn Thalak will nichts anderes als die Macht, die zu unseren Füßen schlummert.«

»Ich weiß das wohl, Sera«, entgegnete ihr die ruhige Stimme Kennards, des Mannes, der sich den Unwillen Holgars zugezogen hatte. Es war die Stimme eines Geschichtenerzählers, klar und weich, eine Stimme wie ein guter Wein. Man konnte sie endlos lange genießen. Vielleicht hatte auch er seine Stimme als einen Dank der Feen erhalten. Wie Sieglinde.

Sieglinde, die älteste Tochter des Wirts, war wohl die Person, die sich durch die Geschehnisse der letzten Wochen am meisten verändert hatte. Nicht nur, dass in ihr das Erbe der Feen erwacht war, sie trug auch den Geist eines jener Soldaten aus längst vergangener Zeit in sich. Zwar sagte Sieglinde, dass dieser sie schon fast verlassen habe, wie es versprochen war, doch hatte er Dinge zurückgelassen: Wissen, Reife und Selbstsicherheit. Täglich übte sie nun mit Janos, einem anderen Überlebenden, den Schwertkampf und wurde von Tag zu Tag besser darin. Was nicht verwunderlich war, wenn man bedachte, dass sie vom Anführer der Truppe das Bannschwert Eiswehr geerbt hatte. Vor vielen Jahrhunderten hatte der Sergeant das erste Mal versucht, die Macht des Eiswolfs zu brechen. Auch damals hatte ein magischer Eissturm dieses Land heimgesucht.

»Aber es ist noch kein Grund, alle Hoffnung fahren zu lassen«, fuhr Kennard fort und riss mich aus meinen Gedanken.

»Ach? Ist es nicht?« Leandras Stimme klang hart. So hart, wie ich sie noch nie vernommen hatte.

»Ihr seid eine Maestra. Warum nutzt Ihr nicht die Macht der Magie dort unten?« Die Frage weckte erst recht meine Aufmerksamkeit. Es lag eine seltsame Spannung in den Worten.

Leandra lachte bitter. »Ihr solltet es besser wissen. Diese schlafende Macht würde mich verhöhnen. Sie verspricht Rettung für unser Land, aber würde ich auch nur wagen, sie zu berühren, würde sie mich verbrennen, noch schneller als Balthasar brannte! Und selbst wenn ich es könnte, ich würde es dennoch nicht wagen, denn eine solche Macht ist nicht für mich bestimmt. Ich bin nicht weise genug.«

Kennard lachte leise. »Und dadurch zeigt Ihr Eure Weisheit, Maestra.«

Ich wollte mich gerade zu erkennen geben, als Leandra weitersprach. »Weisheit? Was nützt sie mir? Aber ich bin selbst schuld. Ich war eine Närrin, meine ganze Hoffnung auf einen Haufen Ruinen zu stützen!«

»Was für Ruinen, Maestra?«, fragte Kennard überrascht.

»Die Ruinen von Askir, welche denn sonst.«

»Ich sprach nicht von Ruinen, Sera. Askir existiert noch. Das Reich wurde zwar aufgegeben, aber die imperiale Stadt blüht und gedeiht noch immer.«

Ich räusperte mich und trat um die Ecke. Leandra und Kennard standen vor dem Denkmal, das wir den tapferen Soldaten des Alten Reiches gesetzt hatten. Kennard war gekleidet in ein Gewand aus Leinen und darüber einen langen Mantel mit Kapuze. Bis auf einen kleinen Dolch in seinem Gürtel und einen stabilen Wanderstab mit stählernen Beschlägen war er unbewaffnet. Er nickte mir grüßend zu, während Leandra ihn noch immer fassungslos ansah. Dann drehte sie ihren Kopf langsam zu mir.

»Hast du das gehört, Havald? Kennard sagt, die Stadt existiert noch!« Ich ging auf sie zu und ergriff ihre Hand. Sie drückte sie mit überraschender Kraft und schenkte mir einen Blick, bei dem mir warm wurde. Dann wandte sie sich wieder an Kennard. »Was soll mir das nützen? Das Imperium ist vergangen, so habt Ihr uns selbst berichtet.«

Kennard nickte. »Ja, aber die sieben Königreiche stehen in einer Allianz. Sie sind zerstritten, jedes königliche Haus sucht seinen eigenen Vorteil, aber alle zusammen bilden sie das, was einst das Imperium war. Und fände sich jemand, der die Häuser dazu bewegen könnte, ihre kleinlichen Streitereien aufzugeben, wären sie sehr wohl in der Lage, Eurem Land zu helfen. Vielleicht besser noch, als Askannon es gekonnt hätte. Es wird sich auch eine Gelegenheit dazu ergeben, wenn Ihr sie nur zu nutzen versteht.«

»Von welcher Gelegenheit sprecht Ihr, Meister Kennard?«, fragte Leandra mit Hoffnung in den Augen.

»Einmal alle sieben Jahre, zum Frühlingsfest, treffen sich die sieben Königreiche zu einer Kronratssitzung. Diese währt drei Wochen oder länger.« Er schien amüsiert. »Denn bevor sie die Sitzung beenden können, müssen sie einen Konsens erarbeiten. Das dauert manchmal seine Zeit.«

»Einen Konsens?«, fragte ich. »Ich hatte einmal das Pech, anwesend zu sein, als ein Staatsvertrag geschmiedet wurde. Kein Hofnarr hätte eine bessere Posse erfinden können. Mir scheint oft, dass eine Krone nicht nur aufs Haupt, sondern auch auf den

Verstand drückt. Vier Wochen stritt man sich darum, wem nun eine bestimmte Insel gehörte. Kein Schaf hätte auf diesem Felsbrocken leben wollen. Er war kaum größer als ein Schiff.«

»Ein Schiff kann sinken«, gab Kennard zu bedenken. »Ein solcher Brocken nicht. Je nachdem, wo er liegt, mag er von Wichtigkeit sein.«

Ich lachte. »Mitten im Nirgendwo, im Meer der Stürme. Ich hörte, dass die Kartografen des Königs ihn einen Mond lang suchen mussten, bevor sie ihn fanden. Meine Frage lautet: Wer hindert diese Könige daran, das Übliche zu tun und ihren Streit mit Stahl zu schlichten?«

Kennard sah mich an, und sein Grinsen wurde breiter. »Sie haben Angst, dass Askannon zurückkehrt. Als er abdankte, verfügte er, dass dieser Kronrat abgehalten wird, und drohte zurückzukehren, wenn sie sich nicht an dieses Edikt hielten.«

»Und sie tun es?«

»In gewisser Weise«, sagte Kennard, und sein Gesicht wurde wieder ernst. »Es ist kein offener Krieg, aber oft leiden die Delegationen an seltsamen Krankheiten, oder es treten andere widrige Umstände auf. Bei der letzten Sitzung erstickte der König von Northgart an einem Apfel.«

»Ich verstehe«, sagte Leandra. »Solcherart Diplomatie kenne ich nur zu gut. Wann findet der nächste Kronrat statt?«

»Nächstes Jahr zum Frühlingsfest.«

»Das sind weniger als vier Monate! Und der Pass ist verschlossen!«, rief sie enttäuscht.

Es tat mir weh, die Hoffnung aus ihren Augen schwinden zu sehen. »Wir werden es nie schaffen«, fuhr sie leiser fort. Doch dann lächelte sie schief. »Es wäre wohl ohnehin vergeblich gewesen. Ich stelle mir vor, wie ich vor diesen gekrönten Häuptern stehe und versuche sie zu überzeugen, uns beizustehen … Es wäre wahrscheinlich misslungen.« Sie ballte die Hand und drückte damit die meine noch fester. »Aber, bei den Göttern, ich hätte es gern versucht. Selbst wenn sie mich zehnmal ausgelacht hätten.«

Der Gelehrte schüttelte den Kopf. »Niemand hätte Euch ausgelacht, Maestra. Viele Dinge sprechen für Euch. Zum einen tragt Ihr das Blut von Elfen in Euren Adern, Elfen sind in Askir hoch geachtet. Und Ihr tragt ein Bannschwert – Steinherz. Allein der Anblick dieses Schwertes garantiert, dass man Euch anhören wird.«

»Aber ich komme unmöglich rechtzeitig dorthin! Und in sieben Jahren ist es zu spät. Dann sind wir bereits verloren.«

Kennard nickte zögernd. »Es widerstrebt mir, Euch zustimmen zu müssen, Maestra. Ich hätte Euch gern geholfen.«

»Vielleicht kannst du es doch, Geschichtenerzähler.« Diese leise Stimme gehörte Zokora, einer der seltsamsten Gefährtinnen, mit denen ich jemals in den Kampf gezogen war.

Als Zokora so unerwartet hinter ihm erschien und in das Gespräch eingriff, wirbelte Kennard herum, die Beine gespreizt, die Arme nach vorn haltend, die rechte Hand flach ausgestreckt, seinen Stecken unter dem linken Arm in der Achselhöhle verankert und weit zur Seite gezogen.

Zokora grinste zufrieden.

Anders als Leandra war sie eine reinrassige Elfe, allerdings gehörte sie zu dem Stamm, mit dem man kleine Kinder erschreckte. Dunkelelfen. Und wurden diese Kinder irgendwann erwachsen, hatten sie allen Grund, darum zu beten, niemals ihrem Albtraum gegenüberstehen zu müssen. Die Wahrheit war schlimmer als die Ammenmärchen.

Hier und heute war die Dunkelelfe in ein dunkles Gewand gekleidet und wirkte verhältnismäßig normal, bis auf die Farbe ihrer Haut, die dunklem Mahagoni glich. Sie war gut einen Kopf kleiner als Leandra und zierlich. Wenn man sie so ansah, konnte man sich leicht fragen, wieso man vor ihr Angst haben sollte. Ich jedoch hatte sie erst kürzlich in ihrem Element gesehen, unten in den eisigen Höhlen, wo nie ein Sonnenstrahl hinreichte. Da war ihr Lächeln blutig gewesen, ihre Augen wie rotglühende Kohlen. Sie hatte dem Nekromanten Balthasar länger widerstanden als jeder andere von uns. Ich wusste, dass sie zu der

Grausamkeit, von denen jene Ammenmärchen berichteten, fähig war. Noch verwunderlicher als ihre Anwesenheit auf der Erdoberfläche war jedoch die Tatsache, dass sie und Leandra sich gut verstanden. Aber Zokora tat nie etwas ohne Überlegung oder tiefere Absicht. Auch in diesem Moment wollte sie eine Reaktion Kennards herbeiführen. Dies war ihr ja auch gelungen.

Leandra und ich sahen den zur Abwehr bereiten Geschichtsgelehrten überrascht an, während Zokora den Mann mit einer gewissen Genugtuung musterte. »Ich habe schon häufiger gehört, dass es einem erfahrenen Stockkämpfer möglich sein soll, einen Schwertkämpfer zu besiegen«, sagte sie und zog eine Augenbraue hoch. »Bist du vielleicht doch nicht ganz so harmlos, wie du tust?«

»Verzeiht, Zokora«, sagte Kennard und nahm seine alte Haltung wieder ein, entspannt auf seinen Stock gestützt. »In den Jahren meiner Wanderschaft musste ich notgedrungen lernen, mich zu verteidigen. Ich fürchte, Ihr habt mich erschreckt.«

Zokora legte den Kopf auf die Seite. Mir fiel ein, dass dies dem Schulterzucken bei einem Menschen gleichkommen sollte, aber manchmal machte sie diese Geste auch, wenn sie etwas studierte. In diesem Fall Kennard.

»Überrascht ist das bessere Wort.«

»Auch das, ja. Ich habe Euch nicht kommen gehört.«

»Das war Absicht.« Zokoras Lächeln wurde breiter. »Meinst du, wir könnten einen freundschaftlichen Waffengang wagen? Ich habe noch nie gegen einen Stockkämpfer gefochten.«

Kennards Augen funkelten, und wenn ich mich nicht täuschte, las ich Amüsement und Vorfreude darin. »Ich stehe Euch gern zur Verfügung, wenn Ihr mir die Bedeutung Eurer Bemerkung erläutert. Wie soll ich Maestra de Girancourt helfen können? Gäbe es dazu eine Möglichkeit, hätte ich sie schon ergriffen.«

»Erzähl ihr von den magischen Toren. Wir wissen, dass sich eines hier im *Hammerkopf* befindet. Vielleicht kann man ein solches Tor verwenden, um nach Askir zu gelangen.«

Kennard sah sie einen Moment lang an, dann verzogen sich seine Lippen zu einem Lächeln. »In der Tat, vielleicht findet sich so ein Weg. Aber sagt, Zokora, warum tut Ihr das und lasst Euch in die Geschicke von Halbelfen und Menschen verstricken?«

Zokora musterte ihn noch immer. »Havald versuchte vor ein paar Tagen, mir diese so genannte Freundschaft zu erklären, welche die Menschen so hoch schätzen. Wenn ich es richtig verstanden habe, ist das ein kurioses Ding, frei von Eigennutz. Ich übe gerade.«

»Wisst Ihr denn auch über die Tore Bescheid?«, wollte nun Leandra von Kennard wissen.

Kennard griff mit der Hand unter seinen Mantel, und als er sie wieder herauszog, hielt er eine Pfeife darin. Eine gute Idee, fand ich, und nahm meine eigene Pfeife heraus. Zokora sah uns beide an und rümpfte die Nase, was bei Kennard wiederum ein kurzes Schnauben hervorrief.

Hier draußen war der Schnee beinah doppelt mannshoch. Mittlerweile ging ein recht kräftiger Wind, der die Flocken in schillernden Eiskaskaden über unsere Köpfe trieb, ein funkelndes Spektakel, das hier unten im windgeschützten Gang fast ein behagliches Gefühl auslöste. Es war noch immer kalt, aber das schreckte uns nicht. Nicht mehr.

»Nun«, begann Kennard mit der ruhigen Stimme des Erzählers, als er seine Pfeife bedächtig stopfte, »ein paar Dinge habe ich über diese Tore zu sagen. Sie waren einer der Schlüssel zur Macht des Imperators. Durch sie konnte er innerhalb von wenigen Momenten seine Truppen im ganzen Reich bewegen, sie entsetzen, verstärken und versorgen. So wichtig sie auch für ihn waren, sie bargen doch eine Gefahr für das Reich. Denn sobald ein Feind ein solches Tor in Besitz nahm, wäre es ihm vielleicht möglich gewesen, die stolzen Mauern der Reichsstadt zu umgehen und so mit einem Schritt ins Herz des Imperiums vorzudringen. Es ist nicht bekannt, ob der Kaiser imstande war, die Tore zu deaktivieren. Fast scheint es, als sei dies nicht der Fall gewesen, denn er unternahm große Anstrengungen, sie zu schützen. Dieser Schutz, so weiß ich heute, war mehrfach gestaffelt. Zum einen befanden sich die Tore selbst, bis auf wenige Ausnahmen, an geheimen Orten. Diese Orte waren wiederum durch starke Mauern und manchmal auch Fallen geschützt oder wurden durch Magie oder anderes bewacht. Oft lagen sie zum Beispiel im Kern eines Labyrinths. Der nächste Schutz war der Schlüssel zu den Toren selbst. In den meisten Fällen findet man in einem alten imperialen Tor ein silbernes oder goldenes Achteck in den Boden eingelassen. In seinen Eckpunkten befinden sich Vertiefungen, welche die so genannten Torsteine aufnehmen, ebenso im Zentrum des Achtecks. Jemand, der die Geheimnisse der Tore kannte, legte acht von zehn Torsteinen in einer bestimmten Reihenfolge in die Vertiefungen und zum Schluss den neunten in das Zentrum. Damit wurde dann das Tor aktiviert und alles, was sich innerhalb des metallenen Bandes befand, wurde fortgeschafft. Ragte etwas über dieses Band heraus, wurde es abgetrennt wie von der schärfsten aller Klingen, ob es nun aus Stahl war, Holz oder lebendigem Fleisch. Die Steine jedoch, die verwendet wurden, um das Tor zu bedienen, blieben zurück. Kam man im gewünschten Zieltor an, lagen dort andere Steine in den Vertiefungen, folgten einem anderen Muster, führten weiter zu einem anderen Tor. Es ist zu vermuten, dass es auch Tore gibt, die in Sackgassen enden.«

Er zog an seiner Pfeife, bis die Glut griff und eine Rauchwolke nach oben stieg, wo sie vom Eiswind verweht wurde. Auch meine Pfeife brannte, und ich meinte schon die Wärme des Pfeifenkopfs zu spüren.

»Nicht nur, dass man neun von zehn Steinen in der richtigen Reihenfolge auslegen musste, der Anfang dieser Reihenfolge war auch bei jedem Tor anders. Mal zählte man von der Tür zum Torraum aus, mal ging es links herum, mal rechts, manchmal wurde eine Farbe doppelt gelegt, mal blieb einer der Schlüsselpunkte leer. Ihr seht, wenn man nicht genau wusste, wohin man wollte, und die notwendigen Muster nicht kannte oder verstand, führte einen ein solches Tor überall hin, vielleicht sogar ins Nichts. Auf jeden Fall nicht dorthin, wo man hinwollte. Wie man sich denken kann, wurde das Geheimnis dieser Kombinationen streng gehütet. Nur auserwählte Personen erhielten die Schlüssel, und oft nur solche, die sie unmittelbar benötigten. Die Anführer der Clans waren solche Personen, sie erhielten so genannte Torbücher, Bücher, die selbst magisch waren und dem Imperator vielleicht sogar meldeten, welche Tore benutzt wurden.« Er sah Leandra an. »Ihr braucht also nicht nur das Wissen um ein Tor, das Euch Eurer Bestimmung näher bringt, Ihr braucht auch die Torsteine. Selbst mit ihnen könntet Ihr nur einen Schritt auf diesem Weg tun, denn obwohl man mittlerweile das eine oder andere magische Tor gefunden hat, ist man nie auf irgendwelche Torsteine gestoßen. Es heißt, Askannon habe sie alle eigenhändig eingesammelt, bevor er seinen Thron aufgab.«

»Mist«, sagte ich. »Ich dachte schon, wir hätten einen Weg gefunden. Aber uns fehlt das Anordnungsmuster.«

»Und die Steine«, bemerkte Kennard.

Ich lachte. »Wir *haben* Steine. Mehr als einen vollen Satz, fünfundzwanzig Stück. Ein Geschenk des Sergeanten.«

Kennard pfiff leise durch die Zähne. »Er hat sie unter Verschluss gehalten? Kein Wunder, dass Balthasar hier gefangen war. Aber Ihr braucht immer noch ein Tor.«

»Eberhard fand unter dem Innenhof eine Halle. Dort befindet sich ein solches Tor. Wenigstens denke ich, dass es eins ist, es entspricht Eurer Beschreibung. Ein goldenes Band, gut zwei Daumen breit, ausgelegt in der Form eines Achtecks.«

»Wie groß ist es?«, fragte Kennard.

Ich sah Leandra fragend an. Sie hatte sich das Achteck näher angesehen. »Bestimmt zwanzig Fuß im Durchmesser«, sagte sie.

»Dann ist es ein Tor, das für Fracht bestimmt ist. Die Steine, habt Ihr sie dabei?«

Ich zögerte einen Moment, dann zog ich den Beutel hervor, entnahm ihm einen der Steine und hielt ihn hoch. Er war blutrot und funkelte trotz des trüben Lichts, als ob er eine Flamme in sich barg. Allein durch seine Größe war er von unschätzbarem Wert, doch als Schlüssel zu magischen Toren gänzlich unbezahlbar.

Kennard musterte ihn kurz und nickte dann. »Das sind Steine für ein kleineres Tor. Die Steine der Frachttore waren größer, fast faustgroß. Ich fürchte, Ihr müsst für diese erst ein passendes Tor finden.«

»Faustgroß?«, fragte ich überrascht. »Wo gibt es denn solche Steine?«

»Es heißt, er habe sie erschaffen«, antwortete Kennard. »Wie dem auch sei, Ihr braucht die richtigen Steine.«

»Und das Muster«, sagte Zokora. Sie funkelte Kennard herausfordernd an.

»Ihr traut niemandem, nicht wahr?«, fragte Kennard.

»Zumindest niemandem, der mir achtlos die Erfüllung meines größten Wunsches prophezeit. Du bist mir immer noch eine Erklärung schuldig.«

Vor wenigen Tagen hatte Kennard der dunklen Elfe fast nebenbei die Geburt von Zwillingstöchtern vorausgesagt, für Dunkelelfen ein Zeichen von besonderer Gunst ihrer Götter.

»Nein, bin ich nicht.« Kennard hob sein Kinn und sah Zokora eisig an. »Nehmt es als ein Geschenk. Sofern Ihr auf Euch achtet, werdet Ihr in zweiundzwanzig Monden Mutter zweier Töchter werden. Und wählen müssen. Zwischen Euch, Euren Töchtern und Eurem Volk.«

Zokora sah ihn eine Weile an. Es schien mir, als gingen Blitze zwischen diesen Augenpaaren hin und her. Überraschenderweise war es Zokora, die zuerst den Blick senkte.

Kennard wandte sich wieder mir zu. »Der Sergeant gab Euch mehr als die Steine. In seinem Logbuch vermerkte er drei Anordnungsmöglichkeiten und auch einen Hinweis auf den Ort, wo Ihr das Tor finden könnt.«

Ich erinnerte mich wieder an das geisterhafte Zusammentreffen mit den Soldaten des Ersten Horns. Der Sergeant hatte von mir Besitz ergriffen, und meine eigenen Hände hatten das Logbuch von seinem gefrorenen Körper genommen. Seitdem trug ich es stets bei mir, auch wenn ich es nicht lesen konnte. Es war in einem Code geschrieben. Aber Kennard verstand die Schrift und den Code.

Auch wenn es mir gegen den Strich ging, Holgar hatte in gewisser Weise recht. Solange ich Kennard nicht vertrauen musste, konnte es mir zwar einerlei sein, doch es gab durchaus die eine oder andere offene Frage zu ihm. Wie war er wirklich zum *Hammerkopf* gekommen? Ich war mit an der Tür gewesen, als ihm Eberhard, der Wirt, Einlass gewährte. Außer einer dünnen Frostschicht auf seiner Kleidung wies nichts darauf hin, dass er sich tagelang zu Fuß durch den Schnee gekämpft haben sollte. Und wenn er auch – bis auf seine Prophezeiung zu Zokoras ungeborenen Kindern – bisher noch kein einziges Mal magisches Talent gezeigt hatte, war ich mir dennoch sicher, dass er mehr war als ein einfacher Geschichtenerzähler oder Gelehrter.

»Ist das alles, was du uns über die Tore sagen kannst?«, fragte Zokora.

Kennard sah sie an, und wieder spielte dieses leichte Lächeln um seine Mundwinkel. Er nickte.

Zokora ging in einer einzigen schattenhaften Bewegung auf. Ich sah den Stahl ihres Schwertes glitzern, als sie Kennard ansprang, dann ertönte ein Stakkato von metallenen Schlägen auf hartem Holz.

Ich wusste nicht, was beeindruckender war, die Schwertarbeit der Dunkelelfe, die ich bislang nicht hatte studieren können, oder die scheinbar gelassenen Doppelkreise, welche die Enden von Kennards Stock beschrieben.

Leandra und ich tauschten einen Blick, als wir gemeinsam zurückwichen. Auch sie war sich nicht sicher, ob die Dunkelelfe wirklich einen freundschaftlichen Waffengang meinte. Wir hatten beide die Hände am Knauf unserer Schwerter, doch gegen wen hätten wir kämpfen sollen oder wollen?

So abrupt wie der Kampf begonnen hatte, endete er auch. Nach einem heftigen Schlag flog Zokoras Klinge an mir vorbei, die Spitze zuerst, um tief im Schnee hinter mir zu versinken. Zokora atmete schwerer als zuvor, aber man konnte nicht behaupten, dass sie außer Atem war. Kennard hingegen stand der Schweiß auf der Stirn, und seine Brust hob und senkte sich in mächtigen Atemzügen.

»Bist ... du ... nun ... zu ... frieden?«

Zokora legte den Kopf auf die Seite. Dann nickte sie. »Ich denke, meine Fragen sind beantwortet.«

»Welche ... Fragen?«

Sie lächelte. »Ich werde dir meine Fragen nennen, wenn du mir meine Antwort gibst.«

Kennard lachte kurz. »Es gibt ... Fragen, auf die ... kann ich ... verzichten.« Er deutete vor mir und Leandra eine kurze Verbeugung an, drehte sich um und ging.

Wir warteten einen Moment, ich ging sogar so weit, nachzusehen, ob er nicht doch im Schneegang stehen geblieben war, und lauschte.

»Warum habt Ihr das getan, Zokora?«, brach Leandra das Schweigen.

»Es ist, wie ich sagte: Ich wollte Antworten auf meine Fragen.«

»Und – habt Ihr sie?«

»Wie lange ist es her, dass dich jemand im Schwertkampf besiegte?«, kam ihre überraschende Gegenfrage an mich.

Ich zuckte mit den Schultern. »Lange.«

»Könntest du mich besiegen?«

»Was soll das, Zokora? Ich habe nicht die Absicht, mit Euch zu kämpfen.«

»Beantworte meine Frage.«

Ich seufzte. »Das weiß ich nicht. Ich weiß es nie vorher, hinterher bin ich meistens überrascht, dass ich noch lebe.«

»Ich habe gesehen, wie du dein Schwert führst. Ich denke, es käme auf die Umstände an. Du hast keine Finesse. Dein Stil ist fürchterlich. Das ist nicht deine Schuld, all die angeblich so perfekten Schwertkämpfer, die deine Klinge vorher führten, haben dir nichts als Fehler beigebracht. Aber du hast ihre Erfahrung, ihren Willen und ihre Unterstützung. Wenn du dein Bannschwert führst, kann es sein, dass du gewinnst. Führst du eine gewöhnliche Klinge, gewinne ich.«

Das war ganz meine Rede: Ich war kein Held oder Schwertmeister. Ich hatte meine Klinge weder gewollt noch verdient. Es war Zufall oder ein Fluch Soltars. Aber dennoch muss ich zugeben, dass ich ob dieses Vorwurfs etwas pikiert war.

»Und was wollt Ihr jetzt damit sagen?«

»Kennard hat mich mühelos geschlagen. Er spielte mit mir, dann, als er außer Atem kam, beendete er es. Die Schlagfolge, die mir mein Schwert aus der Hand schlug, hatte einen zweiten Teil. Das Ende seines Stabes hätte mein Zentrum«, sie tippte sich an die Brust, »zerstört. Er hielt den Schlag zurück, sodass ich nur eine leichte Berührung spürte.«

»Ihm ging schnell die Luft aus«, versuchte ich zu beschönigen.

Zokora warf mir einen mitleidigen Blick zu. »Dir wäre vorher das *Leben* ausgegangen, Havald.« Sie streckte die Hand aus, und ihr Schwert kam aus dem Schnee zu ihr. Sie schob es in die Scheide. »Kein sterblicher Mensch sollte im Stande sein, mich im fairen Kampf zu besiegen. Er aber ist es.« Sie blickte nachdenklich in die Richtung, in die Kennard verschwunden war. »Ich frage mich nur, wie es in einem unfairen Kampf aussieht.«

Damit drehte auch sie sich um und ging, ließ Leandra und mich allein an den Gräbern zurück.

Ich sah ihr nach. »Ich hoffe, sie kommt nicht auf die Idee, es auszuprobieren«, sagte ich dann.

Leandra schmiegte sich an mich und sah zu mir hoch. »So, du hast also versucht, Zokora die Bedeutung von Freundschaft zu erklären?«

Ich zuckte mit den Schultern. »Sie hat danach gefragt.«

Leandra lachte, ich spürte es am ganzen Körper. »Wie wolltest du ihr das denn anhand *unserer* Freunde erklären?«

2. Das Maß der Vernunft

Als Leandra und ich in den Gastraum zurückkehrten, hießen uns die prasselnden Feuer in den beiden Kaminen an den Längswänden willkommen. Holgar saß an seinem Tisch und murmelte irgendetwas in seinen Becher. An einem anderen Tisch saßen Janos und Sieglinde, zusammen mit Zokora und Varosch, der sorgfältig Zokoras Schwert polierte. Torim, ein Bergarbeiter, und Ulgar, ehemals eine Wache Holgars, saßen auch dabei. Sie spielten Würfel um einen Einsatz aus Kupferpfennigen. Hinter der Theke stand Eberhard auf einem Schemel und wischte die Oberseite der Fässer hinter der Theke ab, während Maria die Tische putzte.

Kennard saß an dem Tisch, den Leandra und ich gern benutzten. Als wir hereinkamen, sah er auf und lächelte.

»Maria, Tee für uns alle«, sagte er zu der Tochter des Wirts. Sie lächelte ihm zu, nickte und eilte in die Küche. Kaum dass wir uns gesetzt hatten, war sie schon wieder zurück und brachte auf einem Tablett eine irdene Teekanne und drei Schalen.

Als ich Kennard das erste Mal gesehen hatte, war er mir als ein Mann erschienen, der wohl gut und gern drei Dutzend und zehn Jahre erlebt hatte. Er war groß und schlank, besaß die Schultern eines Athleten und die Bewegungen eines Tänzers. Wie schon häufiger dachte ich beim Anblick seines Gesichts, dass ich ihm schon einmal irgendwo begegnet war, aber noch immer fiel mir nicht ein, wo.

Sein Haar hatte die Farbe von altem Eis und obwohl voll, war es militärisch kurz geschnitten, seine grünen Augen waren aufmerksam und funkelten oft amüsiert. Tiefe Lachfalten strahlten aus den Winkeln seiner Augen, die Nase hätte zu einem Adler gepasst, und das energische Kinn mit seinem schmalen Mund machte das Ganze zu einem Gesicht, das Energie und Durchsetzungsvermögen zeigte. Dennoch war es glaubhaft, dass er ein

Gelehrter war: Die Spitzen der Finger seiner linken Hand waren eingefärbt mit Tinte, und er schrieb viel in eines seiner Bücher.

Ein seltsamer Mann, dieser Kennard. Aber er war mir sympathisch, und er lachte gern und häufig.

»Ihr schnitzt gerade die Königin?«, fragte er und deutete auf das Stück Holz, das ich auf dem Tisch zurückgelassen hatte.

»Könnt Ihr sie schon erkennen?«, fragte ich ihn, während Leandra vorsichtig die grobe Figur aufnahm und von allen Seiten betrachtete.

»O ja«, sagte er lachend und sah bedeutsam von mir zu Leandra.

»Hast du mich als Modell gewählt?«, fragte Leandra.

»Welch besseres Modell könnte ich finden«, sagte ich und deutete im Sitzen eine galante Verbeugung an.

»Wer wird die schwarze Königin?«

»Da fragt Ihr noch?« Kennard warf einen Blick hinüber zu Zokora. »Da gibt es wohl wenig Auswahl.« Er zog an seiner Pfeife. »Wenn Ihr wollt, übersetze ich Euch nun gern die Passage mit der Beschreibung des Tores und der Muster, die es braucht, um aktiviert zu werden.«

»Denkt Ihr, wir können es noch benutzen nach der langen Zeit?«, fragte Leandra.

Kennard verzog abschätzend das Gesicht, während ich vorsichtig das Logbuch aus meinem Wams holte. »Vieles von dem, was Askannon erschuf, ist noch immer wirksam. Warum nicht auch die Tore? Wissen kann es niemand, denn außer Euch besitzt niemand mehr die Steine, um es herauszufinden.«

Er nahm das Logbuch mit einer Ehrfurcht entgegen, die zu dem Respekt eines Gelehrten gegenüber alten Dokumenten passte, aber noch öffnete er es nicht, sondern ließ lediglich die flache Hand auf dem alten Leder ruhen.

»Zwei Dinge solltet Ihr noch wissen, Havald. Als Askannon seine Krone niederlegte, übertrug er die Regierung der alten imperialen Stadt auf den Kommandanten der Bullen, den Herzog. Dieser ist sein Statthalter und regiert immer noch nominell im Namen des Imperators. Wenn Ihr Euer Ziel erreicht, würdet Ihr großes Wohlwollen ernten, gebt Ihr ihm dieses Buch.« Er sah Leandra ernst an. »Das andere betrifft zum größten Teil Euch, Maestra. In den sieben Königreichen ist die Verwendung von Magie oft verpönt. Ihr habt gesehen, was Balthasar mit dem Bergarbeiter tat, als er ihm die Seele raubte. Es ist schwer, zwischen sauberer Magie und den dunklen Künsten eines Nekromanten zu unterscheiden. Die Menschen in den sieben Reichen fanden eine einfache Lösung: Sie verbrennen gern jeden, der ansatzweise magische Fähigkeiten besitzt. In vier der sieben Reiche ist das Wirken von Magie verboten und führt zum Scheiterhaufen.«

»Und in der imperialen Stadt?«

Kennard lächelte. »Auch dort begegnet man Magie mit Misstrauen, wird sie aber kaum verbieten können. An der Stadt selbst haftet zu viel Magie.«

Wohl war mir bewusst, dass Holgar im Hintergrund die ganze Zeit vor sich hin gebrabbelt hatte, aber wenn er nicht zu laut wurde, war ich fähig, ihn zu ignorieren. Andere wohl nicht, denn das Poltern eines umgestoßenen Stuhls und das Geräusch fallenden Geschirrs hinter mir ließ mich herumfahren.

Varosch war aufgesprungen und hatte den Händler gepackt, die Faust zum Schlag erhoben.

»Ihr seid alle blind!«, rief der Händler und versuchte verzweifelt, sich Varoschs zu erwehren. »Sie hat euch alle behext! Ich sage Euch, es wird Euch genauso gehen wie meinem Freund Rigurd! Auch er lag zwischen ihren Lenden, und seht, was es ihm eingebracht hat!«

Varosch traf den Händler mit der Faust, und dieser taumelte zurück, fiel fast über einen Stuhl. Er wischte sich den blutigen Mund ab und blitzte den Wächter an. »Einen wehrlosen Mann schlagen, ja, das könnt Ihr!«

Varosch trat den Stuhl zur Seite, und Holgar flüchtete hinter einen der großen Tische. »Ja, schlagt mich, schlagt zu, mein Freund, zeigt, wie sie Euren Verstand benebelt und Euer Blut zum Kochen bringt!« Fast gelang es ihm, Varoschs nächstem

Schlag auszuweichen, aber nur fast; der Händler schwankte, prallte gegen die Wand und entging mit knapper Not dem folgenden Angriff des aufgebrachten Mannes. Holgars Wange war aufgeplatzt und blutig, Varosch sah aus, als wolle er ihn zu Brei schlagen, aber der Händler schien mir in der Tat wie von Sinnen. Einen wutentbrannten Mann weiter anzustacheln zeugte in meinen Augen nicht gerade von Vernunft. Wenn niemand eingriff, dann konnte das ein übles Ende nehmen. Die meisten anderen waren wohl gewillt, dem Spektakel zuzusehen, Mitleid konnte Holgar ja kaum erwarten. Ich hatte selten jemanden gesehen, der sich leichter die Missgunst anderer zuzog, als diesen Händler. Ich erhob mich, um dazwischenzugehen.

»Seht ihr nicht, dass sie nichts anderes ist als eine Hure? Sie liegt bei jedem, der ihr gefällt, wie eine läufige Hündin«, rief Holgar.

Varosch stieß ein unartikuliertes Knurren aus und wäre Holgar wohl über den Tisch hinweg an den Hals gegangen, hätte ich ihn nicht zwischenzeitlich erreicht und ihn im letzten Moment zurückgehalten.

»Sie ist ein Ungeheuer!«, schrie Holgar lauthals. Der Mann kannte einfach kein Ende. »Seht ihr denn nicht, was sie tut? Dort habt ihr den Beweis!«

Er zeigte mit seiner blutverschmierten Hand in eine Ecke des Gastraums, wo eine Person saß, die wir alle gern übersahen.

Es war eine hübsche Frau, mit langen, geflochtenen braunen Haaren und einem markanten Gesicht. Sie war sorgsam gekleidet und saß aufrecht da, jede Falte ihres Gewands fiel so, wie sie sollte, wie dekoriert. Wie jeder andere von uns versuchte auch ich sie nicht zu beachten, wenn Zokora sie fütterte, wusch und ankleidete, all dies direkt hier im Gastraum. Vielleicht kannte Zokora wirklich kein Schamgefühl, aber ich vermutete, dass es ein subtiler Teil der Strafe war, die Zokora sich für sie ausgedacht hatte.

Diese Frau hatte vor nicht ganz zwei Wochen mit einer Armbrust Zokoras Liebhaber, den Händler Rigurd, erschossen.

Und wäre Zokoras eigener Schuss seinerzeit daneben gegangen, hätte diese Frau mein Leben beendet; ich hatte also ebenfalls wenig Grund, diese namenlose Frau zu mögen. Zokora aber hatte sie genau in dem Moment mit einem Pfeil aus ihrem Blasrohr getroffen, als sie mir die Kehle durchschneiden wollte. Das war während unseres letzten verzweifelten Ansturms auf den unterirdischen Tempel gewesen, wo der Nekromant Balthasar die Magie beschwor, die uns alle getötet hätte.

Niemand von uns wusste, welches Gift Zokora auf ihren Blasrohrpfeil gestrichen hatte, doch seine Wirkung war beängstigend. Wenn Zokora den Arm ihrer Gefangenen anhob, so hielt diese ihn so, stundenlang mitunter, bis Zokora ihn wieder für sie senkte.

Eine lebensgroße Puppe. Das Einzige, was das Gift nicht berührte, waren die Augen. Und vor allem diese Augen machten die Frau so attraktiv: wunderschöne bernsteinfarbene Augen, aus denen Verzweiflung, Angst und Hoffnungslosigkeit einen flehend ansprangen.

Jedes Mal wenn sich Zokora ihrer mit diesem scheinbar liebevollen Lächeln annahm, sie wusch oder neu kleidete, ihr die Haare kämmte oder sie fütterte, konnte man die Stimme der Dunkelelfe hören, wie sie ihrem Opfer genauestens beschrieb, welche Folter bevorstand. Wie andere zog auch ich es vor, nicht anwesend zu sein, wenn sich Zokora um ihre Gefangene kümmerte, dennoch hörte ich oft genug diese leise Stimme. Bis jetzt hatte sich Zokora nicht mit einer Silbe wiederholt. Das, was die Elfe mit solch offensichtlicher Vorfreude und Genugtuung beschrieb, wäre ein schlimmes Ende für jeden Menschen, grausam, aber doch ein unwiderrufliches Ende. Aber Zokora war im Stande zu heilen. Dieser namenlosen Frau, der einzigen Überlebenden aus Balthasars Gruppe, standen Jahrzehnte der Folter bevor. Folter und anschließende Heilung und wieder Folter. Immer wenn ich daran dachte, wurde mir schlecht, zumal ich Zokora jedes Wort glaubte. Doch die Dunkelelfe hatte nicht nur mich darauf hingewiesen, dass sie nach ihrem eigenen Recht handele und uns Menschen auch keine Anweisungen gebe, wie wir mit unseren Gefangenen zu verfahren hätten. Die tiefen Höhlen unter der Erde waren es, welche die Dunkelelfen für sich beanspruchten und als ihr Reich bezeichneten, und dort in den eisigen Tiefen hatte Zokora diese Gefangene gemacht.

Dennoch, mehr als ein Mal hatte ich schon mit dem Gedanken gespielt, die Frau mit einem Dolchstoß zu erlösen.

»Holgar, das gibt Euch nicht das Recht, so über sie herzuziehen«, sagte ich, während Varosch unter meinen Händen um seine Fassung rang. »Sie ist uns nur fremd, wie wir ihr fremd sind«, fügte ich beruhigend hinzu. Doch Holgar war der Vernunft nicht zugänglich.

»Sie hat auch nicht das Recht, Menschen zu versklaven! Bei den Göttern, sie gibt es offen zu! Und seht Varosch hier, einst einer der ruhigeren und besonneneren Männer meiner Wache. Nun ist er außer sich, weil sie ihn zwischen ihre Beine nahm, noch bevor Rigurd in seinem Grab lag. Seht die Mordlust in seinen Augen. Welchen Beweis braucht Ihr noch, dass sie ihn verhext hat?«

Diesmal brauchte ich all meine Kraft, um Varosch zurückzuhalten, doch ohne die Worte der Dunkelelfe wäre es mir vielleicht nicht gelungen.

»Varosch«, erklang Zokoras ruhige Stimme. »Halte ein. Er ist es nicht wert.«

Ich spürte, wie Varosch sich zur Ruhe zwang. Ich sah ihn an. »Kann ich Euch loslassen?«

Er nickte. »Ihr könnt, Ser Havald. Auch wenn ich nichts lieber täte, als dieser gehässigen Krähe den Schnabel zu stopfen.«

Ich nahm meine Hände von seinen Schultern. »Zokora hat recht. Und glaubt mir, es ist nicht weise, sich von solch gehässigen Worten provozieren zu lassen. Ihr folgt nur seinem Spiel, wenn Ihr Euch darauf einlasst. Hört lieber auf Eure Vernunft …«

»Ihr seid wahrlich der Richtige, um so etwas zu predigen. Ihr seid der anderen Elfenhure nicht weniger verfallen als Varosch der seinen!«, brüllte Holgar dazwischen.

Ich glaube, letztlich zog mich Janos von Holgar weg. Ich achtete nicht darauf, wer es war, zu sehr genoss ich es, endlich meiner Wut freien Lauf zu lassen. Viel zu lange schon versprühte dieser kleine, bösartige Mann ungestraft sein Gift. Hätten mich Janos und Varosch nicht gebremst, ich hätte ihn womöglich erschlagen. So aber konnte ich ihn nur einmal treffen, dann zogen mich die anderen zurück.

Mein Schlag war glücklich gesetzt. Holgar schloss sein grobes Schandmaul und rutschte, seines Bewusstseins beraubt, hinter den Tisch.

»Ser Havald. Denkt an die Vernunft«, hörte ich Varosch sagen.

Janos lachte. »Ja, Ser Havald, zeigt Weisheit!«

Ich funkelte Janos an, aber ich hätte wissen müssen, dass er sich nicht beeindruckt zeigen würde. Einen Kopf kleiner als ich, war er ungleich massiger, und selbst als er einen Banditenanführer gemimt hatte, hatte ihn der Schalk nie ganz verlassen. Seine einzige Antwort war ebenfalls schallendes Gelächter.

Ich schüttelte ihre Hände ab, richtete mein Gewand und warf ihnen beiden einen Blick zu, der sie veranlasste, noch lauter zu lachen. Dann wandte ich mich hoheitsvoll um und kehrte zu Leandra und Kennard zurück. Unter seinem Tisch fing Holgar an zu schnarchen.

»Fühlst du dich nun besser?«, fragte Leandra mit eisiger Stimme, als ich mich niedersetzte. »Glaubst du, es gefällt einer Frau, wenn man sich wegen ihr prügelt wie ein räudiger Köter?«

»Er hat dich Hure genannt.«

Sie zuckte mit den Schultern. »Hätte ich jeden erschlagen, der mich so nannte, wäre die Kronburg zu Illian nun entvölkert. Es ist sinnlos, kleinen Menschen Verstand einhämmern zu wollen. Du erweist mir jedenfalls keine Ehre, wenn du so reagierst.«

»Gut. So siehst du es. Aber ich habe ihn nicht geschlagen, um dir einen Gefallen zu tun, sondern um meinetwillen. Dieser Hund verpestet hier seit Tagen die Luft … Irgendwann ist es dem geduldigsten Menschen zu viel.«

»Und du bist wahrlich ein Muster an Geduld«, sagte sie, aber sie lächelte wieder. Ihre Hand fand die meine. »Vergiss ihn. Und folge deinem eigenen Ratschlag.«

Kennard räusperte sich. Er hatte inzwischen reichlich ungerührt das Buch des Sergeanten studiert. »Da der Hund nun schnarcht, vermag ich vielleicht Euer Interesse zu wecken. Es geht um den Weg zum nächsten Tor.«

»Ich höre.«

Kennard wies mit dem Stiel seiner Pfeife nach Norden. »Das nächste Tor, für das die Steine passen, befindet sich in der Donnerfeste.«

Ich sah ihn an und stöhnte. »Nein, nur das nicht! Genauso gut könnte es sich auf einem der Monde befinden.«

Das Gebirge, vor dem der Gasthof *Zum Hammerkopf* lag, war als die Donnerberge bekannt. Der Pass durch die eisigen Höhen trug ebenfalls diesen Namen, Donnerpass, und die alte Feste, die hoch über dem Pass in den Felsen gebaut war, kannte man als die Donnerfeste. Vor Jahrhunderten schon war der einzige Zugang zu dieser Festung, welche einst den Pass bewachte und den Barbaren den Zugang zu den drei Reichen verwehrte, weggebrochen. Nur ein Adler konnte die alte Festung noch erreichen, selbst einer Bergziege wäre die Wand zu steil.

Ich konnte Leandras Ernüchterung spüren, als wäre es meine eigene. Bei jedem Schritt tauchten neue Widrigkeiten auf.

»Habt Ihr die Feste schon einmal gesehen, Meister Kennard? Sie liegt mitten in einer Steilwand. Eine hohe Mauer aus glattem Stein verschließt den Pass, eine Mauer so hoch und stark, als hätte ein Titan sie gebaut, und darin ist dann das Tor zum Pass. Es heißt, es hätte Jahre gedauert, in dieses Tor ein Loch zu schlagen, das groß genug ist, einen Wagen passieren zu lassen. In Zeiten des Winters ist das Tor unter Schnee und Eis begraben, aber nie reicht der Schnee an die Krone dieses Walls oder an die Feste heran.«

»Es gibt Wege, die steilste Wand zu erklimmen«, sagte Kennard. »Man muss sie nur suchen und finden.«

Ich ließ mich in meinen Stuhl zurückfallen und griff nach meinem Becher Wein. »Ich weiß nicht, wie lange die Festung schon nicht mehr zugänglich ist, aber es gibt mehr als genug Geschichten über sie. Wir wissen ja nun, wer sie erbaute, dieses Rätsel ist also gelöst, aber sie gilt immer noch als verwunschen. Es heißt, dass niemand, der sie je betrat, sie auch wieder verließ. Geister soll es dort geben und Ungeheuer, die in den alten Mauern hausen.«

»Ich frage mich nur, wer davon erzählt hat, wo doch niemand je wieder herauskam«, sagte Kennard mit einem feinen Lächeln.

Ich hasste es, wenn jemand seine Argumente derart mit Logik verzierte. Es klang dann immer so … vernünftig.

»Ebenso gut könnten wir versuchen, den Pass doch zu überqueren. Ein sinnloses Unterfangen.«

»Vielleicht nicht«, sagte Leandra. »Die Feste liegt an der höchsten Stelle des Passes, das ist richtig, aber von hier aus am ersten Fünftel des Weges.«

»Es wird schwierig genug sein, überhaupt so weit zu kommen. Die Kälte wird unser größtes Problem sein, der Schnee wird uns ermüden, und wenn uns ein Sturm überrascht, wird man uns erst im Frühjahr finden. Dieses Schicksal hat hier schon so manch anderen Reisenden ereilt.«

»Hhm«, meinte Kennard. »In diesem Buch gibt es Hinweise auf einen Gang, der von hier zur Feste führen soll.«

»Das sind gut zwanzig Meilen«, sagte ich. »Niemand baut einen Gang, der so lang ist.«

»Das ist auch nicht nötig«, hörte ich Zokoras Stimme. Sie war an unseren Tisch getreten. Ich schaute zu ihr hoch und empfand, wie schon häufig, ihre Schönheit als verwirrend. Wäre nicht die dunkle Farbe ihrer Haut, sie und Leandra hätten Schwestern sein können. Beide besaßen sie die feinen Linien ihrer elfischen Vorfahren, schmale, gerade Nasen, edel geschwungene Lippen, hohe Wangenknochen … Gesichtszüge, die man in Fresken an alten Tempelwänden fand oder auch auf den Büsten längst vergangener Herrschergeschlechter. Vielleicht war Schönheit nicht das richtige Wort, eher wäre *Charakter* angebracht, es war die Summe der Einzelteile, die mich so berührte. In einem solchen Gesicht Zokoras kalte Augen zu sehen erschien mir immer als befremdlich, als müsste es anders sein, als müsste auch ihr Blick jene Wärme zeigen, die so oft in Leandras violetten Augen stand. Aber Zokoras Augen waren schwarz wie Kohle oder dunkelste Nacht. Nur selten hatte ich in ihnen eine Regung gesehen. Einmal sah ich Wut, Schmerz und Hass in ihnen, und damals hatten sie unheilvoll in dunklem Rot geglüht.

Viel mehr als das jedoch irritierte mich ihre Fähigkeit, immer wieder unbemerkt in meinen Rücken zu gelangen. Ich könnte schwören, sie wusste das ganz genau und tat es absichtlich, auch bei nichtigen Gelegenheiten. So wie jetzt. Warum, bei den Göttern, konnte sie nicht einfach, wie jeder andere Mensch auch, zu uns treten?

»Wie meint Ihr das?«, fragte Leandra und rückte auf ihrer Bank zur Seite, um Zokora Platz zu machen.

Die Dunkelelfe setzte sich geschmeidig wie eine Katze. »Der gesamte Vorläufer dieses Gebirges ist von Höhlen durchzogen«, erklärte sie. »Einst staute sich hinter den Donnerbergen ein altes Meer. Es suchte und fand seinen Weg durch den Stein, die Höhlen unter uns zeigen die Spuren dieses gewaltigen unterirdischen Stroms.«

Ich erinnerte mich an die glitzernden Höhlen mit ihren vereisten, mächtigen Säulen. Ich nickte: Nur Wasser hatte die Kraft, solche Katakomben zu formen.

»Ihr habt selbst Teile des Wegs gesehen, von dem der Kerl hier spricht.« Zokora sah Kennard herausfordernd an, aber der lächelte bloß.

»Richtig«, stimmte Leandra ihr zu. »Wir haben Spuren von Steinmetzarbeiten gesehen und einmal eine Brücke. Aber manches war auch von Zwergenhand.«

»Die Zwerge sind noch länger verschwunden als die Legionen dieses Reiches, von dem du dir wohl noch immer Rettung versprichst«, ergänzte die Dunkelelfe.

»Woher wisst Ihr das alles?«, fragte ich sie.

Zokora sah mich an. »So wie du deinen Weg auf der Oberfläche findest, finde ich meinen in den Höhlen. Ich kenne das dunkle Land. Glaub mir, die Zwerge sind schon sehr lange fort. Sie haben nur ihre Wächter zurückgelassen.«

Nur. Ich erinnerte mich an die untoten Zwerge, die Jahrhunderte nach ihrem Tod, von Magie bewegt, noch immer das zu schützen suchten, für das sie ihr Leben gegeben hatten. Ich war dankbar dafür, dass andere vor uns die meisten dieser Untoten beseitigt hatten.

»Von ihnen sollte es nicht mehr viele geben«, sagte ich hoffnungsvoll.

Leandra beugte sich vor und musterte Zokora. »Ihr schlagt also vor, dass wir diesem alten Weg folgen sollen? In der Hoffnung, dass er noch intakt ist und uns in die Nähe oder gar in die Feste hineinführt?«

»Er mag verschlungen sein, aber ich bin mir sicher, dass er kürzer und leichter zu passieren ist als der Weg an der Oberfläche. Hier oben ist Schnee, dort unten Eis. Ich mag Eis lieber, es ist fest, und behandelt man es mit Respekt, bleibt es, wo es bleiben soll, und rollt nicht mit Getöse über einen hinweg.« Sie schüttelte sich leicht, als ob sie frieren würde.

»Habt Ihr schon mal in einer Lawine gesteckt?«, fragte ich sie erstaunt.

»Fragen, Havald. Immer wieder Fragen! Warum stellst du Fragen, deren Antworten ohne Bedeutung für dich sind?«

»Ihr habt meine Neugierde geweckt«, antwortete ich ehrlich.

Sie schüttelte den Kopf. »Menschen färben ab. Ich rede nun schon selbst zu viel. Wenn ihr diesen Weg geht, werde ich euch führen. Das war es, was ich euch sagen wollte.« Sie erhob sich. »Varosch fragt nichts. Das gefällt mir besser«, fügte sie bedeutungsvoll hinzu und sah zu ihrem Liebhaber hinüber.

Ich hielt sie mit einer Geste auf. »Es war nicht nur Wissbegier. Wenn wir uns zu diesem Pass begeben, besteht auch für uns die Gefahr, in eine Lawine zu geraten. Wenige überleben das. Könnt Ihr mir sagen, wie Ihr diesem weißen Grab entrinnen konntet?«

Sie musterte mich einen Moment lang. Dann nickte sie. »Schwimmen.«

Wir sahen ihr nach, wie sie zu dem anderen Tisch zurückging.

»Sie hat gute Ohren«, bemerkte Kennard.

»Sie folgt öfter unserer Unterhaltung«, antwortete ich ihm, »obwohl ihr Neugier doch so verpönt ist.«

Kennard schmunzelte.

»Wie meint sie das mit dem Schwimmen?«, fragte Leandra.

Ich zuckte mit den Schultern. »Sollten wir in so eine Lage geraten, so hoffe ich, dass es sich uns offenbart.« Ich nahm einen Schluck Wein, den letzten, denn ich sah den Boden meines Bechers. Auch die Flasche war leer. Ich warf Kennard einen Blick zu, vor ihm stand ebenfalls ein Becher. Voll.

»Nehmt einen Schluck Tee«, riet er mir.

Der Tee war mittlerweile kalt. Ich trank ihn trotzdem.

»Was ist?«, fragte Leandra. »Ich sehe, dass du über etwas grübelst.«

»Sollte ich jemals in eine Lawine geraten, hoffe ich, dass ihr Rat nicht wörtlich gemeint ist.« Ich betrachtete die Teeschale in meinen Händen. »Ich habe das Schwimmen nie erlernt.«

3. Der Zweite Bulle

Dieser alte Gasthof barg einiges an Geheimnissen. So auch einen Raum, den wir erst vor Kurzem entdeckt hatten: das Arbeitszimmer des Kommandanten der Anlage, als noch der goldene Drache, die Fahne Askannons, über dem Trutzturm wehte.

An der Wand hinter dem Schreibtisch hing, brüchig und vom Alter zermürbt, eine Karte. Leandra war fasziniert von ihr, denn sie war der Ansicht, dass die Karte die ganze Welt zeigte. Vielleicht. Für mich sah es jedoch nicht wie eine Scheibe aus.

Seit einigen Tagen verbrachte sie ihre Nachmittage damit, diese alte Karte sorgfältig zu kopieren. Sie mochte es, wenn ich ihr dabei Gesellschaft leistete. Ich konnte sie zwar sonst stundenlang ansehen, aber ich schätzte nicht unbedingt den Anblick, den sie bot, wenn sie, die Zunge zwischen den Zähnen und vor sich hinmurmelnd, seltsame Zeichen auf Pergament bannte.

So hatte ich nachmittags Muße. Die ersten Tage war mir das willkommen. Ich reinigte und reparierte meine Ausrüstung, erforschte die Keller des Gasthofs, schnitzte weitere Figuren für das Shah-Spiel, das ich Leandra versprochen hatte. Ich striegelte mein Pferd, ölte den Sattel, sah Lisbeth, der jüngsten Tochter Eberhards, beim Kochen zu und ging allgemein den Leuten, die selbst etwas zu tun hatten, auf die Nerven.

Ich hätte etwas anderes lernen sollen als das Kriegshandwerk. Gab es mal keine Schlachten zu schlagen, merkte man, dass einem eine sinnvolle Beschäftigung fehlte. Sieglinde lieh mir ein Buch mit alten Balladen. Ich sagte Danke und blätterte darin herum, aber so recht wollte es mir nicht gefallen.

Also war ich geradezu erfreut, als ich Metall auf Metall erklingen hörte: Jemand übte sich in der Schwertkunst. Das Geräusch kam aus der Schmiede, die den größten offenen Raum nach den Stallungen besaß.

Ich bemühte mich, leise zu sein, als ich die Tür zur Schmiede öffnete. Janos und Sieglinde befanden sich beim Waffentraining. Trotz der Kälte waren beide nur leicht bekleidet, Janos' Oberkörper war nackt, Sieglinde hatte ihre Brüste mit einem Tuch gebunden.

Das verriet mir Janos' Herkunft. Obgleich die Klingen, die sie führten, stumpf waren, zeigte doch jeder Fehler seine deutliche und schmerzhafte Wirkung. Nur in Tolmar übte man so den Schwertkampf.

Für einen Moment bewunderte ich Sieglindes schlanke Gestalt. Janos schonte sie nicht, ihre blasse Haut war bereits von blutigen Striemen gezeichnet, aber auch er blutete aus einem Schnitt, der schräg über seine Brust verlief. Eine Schwellung an der rechten Schulter versprach gegen Abend ein schöner Bluterguss zu werden.

Als sie voneinander abließen und Janos ihr einen Fehler erklärte, räusperte ich mich.

Sieglinde lächelte mir zu, während Janos weniger erfreut schien, mich zu sehen. Ich konnte ihn verstehen.

»Ich sehe, Ihr macht Fortschritte«, sagte ich und ließ mich auf dem schweren Amboss nieder. Jemand, wahrscheinlich Sieglinde selbst oder eine ihrer Schwestern, hatte auf einem alten Werktisch ein Tuch ausgebreitet, darauf ruhten Wurst und Käse sowie eine Handvoll Winteräpfel. Ruchlos stahl ich mir einen Apfel und biss hinein.

»Ja«, sagte Janos knapp. Er warf mir einen Blick zu, der mir zu verstehen gab, dass ich die grazile Person neben ihm nicht zu eindringlich betrachten sollte. Ich lächelte amüsiert zurück und erinnerte ihn mit meinem Blick daran, dass es noch nicht so lange her war, dass man Sieglinde hatte vor ihm schützen wollen.

»Es ist Serafine«, sagte Sieglinde. »Sie ist allerdings unzufrieden mit meiner Kondition, ich ermüde noch zu schnell.«

Serafine war der Name jenes Geistes aus dem Ersten Horn, der von ihr Besitz ergriffen hatte, als wir aufgebrochen waren, den Tempel des Eiswolfs zu finden. Dennoch war sie nicht besessen, sie war sie selbst, nur … etwas anders. Die Geister hatten versprochen, uns wieder zu verlassen. Ich selbst war ebenfalls kurz auf diese Weise vom Geist des Anführers der Truppe, dem Sergeanten, besessen gewesen, nun jedoch war er, wie angekündigt, gegangen. Nur manchmal regten sich Erinnerungen, von denen ich nicht sicher war, ob es meine eigenen waren.

Sieglinde hingegen, so schien es mir, hatte den Geist der Kundschafterin mit offenem Herzen in sich aufgenommen. Als Tochter eines Wirts hatte sie gelernt, wie man einen Gasthof bewirtschaftete, die Ereignisse der letzten Wochen aber hatten ihr gezeigt, wie wenig sie sich schützen konnte, wenn man ihr Böses wollte.

Serafine, eine Streiterin des Alten Reiches, hatte mehr über das Kämpfen vergessen, als die meisten je lernten. Ich hegte den Verdacht, dass Sieglinde den Geist gebeten hatte, länger bei ihr zu verweilen. Ich hatte sie einmal darauf angesprochen, und sie antwortete mir, dass sie schon wisse, was sie tue.

»Wie meint Ihr das?«, fragte ich sie jetzt. »In diesem letzten Waffengang habt ihr Euch doch gut gegen Janos verteidigen können.«

Sie schüttelte den Kopf. »Nein. Das ist nur deswegen, weil er mich schont. Der männliche Oberarm ist kräftiger als der weibliche, und selbst wenn ich bis an mein Lebensende trainiere, werde ich nie seine Kraft besitzen. Aber ich bin schneller als er und präziser. Ich lerne, wie ich seine Klinge abgleiten lassen kann, dabei meine Kräfte einteile und auf einen Fehler von ihm warte.« Sie fuhr sich über ihr kurzes Haar. »Aber er macht keine Fehler.«

Janos lächelte. »Fehler tun weh.«

Ich nickte. »Müsst Ihr darauf bestehen, so zu trainieren? Ihr werdet es morgen bereuen. Ein wattierter Waffenrock schützt wenigstens etwas.«

»Mir ist es recht so«, entgegnete sie. »Jeder Schmerz erinnert mich besser an einen Fehler als alles andere.« Sie lächelte schelmisch. »Außerdem lenkt es ihn manchmal ab.«

Ich zog eine Augenbraue hoch. »Nur manchmal?«

»Havald, Ihr habt ein eigenes Liebchen, dem Ihr Komplimente machen könnt. Tut mir den Gefallen und belasst es auch dabei«, knurrte Janos.

Ich lachte, ich konnte nicht anders. »Verzeiht, Janos«, sagte ich dann, als er mich böse ansah. »Aber ...«

Er hob die Hand. »Schon gut. Ich frage mich nur, wie lange man mich damit noch an der Nase ziehen wird.«

»Wie seht Ihr selbst Eure Fortschritte?«, fragte ich Sieglinde und hielt diesmal meinen Blick auf ihrem Gesicht.

Sie zuckte mit den Schultern. Götter. Ein Wunder, dass es nicht Janos war, der grün und blau geschlagen wurde.

»Ich muss ausdauernder und schneller werden. Serafine sagt, dass Geschwindigkeit Kraft mehr als ersetzen kann.« Sie blickte etwas zweifelnd drein.

»Sie hat recht damit. Ihr solltet weitermachen, bevor die Kälte Euch steif werden lässt.«

»Wollt Ihr uns noch ein wenig zusehen?«, fragte Sieglinde.

»Oder vielleicht selbst einen Waffengang wagen? Ich sehe Euch niemals üben«, setzte Janos nach.

Ich schüttelte den Kopf. »Ich wäre Euch nicht von Nutzen. Zokora bescheinigte mir gerade eben, dass ich keine Ahnung von Schwertarbeit hätte. Also würde ich Sieglinde nur schlechte Manieren beibringen. Man soll bei einem Lehrer bleiben, heißt es.«

»Ihr seid alle beide verrückt«, sagte Janos später am Abend. »Ihr wollt euch noch einmal in die Eishöhlen wagen und durch diesen Tunnel nahe an die Festung gelangen. Und dann wollt ihr ein altes magisches Tor verwenden. Wenn ihr all das überlebt, wollt ihr nach Askir reisen, in eine Konferenz gekrönter Häupter hineinplatzen, um dann dort um Hilfe gegen Thalak zu bitten. Anschließend kommt ihr mit einer Armee, Schiffen und Magie zurück und versetzt Thalak eine Niederlage, die so vernichtend ist, dass er aufgibt. Ist das so in etwa der Plan?«

Leandra nickte.

»Nicht ganz«, sagte ich. »Aber so in etwa.«

»Was fehlt?«, fragte Janos.

»Das Alte Reich ist wesentlich dichter besiedelt als die Länder hier.« Ich stopfte meine Pfeife.

»Und?«

»Kelar war eine unserer größten Städte. Zumindest bevor Thalak sie erobert hat. Ich bin mit solchen Zahlen nicht gut, aber ich glaube nicht, dass Kelar je mehr als fünfzigtausend Einwohner hatte.« Meine Pfeife zog, und ich lehnte mich zurück.

»Ich verstehe noch nicht, worauf Ihr hinauswollt, Havald«, sagte Sieglinde.

»In den sieben Königreichen, so nennt sich das, was einst das Imperium war – wie groß ist ihre größte Stadt, Meister Kennard, wie viele Menschen leben dort?«

»Das wäre dann die imperiale Stadt Askir«, sagte der Gelehrte. Er sah mich aufmerksam an. »Ich denke, dass dort etwas über zwei Millionen Menschen leben.«

»Was ist eine Million?«, fragte Varosch.

»Tausend mal tausend.«

»Das ist nicht möglich!« Sieglinde sah Kennard fassungslos an. »Ihr meint das nicht ernst, oder?«

»Doch«, sagte Kennard.

»Ich kann das nicht fassen«, meinte Sieglinde. »In dieser Stadt leben fast mehr Menschen als in unseren drei Reichen zusammen?«

Kennard nickte. »In den sieben Königreichen leben etwa einundzwanzig Millionen Menschen. Grob geschätzt.«

»Ich wusste nicht, dass es auf der ganzen Weltenscheibe so viele Menschen gibt«, sagte Varosch. Er war gerade dabei, Zokora den Nacken zu massieren. Das fünfte Mal heute Morgen. Meine Vermutung war, dass er es gerade lernte.

»Ich auch nicht«, sagte Zokora. Sie blickte von mir zu Kennard und zurück. »Niemand wusste das«, fügte sie hinzu und wurde sehr, sehr nachdenklich.

»Wie wäre es, wenn Ihr uns endlich den Rest Eures Plans erklären könntet?«, fragte Janos ungehalten.

»Geduld. Ich bin dabei.« Ich sah Leandra an. »Wie viele Menschen, denkt ihr, zählt unser Land?«

»Ich kann nur für Illian sprechen, aber es ist das größte der drei Königreiche. Dort werden es wohl so um die fünfhunderttausend sein.«

»Nun. Da habt Ihr Eure Antwort, Janos. Askannon wusste, was er tat, als er diese Kolonien hier gründete. Unser Land ist reich und fruchtbar. Die Länder hier sind – oder waren – fast so groß wie das Imperium. Wir haben etwas, was die Menschen im Alten Reich nicht haben: Platz. In Askir haben sie dafür etwas anderes.«

Alle sahen mich erwartungsvoll an. »Was? Nun sagt es endlich.« Janos fixierte mich.

»Das Wissen, wie man eine Legion aufstellt, ausbildet, versorgt und befehligt. Alle Armeen, die ich je kannte, liefen nicht nur auf den Füßen ihrer Soldaten, sondern auch auf einer Straße aus Papier. Wenn Askir nicht untergegangen ist, gibt es Archive. Dort finden wir alles, was wir brauchen. Und Menschen, die sich wahrscheinlich an ihre alte militärische Macht erinnern.«

»Ihr hofft, ein Buch zu finden, in dem steht, wie man eine Legion nach altem Muster ausbildet? Und Leute, die Euch helfen, eine Legion aufzustellen?« Janos sah mich fassungslos an.

Kennard lächelte.

»Du willst nach Askir gehen und Legionen aufstellen?«, fragte Leandra.

»Es ist eine Sache der menschlichen Natur«, sagte ich und genoss die Wärme des Pfeifenkolbens in meiner Hand. »Denkt euch, ihr lebt in einem Land, das einst das mächtigste Imperium der Weltenscheibe war. Ich wette mein Pferd, dass es dort jede Menge Balladen gibt, die das alte Imperium glorifizieren. Es wurde nie besiegt, oder?«

Kennard schüttelte den Kopf. »Der Imperator dankte ab. Das war alles.«

»Freunde, was meint ihr, wie viele junge Männer träumen dort von diesen alten Zeiten? Ihr wisst doch, früher war immer alles besser. Das Abenteuer ruft und solche Dinge.«

Janos nickte bedächtig. »Das könnte funktionieren. Aus den verloren gegangenen Kolonien nach Askir marschieren, lautstark anklopfen und an alten Ruhm erinnern. Dann Soldaten anwerben und nach den Regeln des Imperiums selbst ausbilden. Aber wie wollt Ihr das anstellen? Woher sollen Sold und Ausrüstung der Männer kommen?«

Ich winkte Eberhard heran. Der Wirt kam und blickte fragend in die Runde.

»Ein Glas Fiorenzer für jeden hier, Meister Eberhard. Aber das ist nicht alles, könntet Ihr uns berichten, was Ihr jenseits des zugemauerten Kellers gefunden habt?«

»Gern, Ser. Ein riesiges Lager, voll mit Waffen und Rüstungsteilen.«

»Danke, Eberhard.« Ich sah mich um und musste grinsen, als ich sah, wie die anderen langsam verstanden.

»Bei den Göttern. Dies war ja ein Depot! Ein Ausrüstungslager! Ich hätte es fast vergessen!«, sagte Janos dann leise, beinahe ehrfürchtig.

»Ich kann euch noch etwas dazugeben«, sagte Kennard. Wir sahen ihn überrascht an. Er lächelte und winkte Eberhard zu sich. »Meister Eberhard. Habt Ihr irgendwo die Flagge gefunden?«

»Welche Flagge, Ser?«

»Die Flagge der Legion.«

»Nein, Ser.«

»Im Büro des Kommandanten steht noch ein alter Schreibtisch, nicht wahr?«

Der Wirt nickte.

»Geht dorthin und versucht, die Stirnwand des Schreibtischs zu lösen. Dort wurden die Flaggen oft verstaut. Schaut, ob Ihr sie findet, und bringt sie uns.«

»Sofort.«

Eberhard eilte davon.

Kennard lächelte, als er unsere Blicke sah. »Es ist ein seltsames Ding mit den Traditionen, Legenden und Balladen. Sagt, was ist eure Meinung: Hat die Zweite Legion hier ihre Mission erfüllt?«

»Ja«, sagte ich. »Das Land wurde befriedet und die Magie gebannt. Sie waren erfolgreich.«

»Aber keiner überlebte«, sagte Leandra leise.

Kennard ließ seinen Blick nicht von mir. »Aber das ist nicht wichtig. Die Zweite Legion hat ihren Auftrag erfüllt. Seht, Eberhard kommt zurück.«

So war es. Und er trug eine große, flache Kiste aus Zedernholz. Sorgsam legte er sie auf einen Nachbartisch. Wir standen alle auf.

»Lasst mich«, sagte Leandra, als Eberhard den Deckel der Kiste abheben wollte. Eberhard nickte, und Leandra trat an den Tisch heran. Sie holte tief Luft und löste den Deckel.

Dort lag die Flagge, zusammengelegt. Vorsichtig entfaltete Leandra sie, während wir gebannt zusahen. Ich glaube, niemand von uns blieb unberührt.

Die Flagge war etwa eine Mannshöhe hoch und anderthalb lang. Sie war rot, blutrot. Oben, in der linken Ecke, prangte der imperiale Drache. Entlang des oberen Randes lief eine Reihe Symbole oder Wappen. Der schwarze, schnaubende Bulle war bis ins kleinste Detail in das schwere Tuch gestickt. Zwischen seinen Hörnern trug er zwei goldene I.

In goldenen Lettern standen unter den silbernen Hufen die folgenden Worte:

Für Askir, den Kaiser, die Ehre und unsere Pflicht
Wo wir stehen, da weichen wir nicht.

»Der Zweite Bulle«, sagte Kennard und strich sacht über die eingearbeiteten Wappen und Symbole. »Drei Kriege führte Askannon. Der Zweite Bulle war immer dabei. Und er war immer siegreich.« Er blickte hoch. »Sie ist die berühmteste aller Legionen. Auch weil sie spurlos verschwand und niemals jemand wieder etwas von ihr hörte. Es gab und gibt Dutzende Legenden und Balladen über sie.« Kennard wandte sich zu mir. »Ser Havald. Ihr erschreckt mich. Wenn Ihr einen Geist neu beleben wollt, dann hättet Ihr schwerlich einen finden können, der mehr die Gemüter des alten Imperiums bewegt, als dieser es tun wird. Hiermit werden Euch alle Türen offen stehen.«

»Wir haben die Ausrüstung«, beantwortete Janos nun seine eigene Frage. »Wir haben das Soldgold unten im See liegen. Kriegssold für die Legion, für fünf Jahre. Wir haben die Flagge.«

»Und wir haben ihren Auftrag«, sagte ich und hob das Logbuch hoch, das der Sergeant mir gegeben hatte. Ich reichte es Kennard. »Lest den Dienstauftrag vor.«

Er nahm das Buch entgegen und schlug langsam die erste Seite auf.

»Im Namen Askirs berufe ich den Zweiten Bullen in den aktiven Dienst. Der Zweite Bulle wird zum Schutz der neuen Kolonien entsandt. Sein Auftrag ist es, das neue Land zu befrieden, zu schützen und sich aller Feinde des Reiches zu erwehren. Askannon.«

Janos schüttelte den Kopf. »Das ist wahrlich ein kurzer Befehl. Ich erinnere mich an ausführlichere Anweisungen, bei denen es nur ums Latrinenausheben ging.«

»Vielleicht ging Askannon davon aus, dass seine Leute denken konnten«, sagte Sieglinde etwas spitz.

Ich schenkte den beiden keine Aufmerksamkeit. »Gibt es ein Datum?«, fragte ich leise.

»Ja. Am siebten Tag des neunten Mondes, im Jahr siebenhundertzweiundsechzig meiner Herrschaft«, las Kennard vor.

»Gibt es ein Ablaufdatum?«

Er sah zu mir auf. »Nein. Üblicherweise wurden die Legionen zurückgerufen, wenn es so weit war.«

»Diese wurde aber nie zurückgerufen. Der Auftrag ist noch nicht erledigt.«

»Götter«, flüsterte Leandra und sah mich an. »Bei den Göttern, Havald, du bist ein gefährlicher Mann.«

»Ich würde es eher vermessen nennen«, meinte Kennard.

Ich zuckte die Schultern und antwortete Leandra. »Als wir uns das erste Mal gesehen haben, wolltest du einen Rat. Den habe ich dir jetzt gegeben. Aber mehr als ein Rat ist es nicht. Wir stehen hier, und diese Flagge ist das Einzige, was von der Legion geblieben ist. Noch haben wir keinen Zweiten Bullen, der den Feind das Fürchten lehrt. Noch ist es nicht mehr als ein Hirngespinst. Aber theoretisch existiert der Befehl noch, und wenn wir mit der Flagge des Bullen dort vorsprechen, wird man erkennen, dass die Kolonien nach wie vor verteidigt werden müssen.« Ich sah die anderen an. »Und diese Legion wieder aufzustellen ist unsere Aufgabe – in Askir. Deshalb werden wir die Reise wagen. Und so frage ich euch: Wer schließt sich uns an?«

»Ich«, sagte Sieglinde als Erste. Janos sah überrascht zu ihr hinüber. Dann nickte auch er.

»Wir«, meinte Zokora.

»Ich bin ...« Varosch hielt inne, warf erst Zokora einen Blick zu, dann grinste er in Janos' Richtung.

»Was gibt's da zu grinsen?«, fragte Janos mit hochgezogener Augenbraue.

Varoschs Lächeln wurde breiter. »Ich stelle gerade fest, dass der Unterschied zwischen den Rassen nicht so groß ist, wie man denken mag.«

»Wie meinst du das?«, fragte Janos misstrauisch.

Varosch entgegnete amüsiert: »Wir wurden beide freiwillig gemeldet.«

Sieglinde fing an zu lachen. Dann lachte auch Leandra, und letztlich fielen Varosch und Janos mit ein.

Zokora sah uns verständnislos an. »Was ist so lustig?«, fragte sie mich dann. Ab diesem Moment war es auch für mich zu spät, und ich musste ebenfalls lachen.

»Dadurch, dass Sieglinde geht, geht natürlich auch Janos«, versuchte ich ihr dann zu erklären.

Sie nickte. »Und?«

»Bei uns gibt es kein Matriarchat. Bei uns entscheidet der Mann.«

Sie legte den Kopf auf die Seite. »Das glaubt nur ihr.«

»Marie!«, rief ich. »Mehr Wein, bitte!«

4. Von Hoffnung und Hunden

»Wie verrückt seid Ihr?«, fragte mich Janos, als ich ein gewisses Örtchen verließ.

Ich seufzte und zog meinen Gürtel zu. »Wollt Ihr Euch das zur Gewohnheit machen, mich hier abzupassen?«

»So erwischt man Euch allein.«

Ich seufzte erneut. »Begleitet Ihr mich ein Stück?«

»Ein Spaziergang?« Er fiel in meinen Schritt ein. »Von mir aus. Havald, die Frage ist ernst. Es ist verrückt.«

Wir gingen durch die Schmiede in den Hof und folgten dem Schneegang zum Brunnenhäuschen. Dort lehnte ich mich an die niedrige Mauer und sah nach oben. Der Abend war gekommen und gegangen, es war Nacht. Oben am Firmament funkelte das Sternbild des Wolfs.

»Seht, Leandra wird nicht eher ruhen, bis sie alles versucht hat. Ich gebe Euch recht, es ist in letzter Konsequenz wahrscheinlich sinnlos. Wir werden Thalak nicht besiegen können. Vielleicht hätte es das alte Imperium gekonnt. Aber eine Legion wird den Unterschied nicht machen.«

»Warum dann das Ganze?«, fragte er.

»Hoffnung. Ohne Hoffnung stirbt der Mensch. Habt Ihr die heiligen Schriften gelesen?«

»Ich war schon mal in einem Tempel«, sagte er trocken.

Ich lachte. »Das war ich auch. Als ich jung war, ging ich gern und oft hin. Es war Soltars Tempel. Dass ich den Gott der Toten so oft besuchte, hatte einen pragmatischen Grund: Sein Haus stand am nächsten, es war warm dort, es gab immer klares Wasser und etwas zu essen. Einer der Priester dort nahm sich bald meiner an. Er lehrte mich, einen Schweinehirten, lesen und schreiben. Er erzählte mir, wie die Götter den Menschen schufen. Wie Ihr wisst, sind wir die jüngste Rasse. Die Titanen wurden von den ersten Göttern erschaffen. Sie waren groß und stark, aber ungeschlacht. Ihre Bedürfnisse waren gering, sie kümmerten sich um wenig. Und sie verehrten die Götter nur am Rande und wann es ihnen passte. Sie brachten wenig Bleibendes hervor. Denkt daran, die Götter sind Erschaffer, sie mögen es, wenn erschaffen wird. Darum wollten sie es besser machen und erschufen die Elfen, schlank, grazil, mit einem Sinn für die Natur, die Magie und das Schöne. Niemals baute jemand schönere Tempel, als die Elfen es taten. Sie bauten Jahrhunderte lang an ihnen und wurden nie fertig.«

Janos verzog das Gesicht zu einem Grinsen. »Daran erinnere ich mich. Es heißt, das sei selbst den Göttern zu langweilig geworden, und um die Elfen ein wenig anzufeuern, erschufen sie die Zwerge.«

»Ja. Die Zwerge sind praktisch veranlagte Baumeister und besitzen wenig Geduld. Sie leben nur ein paar Jahrhunderte, sind fröhlich und lachen gern. Und lieben es, die Elfen an den spitzen Ohren zu ziehen. Die beiden Rassen amüsierten die Götter, die Welt war nicht mehr so eintönig. Die Titanen wurden vergessen, und irgendwann legte sich der Letzte nieder und starb. Elfen und Zwerge aber lebten weiter.«

»Dann schuf der Namenlose die Orcs. Um noch mehr Leben in die Bude zu bringen.«

»Richtig. Orcs. Schlau, ungeduldig und verdammt zäh. Nur bauten sie nichts auf, sie genossen es vielmehr, Dinge zu vernichten. Darüber beschwerten sich die anderen Götter. Warum hast du sie erschaffen, fragten sie den Namenlosen. Er antwortete, dass er der Meinung sei, es müsse Altes verschwinden, damit Neues entstehen könne. Astarte beschwerte sich, dass die Orcs die Siedlungen anderer Rassen überfielen und deren Tempel zerstörten. Sie brächten keine Opfer dar und ehrten keinen der Götter. Wir wissen ja, dass ihr Vernichtung ein Gräuel ist und das Leben heilig. Kein Wunder also, dass sie das erzürnte. Der Namenlose aber lachte und teilte seinen Brüdern und Schwestern mit, die Orcs verehrten ihn, den Namenlosen, genau dadurch, dass sie die Tempel seiner Geschwister schändeten und abrissen. Bestürzt wandten sich die anderen Götter an Göttervater Nerton, der die Dinge in Balance hält, und berichteten, dass der Namenlose ihre Schöpfungen gefährde und Zwietracht zwischen ihnen säe. Der Göttervater meinte, es sei nun wohl an der Zeit, die Menschen zu erschaffen. Dies sollten die Götter alle gemeinsam tun, damit es keinen Streit mehr zwischen ihnen gebe. Dem stimmten alle zu, auch der Namenlose, er schien sogar erfreut darüber, gemeinsam mit seinen Geschwistern eine neue Schöpfung zu gestalten. Astarte gab den Menschen ihre Form, gleich den Elfen, die sie so mochte. Und dazu noch die Liebe. Timar, der Zwergengott, gab ihnen den Fleiß der Zwerge, aber eine kürzere Lebensspanne. Um die Menschen nicht zu benachteiligen, gab er ihnen auch die Magie. Soltar gab ihnen die Seele, damit sie Weisheit erlangen konnten, obwohl ihre Lebensspanne doch so kurz war. Boron gab ihnen Ehrgeiz und Janaeas die Fruchtbarkeit. So trugen alle Götter zur Erschaffung der Menschen bei. Nur der Namenlose hielt sich zurück. Er wurde gefragt, was er denn geben werde, entgegnete aber, er warte, bis die anderen fertig seien. So geschah es dann auch. Silvanus hatte auch lange gezögert, aber er gab ihnen noch die Liebe zur Natur, sodass sie die Schöpfung würdigen konnten. Dann sahen alle auf den Namenlosen. Dieser lächelte und gab den Menschen die Verzweiflung und die Todesangst. Da kam es zu einem Aufruhr unter den Göttern, denn sie alle hatten versucht, den Menschen etwas Gutes mitzugeben oder das, was sie als gut empfanden. Manches war zweischneidig, wie der Erfindungsreichtum, aber alles konnte vom Menschen zum Guten verwendet werden. Aber Verzweiflung? Damit machte der Namenlose alles zunichte. ›Ich bin noch nicht fertig‹, sagte er dann. Und fügte noch Hass hinzu. ›So‹, sagte er, ›jetzt habe ich meinen Teil dazugetan, und der Mensch wird zeigen, dass er mich am meisten verehrt. Verzweifelt und voller Hass wird er fruchtbar und erfindungsreich durch die Welt ziehen und die anderen Rassen samt ihren Werken zerstören und zuletzt sich selbst.‹ – ›Aber ich gab doch den Menschen die Liebe, um sie vor solchem zu bewahren!‹, rief Astarte. Der Namenlose indes lachte sie aus: ›Jeder weiß, dass Verzweiflung stärker ist als Liebe. Wir haben eine wahrhaft prächtige Schöpfung vollbracht, und ich freue mich darauf, sie leiden zu sehen!‹ – ›Aber eines hast du vergessen‹, sagte Nerton, der Göttervater. ›Ich entschied, dass alle Götter sich beteiligen sollten.‹ – ›Ja‹, sagte der Namenlose triumphierend, ›und sie taten es, ein jeder, sogar Silvanus, von dem ich wusste, er würde mein Werk zunichte machen, hätte ich nicht bis zuletzt gewartet. Ich war der Letzte und schloss das Werk ab!‹ – ›Nein‹, gab Nerton zurück, ›ich halte das Gleichgewicht, und willst du sagen, ich sei kein Gott?‹ Erschrocken wich der Namenlose zurück, als der Göttervater sich vorbeugte und dem Menschen das letzte der Geschenke einhauchte: die Hoffnung.«

Eine Weile blieben wir dort am Brunnenhäuschen stehen. Janos brach das Schweigen. »Ich muss Euch zustimmen, Havald. Hoffnung ist größer als Verzweiflung. Ich bin immer noch der Meinung, dass Euer Vorhaben Wahnsinn ist, aber«, er grinste breit und zeigte seine Zähne, »ich *hoffe*, dass wir es überleben.« Er schlug mir auf die Schulter. »Havald, Ihr seid ein seltsamer Mensch, aber ich fange an, Euch zu mögen.«

Dann ging er pfeifend davon. Er pfiff die Ballade von Ser Roderic. Dabei wusste er genau, dass ich sie nicht ausstehen konnte.

»Glaubst du diese Schöpfungsgeschichte?«

Ich fuhr herum, meine Pfeife landete im Schnee, und schon hatte ich eine Hand am Knauf meines Schwertes, die andere an der Brust, wo mein Herz galoppierte. »Bei den Göttern, Zokora! Könnt Ihr nicht ein Mal, ein einziges Mal, dieses Anschleichen unterlassen! Ihr bringt mich noch ins Grab. Müsst Ihr mich denn immer belauschen?«

»So erfährt man Dinge«, sagte Zokora unbeeindruckt. »Ich gehe immer so. Was kann ich dafür, wenn Menschen darauf bestehen, Lärm zu machen?«

Ich sah sie verdrossen an. »Was wollt Ihr?«

»Hoffnung vielleicht? Meinst du, die Geschichte stimmt?«

»Ich weiß es nicht. Was wissen wir denn schon über die Götter? Warum fragt Ihr?«

»Ich wusste nicht, dass es so viele Menschen gibt.«

Ich blinzelte. »Bitte?«

»Ich wusste nicht, dass es so viele Menschen gibt«, wiederholte sie.

»Ich habe Euch beim ersten Mal gehört, nur den Sinn Eurer Worte nicht verstanden.«

Sie sah mich aus ihren schwarzen Augen an. »Ich habe vorhin begriffen, dass weder die dunklen noch die hellen Elfen so tun können, als gäbe es die Menschen nicht. Wir werden mit euch zusammen leben müssen oder untergehen. Ihr fühlt euch von Thalak bedroht. Auch er ist ein Mensch. Einer von euch. Aber in ihrer Gesamtheit bedrohen die Menschen wiederum alle anderen Rassen. Wenn ihr Angst vor Thalak habt, was denkt ihr, wie die anderen Rassen euch fürchten sollen?«

Ich sah sie verblüfft an. Das war für Zokora eine ungewöhnlich lange Rede.

»Ihr seid mit allen fruchtbar, könnt euch mit allen paaren«, fuhr sie fort. »Selbst mit Orcs und uns Elfen.« Sie legte die Hände auf ihren flachen Bauch. »Ich spüre die Kraft der Menschen in ihnen. Rigurds Samen wird meine Welt verändern.«

Ich lächelte. »Sie sind erst vier Wochen alt.«

»Ihr seid auch blind für Magie. Schon jetzt sind es Lebensfunken, die ich spüren kann. Und sie strahlen. Ich war bereits einmal schwanger. Es war ganz anders damals. Havald, ich habe Angst.«

»Ihr?«

»Dachtest du, ich wüsste nicht, was das ist? Ich lasse mich nur nicht von ihr leiten. Wenn meine Mutter stirbt, werde ich mein Schwert erheben, um ihren Platz zu erkämpfen. Danach werde ich unser Volk führen. Anders als meine Mutter oder die, welche vor ihr waren, lerne ich nun die Menschen kennen. Ich bin schon Jahrhunderte alt. Als ich jünger war, sah ich, wie zwanzig

Schiffe an der Küste anlegten und Menschen anfingen, dort primitive Häuser zu bauen. Ich lachte damals darüber. Dort wurde deine Stadt gegründet. Es war der Ort deiner Geburt. Und Leandra berichtete, dass diese Stadt vor wenigen Monaten fiel. Dass innerhalb einer Nacht ihre Bewohner alle ermordet wurden. Havald, in dieser Nacht starben dort mehr Menschen, als es Dunkelelfen gibt. In einer einzigen Nacht.« Sie sah mich an. »Die Geschichte unserer Rasse reicht hunderttausend Jahre zurück. Wenn ich mein Volk leite, kann ein Fehler dazu führen, dass auch wir in einer Nacht vernichtet werden. Das macht mir Angst. Vor allem, weil ich erkannt habe, dass die Menschen alles, was sie fürchten, zerstören. Und sie fürchten *uns*.«

Ich dachte nicht nach, ich trat vor und nahm sie in die Arme. Hätte ich darüber nachgedacht, ich hätte es nicht gewagt oder einen Dolch in meinem Magen dafür erwartet. Aber sie legte den Kopf an meine Brust und war ganz still.

»Zokora«, sagte ich. »Ihr tut etwas dagegen. Ihr lernt die Menschen kennen und sie Euch. Ihr seid anders als wir, das ist richtig. Aber die meisten hier mögen Euch.«

»Mögen mich?« Ich verstand sie kaum, so leise sprach sie.

»Ja. Ich schwöre es bei den Göttern.«

Sie machte eine leichte Bewegung, und ich ließ sie los.

»Havald«, sagte sie. Sie sah mir dabei direkt in die Augen. »Ich werde an eurer Mission teilnehmen, an eurer Seite kämpfen, für Leandras Hoffnung sterben, falls nötig. Aber wenn du die Reiche führst, Havald, sollst du verhindern, dass die Menschen die Elfen, ob dunkel oder hell, ausrotten. Darauf will ich dein Wort.«

Ich lachte, und ihr Gesicht verdunkelte sich. Ihre Augen wurden zu Schlitzen, und sie machte Anstalten, sich abzuwenden.

»Nein, Zokora, ich lache nicht deswegen. Ich will Euch dieses Versprechen gern geben, aber ich werde nie die Reiche führen. Ich bin ein Schweinehirt. Schon vergessen?«

»Du warst ein Schweinehirt. So wie deine Stadt Kelar einst aus nicht mehr als zwanzig Schiffen bestand.«

»Wenn ich die Reiche führe, werde ich verhindern, dass die Menschen die Elfen ausrotten. Ich schwöre es. Zufrieden?«

Sie nickte, drehte sich um und wollte gehen.

»Zokora.«

Sie blieb stehen und sah zu mir zurück.

»Ihr wolltet wissen, was ich von der Schöpfungsgeschichte halte, nicht wahr?«

Sie nickte.

»Ich denke, es gibt kaum einen Unterschied zwischen uns. Elf, Mensch, Zwerg und sogar Orc, wir sind uns alle sehr ähnlich. Und untereinander fruchtbar.«

»Elfen und Orcs!«, entfuhr es ihr. Sie schüttelte sich. »Niemals. Das ist noch widerlicher als mit Zwergen!«

»Es muss ja nicht geschehen. Aber wir sind alle eins. In der Natur paart sich Gleiches nur mit Gleichem. So ist es auch mit uns. Wir sind gleich.«

»Wie kannst du das sagen? Siehst du nicht die Unterschiede?«

»Ich hatte zwei Hunde«, sagte ich zu ihr. Sie sah mich verständnislos an. »Der eine war schwarz und reichte kaum bis an mein Knie. Er rannte ständig umher und jagte Ratten. Der andere war weiß und ging mir bis zur Hüfte. Er lag immer in der Gegend herum und fraß. Zu mehr war er kaum zu gebrauchen. Außer wenn es um den Kampf ging. Aber beide waren Hunde.«

Zokora fing schallend an zu lachen, so sehr, dass sie sich Tränen abwischte.

»Was ist so lustig?« Ich war verblüfft. Zokoras Humor erschloss sich mir nicht.

Sie lachte immer noch, aber sie beruhigte sich langsam, auch wenn das Amüsement ihr nach wie vor in den Augen stand, als sie mir Antwort gab. »Niemals hätte ich gedacht, dass mich ein Mensch einmal mit einem Hund vergleicht und ich ihn leben lasse!« Sie prustete wieder los. »Wenn das meine Schwestern wüssten ...« Als sie ging, kicherte sie noch immer.

Ich sah ihr hinterher, zuckte die Schultern und bückte mich, um meine Pfeife aufzuheben.

»Havald«, sagte eine ruhige Stimme, und aus dem Schneegang, der vom Brunnen zum Stall führte, kam Kennard heran. Er hatte seinen Umhang angelegt und seinen Packen auf der Schulter.

»Das ist hier ja wie auf einem Marktplatz!«, rief ich. »Ich wollte einfach nur allein sein, und dauernd kommt jemand vorbei! Es ist kalt hier draußen, drinnen ist es warm ...«

»Ich dachte, es wäre höflich, wenn ich mich von Euch verabschiede.«

»Ihr wollt gehen?«, fragte ich. »Es ist Nacht. Es ist kalt.«

»Das Wetter ist gut, und ich will nicht in einen neuen Sturm geraten.« Er musterte mich. »Ihr verblüfft mich immer wieder. Mit Janos zitiert Ihr heilige Worte, und dann tröstet Ihr eine Dunkelelfe.« Er sah meinen Blick und schmunzelte. »Ja, ich habe Euch belauscht. Ihr erstaunt mich wirklich mit Eurer Vielseitigkeit.«

»Ich tue einfach, was ich kann. Es ist nichts Verblüffendes dabei.«

Er nickte. »Richtig. Manchmal ist es so einfach. Ich bin gekommen, um mich zu verabschieden. Und Euch dies zu geben.«

Er hielt mir etwas hin, einen Ring.

»Was ist das?« Ich sah mir den Ring genauer an. Er war für einen Männerfinger gemacht und wog überraschend schwer in meiner Hand. Massives Gold. Auf der Siegelplatte sah ich einen Drachen und, am Rand im Kreis angeordnet, neun kleine Edelsteine.

»Ich fand ihn im Raum des Kommandanten. Er ist das, was Ihr noch für eine Legion braucht. Der Ring des Kommandanten. Sein Siegel und seine Autorität.«

»Ich werde ihn sicher verwahren. Danke.«

»Möchtet Ihr ihn nicht anprobieren?«

Beinahe wollte ich es tun, doch ich hielt inne. »Was geschieht, wenn ich ihn anstecke?«

»Ihr seid immer so misstrauisch.«

»Ja, aus gutem Grund. Was also passiert dann?«

»Solange Ihr lebt, wird er an Eurem Finger bleiben. Oder er wird durch einen anderen Ring ersetzt.«

Ich musterte den Gelehrten. »Ich werde nicht der Kommandant der Legion sein.«

Er kniff die Augen zusammen. »Ihr habt die Wahl. Aber wer sonst sollte es werden?«

»Es wird sich jemand finden, der geeignet ist.«

»Vielleicht.« Er war belustigt. »Ich denke, es wird der Moment kommen, in dem Ihr die Legitimation, die der Ring Euch verleiht, gut gebrauchen könnt. Aber es ist Eure Entscheidung.«

Mir fiel etwas ein. Er trug selbst einen Ring. »Zeigt mir Euren Ring.«

Wortlos hielt er mir seine Hand hin. Sein Ring ähnelte dem, den er mir soeben gegeben hatte. Mit dem Unterschied, dass seine Siegelplatte nur den Drachen trug, dessen Augen aus zwei kleinen Rubinsplittern bestanden.

»Was bedeutet Euer Ring?«, fragte ich, als er mir seine Hand entzog.

Er stellte sein Bündel ab und zog sich den Ring vom Finger. »Nichts. Wie Ihr seht, kann ich ihn abnehmen. Ich stamme aus Askir. Auf meinen Reisen erinnert er mich an die Heimat.« Er steckte den Ring wieder an. »Mögen die Götter Euren Weg begleiten«, sagte er dann.

»Geht mit den Göttern auf Euren Wegen«, antwortete ich und machte eine leichte Verbeugung.

»Werden wir Euch wiedersehen?«

Er zögerte ein Weilchen. »Vielleicht.«

Dann ging er, und ich klopfte versonnen meine Pfeife aus und stopfte sie neu. Es war fast eine Überraschung, dass ich sie nun in Ruhe rauchen konnte und mich niemand anders störte. Ich sah noch einmal zum Sternbild des Wolfsgottes hoch. Den Winterwolf hatten ihn die Barbaren genannt. Mittlerweile wusste ich mehr über ihn. Er war nur etwa alle siebenhundert

Jahre zu sehen. Er stand für Veränderung und einen neuen Frühling nach der Zeit des Eises. Eis. Jetzt erst merkte ich, wie kalt mir war. Ich ging wieder zurück in den Gastraum, schließlich hatte ich ja noch eine Königin zu schnitzen.

Dort angelangt, bemerkte ich etwas, das mir Angst machte. Zokora saß vor ihrer Gefangenen und sah sie nur an. Das hatte sie bisher noch nie getan. In den Augen der Frau standen Furcht, Entsetzen und Panik.

»Hat sie noch etwas anderes gemacht?«, fragte ich Leandra, als ich mich an unserem Tisch niederließ.

Sie schüttelte den Kopf. Auch sie beobachtete Zokora.

»Sie kam herein und setzte sich dorthin. Und blieb so.« Sie sah zu Varosch hinüber, der an der Theke stand und sich mit Eberhard unterhielt. Ab und zu schaute er zu Zokora, machte aber keine Anstalten, sich ihr zu nähern.

»Wir brechen morgen auf?«

Ich nickte. »Es hat keinen Sinn, länger zu warten. In den Höhlen berührt uns das Wetter nicht. Je schneller wir das Tor passieren können, desto besser.«

»Kennard ist gegangen. Ich hoffte, er würde uns begleiten.«

»Hast du das wirklich gedacht?«

»Nein. Es war mir klar, dass er es nicht tun würde. Aber sein Wissen wäre nützlich gewesen.«

Ich dachte an das Gespräch mit Janos zurück. »Es war bereits nützlich. Er hat uns Hoffnung gegeben.«

Sie legte ihre Hand auf meine.

»Wenn wir morgen aufbrechen, sollten wir besser früh zu Bett gehen, damit wir ausgeruht sind.«

Ich sah in ihre Augen und lächelte. »Ich halte das für eine gute Idee.«

5. Poppet

Am nächsten Morgen fühlte ich mich unausgeschlafen. Trotzdem ging es mir so gut wie seit Jahren nicht mehr.

»Habt Ihr gute Laune, Ser Havald?«, fragte mich Eberhard, als ich mit ihm ein paar abschließende Dinge besprach. Unter anderem auch, was mit meinem Pferd geschehen sollte.

»Ja. Ihr hingegen seht bedrückt aus.«

Er nickte. »Ich bin ein einfacher Mann, Ser Havald. Ich bin es nicht gewohnt, an Geschehnissen beteiligt zu sein, welche die Geschicke der Menschen ändern können. Ihr wisst, dass ich Sera de Girancourt meine volle Unterstützung zusagte. Alles, was in meiner Macht steht, will ich tun. Aber ... es fällt mir schwer, meine Tochter ziehen zu lassen.«

»Wäre sie meine Tochter, hätte ich es ihr verboten.«

Er schüttelte den Kopf. »Sie ist nicht halb so gefügig, wie Ihr denkt. Nein, ich muss sie gehen lassen. Aber es ist nicht leicht. Ser, ich habe eine Bitte an Euch.«

»Und die wäre?«

»Achtet auf diesen Janos. Ja, ich weiß, er sagt, dass er den Räuberhauptmann nur gespielt hat, aber wir haben nur sein Wort, dass es auch so ist. Achtet auf meine Tochter. Bitte.«

»Sie lieben sich«, sagte ich.

Er beugte sich zu mir vor. »Es ist ein Zauber der Feen. Sie wirkte ihn, als sie noch dachte, sie müsse sich den Räubern hingeben. Sie dachte, wenn er sie liebt, schützt er sie.«

Was er ja auch tat. Ich erinnerte mich nur zu gut daran, wie sie ihn angesehen hatte, als sie auf ihrer magischen Geige spielte.

»Bist du sicher, Eberhard?«

Er schüttelte den Kopf.

»Erwähne es nicht mehr«, sagte ich dann leise zu ihm. »Ich hoffe, du hast unrecht. Aber ich werde auf deine Tochter achtgeben.«

»Danke, Ser. Ich bete, dass Euer Unterfangen gelingt. Und dass mein Kind zu mir zurückkehrt.«

»Tja«, sagte ich ein paar Stunden später. »Ich wollte eigentlich nicht mehr frieren.« Zu meinen Füßen war die Öffnung des Schachts, der in einen Raum tief unter uns mündete, dem Zugang zu den eisigen Höhlen.

»Wer will das schon?«, sagte Janos und sah zu Sieglinde hinüber. Sie war etwas bleich, wirkte aber entschlossen.

Ich ließ mich als Erster am Seil hinab. Noch vor drei Wochen hatte ich meinen Kettenmantel ausziehen müssen, sonst hätte mir die Kraft dazu gefehlt. Jetzt ging es, wenn auch nicht ganz mühelos. Balthasar hatte, um den Verdacht von sich abzulenken, einen der anderen Gäste, einen Bergarbeiter, in einen Werwolf verwandelt. Als ich diesen stellte, musste ich meine Bannklinge benutzen, die von all den Schwertern, die Askannon je gefertigt hatte, dasjenige war, welches den stärksten Fluch in sich barg: Es übertrug mir die Lebensenergie und die Jugend meines Opfers in dem Moment, als ich es erschlug. Vorher war ich alt gewesen, ein Zustand, der mir nicht gefiel, mich aber einiges gelehrt hatte.

Der Schacht führte gut ein Dutzend Mannslängen in die Tiefe und endete hoch über dem Boden eines unterirdischen Raums. Hier sollten einst die magischen Energien des Knotenpunkts gesammelt werden. Hier war auch der Platz, wo, nach einem Verrat, neun gute Soldaten gestorben waren und für siebenhundert Jahre im Eis gefangen blieben.

Am Anfang hatte dieser Raum einen unerklärlichen Schrecken für mich bereitgehalten, aber das war nun vorbei, die ruhelosen Seelen hatten ihren Frieden gefunden. Bis auf eine. Ich sah Sieglide zu, wie sie sich gekonnt abseilte.

Die nächste Person schwebte, ohne sich zu bewegen, herunter. Es war die Gefangene Zokoras, ihre lebende Puppe.

Als sie unten ankam, trat sie zu meiner Überraschung von allein auf die Seite. Ich glaube, jeder von uns war darüber einen Moment lang befremdet. Dann kam Zokora nach.

»Sie kann sich nützlich machen. Ich gab ihr etwas von dem zurück, was ich ihr genommen habe.« Zokoras Augen hatten einen seltsamen Ausdruck, als sie mir das sagte. »Vielleicht habe ich auch das in mir entdeckt, was ihr Gnade nennt. Es liegt an ihr.«

»Wie heißt sie?«, fragte ich.

»Sie ist jetzt Poppet. Das ist ihr Name. Bis ich anderes erlaube.«

Wenn es ihr die Folter ersparte, war ich bereit, sie mitzunehmen. So sahen es wohl auch die anderen, denn niemand erhob Einwände.

»Kannst du mich hören, Poppet?«, sprach ich sie an.

Ihr Gesicht war immer noch ausdruckslos, aber sie schloss einmal die Augen.

»Sprechen?«

Sie blinzelte zweimal, in schneller Folge.

»War das Ja und Nein?«

Einmaliges Blinzeln.

»Du musst nicht mit ihr reden. Du musst nur wissen, dass sie jeden unserer Befehle befolgen wird. Jeden. Sage zu ihr, sie soll sich in dein Schwert werfen, dann wird sie es tun. Ihre Belohnung ist der Tod. Aber ich gab ihr Hoffnung. Wenn sie uns überzeugend genug dient, kann sie sogar ihre Freiheit erlangen.« Zokoras Augen glühten rot. »Hörst du, Havald? Ich gab ihr Hoffnung.«

Ich sah zu Poppet hinüber. Ihre Augen flehten mich an, ihr diese Chance zu geben. Und Zokora hatte recht: Die Verzweiflung war der Hoffnung gewichen.

Ich schloss die Augen und schluckte. Dann nickte ich. »Einverstanden.«

Zokora sah mich überrascht an. »Ich habe dich nicht um Erlaubnis gefragt.«

»Ihr habt meine Zustimmung, das wollte ich Euch damit sagen.«

Sie legte den Kopf auf die Seite. »Einverstanden«, sagte sie dann. Vielleicht war es das unsichere Licht hier unten – an meinem Gürtel brannte nur eine Laterne –, aber mir kam es vor, als ob sie lächelte.

»Ich störe nur ungern«, rief Janos von oben. Ich sah hoch, er hing über mir am Seil. »Aber ihr steht im Weg.«

Wir traten zur Seite, und er landete neben uns. Von oben hörte ich ein leises Fluchen, dann folgte Varosch. »Es muss auch einen anderen Weg hier runter geben«, sagte er, als er unten ankam. »Das ergibt so keinen Sinn. Ist doch viel zu mühselig, diese ewige Kletterei.« Er schüttelte seine rechte Hand.

»Was ist passiert?«, fragte ich.

»Ich bin abgerutscht, der Handschuh hielt, aber es wurde etwas … heiß!«

Ich lachte. »Gut, dass Ihr Euch fangen konntet. Ihr seid nicht verletzt?«

Er schüttelte den Kopf.

»Ihr habt recht, es muss einen anderen Weg geben«, sagte Leandra. »Aber wir haben ihn noch nicht gefunden. Der Gang im Keller könnte dieser Weg sein, aber er endet vor einer Wand.«

»Gemauert?«, fragte Janos. Er stand unter dem Schacht und nahm unsere Ranzen und Ausrüstung entgegen, welche Eberhard von oben herabließ.

Leandra schüttelte den Kopf. »Nein. Aus Naturgestein. Es sieht aus, als wäre er nicht fertig gebaut. Aber wir wissen wegen der Wagenspuren, dass er benutzt wurde. Es ist wirklich ein Rätsel.«

»Vielleicht findet Eberhard die Lösung, während wir unterwegs sind.« Ich stapfte mit meinen Füßen. Ich war warm genug gekleidet, nur das Herumstehen ließ mich frieren. »Es könnte noch von Wichtigkeit sein.«

»Wie meint Ihr das?«, fragte Janos. Er hielt mir meinen Rucksack hin und half mir, ihn aufzusetzen. Götter, war das Ding schwer, musste ich wirklich all das mit mir herumschleppen? Aber auf was verzichten? Wir wussten ja gar nicht, was uns erwartete, und das größte Gewicht stellte sicherlich der Proviant dar. Dafür hatten die Götter doch wohl die Packpferde erfunden. Hätten die Götter gewollt, dass ich solche Lasten trage, hätten sie mir vier Hufe, lange Ohren und ein graues Fell gegeben!

»Nun. Coldenstatt ist eine recht neue Stadt, aber die Länder sind, wenn auch etwas kalt, fruchtbar. Thalak kann vielleicht bis hierher kommen, aber wenn zum Beispiel die alte Feste besetzt wäre, wäre dies das Ende seiner Expansion. Weiter schafft er es auf keinen Fall«, erklärte ich Janos.

»Jede Mauer kann fallen.«

»Diese nicht. Wenn Ihr sie seht, werdet Ihr verstehen. Das Donnertor ist ein Wunder.«

»Es wäre eine Ironie«, sagte Leandra, »wenn die Feste, die uns hier vor den Barbaren schützen sollte, sich nun in der entgegengesetzten Richtung als Bollwerk erweisen würde.«

»Was ist eigentlich mit den Barbaren geschehen?«, fragte Varosch.

Ich machte eine hilflose Geste. »Ich weiß es nicht.«

Zokora lachte hell auf, und ich sah sie überrascht an.

»Nun, Havald, schau dich an und Varosch. Steckt man euch beide in Felle und gibt euch Knüppel in die Hand, habt ihr eure Antwort. Es gibt keine Menschen und Barbaren, es gibt nur Menschen.«

»Ich mag Felle.« Varosch lachte. »Aber nicht als einziges Kleidungsstück!«

Ich blinzelte. Leandra lächelte ebenfalls. »Sie hat wahrscheinlich recht. Die Legion hat zwar viele Barbaren im Kampf getötet, aber es war nicht ihre Absicht, sie auszurotten. Jeder von uns hat Barbarenblut in den Adern. Sie trieben Handel mit unseren Vorfahren, irgendwann wurden sie zivilisiert, und dann verschwand der Unterschied. Varosch zum Beispiel ist ein Name aus der alten Sprache der Barbaren. Er bedeutet Lichtfinder.«

»Nett«, sagte Varosch mit einem breiten Grinsen.

Janos klopfte ihm auf die Schulter. »Du hast Glück gehabt«, sagte er. »Er hört sich besser an als andere Namen. Es hätte auch

Der mit dem Esel …« Sieglinde gab Janos einen Stoß in die Seite. Der hob die Hand und lachte. »Ist ja schon gut.«

Es gab einen deutlichen Unterschied zum letzten Mal, als wir von diesem Ort aus in die Eishöhlen aufgebrochen waren. Damals hatte kein Gelächter in der Luft gelegen. Ich sah mich um. Jeder hatte seinen Rucksack angelegt und seine Ausrüstung parat. Von oben erschallte ein ferner Gruß von Eberhard, Sieglinde stand unter dem Schacht und rief ein Abschiedswort zurück.

Wir waren so weit.

Ich überprüfte, ob meine Schwerter frei waren; zusätzlich zu Seelenreißer trug ich noch ein normales Schwert. Sollten wir den untoten Zwergen begegnen, wollte ich nicht, dass Seelenreißer sie traf. Wer wusste schon, was man sich von untoten Zwergen so alles holen konnte.

Ich hob die Laterne an. »Gehen wir.«

6. Drachenliebe

Wir kamen gut voran. Der erste Teil des Weges war uns bekannt, auch wenn wir immer noch vorsichtig waren, erwarteten wir keinen Ärger, und er blieb auch tatsächlich aus. Wir erreichten ohne Schwierigkeiten die Stelle, an der der Weg zur Donnerfeste von dem Pfad abzweigte, den wir damals zum Tempel des Eiswolfs genommen hatten. Jeder von uns warf einen Blick in diese Richtung, als wir wortlos weiter dem Gang zur Feste folgten.

Ab hier war Vorsicht geboten. Nicht nur, dass es vielleicht noch untote Zwergenwächter gab, wir wussten von Zokora, dass die Höhlen nicht so ohne Leben waren, wie es auf den ersten Blick schien.

Die unterirdische Landschaft war faszinierend. Es war lange her, dass die Steinmetze des Imperiums ihren Weg durch die Höhlen geschlagen hatten, manches Mal wuchsen sich Stalaktiten und Stalagmiten direkt auf dem Weg entgegen. Alles war mit einer glitzernden Eisschicht überzogen.

Der Weg führte uns in eine Höhle, die so groß war, dass der Schein meiner Laterne weder Wände noch Decke erreichte, sodass es mir erschien, als gäbe es nur uns, diesen Lichtkreis der Laterne, dieses Stück des eisigen Weges und ... nichts sonst. In der Höhle regnete es sogar. Nur dass die feinen, kalten Tropfen, die jede Faser unserer Gewänder durchnässten, manchmal salzig schmeckten.

»Zokora sprach von einem Meer, das sich durch den Berg gedrückt hat. Vielleicht ist irgendwo noch Wasser gefangen oder läuft durchs Salz hindurch«, spekulierte Leandra.

»Mir ist egal, wo es herkommt, solange es mir nicht in den Kragen läuft«, brummte Janos.

Wir standen in einem regelrechten Trümmerfeld. Felsbrocken, teilweise größer als ein Haus, waren von der Decke herabgefallen und lagen aufeinander geschachtelt, als ob ein Riese sie achtlos zusammengeschoben hätte.

Kalksteinformationen wirkten, als hätte jemand Zuckerguss über diese schwarzen Felsen gestreut, mächtige gewachsene Säulen reckten sich vom Boden zur unsichtbaren Decke empor. Der Weg, den die Ingenieure des Alten Reiches vor Jahrhunderten durch dieses seltsame Wunderland geschlagen hatten, war noch weitgehend frei von Stalagmiten. Für einen Berg lagen diese Zeiten nur ein Augenzwinkern zurück.

Eine Brücke, vielleicht fünfzehn Schritt lang, führte im Bogen über einen Spalt, der tiefer war, als das Licht reichte. Von dort unten drang ein fernes Donnern und Rauschen an unser Ohr. Feuchtkalt stieg hier die Luft auf und ließ unsere Gewänder flattern. Sie führte den Geruch von Seewasser mit sich. Vielleicht hatte Leandra recht.

Vorsichtig und mit Seilen aneinander gebunden, überquerten wir die Brücke und entfernten uns ein Stück von ihr.

Zokora hob die Hand. »Wartet hier.« Sie sprach leise.

Ich nickte. Wir waren nun vielleicht fünf, sechs Stunden unterwegs, und mein Rucksack, der mir anfangs schon zu schwer vorgekommen war, hatte in der letzten Zeit ein Vielfaches an Gewicht gewonnen.

Wir warteten. Ich fror, war müde und zu erschöpft für Gespräche. Ich mochte wieder jung sein, dank meines verfluchten Schwerts, aber Jugend allein verlieh keine Kondition. Leandras Packen war gewiss nicht leichter als meiner, dennoch hatte sie noch immer einen federnden Schritt.

Ich lehnte mich an einen Stein – setzen wollte ich mich nicht, da ich befürchtete, ich könnte mich nicht mehr erheben – und schloss die Augen. Ein Trick, den gewiss jeder Fußsoldat kannte.

»Sie bleibt lange weg«, sagte Leandra leise zu mir.

»Sie weiß, was sie tut.«

»Mir wäre es lieber, es ginge weiter. Ich bin bis auf die Knochen durchnässt«, sagte Janos. Er saß mit dem Rücken an einen anderen Stein gelehnt und warf kleine Steine.

»Ich wusste nicht, dass es so große Höhlen gibt. Es ist unheimlich hier«, sagte Sieglinde. Sie zog mit ihren Zähnen die Handschuhe aus und rieb die Finger aneinander. »Ob wir ein Feuer machen sollten?«

»Hallo!«, rief Janos. »Allo … allo … allo …«, kam das Echo zurück. Er drehte sich um und grinste. »Sie ist wirklich groß!« Seine Augen weiteten sich, als plötzlich in der Ferne das Geräusch herabfallender Steine zu hören war.

Da erschien Zokora aus dem Dunkel. Sie rannte und wirkte wütend. »Schwachsinniger Mensch, du bringst uns noch um! Schnell, folgt mir! Wenn einer stürzt, lasst ihn liegen, wir haben keine Zeit mehr!«

Sie eilte davon, abseits vom Weg in einen Irrgarten von Kalksteinsäulen, herabgebrochenen Felsplatten und verräterischen Rissen im Boden. Ich war es, der strauchelte, aber Varosch riss mich kommentarlos mit.

Ich wollte gerade Zokora fragen, was das alles sollte, als ich es hörte, hinter uns.

Ein Rascheln und Schaben, Klicken und Knistern, Geräusche, die ich von der Welt der Oberfläche nicht kannte und die hier unten tiefste Furcht auslösten.

»Hier!«, rief Zokora. Sie hatte ein kleines Plateau erreicht. An dieser Stelle waren Felsplatten übereinander gefallen, und dazwischen waren Säulen gewachsen, sodass das Gebilde dem Rachen eines Drachen ähnelte, mit den Säulen als Gehege seiner Zähne.

»Verteilt euch, die Säulen sollten uns Schutz geben!«

»Götter!«, entfuhr es Leandra neben mir. Sie hatte ihr Schwert gezogen und sah an mir vorbei in die Dunkelheit. Ich erkannte noch nichts.

»Achtung, ich mache Licht!«, rief Zokora und streckte ihre Hand aus. Ein gleißender Lichtpunkt erschien an ihren Fingerspitzen und schoss davon, um in einem Bogen aufzusteigen. In etwa zwanzig Mannslängen Höhe blieb der Lichtpunkt stehen und wurde immer heller, bis man die Augen abwenden musste, um nicht zu erblinden.

»Verdammt!«, rief Janos.

»Heiliges Exkrement!« Das war Varosch.

Ich sagte nichts, mir hatte es die Sprache verschlagen.

Um uns herum bewegten sich um die dreißig … Kakerlaken? Zumindest ähnelten sie ihnen, doch sie waren zwischen zwei und drei Mannslängen lang.

Sie waren dunkelgrau, die größte von ihnen war weiß. Sie hielt sich zurück, hatte einen Felsbrocken in etwa vierzig Schritt Entfernung erklommen. Als Zokoras Licht erschien, verharrten die Bestien in ihrer Bewegung.

Eine von ihnen richtete sich auf, ihr Hinterleib pulsierte, und ein Strahl grünbrauner Schleim schoss zwischen ihren Mandibeln hindurch nach oben, dorthin, wo Zokoras Licht schwebte. Noch während der Strahl in der Luft war, sprang das Biest mit einer ruckartigen Bewegung etwa fünf Mannslängen rückwärts und verharrte dort genauso regungslos wie vorher.

Der Strahl hätte Zokoras Licht getroffen, wäre es körperlich gewesen, so aber ging er hindurch und regnete ein Stück rechts von uns auf die vereisten Steine herab. Das Eis begann zu zischen, und feine Rauchwolken stiegen auf. Ein widerlicher Geruch erfüllte den Raum.

»Leandra. Schild!«, presste Zokora zwischen den Zähnen hervor. »Bald. Licht. Aus!«

Leandra nickte, griff in ihre Gürteltasche, aus der sie mehrere Beutel hervorholte. Sie öffnete sie nacheinander, sah hinein, ließ sie einfach fallen, bis sie den richtigen fand. In diesen steckte sie die Fingerspitzen hinein, murmelte etwas und zog sie wieder heraus. Ein Band glitzernden Staubs entstand zwischen ihren Fingern und dem Beutel. Mit der anderen Hand, das Gesicht in höchster Konzentration, winkte sie uns hastig zu sich, während sie selbst näher an Zokora herantrat.

Wir beeilten uns, ihrer Geste zu folgen, alle bis auf eine, Poppet, die bewegungslos dastand, die Augen geweitet. Ich fluchte leise, machte drei Schritte zurück und schleifte sie mit. In einer einzigen, plötzlichen Bewegung wirbelte Leandra herum, das Band aus Staub stand waagerecht in der Luft. Ich merkte, wie sich meine Nackenhaare aufstellten, und dann, mit einem Schlag, entstand um uns herum eine Kugel aus glitzerndem, tanzendem Staub.

Im selben Moment erlosch Zokoras Licht.

So hell war ihr Licht gewesen, dass es eine Weile dauerte, bis ich merkte, dass es nicht komplett dunkel war; die glitzernde Kugel gab noch ein fahles, schwaches Licht ab.

Zokora wankte und wäre wohl gefallen, wäre Varosch nicht herbeigeeilt. Er hielt sie einen Moment, dann ließ er sie zu Boden gleiten, kniete sich selbst hin und bettete ihren Kopf auf seine Beine.

Sie war bewusstlos. Ihr Gesicht entspannte sich, wurde weich, und Varosch seufzte. Er strich ihr sanft über das Haar. »Wirkt sie nicht wie ein kleines Mädchen?«, fragte er ehrfürchtig. »Wer sie so sieht, muss sie doch lieben, oder nicht?«

»Was ist passiert?«, fragte Janos mit rauer Stimme.

»Habt Ihr je ein so helles Licht gesehen?«, kam Leandras Gegenfrage. Janos schüttelte den Kopf.

»Es bedurfte großer Energie, um dieses Licht zu schaffen. Sie ist erschöpft. Dennoch, wir müssen sie wecken, sie kennt diese Viecher und …«

»Ich bin wach.« Zokora sprach leise und bewegte sich nicht, ließ ihre Augen geschlossen. »Poppet.«

Poppet trat näher heran.

»Stein ist dein Talent. Nutze es irgendwie. Wir brauchen ein Geräusch im Stein, langsam und regelmäßig. Tam-ta-ta-ta-tam. Und wenn du nur einen Stein auf den Boden schlägst … wir brauchen dieses Geräusch. Halte es aufrecht, so lange du kannst. Fang an.«

Poppet trat einen Schritt zurück. Sie wippte mit dem linken Fuß.

TAM-TA-TA-TA-TAM. TAM-TA-TA-TA-TAM. TAM-TA-TA-TA-TAM.

»Gut.« Zokora öffnete die Augen und sah sich den glitzernden Wall aus magischem Staub an. »Funktioniert es?«

Leandra nickte.

»Gut. Das kann uns das Leben retten. Varosch … ich will diese Trockenfrüchte, alles, was du auftreiben kannst, und diese Nüsse.«

»Rosinen?«

»Ja.«

Rosinen und Nüsse. Ich war einst über diese Kombination an Proviant gestolpert, und Eberhard hatte ein halbes Fass Rosinen in seinem Lager. Fast ihr Gewicht in Gold wert und eigentlich nicht zum Verzehr gedacht, sondern zum Handel, aber für uns eine ausgezeichnete Wegzehrung. Auch diesmal hatte jeder von uns einen Beutel voll dabei.

Wortlos reichte ich Varosch meinen Anteil.

Er fing an, Zokora zu füttern, sie kaute und schluckte, als ob ihr Leben davon abhinge.

TAM-TA-TA-TA-TAM. TAM-TA-TA-TA-TAM. TAM-TA-TA-TA-TAM.

»Ich hoffe, das hat einen tieferen Sinn«, sagte Janos. »Es macht mich verrückt.«

TAM-TA-TA-TA-TAM. TAM-TA-TA-TA-TAM. TAM-TA-TA-TA-TAM.

»Sie macht nie etwas ohne Sinn«, sagte Varosch ohne aufzublicken.

»Ich würde gern wissen, wie sie das anstellt.« Sieglinde sah Poppet an. Aber die Frau schaute an ihr vorbei, die Augen angstvoll auf Zokora gerichtet.

»Sie hat das Talent, Stein zu manipulieren. Im Wolfstempel kam sie aus dem Felsen, um mich anzugreifen. Sie bewegte sich im Stein, als wäre er Wasser«, erklärte ich ihr.

TAM-TA-TA-TA-TAM. TAM-TA-TA-TA-TAM. TAM-TA-TA-TA-TAM.

Nach dem dritten Beutel begann Zokora zu würgen, aber sie aß weiter.

»Was macht sie da?«, fragte ich Leandra leise. Ich versuchte irgendetwas außerhalb der glitzernden Kugel zu erkennen, aber das war sinnlos.

»Sie braucht neue Kraft. Varosch? Ist sie heiß?«

Varosch nickte.

»Sie beschleunigt ihre Körperfunktion, sie verzehrt und verbrennt sich selbst, um wieder Kraft zu gewinnen«, erklärte Leandra und wirkte beeindruckt.

»Warum nimmt sie die Kraft nicht aus der Umgebung, wie du?«

»Das kann sie nicht. Sie ist eine Priesterin, keine Maestra. Sie gewinnt ihre Kraft aus Meditation, Beten und Ritualen. Oder aus sich selbst. Was sie eben mit dem Licht tat, war lebensgefährlich für sie.«

»Kannst *du* nicht das Licht erschaffen?«

»Ja. Aber nicht so hell. Ich fürchte, es gibt einen Grund, warum es so hell sein musste.«

»Leandra.« Zokora hatte sich aufgerichtet.

TAM-TA-TA-TA-TAM. TAM-TA-TA-TA-TAM. TAM-TA-TA-TA-TAM.

»Ja?«

»Wie lange hält der Schild?«

»Ich weiß es nicht. Eine Kerzenlänge vielleicht. Kaum mehr.«

»Wie lange brauchst du, um ihn fallen zu lassen?«

»Das geht sofort.«

»Gut.« Zokora ließ sich wieder zurückfallen.

»Was … was sind das für Biester?«

»Wir nennen sie Tiefenkrabbler.«

»Was für ein harmloser Name für diese Untiere«, sagte Sieglinde und schüttelte sich. »Sehe ich das richtig, dass sie Säure versprühen?«

TAM-TA-TA-TA-TAM. TAM-TA-TA-TA-TAM. TAM-TA-TA-TA-TAM.

»Ja.« Zokora atmete schwer, als sie weitersprach. »Es ist ihr Blut, und die Säure darin erzeugt irgendwie Hitze, sodass sie nicht einfrieren. Es gibt nur wenige Mittel gegen sie. Sie sind wie eure Kakerlaken; wenn sie hellem Licht ausgesetzt werden, erstarren sie oder rennen weg.«

»Und wie kann man sie besiegen?«

»Nur sehr schwer. Varosch. Hast du die Königin gesehen?«

»Den Albino?«

»Ja.«

Er nickte.

»Zwischen den Mandibeln gibt es zwei Öffnungen im oberen Rand des Panzers. So groß wie einer meiner Daumen. Kannst du sie dort mit einem Bolzen treffen?«

Varosch blickte zweifelnd drein. »Vielleicht. Mit drei, vier Schüssen wahrscheinlich.«

»Du hast einen einzigen. Und nur einen Sekundenbruchteil, um zu zielen.«

»Nein. Ich bin nicht Brigitte.«

Brigitte war eine legendäre Bogenschützin aus den Balladen und Legenden. Es hieß von ihr, sie konnte eine Fliege auf hundert Schritt treffen. Ich hatte da meine Zweifel, auf die Entfernung sah ich eine Fliege nicht mal mehr.

TAM-TA-TA-TA-TAM. TAM-TA-TA-TA-TAM. TAM-TA-TA-TA-TAM.

»Sind denn unsere Schwerter nutzlos?«, fragte Janos.

»Man muss schon einen guten Streich führen, um die Schale zu durchschlagen. Dann wird man in einen Strahl Säure getränkt. Und der Tiefenkrabbler wird nicht mal merken, dass du ihn getroffen hast.«

»Bösartige Biester«, sagte ich. »Was kann man noch tun?«

»Sie mit Steinen zerquetschen. Ertränken. In Lava grillen. Schlägt man mit einer Axt zwischen die Löcher, trifft man ihr Gehirn. Es ist so groß wie eine Nuss. Nur überlebt man es nicht.«

»Was ist mit der Königin?«

»Jeder Krabbler ist für sich allein dumm und flüchtet, wenn er ein Geräusch hört. Aber mit einer Königin zusammen denken sie gemeinsam und sind ungleich gefährlicher. Tötet man die Königin, rennt der Rest davon. Oder greift alles an, was sich bewegt, also auch die anderen Krabbler.«

TAM-TA-TA-TA-TAM. TAM-TA-TA-TA-TAM. TAM-TA-TA-TA-TAM.

Wir sahen uns gegenseitig an.

»Und was ist das mit dem Trommeln?«

»Unsere einzige Möglichkeit«, antwortete Zokora.

»Irgendetwas stimmt nicht«, sagte Sieglinde. »Mir wird schwindlig.«

»Mir auch«, sagte Leandra. Sie massierte sich die Schläfen.

Zokora lachte bitter. »Leandra, dieser Schild, was hält er alles ab?«

»Es ist die Vorstellung eines Diamanten, die als Grundlage dient. Diamantenstaub ist seine Komponente.«

»Also auch Luft?«, fragte die Dunkelelfe.

»Ja. Aber hier ist doch genug davon.«

»Aber wir brauchen frische Luft zum Atmen.«

»Dann stinkt es eben ein wenig.«

»Nein, wir vergiften uns«, versuchte Zokora zu erklären.

Ich sah sie verständnislos an. »Wie das?«

»Wenn wir atmen, verbrauchen wir einen Teil der Luft und wandeln ihn in etwas um, was wir nicht mehr verwenden können. Ein Gift.«

»Wir atmen Gift aus?«, fragte Janos ungläubig. »Wie soll das gehen?«

»Glaub mir«, sagte Zokora.

TAM-TA-TA-TA-TAM. TAM-TA-TA-TA-TAM. TAM-TA-TA-TA-TAM.

»Also werden wir entweder gefressen, in Säure aufgelöst, oder wir ersticken«, sagte ich. »Wie beruhigend.«

TAMMMM-TAMMMM-TAMMMMMM!

Der Boden vibrierte mit jedem Schlag.

»Poppet, aufhören!«, rief Zokora. Dann sah sie zu Leandra hoch. »Alle runter, Leandra, lass den Schild fallen. Und ... betet!«

Ich kauerte mich auf den Boden, und der Schild erlosch.

Wir lagen alle aufeinander, und vor mir, keinen Schritt entfernt, befand sich ein Tiefenkrabbler. Er hatte sich fast durch eine Kalksteinsäule genagt. Vor mir dampfte der Boden, eine einzige Pfütze aus Säure, nur ein Kreissegment aus Stein und Eis, auf dem wir uns drängten, ragte in diese Pfütze hinein.

Aber der Tiefenkrabbler kümmerte sich nicht um mich, er bewegte sich rückwärts von uns weg.

Hätte das Wesen, das jetzt auftauchte, nicht in fahlem Weiß geleuchtet, hätte sich das nun folgende Spektakel für mich unsichtbar im Dunkeln abgespielt. So aber konnten wir es sehen. Zuerst dachte ich, es wäre ein gigantischer Wurm, aber dann sah ich die Augen, die Hautfalten, Krallen und rudimentären Flügel. Ein Drache. Ich hatte früher schon zwei gesehen, aber keinen wie diesen. Seine Schuppen gaben ein schwaches Licht ab. Sein Schwanz schlug auf den Boden und erzeugte Klopfgeräusche, die den Grund vibrieren und von oben Steine herabrieseln ließen. Er schenkte den Krabblern keinerlei Aufmerksamkeit, sein Kopf wippte hin und her, seine lange, gespaltene Zunge witterte in alle Richtungen.

Ein Strahl Schleim traf ihn an der Nase.

»Diese Krabbler sind ziemlich dumm …« Zokora sprach gequetscht und sehr leise.

Der blasse Wurm erhob sein Haupt, streckte sich zu seiner vollen Höhe von gut fünfzehn Mannslängen und öffnete den Rachen.

»Augen zu, Luft anhalten!«, rief Zokora.

Eine Woge von Hitze floss über uns hinweg. In der Nähe hörte ich knackende Geräusche, als ob im Kamin das Feuer Harz im Brennholz findet. Ich versuchte mein Gesicht in meiner Armbeuge zu schützen, dennoch wurde mir der Moment schier unerträglicher Hitze zu einer Ewigkeit.

Dann ließ es nach. Als ich die Augen vorsichtig wieder öffnete, ergriff mich die Angst. Keine zwei Mannslängen von mir entfernt glomm der Boden in dunkler werdendem Rot. Die glühende Zone war wie ein Speerblatt geformt. Sie fing bei dem Stein an, auf dem die Königin gesessen hatte, war an der breitesten Stelle gut zwanzig Schritt breit und endete kurz vor uns. Es war unser Glück, dass Zokora einen erhöhten Platz für uns gefunden hatte.

Die krachenden Geräusche kamen von den Krabblern, die in der Hitze aufplatzten und dabei Fontänen von ihrem Blut verspritzen, welches sofort Feuer fing. Dennoch bewegte sich hier und da noch ein verkohltes Bein oder eine brennende Mandibel.

Der Lindwurm wiegte immer noch sein Haupt suchend hin und her. Dann erstarrte er in seiner Bewegung, seine Augen, so groß wie Schilde, fixierten mich. Langsam glitt er näher, seine krallenbewehrten Pranken sanken in den glühenden Stein.

Niemals hatte ich eine solche Angst verspürt, ich war gelähmt, konnte nichts anderes tun, als ihn gebannt anzustarren.

Er legte den Kopf zur Seite, um uns aus einem Auge besser mustern zu können. Er hatte Katzenaugen, große, bernsteinfarbene Katzenaugen. Er zog die Luft ein, der Wind schoss über uns hinweg und zerrte an unseren Mänteln.

In meinem Geist entstand wie von selbst ein Bild von einem anderen Drachen, zierlicher ... aufregend erregend, mit einem geschwollenen Kamm und einem Lächeln, das Ekstase versprach ... Und ich spürte eine Frage. Ich versuchte zu antworten, dass ich sie nicht gesehen hätte – die Gefährtin, nach der der Drache verlangte.

Sein Kopf senkte sich, ich spürte Trauer und Verzweiflung, dann wandte er sich ab und kroch davon, Steine, Krabbler und Eis unter seinem Bauch einebnend.

»Was ist da eben geschehen?«, flüsterte Leandra.

»Er fragte mich, ob ich ein Weibchen gesehen hätte.«

Ungläubiges Schweigen. Dann Janos' Stimme: »Die Signale ... Zokora ... war das ...?«

»Ein Weibchen, das brünstig ist, sendet solche Signale.«

»Götter!«, sagte Janos ehrfürchtig. Dann kicherte er leise. »Das wird uns niemand glauben.«

»Ich dachte, er grillt uns«, sagte Sieglinde.

Wir sahen schweigend zu, wie das fahle Licht des Drachen langsam verblasste und irgendwann in der Dunkelheit verschwand. Ich weiß nicht, wie lange wir noch liegen blieben.

»Mist«, sagte Janos und wälzte sich von mir herunter. »Ich habe mir in die Hose gemacht.«

»Ich auch«, antwortete ich leise und richtete mich ebenfalls auf. Nach und nach erhoben sich auch die anderen.

»Wer würde sich nicht in die Hose machen bei dem Anblick?«, sagte Sieglinde leise.

»Es ist nicht der Anblick, es ist die Drachenfurcht, eine Art von Magie, die die Kreatur ausstrahlt. Sie macht sich so ihre Beute gefügig«, gab Zokora zurück. »Ich bin dagegen gefeit.«

»Und damit die Einzige, die nicht die Kleider wechseln muss? Wollt Ihr uns das unter die Nase reiben?«, fragte Janos spitz.

»Nein«, kam Zokoras Antwort. »Denn ich lag zuunterst.«

7. Der Sinn des Krieges

Wir kamen nicht mehr weit auf dieser Etappe.

Wir entfernten uns von dem Ort, bis wir den Geruch nicht mehr in der Nase hatten. Dann führte uns Zokora zu einer Felsspalte, in der wir unser Lager aufschlugen.

Wir hatten zwei kleine Feuerschalen dabei, die uns, mit Lampenöl benetzt, zum Kochen und als Beleuchtung dienten.

Mit einem Umhang verschlossen wir den schmalen Spalt, durch den wir in diese Höhle gekrochen waren, und Leandra murmelte einen Spruch, der es ein wenig wärmer werden ließ. Ich warf ihr einen Blick zu, und sie lächelte zurück. Bei dem Versuch, diesen Spruch zum ersten Mal anzuwenden, war sie zusammengebrochen, damals in unserem gemeinsamen Zimmer im Gasthof, aber diesmal schien es ihr nichts auszumachen.

Dann füllten wir Eis in einen Topf, den wir auf die eine Feuerschale stellten.

»Warum passiert das den Helden in den Balladen nie?«, fragte Janos. Er hielt angewidert seine lederne Hose hoch. »Ich habe eine andere Wollhose für untendrunter, aber bei dem Gedanken, hier wieder hineinzuschlüpfen ...«

»Ich kann vielleicht helfen«, sagte Leandra. »Legt alle Beinkleider dort drüben auf einen Haufen.«

Zokora hatte auch Poppet die Beinkleider ausgezogen. Sie saß da und zitterte, Gänsehaut auf ihren weißen Beinen. Ich stand auf und hüllte sie in ihren Mantel.

»Es passiert auch den Helden in den Balladen«, sagte ich, als ich in meine zweite Wollhose schlüpfte. »Aber irgendwie vergessen die Barden dieses kleine Detail immer wieder.«

»Und sie müssen niemals müssen«, ergänzte Sieglinde. »Oder schlafen.«

»Oder frieren«, sagte ich, denn die Hose, obwohl trocken, war kalt. Ich rückte näher an die Feuerschale und füllte einen neuen Topf mit Eis. Dann legte ich auch meine Beinkleider auf den Haufen.

»Sind das alle?«, fragte Leandra.

»Ich glaube schon«, sagte ich. Ich versuchte nicht auf Zokora zu glotzen. Sie war splitterfasernackt und ließ sich mit geschlossenen Augen von Varosch den Nacken massieren. Sie fror offensichtlich nicht.

»Varosch.« Er sah mich an. »Legt den Umhang über sie. Ich glaube, sie wird nichts dagegen haben.«

Er zögerte kurz, dann legte er ihren Umhang über ihre Schultern. Zokora öffnete kurz die Augen, sah mich an, zog eine Braue hoch und schloss die Augen wieder.

Leandra kniete vor dem Kleiderhaufen und blätterte in ihrem Buch. Ein kleines Licht schwebte über ihrem Haupt und spendete gerade so viel Licht wie eine Kerze.

»Ah, hier.« Sie blickte triumphierend zu mir herüber. »Ich wusste doch, dass es nützlich ist! Dieses Buch ist Gold wert. Nur Haushaltssprüche, pah! Das kann nur ein Mann sagen.« Sie fuhr mit dem Finger über die Zeilen, bewegte die Lippen, sammelte sich. Es gab ein helles Licht, und mit einem seltsamen Knattern lief das Elmsfeuer über die Kleidung, und ein Geruch von Ozon breitete sich aus.

Sie hob die oberste Hose an. Meine. Sie strahlte.

»Seht ihr! Sauber!«

Wir zeigten uns alle gebührend beeindruckt.

»Wie habt Ihr den Weg zu Ritualmagie gefunden?«, fragte Janos. Er begutachtete seine Hose, roch sogar an ihr, dann wich sein misstrauischer Gesichtsausdruck und er zog sie an. »Ich dachte, niemand weiß mehr, wie das geht.«

»Ich hatte einen sehr geduldigen Lehrer. Absolom, den Hohepriester der Astarte. Er wusste, dass ich mich dafür interessierte, und als ich meinen letzten Test bestand, gab er mir dieses Buch als Abschiedsgeschenk. Er sagte, es sei das Einzige, das er habe finden können, und entschuldigte sich dafür, dass es nur Haushaltsmagie sei.« Sie grinste breit. »Ich habe in den ganzen

Jahren meines Studiums weniger nützliche Magie gelernt, als in diesem Buch steht. *Nur* Haushaltsmagie? Wofür ist Magie sonst da, wenn nicht um nützlich zu sein! Und ich habe daraus gelernt, wie man Rituale entwirft.«

»Wie das?«, fragte ich.

»Zokoras Magie verwendet auch Rituale und Meditationen. Sie erklärte mir, wie Rituale die Magie in bestimmte Bahnen lenken können, und plötzlich verstand ich, was Ritualmagie ist.«

»Und was ist es?«

»Magie. Es gibt keinen Unterschied. Aber mithilfe von Ritualen kann man sie sauberer und präziser wirken, ohne Verschwendung. Dadurch benötigt man nur einen Bruchteil der Kraft. Die Komponenten vereinfachen die Sache zusätzlich, weil sie eine Idee darstellen und schon stofflich sind.«

»Das verstehe ich nicht«, sagte Sieglinde und nahm ihre Hose von Leandra entgegen. Ich sah fasziniert zu, wie sie in sie hineinstieg und sie wackelnd über ihre Hüften zog.

»Es ist Thaumaturgie, und es funktioniert aufgrund von Ähnlichkeiten. Wenn ich einen Felsbrocken bewegen will, nehme ich ein kleines Stückchen Holz und stelle mir dieses als Hebel an dem Felsbrocken vor. Dadurch ist es leichter, die Magie zu beherrschen. Sie lässt sich einfacher und besser formen.«

»Kann das jeder lernen?«, fragte ich.

Sie schüttelte den Kopf. »Nein. Man braucht nach wie vor das magische Talent.«

»Ich bin froh, dass ich nur ein kleines Talent habe«, sagte ich. »Das ist mir alles viel zu kompliziert.« Auch ich trug mittlerweile wieder meine Hose. »Wir sollten etwas essen.«

»Poppet«, sagte Zokora. Poppet sah zu ihr hinüber. »Kleide dich an.« Ich hatte eigentlich erwartet, dass Zokora sie, wie üblich, anziehen würde. Ich war einigermaßen sprachlos, als ich sah, wie Poppet das selbst tat und danach wieder in ihre ursprüngliche Haltung zurückfiel.

Ich schüttelte ungläubig den Kopf. »Wie kann ein Gift so vielseitig sein?«

»Ich gab ihr gestern Nacht das Gegenmittel. Dies ist nicht die Wirkung des Gifts, sondern ein Ritual.«

»Ein grausames Ritual«, wagte Sieglinde zu sagen.

Zokora reagierte anders als erwartet: Sie lächelte leicht. »Ich bin eine Priesterin Solantes. Absoluter Gehorsam ist Teil des Noviziats. Ich selbst befand mich dreißig Jahre unter der Macht desselben Rituals.«

»Dreißig Jahre?«, sagte Varosch leise.

»Ja. Zwanzig mehr als üblich, da ich eine Tochter unserer Herrscherin bin. Wer herrschen will, muss dienen lernen.«

Sie sah Poppet gedankenverloren an und fuhr fort: »In diesen dreißig Jahren war ich weniger als nichts. Jeder, der den Tempel betrat, konnte mir alles befehlen, was ihm einfiel. Einmal stürzte ich mich in ein Schwert. Jemand hatte seiner Tochter zum ersten Blut ein Schwert geschenkt, sie wollte es ausprobieren, sehen, ob es scharf ist.«

Betretenes Schweigen folgte. Zokora musste Varosch ein Zeichen gegeben haben, das ich nicht bemerkt hatte, denn er erhob sich und brachte ihr die Kleidung. Als sie sich anzog, warf sie einen Blick in unsere Runde, speziell in meine Richtung.

»Ich sagte es dir schon einmal. Ich weiß, was ich tue.«

Ich nickte. Ich hatte es nicht vergessen.

Sie schloss ihren Gürtel und hängte ihr Schwert ein. »Janos?«

Janos sah auf. »Ja?«

»Wenn du noch einmal in den Höhlen herumbrüllst, werde ich dich töten, bevor du den Rest von uns auch noch umbringst. Verstanden?«

Sieglinde sprang auf. »So kannst du nicht mit ihm reden!«

»Kann ich nicht? Frag mal deinen Geist, was sie dazu meint!«

Sieglindes Augen weiteten sich, und ihr Mund formte sich zu einem O. Sie setzte sich langsam wieder. Ich sah fasziniert zu, wie sie errötete. Serafine war wohl deutlich gewesen.

»Es tut mir leid«, sagte Janos. »Und ja, verstanden.«

Zokora nickte. »Gut. Es wird wohl jeden erfreuen, dass wir schon mehr als die Hälfte des Weges hinter uns gebracht haben. Janos' Bemühungen zum Trotz, leben wir noch alle.«

»Und wir sollten etwas essen«, sagte Leandra in einem bestimmenden Tonfall.

Irgendwann brachen wir wieder auf. »Welche Zeit es wohl sein mag?«, fragte Sieglinde.

»Morgen«, antwortete Leandra.

»Woher wollt Ihr das wissen?«

»Ich fühle es.«

»Hier ist etwas«, sagte Janos und hielt seine Fackel höher. »Ich weiß«, sagte Zokora. Wir hatten uns auch diesmal die ganze Zeit an den alten imperialen Weg gehalten, und als Janos die Fackel hob, tauchte vor uns ein dunkler Schatten aus der Dunkelheit auf, etwas, das ich in diesen dunklen Höhlen nicht erwartet hätte. Wir blieben stehen, und ich hielt ebenfalls meine Laterne hoch, um mein Licht dem von Janos hinzuzufügen.

Für einen langen Moment studierten wir schweigend diese Zeugen einer fernen Zeit, so lange vergangen und so überraschend unseren Blicken dargeboten. Als dieser Kampf stattgefunden hatte, hatte es keine Reiche, keine Kronburg gegeben, war das Land, das unsere Heimat war, nichts anderes als ein weißer Fleck auf der Karte des Kommandanten.

Dennoch war leicht zu erkennen, was hier vorgefallen war. Ein Eispanzer – fast so dick, wie meine Hand breit war – hatte alles für uns konserviert, als hätte es gestern stattgefunden.

Der Wagen, von Ochsen gezogen, war hier den Weg entlanggekommen, ihn begleiteten mindestens vier Soldaten. Diese trugen Kettenhemden und nicht die schweren Plattenpanzer der imperialen Bullen. Erstes Opfer waren die Ochsen gewesen und einer der Angreifer. Danach zogen sich die Verteidiger auf den Wagen zurück und leisteten erbitterte Gegenwehr, um dann doch zu unterliegen.

»Was sind das für Biester?«, fragte ich Zokora und hielt die Laterne anders, damit ich besser durchs Eis sehen konnte.

»Ich habe einmal eine Illustration gesehen, die einem dieser Viecher ähnelte. Das Tier wurde Panther genannt«, sagte Leandra.

»So einen sah ich mal in einem Käfig«, erwiderte ich. »Er war deutlich kleiner und hatte nur vier Beine.«

»Auf jeden Fall waren sie zäh. Ich sehe hier sechs tote Soldaten und nur vier tote Tiere«, sagte Janos. Er kniete sich hin und musterte die Kadaver. »Sie sehen aus wie Eiskatzen, nur schwarz.«

»Nein«, sagte Zokora.

Sie zog ihren Dolch und begann ins Eis zu hacken, bis sie die Kehle eines der Tiere freigelegt hatte. In dem dichten schwarzen Fell war das dünne Halsband erst kaum zu erkennen. Daran befand sich ein Anhänger aus Obsidian mit einer Rune.

»Dunkelkatzen.« Zokora erhob sich. »Dies war das Jagdrudel einer Dunkelelfe. Sie kam aus einem Haus, von dem ich noch nie etwas gehört habe.«

»Und hier ist sie«, erklang Janos' Stimme. Er hatte sich etwas vom Weg entfernt und kniete am Boden. Ich hob meine Laterne an, und für einen Moment lang dachte ich, das Gesicht unter dem Eis, hasserfüllt selbst noch im Tod, wäre das von Zokora. Vier Bolzen hatten sie getroffen, einer davon hätte tödlich sein sollen, und doch starb sie mit dem Schwert in der Hand, ein letzter Gegner vor ihr niedergestreckt, bevor sie sich Soltars Ruf ergab.

Ich ließ die Laterne sinken, stellte sie ab und trat zur Seite. Ich hasste es, Gesichter zu sehen, die im Eis gefangen waren. Es war mein persönlicher Albtraum.

»Eine ausgeprägte Familienähnlichkeit«, sagte Sieglinde. Sie warf einen Blick zu Zokora hinüber.

»Und ein guter Schuss«, sagte Varosch. Einer der Bolzen ragte knapp unter der linken Augenhöhle der Elfe aus ihrem Wangenknochen.

»Es scheint, als hätte das Imperium nicht nur mit den Barbaren Ärger gehabt.«

»Sieglinde, das sind keine Bullen, oder?«, fragte ich die Tochter des Wirts.

Sie musterte die Soldaten im Eis. »Sie tragen den Hammerkopf. Pioniere oder Ingenieure.« Es war Serafines Stimme, ruhig und gelassen. »Ich frage mich, woraus ihre Ladung besteht. Was auch immer es ist, es ist schwer. Keine der Kisten ist beim Kampf verrutscht.«

Varosch und Zokora begannen die Elfe aus dem Eis zu befreien. Ich trat zu ihnen.

»Was tut ihr?«

»Ich werde sie bestatten«, sagte Zokora. »Oder haben wir es so eilig, dass wir den Gefallenen nicht die letzte Ehre erweisen können?«

Ich sah auf die zierliche Gestalt im Eis herab. »Kennt Ihr sie?«

Zokora hielt in ihrer Arbeit inne und sah zu mir hoch. »Havald. All dies geschah Jahre bevor ich geboren wurde. Sie gehört zudem noch zu einem Clan, der mir unbekannt ist. Letztlich ist es das, was mich interessiert. Vielleicht findet sich etwas an ihr, das mir mehr verrät.«

Sie stieß ihren Dolch wieder in das Eis.

»Zokora, wie bestattet ihr eure Toten?«

»Wir verbrennen sie.«

»Wenn wir diese Toten bestatten, dann wünsche ich, dass wir sie gemeinsam zur Ruhe betten. Oder befinden wir uns noch im Krieg?«

Sie richtete sich auf und sah mich lange an. »Zwei verschiedene Hunde?«

»Ja.«

Sie sah auf ihre Schwester im Eis hinunter, dann auf den niedergestreckten Soldaten zu ihren Füßen und zurück zum Wagen, wo die anderen Körper im Eis gefangen waren. Langsam nickte sie.

»Einverstanden.«

»Ihr wollt sie begraben?«, fragte Janos ungläubig.

Ich schüttelte den Kopf. »Nein. Verbrennen.«

Janos lachte. »Womit? Nichts hier unten brennt!«

»Doch, der Wagen. Er ist aus Holz.«

Er machte eine gleichgültige Handbewegung. »Von mir aus. Wir werden trotzdem Zeit verlieren. Sie liegen schon so lange hier, dass man sie genauso gut in Ruhe lassen kann.«

»Wenn Ihr fallt, wollt Ihr dann auch liegen gelassen werden?«

»Ich denke, mir wird es egal sein.«

»Mir nicht. Und mir ist es auch jetzt nicht egal«, sagte Sieglinde.

»Ist das Serafines Ansicht?«, fragte Janos.

»Nein, meine eigene. Ich habe noch meine eigene Meinung«, gab Sieglinde zurück. Ihre Augen leuchteten grün, wie sie es in letzter Zeit immer öfter taten.

»Ich sagte bereits, dass ich nichts dagegen habe«, grummelte er. »Wir verlieren nur Zeit. Und vielleicht locken wir wieder Ungeheuer an.«

Das war ein Punkt, der auch mir Unbehagen bereitete. Ich begab mich zu Zokora hinüber.

Sie hatte aufgehört, die Eisschicht zu entfernen, und hockte vor dem Leichnam. Varosch stand hinter ihr und sah schweigend zu, wie ich näher kam.

»Wie sieht es mit den Gefahren aus?«, fragte ich sie.

»Ich habe schon länger keine Spuren mehr gesehen«, antwortete sie leise. So wie sie dort kniete, wirkte sie seltsam still.

»Was ist mit Euch?«

»Seht.«

Sie und Varosch hatten den Oberkörper schon vom Eis befreit. Die Tote trug einen dunklen Umhang. In der linken oberen Ecke war schwarz auf schwarz ein Wappen eingestickt. Ein dunkles Pferd mit den Zähnen eines Raubtiers und Krallen anstelle von Hufen.

»Ein Nachtross oder Albpferd. Und hier: der imperiale Drache. Sie diente Askannon.«

Ich sah zu dem Fuhrwerk hinüber. »Das verstehe ich nicht. Wenn auch sie dem Imperium diente, warum griff sie dann den Wagen an?«

»Vielleicht war sie eine Verräterin«, sagte Janos. Er war mir gefolgt. Am Fahrzeug sah ich Leandra und Sieglinde. Sie waren dabei, eine der Kisten zu öffnen.

Zokora richtete sich auf und sah Janos durchdringend an. Ich hätte erwartet, dass sie ungehalten auf seine Worte reagieren würde, aber sie blieb ruhig. »Verrat ist ein probates Mittel der Kriegsführung. Dennoch glaube ich nicht, dass dies der Fall war.«

»Havald«, ertönte Leandras Stimme. »Wir haben etwas gefunden, das du dir ansehen solltest.«

Ich ging zum Wagen zurück. Leandra und Sieglinde hatten eine der schweren Kisten herausgezogen und den Deckel abgehebelt. Darin lagen kleine, etwa handgroße Päckchen, in gewachstes Leinen gebunden. Leandra hatte eines der Päckchen aufgeschnitten und hielt es in der Hand. »Hier.«

Es enthielt einen Laib Brot, rechteckig gebacken. Schweres Schwarzbrot, die Sorte Brot, die sich am längsten hält. Darauf befand sich ein Stück Käse und darauf wiederum ein rechteckiges Stück Räucherfleisch. Alles so geformt, dass die drei Lagen zusammen das Päckchen genau ausfüllten.

»Proviant?«

Leandra nickte. »Proviant.«

»Ob er noch gut ist? Ich meine, er war gefroren«, grübelte Janos.

»Das waren keine Soldaten«, sagte Sieglinde plötzlich. »Seht.« Sie beleuchtete mit ihrer Laterne den Arm eines Toten. Zwischen Kettenärmel und Handschuh war blasse Haut zu sehen und darauf eine primitive Tätowierung. Ein Wolfskopf. Mich fröstelte.

»Leandra!«, rief Zokora. Ich drehte mich um. »Nichts anfassen!« Zokora war aufgesprungen und eilte zu uns, ein kleines Buch bei sich.

Leandra sah auf den Packen in ihren behandschuhten Fingern. Ganz vorsichtig legte sie ihn wieder zurück.

»Was habt Ihr gefunden?«, fragte Sieglinde die Dunkelelfe.

»Hier.« Zokora hielt mir das Buch hin. Es hatte das Format eines Logbuchs, aber anders als in dem des Sergeanten waren hier elfische Runen zu finden. Ich seufzte und reichte es an Leandra weiter. »Ich kann es nicht lesen«, sagte ich.

»Ich nur schwer.« Leandra sah zu Zokora hinüber. »Sagt uns, was darin steht.«

»Schlag die letzte Seite auf. Versuch es zu entziffern, damit du bestätigen kannst, was ich sage.«

»Ich glaube Euch«, sagte ich.

Zokora sah mich an. »Du ja. Andere vielleicht nicht.«

»... bei Kontrolle ... blau ... Ladung ... Depot ... Sturm ... Tor ... Blaupilz ... sechs Leichen entdeckt ... Alarm gegeben ... Proviant verseucht ... verhindern ...«, las Leandra stockend. »Mehr kann ich nicht lesen.«

Zokora streckte Leandra die Hand entgegen, und Leandra gab ihr das Buch zurück. Die Dunkelelfe hielt es näher an eine Laterne heran und begann zu lesen.

»Bei meiner nächtlichen Kontrolle der Lager roch ich Blaupilzsporen. Ich folgte dem Geruch zur Laderampe. Ein Versorgungswagen fehlte, ich erfuhr, dass er zum Depot unterwegs war. Da nach dem Sturm die Tore nicht mehr funktionieren, versorgen wir das Depot und die Truppe dort mit Proviant aus unseren Beständen. Der Lademeister berichtet, dass er die Begleitmannschaft des Wagens nicht kennt. Ich schickte meine Katzen, das Lager zu durchsuchen. Sie fanden sechs Tote. Der Lademeister identifiziert sie als eine Wagenmannschaft. Ich komme zu dem Schluss, dass der Proviant mit Blaupilzsporen verseucht ist. Ich gab Alarm. Erreicht der Proviant unsere Truppe, so wird sie in den ewigen Schlaf fallen und den Barbaren ein leichtes Opfer sein. Ich breche auf, um dies zu verhindern. Ehre dem Imperator. Jarana okt Talisan.« Sie ließ das Buch sinken. »Talisan ist ein legendärer Elfenherrscher. Niemand glaubt, dass es ihn wirklich gab. Doch sie gehörte zu seinem Haus.« Zum ersten Mal sah ich so etwas wie Ehrfurcht in ihren Augen. »Darf ich das Buch behalten?«, fragte sie mich.

Ich nickte. »Blaupilz? Ihr habt davon erzählt. Die Sporen lassen einen schlafen und ewig träumen, nicht wahr?«, fragte ich.

»Ja.« Sie sah Leandra an. »Entledige dich des Handschuhs. Vorsichtig. Begrabe ihn.« Dann wandte sie sich wieder mir zu. »Ich werde Jarana allein bestatten. Nicht mit diesen Hunden zusammen. Wir können auch nicht den Wagen verbrennen, die Sporen würden freigesetzt. Also begrabe ich sie unter Steinen, wie es der Brauch bei Menschen ist.« Sie sah Janos mit ihren dunklen Augen an. »Seht Ihr, Janos, sie war keine Verräterin. Was, denkt Ihr, wäre geschehen, hätte dieser Proviant das Depot erreicht? Vielleicht hätten die Barbaren doch gesiegt.«

Sie drehte sich um und ging davon. Poppet und Varosch folgten ihr.

Ich legte meine drei Steine sorgfältig auf den flachen Grabhügel und trat zurück, um Zokora durchzulassen. Sie platzierte die letzten drei Steine auf das Grab; ihre Steine waren diejenigen, die das Gesicht der Toten verbargen. Danach stand sie auf und betete.

Die Sprache war für mich unverständlich, aber diesmal war Zokoras Stimme so voller Emotionen, dass ich fast erraten konnte, was sie sagte. Ich hatte das Beten schon lange aufgegeben, aber dies war nicht für mich, und was konnte Jarana dafür, dass ich im Zwist mit meinem Gott lebte?

Soltar, nimm ihre Seele an. Es hieß zwar, dass Elfen keine Seele hätten, aber das glaubte ich nicht. *Kümmere Dich um sie.*

Zokora kniete sich vor das Grab und senkte den Kopf.

Sie verharrte dort gut eine Stunde. Varosch versuchte ihr beim Aufstehen zu helfen, aber ein Blick von ihr hielt ihn zurück. Keiner sagte etwas, bis ihre Glieder wieder gehorchten. Dann nahm sie ihren Packen und sah uns an. »Worauf warten wir?«

Wir brachen auf.

»Selten wird man so deutlich mit den Spuren alter Kriege konfrontiert«, sagte Janos etwas später. »Erscheint jeder Krieg im Nachhinein so sinnlos?«

Ich überlegte kurz und nickte. »Lasst genügend Zeit vergehen, und es ist so.«

8. Der Festungsgraben

»Ich habe den Zugang zur Feste gefunden«, sagte Zokora, als sie von ihrer nächsten Erkundung zurückkehrte. »Leider wird er uns nichts nützen.«

»Warum?«, fragte ich.

»Es ist eine Brücke, die über einen Abgrund führt. Aber es ist eine Zugbrücke. Und diese befindet sich auf der anderen Seite und ist hochgezogen. Ich muss einen anderen Ausgang aus den Höhlen finden. Ihr wartet hier.«

»Haltet ein«, sagte ich, als sie sich schon wieder abwenden wollte. »Wir sollten uns diese Brücke mal ansehen.«

Sie schaute zu mir hoch. »Das ist verschwendete Zeit.«

Ich zuckte mit den Schultern. »Auf ein paar Stunden mehr oder weniger kommt es nicht an. Wir können ebenso gut auch dort rasten, während Ihr den Ausgang sucht.«

»Was ist, wenn es keinen Ausgang gibt?«, fragte Janos.

Zokora sah ihn an. »Dieses Gebirge ist voll von Höhlen. Es wird einen geben, und ich werde ihn finden. Und falls nicht, gehen wir eben zurück und marschieren über die Oberfläche.«

»Dann bin ich dafür, dass du einen Weg findest«, sagte Janos und lächelte. »Da oben ist es mir zu kalt.«

Kalt war es auch hier unten, aber es ging kein Wind. Und man versank nicht im Schnee. Ja, mir war es allemal lieber, unter der Erde zu wandern, als ständig Schnee zu atmen.

»Gut, dann folgt mir«, sagte Zokora. Mir schmerzte der Rücken, und mein linker Fuß tat weh. Was sich ein Infanterist am sehnlichsten in seinem Leben wünschte, war ein Pferd. Hatte er erst eins, wollte er nicht mehr laufen. Ich hatte zu lange ein Pferd besessen.

Poppet ging vor mir. Ihr Packen schien eher noch größer als meiner. Aber sie hielt mit uns mit. War es so mühelos, wie es wirkte, oder hatte sie keine Wahl? Letzteres, vermutete ich. Sie würde laufen, bis sie zusammenbrach. Wenn es Essen gab und Zokora ihr erlaubte – als Letzte natürlich – zu essen, schlang sie alles in sich hinein, was noch da war.

Und Zokora hatte Angst vor Menschen?

Es war noch knapp eine Stunde Fußmarsch bis zum Eingang der Feste. Bis auf die Begegnung mit den Tiefenkrabblern und dem Drachen war der Weg ereignislos verlaufen. Ich war sicher, dass man die Tiefenkrabbler auch hätte besiegen können. Mit Ölbomben zum Beispiel. Nur dass wir zu wenig Öl dabei hatten. Aber wenn man sich vorbereiten konnte, dann schien mir das eine Möglichkeit.

Der Drache ... Zokora erzählte mir später, was für ein Glück wir hatten. Ohne Poppets Talent wäre er nicht so schnell oder vielleicht gar nicht erschienen. Es bestand generell nur eine geringe Aussicht, dass man einen solchen Drachen anlocken konnte.

»Sie sind selten geworden«, hatte Zokora gesagt. »Aber ich hörte, dass einer hier in den Höhlen lebt.«

»Musstet Ihr nicht befürchten, er würde uns angreifen?«

»Die Gefahr bestand. Aber er dachte nicht ans Fressen.« Sie grinste breit. »Männchen aller Arten sind sich da ähnlich.«

Ich dachte öfter daran zurück, wie er mich *gefragt* hatte. Es war nicht nur Lust gewesen, sondern auch Verzweiflung. Ich fürchtete, er würde vergeblich nach einem Weibchen Ausschau halten. Ich konnte ihn nur zu gut verstehen. Ich sah nach vorn zu Leandra, die sich angeregt mit Sieglinde unterhielt. Ja, ich verstand ihn gut.

»Mann!«, entfuhr es Janos, als Zokora ein Licht vor uns aufsteigen ließ. »Man kann vom Imperium halten, was man will, aber bauen konnten sie!«

In der Tat.

Eine Felsspalte lief quer über unseren Weg, sie war bestimmt an die fünfzehn Mannslängen breit. Links und rechts des Weges hatten die Ingenieure des alten Imperiums den Boden geglättet und abgesenkt, sodass er in einer schiefen Bahn an die Kante des

Abgrunds führte. Von den Stalaktiten an der Höhlendecke tropfte ständig Wasser herunter, gefror auf dem Boden zu einem dicken Eispanzer und verwandelte die Ebene in eine gefährliche Rutschbahn, die direkt am Abgrund endete.

Der Weg selbst wurde so zu einer etwa vier Mannslängen breiten Rampe, die sich gut zwei Mannslängen weit über die Tiefe erstreckte. Eine Stufe zeigte, wo sonst die Zugbrücke Auflage fand.

Auf der anderen Seite der Schlucht, eisig glitzernd in Zokoras Licht, ragte aus dem Stein das Torhaus mit der Zugbrücke heraus. Schießscharten, mit schweren eisernen Läden verschlossen, bedrohten das Plateau. Zwei Plattformen ragten aus der Steilwand heraus, links und rechts der schweren Zugbrücke. Diese trugen seltsame, unter Eis verborgene Konstruktionen, deren Sinn sich mir nicht erschließen wollte.

»Sagt, Sieglinde, weiß Serafine, was das ist?«

Sieglinde nickte. »Sie hat diesen Weg nie gesehen, aber sie kennt ähnliche Konstruktionen. Es sind große Lampen.«

»Das ist wirklich beeindruckend. Was ein feindlicher General wohl denken würde, wenn er das sähe?« Janos hatte seinen Helm abgenommen und kratzte sich am Kopf.

»Beeindruckend, in der Tat«, stimmte ich ihm zu. »Sollte jemand der Meinung sein, er müsse hier angreifen, so wird ihn ein Straucheln direkt in die Tiefe befördern. Lampen werden die Angreifer blenden, und ohne Deckung wird jeder Ansturm im Bolzenhagel untergehen. Belagerungsmaschinen kann man ebenfalls nicht einsetzen, sie würden in den Abgrund rutschen. Katapulte werfen ihre Steine im hohen Bogen ... und würden die Decke der Höhle treffen. Ballisten bleiben übrig, aber die haben selten die notwendige Durchschlagskraft. Wenn ich ein feindlicher General wäre, würde ich verzweifeln.«

»Siehst du«, sagte Zokora zu mir. »Hier geht es nicht weiter.«

»Hm. Warum fliegt Ihr nicht zu einer dieser Plattformen und bringt dort ein Seil an?«

Zokora verdrehte die Augen. »Ich kann nicht fliegen. Schweben ja, aber nicht fliegen. Und bevor du auf andere Ideen kommst, ich muss festen Stein, Eis oder Boden in der Nähe haben. Einen tiefen Schacht kann ich entlangschweben, aber nicht diese Spalte überqueren.«

Ich wandte mich an Janos. »Wie sieht es mit einem Wurfanker aus?«

»Wieso fragt Ihr mich das?«

»Ich habe da so ein Gefühl, dass Ihr wisst, wie man mit einem umgeht. Außerdem habt Ihr einen in Eurem Packen.«

Er lachte. »Ja, ich bin leidlich gut mit einem Wurfanker. Aber das hier ... Ich kann nur von der Plattform aus werfen. Das sind gute zwanzig Mannslängen Distanz und weitere fünfzehn hoch ... Der Anker ist zu schwer. Das schaffe ich nicht. Und einem leichteren würde ich mich nicht anvertrauen wollen.«

Leandra trat neben mich, während ich die Pforte betrachtete. Sie legte mir die Hand auf die Schulter. »Ich finde es genauso enttäuschend. Aber es sieht so aus, als müssten wir einen anderen Weg nehmen.«

»Gut«, sagte Zokora. »Ich mache mich auf die Suche. Ich nehme Poppet mit. Sie fühlt den Stein.« Damit drehte sie sich um und verschwand in der Dunkelheit, Poppet folgte ihr gehorsam.

Ich verbrachte einen Teil der Zeit damit, mir den Kopf zu zermartern, doch mir fiel nichts ein. Zum Schluss entschied ich, dies als ein Kompliment an die Festungsbauer anzusehen.

Dann nahm ich mein Schnitzmesser heraus.

»Was ist das für ein Holz?«, fragte Leandra, als sie sich neben mich setzte und sich an mich lehnte. »So eines habe ich noch nie gesehen.«

»Es ist kein Holz.« Ich hielt das Stück hoch, an dem ich arbeitete. »Ich versuche nur etwas. Das ist ein Stück Krabblerschale. Es lässt sich bearbeiten wie Speckstein, nur ist es wesentlich leichter. Ich denke, es eignet sich gut für die schwarzen Steine deines Shah.«

»Ich weiß nicht, ob ich mich ekeln soll«, sagte Leandra.

»Hättest du etwas gegen Elfenbein?«

»Nein, wieso?«

»Nun, das sind Zähne. Blutig aus dem Kiefer gebrochen und …«

Sie stieß mich in die Seite. »Hör auf, Havald!« Sie lachte. »Ist ja schon gut. Es ist nur so, dass ich mehr Angst vor diesen Krabblern hatte als vor dem Drachen.«

»Ich werde Kakerlaken nie mehr mit dem gleichen Blick betrachten können«, sagte Janos. »Ich muss gerade an einen Kerl denken, den ich kannte. Ich frage mich, ob er seinen Spaß mit ihnen gehabt hätte.«

»Wie das?«, fragte Leandra neugierig.

Janos lachte. »Er war verrückt. Er sagte, dass Insekten eine gute Nahrung wären, und aß gern Heuschrecken und andere Käfer in Öl gebraten.«

Leandra schüttelte sich.

»Sind sie ihm bekommen?«, fragte ich. Es gab mal eine, nein, zwei Gelegenheiten, da wäre ich beinahe verhungert. Beide Male waren Insekten da gewesen. Hätte ich gewusst, dass man sie essen kann, ich hätte es getan.

»In gewisser Weise nicht. Er warf seine Insekten in den Kompanietopf, um uns auf den Geschmack zu bringen.«

»Und dann?«, fragte Leandra.

»Hatte er einen Unfall. Er fiel kopfüber in die Latrine und ertrank.« Er grinste breit, und wider Willen musste auch ich lachen.

»Das ist ja noch ekelhafter als Insekten«, sagte Leandra angewidert. »Ich weiß nicht, wie ihr da lachen könnt.«

»Leandra. In die Latrine fallen ist eine Bezeichnung dafür, dass ihn seine Kameraden töteten«, erklärte ich ihr.

»Das ist nicht minder abstoßend.«

»Ich werde jetzt Essen zubereiten«, sagte Sieglinde in einem warnenden Tonfall. »Und ich sage es euch gleich, wenn ich eine Kakerlake in meinem Topf finde, bringe ich auch jemanden um!«

Zokora und Poppet blieben lange weg, so lange, dass ich begann, mir Sorgen zu machen. Aber ich wartete und schnitzte.

Ich fand das Schalenmaterial zum Schnitzen gut geeignet. Nach kurzer Zeit hatte ich die erste schwarze Figur fertig. Einen der zwei schwarzen Ritter.

»Das ist Janos!«, rief Leandra und klatschte wie ein kleines Kind in die Hände, als ich ihr die Spielfigur mit einer Verbeugung reichte. »Das passt!«

»Lasst mich mal sehen«, sagte Janos, und Leandra reichte ihm den Ritter. Er musterte ihn und sah von der Figur zu mir. »Ihr seid wirklich ein Künstler, Havald. Welche Steine habt Ihr fertig?«

»Die Weißen sind vollständig«, sagte ich.

»Darf ich sie sehen?«

»Ja, bitte!«, rief Leandra, und Sieglinde nickte. »Ich gestehe, ich bin auch neugierig.«

»Ich dachte, er macht sie für Euch? Wie kommt es, dass Ihr die Figuren noch nicht gesehen habt?«, fragte Varosch.

»Ich habe einige gesehen, als er sie schuf. Aber immer wenn er fertig ist, legt er sie zur Seite.«

Ich zögerte, dann zuckte ich mit den Schultern und holte aus meinem Rucksack den Beutel mit den Figuren heraus.

»Das ist ja Joakim«, rief Sieglinde. »Und Papa.« Ihr Gesicht wurde ernst. »Du hast unsere Kameraden als Figuren verwendet?«

»Damit ich ihre Gesichter nicht vergesse«, sagte ich.

»Wer ist denn dieser Ritter? Er kommt mir bekannt vor.«

Ich betrachtete die Figur, die sie hochhielt. »Erkennt ihr ihn nicht?«

»Der Sergeant«, sagte Janos.

»Ja, der Sergeant. Und der andere Ritter hier ist Serafine.«

»Ich habe sie nicht erkannt«, sagte Sieglinde leise.

»Die Rüstungen unterscheiden sich auch nicht sehr. Aber das Visier ist offen.«

Sieglinde nahm die Figur hoch und sah sie genau an. Dann lächelte sie. »Ja, das ist sie. Woher kanntet Ihr ihren Gesichtsausdruck?«

Ich hatte Serafine nur im Tode gesehen, aber der Sergeant konnte mehr als genug Erinnerungen beisteuern.

»Und das bist du«, sagte Janos und hielt eine Priesterin hoch. »Eindeutig.«

Sieglinde nahm die Figur und hielt sie neben die von Serafine. »Auf diesem Brett sind wir zwei«, sagte sie leise.

»Du hast Kennard als den weißen König gefertigt?«

Ich nickte. »Er bot sich irgendwie an.«

Leandra musterte den weißen Herrscher lange, dann schaute sie zu mir herüber. In ihren Augen stand eine Frage.

»Und wann sehe ich meine Figur?«, fragte Zokora hinter mir. Ich seufzte vernehmlich. »Wenn Ihr das noch öfter macht, sterbe ich vorher an Herzrasen!«

»Ich habe mich bemüht, laut zu sein.«

»Das stimmt«, sagte Leandra. »Ich habe sie gehört.«

Ich sah Sieglinde, Janos und Varosch an. Alle drei schüttelten den Kopf.

»Ich werde nicht trampeln wie ein ungeschlachter Mensch! Ich weiß nicht, weshalb du dich so aufregst, Havald.«

»Weil ich es hasse, wenn Ihr von hinten kommt. Meine erste Reaktion ist immer, aufzuspringen und zuzuschlagen.«

»Bisher hast du nie reagiert«, meinte sie zweifelnd.

Ich sammelte die Figuren ein und verstaute sie wieder in meinem Rucksack. Ich hatte die Nase voll.

»Schätzt Ihr mich tatsächlich so ein?«, fragte ich.

Sie legte den Kopf auf die Seite. »Du hast nie reagiert.«

»Zokora. Geht hinter mich. Nehmt einen Stein und werft ihn mir an den Kopf. Achtet darauf, dass Ihr weiter als eine Mannslänge entfernt seid.«

Sie musterte mich noch immer. »Warum?«

»Weil ich es leid bin, dass Ihr Euch auf meine Kosten amüsiert.«

Leandra legte mir die Hand auf die Schulter. »Sie meint es nicht so. Und sie ist tatsächlich lauter gewesen als sonst. Sie ging und schwebte nicht.«

Ich merkte, dass ich stur sein wollte. Irgendwie hatten mich Zokoras kleine Sticheleien erwischt. Sie nahm mich ernst, das wusste ich. Aber nicht meine Warnung.

»Zokora. Macht es.«

Ich legte die Hand an Seelenreißers Heft, setzte mich und schloss die Augen. Ich tat das sehr ungern, mich mit Seelenreißer zu verbinden, er war so … kalt. Ich selbst spürte den Stein nicht kommen, aber die Klinge tat es. Sie fuhr aus ihrer Scheide, und ein helles *Kling* ertönte, gefolgt von zwei leisen Aufschlägen, als die Hälften des Steins zu Boden fielen.

Während ich Seelenreißer durch meine Handfläche zog, spürte ich seine Wut, er mochte es nicht, solcherart zur Schau gestellt zu werden.

Diesmal brannte sein Schnitt wie Feuer. Ich schob die blutige Klinge in ihre Scheide zurück und stand auf. Mein Rücken, die Schulter und der Arm brannten. Der Mensch war nicht dafür gemacht, sich so schnell zu bewegen. Ich befürchtete, dass ich mir etwas gezerrt hatte.

Ich sah zu Zokora hin. Ihr Gesicht war ausdruckslos.

»Bislang habe ich Euch an der Stimme erkannt, Zokora. Immer rechtzeitig. Irgendwann …« Ich machte eine dramatische Pause. »Irgendwann seid Ihr heiser. Oder habt ein Tuch vor dem Mund. Oder ein Hund bellt in dem Moment …«

Sie nickte. »Ich werde in Zukunft von vorn kommen oder pfeifen. So.« Sie stieß einen leisen Pfiff aus. »Ist dir das recht?«

Ich nickte. »Mehr will ich nicht.«

»Havald.« Es war Varosch, der mich nachdenklich ansah. »Könnt Ihr das auch mit einem Bolzen?«

Ich nickte. »Was ist?« Die anderen sahen mich alle etwas befremdet an. Dann verstand ich. »Nein, das bin nicht ich, es ist Seelenreißer.« Ich sah zu Leandra hinüber. »Du müsstest es auch können.«

»Nein.« Sie schüttelte den Kopf. »Steinherz kann das nicht.«
»Auch Eiswehr nicht«, sagte Sieglinde.

»Habt Ihr einen Durchgang gefunden?«, fragte ich Zokora, um das Thema zu wechseln. Ich bereute bereits, Seelenreißer vorgeführt zu haben. Meine linke Hand brannte noch immer, diesmal hatte die Klinge tief gebissen. Das zumindest, so wusste ich, hatten alle Bannschwerter gemein. Bevor sie in die Scheide zurückgingen, wollten sie Blut.

Deshalb trug ich ein zweites Schwert, ein gutes Schwert, aber ohne eine eigene Meinung und ohne diesen Blutdurst. Janos hatte nichts gesagt, mich nur angestarrt. Ich erinnerte mich an Eberhards Worte. Janos hatte den Räuberhauptmann nur zu gut gemimt. Wieder beschloss ich, ihm nicht zu sehr zu trauen.

»Ja. Folgt mir«, sagte Zokora. Ich ergriff meinen Packen. »Wo ist Poppet?«

»Sie erweitert die Spalte.«

»Ihr habt sie allein gelassen? Und wenn ihr nun Gefahr droht? Oder kann sie sich verteidigen?«

»Natürlich nicht«, sagte Zokora überrascht. »Wenn sie in Gefahr gerät, gerät sie in Gefahr. Und stirbt. Oder nicht.«

Ich sagte nichts weiter, schulterte mein Gepäck und folgte ihr.

Sie ging eine Weile schweigend voran. Dann wandte sie sich zu mir um. »Hast du ihr denn schon verziehen? Sie hat dich im Tempel hart erwischt, vielleicht hätten sich die Wunden als tödlich erwiesen. Sie hat deine Milz getroffen.«

Ich erinnerte mich nur zu gut an die blitzschnelle Attacke und das kalte Gefühl, als Poppets Stilette in mich eingedrungen waren. Schmal und spitz, war ein Stilett dafür gemacht, Kettenpanzerung zu sprengen.

»Ich kenne sie nicht«, antwortete ich Zokora. »Hätte ich es gekonnt, hätte ich sie damals erschlagen. Aber ich weiß nichts über sie, außer dem, was Janos erzählte.«

Sie nickte. »Sollte sie uns so gut dienen, dass ich sie gehen lasse, kannst du sie fragen, wer sie ist. Bis dahin ist sie Poppet. Mein Besitz.«

Dadurch, dass sie zu Schweigen und Gehorsam gezwungen wurde, übte Poppet eine seltsame Faszination auf mich aus, die eines Rätsels. Jeder andere verriet, auch wenn er schwieg, durch seine Handlungen und Mimik etwas über sich. Poppet nicht. Sie tat, was man ihr sagte, und ihr Gesicht blieb frei von Gemütsbewegungen. Nur ihre Augen sagten etwas, aber nicht immer konnte man sie lesen.

Poppet hatte den Felsspalt erweitert, und ihr war nichts geschehen. Der Spalt war immer noch eng, aber er ließ sich passieren. Hier und da war der Fels erstaunlich glatt. Woher das kam, sah ich, als ich Poppet am Ende des Gangs erblickte. Sie strich den Fels zurecht wie ein Bäcker den Brotteig.

Die Spalte mündete in eine Höhle. Diese war vielleicht vierzig Mannslängen tief. Fahles Tageslicht lockte am anderen Ende. Ich sagte »Danke« zu Poppet, trat an ihr vorbei in die Höhle und ging langsam zum Ausgang hin. Schon als ich näher kam, hörte ich den Wind heulen, dann sah ich draußen den weißen Vorhang aus vom Wind gepeitschtem Schnee.

»Verdammt. Ein Schneesturm«, sagte Leandra neben mir.

»Ja.« Ich legte meinen Arm um ihre Schulter. »Aber dieser Sturm wird vergehen. Wir werden einfach warten.«

9. Von Nordmännern und Bärenpelz

Es war nicht besonders warm in der Ecke der Höhle, die wir uns als Lager ausgesucht hatten, aber ich schwitzte dennoch.

»... neunundvierzig ... fünfzig!«, sagte Sieglinde neben mir. Sie hielt sich auf den ausgestreckten Armen, ich ließ mich einfach aus dem Liegestütz auf den Boden fallen. Ich bemühte mich, nicht allzu heftig zu keuchen, bis meine Kräfte zurückkehrten.

Zwei Tage warteten wir nun darauf, dass der Schneesturm vorbeiging. Ich denke, es war Stolz, der mich dazu brachte, an Sieglindes Ertüchtigungsprogramm teilzunehmen, oder sollte man besser sagen, Serafines?

Vor nicht langer Zeit hatte ich einen alten Körper besessen, durch die verfluchte Magie meines Bannschwerts hatte ich nun meine Jugend zurückgewonnen. Oder fast. Ich schätzte mein körperliches Alter auf etwa zwei Dutzend und sechs.

Jugend allein aber verlieh keine Kondition, und auf der Reise durch die Höhlen hatte ich gemerkt, wie sträflich ich meinen Körper vernachlässigt hatte. Sieglinde, die Tochter eines Wirts, war besser in Form als ich. Also schloss ich mich ihrem Training an, sehr zum Amüsement der anderen. Serafine musste nicht nur Kundschafterin gewesen sein, sondern auch Foltermeisterin. Wenn es einen Muskel in meinem Körper gab, der nicht brannte, so hatte ich ihn noch nicht entdeckt. Das Schlimmste aber war, dass Sieglinde offensichtlich weniger Schwierigkeiten hatte als ich. Vielleicht besaß sie aber auch nur den gleichen Stolz wie ich, sodass keiner von uns zugab, wie sehr die Muskeln schmerzten.

»Seht!«, rief Varosch, als ich mich mit Schnee abwusch. »Der Sturm hat aufgehört.«

Ich zog mich fertig an und begab mich zu Varosch, der mit seinen Händen die Schneemauer, die wir im Eingang errichtet hatten, durchstieß und auf das kleine Plateau hinaustrat.

Es war Morgen.

Manchmal gab es Tage, an denen die Götter alles so richteten, dass es perfekt war. Als ob sie sich zurücklehnen würden und sagen: Seht, dies ist unsere Schöpfung!

Das war einer dieser Tage.

Die kleine Plattform befand sich etwa sechzig Ellen über dem schneebedeckten Pass in einer Steilwand. Von hier aus hatten wir einen perfekten Blick auf die Donnerschlucht. Der funkelnde Schnee krönte jeden einzelnen Stein, Eis glitzerte in den Felsspalten, und die Luft war so klar und kalt, dass sie beim Atmen schmerzte und der Blick auf die Landschaft einem Tränen in die Augen treiben konnte.

Noch lag der größte Teil des Tals im Schatten, aber die aufgehende Sonne entflammte den Kamm des gegenüberliegenden Berges.

»Sind wir richtig?«, fragte Sieglinde. Sie trug nur ein dünnes Leinenhemd und Lederhosen, und ich konnte sehen, dass auch ihr kalt war, doch schien es ihr von Mal zu Mal weniger auszumachen.

Ich beugte mich vor und warf einen Blick Richtung Norden. Der Anblick kam mir bekannt vor. »Ich denke schon.«

»Wie weit ist es noch?«, wollte Janos wissen. Er hielt einen der Schneeschuhe in der Hand, die wir während unserer Rast angefertigt hatten, und betrachtete ihn misstrauisch. »Seid Ihr sicher, dass das etwas taugt?«

»Ich schätze, etwa drei Tage, und ja, ich bin sicher.«

Ich hatte darauf bestanden, dass jeder von uns in seinem Gepäck sechs lange Weidenruten und etliche Längen Leder mitnahm. Während der letzten zwei Tage hatten wir diese Schneeschuhe gefertigt, im Prinzip musste man nur in einen Rahmen aus Weidenruten ein Geflecht aus Leder einfügen.

»Wo habt Ihr denn diese Idee schon wieder her?«, hatte mich Janos gefragt, als ich ihm zeigte, wie man die Ruten binden musste.

»Kennst du das nicht?«, sagte Sieglinde. »Es sind Schneeschuhe.« Ihre Hände waren bereits eifrig am Werk.

Ich setzte mich bequemer hin und fing an, meine eigenen Ruten zu binden. »Vor einigen Jahren traf ich in Coldenstatt einen Krieger. Zuerst hielt ich ihn für einen Barbaren, er trug einen Fellumhang und nicht wenig Bart im Gesicht. Er erzählte mir eine absonderliche Geschichte. Sein Name war Ragnar, und er behauptete, der Sohn eines Königs zu sein. Dieses Königreich heiße Ragnagard und liege hoch im Norden. Zusammen mit einigen Getreuen brach er auf, um die Meere zu erkunden. Sein Vater, der König, hatte drei weitere, ältere Söhne, und so dachte Ragnar, dass er sich einen Namen machen könne, wenn er mit einer Karte der Welt zurückkäme.« Ich lächelte zu Leandra hinüber. »Du siehst, du bist nicht die Einzige, die eine Faszination darin sieht, die Welt auf ein Pergament zu bannen. Wie so viele stand diese Expedition unter keinem glücklichen Stern. Es gab einen Schiffbruch, gefolgt von einer Flaute, dann mussten sie sich gegen Piraten wehren, und zum Schluss erlag der größte Teil der Mannschaft einer Krankheit. Mit Mühe gelangten sie ans nächste Ufer, und mit vier Überlebenden, so Ragnar, setzte er den Weg zu Fuß fort. Als ich ihn traf, war sein Glück sowohl zu Ende als auch wieder im Kommen. Er war allein, gerade erst von einer Krankheit genesen, und für sein letztes Kupferstück trank er ein Bier im *Borosta*, einer recht guten Kneipe in Coldenstatt.«

»*Borosta?* Den Namen habe ich schon einmal gehört«, sagte Janos überrascht. »Allerdings war ich noch nie in Coldenstatt.«

»Ein Borosta ist ein Untier. Ein Mittelding zwischen einem Hund und einer Katze, mit rudimentären Flügeln, welche ihm ermöglichen, seine Sprünge zu verlängern«, sagte Leandra. »Ich habe ein Bild in einem alten Folianten gesehen. Niemand weiß, ob es sie wirklich gibt oder ob sie Legenden sind.«

Ich nickte zustimmend. »Aber an manchen Legenden ist etwas Wahres dran. Auf jeden Fall trägt der Gasthof die Figur eines solchen Wesens über dem Eingang. Nun, nachdem nur an seinem Tisch Platz war, ließ ich mich dort nieder und kam mit ihm ins Gespräch. Er erzählte mir, dass die Götter ein übles Spiel mit ihm trieben. Nicht nur dass seine Reise vom Pech verfolgt war, jetzt, da er wieder genesen war, hatte er sich auch noch verliebt. In die Tochter eines Händlers. Doch der sah nicht ein, seinen größten Schatz einem Krieger ohne Geld zu geben. Als Söldner wollte er sich nicht verdingen, das hätte ihn nur wieder weit weg von seiner Liebsten geführt, also arbeitete er beim Schmied. Schmieden konnte er wohl. Der Schmied wiederum hatte einen Sohn, dem das Handwerk nicht passte, und einen Gesellen, der stahl. Gern hätte er die Schmiede Ragnar übergeben, doch er musste an seine Zukunft denken. Und so hätte Ragnar sein Glück machen können, hätte er nur ein paar Goldstücke mehr gehabt, um die Schmiede zu erwerben.«

Janos lachte bitter. »Eine solche Geschichte höre ich jeden Tag in jeder Kneipe! Ein Betrüger war er, sonst nichts, der einem gutgläubigen Wanderer seine letzten Münzen aus dem Säckel reden wollte. Lasst mich raten, er bot Euch eine Teilhabe an der Schmiede an, nicht wahr?«

»In der Tat.« Ich lächelte.

Janos klatschte sich lachend auf den Oberschenkel. »Ihr wollt mir doch nicht sagen, dass Ihr auf diesen Schwindel hereingefallen seid?«

»Ich gab ihm vierzig Goldstücke, alles, was ich hatte«, sagte ich und band die Ruten zusammen, sodass sie ein Oval ergaben.

»Das ist ein Vermögen. Wo hattet Ihr das her?«, fragte Varosch.

»Das ist eine andere Geschichte. Aber ja, ich gab sie ihm.«

»Ich kann nicht glauben, dass Ihr auf diesen Trick hereingefallen seid!«, meinte Janos. »Ich dachte, in Euren Jahren hättet Ihr Menschenkenntnis erworben.«

»Nun, hört weiter. Um seine Dankbarkeit zu bekunden, gab Ragnar mir einen Anhänger. Ich trage ihn noch heute. Seht.« Ich zog den Anhänger aus meinem Kragen. Er war aus Obsidian und hatte die Form eines Kriegshammers.

»Nettes Stück. Aber für vierzig Gold…«

»Zudem zeigte er mir zwei Tricks mit dem Schwert, die ich noch nicht kannte, nannte mir den Namen einer Pflanze, deren

Sud vor Kälte schützt, des weiteren, wie man ein Haus aus Schnee baut, und auch, wie man diese Schneeschuhe fertigt.«

»Ihr bindet mir einen Bären auf«, sagte Janos ungläubig. »Ein Haus aus Schnee, das ist ein guter Scherz!«

»Zudem eine Partnerschaft von dreißig von Hundert an der Schmiede und eine Einladung zu seiner Hochzeit«, fuhr ich fort. Ich sah Janos an und grinste. »Die Hochzeit fand statt, die Schmiede ist sehr erfolgreich, ich habe einen Freund gewonnen, und sein erster Sohn wurde nach mir benannt. Mehr als die Hälfte der vierzig Goldstücke sind bereits zurückgezahlt. Nicht immer ist das, was einem erzählt wird, gelogen. Es gibt auch ehrliche Menschen.«

»Nun denn, wenn Ihr es sagt, glaube ich Euch. Aber Ihr scheint sie häufiger zu treffen als ich«, sagte Janos.

»Wenn ich bis zum Hals im Schnee versinke, erwarte ich, dass ihr mich wieder herausholt!«, meinte Janos, als er Varosch half, ein Seil sicher an einem Felszacken zu verankern.

»Ihr solltet lieber hoffen, dass es gut geht«, antwortete ihm Varosch. »Wenn nicht, werden wir kaum vorankommen. Es gibt nichts Ermüdenderes, als durch den hüfthohen Schnee zu waten.«

Zokora kam aus dem hinteren Teil der Höhle hervor und nickte uns zu. Sie hatte sich ausgerüstet und war aufbruchbereit. Aber über ihren Augen sah ich etwas, was ich noch nie vorher erblickt hatte: ein schwarzes Lederband, etwa drei Daumen breit. Sie hatte es sich um den Kopf gebunden, sodass es ihre Augen bedeckte; nur jeweils drei kleine Löcher über den Augen zeigten, dass sie nicht ganz blind sein wollte.

»Wofür ist das?«, fragte ich sie.

»Ohne dieses Band macht das Licht mich blind.«

»Werdet Ihr genug sehen?«

»Ja.«

Zokoras Volk lebte in den Höhlen unter der Erde. Immer wieder hatte ich bemerkt, wie gut sie in der Dunkelheit sehen konnte, nur daran, dass es auch einen Nachteil geben konnte, hatte ich nicht gedacht. Mir schmerzten die Augen nach den langen Tagen der Dunkelheit ebenfalls, aber ich wusste, es würde vorbeigehen.

Wir seilten uns von dem Höhleneingang ab. Die Schneeschuhe erfüllten ihren Zweck, wir sanken nur wenig mehr als über den Knöchel ein. Zokora brauchte solcherart Hilfsmittel natürlich nicht. Sie schwebte einen Daumenbreit über dem Schnee.

»Wenn Ihr auch noch über Wasser gehen könnt, ertrag ich es nicht mehr«, sagte ich, als ich sah, wie sie mühelos ein paar Schritte machte.

»Das kann ich nicht. Nur über Eis. Für den Wassergang müsste ich in einem Gebet bitten«, sagte Zokora. »Ich verstehe nicht, wie ihr Menschen überall hin kommt, so schwerfällig, wie ihr euch bewegt. Dennoch gibt es euch an jedem denkbaren Fleck.«

Ich überprüfte den Sitz meiner Schneeschuhe. »Zokora, wir haben viel gemeinsam, Ihr und ich«, sagte ich mit einem Lächeln.

Sie wandte mir den Kopf zu und legte ihn auf die Seite. Durch die Binde über ihren Augen konnte ich es nicht erkennen, aber ich dachte, sie sah fragend drein.

»Wir können beide nicht fliegen, ewig leben, unter Wasser atmen oder einen Titanen im Armdrücken besiegen. Wir haben mehr gemeinsam, als uns trennt«, beantwortete ich ihre unausgesprochene Frage.

Sie schüttelte den Kopf und lachte leicht. »Du bist ein komischer Kauz, Havald«, sagte sie dann. »Oft weiß ich nicht, ob deine Worte eine tiefere Bedeutung haben oder nicht. Sind wir dann so weit?«

»Ja, sind wir, o Ungeduldige«, sagte Janos.

»Ich bin nicht ungeduldig.« In ihrer Stimme klang Überraschung mit.

Varosch lachte. »Er hat dich nur auf den Arm genommen«, erklärte er ihr.

Sie blieb stehen. »Ist das eine Beleidigung?«

»Nein«, meinte Leandra lachend. »Freunde tun das manchmal.«

»Freundschaft«, sagte Zokora in einem nachdenklichen Ton. »Also, sind wir so weit?«

Wir legten eine gute Wegstrecke zurück. Das Wetter war hervorragend. Die Sonne schien, als ob sie sich extra für uns Mühe gab, und so dauerte es nicht lange, bis wir unsere Umhänge ablegten und um unsere Hüften banden.

Als der Abend nahte, suchten wir einen geeigneten Ort für die Rast. Hier an der Oberfläche war Zokora nicht mehr unser Kundschafter, Varosch hatte sich angeboten, dies zu übernehmen. Er hatte auch diese Höhle gefunden.

»Es gibt nur ein Problem«, sagte Varosch, als er zurückkam. »Sie ist noch bewohnt.«

»Dann schicken wir den Bewohner in den Schnee«, sagte Janos. »Ich habe keine Lust, mir heute Nacht die Eier abzufrieren.«

»Geht hin und tut es«, meinte Varosch mit einem Grinsen. »Ihr werdet Eure Freude haben.«

»Was wartet in der Höhle?«, fragte ich.

»Nichts weiter als ein paar Höhlenbären. Erwachsene Exemplare, vielleicht auch ein Junges dabei, ich weiß es nicht, ich wollte nicht näher heran.«

Eine vernünftige Entscheidung. Götter, Höhlenbären!

Lieber eine Horde Orcs. So ein Höhlenbär war viermal so groß wie ich, wog zwanzigmal mehr, hatte Krallen länger als mein Dolch, ein Fell, an dem ein Schwert stumpf wurde, bevor es Fleisch erreichte. Wir besaßen nur Schwerter, keine Speere. Es wäre sinnlos.

»Andererseits, warum sollten wir solch rechtschaffene Bewohner stören?«, meinte Janos. »Sie haben auch ein Recht auf ihre Höhle.«

»Wenn niemand sie angreift, kann ich helfen«, sagte Leandra. »Aber das bedeutet, dass wirklich niemand auf die Idee kommt, sie auch nur zu berühren. Schlafen sie?«, fragte sie Varosch.

Er nickte. »Ja. Aber wenn wir ihre Höhle betreten, werden sie es merken.«

Leandra klopfte sich an die Brust. »In meinem Buch ist ein Spruch, der uns für die Dauer eines Tages unaufdringlich wirken lässt.«

»Unaufdringlich?«, fragte ich nach. »Wie meinst du das?«

»Sie werden uns nicht wahrnehmen oder wenn, als etwas ansehen, das für sie in Ordnung ist und sie nicht stört. In der Beschreibung des Rituals wird ausdrücklich davor gewarnt, die Tiere zu berühren. Das würde den Spruch zusammenfallen lassen.«

»Ein wenig Magie, und wir schleichen vorbei und teilen uns die Höhle mit ihnen?«, fragte Janos ungläubig.

Leandra nickte strahlend. »Ist das nicht ein toller Spruch?«

»Gut«, sagte ich. Auch wenn ich Leandra liebte, konnte ich ihre Begeisterung für Magie nicht ganz teilen. Auch fiel es mir schwer, mich auf etwas zu verlassen, das ich nicht wahrnehmen konnte. Aber es war immer noch besser, als sich mit den Höhlenbären um ihre Behausung zu streiten. »Dann werden wir das so machen.«

Leandra sah in die Runde. »Ich brauche nicht lange. Hat jemand von euch ein Stück Bärenfell dabei?«

Ich schüttelte den Kopf. Das Einzige, was ich an Fell mit mir führte, war der Fellumhang aus Eisotterpelz, den mir Eberhard gegeben hatte.

Nacheinander schüttelten wir alle den Kopf.

»Hattest du nicht Bärenfelle?«, fragte Sieglinde Janos.

Der verneinte bedauernd. »Sie waren Teil meiner Verkleidung, aber danach habe ich sie verbrannt. Sie stanken.«

»Soll das heißen, dass keiner von uns Bärenfell dabei hat? Ich brauche nur ein kleines Stück. So groß!«, fragte Leandra ungläubig und zeigte mit Daumen und Zeigefinger, wie groß das Stück nur sein musste. Es half nichts.

»Also gut«, sagte ich. »Das mit der Magie wird nichts.« Ich ignorierte Leandras enttäuschten Blick. Was konnte ich dafür, dass keiner von uns Bärenfell dabei hatte? »Andere Vorschläge?«

»Ja. Eine andere Höhle«, sagte Varosch.

Ich sah zum Himmel hinauf. Die untergehende Sonne färbte bereits die Bergspitzen rot, uns blieb nicht viel Zeit. Ich traute dem Wetter nicht.

»Vielleicht …«, fing ich an, aber Zokora trat neben mich.

»Havald. Siehst du den Schnee dort an den Hängen?«, sagte sie leise. Ich folgte ihrem ausgestreckten Zeigefinger. Wochenlang hatte hier der Sturm gewütet und den Schnee über die Bergkämme getrieben. Hoch oben sah ich, was Zokora mir zeigen wollte. Ein riesiges Schneebrett hatte sich gebildet und hing über uns, kleine v-förmige Spuren führten von ihm ausgehend durch den Schnee die Steilwand hinunter.

»Den ganzen Tag schien die Sonne«, sagte sie leise. »Ich weiß nicht, warum, aber das macht eine Lawine wahrscheinlicher.«

Ich nickte. Vielleicht hielt das Brett aus Schnee und Eis, aber auf keinen Fall wollte ich hier im Tal rasten.

»Wir könnten einfach weitergehen«, sagte Janos. »Wir sind die Dunkelheit gewohnt.«

Ich schüttelte den Kopf. »Wir brauchen für die Nacht einen sicheren Unterschlupf.« Ich wandte mich an die anderen. »Wir müssen die Bären überzeugen. Hier können wir nicht bleiben.« Ich wandte mich an Zokora. »Habt Ihr noch dieses lähmende Gift, das Ihr bei Poppet verwendet habt?«

Sie nickte.

»Gebt es Varosch. Er soll es auf seine Bolzen streichen. Ich gehe mit ihm hinein.«

»Ich mache das. Du bist zu langsam«, teilte sie mir mit.

»Dann gehen wir alle«, entschied ich. Sie sah mich an, als ob sie widersprechen wollte, ließ es dann aber sein.

Die Höhle, die Varosch gefunden hatte, war größer als die letzte, in der wir genächtigt hatten. Der Eingang war hoch genug, um auf einem Pferd hineinzureiten.

Vorsichtig bewegten wir uns heran. Varosch, einen vergifteten Bolzen auf seine Armbrust aufgelegt, ging knapp hinter mir, Zokora zu meiner Linken, Leandra, Janos und Sieglinde folgten. Poppet sollte draußen warten. Kämen wir nicht wieder, würde sie warten, bis sie erfror. Ich schob den Gedanken beiseite. Warum sollten wir nicht wiederkommen? Es waren nur Tiere.

Wir waren leise genug, dass wir die Höhle betreten konnten, ohne dass die Bären auf uns aufmerksam wurden.

Mittlerweile hatte sich die Sonne weiter gesenkt, die Dunkelheit hier in der Höhle war nach dem gleißenden Schnee wie eine Mauer. Ich hob die Hand; ich wollte warten, bis sich meine Augen an das trübe Licht hier angepasst hatten.

Zuerst dachte ich, dass Varosch uns in die falsche Höhle geführt hatte. Ich sah die üblichen vereisten Kalksteinsäulen und nicht viel mehr – bis sich aus dem Dunkel zwei massive Umrisse herausschälten.

Ich zog leise die Luft ein, denn ich hatte noch nie zuvor einen Höhlenbären gesehen. Dass sie groß waren, wusste ich, aber es war etwas anderes, davon zu hören, als sie selbst zu sehen.

Sie waren eisgrau, mit ein Grund, warum ich sie vorher nicht bemerkt hatte. Zuerst hatte ich sie wohl für Felsen gehalten, denn wenn etwas so groß war, wollte man es nicht sofort als Lebewesen wahrnehmen.

Varosch hob seine Armbrust. Janos zog langsam sein Schwert. Das Geräusch war wirklich nicht laut, man hörte es kaum.

Mit einem lauten *Drenggg* löste sich Varoschs Bolzen und traf den einen Bären in der Flanke. Im nächsten Moment explodierten die Tiere in Bewegung. Nie hätte ich es für möglich gehalten, dass etwas so Großes sich so schnell bewegte.

Einer der Bären stürzte sich auf Varosch, der andere erkor mich zu seinem Ziel.

Seelenreißer sprang fast von allein in meine Hand, hier gab ich mich ihm hin, fühlte die Kälte und die Berechnung, spürte, wie sich die Klinge meiner bemächtigte. War sie es, die so nüchtern die Chancen abwog, oder ich? Oder gab es nur ein *uns?*

Durch ein solches Fell drang auch Seelenreißer nicht hindurch, die einzige Möglichkeit war ein Stich. Der Bär kam auf allen vieren auf mich zu, das Herz war nicht erreichbar. Seelenreißers fahl leuchtende Spitze hob sich, und ich bereitete mich auf den Ansturm vor, kühl und sachlich, als ob mein Leben nicht im nächsten Moment enden könnte. Das gewaltige Maul des Bären öffnete sich, und ich beugte mich ihm entgegen, alle Muskeln angespannt. Es schien, als würde die Zeit langsamer fließen. Ich sah die Augen des Bären, braun waren sie und wütend. Ich konnte ihn verstehen. Ich wäre an seiner Stelle auch übellaunig gewesen. In diesem Moment bedauerte ich, dass Leandra ihren Spruch nicht hatte wirken können, dieser Bär hatte etwas Gewaltiges, etwas Majestätisches an sich ... Er war im Recht, und wir waren die Eindringlinge.

So perfekt war Seelenreißer ausgerichtet, dass die Klinge in den Bärenrachen glitt, ohne auch nur einen der enormen Fänge zu streifen, dann erreichte die Spitze den Knochen ... fast hätte meine Kraft nicht gereicht ... Ich spürte, wie der Knochen nachgab und Seelenreißers Spitze das Gehirn erreichte.

Er war schon tot, als mich die gewaltige Pranke traf. Ich hörte, wie die Glieder meines Kettenmantels rissen, spürte den dumpfen Schlag gegen meine Seite, der mich umwarf. Ich konnte das Schwert nicht halten, es steckte fest im Gebein des Bären. Ich wusste nur noch, dass ich flog, dann prallte ich gegen die Wand.

10. Natalyia und das Garn des Todes

»Lebt er?«, hörte ich eine besorgte Stimme. Sie gehörte Sieglinde.

»Sieht so aus«, meinte Janos. »Er ist zäh.«

Ich spürte Finger an meiner Seite, ein vorsichtiges Drücken. Bis gerade eben hatte es nicht wehgetan, doch nun kam es mir so vor, als ob mich in diesem Moment die Tatze traf.

»Er lebt«, sagte Janos, als ich mich aufbäumte und fluchte.

»Stimmt«, meinte Varosch trocken. »Tote haben keine Schmerzen.«

»Haltet ihn fest. Ich muss die Rippe richten.« Das war Leandras Stimme. Ihre Hände waren es, die ich da spürte.

Ich öffnete die Augen. Ich merkte, wie ich sie öffnete, aber die Dunkelheit blieb. Dann vergaß ich alles, als ich mehrere Paar Hände spürte, die mich zu Boden drückten, dann das Knirschen, als Leandra eine Rippe richtete ...

»Steckt ihm etwas zwischen die Zähne, schnell!«

Ich spürte etwas an meinem Mund, die Schmerzen wogten über mich, und nur undeutlich hörte ich, wie mich Sieglinde anflehte, den Mund zu öffnen. Ich tat es wohl, denn ich fühlte nun Leder zwischen den Zähnen.

»Ich muss die Wunde nähen«, hörte ich Leandra.

»Wie schlimm ist es?«, fragte Sieglinde.

»Nicht so schlimm, wie es aussieht. Es ist nichts Wesentliches verletzt, nur drei Rippen sind gebrochen. Die Krallen sind in den Ketten hängengeblieben und kamen nicht in die Bauchhöhle«, antwortete Leandra. »Ich muss die Wunde aber nähen.«

»Beeil dich«, hörte ich Varosch im Hintergrund sagen.

»Nicht. Nötig. Nur ... Kratzer.« Das war Zokoras Stimme, seltsam gepresst.

Ich spürte nur ein Zupfen, nicht einmal die Spitze von Leandras Nadel ... Noch während ich darüber nachdachte, wie seltsam es sich anfühlte, als sie die Haut zusammenzog, gab ich mich wieder der Dunkelheit hin.

»Ein teures Nachtlager«, hörte ich Janos sagen, als ich meine Augen aufschlug. Es war immer noch dunkel. Ich wünschte, jemand würde eine Laterne anzünden.

»Das Gift wirkte nicht«, sagte Varosch bitter. »Ich weiß, dass ich ihn getroffen habe, aber er reagierte nicht.« Er klang irgendwie angestrengt, als ob er sich nur mit Mühe beherrschen könnte.

Ein seltsames Geräusch drang an meine Ohren, zuerst konnte ich es nicht erkennen, ein diffuses Wimmern, leise nur, aber anhaltend. Dann verstand ich, dass es genau das war:

Jemand wimmerte. Ich dachte zuerst, ich wäre es selbst – mir war danach zumute –, aber es stammte nicht von mir.

»Wer ist noch verletzt?«, fragte ich.

Ich spürte eine Hand auf meiner Stirn. Leandra. »Ah, du bist wieder wach. Ich hatte schon Sorge. Du bist kühl, das ist gut.«

Ich griff nach ihrer Hand und führte sie an meinen Mund. Für einen Moment genoss ich ihre Nähe. »Wer ist das?«, fragte ich erneut.

»Zokora«, kam Varoschs Stimme.

»Ist sie verletzt?«

»Als der Bär mich angriff, hatte ich noch die Armbrust in der Hand. Sie rief irgendetwas, um ihn von mir abzulenken, und sprang auf seinen Rücken! Sie ritt ihn, während sie ihr Schwert in ihn rammte. Aber dann warf er sie ab und …«

»Und was?«

»Der Bär traf sie unterhalb des Brustkorbs. Er … er riss ihr die Bauchdecke auf.« Leandra sprach leise für Varosch weiter.

»Bei den Göttern! Sie hätte das nicht tun sollen, sie ist so zierlich!«, rief Varosch. Ich glaube, er weinte.

»Sie ist schwer verletzt. Es ist ein Wunder, dass sie noch lebt.« Leandra drückte meine Hand.

»Wird sie es schaffen?«, fragte ich.

Ich spürte an ihrer Hand, dass ihre Schultern bebten. »Ich weiß es nicht. Aber sie kämpft.«

»Die Innereien, sind sie beschädigt?«, fragte ich und wollte mich aufrichten. Leandra drückte mich mühelos wieder zurück; ich hatte im Moment nur die Kraft eines kleinen Kindes.

»Ja. Das ist das Problem.«

»Man kann das nähen. Ich habe es einmal gesehen.«

»Ich habe noch nie gehört, dass jemand das überlebt hat. Es eitert immer«, sagte Leandra leise.

»Man muss ein paar Dinge beachten. Könnt ihr mal eine Laterne anmachen, ich muss an meinen Rucksack!«

Stille. Einen ewigen Moment lang. Dann Leandras Stimme.

»Havald. Die Laterne steht direkt neben deinem Kopf ...«

Ich hob die Hand, tastete, spürte die Wärme. Ich wandte den Kopf, fühlte die Wärme auf meinem Gesicht ... tastete mit der Hand nach meinen Augen. Sie waren offen.

»Was ist, Havald?«, fragte Janos.

»Ich kann nichts sehen.«

Blind. Oft hatte ich schon Blinde gesehen. Bettler, die mit ihren schwärenden, hohlen Augen an mir vorbei ins Leere blickten, Diebe, die auf Befehl der Krone geblendet worden waren, Soldaten, denen ein Streich das Augenlicht genommen hatte, oder alte Männer und Frauen, die allmählich das Licht der Welt verloren hatten. Es war ein Diktum Astartes, dass man, ging es einem selbst besser als anderen, diesen helfen sollte. Ich gab nicht oft, denn gab man einmal einem Bettler, wurde man sie nicht mehr los, doch wenn ich einen Blinden sah, gab ich häufig.

Das Augenlicht zu verlieren, die Welt und ihre Schönheit nicht mehr sehen zu dürfen, war für mich ein Schicksal, das ich mich nicht zu tragen imstande fühlte.

Jetzt hatte es mich ereilt. Ich fuhr mit den Händen über mein Gesicht und suchte die Verletzung, die mir mein Augenlicht genommen hatte, aber ich spürte nichts als die Stoppeln meines Bartes. Durch die Verletzung an meiner Seite abgelenkt, hatte ich bisher kaum bemerkt, dass ich auch Kopfschmerzen hatte. Die Ursache war schnell gefunden: eine riesige Beule an meinem Hinterkopf. Ich fuhr mit den Fingern dort entlang, aber Leandra hielt mich auf.

»Nicht! Vorsichtig!«

»Was ist?«

»Du bist mit dem Kopf gegen die Felswand geschlagen. Ich befürchte, dass dabei etwas gebrochen ist. Die Stelle fühlt sich merkwürdig weich an.«

»Seht Ihr denn gar nichts?«, fragte Sieglinde.

»Doch«, antwortete ich. »Einen hellen Riss, wie eine helle Spalte im Dunkeln, in dem sich kleine leuchtende Blasen tummeln ... Es ist seltsam. Aber sonst ... nichts.«

Ich hatte mit meinem Finger die Stelle erkundet, von der Leandra sprach. In meiner Vorstellung hatte ich schon befürchtet, dass mein gesamter Hinterkopf wie eine Eierschale gebrochen wäre, aber die Stelle direkt über meinen Nacken war nur klein, vielleicht von der Größe eines Fingernagels.

Dank Seelenreißer erholte ich mich schnell, in weniger als einer Woche würden die Knochen wieder zusammenwachsen.

»Wie kann das sein?«, fragte Sieglinde. »Die Augen sehen ganz normal aus, unbeschädigt.« Ihre Stimme war nah, sie beugte sich wohl gerade über mich.

Blind! Ich ließ die Hand sinken. Panik machte sich breit in mir und Verzweiflung. Ein Leben in Dunkelheit! Woher sollte ich die Kraft dafür nehmen? War das die Strafe Soltars, des Gottes der Dunkelheit? Einst hatte ich ihn um mein Leben betrogen, war dies nun der Preis dafür?

»Ich habe davon schon gehört.« Wer war das? Die Stimme war weiblich, aber ich hatte sie noch nie gehört. Sie hatte einen auffälligen Akzent, klang weich und rauchig zugleich. Als ich diese Stimme hörte, sah ich ein reich geschmücktes Zelt mit vergoldeten Speeren als Zeltstangen, dichten Teppichen und einer Kohleschale, die in kalter Wüstennacht Wärme spendete. Und Räucherkräuter, die in der Schale verbrannten. Die Vision verflog.

»Wer ist das?«, fragte ich, meine Stimme fühlte sich rau an.

»Das ist Poppet«, sagte Janos, der wieder irgendwie amüsiert schien.

»Zokora hat sie freigegeben, bevor sie das Bewusstsein verlor«, ergänzte Varosch leise.

»Mein Name ist Natalyia, aus dem Hause Berberach. Ich trug das dritte Tuch der Nacht für den Herrscher von Thalak.«

»Sagt mir, was Ihr von dieser Blindheit gehört habt, dann sagt mir, was Eure Vorstellung bedeutet«, antwortete ich ihr. Vielleicht war es wirklich so, dass der Verlust eines Sinnes die anderen schärfte, denn ich hatte Stolz in ihren Worten gehört, als hätten sie eine Bedeutung, die sich mir noch nicht erschloss.

»Ich habe einst einen Sklaven gesehen, der unglücklich fiel. Er prallte mit dem Hinterkopf gegen eine Säule und verlor sein Augenlicht.«

»Gewann er es wieder?«, fragte Sieglinde.

»Ich weiß es nicht. Der Sklave wurde entfernt.«

Ein Schlag gegen den Hinterkopf. Jetzt konnte auch ich mich erinnern, dass ich von so etwas einmal gehört hatte, in der Geschichte genas das Opfer wieder. Also … bestand Hoffnung? Als Letztes gab der Göttervater den Menschen die Hoffnung. Ich konnte gerade noch verhindern, dass ich hysterisch anfing zu lachen.

»Gut, Natalyia.« Ich richtete mich vorsichtig auf. Es musste niemand wissen, wie es in mir aussah, dass ich am liebsten schreien oder mich weinend in die Ecke verdrücken würde. »Wer seid Ihr?«

»Ich gehöre dem Hause Berberach an. Es ist ein mächtiges Haus im Reich Thalak, meine Familie genießt großen Einfluss am Hof.«

»Sie ist der Feind, Havald«, sagte Leandra leise. Ihre Hand lag immer noch in meiner, und ich merkte, dass sie sich verkrampfte.

Natalyia lachte leise. »Vielleicht. Hört, was ich erzähle, zu Ende an. Ich war das dritte Tuch der Nacht, ein Rang und Titel zugleich. Er bedeutete, dass ich im Auftrag des Throns unerwünschte Personen beseitigte.«

»Eine Assassine, eine gedungene Mörderin.« Janos' Stimme war kalt und verächtlich. »Was konnten wir auch anderes erwarten? Sie folgte Balthasar wie ein Hund. Und genauso ließ sie sich benutzen.«

Ich hörte, wie Natalyia scharf einatmete. »Janos«, sagte sie, »sprecht nicht mehr von Balthasar.« Sie holte erneut tief Luft. »Meine Geschichte ist schnell erzählt. Ich erhielt den Auftrag, jemanden dem Namenlosen zuzuführen. Ihn zu töten. Ich tat es nicht. Als Strafe wurde ich Balthasar übergeben.« Sie machte eine Pause, ich hörte sie atmen. »Ich hörte euch über die Dunkelelfe sprechen und über das, was sie mir antun wollte. Balthasar war nicht so kreativ, aber er war sehr bemüht.« Sie lachte bitter. »Und wie er sich Mühe gab! Tatsächlich bin ich der Dunkelelfe dankbar, denn in einem gewissen Sinn befreite sie mich, als sie mich gefangen nahm. Als sie das Ritual der Dienerschaft an mir vollzog, fiel etwas von mir ab. Ich erkannte, dass die bedingungslose Loyalität dem Thron Thalaks gegenüber nicht echt war, sondern etwas, das mir aufgezwungen worden war. Eine magische Fessel, wie sie jeder trägt, der Thalak dient. Sie befreite mich, auch wenn mein Körper ihren Befehlen folgte. Seitdem hatte ich Zeit, zu denken und zuzuhören. Ich bin stolz auf mein Haus. Aber ich folge nicht mehr Thalak. Ich bin kein Hund mehr. Wenn mich jemand bellen sehen will, dann wird er auch meine Zähne spüren.«

»Und das sollen wir dir glauben?«, rief Janos. »Du sagst uns, du wärst keine Dienerin Thalaks mehr. Im gleichen Atemzug erzählst du, dass du für ihn gemordet hast. Du bist eine Gefahr für uns. Zokora hätte dich nie aus ihrem Bann entlassen sollen!«

Ihre Stimme wurde gefährlich sanft. »Janos Dunkelhand, der Verräter oder auch der königliche Agent. Ja, ich hörte, was du den anderen erzählt hast. Warum sie dir glauben, weiß ich nicht, aber sie kennen dich ja auch nicht so gut wie ich. Vielleicht ist es die Wahrheit und du bist tatsächlich nur in Dunkelhands Haut geschlüpft. Das hat dich jedoch nicht daran gehindert, mich zu deiner Lust zu benutzen, wenn es Balthasar gestattete, nicht wahr? Oder behauptest du, dass das alles nur Tarnung war? Dass du keine Wahl hattest, als mich zu benutzen, um nicht aufzufallen, dass dein brünstiges Stöhnen nur gespielt war? Rede du nicht von einem Hund, Janos, noch hast du mir nicht gezeigt, dass du aufrecht gehst!«

»Das reicht!« Ich hörte kleine Steine rollen, Füße, die über den Boden scharrten, und Stahl, der aus der Scheide sprang.

»Janos, nein!«, rief Sieglinde.

»Zurück!«, kam der Ruf von Leandra, und ich spürte den Druck auf meinem Kopf, der so oft auftrat, wenn in meiner Nähe spontane Magie ausgeübt wurde. Ein donnerndes Krachen, der Geruch von Ozon folgte, und warme Luft wehte über mein Gesicht.

Einen Moment war Stille.

»Heiliges Exkrement!«, rief Janos. »Leandra, was soll das? Diese kleine verfluchte ...«

»Ich schwöre bei den Göttern, dass der nächste Blitz den trifft, der auch nur mit dem kleinen Finger zuckt! Es reicht!« Leandra wurde selten laut, aber diesmal war sie es. Sie klang richtig sauer. Ich wusste, wozu sie fähig war, wenn sie sauer wurde. Wut schien bei ihr die Fähigkeit zur spontanen Magie zu steigern. Ich hatte im Gasthof gesehen, wie sie in diesem Zustand eine schwere, eisenbewehrte Tür mit einer Geste in tausend Stücke zersplittern ließ.

»Er hat den Stahl in der Hand, nicht ich«, kam Natalyias Stimme. »Ich bin unbewaffnet.«

»Das will nichts heißen bei ihr!«, antwortete Janos erregt. »Sie tötet mit ihren Händen wie andere mit einem Dolch.«

»Haltet ein und setzt euch! Beide.« Ich sagte es in einem bestimmenden Tonfall. Es war ein kleiner Trick, minimale Magie, jeder konnte das lernen. Es bedarf nur der Überzeugung, dass das, was befohlen wird, auch geschieht. Dann wirkt auch eine leise Stimme.

»Ihr könnt ihr nicht trauen«, sagte Janos, und ich hörte, wie sein Schwert wieder in die Scheide glitt.

Natalyia sagte nichts, aber ich vernahm, wie sie sich setzte. Beide Geräusche waren beruhigend weit voneinander entfernt.

»Setzt euch hin. Beide«, sagte ich. »Leandra. Wo ist Seelenreißer?«

»Er steckt noch im Rachen des Bären. Keiner wagte es, die Klinge anzufassen. Sie leuchtet.«

Das verfluchte Schwert. Musste es allen zeigen, dass es verflucht war? Ich kannte dieses Leuchten. Es hatte sich den Bären genommen, seine Kraft, sein Leben und wartete nun darauf, es mir zu schenken. Und ich, ich ... ich war begierig darauf. Die Wunde in meiner Seite schmerzte, mein Kopf dröhnte, meine Augen sahen das Licht nicht – und die verfluchte Klinge versprach Linderung, wenn ich sie nur nahm.

»Jemand muss mich führen.« Mühselig erhob ich mich, ich spürte eine Hand an meinem Arm. »Sieglinde?«, fragte ich, ich roch sie, war mir aber nicht sicher.

»Serafine«, kam die Antwort. »Sieglinde ist getroffen von Natalyias Worten. Das mit dem brünstigen Stöhnen und so. Ich hingegen habe Janos nie vertraut.« Jetzt, da ich nur ihre Stimme hörte, wurde mir bewusst, dass es tatsächlich eine andere war. Nicht nur Sieglindes mit einer anderen Betonung, nein, das Timbre war anders ... älter.

»Es muss interessante Diskussionen geben zwischen euch«, sagte ich. Ich versuchte einen Schritt; die Wunde in meiner Seite zog und zwang mich fast auf die Knie.

»Langsam, Sergeant. Noch zwei Schritte ...«

»Ich bin nicht der Sergeant.«

»Doch, Havald, du bist es. Du willst es dir nur nicht eingestehen. Du warst es schon immer.«

Was meinte sie damit?

»Nicht jetzt, Sergeant. Hier. Streck deine Hand aus ...«

Als Erstes spürte ich die Fänge des Bären, ein unangenehmes Gefühl. So wie sich die Reißzähne anfühlten, lag der Bär auf der

Seite. Er war so groß, dass ich mich auch jetzt kaum bücken musste, dies erschreckte mich im Nachhinein. Ich fühlte die Nähe Seelenreißers, wie er lauerte. Einen Moment zögerte ich, dann berührte ich das Schwert. Wärme durchflutete mich, eine Woge weißen Lichts schien in mich zu fließen, mich auszufüllen, und für einen Moment spürte ich ihn, den Bären, sah ich mich selbst, mein verzerrtes Gesicht, merkte, wie der fahle Stahl in mich eindrang …

Ich wäre gefallen, hätte die Klinge nicht noch immer festgesteckt und Serafine mich nicht gehalten.

Ich ließ mich zu Boden sinken, den Rücken an den Bären gelehnt. Diesmal wehrte ich mich nicht, als sich das Leben des Bären in mich ergoss. Ich fühlte die Wärme an meiner Seite, wusste, dass sich Haut und Rippen wieder fügten, spürte, wie das Pochen in meinem Kopf leichter wurde und schwand.

Mir war übel.

Aber ich hatte Seelenreißer in der Hand und ich sah, wie er sah. Nein, es war kein Sehen, es war ein Wahrnehmen, ein Wissen. Ich wusste, dass Serafine neben mir stand, dort Zokora lag, dort der andere Bär und dass der noch lebte. Und ich »sah« die beiden jungen Bären im hinteren Teil der Höhle, bewegungslos, aber noch lebendig.

Die Sicht war seltsam, es waren Umrisse mit leuchtenden Rändern, Schatten und Lichtern, verfremdet, aber unmittelbar wahr.

Leandra hatte mir erklärt, dass jedes Lebewesen, jeder Stein, jedes Ding eine Aura besaß, eine magische Energie. Ein Maestro war imstande, diese wahrzunehmen, zu sehen. Vielleicht so, wie Seelenreißer es wahrnahm, dies erschien logisch, denn er war ein magisches Konstrukt. Der Sage nach nahm Seelenreißer alles in sich auf, die Seelen seiner Opfer und die Seelen derer, die ihn führten. Manchmal bildete ich mir ein, sie zu sehen, eine Reihe Krieger, still und schweigsam, die darauf warteten, dass ich mich in ihre Reihe stellte. Aber noch nicht. Sie mussten erst mal mit einem Bären vorlieb nehmen. Ich zog mich an dem

Schwert wieder hoch, ergriff die Klinge mit beiden Händen und zog. Sie steckte fest.

Ich verlagerte mein Gewicht; es gab ein hässliches Knirschen, als der Stahl im Knochen arbeitete. Einmal, zweimal belastete ich die Klinge mit meinem Gewicht, dann löste sie sich, und ich zog sie frei.

Blut lief über meine Hand, kaum noch warm. Ich konnte sehen, nein, fühlen, wie das Metall das Blut in sich aufsaugte. Verfluchtes Schwert. Was hatte sich Askannon dabei gedacht, als er diesen Stahl schmiedete? Und warum warf ich ihn nicht in den nächsten Abgrund?

Die Wunde in der Seite schmerzte kaum mehr, so als wäre sie schon zwei Wochen alt. Doch mein Augenlicht wurde nicht geheilt.

Langsam schob ich Seelenreißer in seine Scheide zurück. Als das Heft die Scheide berührte, spürte ich, wie er zur Ruhe kam. Die Sicht, die er mir gab, wurde schwächer, reichte nicht mehr so weit, aber sie blieb, solange ich sein Heft berührte.

Ich ließ es los und wurde wieder blind. »Serafine. Führ mich zu meinem Rucksack.«

»Er lag neben dir.«

»Dann führ mich zurück.«

War man lange genug Soldat, dann wusste man, was es für einen Wert hatte, den Rucksack immer auf die gleiche Art zu packen. Oft musste man blind etwas ergreifen. Ich fand das Döschen, das ich suchte, an der Stelle, wo es sein sollte. »Danke, Serafine. Leandra?« Ich hielt das Döschen in der Hand und roch daran. Thymian? Ich wusste es nicht. Vor meinem geistigen Auge konnte ich das Zeichen Soltars auf dem Deckel sehen, die Stundenuhr. Soltar nahm unsere Seelen entgegen, wenn wir starben, und der verrinnende Sand seines Zeichens erinnerte uns immer daran, dass unsere Zeit eng bemessen war und ablaufen würde. Nur meine Uhr war angehalten worden.

»Ja?« Ich roch Leandras Haut, ihre Wärme und Nähe.

»In diesem Döschen findest du, in einer grauen Paste, ein feines Garn. Einer der Priester Soltars gab es mir vor langen Jahren. Dieses Garn wird keine Entzündung auslösen. Die Paste … schmier sie auf die Ränder, aber sei sparsam. Näht ihre Eingeweide damit zusammen. Aber …« Ich holte tief Luft. »Du musst alles reinigen. Es muss sauber sein.«

»Ich weiß nicht, ob es helfen wird. Sie hat viel Blut verloren«, sagte Leandra leise. »Es ist ein Wunder, dass sie noch lebt.«

»Sie wird weiterleben«, hörte ich Varoschs Stimme. »Gebt Ihr nur ein wenig Hilfe, dann schafft sie es. Ich weiß es.«

»Mehr als versuchen kann ich es nicht«, sagte Leandra bedrückt.

»Gut. Kümmere dich um Zokora. Ich übernehme unsere Streithähne.«

Ich spürte, wie die Müdigkeit kam, wie immer, wenn Seelenreißer mir ein Leben gegeben hatte. Aber noch nicht. Ich berührte ihn unauffällig und sah Natalyia und Janos undeutlich.

»Kommt her, ihr beiden«, sagte ich. Ich suchte mir einen Felsen zum Sitzen und wartete. Natalyia kam sofort, während Janos zögerte.

»Janos!«

Er schüttelte den Kopf, als wäre er unzufrieden mit etwas, kam dann aber doch. In Seelenreißers Sicht loderte seine Aura wie wild, während Natalyia fast so ruhig wie Leandra schien. Leandra. Durch die Sicht meines Schwertes betrachtet, strahlte sie wie eine Sonne. Zum ersten Mal verstand ich, dass Seelenreißer nach ihr gierte. Er wollte sie mit einer Intensität, die mich erschreckte. Immer hatte ich vermieden, das Schwert zu berühren, wenn ich es nicht brauchte, jetzt wurde ich wieder daran erinnert, weshalb. Aber nur durch das Schwert konnte ich jetzt sehen. Ich verdrängte es aus meinen Gedanken.

»Janos, Natalyia. Ihr seid beide Teil dieser Gruppe. Diese Gruppe führe ich. Mein Wort gilt. Ihr seid beide«, Janos sah auf und öffnete den Mund, ich hob die Hand, um ihn zu stoppen, »beide, sage ich und meine es auch so, am Leben, weil man euch leben ließ. Janos, Eure Geschichte mag wahr sein, aber ebenso gut könntet Ihr den Agenten der Königin erschlagen und sein Siegel aufbewahrt haben. Vielleicht habt Ihr ihn gefoltert, damit Ihr erfahrt, was zu sagen ist, wenn jemand wie Leandra in der Lage ist, das Siegel zu erkennen. Und Ihr, Natalyia, ich spüre noch Eure Dolche in mir. Ich vergesse nicht, wer einmal versucht hat, mich umzubringen. Ihr könnt euch gegenseitig beobachten, aber ich brauche euch beide. Speziell Euch, Natalyia. Denn Eure Gabe des Steins wird uns noch nützen. Doch ... es wird auch ohne Euch gehen. Und Ihr, Janos? Wenn Ihr tatsächlich der Mörder Dunkelhand seid und nicht nur ein Schauspieler, wird auch Sieglinde Euch nicht nachtrauern, wenn wir Euch aufhängen. Und Ihr, Natalyia, Ihr seid eine Agentin Thalaks, Grund genug, euch nebeneinander an denselben Ast zu hängen. Beweist euch mir, uns. Ich dulde keine solche Zwietracht unter uns. Für euch beide ist dies ein neuer Anfang.«

»Ja, Ser«, sagte Natalyia und machte eine Art Verbeugung.

»Aber, Havald ...«, begann Janos.

»Ich mag Euch, Janos. Ich mochte in einer gewissen Art auch Janos Dunkelhand, den Banditenanführer. Er hatte einen gewissen Stil. Aber ich wollte ihn tot sehen. Sorgt einfach dafür, dass der Wunsch nicht erneut in mir aufkommt.«

»Findet Ihr nicht, Havald, dass es etwas die Spitze nimmt, wenn einem ein Blinder droht?«, begehrte Janos auf. »Ihr wollt der Anführer sein, aber Ihr könnt nicht mehr führen, denn Ihr seht den Weg nicht.«

Ich richtete mich auf. »Janos, wollt Ihr führen, ist es das? Wie soll das gehen? Ihr habt mir noch keinen Grund gegeben, Euch zu vertrauen.«

»Pah!«, rief Janos. »Was tue ich denn, außer dem, was ich euch versprochen habe? Ihr habt alle keinen Grund, euch zu beschweren! Ich kämpfe an eurer Seite, friere mir mit euch zusammen Eier und Arsch ab und muss mich hier von Euch abkanzeln lassen! Was gibt Euch das Recht ...«

»Ihr habt Euch uns angeschlossen. Niemand hat Euch gezwungen. Ihr solltet ...«

»Verschont mich mit Euren vornehmen Worten, Havald. Ihr seid blind. Ihr könnt nicht mehr führen. Oder mir drohen. Und Eure Entscheidungen ... Seht, was es uns gebracht hat! Wir hätten weitergehen sollen, wie ich es Euch sagte.«

»Dann führt Leandra an meiner Stelle.«

»Ich möchte nicht, dass ihr streitet. Können wir nicht gemeinsam gehen?«, fragte Sieglinde leise.

Ich merkte, wie Janos sich zwang, ruhiger zu werden. »Sieglinde, wie soll ich ihm vertrauen? Es mag Balladen über ihn geben, aber er macht dieselben Fehler wie wir alle. Seine Entscheidung, die Nacht in dieser beschissenen Höhle zu verbringen, hat Zokora beinahe umgebracht. Er ist nicht so außergewöhnlich, wie du denkst.« Er machte einen Schritt auf Sieglinde zu. Und sie einen auf ihn. Bevor er reagieren konnte, hatte Sieglinde ihn am Kragen gepackt. Nein, nicht Sieglinde. Serafine.

»Ich kann dir etwas sagen, Janos! Ich kann dir sagen, was hier los ist«, zischte sie. »Und du hörst mir jetzt zu. Weißt du, was hier los ist? Krankhafte Eifersucht! Sieglinde bewundert Havald, aber sie liebt dich. Aus welchen Gründen auch immer, sie liebt dich. Geht das in deinen Kopf? Niemand macht dir Sieglinde streitig, niemand will sie dir wegnehmen! Mann, du benimmst dich, als wärst du ...« Ihre Stimme stockte. Sie ließ Janos los und trat einen Schritt nach hinten, ließ den Kopf hängen, »... verhext.«

Das letzte Wort kam in Sieglindes leiser Stimme.

Wir standen alle stocksteif da.

»Verhext?«, fragte Janos leise.

»Ich hatte Angst«, antworte Sieglinde ihm. »Ich hatte Angst vor dir, aber du hast mich auch ... Du hast mir trotzdem gefallen. Deshalb, als ich die Geige in der Hand hatte ... Ich wünschte es mir so sehr, und dann merkte ich, wie etwas geschah. Ich sah deine Augen und fühlte es auch in mir. Das war der Moment, in dem du dich in mich verliebt hast, nicht wahr?«

Er hob die Hände an den Kopf. »Ja … aber … das war es nicht. Es ist nicht so. Ich bin nicht verhext …«

»Seid alle mal still! Zokora will etwas sagen!«, rief Varosch dazwischen.

Die Dunkelelfe sprach leise und in langen Abständen. Leandra hielt in ihrer Arbeit nicht inne. Ich war froh, dass ich durch Seelenreißer keine Details sehen konnte, ich bemerkte nur, dass ihre Hände tief in Zokoras Leib steckten.

»Du warst verzaubert, Janos, und auch du, Sieglinde.« Zokora machte eine Pause, stöhnte zischend auf.

»Es ist gleich vorbei … nicht mehr lange«, flüsterte Leandra.

»Das wäre nett«, presste die Dunkelelfe zwischen den Zähnen hervor. Mühsam sprach sie weiter. »Ich habe den Zauber bemerkt. Aber es war nur ein kleiner Zauber, eine Art Trick … Er ist lange verflogen. Wenn ihr jetzt etwas fühlt, ist es … echt.«

»Danke, Zokora«, sagte ich. Ich war verwundert, dass sie es als so wichtig erachtete, um in ihrem Zustand zu sprechen. Aber ich war ihr dankbar dafür. Ebenfalls Serafine für ihre Worte. Ich wandte meinen Kopf in Janos' Richtung. »Ich mag Sieglinde, Janos. Ich verkehre seit Jahren im *Hammerkopf*. Sie ist eine attraktive Frau, aber ich liebe eine andere. Ihr und ich, wir sind keine Konkurrenten.«

Sein Kopf wandte sich von Sieglinde zu Zokora und Leandra, dann zu mir hinüber. »Ich … Es kann sein, dass ich mich entschuldigen muss. Aber ich höre nur ständig Havald dies, Havald das … und Ihr seid blind!«

»Das hat nichts zu sagen«, kam Leandras Stimme von Zokoras Lager herüber. »Unsere Königin ist seit ihrer Kindheit krank und gelähmt. Trotzdem, trüge man sie auf einer Bahre auf das Schlachtfeld, würdet Ihr folgen, oder nicht?«

»Ich habe ihr meinen Lehenseid geschworen«, sagte Janos mit glaubhafter Empörung. »Natürlich folge ich ihr.«

Es lag etwas in seiner Stimme, vielleicht sah ich es auch in seiner Aura: in diesem Moment konnte ich ihm glauben. Er sagte die Wahrheit, das spürte ich.

Ich hatte nicht gewusst, wie groß meine Sorge doch gewesen war, dass er tatsächlich jener Räuberhauptmann wäre, für den er sich ursprünglich ausgegeben hatte. Erst in diesem Moment spürte ich, welche Last von mir abfiel.

Beruhigt ließ ich Seelenreißers Griff los, und Dunkelheit umfing mich, sein Flüstern versiegte.

»Wir werden unseren Weg gemeinsam gehen«, sagte ich. »Wir haben genügend Feinde und Widrigkeiten, dass wir uns nicht auch noch in unserer Gruppe streiten müssen. Wir sollten uns auf die Nachtruhe vorbereiten, etwas essen und für Zokoras Genesung beten. Natalyia wird sich beweisen. Sie hat uns schon einmal das Leben gerettet.«

»Sie konnte nicht anders und war selbst auch in Gefahr. Das bedeutet nichts, ich …«

»Janos«, sagte ich. »Lasst es gut sein. Gebt ihr eine Chance. Und jetzt möchte ich etwas essen und dann schlafen.«

Ich brauchte lange, um einzuschlafen. Meine Gedanken eilten hierhin und dorthin, wirr und ungeordnet. Meine Blindheit, Seelenreißers Gier, Janos, Sieglinde und der Geist Serafines in ihr … All dies ging mir durch den Kopf. Die Bären … es war die Bärenmutter, die Varosch angefallen hatte, sie lebte noch, denn Zokoras Gift hatte gewirkt, wenn auch verspätet. Das gleiche Gift hatte auch die Jungen betäubt. Ich bedauerte es, den stolzen Bären getötet zu haben, war aber dankbar für seine Kraft … Seelenreißer … Angeschmiegt an meinen Rücken spürte ich Leandra, ihren Atem in meinem Nacken, ihre Wärme. Ich hatte nicht gewusst, dass mein Schwert eine eigene Gier kannte.

Von solch unruhigen Gedanken geplagt, fand mich der Schlaf dann doch.

11. Orthenthaler Wein

Es war Leandra, die mich weckte, ich erkannte sie an ihrem Geruch. Als ich erwachte und mir bewusst wurde, dass ich immer noch blind war und es trotz Seelenreißers Heilkräften bleiben würde, hatte ich Mühe, mich nicht der Verzweiflung hinzugeben. Dann erst verstand ich, dass Leandra mir einen Finger auf den Mund legte. Auch erschien es mir zu früh für den nächsten Tag, meinem Gefühl nach sollte es noch Nacht sein.

»Was ist?«, flüsterte ich.

»Wir haben Gäste.« Ich griff mein Schwert und folgte ihr zum Höhleneingang, bemüht, so wenig Geräusche zu machen wie möglich. Varosch lag bereits dort, seine Armbrust im Anschlag. Was auch immer er beobachtete, Seelenreißers Wahrnehmung reichte nicht weit genug. Ich kroch neben Varosch und berührte ihn leicht an der Schulter.

»Drei Hunde. Oder so etwas Ähnliches. Solche habe ich noch nie gesehen«, berichtete Varosch mit gedämpfter Stimme.

»Beschreib sie mir.«

»Etwas größer als normale Hunde. Schwarz, lederartige Haut mit Schuppen und Flügeln. Der Kopf ähnelt dem einer Katze. Sie stehen in unserer Spur.« Varosch sprach so leise, dass ich ihn kaum hören konnte. »Ich habe ein gutes Schussfeld. Was soll ich tun?«

»Sie stehen nur da?«

Ich spürte unter meiner Hand eine Bewegung seiner Muskeln und sah durch mein Schwert, wie er leicht nickte. »Es sieht aus, als konferierten sie. Sie blicken immer wieder hierher.«

»Wir liegen im Dunkeln, sie sehen uns nicht. Sie dagegen sind auf dem hellen Schnee, nicht wahr?«

Ich spürte unter meiner Hand, wie er erneut nickte. Schwarze Hunde mit Flügeln. Borastas sahen so aus, waren aber selten größer als eine kleine Katze. Außerdem trugen sie Fell und keine Schuppen. Von diesen Biestern hier hatte ich noch nie gehört. Sie nahmen uns wohl nicht wahr. Irgendwie hatte ich das Gefühl, dass sie nicht im Schnee herumstehen würden, wenn sie wüssten, wo wir uns befanden.

»Warte ab. Schieß erst, wenn einer von ihnen der Höhle zu nahe kommt. Und wenn du sicher bist, dass du ihn erlegen kannst«, flüsterte ich.

»Dann wird er sehr nahe sein«, gab Varosch trocken zurück.

»Worauf warten sie?«, flüsterte Leandra.

»Sie riechen die Bären und frisches Blut. Aber sie wollen nicht näher heran«, antwortete ich leise.

»Schlaue Biester«, sagte Varosch bitter. »Schlauer als wir.«

Ich hörte ein dumpfes Flappen in der Entfernung. »Einer von ihnen ist in die Luft gesprungen, er fliegt auf der Stelle ... jetzt fliegt er weiter die Schlucht entlang«, erklärte Leandra mir leise.

»Es sieht aus, als suche er unsere Fährte«, sagte Varosch. »Warum nur? Unsere Fährte führt in diese Höhle. Sie müssten wissen, wo wir sind.«

»Sie riechen die Bären«, sagte Leandra mit Überzeugung. »Sie riechen lebende Bären und Blut. Was weiß ich, wenn sie so scharfe Nasen haben wie Jagdhunde, können sie eine Menge an unserer Spur erkennen.«

»Bei den Göttern.« Diese leise Stimme gehörte Poppet – Natalyia. Mittlerweile lagen wir wie Sardinen nebeneinander im Eingang. Nur Janos fehlte. Offensichtlich hatte es niemand für nötig gehalten, ihn zu wecken; ich hörte sein leises Schnarchen. »Wir sind verloren.« Sie klang resigniert.

»Warum?«, fragte ich.

»Das sind Vartramen. Magische Kreaturen des Imperators. Das bedeutet, dass es jemanden gibt, der uns folgt. Ein Agent des Imperiums. Wenn er uns findet, sind wir verloren.«

Ich schüttelte den Kopf. Nichts war verloren.

»Was ist das Besondere an diesen Kreaturen?«, fragte ich.

»Sie können fliegen und haben scharfe Zähne«, informierte mich Varosch.

»Sie sind Augen und Ohr des Jägers, der uns folgt«, fügte Natalyia hinzu.

»Können sie schwimmen?«

»Keine Ahnung«, antwortete Natalyia, und der Tonfall ihrer Stimme sagte mir, dass sie nicht wusste, was ich damit fragen wollte.

Es war nur ein schwacher Gedanke, aber vor meinem inneren Auge sah ich wieder dieses gigantische Schneebrett hoch über uns. »Wie geschickt fliegt der eine?«, fragte ich.

»Nicht besonders, eher schwerfällig.« Es war Varosch, der antwortete.

»Leandra?«

»Ja?«

»Ich möchte, dass du einen Blitz hoch an den Bergkamm schickst. So stark wie möglich, selbst wenn wir dich danach wegtragen müssen. Varosch, wenn sie den Blitz abschießt, schenkst du dem fliegenden Biest einen Bolzen. Dann, so schnell wir können, alle zurück und tiefer in die Höhle!«

»Was hast du vor?«, fragte Leandra leise. Ich merkte, wie sie magische Energien sammelte.

»Ich will ein paar Hunde begraben.«

Ich begann mich vom Höhleneingang zu entfernen, kroch rückwärts.

»Natalyia, zieht Euch zurück.«

Das Krachen von Leandras Blitz erschien mir überlaut im Höhleneingang, im nächsten Moment brüllte einer der Hunde auf, als ihn wohl Varoschs Bolzen traf.

»Schnell! Sie kommen!«, rief Varosch, und ich hörte, wie er sich zurückzog.

Einen Moment lang geschah nichts, ich dachte schon, es wäre sinnlos gewesen. Dann merkte ich, wie der Fels, auf dem ich lag, zitterte.

»Sie sind gleich da!«, rief Varosch.

Dann fiel uns der Himmel auf den Kopf.

Nun, das würde mich lehren, mit Naturgewalten zu spielen. Ein gewaltiges Donnern erfüllte die Luft um uns herum, den Boden, meine Knochen, mich. Ein Donnern, das allgegenwärtig war, unausweichlich und von einer Unaufhaltsamkeit, über die ich, den Göttern sei Dank, kaum die Gelegenheit hatte nachzudenken.

Ein gewaltiger Luftstoß kam vom Höhleneingang her, zerrte erst an meinen Kleidern, um mich dann im Ganzen zu ergreifen und in einer Wolke aus Schnee und Eis tiefer in die Höhle zu schleudern.

Zum zweiten Mal in wenigen Stunden flog ich durch die Luft. Schon im ersten Moment war mir Seelenreißer aus der Hand gefallen, so sah ich nicht, wohin ich flog, aber ich wusste, wie es enden würde ... und so kam es auch. Eine Felswand beendete meinen stürmischen Flug.

Diesmal wurde ich nicht bewusstlos. Ich rutschte an der Wand herab, spuckte Schnee und Eis aus, hustete und wurde mir bewusst, dass ich noch am Leben war. Nicht nur das, es schien, als hätte ich mir keine neue Verletzung zugezogen, auch wenn meine Seite brannte wie Feuer.

Eine harte Hand ergriff mich und zog mich auf die Beine. Janos.

»Havald! Seid Ihr von allen Göttern verlassen? Was habt Ihr getan, Mann?«

»Er hat eine Lawine abgehen lassen.« Varoschs Stimme klang beeindruckt.

»Wofür, bei Soltars Höllen? Seht, der Eingang ist verschüttet!«

»Wir können uns durchgraben.« Leandra trat zu mir und nahm meine Hand in die ihre. »Er wusste, was er tat.«

»Ja, sicher! Und was genau war das?«

»Er hat drei Vartramen erlegt«, sagte Natalyia leise. »Ich weiß nur nicht, ob das eine so gute Idee war.«

»Was, bei Soltars Bart, sind Vartramen?«

»Magische Jägerkreaturen des Imperators von Thalak. Sie sind an einen Jäger gedankengebunden. Er sieht und hört durch sie. Es heißt, sie verlieren niemals eine Witterung.«

»Moment mal! Ein Jäger, was bedeutet das? Und warum haben wir sie nicht einfach erschlagen?«

»Ein Jäger ist ein Assassine des Imperiums. Die Anwesenheit von Vartramen beweist, dass jemand uns folgt, dass der Imperator uns nun direkt seine Aufmerksamkeit schenkt. Und so einfach sind sie nicht zu erschlagen. Sie können fliegen. Und der Jäger wüsste jetzt, wo wir sind«, antwortete ihm Natalyia.

»Weiß er es nicht sowieso?« Sieglindes Stimme klang noch etwas belegt, aber sie wirkte hellwach. Kein Wunder.

»Vielleicht, vielleicht nicht. Wenn er direkt durch ihre Augen sieht und Ohren hört, dann ja. Erstatten sie ihm nur Bericht, dann nein.«

»Wisst Ihr, was davon zutrifft?«, fragte ich Natalyia.

»Nein. Ich habe nie Vartramen besessen.«

»Zokora!«, rief Varosch, und ich hörte ihn davoneilen.

»Ich hoffe, Ihr wisst wirklich, was Ihr tut«, sagte Janos leise. »Wenn Ihr mich mit Euren Entscheidungen umbringt, werde ich Euch noch als Geist heimsuchen.«

Etwas später kniete ich zusammen mit Leandra neben Zokoras Lager. Leandra wechselte den Verband. »Wie geht es ihr?«, fragte Varosch leise.

»Ich …« Leandra zögerte. »Ich glaube nicht, dass sie es schaffen wird. Den Göttern sei Dank, dass sie bewusstlos ist.«

»Dankt … den Göttern … nicht zu … früh«, hörte ich Zokora.

»Ihr seid bei Bewusstsein, Zokora?«

»Wie … hört es sich … an?«

Ich konnte nicht anders, ich musste lachen. Ich suchte ihre Hand und ergriff sie, sie erwiderte meinen Druck, aber nur schwach. Das erschreckte mich wirklich. Ich meinte Zokora gut genug zu kennen, um zu wissen, dass sie niemals freiwillig Schwäche zeigte.

»Ich muss … leben, Havald. Sie … müssen leben. Die Kinder.«

Ich drückte ihre Hand. »Kann ich irgendetwas für Euch tun?«

»Ha … vald?«

»Ja, Zokora?«

»Ihr weint … tropft nicht auf … mich.«

»Zokora!«

Sie lachte leise. »Keine … Hoffnung?«

»Nein«, antwortete Leandra bedrückt.

»Warum kann sie sich nicht heilen, verflucht!«, rief Varosch im Ton der Verzweiflung.

»Keine … Trauben mehr.«

»Was für Trauben?«, fragte Varosch.

»Sie braucht eine spezielle Traubensorte für ihre Magie.«

»Kann sie etwas trinken?«, fragte ich Leandra.

»Es wird ihr nicht mehr schaden.« Ihre Stimme war sanft.

Ich tastete mir einen Weg zu meinem Rucksack. Es dauerte nicht lange, bis ich fand, was ich suchte. Vor vielen Jahren hatte ich eine Flasche Orthentaler Elfenwein als Geschenk erhalten. Als ich Leandra kennenlernte, öffnete ich die Flasche für uns, als eine Art Entschuldigung für mein Verhalten ihr gegenüber. Viel war in der Flasche nicht mehr drin, aber als wir den *Hammerkopf* verließen, hatte ich sie dennoch eingepackt. Vielleicht war es Gewohnheit – sie hatte mich lange Jahre auf meinen Reisen begleitet –, vielleicht dachte ich auch, den letzten Schluck bei einer passenden Gelegenheit zu genießen. Man sagte dem Wein magische Fähigkeiten nach, und vielleicht war etwas dran, denn die Traube, von der Leandra sprach, war die gleiche, aus der dieser Wein gekeltert wurde. Schaden würde es Zokora jetzt nicht mehr.

Ich säuberte meinen Becher und kehrte überaus vorsichtig mit der Flasche und dem Becher zu Zokoras Lager zurück.

»Hier, Varosch. Schenkt ihr ein und gebt ihr diesen Schluck.«

»Was ist das?«

»Orthentaler Wein.«

Zokora ließ erneut ein schwaches Lachen hören. »Ich wünschte … es wäre so. Aber Orthentaler Wein … wird niemals einem … Menschen gegeben.«

Ich lächelte. »Genießt ihn.«

Ich hörte, wie Varosch das kostbare Nass in den Becher fließen ließ.

»Es ist … Orthentaler! Havald … du bist … ein Idiot!«, rief Zokora.

»Aber …«

»Gib mir den Becher!«, rief Zokora mit überraschend kräftiger Stimme. »Verschütte nichts!«

»Was … ?«

»Solante, deine Dienerin bittet dich, gib deiner heiligen Traube die Macht der Heilung«, intonierte Zokora.

Ich fühlte etwas. Wie einen warmen Windhauch oder einen Sonnenstrahl. Ich hörte sie trinken. Dann einen letzten Seufzer und Stille. »Leandra? Was ist mit ihr? Ist sie tot?«

»Sie ist …« Leandras Stimme klang seltsam.

»Geheilt«, ergänzte Varosch ehrfürchtig.

»Wieso sagt sie dann nichts?«

»Weil mir nichts Gebührendes einfällt, deshalb«, hörte ich Zokoras Stimme. Sie klang etwas erschöpft, aber normal. Ihre Hand ergriff mich am Hals, und sie zog mich zu sich herunter. »Außer … danke.«

Sie sagte es so leise, dass ich es kaum verstand.

»Ich habe den dritten Hund gefunden«, sagte Varosch. Dies war die zweite Nacht in der Bärenhöhle, eine mehr, als ich geplant hatte. Aber es hatte uns fast den ganzen Tag gekostet, einen Weg durch den Lawinenabgang zu graben.

»Hast du ihn abgezogen?«

»Hier«, hörte ich Varosch sagen und dann ein »Danke« von Leandra.

Sie hatte Fellstücke von dem erschlagenen Bären gesammelt, und so nun auch von den Vartramen.

Zokora ging es deutlich besser, sie war noch etwas schwach, aber zuversichtlich, dass sie sich bald vollständig erholt haben würde. Sie hatte eine Unterredung mit Natalyia. Ich wusste nicht, was die beiden Frauen besprachen, aber danach war Natalyia wieder Poppet. Leandra sagte mir jedoch, dass Poppet nicht mehr so verzweifelt wirkte.

Wir waren aufbruchsbereit, warteten nur auf den Tagesbeginn. Im Hintergrund hörte ich die drei restlichen Bären. Leandra hatte ihren Zauber ausprobiert, und er funktionierte einwandfrei, die Tiere ignorierten uns.

»Zokora, was ist das mit Natalyia?«, fragte ich leise die Dunkelelfe.

»Sie hat ihre Schuld noch nicht beglichen. Wir haben darüber gesprochen, und sie sieht es ein. Sie wird weiter Poppet sein.«

»Aber …«

»Havald.« Zokoras Stimme war wie üblich ruhig. »Sie hat freiwillig zugestimmt.«

»Niemand stimmt so etwas freiwillig zu.«

»Ich tat es. Sie tat es. Glaubst du mir nicht?«

Ich war mir sicher, dass es keine gute Idee war, Zokora als Lügnerin zu bezeichnen. Abgesehen davon, war es mir zwar immer noch unverständlich, aber ja, ich glaubte ihr. »Gut. Ihr sagtet, Ihr wisst, was Ihr tut. Ich vertraue Euch.«

Die Elfe lachte. »Du überraschst mich immer wieder. Ist es Weisheit oder Naivität? Niemand traut einer Dunkelelfe, ohne es zu bereuen.«

»Werde ich es bereuen?«, fragte ich.

»Das ist wahrscheinlich«, war ihre Antwort.

»Wir können aufbrechen!«, rief Janos vom Eingang her.

»Ich habe Poppet den Befehl gegeben, dich zu führen. Sie wird dir ihre Augen leihen.« Zokora ergriff meine Hand und legte sie auf eine Schulter vor mir. Poppet.

»Danke.« Was sollte ich sonst sagen? Wir waren darüber einig geworden, dass Leandra uns führen würde. Sie sagte, dass sie es stellvertretend tun werde. Ich sei immer noch der Anführer der Gruppe.

Poppet befreite somit Leandra von der Aufgabe, mich zu leiten.

»Zokora?«

»Ja?«

»Könnt Ihr mich heilen?«

»Ich nicht, aber meine Göttin. Aber es wird mindestens ein Jahr dauern, bis ich neue Trauben bekomme. Dann ja.«

»Danke.«

Sie lachte. »Dankt mir nicht zu früh, Havald. Ich habe ein ganzes Jahr Zeit, mir zu überlegen, was der Preis Eurer Heilung sein wird.«

Das mochte sein. Aber ich hatte wieder Hoffnung.

12. Die Donnerfeste

Es war seltsam für mich, im Dunkeln zu wandern. Ab und zu berührte ich Seelenreißer in seiner Scheide, um einen Eindruck meiner Umgebung zu erhalten, aber meistens vermied ich es. Das Schwert … Damals, als ich aufgebrochen war, um den Lehenseid für meine Heimatstadt Kelar an den König zu überbringen, sagte mir ein Priester Soltars, ich würde die Klinge brauchen. Ich dachte, er meinte die Mission, aber dem war nicht so; es dauerte Jahre, bis ich Seelenreißer das erste Mal im Kampf zog.

Ich traute Soltar nicht mehr. Und auch nicht Seelenreißer. Er schien seine eigenen Ziele zu haben, aber welche Ziele konnte ein Schwert besitzen?

Der Anfang der Reise war beschwerlich, bis wir das Gebiet des Lawinenabgangs hinter uns gelassen hatten. Danach ging es besser. Ich folgte Poppet, meine Hand auf ihrer Schulter. Sie erledigte ihre Aufgabe gewissenhaft. Wenn sie mich vor etwas warnte, war ihre Stimme freundlich neutral, sosehr ich auch versuchte, etwas herauszuhören, fand ich nie eine Gemütsregung im Klang ihrer Worte.

Im Lauf des ersten Tages fing ich an, Natalyia zu vergessen, am zweiten Tag war sie wieder Poppet für mich. Zokora nannte sie so, und auch die anderen blieben dabei.

Wenn ich Poppet durch Seelenreißer sah, erschien mir ihre Aura ruhig und gelassen. Aber was wusste ich schon von Auren?

In der zweiten Nacht hielt mich Leandra, als ich weinte. Ich glaube, jeder bekam es mit, aber niemand sagte etwas, noch nicht einmal Janos. Seitdem er die Hunde des Jägers mit eigenen Augen gesehen hatte, war er seltsam still.

Vielleicht wurden die anderen Sinne wirklich schärfer, denn ich glaubte nicht, dass er wusste, dass ich ihn hören konnte, als er sich später mit Sieglinde über mich unterhielt.

»… ich werde nicht schlau aus ihm, Linde. Ich weiß, dass er Heldenhaftes getan hat. Ich selbst verdanke ihm mein Leben, aber wenn ich ihn so ansehe, wirkt er ganz normal auf mich.«

»Worauf willst du hinaus, Janos?«, hörte ich Sieglindes Stimme.

»Ist es wirklich seine Erfahrung? Plant er so? Hat er bereits daran gedacht, die Lawine zu verwenden, als er beschloss, diese Höhle aufzusuchen? Wusste er, dass Zokoras Gift nicht reichen und sie versuchen würde, Varosch zu beschützen? Es klingt logisch, wenn man darüber nachdenkt.«

»Du denkst zuviel, Janos.«

»Aber siehst du denn nicht? Jeder hier verdankt ihm sein Leben und vergisst, dass er nicht in Gefahr gewesen wäre, gäbe es ihn nicht!«

»Janos. Er denkt nicht so krumm wie du. Er ist geradlinig und macht einfach das, was getan werden muss.«

»Dann ist es nur Glück. Mehr Glück, als ein Mensch haben dürfte.«

»Janos! Ist es nicht egal, was es ist? Ich verstehe jetzt, warum die vierzig Getreuen ihm auf den Pass folgten.«

»Sie starben dort, nicht wahr?«

»Ja. Aber sie retteten die Reiche. Janos, merkst du es nicht auch?«

Eine Pause. Dann wieder Janos. »Ja. Leider. Ich befürchte, ich werde ihm in Soltars Höllen und zurück folgen. Aber ich bin nicht glücklich damit, denn mein Verstand sagt mir, dass ich vor ihm weglaufen sollte.«

»Weißt du, Janos, das ist der Punkt.« Sieglindes Stimme hatte etwas von dem Timbre Serafines. »Er führt mit dem Herzen.«

Ich tat so, als hätte ich nichts gehört. Im Lauf meines Lebens, welches nun etwas über zweihundertundneunzig Jahre währte, hatte ich viele Menschen geführt. Meistens wollte ich es nicht, sondern es ergab sich. Und jeder Einzelne von ihnen war tot. Man konnte argumentieren, dass ein paar von ihnen eines natürlichen Todes gestorben waren. Aber andere, der weitaus größte

Teil, fiel auf dem Schlachtfeld, nicht wenige von ihnen starben in meinen Armen.

Ein guter Anführer brachte seine Leute lebend nach Hause. Ich war wohl nie ein guter Anführer gewesen.

Für die nächste Nacht fanden wir eine Höhle, frei von Bewohnern und klein genug, dass sich etwas Wärme darin entwickeln konnte. Kaum jemand sagte etwas, als ich darauf bestand, sie schon vor Sonnenuntergang aufzusuchen. Der Schneesturm kam, kaum dass wir den Eingang zur Höhle mit Fellen verschlossen hatten.

»Woher wusstet Ihr das?«, fragte Janos. Er war der Einzige, der fragte.

»Ich habe den Schnee gerochen.«

»Ja. Was denn sonst?«, brummte er und ging zu Sieglinde zurück. Aber ich hatte die Wahrheit gesagt. Ich hatte den Schnee gerochen. Ich überlegte, ihm zu sagen, dass Leandra den Schnee noch vor mir gerochen hatte, zuckte aber innerlich mit den Schultern.

Dieser Schneesturm dauerte nicht lange an. Am späten Morgen des nächsten Tages war er vorbei.

Am Mittag dieses Tages, des sechsten Tages seit Beginn unserer Reise, erreichten wir das Donnertor.

Sechs Tage zu Fuß. Im Sommer dauerte der Anstieg zum Donnertor gute drei Tage. Wir waren überraschend schnell vorangekommen. Auch wenn der letzte Teil, der uns fast zwei Tage gekostet hatte, im Sommer in kaum mehr als drei Stunden zurückgelegt werden konnte.

»Götter!«, rief Janos, als er das Donnertor sah. »Wer kann so bauen?«

»Die Antwort dürfte bekannt sein.« Leandra klang belustigt, aber ich glaube, auch sie war beeindruckt.

»Die Mauer ist bestimmt hundertzwanzig Ellen hoch und sieht aus, als wäre sie aus einem Stück gewachsen«, sagte Janos fassungslos.

Ich erinnerte mich, dass das Tor selbst nicht viel weniger beeindruckend war. Es war gut vierzig Ellen hoch, sechzig breit, und es war geschlossen. Es war seit Jahrhunderten geschlossen. Um den Pass begehbar zu machen, hatte man in monatelanger Arbeit eine Pforte in das alte Tor geschlagen, gerade groß genug, um einen Wagen passieren zu lassen. Aber diese Pforte befand sich tief unter uns im Schnee.

Ich war das letzte Mal im Sommer vor drei Jahren hier gewesen und konnte mir den Anblick gut vorstellen. Vor uns erhob sich die Mauer und rechts davon, in fast 150 Ellen Höhe, ragten die Zinnen der Donnerfeste in den Himmel.

Zumindest im Sommer konnte man die Reste der Rampe sehen, die einst zur Feste hochgeführt hatte, aber sie war bereits vor Jahrhunderten weggebrochen.

»So ein Bollwerk nur gegen Barbaren?«, fragte Janos leise. »Sie hatten Steinäxte. Eine Barrikade aus Holz hätte es auch getan.«

»Nun, die Pforte und die Feste stehen. Warum auch immer sie gebaut wurden, sie wurden gebaut. Und wir müssen dort hoch«, sagte ich und deutete in die ungefähre Richtung der Donnerfeste. Seelenreißer erlaubte mir, einen Teil der Mauer wahrzunehmen, also wusste ich, wo ich mich befand.

»Poppet?«

Ich spürte, wie sie mich ansah. Manchmal, so schien es mir, konnte ich Dinge wahrnehmen, ohne das Schwert zu berühren. Oder ich bildete es mir ein.

»Janos wird dir einen Wurfhaken geben. Du gehst den Stein hoch und befestigst den Haken an den Zinnen. Sei vorsichtig.«

Ich berührte Seelenreißer und sah, wie Janos ihr den Wurfhaken und das aufgerollte Seil gab, das längste, das wir in Eberhards Lager hatten finden können. Ich hatte das Gefühl, dass die Seilrolle sie fast erdrückte. Aber sie begab sich zur Steilwand und fing an, diese hinaufzuklettern, als steige sie eine Leiter empor. Seelenreißers Sicht reichte nicht weit, und so verschwand Poppet schnell aus meiner Wahrnehmung.

»Wie macht sie es?«, fragte ich Sieglinde leise.

»Sie greift und tritt in den Stein, als wären dort unsichtbare Griffe und Sprossen«, gab Sieglinde leise Antwort.

»Es sieht mühelos aus, aber ich wette, es kostet sie etwas«, sagte Leandra. »Alle Magie kostet.« Sie sah ebenfalls nach oben.

Mir schien, als ob es endlos dauerte, bis ich hörte, wie das Seil am Felsen herunterfiel. Ich hatte Angst, das Seil zu benutzen, aber es war nicht denkbar, diese Angst zu zeigen. So war ich zwar nicht der Erste, aber doch der Zweite, der am Seil die Wand hinaufstieg. Der Erste war Janos, nach mir der Schwerste von uns.

Blind an einem eisigen Seil eine Steilwand hinaufzuklettern ... Was hatte Sieglinde gesagt? Ich täte, was getan werden musste? Ich wusste nicht, auf welcher Höhe ich war, aber mit einem Mal ergriff mich die Panik. Für einen Moment wusste ich nicht, wo oben und unten war, packte mich eine Angst, die ich auch heute nur schwerlich in Worte fassen kann. Mir wurde bewusst, dass ich japste wie ein Fisch auf dem Trockenen, trotzdem bekam ich keine Luft. Irgendwie fiel mir ein, dass dort, wo meine Füße sich an das unsichtbare Seil klammerten, unten war, die andere Richtung war oben.

Dann wehte mir ein schneidender Wind ins Gesicht, und Hände zogen mich hoch. Janos und Poppet halfen mir wortlos über die eisbezogenen Zinnen. Zuerst saß ich nur dort, versuchte mich wieder zu finden, und nach einer Weile war ich im Stande, mich zu erheben, auf die Rufe der anderen zu achten und so wieder etwas von dem zu erfahren, was um mich herum vorging. Zokora war die Nächste am Seil, die Zeit, welche sie brauchte, erschien mir sehr kurz.

Dann wurde mir bewusst, dass ich es geschafft hatte: Ich befand mich auf den Zinnen der legendären Donnerfeste.

Während ich dastand und auf die anderen wartete, verfluchte ich meine Blindheit. Seit Jahrhunderten waren wir die Ersten, die diese Feste betraten. Ich hätte mich gern umgesehen.

Eine Hand berührte mich an der Schulter. Es war Poppet. »Ihr steht mit den Rücken zu den Zinnen, etwa in der Mitte eines Wehrgangs. Dieser ist um die fünfzehn Schritt tief und um die sechzig Schritt breit. Der Wehrgang endet rechts und links von uns jeweils an einem Turm, beide etwa fünfzehn Schritt breit und tief, fünf Mannslängen hoch. An beiden Türmen ist eine Tür zu sehen. Blicke ich geradeaus, kann ich sehen, dass es hinter der Mauer, auf die wir schauen, einen Hof geben muss. Die Donnerfeste ist auf den Kamm des Berges gebaut, als würde sie ihn satteln. So wie wir stehen, scheint es, als weiche links und rechts von uns der Berg zurück. Er bildet vor uns ein V-förmiges Tal, in dessen Spitze sich die Feste befindet.«

»Ein Tal?«

»Ja, Ser Havald.«

»Ist irgendetwas in dem Tal zu erkennen?«

»Nein. Wir befinden uns auf der Westseite der Feste, dazu müsste man sich wohl auf die Zinnen im Osten begeben.«

»Gibt es sonst noch etwas zu sehen?«

»Ja. Eis und Schnee haben den Wehrgang fast vollständig ausgefüllt. Ihr befindet Euch an einer Stelle, wo der Wind wohl den Schnee stets davontrug. Das, was ich Euch beschrieb, ist unter dem Schnee fast nicht zu erkennen, an manchen Stellen ist das Eis höher als die Zinnen.«

Wir würden uns einen Weg graben müssen.

Als alle oben waren, wurde es an dieser Stelle etwas eng.

»Wir müssen Haken in das Eis schlagen und Seile befestigen«, erklärte mir Leandra. Als sie oben ankam, begrüßte sie mich mit einem leichten Kuss und drückte meine Hand. Ich war dankbar für die Geste. »Tun wir es nicht, besteht die Gefahr, dass jemand über die Zinnen rutscht, wenn er das Gleichgewicht verliert.«

»Dann sollte derjenige, der die Haken setzt, angebunden sein.«

»Ich werde das tun«, hörte ich Zokoras Stimme. »Ich rutsche nicht ab. Aber es gibt Windböen.«

Das war kaum zu verleugnen. Immer wieder heulte der Wind auf und stach mir mit tausend eisigen Nadeln ins Gesicht. Ich hörte das feine Geräusch, wenn Eis an Eis rieb.

»Wie lange wird es dauern, bis wir eine der Türen offen haben?«, fragte ich.

»Stunden. Wahrscheinlich bis in die Nacht hinein«, antwortete Varosch. »Ich brauche hier mehr Seil!«

»Varosch. Wenn du noch fester zuziehst, bekomme ich keine Luft«, erklang Zokoras Stimme.

Ich ergriff die Führung. »Wir schlagen hier ein Lager auf. Poppet, Sieglinde, helft mir, hier unsere große Plane zu spannen. Janos ...«

»Ich werde mit Varosch zusammen Zokora sichern. Wenn der Weg zu dem einen Turm gesichert ist, werde ich graben«, antwortete er.

Sieglinde gesellte sich zu Poppet und mir, und wir fingen an, hier in der Ecke ein Lager zu errichten. Ab und an berührte ich Seelenreißer, um mich zu orientieren, aber meistens verzichtete ich darauf. Ich war froh, mich etwas nützlich zu machen. Es gab Eis unter unseren Füßen, mehr als genug Eis. Ich konnte einen Hammer schwingen, dieses Eis zersplittern und dennoch einigermaßen sicher sein, dass ich mich nicht verletzte. Die Arbeit hielt uns warm, und wir schufen uns Raum.

Bald hatten wir einen niedrigen Unterstand geschaffen. Sieglinde erhitzte eine Suppe, und auch wenn es nicht wirklich warm war, so strahlte die Ölschale wenigstens etwas Behaglichkeit aus. Zokora war die Erste, die zu uns in den Unterstand kroch.

»Habt Ihr den Weg gesichert?«, fragte ich.

»Ja. Ich habe Hunger.«

Ich hörte, wie Sieglinde ihr einen Becher mit der Suppe füllte. Über den Wind hinweg vernahm ich das Geräusch von Äxten im Eis.

»Wie geht es voran?«

»Gut.«

»Zokora. Was ist?«

Stille.

»Nichts.«

Ich wartete. Sie sagte nichts.

»Zokora.«

»Ja.«

»Sagt es mir.«

»Havald! Ich sagte dir, es ist nichts! Ich bin vorhin gestrauchelt. Bevor Varosch mich halten konnte, fiel ich über die Zinnen. Er zog mich wieder hoch, und als ich weiterarbeiten wollte, wollte er mich das nicht tun lassen. Ich musste ihn zurechtweisen.«

Varosch war ein ruhiger Mann, verlässlich und loyal. Aber auch er hatte seinen Stolz. Es schien ihm nichts auszumachen, ihr in tausend Kleinigkeiten zu dienen. Aber gemaßregelt zu werden, wenn man sich Sorgen machte …

»Was ist geschehen?«

»Nichts. Janos übernahm das Seil, und ich beendete meine Arbeit.«

»Und Varosch?«

»Schaut mich die ganze Zeit nur an.«

Ich lächelte. »Darf er das nicht?«

»Soll er doch schauen! Mir ist es einerlei … Nein, das ist nicht wahr. Er … er bringt mich aus der Fassung.«

Ich lachte.

Ich hörte, wie Zokora den Becher abstellte und sich erheben wollte. »Haltet ein.«

»Ich habe nicht die Absicht, dich zu amüsieren.«

»Zokora, wartet.«

Sie setzte sich wieder.

»Was haltet Ihr von Varosch?«

»Was soll diese Fragerei? Für einen Mann ist er in Ordnung. Wenn man bedenkt, dass er ein Mensch ist …«

»Mögt Ihr ihn?«

»Er ist tapfer. Loyal. Sorgfältig. Gut im Bett. Riecht gut.«

»Ja. Mögt Ihr ihn?«

»Ich sehe ihn gern.«

»Zokora, habt Ihr je geliebt?«

»Liebe ist Oberflächengeschwätz. Ich gehe.« Sie erhob sich. Neben mir hörte ich Sieglinde leise lachen.

»Glaubt Ihr es auch?«, fragte sie mich mit belustigter Stimme.

»Was?«

»Dass sie sich in ihn verliebt hat?«

»Vielleicht. Ich weiß nur nicht, ob es Probleme lindern oder schaffen wird. Wenn es so ist, dann wird Zokora Schwierigkeiten haben, damit umzugehen.«

»Er liebt sie jedenfalls. Das ist leicht zu sehen.« Sieglinde klang traurig.

»Havald!«, hörte ich Leandras Stimme über den Wind hinweg. »Komm mal her. Wir haben etwas gefunden!« Poppet führte mich zum Anfang der Seilstrecke. Es war nicht weit von unserem Lager, nur wenige Meter, und von dort waren es kaum zehn Schritte zu dem Turm, dessen Tür wir öffnen wollten. Es mochte nicht weit sein, aber ich legte die Strecke krabbelnd zurück, immer eine Hand an dem gespannten Seil.

Die anderen hatten schon zur Tür hinunter eine Art Rampe in das Eis geschlagen. Eine Hand wurde mir gereicht und half mir auf. Der Wind war heftig geworden, und ich bereute schon, den Unterstand verlassen zu haben.

»Hier«, sagte Leandra und führte meine Hand nach unten. Ich spürte etwas Kaltes, Glattes. Es war gebogen und endete in einer scharfen Spitze. Ich berührte Seelenreißer. Das, was dort im Eis lag, war für ihn kaum sichtbar, nur ein schwacher Umriss. Eis war Dunkelheit für ihn und mich. Ich konnte nichts erkennen.

Ich ließ meine Hand wandern, meine Finger fühlten … Federn? Dann ein gefrorenes Auge.

Ich zog die Hand zurück. »Was ist das?«

»Wir müssen unsere Ansicht über Legenden überdenken«,

sagte Janos. »Es ist ein Greif.«

Ein Greif? Eine Mischung aus einem Adler und einem Löwen? Nun, es war ein Adlerschnabel, und er war groß, bestimmt drei Hand lang. Ein Biss mit einem solchen Schnabel würde schmerzlich sein.

»Ich habe noch nie davon gehört, dass jemand einen Greifen gesehen hat«, sagte Varosch. »Die meisten anderen Wesen … ja. Ständig erzählt jemand davon, hier einen Belrig und dort eine Schreckenskatze gesehen zu haben. Aber Greifen … Ich kenne sie nur von Wappen.«

»Wie kommt er hierher?«

»Er starb an einer Speerwunde.« Jemand drückte mir raues Holz in die Hand. Es war ein grober Speer mit einer Spitze aus Stein. Feuerstein, und sie war immer noch scharf genug, um sich damit zu rasieren.

»Barbaren? Hier oben?«, fragte ich überrascht.

»Das glaube ich nicht«, meinte Leandra. »Man sieht viele Wunden, er muss lange geblutet haben. Ich glaube, er flog mit letzter Kraft hier hinauf. Da ist noch etwas. Er ist gesattelt.«

»Er ist was?«, fragte ich ungläubig.

»Er ist gesattelt. Ein leichter Sattel, sorgfältig an ihn angepasst«, sagte Leandra leise. »Havald. Er sieht genauso aus wie mein Wappentier.«

Leandra de Girancourt führte einen Greifen als ihr Wappen. Ich erinnerte mich, wie sie damals in den Gasthof gekommen war und der Greif in den Ringen ihres Kettenmantels geschimmert hatte.

»Da fragt man sich, ob es noch anderes gibt. Trolle zum Beispiel. Oder Basilisken«, sagte Janos nachdenklich.

»Ich glaube, ich will weder das eine noch das andere kennenlernen. Wie groß ist der Greif?«

»Schwer zu sagen, der größte Teil von ihm ist im Eis gefangen. Aber bestimmt größer als ein Pferd«, antwortete Varosch. Er klang etwas bedrückt.

»Schade, dass du ihn nicht sehen kannst, Havald«, sagte

Leandra. »Er ist wunderschön. Sein Gefieder ist strahlend weiß und von tiefstem schimmernden Blau. Havald ... Er hat goldene Augen. Kannst du dir vorstellen, wie er im Flug ausgesehen haben muss?«

Noch nicht. »Stimmt das mit den Löwenpranken?«

»Nein. Es sind die Krallen eines Adlers«, sagte Leandra andachtsvoll.

»Und es ist Blut an ihnen.« Das kam trocken von Janos. »Barbaren hin oder her, sie haben sich ordentlich gewehrt. So ein Vieh mit einem Steinspeer anzugehen erfordert ganz schön Mumm.«

»Niemand hat jemals behauptet, dass die Barbaren schlechte Kämpfer gewesen seien, oder feige«, erklang Serafines Stimme. »Sie waren einfallsreich und zäh. Sie lernten schnell und gaben nie auf. Wir hatten ziemlichen Respekt vor ihnen.« Sie lachte kurz auf. »Andererseits sagten ihre Schamanen, sie seien unbesiegbar. Sie glaubten es zumindest.«

»In gewisser Weise ist das sogar wahr«, meinte Varosch. »Sie sind unsere Vorfahren.«

»*Auch* unsere Vorfahren. Auch, nicht *nur*«, korrigierte ich. Ich war vergrämt. Ich hätte auch gern dieses Fabeltier bewundert, aber selbst mit Seelenreißers Hilfe konnte ich es nicht erkennen. »Was ist mit der Tür?«

»Wir haben sie fast freigelegt. Wir müssen nur noch die Riegel aufbrechen«, sagte Varosch. »Das wird allerdings dauern. Sie ist wie die Tür zum Turm des Gasthofs.«

Ich konnte mich gut an diese Tür erinnern. Sie war aus stabilem Eichenholz und mit stählernen Nägeln und Bändern bewehrt. Die Türzapfen und Riegel ruhten in stabilem Stein. Stein!

»Poppet! Kannst du durch die Wand gehen?«

»Ja.«

»Verdammt!«, entfuhr es Varosch. »Niemand ist sicher vor ihr!«

Ich beachtete ihn nicht. »Schau nach, ob es ungefährlich ist für dich. Wenn es keine Gefahr birgt, löse den Riegel von innen.«

Ich berührte Seelenreißer. Auch – oder vielleicht genau deswegen – weil ich Poppet nur als Umriss erkennen konnte, war es unheimlich anzusehen, wie sie mit dem Stein verschmolz. Genau wie Eis war auch Stein kaum sichtbar für mich, und so sah es aus, als ob sie sich in Dunkelheit auflöste.

Sekunden später polterte es von innen. Dann knirschte es.

Die anderen stürzten sich auf die Tür und zogen an ihr. Ich hörte, wie es wieder knirschte und Eis splitterte.

»Das ging schnell«, meinte dann Varosch.

»Es lag nur ein Riegel vor«, sagte Poppet.

Wir traten ein. Die Vorsicht wurde von dem Bedürfnis, endlich dem schneidenden Wind zu entgehen, überflügelt.

Poppet beschrieb mir den Raum, den wir nun betraten. Er war quadratisch, etwa dreizehn Schritt breit und tief. An den Wänden im Westen und Osten besaß er jeweils drei Schießscharten, nun durch stählerne Läden verschlossen. Im Süden gab es zu beiden Seiten der Tür je eine Schießscharte, die den Wehrgang bedrohte, ebenfalls mit stählernen Klappen gesichert. Der Raum war gut vier Schritt hoch und vollständig aus Steinblöcken erbaut. Wie der Turm des *Hammerkopfs*. In der nordöstlichen Ecke gab es eine steinerne Wendeltreppe, die oben und unten in einer stählernen Falltür mündete, beide waren verschlossen.

Ein Kamin befand sich in der Mitte des Raumes. Es war eine Kombination aus einem Herd und einer offenen Feuerstelle. Fünf weitere Kaminröhren führten an seiner hinteren Seite nach oben. Eine gute Menge Kohle war in einer Kiste neben ihm aufgeschüttet.

An der nördlichen Wand befanden sich vier Doppelbetten mit jeweils zwei Bettgestellen. Unter dem Eis schienen sie frisch bezogen. Rechts vom Eingang gab es einen großen, schweren Tisch mit acht Stühlen. Vier große Laternen hingen von der Decke.

»Das Öl ist zähflüssig. Aber vielleicht brennt es noch«, sagte

Varosch, als er eine der Laternen abnahm und musterte. Wenig später gelang es ihm, sie zu entzünden, ich spürte ihre Wärme auf meinem Gesicht.

Zwei große Waffenregale füllten eine Wand, sie enthielten Hellebarden, aber vor allem Köcher um Köcher mit Armbrustbolzen, jedoch nur eine einzige Armbrust.

»Eine schwere Armbrust. Ich kann sie gerade so anheben«, rief Varosch begeistert, als er sie untersuchte. »Sie scheint noch intakt zu sein. Man spannt sie mit einer Kurbel.«

Ich hörte ein regelmäßiges Klicken. »Das ist ein wahres Schmuckstück! Hier … hier ist ein Ständer für sie. Ich wette, mit dem Ding treffe ich auf zweihundert Schritt.«

Ich ließ ihm seinen Enthusiasmus. Zweihundert Schritt … niemand traf irgendetwas auf diese Entfernung.

»Willst du dieses Monstrum wirklich durch die Gegend schleppen?«, fragte Janos.

»Wohl nicht«, sagte Varosch mit Bedauern.

Ich wusste nicht, was ich erwartet hatte, aber nicht diesen sauberen Raum. Keiner von uns sah einen Grund, die Nacht nicht hier zu verbringen. Dennoch dauerte es eine Weile, bis wir unsere Ausrüstung aus unserem provisorischen Unterschlupf hierher verlagert hatten.

Als wir die Tür wieder schlossen, wurde das Windgeräusch schlagartig leiser. Noch brannte kein Feuer und der Raum war kalt, aber ohne den Wind erschien er mir bereits deutlich wärmer.

»Was ist das für Kohle?«, hörte ich Janos fragen. »Sie ist pechschwarz und nicht braun.«

»Steinkohle«, erklärte Leandra.

»Ich habe davon gehört. Man findet sie selten an der Oberfläche, nicht wahr?«

»Ja. Sie muss tief aus dem Berg geholt werden, aber es gibt kaum ein besseres Heizmittel.«

»Hat jemand Zunder?«, fragte Janos.

»Mit Zunder bekommt man Kohle schwerlich an. Wir müssen auch zuerst den Kamin gängig machen, er ist sicherlich zugefroren.«

»Poppet«, sagte Zokora. Sie war die ganze Zeit über schweigsam gewesen.

Ich hörte eine Serie lauter Schläge im Stein, dann polterte etwas und Janos fluchte laut, während die anderen lachten.

»Was ist passiert?«, fragte ich Sieglinde.

»Poppet hat ihren Steinklopftrick verwendet. Dann kamen Eissplitter den Kamin herunter und … eine gehörige Portion Ruß. Janos stand zu nahe am Kamin.« Sie kicherte.

»Du kannst aufhören zu lachen und mir helfen, den Ruß wegzukehren«, brummte Janos, aber er hörte sich nicht sauer an.

»Ich liebe Haushaltsmagie«, sagte Leandra später und seufzte zufrieden. Wir saßen am Tisch und erfreuten uns an der Wärme, die den Raum langsam füllte. Das Eis, das über die Jahrhunderte alle Oberflächen überzogen hatte, schmolz ab, und Sieglinde war die ganze Zeit damit beschäftigt, die Nässe aufzuwischen. Sie sang dabei leise vor sich hin.

»Ich mache das gern«, erklärte sie. »Es erinnert mich an den Gasthof.«

Auch ich war zufrieden. Hinten in einer Ecke hörte ich Zokora mit Varosch flüstern, es klang nicht erhitzt, ich schätzte, sie versöhnten sich gerade. Sieglinde hatte uns auf dem Herd ein köstliches Mahl zubereitet, dank des Bären hatten wir frisches Fleisch, und dies war die erste Gelegenheit, es anständig zuzubereiten.

In einem Schrank hatten wir Steingutgeschirr und Becher gefunden, zu trinken gab es nur Wasser und Tee, aber das Wasser war köstlich und klar, geschmolzen aus dem Eis, von dem wir vor der Tür reichlich hatten, und der Tee war mit Zimt, Nelken und einem Schuss Rum versetzt. Draußen pfiff der Wind um die Mauern, aber hier drinnen war es vielleicht gerade deshalb so gemütlich. Zum ersten Mal seit Tagen fror ich nicht. Was wollte ich mehr?

Ich entzündete meine Pfeife und lehnte mich zurück. So gefiel mir das Reisen. Wir hatten das Eis von den Matratzen abgeklopft, damit es uns beim Schmelzen das Bettzeug nicht durchnässte, und ich freute mich auf das erste anständige Bettlager seit fast einer Woche.

»Man kann sagen, was man will«, sprach Janos. »Die Soldaten des Imperiums waren gut versorgt. Für einen Wachraum ist das hier reinster Luxus.« Ich hörte ihn in der Ecke in einer Kiste kramen. »Und ihre Ausrüstung. Hier ist ein Rucksack. Schaut euch das an! Er ruht auf einem Gestell aus Weidenholz. Sieglinde, hilf mir mal, ihn anzulegen.« Ich hörte, wie Sieglinde zu ihm trat.

»Götter!«, rief Janos. »Seht doch. Diese Streben sind mit ledernen Polstern versehen und drücken kaum. Und ich kann an viele der Taschen ganz leicht heran. Was sind das für Verschlüsse?«

Ich stand auf, ging zu ihm und führte meine Finger an dem alten Leder entlang. Es waren Messingverschlüsse, das untere Teil war eine Platte mit einem Stift und einem kleinen, waagerechten Stück Metall, mit einer kleinen Feder gespannt, das obere nicht mehr als ein Schlitz, durch den das waagerechte Stück hindurchpasste. Drehte man es, rastete es in einer Vertiefung der oberen Platte ein.

Janos zog den Rucksack wieder aus, und wir legten ihn auf den Tisch. Diese Verschlüsse ... Wie konnte jemand auf so eine Idee kommen? Selbst mit gefrorenen Händen konnte man sie leicht öffnen, keine Schnallen, an denen man ewig zerren musste.

»Ein Kürschner hat sicher gut eine Woche daran gearbeitet«, sagte Janos ehrfürchtig. »Seht die Nähte. Sie sind doppelt vernäht und gefalzt. Überall sind Schlingen und Ösen und bestimmt zwanzig Taschen! So einen Rucksack fertigen zu lassen kostet bestimmt fünf Silberstücke. Und ich rede gar nicht von den Verschlüssen.« Er schien wirklich begeistert.

»Sieglinde, kannst du Serafine fragen, ob dies die Standardausrüstung ist?« Ich konnte das fast nicht glauben.

»Sie hört Euch, Ser Havald. Die Antwort ist Nein. Nicht alle

Soldaten bekamen diese Rucksäcke. Aber es gab Einheiten, die damit ausgerüstet waren. Kundschafter vor allem. Sie sagt, Ihr sollt die lederne Röhre entlang des Rahmens öffnen.«

Ich hörte, wie ein Verschluss geöffnet wurde. »Was ist das?«, fragte Janos ehrfürchtig. Ich hielt die Hand in seine Richtung, und er legte einen schweren metallenen Zylinder hinein, vollständig glatt. Ich konnte mir nicht vorstellen, zu was er diente.

»Das ist ein Fernrohr«, sagte Leandra leise. Ich spürte ihre Hand und reichte ihr den Zylinder weiter. Es gab ein metallisches Klicken, und ich hörte, wie Janos überrascht den Atem einzog.

»Was ist das?«, fragte ich.

»Sie hat es auseinandergezogen!«, erklärte Janos. »Jetzt ist der Zylinder gut eine Elle lang. Ich weiß nicht, wie das gehen kann!«

»Ich habe so etwas Ähnliches im Tempel zu Illian gesehen«, sagte Leandra leise. Auch sie hatte Ehrfurcht in der Stimme. »Zwei geschliffene Linsen aus Glas reflektieren und brechen das Licht so, dass man durch dieses Rohr weiter sehen kann. Das Bild steht allerdings auf dem Kopf.«

»Ist es magisch?«, fragte ich.

Ich spürte, wie sie den Kopf schüttelte. »Nein. Aber es ist höheres Wissen der Gelehrten.«

»Wie funktioniert es? Und warum soll das Bild auf dem Kopf stehen?«, fragte ich neugierig.

»Das kann ich nicht sagen. Ich weiß nur, dass die Götter es fügten, dass manche Dinge nur nach bestimmten Gesetzen geschehen. Genau wie ein Kristall eine magische Kraftlinie fokussieren kann, vermag poliertes Glas das Gleiche zu tun nur mit dem, was man sieht. Es muss ähnlich funktionieren wie bei einer Lupe.«

»Was ist eine Lupe?«, fragte Varosch.

»Ein geschliffenes Stück Glas, das Dinge größer erscheinen lässt. Manche der älteren Priester im Tempel verwenden Lupen, um Schriften zu lesen, die sie sonst nicht mehr entziffern können, weil ihre Augen schlecht wurden.«

»Ein Fernrohr«, sagte Janos andächtig. »Was es alles gibt.« Ich konnte mir vorstellen, wie er verblüfft den Kopf schüttelte.

»Versteht ihr jetzt?«, sagte Leandra. Ich hörte, wie sie das Fernrohr auf den Tisch legte. »Allein dieses Fernrohr kann uns helfen. Unsere Kundschafter müssen nicht so nahe heran, um den Feind zu sehen. Wer weiß, was Askir noch alles an Wundern oder Wissen für uns bereit hält. Seht ihr nicht, sie können uns helfen!«

»Vielleicht«, sagte Zokora. »Wenn sie es wollen. Aber dazu müssen wir erst einmal dorthin kommen.«

»Wo ist das Tor?«, fragte Janos.

»Es ist in einem Raum hinter dem Zimmer des Kommandanten. Und das ist dort unten irgendwo. Am Ende eines Gangs, der von der Messe abgeht.«

»Und die Messe?«, fragte Janos.

»Sollte leicht zu finden sein. Es dürfte ein ziemlich großer Raum sein.«

»Warum brechen wir nicht gleich auf? Es ist überall dunkel, es macht keinen Unterschied, ob wir nun Tag oder Nacht haben«, sagte Janos. Ich hörte, wie er weitere Taschen an dem Rucksack öffnete.

Auf keinen Fall. Ich brauchte eine Nacht in einem Bett. Wir alle konnten etwas Erholung gebrauchen. »Wir sollten ausgeschlafen sein«, sagte ich. »Niemand weiß, was uns in der Feste erwartet.«

»Hier ist seit Jahrhunderten alles tot«, sagte Janos.

Ich hörte ein metallisches Geräusch. »Was zur Hölle ist das?«, fragte er.

»Hhm«, sagte Leandra. »Das sieht aus wie ein großer Kamm. Und eine Schere.«

»Ich denke, ich weiß, was das ist. Es ist wahrscheinlich ein Striegel für den Greifen«, erklärte Sieglinde. »Dieser Rucksack hat wohl dem Reiter des Greifen gehört. Ist sonst noch etwas in dem Rucksack?«

»Nein. Sonst ist alles leer«, sagte Janos. »Hat jemand etwas dagegen, wenn ich mir den Rucksack nehme?«

Ich schüttelte den Kopf und hörte bald darauf, wie Janos anfing, seine Ausrüstung umzuladen. »Was denkt ihr, was für Probleme uns erwarten?«, fragte er, während er dies tat. »Wir brauchen nur die Falltür herunterzusteigen. Irgendwann müssen wir im Erdgeschoss sein, dann sollte es nicht das Problem sein, die Messe zu finden.«

»Seit Jahrhunderten gilt diese Feste als verflucht«, erinnerte ich ihn. »Man spricht von Geistern und Ungeheuern und davon, dass niemand hier lebend herauskommt.«

»Ja«, sagte Sieglinde. »Oft wandern im Sommer irgendwelche Schatzsucher den Pass hoch, um ihr Glück zu versuchen. Die meisten kommen einfach nicht wieder. Und die anderen haben es oft genug einfach mit der Angst bekommen oder aber die Steilwand nicht erklimmen können.«

»Wenn hier so viele Schatzsucher waren, wieso ist dann das Fernglas noch da? Das allein stellt einen Schatz dar«, sagte Janos. »Außerdem sieht es so aus, als wären wir seit Jahrhunderten die Ersten, die diesen Raum betreten haben. Hier wurde nichts durchsucht oder gestört, wir waren die Ersten.«

»Vielleicht«, sagte ich. »Ich weiß nur, dass der Pass im Sommer recht häufig benutzt wird. Fast der ganze Warenverkehr nach Coldenstatt läuft über ihn. Und alle müssen an dieser Feste vorbei. Nie hat eine Karawane eine Spur von den Leuten gefunden, die diese Feste plündern wollten.«

»Vielleicht sind sie durch den anderen Turm abgestiegen?«, mutmaßte Sieglinde.

»Mag sein. Ich frage mich etwas ganz anderes«, hörte ich Leandras Stimme. »Wie ist es hier im Sommer? Taut der Pass ab?«

»Ja. Zum größten Teil«, antwortete Sieglinde. »Im Frühling ist der Pass fast nicht zu begehen. Das Schmelzwasser verwandelt ihn in eine Schlammstrecke. Die Handelswagen sinken dann im Matsch und Morast ein. Es dauert fast bis zum Sommeranfang, bis er wieder passierbar ist.«

»Warum tauen dann die Zinnen nicht ab?«, fragte Leandra.

»Vielleicht tun sie es«, sagte Sieglinde. »Ich weiß es nicht. Ich war noch nie hier oben. Vater hatte immer einen gehörigen Respekt vor der Feste.«

Ich hörte, wie Leandra sich Tee in einen Becher goss. Das Aroma stieg mir in die Nase, und ich hielt wortlos meinen Becher hoch. Sie goss auch mir ein. Trockene, warme Unterkunft, ein gutes Essen, heißer Tee, der nach Zimt und Nelken roch … Im Moment fand ich es schwer, mich bedroht zu fühlen. Aber wir hatten sorgsam die Riegel geprüft, die die beiden Falltüren noch geschlossen hielten.

»Sie tauen nicht ab. Der Greif ist seit Jahrhunderten hier im Eis gefangen.«

»Ich hoffe«, sagte ich, »dass mir niemand etwas von einer magischen Kälte erzählen will.«

»Es kann alle möglichen Gründe haben. Hier oben geht ein ständiger Wind, wir sehen seine Spuren im Eis. Wind kühlt ab. Vielleicht erreicht auch die Wärme der Sonne nicht alle Winkel, der Greif lag nahe am Turm. Vielleicht …«, spekulierte Leandra.

»Hier oben taut es nicht. Wenigstens nicht vollständig«, sagte Sieglinde. »Ich hörte, dass die Pforte immer wieder aufs Neue freigelegt werden muss.«

Das beruhigte mich etwas. Von magischer Kälte hatte ich wirklich genug. »Wir werden morgen früh aufbrechen«, sagte ich. »Bis dahin sollten wir die Gelegenheit zum Schlafen nutzen.«

»Dein bestes Argument, Havald«, sagte Janos, »sind die Betten. Ich habe davon geträumt, endlich mal wieder zu schlafen, ohne dass sich mir ein Stein in die Rippen bohrt.«

Warum, bei Soltars Höllen, hatte er dann eben noch fast darauf bestanden, weiterzugehen?

»Wie geht es deiner Seite?«, fragte mich Leandra.

»Sie zieht und tut weh. Aber es heilt und die Rippen wachsen zusammen. Ich bin soweit in Ordnung.«

»Wer hält Wache?«, fragte Varosch nüchtern.

»Du zuerst, Zokora für die Mitternachtswache und dann ich«, sagte ich. Ich versuchte, die Wachen gerecht zu verteilen. Ich wusste, dass Zokora wenig Schlaf brauchte.

»Ihr solltet nicht allein Wache halten. Ihr seid blind«, sagte Janos.

Das wusste ich auch selbst. »Nachts ist es dunkel. Und mein Gehör ist gut«, sagte ich.

»Ich übernehme die letzte Wache«, antwortete er dann. »Es kann auch Euch nicht schaden, wenn Ihr Euch schont.«

So schwer es mir fiel, dies zuzugeben, er hatte recht.

Allen Geschichten zum Trotz schlief ich in der Nacht besser als seit langem. Vielleicht half es auch, dass Leandra das Lager mit mir teilte. Ich durfte mich nur nicht auf die verletzte Seite wenden. Aber damit konnte ich leben, gefiel mir die andere Seite doch sehr gut.

13. Jäger und Spinnenangst

Am nächsten Morgen bereitete Sieglinde das Frühstück und fuhr danach mit ihren Übungen fort. Ich versuchte mich zu beteiligen, aber meine Seite ließ es noch nicht zu. Jeder sagte mir natürlich, dass ich das hätte vorher wissen müssen.

»Wenn ich mich schone, dauert es noch länger«, erklärte ich. »Außerdem muss ich darauf achten, dass ich nicht steif werde.«

»Übe weiter, wenn die Seite verheilt ist«, sagte Leandra.

Ich fühlte mich nutzlos, als die anderen ihre Ausrüstung überprüften. Leandra half mir, mein eigenes Gepäck zu verstauen, was fast so lange dauerte wie bei den anderen zusammen. Aber Sieglindes heißer Kafje half mir, meine Lebensgeister wieder etwas zu wecken.

Es bedurfte einiger Kraft, die stählerne Falltür zu öffnen. Obwohl sie im Eis eingeschlossen gewesen war, waren die Angeln leicht verrostet und mussten mit Gewalt überzeugt werden. Mit einem lauten Kreischen gab das Metall schließlich nach.

Kalte, aber muffige Luft schlug uns entgegen.

»Irgendetwas zu sehen?«, fragte Leandra. Varosch hatte sich auch heute wieder angeboten vorzugehen.

»Die Treppe führt weiter nach unten. Was zu erwarten war.« Ich hörte, wie er vorsichtig die Treppe hinunterstieg. Dann: »Ihr könnt kommen.«

Poppet beschrieb mir den Raum, den wir nun erreichten. Er ähnelte dem oberen und enthielt nichts von Belang. Wir stiegen in das nächste Stockwerk hinunter, ohne etwas Besonderes zu Gesicht zu bekommen.

»Weiß jemand, ob hier ein Kampf stattfand?«, fragte Zokora, als wir unten im Turm ankamen.

»Keine Ahnung«, sagte Sieglinde. »Ich habe jedenfalls nie etwas davon gehört.«

»Seht Ihr Kampfspuren, Zokora?«, fragte ich.

»Nein. Es ist mir nur zu ordentlich.«

»Was weiß Serafine über die Feste?«, fragte ich Sieglinde.

»Nicht viel mehr als wir«, antwortete sie. »Ihre Einheit kam durch das Tor im Gasthof. Sie sagt, sie wisse nur, dass hier oben dreihundert Mann stationiert waren.«

»Die Feste ist zu groß für dreihundert Mann«, meinte Janos. »Vielleicht war sie für eine ganze Legion bestimmt.«

»Dazu wäre sie fast zu klein«, entgegnete Sieglinde, oder vielleicht war es Serafine.

»Hier ist eine Tür«, rief Varosch von vorn. Ich hörte ein Knirschen, als die Türangeln protestierten.

»Uugh …«

Der Geruch, der uns entgegenschlug, wurde durch die Kälte abgemildert. Aber er war zu erkennen. Leichenfäulnis. Niemand vergaß diesen Geruch jemals wieder.

»Was ist?«, fragte ich.

»Ich kann nichts erkennen«, erklang Poppets Stimme.

»Ich schon«, sagte Varosch leise. »Ich glaube, die Geschichten haben einen wahren Kern.«

Die Tür führte zu einem großen Raum, der wohl am Fuß der Mauern parallel zur Wand verlief. Wenn ich mich nicht sehr täuschte, befanden wir uns immer noch hoch über dem Pass.

»Hier ist die Anlage zum Öffnen der Donnerpforte. Ich sehe große Zahnräder, Ketten und Gewichte. Es ist gigantisch. Die Ketten haben Glieder, die dicker sind, als ich es bin.«

»Und was stinkt so?«, fragte Sieglinde.

»Kann ich noch nicht erkennen«, gab Varosch zur Antwort. Meine Nase war in den letzten Tagen besser geworden, oft kam es mir vor, als ob ich die anderen wittern konnte, selbst wenn sie nicht sehr nahe standen. Mit dem Leichengeruch zusammen roch ich etwas anderes. Säuerlich und scharf. Die Ausscheidung eines Raubtiers.

Vorsichtig tasteten wir uns weiter in den Raum hinein. Ich hatte die Hand an Seelenreißers Heft und konnte so meine Umgebung erahnen.

Varosch und Janos gingen voran, gefolgt von Zokora und Sieglinde. Leandra, Poppet und ich bildeten den Abschluss.

»Hier geht ein Luftzug. Der Raum hat eine Öffnung ins Freie«, sagte Zokora leise.

»Vorsicht«, kam Janos' Stimme. »Wir müssen hier über einen Steg gehen. Unter uns ist ein Raum mit großen Winden, dieser Weg führt über ihn drüber. Er ist nicht breit, vielleicht eine Mannslänge.«

»Und spiegelglatt«, ergänzte Varosch.

Was sonst. Vielleicht erlebte ich es ja doch irgendwann wieder, dass ich den Fuß auf Boden setzen konnte, der nicht vereist war.

»Auf der anderen Seite ist eine Tür. Sie steht offen«, verkündete Janos. »Dort geht es weiter.«

Seelenreißer nahm Eis oder Stein nur mit Mühe wahr, Holz dagegen konnte er erkennen. So erschien es mir, als ob ich mich über einen bodenlosen dunklen Abgrund bewegte, denn ich sah den Boden nicht, der meine Füße trug.

Dennoch kamen wir ohne größere Schwierigkeiten auf der anderen Seite an.

»Was ist das?«, fragte Varosch, und ich sah, wie er die Lampe anhob.

»Unsere Schatzsucher«, sagte Janos trocken.

»Poppet, was siehst du?«

»Unter uns, in einer Ecke neben den Winden, liegen Leichen. Vielleicht zwanzig oder so. Vier von ihnen scheinen älter zu sein, andere wirken frischer. Sie sind in irgendetwas eingewickelt.«

»Kannst du erkennen, woran sie gestorben sind?«, fragte ich sie.

»Das kann ich dir sagen, Havald«, hörte ich leise Zokora. »Sie wurden von innen heraus aufgefressen. Nachtspinnen.«

»Nachtspinnen?«

»Ja. Vierfach faustgroß und sehr schnell. Sie sind blind, folgen aber Vibrationen im Boden. Wir sollten vorsichtig sein.«

»Spinnen?«, fragte Janos. »Spinnen haben das angerichtet?«
»Ihre Netze sind sehr stabil, aber fast nicht zu sehen. Sie können einen erwachsenen Mann aufhalten. Berührt man mit der Haut das Netz, wird man gelähmt. Das Gift, mit dem ich Poppet betäubte, ist ein Extrakt aus Nachtspinnengift.«
»Hat jeder Handschuhe und Hauben an?«, fragte ich.
»Ich noch nicht«, sagte Janos.
»Dann seht zu, dass Ihr eine Haube aufzieht. Wir vermummen uns, bis keine Haut mehr frei ist. Was gibt es noch über die Spinnen zu sagen, Zokora?«
»Sie greifen in Mengen an. Wenn sie kommen, dann mit zwanzig oder mehr. Pro Opfer. Sie haben nadelspitze Mandibeln, die leicht durch Leder hindurchdringen können.«
»Wovor haben sie Angst?«
»Vor nichts. Sie sehen nichts, deshalb fürchten sie nicht einmal Feuer.«
Ich schüttelte den Kopf. »Und womit bekämpft ihr sie?«
»Mit Feuer und Gift. Wir wählen einen Sklaven aus, der mit Gift gefüllte Fruchtkapseln schluckt, und schicken ihn in ein Nest. Die Spinnen fangen ihn, lähmen ihn und legen ihre Eier in ihn ab. Dann frisst der Nachwuchs den Sklaven auf, wobei das Gift freigesetzt wird. Wenn wir eine Futterstelle wie diese finden, müssen wir um die zwanzig Sklaven hinschicken. Ein halbes Jahr später sind die Spinnen tot.«
Ich schluckte. »Warum schickt ihr keine Tiere? Eine Kuh oder so etwas.«
»Wir haben kein Nutzvieh außer den Sklaven.«
Manchmal vergaß ich, woher Zokora kam. Auskünfte wie diese erinnerten mich wieder daran.
»Und jetzt?«, fragte Janos. »Wir haben gerade keine Sklaven dabei.«
»Wir könnten nach einem anderen Weg suchen«, sagte Sieglinde leise.
Ich schüttelte den Kopf. Bisher hatten wir nur diesen Weg gefunden.

»Wieso erfrieren sie nicht?«, fragte Leandra. »Spinnen leben normalerweise an wärmeren Orten. Es gibt keine Spinnen dort, wo es friert.«

»Außer Nachtspinnen. Sie haben etwas in ihrem Blut, das ein Gefrieren verhindert. Ich weiß nicht, was es ist. Wir halten Nachtspinnen in Zuchten. Mit ihrem Blut tränken wir Fackeln. Es brennt sehr gut.«

»Brennen die Spinnen selbst?«

»Wie Zunder.«

»Warum fackelt ihr sie dann nicht einfach ab?«

»Das tun wir, wenn wir es können.«

Wir alle trugen Eisotterfelle mit einem sehr dichten Pelz. Darunter Kette und Leder. Ich selbst hatte stabile Stiefel an den Füßen. An und für sich bezweifelte ich, dass die Biester sich durch all diese Lagen beißen konnten. Aber sie brauchten nur eine Stelle. Und wenn die Netze so stabil waren, wie Zokora sagte, hingen wir vielleicht wehrlos in ihnen, bis sie eine Stelle zum Knabbern fanden.

»Wieviel Öl haben wir noch?«, fragte ich.

»Insgesamt vielleicht fünf Flaschen«, antwortete Sieglinde.

»Holt die Flaschen heraus und bringt ölgetränkte Tücher als Lunten an. Zokora, Ihr seht hier unten am besten. Seid vorsichtig, aber schaut Euch die Tür an, ob Ihr Spinnweben findet. Das Nest ist unter uns, vielleicht haben wir Glück und sie bleiben auf der unteren Etage. Der Rest von uns sieht zu, dass er oder sie seine schärfste Klinge griffbereit hat.« Ich griff Seelenreißer, zog ihn aber nicht.

»Es ist ein Netz an der Tür. Ein Jagdnetz, nur Alarmstränge«, kam Zokoras leise Stimme von der offenen Tür.

»Ich bin sicher, dass einige von ihnen über der Tür sitzen.«

»Wieso sind die Biester noch nicht verhungert?«, fragte Janos. »So viele Schatzsucher gibt es ja auch wieder nicht.«

»Sie können Jahrzehnte lang in einer Art Starre aushalten, ohne zu fressen.«

Also konnten sie überall lauern.

»Leandra. Kannst du Feuermagie bereithalten?«

»Ich kann es versuchen«, kam Leandras Antwort. »Havald, ich hasse Spinnen.«

»Jeder hasst Spinnen.«

»Nicht so wie ich. Wenn ich eine sehe, kann ich mich nicht rühren vor Angst. Ich glaube, mir wird schlecht.«

Ich ergriff sie beim Arm. »Nein, wird dir nicht. Ziehe Steinherz.«

»Varosch?«

»Hier.«

»Lass dir von Sieglinde helfen. Ich möchte, dass du einen Bolzen mit einem ölgetränkten Lappen umwickelst und ihn brennend durch diese Tür schießt. Zokora, kommt zurück. Janos, Ihr sagt, Ihr könnt gut werfen?«

»Ja. Ich habe schon eine der Flaschen vorbereitet.«

»Wir brauchen eine Fackel zum Anzünden.«

»Ich habe eine«, sagte Leandra.

»Gib sie mir.« Es war ein kleiner Trick, aber manchmal war er praktisch. Ich hielt die Fackel hoch und stellte mir vor, wie die Spitze immer heißer und heißer wurde, bis sie schließlich entflammte. Wenn ich auf diese Art mehr als bloß einen Kerzendocht anzündete, bekam ich immer rasende Kopfschmerzen, aber diesmal war es mir das wert; hier mit Feuerstein und Zunder zu hantieren erschien mir nicht sinnvoll.

»Und du sagst, du kennst keine Magie«, sagte Leandra fast vorwurfsvoll.

»Es ist nur ein kleiner Trick. Und auch schon fast mein ganzes Repertoire.«

»Ich bin so weit«, sagte Varosch. Ich reichte Sieglinde die Fackel und zog meinen Pelz dichter um mich, Seelenreißers blassen Stahl in der Hand.

»Sag mal, Zokora, wie viele Spinnen, schätzt du, wird es hier geben?«, fragte Janos leise.

»Nur ein paar Hundert. Wohl kaum mehr als tausend«, kam die Antwort.

»Nur«, hauchte Leandra und fing an, schneller zu atmen.

»Ruhig, mein Herz«, sagte ich und legte ihr eine Hand auf die Schulter.

Ich erkannte Sieglindes Umriss, als sie sich vorbeugte. Ich sah nicht das Feuer, aber ich hörte es knistern, dann kam der metallische Schlag, als Varosch den Bolzen abschoss. Ich hörte, wie er in die entfernte Wand einschlug, gefolgt von einem Rascheln wie von Tausenden trockenen Blättern, die über einen rauen Boden geweht wurden.

»Heiliges Exkrement!«, flüsterte Janos neben mir. »Ich brauche Feuer! Schnell!«

Sieglinde wirbelte zu ihm herum und hielt die Fackel an die Lunte, dann sah ich, wie Janos warf.

»Was ist?«, rief ich.

»Das sind Hunderte!«

»Was passiert?«, fragte ich. »Götter! Kann mir endlich einer sagen, was ihr seht!«

»Spinnen, jede Menge Spinnen«, sagte Poppet. »Sie stürzen sich auf den Bolzen. Janos hat ein paar mit seiner Ölflasche erwischt und angezündet. Sie rennen wie wild hin und her. Und brennen. Je mehr brennen, desto mehr stürzen sie sich auf das Feuer.«

Ich hörte ein leises Geräusch, als ob eine Melone platzte.

»Bewegt euch nicht«, zischte Zokora plötzlich. »Nicht einmal atmen!« Ich wusste nicht, was sie meinte, bis ich sah, dass sich die Decke über uns absenkte. Aber ich konnte nur Lebendes wahrnehmen ... Also war es ... Götter, es waren Tausende von Spinnen, die von der Decke herabregneten, auf uns fielen, an uns herabkletterten und durch die Tür in den anderen Raum rannten, wo die seltsam poppenden Geräusche nun verstärkt auftraten.

Wie Zokora befahl, hielt ich die Luft an, wagte nicht einmal zu atmen. Ich hatte die Klinge in der Hand, also sah ich, wie die Spinnen an mir herabkrabbelten. Es fiel mir nicht schwer, stocksteif dazustehen, irgendwie schien es mir kaum möglich, mich zu bewegen.

Es dauerte eine Ewigkeit. Dann war es vorbei.

»Was war das?«, fragte ich leise. »Warum haben sie sich alle in das Feuer gestürzt?«

»Ich glaube, dass sie nicht ins Feuer rennen, sondern zu einer Spinne, die irgendwie Hilfe benötigt. Es ist ein Instinkt«, antwortete Zokora. »Normalerweise hilft ihnen das. Es gibt nicht viel offenes Feuer in den Höhlen. Feuer allein beachten sie gar nicht. Bis eine hineinläuft.«

»Sind sie weg? Kann ich die Augen öffnen?«, hörte ich Leandra leise neben mir fragen. Ich streckte meine Hand aus, berührte sie. Sie zitterte wie Espenlaub.

»Sie brennen.«

»Das war einfach. Warum nehmt ihr dafür Sklaven? Eine Fackel reichte«, sagte Janos.

»Weil sie normalerweise nicht alle in einem Raum sind. Ich frage mich, wieso sie das waren.«

Nach einer Weile erhielten wir die Antwort darauf. Der Gestank war unerträglich, und wir zogen uns in den Fuß des anderen Turms zurück, bis das Gröbste vorbei war. Als wir den anderen Raum ein paar Stunden später passierten, musste ich immer noch mit einem Brechreiz kämpfen. Unter unseren Stiefeln knirschten die verbrannten Hüllen der Spinnen.

Die Antwort war simpel: In dem anderen Raum endete der Aufgang zum südlichen Turm. Die Tür stand offen. Eine weitere Tür führte von diesem Raum in Richtung Osten, dorthin, wohin wir wollten. Sie war aus Stahl und von der anderen Seite verriegelt. Der Turm, den wir benutzt hatten, war auch auf Bodenniveau verschlossen gewesen. Die Spinnen hatten nur den Windenraum und den Vorraum zum anderen Turm.

»Ich denke, die anderen Schatzsucher haben alle den südlichen Turm genommen. Warum auch immer. Sie kamen hier herunter und gerieten in das Netz. Für die Spinnen kam die

Nahrung immer aus einer Richtung, deshalb haben sie dort über dem Eingang gewartet«, sagte Varosch, als er die Fackel hochhielt, um sich das Ganze anzusehen.

»Und die Spinnen konnten nirgendwo anders hin. Türen konnten sie eben immer noch nicht öffnen. Deshalb waren sie alle in diesen beiden Räumen.«

»Und warum kamen die Schatzsucher immer durch den Südturm?«, fragte Sieglinde.

Varosch zuckte mit den Schultern. »Vielleicht steht die Tür offen.«

»Warum haben wir uns eigentlich für den Nordturm entschieden?«, fragte Janos leise nach. »War es eine Eurer Eingebungen?«

Ich schüttelte den Kopf. »Nein. Kennard beschrieb uns den Weg vom nördlichen Turm aus. Sonst hätten wir vielleicht auch den südlichen genommen.«

»Pures Glück also«, stellte Janos fest. »Ich bin gespannt, wie lange es anhält.«

Ich hatte so meine Zweifel, ob es nur pures Glück war.

»Was meinst du, sind die Spinnen die Ungeheuer, von denen die Rede war?«, fragte mich Leandra leise. Sie hielt meine Hand noch immer fest umklammert.

»Sie sind schlimm genug. Wenn man nicht vorgewarnt ist und durch den anderen Turm hereinkommt … Ich glaube nicht, dass wir ihnen entgangen wären.«

Sie schüttelte sich.

Poppet öffnete uns die dritte Tür, und wir erreichten einen überdachten offenen Gang, der auf der Innenseite um den ganzen Hof herumlief. Er war, wie nicht anders zu erwarten, vereist. Aber wir konnten nun zum ersten Mal die Festung überblicken. Sie war einfach aufgebaut. Der Grundriss war rechteckig, mit Türmen an jeder Ecke. An der Südseite befanden sich drei Gebäude nebeneinander, ein großes, gute drei Stockwerke hoch, in der Mitte, flankiert von zwei kleineren. Die Überraschung war ein großes Tor in der Ostmauer.

»Warum kein Tor zum Pass?«, fragte Varosch, als er die Anlage musterte. »Das würde mehr Sinn ergeben.«

»Es gab mal eine Rampe, die zur Feste hochführte. Sie endete dort an dem Tor nahe dem Südturm«, sagte Sieglinde. »Aber die Rampe ist schon vor Jahrhunderten weggebrochen.«

»Ich glaube, sie wurde absichtlich zerstört«, sagte Janos. »Nun, hier geht es weiter. Ich nehme an, die Messe befindet sich in dem großen Gebäude.«

»Still!«, sagte ich. Ich hatte etwas gehört ... ein entferntes Flappen. Aber nein, da war nichts.

»Also sind wir bald da«, sagte Janos mit unverhohlener Erleichterung. »Nur um den Wehrgang herum und dann ins Gebäude.«

»Sieht so aus«, sagte Zokora.

Auch wenn der Boden vereist war, dauerte es nicht lange, bis wir an einer Pforte angelangt waren, die vom Wehrgang aus ins Hauptgebäude führte. Wieder öffnete Poppet uns die Pforte von innen.

Wir fanden die Messe bald. Poppet beschrieb mir gut zwei Dutzend lange, schwere Holztische. Alles glitzerte vor Eis, und unter dem Eis konnte sie Reihen von Tellern sehen, als ob die Soldaten jeden Moment zum Essenfassen antreten würden.

Wortlos passierten wir eine lange Theke, ich konnte mir gut vorstellen, wie die Soldaten hier Schlange gestanden hatten, um ihr Essen zu empfangen.

Ein Torbogen mit einem eingemeißelten Bullen führte uns in einen langen Gang, dieser wiederum in einen großen Flur, von dem mehrere Türen abgingen. Die Tür geradeaus war die Tür, die wir suchten, auch hier war ein Bulle in den Rahmen eingemeißelt.

Dieses Arbeitszimmer war aufgeräumt zurückgelassen worden. Keine Karte hing an der Wand, der große Schreibtisch war leer. Wir suchten und fanden das Geheimfach, das im Gasthof die Flagge enthalten hatte, aber auch dieses war leer.

»Das sieht nach einem geordneten Rückzug aus. Offensichtlich kamen sie irgendwann einmal doch noch nach Hause«, sagte Sieglinde leise. »Sie hatten Glück.«

»Und hier soll das Tor sein?«, fragte Janos skeptisch. Ich hörte, wie er mit der Hand über die Wand fuhr und sie auch mal abklopfte. »Für mich sieht das wie gewachsener Fels aus.«

»Eine Geheimtür ist wohl nur dann geheim, wenn man sie nicht auf Anhieb findet«, sagte ich. »Der Mechanismus ist einfach, aber dennoch schlau. Es braucht immer zwei Leute, um die Tür zu öffnen. Janos, stellt Euch in die östliche Ecke des Raums, auf die letzte der Platten.« Ich tastete mich an der Wand entlang, bis ich die westliche Ecke erreichte. Es klickte leise unter meinen Füßen, dann polterte und rumpelte es, als die Wand hinter dem Schreibtisch im Boden versank.

»Was siehst du?«, fragte ich Poppet.

»Einen achteckigen Raum, vielleicht neun Schritt im Durchmesser. Ein goldenes Achteck im Boden.«

»Sind Steine vorhanden?«

»Nein.«

»Also, dann …«

»Schsch!«, rief Zokora, gerade als auch ich glaubte, etwas gehört zu haben. Dann wurde die Tür von außen aufgestoßen. Jemand trat ein.

»Schön, euch wiederzusehen«, sagte eine Stimme, die mir wohlbekannt war. Die Gehässigkeit war die gleiche, aber diesmal schwang auch Selbstsicherheit und Überheblichkeit mit.

»Holgar?«, rief Varosch ungläubig.

»Wie, bei Soltars Höllen, hast du uns gefunden?« Auch Janos klang erstaunt.

Der Händler lachte.

»Ihr seid der Jäger«, sagte Leandra. Es war eine Feststellung, keine Frage.

»Ihr seht so überrascht aus! Meint ihr wirklich, der erlauchte Thalak würde euch erlauben, seine Pläne zu durchkreuzen? Oder seid ihr überrascht, dass ich ihm diene?« Er lachte wieder.

»Ich sehe, dass ihr mir den Torraum geöffnet habt. Wie nett von euch. Es wird Zeit, dieses andere Reich zu besuchen!«

Ich berührte Seelenreißer. Holgar stand direkt neben der Tür, mit dem Rücken zur Wand.

»Schön, dass du dich freust«, sagte Janos. »Also stirbst du mit einem Lächeln.«

Ich hörte, wie er sein Schwert zog, und sah fassungslos, dass er sich auf die offene Tür stürzte. Er schlug meilenweit vorbei. Holgar streckte die Hand aus und berührte ihn leicht im Nacken. Janos brüllte auf und griff sich mit der freien Hand an den Hals. »Welcher Zauber ist das?«

Varosch hob seine Armbrust und drückte ab, ich konnte weder Armbrust noch Bolzen wahrnehmen, aber die Haltung seines Umrisses zeigte mir, dass auch er in eine falsche Richtung zielte – in Leandras.

Seelenreißer zuckte hoch und schlug den Bolzen beiseite, im nächsten Moment stürzte sich Sieglinde auf Zokora, die dem Schlag knapp auswich und dann selbst in die Offensive ging.

Holgar lachte. Neben mir hob Leandra eine Hand und deutete auf Poppet, die still dastand.

Ich verstand das alles nicht, aber ich stieß Leandras Hand zur Seite, gerade als sich der Blitz entlud. Den Blitz wiederum konnte ich sehr wohl erkennen, er schlug in eine Wand ein, prallte in den Raum zurück und traf Sieglinde, die mit einem Aufschrei nach hinten taumelte.

Holgar tat … nichts.

Janos hingegen stürzte in den Raum hinein und fand ein neues Ziel, mich. Ich hatte Mühe, ihm auszuweichen, ich sah seine Klinge nicht, aber Seelenreißer zuckte hoch und zur Seite, und hätte ich es nicht im letzten Moment zurückgehalten, hätte Seelenreißer Janos aufgespießt.

Ich wusste nicht, weshalb ich so lange brauchte, um zu verstehen, vielleicht war ich selbst zu überrumpelt, aber irgendwie hatte Holgar es fertig gebracht, dass wir uns gegenseitig angriffen, während er einfach zusah und lachte. Ich rollte unter Janos' zweitem Schlag weg, rutschte gerade noch unter Zokoras Klinge hindurch, dann war ich bei dem Jäger des dunklen Reiches.

Ich glaube, er begriff, dass ich ihn sehen konnte, denn ich hatte das Gefühl, dass er noch zu entkommen versuchte, als ich ihn von schräg unten mit Seelenreißer an die Wand nagelte.

»Zokora!«, rief Varosch in einem Ton der Verzweiflung und warf sich auf mich. Ich konnte die Waffe nicht sehen, aber seiner Haltung nach führte er wohl einen Dolch. Ich war denkbar ungünstig positioniert, Seelenreißer steckte im Stein der Wand fest, also versuchte ich unter seinem Hieb hindurchzutauchen. Er traf mich trotzdem, wenn auch nicht mit voller Wucht. Meine Kette hielt. Holgar war noch nicht tot. Varosch stach wieder und wieder auf mich ein, und unser gemeinsames Gewicht löste Seelenreißer aus der Wand.

Ich hatte einen einzigen Moment, und ich nutzte ihn. Die fahle Klinge beschrieb einen Kreis in Halshöhe des an der Wand herabrutschenden Händlers, ich spürte, wie Seelenreißer zuckte, dann sprang ich zur Seite und Janos' Schwert traf die Wand, gerade dort, wo ich eben noch gestanden hatte, mit der Spitze ritzte es meinen Wangenknochen an.

»Halt! Einhalten!«, rief ich, vollständig außer Atem. »Es ist Täuschung und Trug! Haltet ein!«

»Das«, keuchte Zokora, »sehe ich jetzt auch.«

»Götter!«, rief Janos und eilte dorthin, wo Sieglinde von Leandras Blitz zu Boden geschleudert worden war.

»Leandra?«, rief ich und eilte zu ihr. Einen sehr langen Moment hielten wir uns gegenseitig.

»Was ist passiert?«, fragte Janos später. Er hatte sich etwas beruhigt. Sieglinde war nur ohnmächtig, Leandras Blitz hatte durch den Umweg über die Wand viel von seiner Macht verloren. Auch wenn wir glimpflich davongekommen waren, so hatte sich jeder außer Zokora doch Blessuren eingehandelt.

»Das gibt eine hübsche Narbe«, sagte Leandra, als sie meine Wunde abtupfte. Sie warf einen bösen Blick in Richtung Janos.

»Tut mir leid, aber ich sah nur Holgar«, antwortete der. »Wie kann das sein?«

»Magie«, antwortete Leandra. »Magie, wie ich sie noch nie gesehen habe. Jeder von uns hielt einen anderen für Holgar, so bekämpften wir uns gegenseitig.«

»Aber Havald nicht«, sagte Varosch.

»Richtig«, bemerkte Zokora trocken. »Der ist ja auch blind.«

»Du blutest auch hier«, sagte Leandra und fuhr über meine Schulter.

»Autsch!« Offensichtlich gab es doch eine Stelle, an der Varosch durch meinen Kettenmantel gedrungen war. Die Wunde war nicht tief, aber sie schmerzte.

Mein Kopf schmerzte, meine Seite schmerzte, mein linkes Knie – dunkel konnte ich mich daran erinnern, dass Sieglinde dagegen getreten hatte –, mein Rücken und mein Gesicht … die Wunde an der Schulter fiel kaum mehr auf. Langsam wurde ich zu alt für so etwas!

»Das«, presste Janos hervor, »ist eine ziemlich fiese Magie. Unehrenhaft ist das.« Und dann fiel er zu Boden.

»Verdammt!«, rief Varosch. »Ich habe gar nicht gesehen, dass er verwundet ist!«

»Ist er auch nicht«, antwortete Zokora und kniete sich neben Janos nieder, um seinen Kopf auf die Seite zu drehen. »Seht.«

»Sein Hals ist geschwollen«, sagte Poppets ruhige Stimme neben mir. »Gift.«

»Kennst du das Gift?«, fragte ich sie.

»Ja.«

»Gibt es ein Gegenmittel?«

»Ja.«

Götter. Das war wie einer Henne Zähne ziehen!

»Hilf ihm!«

Poppet bewegte sich hinüber zu Janos und schlug ihm in die Mitte des Brustkorbs. Janos bäumte sich auf und fing an zu husten.

»Poppet! Warum hast du das getan?«, fragte Leandra.

»Feuerlilie«, hörte ich Poppet sagen. »Der Extrakt brennt zuerst wie Feuer, dann verursacht er nach ein bis zwei Minuten einen Atemstillstand. Dann ist die Wirkung auch schon vorbei. Ich musste nur die Atmung neu anregen.«

»Nett«, vernahm ich Varosch. »Gift und Magie … wirklich nicht sehr ehrenhaft.«

»Aber wirkungsvoll«, kam es von Zokora.

»Stimmt. Wir haben beinahe seine Arbeit getan«, pflichtete ihr Leandra bei. Ich kannte diesen Unterton, sie war sauer.

»Ist er tot?«, hörte ich Sieglindes schwache Stimme. Sie war wieder zu sich gekommen.

»Ja«, sagte Zokora.

Sieglinde gab ein leises Stöhnen von sich.

»Nein, bin ich nicht«, hustete Janos.

»*Holgar* ist tot«, erklärte Varosch.

»Ich kann immer noch nicht glauben, dass Holgar der Jäger war«, sagte ich.

»Das zeigt nur, wie gut er war«, sagte Zokora.

Sie hatte recht. Bislang hatte ich das Imperium von Thalak als einen langsamen, schwerfälligen Moloch angesehen, der gemächlich und unaufhaltsam über die Reiche hinwegrollte und sie mit der schieren Masse von Soldaten erdrückte, jetzt erkannte ich, dass es durchaus in der Lage war, schnell und direkt zu handeln. Der *Hammerkopf*, wo wir Holgar zum ersten Mal getroffen hatten, war weit weg von der Front, gute vierzehn Tagesritte auf einem schnellen Pferd. Der Imperator wusste sehr wohl um die Bedeutung des Gasthofs, da er nicht nur Balthasar geschickt, sondern auch einen Agenten vor Ort platziert hatte. Die Frage, die sich mir stellte, war, ob er nun wohl auch über die jüngsten Geschehnisse Bescheid wusste.

»Rigurd … war er auch ein Agent?«, fragte Zokora leise. Rigurd war zusammen mit Holgar in den Gasthof gekommen; angeblich war er ein Freund Holgars.

»Ich glaube nicht«, sagte ich. »Sonst hätte er sich nicht dem Bolzen in den Weg geworfen und sein Leben für Eures gegeben.«

Ich merkte, wie meine Beine anfingen zu zittern. Ich suchte mir eine Stelle an der Wand, schloss die Augen und wartete. Die Wärme stieg in mir hoch, berührte meine Verletzungen. Die Wunde an meiner Seite hörte auf zu spannen, und auch der Schnitt in meinem Gesicht brannte nicht mehr. Ich war unendlich müde. Ich schob mit zitternden Fingern eine gesättigte Klinge in die Scheide zurück und überließ mich der Dunkelheit. Wie so oft vorher schwor ich mir, Seelenreißer nicht mehr zu verwenden, ich wollte nichts von Holgar in mir. Aber es war zu spät, ich hatte das Bannschwert gehalten, als Holgar starb. Dieses Schwert war wahrlich verflucht.

Als ich wieder erwachte, reichte mir Sieglinde einen Kanten Brot und eine Schale Tee. Ich war immer noch blind. Was auch immer Seelenreißer mir an Heilung gab, wenn er jemanden tötete, es reichte nicht, um meine Blindheit zu besiegen.

»Danke«, sagte ich. »Hat man bei Holgars Leiche etwas von Belang gefunden?«

»Sieglinde schüttelt den Kopf«, sagte Poppet neben mir.

Ich hörte Leandras Stimme aus dem Torraum. »Ich bin mir sicher, dass dies der richtige Stein ist.«

»So sicher, dass Ihr bereit seid, unser Leben darauf zu verwetten?« Das war Janos. Wer sonst?

»Was machen die anderen?«, fragte ich Sieglinde.

»Poppet kniet neben Euch. Die anderen diskutieren die ganze Zeit, ob die Steine richtig ausgelegt sind. Ich glaube, es geht darum, dass es zwei Steine mit unterschiedlichen Blautönen gibt. Aber Meister Kennard hat nur dunkelblau niedergeschrieben.«

Ich erhob mich, wankte auf butterweichen Knien und spürte sofort, wie Poppet mich stützte. Es war mir peinlich, aber Zokora hatte Poppet die Aufgabe übertragen, mir in jeder Form zu helfen.

Ich begab mich zum Eingang des Torraums. Meine Hand glitt über Seelenreißers Heft, und ich sah die anderen. Sie standen um das Muster im Boden herum, das ich deutlich wahrnehmen konnte. Es schien mir wie ein Band aus glühendem Metall. Leandra kniete in der Mitte. Auch die Torsteine waren für mich deutlich zu erkennen. Mittlerweile hatte ich eine Ahnung, wie mein Schwert die Dinge wahrnahm. Je mehr Energie etwas in sich trug, desto deutlicher trat es hervor.

»Was ist das Problem?«

»Kennard schrieb, dass der dunkelblaue Stein auf die sechste Position gehört. Wir haben zwei dunkelblaue Steine«, erklärte mir Leandra.

»Und sie sind nicht gleich«, tönte Janos.

»Aber die Farben sind sehr nahe beieinander.«

»Wir haben fünfundzwanzig Steine, davon sind einige doppelt. Es ist egal«, sagte ich.

»Wisst Ihr das genau?«, fragte Janos.

»Nun, die zweite Reihenfolge, die wir beim nächsten Tor benötigen werden, braucht ebenfalls einen dunkelblauen Stein und zwei rote. Rot wird hier nicht gebraucht. Leandra, sind die beiden roten Steine gleich?«

Ich hörte, wie Leandra in den Beutel griff und die Steine in ihrer Hand klickten. »Nein. Sehr ähnlich, aber nicht exakt gleich.«

»Seht ihr?«, sagte ich. »Wir legen einen der Steine aus, und damit hat es sich.«

»Und wenn es falsch ist?«, wollte Janos wissen.

»Ihr müsst es so sehen. Es wäre unlogisch, wenn man die Steine verwechseln könnte. Ich kann mir gut vorstellen, dass diese Tore auch schon mal hastig verwendet wurden. So ergibt es Sinn. Ist es anders, können wir die Frage nicht beantworten.«

Leandra bückte sich und ließ den letzten Stein im Außenrand in das Muster fallen. Nun fehlte nur noch der Stein in der Mitte.

»Habt ihr das Zeichen im Stein gefunden, von dem aus man zählt?«, fragte ich.

»Ja«, sagte Varosch. »Wir haben lange danach gesucht. Es ist ein kleiner Pfeil an der zweiten Position, von der Tür aus gesehen.«

»Ich finde, diese Tore sind heimtückisch«, brummte Janos. »Macht man einen Fehler, ist man hinüber. Und es gibt viele Möglichkeiten, einen Fehler zu machen.«

»Das war ja auch die Idee«, sagte Zokora.

»Wie geht es dir?«, fragte mich Leandra und strich mir über die Wange. »Der Schnitt ist beinahe verheilt.«

»Danke, mir geht es gut.« Ich drückte ihre Hand und lehnte mich an die Wand. »Wir sind so weit, nicht wahr?«, fragte ich nach einer Weile.

»Ein bisschen angeschlagen, aber ja, wir sind so weit«, antwortete Janos.

In Seelenreißers Sicht leuchtete der achteckige Ring und schien in der Dunkelheit zu schweben. Vielleicht bildete ich es mir nur ein, aber mir kam es vor, als ob er langsam pulsierte.

»Wo führt das Tor eigentlich hin?«, fragte Sieglinde.

Ich lachte. »Ich glaube, keiner von uns hat geglaubt, dass wir es finden«, sagte ich dann. »Sie ist die Erste, die überhaupt fragt. Wie heißt das Land? Bessarein, nicht wahr?«

»Es müsste Bessarein sein«, erklärte Leandra. »Eines der sieben Königreiche. Das Tor sollte zu einer Wegestation führen. Diese Wegestationen sind so aufgebaut wie der Gasthof, erklärte mir Kennard. Sie sehen alle fast gleich aus. Von dort aus sind es nur wenige Wochen zu Pferd nach Askir. Es soll dort gute Straßen geben.«

»Von welcher zweiten Kombination sprach Havald dann?«, wollte Janos wissen.

Ich stieß mich von der Wand ab. »Dem Weg zurück zu diesem Tor.«

»Was wissen wir über Bessarein?«, fragte mich Sieglinde, als wir unsere Ausrüstung in das Zentrum des goldenen Achtecks verfrachteten.

Ich runzelte die Stirn. »Nicht viel. Es muss ein trockenes Gebiet sein, Steppe und Wüste. Auf jeden Fall ist es wärmer dort.«

»Warum? Ist dort nicht auch Winter?«

»Frag Leandra, wenn du eine Erklärung haben willst. Aber erwarte nicht, dass du es verstehst. Sie sagt, dass die Weltenscheibe eine Kugel ist.«

»Ich brauche Leandra nicht zu fragen. Serafine sagt, die Welt sei eine Kugel und Bessarein liege am Äquator. Deshalb sei es dort wärmer, weil die Sonne direkter auf die Erde strahlt.«

»Siehst du, da hast du deine Erklärung.« Ich seufzte. Wenn die Erde eine Kugel wäre, müsste man dann nicht von ihr herunterfallen oder zumindest abrutschen? Oder auf dem Kopf stehen? »Auf jeden Fall«, fuhr ich fort, »sagte Kennard, dass die Leute dort sehr geschäftstüchtig seien. Es gibt dort wenige Städte, aber viele Nomadenreiche. Er sprach von einer prächtigen Kultur. Der König dort nennt sich Kalif. Es gebe Silber- und Kupferminen, aber nur wenig Wasser. Wenn es Wasser gibt, nennt man das eine Oase. An großen Oasen und entlang der wenigen Flüsse gibt es oft Städte. In den Steppen und Wüsten sollen Nomaden leben.«

»Wird man uns dort helfen können?«, fragte sie.

»Ich denke, wir werden so schnell wie möglich Pferde kaufen und nach Askir weiterreiten. Ich glaube nicht, dass Leandra vorhat, sich lange in Bessarein aufzuhalten. Das ist übrigens auch der Rat, den Kennard uns gab. Die Leute seien recht verschlossen und in manchen ihrer Bräuche seltsam.«

»Was meinte er mit seltsam?«, fragte Janos. Er ließ etwas Schweres auf den Boden fallen.

Ich zuckte mit den Schultern. »Ich weiß es nicht. Er sagte nur noch, dass in den Wegestationen und auf den imperialen Straßen noch imperiales Recht gelte. Aber abseits der Straßen und der Stationen gelten die Gesetze der Königreiche. Wir sollten uns an die Straßen halten.«

»Bessarein gehört zu den Reichen, in denen das Wirken von Magie verboten ist. Man wird verbrannt, wenn man erwischt wird.« Leandra stellte etwas auf den Boden.

»Ich glaube, wir haben alles, nicht wahr?«, fragte sie.

»Ich denke schon«, antwortete Varosch.

»Wie groß ist die Entfernung?«, wollte Janos wissen.

»Sie entspricht über dreihundertzwanzig Wegstunden. Auf ebenen Wegen.«

Janos pfiff leise durch die Zähne. »Das ist eine ganz schöne Strecke. Vierzig Tagesreisen.«

»Auf offenen, ebenen und trockenen Wegen. Es liegen Gebirge zwischen Bessarein und uns, auch Wüsten soll es dazwischen geben. Ich glaube, es ist im Sommer eine Reise von gut drei Monaten.«

»Moment, die Tür«, rief ich. Es polterte hinter uns, als die Wand wieder vor die Öffnung glitt.

»Ist zu«, teilte mir Varosch mit. »Ihr seid nicht ganz im Kreis, Havald.«

Ich trat einen Schritt vor. »In Ordnung?«, fragte ich und schluckte. Ich hatte nicht vergessen, dass der Kreis alles abschnitt. Also auch mich.

»Ja, alles drin«, gab Varosch zur Antwort.

»Tja«, sagte Janos. »Was meint ihr, wird man etwas merken?«

»Ich habe nicht die geringste Ahnung.«

»Ich hoffe, die Steine liegen richtig«, sagte Sieglinde leise.

»Jemand lege den letzten Stein«, sagte Zokora ungeduldig. »Es wird langweilig.«

Ich berührte Seelenreißer und sah, wie Leandra sich bückte.

14. Das Haus der Gerechtigkeit

Es gab eine Art Ruck und einen Windstoß, dann regneten ein bitterer, beißender Staub, Erde und altes Holz auf uns herab.

»Bah!« Janos hustete. »Taubenscheiße … Ich hasse Taubenscheiße!« Es polterte.

»Au!«

Irgendetwas Schweres fiel auf mich, traf mich an der linken Schulter und drückte mich in den Dreck.

Der Staub war bitter, brannte in Nase, Ohren und Mund, man konnte kaum atmen. Ich hatte einen Hustenanfall nach dem anderen, versuchte durch den Pelz auf meiner Schulter zu atmen und spürte, wie mir die Tränen herunterliefen. Um mich herum waren alle am Husten und Fluchen, es krachte und polterte, dann wich der Druck von mir, eine Hand ergriff mich und zog mich zur Seite, ins Freie.

Es war warm. Nein, es war heiß!

Das Gehuste und Gekeuche dauerte eine Weile an, ebenso das Poltern, dann spürte ich ein feuchtes Tuch auf meinem Gesicht und den Verschluss eines Wasserbeutels. Ich trank gierig.

»Was war das?«, fragte ich, als ich wieder sprechen konnte.

Es war Poppet, die mir antwortete. Auch ihre Stimme klang rau. »Wir sind in einem Gebäude herausgekommen, am Fuß eines Turms. Soweit ich es erkennen kann, hat es den gleichen Grundriss wie der *Hammerkopf*, aber dieses hier ist eine Ruine. Die Böden des Turms sind eingefallen, und Schutt lag herum. Als wir kamen, wurde irgendwie alles hochgeschleudert und fiel wieder auf uns herunter. Der Boden ist fast eine Elle dick mit Vogelexkrementen bedeckt.«

»So wie wir jetzt auch. Wir sind mitten in der Scheiße gelandet!«, sagte Janos neben mir. »Genau wie ich es Euch gesagt habe, Havald!«

»Es ist heiß und gleißend hell«, erklang Zokoras Stimme. »Meine Haut juckt.«

»Ich schaue, ob wir Wasser im Brunnen finden«, rief Varosch, und ich hörte, wie er davonging.

»Wie sieht es um uns herum aus?«, fragte ich.

»Wir befinden uns auf einem Hügel«, antwortete Poppet. »Um uns herum ist dürre Steppe. Ich sehe die Reste einer alten Straße, aber das ist es auch schon. Die Wegestation ist fast vollständig verfallen. Überall ist abgestorbenes Gestrüpp und gelbes Gras. Nur der Turm steht noch in den Außenmauern.«

»Ich dachte«, keuchte Leandra neben mir, »das alte Imperium hätte nur aus Stein gebaut.«

»Offensichtlich nicht.«

Oder diese Wegestation war ein früherer Entwurf als der *Hammerkopf*.

»Ist unsere Ausrüstung mitgekommen?«

»Ja. Aber sie ist völlig verdreckt.«

»Wir brauchen dringend Wasser«, sagte Janos.

Wir hatten Wasser dabei, aber nach Poppets Beschreibung erschien es mir zu wenig.

»Der Brunnen ist trocken!«, rief Varosch aus der Entfernung.

»Das passt zu unserem Glück«, grummelte Janos.

»Und der Brunnen im Waschraum?«, rief ich zurück.

»Ich sehe nach, aber ich habe keine großen Hoffnungen«, antwortete Varosch.

»Eine gute Nachricht habe ich«, sagte Leandra. »Es liegen Torsteine unter dem Schutt.«

»Gut. Mit etwas Glück können wir so von der Donnerfeste Wasser holen.« Das war in der Tat eine gute Nachricht.

Ich wurde von einem weiteren Hustenanfall geschüttelt. Der bittere Staub hatte sich überall festgesetzt und behinderte die Atmung noch immer. Auch meine Augen brannten noch.

»Es gibt gar keinen Brunnen im Waschraum«, sagte Varosch. »Kein Wasser. Und es sieht auch nicht so aus, als ob es demnächst regnen würde. Ich habe noch nie einen so blauen Himmel gesehen.«

»Wir sind mitten im Nirgendwo.« Janos klang unwillig. »Es sieht nicht so aus, als ob in den letzten Jahrhunderten jemals jemand hier war. Übrigens glaube ich, dass diese Wegestation niedergebrannt wurde. Ein paar der Holzbalken sind verkohlt.«

»Es kann auch sein, dass irgendwann der Blitz in die Ruine fuhr und den Rest abfackelte«, sagte Leandra.

»Wie auch immer, es ist der einzige Ort, der uns Schutz geben kann.«

»Wir hätten die Nacht noch in der Feste lagern sollen«, sagte Sieglinde. Sie hatte recht, aber jetzt war es müßig.

»Der Ort wurde geplündert«, teilte uns Varosch mit, als er zurückkam. »Die Türen zum Keller sind eingeschlagen, und dort unten kann man die Verwüstung noch gut erkennen. Ich denke, dass der Keller unter der Küche der beste Ort zum Übernachten sein wird. Er ist am saubersten. Und die Kellerdecke ist aus Stein.«

»Ganz langsam«, sagte ich. »Eins nach dem anderen. Wir richten unser Lager im Keller ein. Dann reinigen wir unsere Ausrüstung. Es tut mir leid, aber wir müssen den Turmraum sauber bekommen. Wir brauchen mehr Wasser, deshalb muss jemand zur Donnerfeste zurück und Wasser holen. Sobald wir das Wasser haben und ausgeruht sind, brechen wir auf.«

»Wohin?«, wollte Janos wissen.

»Wir haben eine Straße. Damit geht es in zwei Richtungen. Wir nehmen eine davon.«

»Serafine sagt, sie kennt den Ort«, sagte Sieglinde.

Ich nickte, das war logisch, schließlich stammte diese Kombination aus dem Berichtsbuch des Sergeanten.

»Damals führte die Straße südlich in die Berge zu den Kupferminen. Nördlich liegt eine Stadt, Gasalabad. Zu Serafines Zeit gab es dort den Sitz des Gouverneurs und eine größere Garnison. Dort lief auch ein Fluss entlang, vielleicht können wir auf einem Schiff weiterreisen.«

Ich hörte irgendetwas in Sieglindes Stimme. »Warum sagt uns das Serafine nicht selbst?«

Sieglinde zögerte mit der Antwort. »Sie wird schwächer. Ich fürchte, sie wird bald nicht mehr bei uns sein. Ich soll Euch sagen, Havald, dass dies ja nur Eurem Wunsch entspräche.«

Tat es das? Ich war mir nicht mehr so sicher.

»War das Land damals auch so karg?«, wollte Leandra wissen.

»Nein. Nicht so fruchtbar wie unsere Länder, aber dennoch nicht so ausgedörrt. Aber damals gab es auch Bewässerungsanlagen. Serafine denkt, dass nach dem Ende des Imperiums sich die Leute nicht mehr die Mühe machten, sie zu pflegen.«

»Warum wurden sie dann überhaupt errichtet?«

»Das kann ich dir sagen.« Leandra drückte mir einen Wasserschlauch in die Hand, und ich trank dankbar. »Als die Reiche noch ein Imperium waren, wurde für das Imperium geplant. Ich möchte wetten, dass hier Korn angebaut wurde.«

»Richtig«, kam es von Sieglinde.

»Als das Imperium sich zurückzog, dachten die Leute, dass sie so viel Korn nicht bräuchten. So einfach ist das.«

»Und verließen einfach ihre Höfe? Einfach so?« Sieglinde klang ungläubig. »Land ist das Wichtigste, das man haben kann.«

»Und Korn kann man immer verkaufen«, sagte Janos. »Auf jeden Fall kann ich mir nicht mehr vorstellen, dass hier jemals wieder Korn angebaut wird. Die Erde ist ausgetrocknet. Um hier wieder einen fruchtbaren Boden zu bilden, braucht es Jahre.«

»Ihr kennt Euch aus in der Landwirtschaft?«, fragte ich Janos.

»Ja. Mein Vater war ein Händler. So etwas erweckte seine Neugierde. Vergesst nicht, ich wollte einmal selbst Händler werden.«

»Na gut«, sagte Leandra und stand auf. »Das bringt uns im Moment nicht weiter. Ich gehe den Turm reinigen und hole

Wasser. Ich sah in der Küche hinter der Messe der Donnerfeste einen Brunnen und Fässer. Vielleicht finde ich auch Wasserschläuche.«

»Könnt Ihr Hilfe gebrauchen?«, bot sich Varosch an. »Das ist eine Menge Dreck und Schutt.«

»Das erledige ich im Handumdrehen«, antwortete Leandra. Ich konnte das Lächeln in ihrer Stimme hören.

Wenig später hörte ich ein fürchterliches Poltern aus Richtung des Turms. »Eine Staubwolke steigt auf«, teilte mir Poppet mit. Ich presste mir ein Tuch ans Gesicht. »Führt mich hin!«

»Alles in Ordnung«, hörte ich Leandra fröhlich rufen. »Einen Moment noch!« Es polterte erneut.

»Was siehst du, Poppet?«

»Maestra de Girancourt. Sie kehrt mit einem Besen aus Gestrüpp Reste von Schutt und Dreck in die Mitte des Raums. Der meiste Dreck ist nicht mehr da.«

Ich war mir nicht sicher, aber diesmal meinte ich in ihrer neutralen Stimme doch so etwas wie Überraschung zu hören. »Wie meinst du das, nicht mehr da?«, fragte ich.

»Nicht mehr da.«

»Ich habe die Anordnung der Steine auf dem Boden verändert und das Tor aktiviert. Der ganze Dreck ist weg!«, rief Leandra fröhlich.

»Willst du sagen, der ganze Vogelmist ist jetzt irgendwo in einem anderen Tor aufgetaucht?«, fragte ich ungläubig.

»Ja.« Leandra lachte. »Es war eine willkürliche Anordnung, vielleicht ist der Dreck auch im Nirgendwo verschwunden. Ich hole jetzt Wasser.«

Ich hörte ein scharfes *Plopp* und spürte einen Windhauch. »Die Maestra ist verschwunden«, teilte mir Poppet mit.

Ich wusste nicht, ob ich lachen oder weinen sollte. Für mich hatten diese Tore etwas Mystisches, Erhabenes. Und Leandra verwendete sie, um Schutt zu entsorgen? Die Frau hatte keinen Respekt!

Ich entschloss mich zu lachen. »Komm, Poppet, führe mich in den Keller, ich will versuchen mich nützlich zu machen«, sagte ich, immer noch amüsiert.

Als ich es den anderen erzählte, lachte Janos ebenfalls schallend. Auch Sieglinde kicherte. »In unserer Küche hätten wir auch so ein Abfalltor gebrauchen können.«

»Oder im Stall«, meinte Janos. »Stellt euch vor, der ganze Mist ist plötzlich weg.«

Die Zeit verging langsam. Es gab nicht viel, das ich tun konnte, also räumte ich alte Regale zur Seite oder zerschlug sie für Feuerholz, ansonsten kümmerte ich mich um meine Ausrüstung und bereitete Leandras und mein Lager vor. Stunden vergingen, und Leandra kehrte nicht zurück. Vielleicht war sie in der Feste auf Schwierigkeiten gestoßen? Seitdem sie mit Blitz und Donnerschlag in mein Leben getreten war, waren wir nicht mehr so lange voneinander getrennt gewesen. Es fiel mir schwer, mir das einzugestehen, aber ich vermisste sie. Hatte Angst um sie.

»Sagt, Varosch, wo kommt Ihr her?«, hörte ich Sieglinde fragen.

»Das ist eine lange Geschichte«, antwortete der.

»Wir haben Zeit«, sagte Janos. Er hatte recht. Die Nacht versprach lang zu werden, und ich konnte nicht einmal mehr schnitzen.

»Erzählt uns etwas von Euch.«

»Wie ihr wisst, komme ich ursprünglich aus Lassahndaar. Ich bin dort aufgewachsen. Mein Vater ist Fischer, und er träumte davon, eine ganze Bootsmannschaft zu zeugen. Meine Mutter gab sich redlich Mühe, ich war ihr viertes Kind. Sie starb bei der Niederkunft am Kindbettfieber. Mein Vater ließ sich nicht beirren. Bis ich zwölf war, heiratete er noch dreimal und setzte acht weitere Kinder in die Welt. Von uns zwölfen überlebten drei ihre Kindheit nicht. Mein Vater wollte, dass ich mit ihm auf das Boot ging, ich wollte es nicht. Solange ich klein war, überzeugte er mich mit Schlägen. Als ich zwölf war, lief ich davon.«

»Was geschah dann?«, fragte Sieglinde neugierig.

»Warum hast du dir das gefallen lassen?«, fragte Zokora.

»Er war stärker als ich.«

»Es gibt Gift.«

Varosch lachte. »Zokora, das erkläre ich dir ein anderes Mal. Nun denn, als ich zwölf war, war ich noch ziemlich zierlich. Ich hatte lange blonde Haare, und diese fielen einer Dame auf, als ich im Abfallkübel hinter ihrem Haus nach Essen suchte. Ich wusste, dass es dort etwas zu finden gab, denn die ganzen streunenden Tiere der Stadt erschienen dort regelmäßig am frühen Morgen und versammelten sich, um den Kübel zu plündern. Es war ein schönes, großes Haus, weiß getüncht, mit einem innen liegenden Garten. Am Abend und des Nachts konnte man aus dem Garten Lautenspiel hören und Gesang und Gelächter, viel Gelächter. Für mich war es das schönste Haus, das ich jemals gesehen hatte. Ab und zu sah ich eine der Bewohnerinnen. Elfengleiche Geschöpfe, die meisten kaum älter, als ich es war, aber kostbar gekleidet, in feinem Tuch und Seide und, was mich am meisten beeindruckte, immer frisch gewaschen und gut riechend. Nun, eines Abend wühlte ich wieder in diesem Abfallkübel, als mich eine Hand am Zopf ergriff und herauszog. Ich dachte, es sei einer der anderen Straßenjungen, und holte mit meinem Knüppel aus, den ich dabei hatte, um die Hunde zu vertreiben, aber es war eine Frau. Sie war schon älter ...« Er lachte. »Ich denke, sie war vielleicht zwei Dutzend Jahre alt, aber für einen Jungen in dem Alter ist das *älter*. Sie war wunderschön, trug ein Kleid aus hellblauer Seide, war mit feinen silbernen Ketten geschmückt und trug in ihrem langen, kupferfarbenen Haar einen silbernen Schmetterling. Ich stand nur da, mit offenem Mund, und sie lachte. ›Wenn du etwas essen willst, komm doch in die Küche!‹, sagte sie. Und so geschah es auch. Es war eine andere Welt für mich. Als Erstes wurde ich gewaschen.« Er lachte. »Gewaltsam. Ein halbes Dutzend junger Mädchen fiel kichernd und lachend über mich her. Sie badeten mich, wuschen mir die Haare und kleideten mich in eine dunkelblaue Robe. Ich wehrte mich mannhaft, aber es waren zu viele und ich unterlag nach hartem Kampf! Ich weiß nicht, warum, aber die Mädchen und Frauen hatten einen Narren an mir gefressen. Die einzige Frau, die nicht wunderschön und schlank war, war die Köchin, Eharne. Sie war riesig, und sie stand vor mir wie ein Berg, in einer Hand einen hölzernen Kochlöffel, die andere drohend erhoben. Wenn die Köchin mir eine Ohrfeige gab, purzelte ich immer durch die ganze Küche. Ihr habt es sicher schon erraten, es war ein Haus der Lust, in dem ich mich wiederfand. Die Frau, welche mich aus dem Abfallkübel gezogen hatte, war niemand anderes als Sera Delante.«

»Das Juwel von Lassahndaar?« Janos pfiff leise durch die Zähne. »Ich habe sie einmal gesehen. Eine bildschöne Frau. Und schlau!«

»Das war sie ohne Zweifel. Ihre Absicht war es, ihr Haus zum besten der Stadt, vielleicht des Königreichs zu machen. Und dies gelang ihr auch. Sie war die Geliebte von Graf Forndaal, dem Herrscher der Stadt, es wurde sogar gemunkelt, er habe sich mit ihr verlobt, bevor sie ihm ihre Gunst schenkte.«

»Und dann erfuhr sie, dass er in Illian eine Frau und Familie hatte«, sagte Janos. »Ich habe die Geschichte gehört. Ihre Familie verstieß sie, und sie stand auf der Straße, eine Adlige mit nichts als dem, was sie auf dem Körper trug.«

»Und ihrem Körper«, sagte Varosch. »Aber sie verkaufte nicht sich, sondern ein paar ihrer Preziosen, die der untreue Liebhaber ihr geschenkt hatte. Eine Perlenkette brachte ihr das Haus ein, sein gräflicher Ring genügend Gold für die Einrichtung und ein paar Jahre Lebensmittel. Sie war sechzehn, als sie ihn verließ, und die nächsten vier Jahre tat sie nichts, als ihre Mädchen zusammenzusuchen. Sie holte sie von der Straße und sagte ihnen, was sie vorhatte. Das war ihr Trick, bei ihr fand sich nicht eine Frau, die entführt oder gezwungen wurde, alle hatten sie dieses Leben gewählt. Sera Delante bestimmte, dass ich Küchenjunge werden sollte, und Köchin Eharne sorgte dafür, dass ich fleißig war. Manchmal träume ich noch von ihrem Kochlöffel.« Ich hörte, wie er sich anders hinsetzte, und ein

Lächeln schwang in seiner Stimme mit. »Es war das Paradies für mich. Ich hatte zu essen, Kleidung, anregende Gesellschaft. Die Sera war eine Adlige, und sie lehrte ihre Mädchen außer der Liebeskunst auch noch das Lesen und Schreiben sowie die Umgangsformen. So erlernte auch ich die Kunst des Wortes.«

»Und was ist mit der Liebeskunst?«, fragte Janos lachend.

»Die auch, aber erst später. Mit dem guten Essen und der für mich leichten Arbeit wuchs ich schnell heran. Als ich vierzehn war, verlor ich mit Genuss meine Unschuld, mit fünfzehn hatte ich meine jetzige Größe und auch ein paar Muskeln. Ihr müsst wissen, Sera Delante war sehr sorgsam in der Auswahl ihrer Gäste, nur mit Empfehlung erhielt man eine ihrer begehrten Einladungen. Zwar gab es bei manchen Gelegenheiten Wachen, aber es hatte auch da schon Zwischenfälle gegeben, sodass oft außer den Gästen und mir kein anderes männliches Wesen im Haus war. Eine meiner besten Freundinnen damals hieß Lisette. Sie war schüchtern und scheu, und die Gäste, die sie empfing, wussten das, es entsprach auch ihrem Geschmack. Es gab auch andere Geschmäcker, aber auch dafür gab es Mädchen, die ihr Liebesspiel etwas wilder mochten. Lisette nicht, sie kuschelte gern, und sie war die Jüngste, nicht viel älter als ich. Eines Nachts hörte ich sie schreien. Einer der anderen Gäste hatte, nachdem seine erste Lust gestillt worden war, sie gesehen und sich entschlossen, sie zu nehmen. Er war einer jener Gäste, die ausschließlich von Jara bedient wurden, einer Frau, die im Schmerz die Lust fand und damit das Gegenteil von Lisette war. Als ich in das Zimmer stürmte, war Lisette schon blutüberströmt. Der Mann war deutlich älter und stärker als ich, aber die Wut verlieh mir Kraft und ich schlug ihn mit einem Tischbein nieder. Sera Delante war nicht im Haus an dem Abend, und ich befürchtete, Lisette könnte verbluten, also eilte ich zum Borontempel, um Hilfe zu holen.«

»Oh, oh«, meinte Janos.

»Ja, Ihr habt recht.« Varosch kicherte leise. »Es war nicht die intelligenteste meiner Entscheidungen. Der einzige Priester, den ich fand, war ein älterer Mann in einer bestickten Robe. Er sah so alt und zerbrechlich aus, dass ich befürchtete, er würde hier an dieser Stelle seinen letzten Atemzug nehmen, aber er war der Einzige, also rannte ich zu ihm und zerrte ihn davon, faselte etwas von meiner Schwester, denn als solche empfand ich die Mädchen in Sera Delantes Haus.«

»Lasst mich raten«, sagte Sieglinde. »Ihr wart vorher noch nie im Haus der Gerechtigkeit?«

»Nein, ich war tatsächlich niemals zuvor in einem Tempel gewesen. Mein Vater hatte für so etwas keine Zeit.«

»Und es war ein alter Mann?«, fragte Janos.

»Ja. Großmeister Rolato.«

»Heiliges Exkrement!«, flüsterte Janos.

»Ja«, meinte Varosch. »Das dachte ich auch, später, als ich verstand, was ich getan hatte. Ich führte also den Oberpriester Borons in ein Haus der Lust, welches Astarte geweiht ist, und brachte ihn zu Lisette. Der Freier lag noch da, bewusstlos. Großmeister Rolato beachtete ihn nicht und legte seine Hand auf Lisette. Ich sah Borons rotes Licht, als es über sie spielte und ihre Wunden verschloss. Sie schlief dann, und der Großmeister setzte mich vor sich auf den Boden und befahl mir, alles genauestens zu erzählen. Ich tat es, ich konnte nicht anders. Alles, was ich über Sera Delante, Lisette, dieses Haus und die anderen Mädchen wusste, alles, was ich jemals vergessen hatte, all dies erzählte ich ihm. Ich war noch am Reden, als die Sera hereinkam, ihn sah und zu seinen Füßen niedersank. Er schenkte ihr keinerlei Aufmerksamkeit, und so kniete sie dort, zwei Stunden, während ich alle ihre sorgsam gehüteten Geheimnisse ausplauderte wie ein Wasserfall.«

»Götter!«, entfuhr es Sieglinde.

»Ja, das kann man wohl sagen«, fuhr Varosch fort. »Ich war fertig, und Großmeister Rolato erhob sich. Er befahl, dass Sera Delante, Lisette, ich und auch der immer noch bewusstlose Freier mit ihm kommen sollten. Natürlich stand außerhalb des Hauses die Tempelwache, der Großmeister war nicht allein. Die

Wächter ergriffen den Freier und trugen ihn davon. Die Sera, Lisette und ich blieben über Nacht im Tempel. Wir wurden mit eiskaltem Wasser gewaschen und geschoren. Ich weinte, als ich sah, wie die roten Locken der Sera unter dem stumpfen Messer fielen. Aber sie war eine Sera und sie kniete vor dem Antlitz Borons und weinte nicht. Lisette schon, sie verstand nicht, was mit ihr geschah. Wir bekamen raues Leinen angezogen und fasteten bis zum Abend des nächsten Tages. Für diesen Abend hatte Großmeister Rolato das Gericht einberufen. Der Tempel war zum Bersten voll, die ganze Stadt schien versammelt, denn es gab bereits allerlei Gerüchte. Wir wurden ausgezogen, erhielten die rituellen einundzwanzig Rutenschläge der Läuterung und wurden vor Borons Statue geführt, wo wir uns hinzuknien hatten. Ein Raunen ging durch die Menge, denn natürlich waren wir nackt, und es hieß, dass noch nie in einem Tempel des Boron das Wort über eine Frau gesprochen worden war. Es war eine Sensation. Der Graf war auch da, aber er tat, als kenne er die Sera nicht. Großmeister Rolato trat vor die Statue Borons, gab uns allen seinen Segen und schilderte in einfachen Worten den Sachverhalt: Ein junges Mädchen wurde, im Haus ihrer Familie, von einem Gast, der sich unter falschem Vorwand eingeschlichen hatte, überfallen, misshandelt und vergewaltigt. Der Sohn des Hauses erwehrte sich dieses Missetäters. Borons Urteil war das folgende: Sera Delante, von hoher Geburt, war eine allein stehende Frau, die unverheiratet keinen männlichen Schutz besaß, was den Fall verschlimmerte. Sein Urteil für Sera Delante war, sie mit einem Adligen seiner Wahl zu verheiraten. Ich als Sohn des Hauses hatte gute Absicht gezeigt, aber wenig Weitsicht, sodass es mir offensichtlich an Erfahrung mangelte. Sein Urteil für mich war sechs Jahre Dienst in der Tempelwache. Lisette, das Opfer, erhielt die Gnade Borons und vollständige Heilung und war nun in den Augen der Götter wieder rein und unschuldig. Sie sollte innerhalb der nächsten zwei Jahre verheiratet werden. Unaska hingegen, der Vetter des Königs, hatte sich schändlicher Handlungen schuldig gemacht. Sein Urteil war Kastration und Tod durch das Schwert. Aus Rücksicht auf seinen Vetter würde er, Rolato, das Urteil in umgekehrter Reihenfolge vollstrecken. Dies geschah dann auch am selben Abend.«

»Hui!«, sagte Sieglinde beeindruckt.

»Ich habe davon gehört«, sagte Janos leise. »Der König beschwerte sich, nicht wahr?«

»Ja.« Varosch klang amüsiert. »Ich glaube, der Großmeister erklärte ihm, dass sein Vetter ihm genug über seine eigenen Verfehlungen erzählt habe und dass es angebracht wäre, dankbar zu sein, dass sein Verwandter nichts mehr erzählen könne.«

»Ich glaube, ich verstehe, weshalb sich so wenige Borons Gerechtigkeit unterwerfen wollen«, sagte Janos. »Sie ist so … zweischneidig.«

In der Tat. Abgesehen davon war eine Voraussetzung für Borons Gerechtigkeit, dass einer seiner Diener selbst Zeuge des Verbrechens wurde und so im Namen seines Gottes Anklage erheben konnte. In Sichtweite eines Borontempels, so hieß es, konnte man eine goldene Münze verlieren und fand sie ein Jahr später noch auf der Straße wieder.

»Wie ging es dann weiter?«, fragte ich. »Geschah es so, wie der Großmeister es verfügte?«

»Ja. Wie auch anders? Es war Borons Wille. Alle Mädchen im Haus der Sera Delante wurden gut verheiratet. Der Hohepriester wählte für die Sera einen ihrer alten Jugendfreunde, sie hatte ihn nach ihrer Schande nie wiedersehen wollen, aber er wollte sie. Ich glaube, sie sind glücklich zusammen. Ich selbst wurde in der Tempelgarde ausgebildet, wo man mein Talent mit dem Kreuzbogen früh erkannte und förderte. Vor knapp einem Jahr endete meine Dienstzeit, und ich begab mich auf Wanderschaft. Nachdem ich etwas von der Welt gesehen hatte, sollte ich wieder zum Tempel zurückkehren. Ich traf Meister Rigurd, der mich anstellte, seine Wagen zu bewachen, und folgte ihm zum Gasthof am Donnerpass, wo wir eingeschneit wurden … Ich glaube, ihr kennt den Rest der Geschichte.«

»Varosch«, sagte Janos leise. »Sehe ich das richtig … Bist du Boron geweiht?«

»Ja.« Varosch war deutlich amüsiert. »Das macht Euch doch nicht zu schaffen, oder? Schließlich seid Ihr kein Räuberhauptmann mehr.«

»Ich bin froh, dass ich keiner bin«, sagte Janos mit Inbrunst. »Bist du ein Novize?«

»Nein. Ich bin bereits im Rang eines Adepten. Wenn ich in neun Jahren zum Tempel zurückkehre, kann ich mich entscheiden, ob ich als Tempelritter weiterdienen will oder das Noviziat als Tempelpriester annehme.« Er lachte leise. »Es gab einen kurzen Moment, an dem ich zweifelte, und beinahe wäre ich Schmied geworden. Aber heute weiß ich, dass ich wirklich meiner Berufung folge.«

»Du bist ein Priester, Varosch?«, fragte Zokora. Sie hatte während der ganzen Geschichte nichts gesagt, aber selbst blind hatte ich ihre Aufmerksamkeit gespürt.

»Ja, Zokora. Ich sagte dir schon, dass wir gut zusammenpassen.«

Janos fing an zu lachen.

»Ich kann Euch ihr Gesicht nicht beschreiben«, sagte Poppet todernst neben mir. »Es ist zu komisch.«

Sie brauchte es nicht, ich wusste auch so, wie es aussah. Ich konnte nicht anders, ich musste selbst in das Gelächter einstimmen.

»Habe ich etwas verpasst?«, fragte Leandra in überraschtem Tonfall vom Kellereingang her.

15. Ein Gebet

Die Nacht war überraschend kalt, aber warm im Vergleich zu dem, was wir kannten. Ich war dankbar für Leandras Wärme, als ich dalag und über dieses und jenes nachdachte. Wir hatten das Tor erreicht und passiert, befanden uns nun in Bessarein, einem Land so weit entfernt, dass kaum jemand in den Neuen Reichen jemals von ihm gehört hatte. Wir würden bald die Mauern von Askir sehen. Ich hatte meine Zweifel gehabt, dass dieses Tor am Donnerpass wirklich existierte, und wenn doch, dass es noch funktionsfähig wäre. Und dennoch waren wir jetzt hier.

Allerdings war dieser Ort keine belebte Handelsstraße und erst recht keine Ansiedlung, sondern seit Jahrhunderten verlassen; er bot das Bild des Zerfalls, welches ich mir zuerst von Askir gemacht hatte. Außerdem hatte ich lernen müssen, dass der Arm des Imperators von Thalak länger war, viel länger, als ich es mir in meinen schlimmsten Albträumen hätte denken können. Was von den alten Legenden war noch wahr?

Es hatte diese Legionen gegeben, und sie waren wohl eher noch mächtiger gewesen, als die Legenden sagten. Es gab die Donnerfeste, so uneinnehmbar, wie ich kaum jemals eine Festung gesehen hatte. Ich hatte mit eigener Hand den Schnabel eines Greifen berührt, hatte Bekanntschaft mit einem Drachen, mit Tiefenkrabblern und Nachtspinnen gemacht, hatte erfahren, dass wohl meine eigenen Vorfahren Barbaren waren, genau diejenigen, die diese Legion bekämpfte. Ich hatte dem Wirken eines alten Gottes beigewohnt, hatte gesehen, wie Magie einen Maestro verbrannte, gesehen, wie Geister zum Appell antraten, um einen alten Schwur einzulösen. All dies hatte ich gesehen, und nun war ich blind.

Als Leandra vor wenigen Wochen an meinen Tisch getreten war und um meine Hilfe gebeten hatte, dachte ich, ich hätte in meinem langen Leben alles gesehen und alles erlebt.

Doch wie sehr hatte ich mich getäuscht!

Ich dachte an meine Gefährten. Zokora, eine Dunkelelfe mit mysteriösen Fähigkeiten, scheinbar gnadenlos; Poppet oder Natalyia, eine Frau aus dem Land unseres Feindes, die uns nun begleitete, freiwillig oder unfreiwillig, aber deren Hilfe und Talent uns schon das Leben gerettet hatten. Janos, dessen wahren Namen ich immer noch nicht wusste, der sich einst als Räuber ausgegeben hatte; Sieglinde, die Tochter eines Wirts und eine Frau mit dem Bardentalent, die nicht bemerkte, dass sie sich längst selbst schon auf dem Weg in eine Ballade befand. Leandra, von hoher Bildung und Ausbildung, aber naiv im Kampf – und meine Liebste. Varosch, ein Geweihter Borons, der uns unauffällig und bescheiden stets treu zur Seite stand. Noch nie hatte ich eine solche Gruppe geführt. War es vielleicht doch möglich, dass wir die Waage zu unseren Gunsten verschieben konnten? Dass Leandra in ihrem wahnwitzigen Vorhaben Erfolg haben könnte? Hatten wir die Götter auf unserer Seite?

Mich selbst verband, wenn auch gezwungenermaßen, etwas mit Soltar, dem Gott der Seelen. Leandra folgte Astarte, Varosch Boron und Zokora Solante, Astartes dunkler Schwester. Vielleicht fand Leandras Unterfangen ja doch Gnade in den Augen der Götter.

Seit langem wieder betete ich. Ich hatte so oft schon Getreue in den Tod geführt, dass ich mich selbst manchmal als Soltars kalte Hand fühlte, welche die Seelen der Gefallenen zu ihm brachte. Ich sah mich, kniend in jenem Tempel, der nun wahrscheinlich nicht mehr stand, dem Tempel der gefallenen Stadt Kelar, in dem ich einen großen Teil meiner Kindheit verbracht hatte. Vor mir, hinter jenem Graben voll mit eiskaltem klaren Wasser, stand auf einer Insel das Abbild Soltars, des Mannes mit dem grauen Umhang, der Laterne in der erhobenen Linken und seinem Wanderstab mit der langen Kriegssense in der Rechten.

Eine vierstufige Brücke führte über den Graben mit dem heiligen Wasser, berührte aber die Insel des Gottes nicht, sondern endete einen Fußbreit über ihr in der Luft. Selten nur hatte ich einen Priester weiter gehen sehen als die erste Stufe, nur einmal sah ich einen Hohepriester, der, selbst dem Tode nah, die dritte Stufe erklomm, um im Augenblick seines Todes ein Wunder zu wirken. In meinem Traum stieg ich langsam die dritte und dann die vierte Stufe empor und stand so vor ihm, von Angesicht zu Angesicht, denn es war unser Brauch, dass die Statuen der Götter nicht übermächtig groß, sondern von normaler Statur waren. Unter dem Obsidian seines Umhangs war das Gesicht Soltars zu erkennen, obwohl nur jemand, der hier auf dieser Stufe stand, es sehen konnte. Es war sorgfältig in Alabaster gezeichnet, in den dunklen Pupillen leuchteten silbern die Sterne, und es erschien mir, als sähe ich zum Firmament hinauf.

»Lange habt Ihr mich nicht annehmen wollen, Herr«, sprach ich leise in meinem Traum. »Aber bevor Ihr einen meiner Gefährten nehmt, nehmt mich. Ich war niemals Euer gehorsamster Diener, aber ich diente Euch, so gut ich konnte.«

Auch im Traum schwiegen die Götter. Aber mir kam es vor, als ob das bleiche Gesicht unter der Haube aus dunklem Stein sanft lächelte.

Dann entschwand dieser Tempel und ich schlief.

Der Morgen dämmerte kühl und klar, die Luft erfüllt von seltsamen, unbekannten Gerüchen. Ich hatte vorher nie so sehr auf das geachtet, was meine anderen Sinne mir mitteilen konnten. Jetzt spürte ich die Sonne auf meinem Gesicht und den leichten Wind, der von Osten blies.

»Was ist, Havald?«, fragte mich Leandra.

»Nichts«, antwortete ich ihr und schulterte meinen Packen. »Ich habe mir nur die Landschaft angesehen.«

Wir waren zeitig aufgebrochen. Leandra hatte Wasserschläuche gefunden und Sieglinde uns ein stärkendes Mahl bereitet.

»Wir haben nicht mehr viel Proviant«, sagte sie dann.

»Der Bär war doch groß genug.«

»Ja. Aber hier ist es wärmer, das Fleisch wird sich nicht lange halten. Ich werde heute Abend den Rest braten, ab dann gibt es Käse und Brot.«

»Besser als nichts«, sagte ich.

Wir gingen den größten Teil des Morgens schweigend. Ab und an teilte mir Poppet mit, wenn sie etwas sah, das von der Monotonie der Landschaft abwich. Hier ein verfallener Brunnen, dort die Ruinen eines Gehöfts.

Und die Straße, immer die Straße. Ich konnte mir nicht vorstellen, wie sie erbaut worden war. Sie war gerade wie ein Lineal und bestand aus Steinplatten, eine jede vier Schritt im Quadrat, drei nebeneinander gelegt. Sträucher und Gräser wuchsen in den Ritzen, teilweise war sie zugeweht, aber sie war immer unter unseren Füßen und erleichterte den Marsch beträchtlich.

»Wie wurden diese Straßen gebaut?«, fragte ich Sieglinde.

»Serafine weiß es nicht. Das war vor ihrer Zeit, nachdem Askannon die Reiche vereinigt hatte. Manche sagen, es sei mit Magie geschehen, andere behaupten, es seien Tausende von Arbeitern gewesen. Sie denkt, es war beides.«

»Was für einen Sinn hat es, solche Straßen zu bauen?«, fragte Zokora. »Sie führen ins Nirgendwo.«

»Sie verbanden die Reiche und erleichterten den Handel. Hier sinkt kein Wagenrad im Morast ein. Und die Truppen marschieren schneller.«

»Ich dachte, Askannon hätte seine Truppen mittels der Tore verlegt?«

»Nein. Das tat er nur selten. Serafine sagt, sie sei auf ihren eigenen Füßen durch das Reich marschiert.«

»Na, das tun wir jetzt ja auch«, bemerkte ich.

Später am Tag hielten wir an.

»Was ist?«, fragte ich.

»Wüste. Vor uns liegt Wüste. Die Straße ist ab und zu sichtbar, aber zum größten Teil von Dünen bedeckt.«

»Serafine sagt, hier sollte keine Wüste sein. Das Land war früher viel fruchtbarer.«

»Nun«, meinte ich, »Wüste oder nicht, wir müssen hindurch. Ist Serafine sicher, dass die Stadt an dieser Straße liegt?«

»Gasalabad? Ja, sie ist sich sicher.« Sieglinde zögerte. »Sie kommt aus diesem Reich. Sie wurde in Gasalabad geboren.«

»Vor siebenhundert Jahren«, sagte Janos. »Bis jetzt sieht es nicht aus, als wäre von diesem Alten Reich viel übrig.«

Wir gingen weiter. Sobald wir den Sand unter den Füßen spürten, wurde das Fortkommen immer schwieriger und anstrengender.

Als der Mittag nahte, wünschte ich mir einen magischen Eissturm; die Hitze war unerträglich. Die Riemen meines Rucksacks scheuerten, mein Kettenmantel wog zehnmal mehr als zuvor und schien zu glühen.

»Und das soll Winter sein? Ich möchte nicht wissen, wie es im Sommer ist«, schimpfte Janos leise.

Wir gingen weiter. Immer, wenn wir ein Stück auf der Straße gehen konnten, seufzte ich vor Erleichterung und verfluchte den Sand, wenn er unweigerlich wiederkam.

Am Spätnachmittag erreichten wir die Reste einer Ansiedlung. Poppet versuchte mir zu beschreiben, was sie sah, aber ihre Stimme war kaum zu verstehen. Zokora hatte ihr Wasser gegeben, aber wohl nicht genug. Natalyia war fast so groß wie Leandra, aber deutlich kräftiger gebaut. Zokora hatte ihr die gleiche Menge Wasser gegeben wie sich selbst. Ich schätzte, dass Natalyia die Hälfte mehr wog als Zokora.

Wir entschlossen, hier Rast zu machen. Als ich mir einen Mauerrest als Stütze suchte, hörte ich etwas, das ich niemals erwartet hätte: Zokora entschuldigte sich bei Poppet. »Ich trage die Verantwortung für dich, und es war mein Fehler. Hier, trink soviel du willst.«

Aber Poppet trank nur kurz.

»Ich weiß, warum ich nie mehr Fußsoldat werden wollte«, sagte Janos, als er sich neben mir in den Sand fallen ließ. »Ich bin zu schwer dafür.« Er nahm einen Schluck Wasser. »Ich verstehe nicht, wie die schwere Infanterie marschieren konnte. Diese

Platten wogen deutlich mehr als unsere Rüstungen, und Ausrüstung hatten sie auch dabei.«

»Wir sind wahrscheinlich allesamt verweichlicht«, sagte ich. »Bis auf Zokora. Ich lausche auf ihre Schritte, und sie hat nicht einmal den Rhythmus gewechselt.«

»Stimmt, ihre Füße berühren den Grund. Ist mir noch gar nicht aufgefallen«, meinte Janos. »Zokora, warum schwebst du nicht mehr?«

»Das Schweben ist ein Geschenk meiner Göttin«, antwortete die Dunkelelfe. »Dies ist nicht ihr Land. Eis, Fels und Schnee, ja. Aber nicht Sand.«

»Was mag das hier wohl mal gewesen sein?«, fragte Varosch. Ich hörte, wie er aufstand und in den Ruinen des Hauses, an dessen Mauer ich lehnte, rumorte.

»Was sucht er?«, fragte ich Poppet.

»Holz für das Abendmahl.«

»Ich denke, es war eine kleine Ansiedlung, eine Art Handelsposten. Vielleicht vierzig Häuser, noch nicht einmal eine Mauer«, sagte Janos. »Sieglinde wollte sehen, ob sie den Brunnen findet. Vielleicht führt er Wasser.«

»Unwahrscheinlich«, sagte ich.

»Es kann wirklich sein, dass sie Wasser findet«, sagte Leandra und ließ sich neben mir nieder. Die Mauer spendete etwas Schatten gegen die untergehende Sonne. Noch war mir warm, aber ich wusste, dass die Nacht kalt werden wurde.

»Wie das?«, fragte ich.

»Es ist oft so, dass Brunnen, die man für ausgetrocknet hielt und aufgab, sich irgendwann wieder mit Wasser füllen.«

»Ich hätte jetzt gern wieder ein Stück Eis«, meinte ich sehnsüchtig.

»Zokora, was ist Solante für eine Göttin?«, fragte Janos.

Die Dunkelelfe schwieg einen Moment. »Es ist schwer zu beschreiben, sie gehört zum dunklen Land und nicht zur Oberfläche. Verglichen mit unserer Welt ist selbst dieses Land fruchtbar. Dort drüben ist ein Baum. Du findest so etwas nicht bei uns. Dort, wo die Sonne nicht scheint, folgt das Leben ganz speziellen Regeln. Man erhält keine Gelegenheit, einen Fehler zweimal zu machen. Solante ist eine Göttin, die hilft, wenn man sich selbst hilft. Sie lehrt Disziplin und Loyalität. Es gibt nichts umsonst, und alles hat einen Wert. Und sie lehrt absoluten Gehorsam gegenüber den älteren Frauen.«

»Was ist mit den Männern?«, fragte Janos.

»Männer sind stärker als Frauen, aber nicht so widerstandsfähig. Solante schenkt uns vier Mädchen für einen Jungen. Damit die Rasse nicht ausstirbt, braucht sie fortpflanzungsfähige Männer, also werden Männer verhätschelt wie kleine Kinder. Deshalb haben wir so viele menschliche Sklaven, sie tun das, was eure Männer tun, sie ziehen an der Seite ihrer Herrinnen in den Kampf, arbeiten mit ihnen auf den Pilzhöfen ... all das.« Sie machte eine kleine Pause. »Solante ist es auch, die unsere Sklaven schützt. Loyalität wird belohnt. Ist ein Sklave loyal, kann er zu Ansehen gelangen. Er wird nur nie eine Stimme im Rat erkämpfen können.«

»Verstehe ich das richtig, die Männer werden geschützt, und Frauen gelten als entbehrlich?«, fragte Varosch leise.

Zokora lachte. »Ganz so ist es nicht. Ist eine Frau schwanger, ist sie heilig. Aber ein Mann kann in zwei Jahren Dutzende von Frauen schwängern, während eine Frau in der gleichen Zeit nur ein Kind gebären kann. Wenn überhaupt. Aber ansonsten, ist eine Arbeit gefährlich, so wird sie von Frauen verrichtet. Männer arbeiten gar nicht.«

»Und haben nichts zu sagen«, warf Janos trocken ein.

»Mancher Sklave ist höher geachtet als einer unserer Männer. Männer gelten bei uns als unnütz für alles außer dem einen.« Zokora lachte. »Als ich das erste Mal einen Mann sah, der Befehle gab, dachte ich, ich träume.«

»Ich hasse Sklaverei«, sagte Leandra. »Das ist es, womit ich bei Eurem Volk die größten Probleme habe.«

»Das mag sein. Aber ich glaube, das Wort hat in unserer Sprache andere Bedeutungen. Varosch ist mein Sklave.«

»Das ist er nicht!«, rief Janos empört.

»Lass sie aussprechen«, meinte Varosch ruhig. Er schleppte etwas heran und ließ es fallen. Es klang wie Holz.

»Er dient mir, kämpft an meiner Seite, teilt mein Lager und mein Essen. Wäre ich nicht schon schwanger, könnte er der Vater meiner Kinder werden. Ich vertraue ihm, und er vertraut mir. Dennoch nenne ich ihn Sklave, weil ich kein anderes Wort dafür kenne. Es gibt aber auch Sklaven in dem Sinne, wie ihr das Wort verwendet. Nur die fähigsten unter ihnen erreichen jemals einen Status wie den, den ich Varosch zugestehe. Die meisten von ihnen sind nicht besser als Vieh und werden auch so gesehen.«

»Das ist … gegen den Willen der Götter«, sagte Leandra.

»Ist es das? Thalak hat mehr Sklaven, als es Dunkelelfen gibt. Wo ist die Strafe der Götter für ihn?«

»Aber Sklaverei …«

»Leandra. Unsere Sklaven sind Sklaven, weil sie nicht für sich selbst denken können. Irgendetwas in unseren Höhlen tötet ihre Intelligenz nach der zweiten oder dritten Generation.«

»Dann müsst ihr sie lehren«, sagte Leandra.

»Das geht nicht. Wir haben es versucht. Meinst du nicht, sie wären nützlicher, wären sie wie die Menschen an der Oberfläche? Vielleicht wirst du mein Reich irgendwann einmal sehen, dann wirst du verstehen.« Sie holte Luft. »Meine Göttin lehrt Fleiß, Disziplin, Loyalität und Stärke. Sie lehrt, gute Dienste zu belohnen und schlechte zu bestrafen. Sie lehrt Strafe, in euren Augen fürchterliche Strafe, aber auch Vergebung und Heilung. Und ihr werdet sie nicht verstehen, bis ihr nicht in der Dunkelheit gelebt habt.« Sie trank einen Schluck. »Aber ich lerne und verstehe allmählich etwas von euch. Seit Jahrhunderten bereise ich die Oberfläche. Aber oft sah ich nur von außen zu und versuchte zu verstehen, was ich sah. Ich hätte es mir sparen können. Denn ich begann euch erst zu begreifen, nachdem ich euch getroffen und Rigurd mir Dinge verständlich gemacht hatte. Und vielleicht hat Havald recht mit seinen Hunden.«

Ich hörte, wie sie sich erhob und davonging.

»Haben wir sie beleidigt?«, fragte Janos leise.

»Ich glaube nicht«, sagte Leandra. »Dann hätte sie ihr Schwert in der Hand.«

»Es ist gar nicht so schwer, sie zu verstehen«, sagte Varosch. »Ihr müsst nur …«

»Varosch!«, rief Zokora. »Ich spreche für mich. Sprich du nur für dich.«

»Sie hat wirklich gute Ohren«, sagte Janos.

»Dann kann sie hören, was ich für mich sage. Sie ist eine bewundernswerte Frau.« Mit diesen Worten erhob sich Varosch und folgte Zokora.

Sieglinde kam zurück, ich hörte das Klatschen von nassen Wassersäcken.

»Ich habe Wasser gefunden«, sagte sie und setzte sich neben Janos.

»Gut«, sagte ich. »Wir haben unseren Wasserverbrauch deutlich unterschätzt. Ich habe heute mehr getrunken als sonst in drei Tagen.«

»Wir müssen lernen, sparsamer zu sein«, sagte Leandra.

An jenem Abend aßen wir uns noch einmal satt. Sieglinde briet die letzten Stücke Bärenfleisch, und wir legten uns zur Ruhe.

Der nächste Morgen begann damit, dass irgendein Insekt in Leandras Stiefel gekrochen war und sie stach, als sie mit dem Fuß hineinschlüpfte. Das Insekt war winzig klein, wie Poppet es mir beschrieb, es war rötlich und durchsichtig, hatte acht Beine und einen beweglichen Schwanz mit einem Stachel und Scheren wie ein Krebs. Leandras Fuß schwoll innerhalb weniger Minuten auf die Größe eines Wolfskopfes an. Zokora schnitt die Stichwunde auf und drückte und saugte das böse Blut heraus. Dennoch konnte sie nicht verhindern, dass Leandra in einen fiebrigen Traum fiel. Den ganzen Tag bangte ich um sie. Sie sprach in ihrem Fiebertraum, nannte mich Roderic, aber auch Havald, und weinte wie ein kleines Kind.

»Ich bin nicht ehrlos!«, rief sie einmal voller Zorn. »Es stimmt nicht, was er sagt! Er war es, der unehrenhaft handelte!«

Aber meistens verstand ich ihre gemurmelten Sätze nicht, ich wusste nur, dass sie litt. Erst am Abend fand ich Leandra wieder bei Bewusstsein, geschwächt von ihrem Kampf, aber am Leben. Dennoch verloren wir einen weiteren Tag, bis sie wieder genug bei Kräften war, um die Wanderung fortzusetzen, etwas, das ihr selbst am meisten zu schaffen machte.

»Wenn Ihr zusammenbrecht, dann wird es uns noch mehr behindern«, sagte Sieglinde, als sie ihr eine dicke Brühe fast aufdrängte.

»Es geht mir wieder gut«, behauptete Leandra.

Sieglinde lachte. »Macht einen Handstand.«

Sie konnte es nicht. Aber am Morgen des dritten Tages machte Leandra einen Handstand und fing wortlos an, ihre Ausrüstung zu packen. Mir erschien sie noch immer nicht gesundet, aber es war sinnlos, sie weiter aufhalten zu wollen. Seitdem achteten wir darauf, unsere Stiefel auszuklopfen, bevor wir sie anzogen, und oft genug hörte ich morgens die Geräusche, wenn wieder eines dieser Insekten totgeschlagen wurde.

Alle zwei Tagesreisen, so sagte uns Serafine, gab es entlang der imperialen Straßen Wegestationen. Als wir die nächste fanden, war es der Abend des vierten Tages seit dem Aufbruch vom letzten Tor.

Das Gebäude war besser erhalten als die Wegestation, an der wir das Tor verlassen hatten, aber auch dieses Gebäude schien nach Poppets Beschreibung seit Jahrhunderten verlassen. Der Sand hatte es mehrfach unter sich begraben und wieder freigegeben; kaum ein Raum, der nicht von Sand erfüllt war. Auch der Brunnenschacht war voller Sand, eine Nachricht, die mir ein fluchender Janos überbrachte.

Wir rasteten im ersten Stock des Wehrturms, dort wo im *Hammerkopf* Eberhards Familie wohnte. Seitdem unsere Füße Bessarein betreten hatten, hatten wir keinen Menschen gesehen, kein Vieh, nur verdorrte Pflanzen und Insekten.

Der Mensch gewöhnt sich an alles. Als mir am nächsten Morgen Poppet beim Ankleiden half, war ich seit fast einem Zehntag blind und dachte kaum mehr darüber nach.

Die Straße war häufiger unter Sand begraben, als sie sichtbar war, und es geschah auch einmal, dass wir sie vollständig aus den Augen verloren. Leandra jedoch behauptete, sie wisse, in welche Richtung wir gehen müssten, und so setzten wir unseren Marsch fort. Sie behielt recht, denn gegen Abend fanden wir die Straße wieder.

Wir hatten gerade unser Nachtlager aufgeschlagen, als ich plötzlich etwas hörte. Ich hob die Hand. »Still!«

Pferde. Ich hörte das Wiehern von Pferden und Stimmen. Menschliche Stimmen. Zokora brach auf, um die Lage zu erkunden. Sie war immer noch die Wendigste unter uns, und im Anschleichen übertraf sie niemand.

Wir warteten gespannt auf ihre Rückkehr.

Sie kam später zurück als erwartet, Varosch wollte sie schon suchen gehen und war kaum mehr aufzuhalten.

»Eine Gruppe von Nomaden«, erzählte Zokora.

»Ich schätze, es sind etwas über zwanzig. Etwa ein Dutzend Pferde und mehr als das Dreifache an seltsamen Tieren. Sie haben einen langen Hals, Buckel auf dem Rücken, spucken und sehen selten dämlich aus. Aber sie brauchen kein Wasser, denn die Pferde wurden verpflegt, diese anderen Tiere nicht.«

»Das sind Kamele«, sagte Sieglinde. »Serafine kennt sie, auch wenn sie früher eine Seltenheit waren. Sie brauchen auch Wasser, müssen aber seltener trinken.«

»Diese Nomaden haben Zelte aufgebaut, dunkle, niedrige Zelte. Sie tragen lange, hellgraue Umhänge, ich sah kaum Rüstungen, dafür aber viele Waffen. Speere, Kurzbögen und Schwerter, die auffällig gekrümmt sind. Diese ... Kamele ... sind schwer beladen. Zu einem guten Viertel mit Tierhäuten, die mit Wasser gefüllt sind, der Rest sind andere Waren. Sie haben sechs Wachen aufgestellt, drei weitere haben sich etwas vom Lager entfernt und unter Tüchern im Sand eingegraben. Eine gute Idee: Wird das Lager angegriffen, befinden sich diese drei im Rücken der Angreifer.«

»Fast die Hälfte der Leute sind auf Wache. Diese Gruppe erwartet Ärger«, sagte Janos.

»Ich sah vier Frauen. Drei tragen einen Schleier im Gesicht und sprechen nicht. Eine ältere Frau und zwei jüngere. Sie dienen dem Anführer. Die ältere kocht, und die beiden jungen Frauen machen Bettsport mit ihm. Die vierte weint. Sie wird bewacht.«

»Eine Gefangene?«, fragte Leandra.

»Mag sein. Sie machen Feuer mit einem merkwürdigen Brennmaterial. Es stinkt fürchterlich, scheint aber leicht zu sein. Ich weiß nicht, was es ist. Diese Leute sind auf jeden Fall sehr wachsam, und sechs der Pferde sind gesattelt geblieben. Jeder der Männer schleppt mehr Waffen mit sich herum, als sie tragen können, ohne Lärm zu machen, aber die Frauen sind unbewaffnet.« Zokora schien von dem Gedanken empört.

»Was meint ihr, sollen wir sie aufsuchen?«, fragte ich.

»Wir haben nicht mehr viel Wasser. Zokora, waren alle ihre Wasserschläuche gefüllt?«, fragte Leandra.

»Ja. Ich habe nur wenige leere Häute gesehen.«

»Dann kommen sie von einer Oase und wissen, wo es Wasser gibt.«

»Ihr Verhalten erscheint mir, als ob sie in dieser menschenleeren Gegend mit einem Zwischenfall rechnen. Sie haben viel Ladung dabei und sind alle bewaffnet. Vielleicht ein Händler und seine Wachen?«, mutmaßte Janos.

»Ich glaube nicht«, sagte Zokora. »Sie sehen mir alle aus wie Kämpfer. Zwei stritten sich, und der ältere Mann ging dazwischen und schlug einem der Männer mit einer Peitsche ins Gesicht. So verhält sich doch kein Händler.«

»Nicht, wenn er leben will«, murmelte Janos.

»Also, was denkt ihr?«, fragte ich die anderen.

»Wir brauchen höchstens noch vier Tage bis Gasalabad. Kein Risiko«, sagte Sieglinde.

»Wir kennen uns hier nicht aus. Ich neige eher zur Vorsicht«, stimmte Varosch ihr zu.

»Wir können ihren Spuren folgen, und die führen uns dann zu dem Wasserloch«, meinte Leandra. »Wir sollten uns fernhalten.«

Das war die überwiegende Meinung. Zokora bot sich an, das Lager zu beobachten, aber ich entschied mich dagegen. Allerdings kochten wir diese Nacht nicht und stellten ebenfalls Wachen auf.

Die Nacht verlief ruhig. Als Zokora am nächsten Morgen den Lagerplatz aufsuchte, war die Karawane bereits wieder aufgebrochen.

»Die Spur ist deutlich zu erkennen. Aber sie führt nicht in unsere Richtung«, sagte Leandra.

»Wir können versuchen, diese Oase zu finden, oder weiter zur Stadt reisen.«

»Zokora, du sagtest, dass die Wasserhäute frisch gefüllt wirkten.«

»Ja.«

»Wieviel Wasser haben wir noch?«, fragte ich Leandra.

»Genug für sechs Tage … wenn wir sparsam sind.«

»Also genug, um einen Tag zu opfern, die Oase zu finden und dennoch die Stadt zu erreichen, wenn uns das nicht gelingt.« Ich überlegte kurz. »Wir folgen ihrer Spur.«

Als wir aufbrachen, bat ich Poppet, mir den Himmel zu beschreiben. »Wolkenlos und blau«, war die Antwort. Ich nickte dankend. Lang anhaltendes gutes Wetter machte mich immer misstrauisch.

Wir waren erst drei Stunden unterwegs, als Poppet mir etwas anderes berichtete. »Ich sehe einen Schwarm Vögel. Sie kreisen über einer Stelle.«

Ich berührte Seelenreißer. Natürlich war es sinnlos. Sand war aus irgendwelchen Gründen für ihn leichter zu sehen als Eis oder Stein, und so schien es mir, als ob ich über einen sehr schwach schimmernden Boden ging, aber natürlich war es mir nicht möglich, die Vögel wahrzunehmen. Seelenreißers Sicht reichte vielleicht zehn Schritt in alle Richtungen.

»Ich glaube, kreisende Vögel bedeuten hier nichts anderes als bei uns zu Hause«, sagte Leandra leise.

»Ja. Sie sind immer ein schlechtes Omen«, pflichtete Janos ihr bei.

»Varosch, geh voraus und schau, was da los ist. Aber sei vorsichtig und lass dich nicht entdecken.«

Varosch eilte davon.

»Ich habe einmal einen Vogelschwarm gesehen, ohne dass der Grund dafür ein übler war«, sagte Janos. »Ein Bauer hatte seine Kirschernte zum Markt bringen wollen. Die Achse seines Karrens brach, und als der Karren zur Seite kippte, verlor er seine ganze Ladung. Ich glaube, jeder Vogel der Reiche war zugegen und spielte sein Spiel mit dem Bauern. Der Kerl wedelte mit den Armen, schrie und stampfte, aber jedesmal wenn er einen Vogel vertrieb, stahlen fünf andere seine Ernte.« Er lachte trocken. »Mir wäre es lieb, eine solche Erklärung zu finden.«

»Raben sind es nicht«, sagte Leandra. »Die hier sind größer und fliegen anders.«

»Geier«, sagte Sieglinde. »Serafine sagt, es sind Aasfresser.«

Schweigend gingen wir weiter, bis Varosch zurückkam.

»Wir haben die Oase gefunden. Aber sie wird uns nichts nützen«, sagte er. »Es liegen Leichen im Wasser.«

»Götter«, entfuhr es mir. »Wasser, so sagte Kennard, ist hier heilig.«

»Kann ich verstehen«, meinte Janos. »Bei dem Durst, den man hier entwickelt.«

»Was habt Ihr gefunden?«, fragte Leandra.

»Ein überfallenes Lager. Ihr seht es gleich selbst, es ist hinter der nächsten Düne.«

16. Das Kind im Sand

»Ich sehe einen kleinen Teich, vielleicht zehn Schritt lang und an der breitesten Stelle zwei Schritt breit. Seltsame Bäume, lang und rank, mit einer Krone aus großen Blättern an der Spitze, etwas Schilfgras um den Teich herum. Ich sehe vier tote Tiere, drei dieser Kamele und ein totes Pferd, und etwa zehn tote Männer. Von uns aus zur Linken war das Lager, drei Zelte sind niedergerissen worden, zwei stehen noch. Ein paar zerstörte Kisten liegen weiter hinten, dort waren Tiere angebunden, die Pflöcke und Seile sind noch da. Zwei weitere Leichen liegen zur Rechten, sie sind an Stöcken auf den Sand gespannt worden, drei Leichen im Wasser. Sie wurden nachts überfallen, ich sehe Bettrollen und Schlaflager. Zuerst wurde eine Salve Pfeile abgeschossen, dann ritten die Angreifer in das Lager und verwendeten ihre Schwerter. Ich denke, alle Leichen sind Verteidiger. Wenn ein Angreifer sein Leben ließ, haben sie ihn mitgenommen.«

»Danke, Poppet«, sagte ich. Ich hatte die Hand an Seelenreißer, als ich das Lager betrat, aber wie üblich konnte er Tote kaum wahrnehmen. Sie interessierten ihn nicht. Aber ich konnte das Blut riechen, jedes Schlachtfeld roch so. Noch etwas hatte dieser Ort mit anderen Schlachtfeldern gemein, die ich kannte: die fast unnatürliche Stille.

»Die Leute hier tragen auch diese seltsamen langen Umhänge«, sagte Varosch leise. »Ich glaube, das sollten wir bald auch übernehmen.« Ich sah durch Seelenreißer, wie er sich bückte und etwas aufhob. »Diese Mütze mit dem hellen Leinentuch schützt vor der Sonne. Auf jeden Fall besser als eine Kettenhaube oder ein Helm.«

»Der wiederum schützt zwar nicht vor der Sonne, ist aber sonst ganz gut für andere Dinge«, meinte Janos lachend. Seine Laune wurde durch einen Toten mehr oder weniger wohl nicht getrübt. Räuberhauptmann oder nicht, Janos war ein harter Mann. Außer wenn er mit Sieglinde zusammen war.

Mich jedoch bedrückte der Tod dieser Unbekannten. Bessarein, das erste der sieben Königreiche – und das Erste, was wir davon sahen, waren Ruinen, Mörder und jetzt ihre Opfer. Das sah mir nicht nach einem reichen und mächtigen Land aus, das bereit wäre, uns zu helfen. Wir waren vor einem Krieg geflohen, um Hilfe zu suchen, und nun das. Befand sich dieses Land auch im Krieg? Mit solch trüben Gedanken wanderte ich durch das Lager.

Dann sah ich den Umriss am Boden, besser *im* Boden. Ich eilte dorthin, mein Fuß verfing sich in einer Zeltschnur, und ich fiel. Unter meinen Händen fühlte ich Stoff, eines der niedergetrampelten Zelte, von denen Poppet gesprochen hatte.

»Hierher!«, rief ich. »Schnell, hier lebt noch etwas!«

Ich zerrte an dem Stoff, versuchte ihn zur Seite zu ziehen, dann waren die anderen da und halfen. Die Reste des Zelts wurden zur Seite gerissen.

»Janos gräbt. Es ist nicht tief, er hat eine Lederplane gefunden«, berichtete Poppet. »Er zieht sie zurück ... Es ist ein Kind. Ein Säugling. Es sieht aus, als ob er tot wäre.«

»Nein, das Kind lebt«, sagte ich und verschloss mich gegen Seelenreißers Gier nach diesem jungen Leben.

»Havald hat recht«, rief Leandra, die sich neben Janos kniete und den Säugling vorsichtig aus seinem Grab hob. »Aber es schläft sehr tief.«

Zokora kniete sich neben Leandra und roch an dem Kind. »Es wurde betäubt, damit es nicht schreit und wenig Luft braucht. Solantes Gnade mit der Mutter.«

»Ich kann keine weibliche Leiche finden«, sagte Varosch. »Nur Männer.«

»Das kann nicht sein«, sagte Leandra. »Das Kind wird noch gestillt. Niemand nimmt ein Kind dieses Alters allein mit auf Reisen.«

»Dann wurde die Mutter entführt«, sagte Zokora. »Aber sie konnte das Kind noch verstecken.« Und selbst in Seelenreißers Sicht erschien sie mir seltsam weich, als sie das Kind musterte.

»Vielleicht hatten sie eine Ziege«, grübelte Janos. Er erhob sich, und ich sah, wie er sich suchend umdrehte.

»Es ist in gutes Tuch und Seide eingewickelt«, stellte Leandra fest. »Es trägt eine Kette um den Hals, zu groß für einen Säugling, eine Kette für eine erwachsene Frau. Es gibt ein Symbol aus Gold.«

»Wahrscheinlich ein Haussymbol. Vielleicht findet sich bei einem der anderen ein Hinweis. Untersucht auch die Tücher«, meinte Zokora. Sie hielt Leandra die Arme entgegen, und sorgfältig legte meine Liebste das Kind in die Hände der Dunkelelfe. Es hätte befremdlich wirken sollen, Zokora mit einem Säugling, aber das tat es nicht. Sie fing an, das Kind zu wiegen, und Poppet meinte leise, sie hätte nie einen zärtlicheren Ausdruck auf ihrem Gesicht gesehen. »Auf jeden Fall ist es kein gewöhnliches Kind.«

»Hier ist noch etwas«, sagte Leandra leise. »Eine Hand voll Kugeln aus einem seltsamen Material, ich habe so etwas schon einmal gesehen, aber mir fällt der Name nicht ein.«

Janos trat an sie heran. »Bernstein. Üblicherweise, oder jedenfalls bei uns, ist er von großem Wert. Die Kleine hat ihre Mitgift dabei.«

»Es ist ein Mädchen?«, fragte ich.

»Ja. Es ist ein Mädchen.« Zokora hob das Kind an, und Leandra wickelte es vorsichtig aus den Tüchern. »Es scheint mir gesund, nur tief im Schlaf.«

»Was ist das?«, fragte Janos und bückte sich. »Das ist eben herausgefallen.« Er musterte das, was er in der Hand hielt. »Ein Streifen aus dem feinsten Papier, das ich jemals in der Hand hielt«, sagte er dann. »Es steht etwas darauf, aber ich kann es nicht lesen.«

»Zeig her«, sagte Sieglinde. Sie streckte die Hand aus. »Ihr Name ist Faraisa aus dem Haus des Baums«, las sie.

»Wieso kann ich das nicht lesen?«, fragte Janos. »Ich dachte, das Imperium hätte überall dieselbe Schrift.«

»Ja«, antwortete Sieglinde. Sie trat an das Baby heran und strich mit der Hand über dessen Kopf. »Aber jedes Königreich hatte auch seine eigene Sprache. Faraisa bedeutet *Die Leuchtende*.«

»Was machen wir jetzt, Havald?«, fragte Varosch leise. »Begraben wir die Toten?«

Ich schüttelte den Kopf. »Wir entfernen die Leichen aus dem Wasser. Sieglinde, du kennst die Schrift?«

»Ja, genauer gesagt, Serafine kennt sie.«

»Dann mach ein Zeichen für verseuchtes Wasser. Ich bin sicher, es gibt eines. War sonst noch etwas bei den Leichen zu finden, Janos?«

»Nein, sie wurden geplündert. Jedem wurde die Kehle durchgeschnitten, die Angreifer wollten sichergehen, dass es keine Überlebenden gibt.«

»Einige Leichen sind teilweise entkleidet«, teilte mir Poppet mit. »Das, was sie noch anhaben, ist aus kostbarem Stoff.«

»Reiche oder Adlige.«

»Adlige«, sagte Zokora. Sie wickelte das Kind wieder sorgfältig in seine Tücher und reichte es Leandra zurück. »Ihr Menschen tragt gern Ringe als Zeichen eures Werts. Unpraktisch, man kann irgendwo hängen bleiben. Eine Tätowierung ist besser, sie kann auch nicht gestohlen werden.« Sie kniete sich neben einen der Toten und fing an, ihn zu durchsuchen.

»Worauf wollt Ihr hinaus?«, fragte ich.

»Dieser Mann hier ist der Älteste. Ihm wurden an der linken Hand drei Finger abgetrennt, die Finger liegen hier im Sand. Er trug wohl kostbare Ringe.«

»Oder zumindest wichtige. Siegelringe vielleicht«, spekulierte Janos.

Ich wandte mich an Leandra. »Wird Faraisa überleben?«

»Ich hoffe es. Wir können ihr keine Milch geben, nur Wasser. Wenn wir Gasalabad bald erreichen und eine Amme finden, dann schon. Dauert es länger ...« Sie zögerte. »Ich kenne mich mit Kindern nicht aus, ich weiß nicht, wie lange sie ohne Milch überleben.«

»Zokora«, fragte ich vorsichtig. »Habt Ihr vielleicht ...«

Ich konnte gerade so erkennen, wie sie den Kopf schüttelte. »Ich bin noch lange nicht so weit«, sagte sie dann mit überraschend sanfter Stimme.

»Dann sollten wir uns beeilen. Lasst uns aufbrechen«, sagte ich.

Im Stillen bat ich Soltar um Gnade für die Seelen der Gefallenen. Uns fehlten die Zeit und das Wasser, sie zu begraben, ich konnte nur hoffen, dass sie ihre Ruhe fanden.

»Ich habe noch etwas gefunden«, sagte Zokora. »Es lag unter dem alten Mann.« Sie kam zu mir und reichte mir einen Dolch. Meine Finger glitten über ein reich verziertes Heft und eine leicht gekrümmte Klinge. »Sind das Edelsteine?«

»Farbige Steine, ja«, sagte Zokora.

»Rubine und Smaragde«, sagte Janos. »Und ein Symbol auf dem Heft, wie das an der Kette des Säuglings.«

»Ihr Vater oder vielleicht auch Großvater«, sagte Sieglinde. »Gibt es eine Möglichkeit, die Karawane noch einzuholen?«

Ich schüttelte den Kopf. »Nein. Sie ziehen nicht in unsere Richtung und sind beritten. Wenn wir es nicht schaffen, sie einzuholen, stehen wir ohne Wasser da. Und zu Fuß ... Ich habe mich dagegen entschieden.«

»Aber eine der jungen Frauen muss die Mutter sein«, sagte Sieglinde. Ich trat an Leandra heran und strich Faraisa leicht über das Gesicht. Ihre Haut war warm und samten. Sie roch, wie nur Säuglinge riechen konnten, ein neues Leben inmitten all dieser Toten. In diesem Moment schwor ich mir, dass Faraisa leben würde.

»Ich weiß«, sagte ich. Ich hob den Kopf und blickte aus blinden Augen in Richtung der anderen. »Ich glaube, jeder von uns möchte die Verbrecher zur Rechenschaft ziehen. Aber wir können es nicht. Wir sind fremd hier, und wir können nur versuchen, Gasalabad zu erreichen. Und zwar so zeitig, dass Faraisa überlebt.«

»Mit der Gnade der Götter wird uns das auch gelingen«, sagte Varosch. Der Tonfall seiner Stimme war bitter, und die Art, wie er stand, verriet mir, dass er gern gegen meine Entscheidung protestiert hätte. Aber ohne Reittiere war es sinnlos. »Boron«, sagte Varosch dann leise. »Dein Diener bezeugt ein Verbrechen und erhebt Anklage.«

Ich sagte nichts, aber mir lief es kalt den Rücken herunter. Ich wusste nicht, ob es in Bessarein einen Tempel des Boron gab, aber falls dem so war, wollte ich nicht in der Haut der Verbrecher stecken.

Wir waren schon wieder auf dem Rückweg, als mir etwas einfiel. »Sagt, Zokora, wie gut habt Ihr die Gesichter der Leute in der Karawane gesehen?«

»Gut.«

»Könnt Ihr sie beschreiben?«

»Ja. Der Anführer war groß und hager, buschige Augenbrauen, verwitterte Haut, kurzer grauer Bart und ...«

»Haltet ein. Ich frage, weil es oft in Städten Zeichner gibt, die für ein paar Kupferstücke Bilder fertigen. Ich wollte nur wissen, ob Ihr sie gut genug dafür beschreiben könnt. Werdet Ihr die Gesichter vergessen?«

»Havald. Ich bin sechshundertsiebzig Jahre alt, und ich kann dir beschreiben, wie der erste Mensch aussah, den ich jemals gesehen habe.«

»Das beruhigt mich.«

»Da wäre ich nicht so sicher. Er trug ein schmutziges Fell, hatte verfilzte Haare, ging gebückt, schwang eine Steinkeule, bohrte mit dreckigen Fingernägeln in der Nase und aß das, was er dort fand. Einer deiner Vorfahren, ganz gewiss. Es gibt eine Ähnlichkeit in der Augenpartie.«

»Danke, Zokora«, sagte ich hoheitsvoll.

»Es war mir ein Vergnügen«, sagte sie, und ich war mir sicher, ein Lächeln in ihrer Stimme zu hören.

Ein paar Stunden später wachte Faraisa auf und tat das, was Säuglinge am besten können. Sie fing an zu schreien. Alle Versuche, sie zu beruhigen, schlugen fehl. Sieglinde sagte, sie kenne sich mit kleinen Kindern aus – sie hatte eine wesentlich jüngere Schwester –, und versuchte es mit allen Mitteln. Ein geknotetes Tuch, mit Wasser getränkt, brachte den größten Erfolg, das Kind nuckelte daran und schrie nicht mehr, sondern weinte nur leise und herzerweichend und das ohne Unterlass.

Als wir am Abend rasteten, fand ich mich in deutlicher Entfernung vom Lager wieder, meine Pfeife in der Hand, und bat die Götter um Geduld. Ich hörte Schritte hinter mir, mittlerweile konnte ich die Geräusche unterscheiden: Janos und Varosch.

»Es geht einem ganz schön an die Nieren«, sagte Janos.

»Dass sie nicht wenigstens einmal aufhört«, seufzte Varosch. »Nur für einen kleinen Moment, um in Ruhe dreimal atmen zu können! Sie verausgabt sich vollständig dabei, weint und weint und weint. Wo nimmt sie die Kraft her?«

»Ich glaube, Kinder sind so.«

»Ich weiß, ich habe selbst jüngere Geschwister.« Varosch ließ sich neben mir in den Sand fallen.

»Ich weiß nur, dass ihre Mutter alles tun würde, um zu ihr zurückzukehren. Dieses Weinen … Das Kind ist gewohnt, dass man sich um es kümmert«, sagte Janos leise. »Kannst du dir vorstellen, dein eigenes Kind zu betäuben und im Sand zu vergraben?«

»Nein. Sie muss verzweifelt gewesen sein«, sagte ich. Allein der Gedanke ließ mich schaudern.

»Vielleicht dachte sie, das Kind wäre tot besser dran?« Varosch klang nicht so, als ob er das selbst glaubte.

»Und gibt ihr Bernstein mit ins Grab? Nein. Es war ein Bestechungsversuch für diejenigen, die das Kind finden. Ich möchte wetten, dass sie ununterbrochen für ihr Kind betet, seitdem sie entführt wurde. Es steckt mir quer im Hals, dass wir nichts tun konnten.« Janos sprach leise, aber in seiner Stimme hörte ich einen fragenden Unterton.

»Ich konnte keine andere Entscheidung treffen«, erklärte ich und zog an meiner Pfeife. Ich hatte versucht, mir mit meinen Fingern ein Bild von Faraisa zu machen, aber es war mir nicht gelungen. Nur das Gefühl von samtiger Haut blieb zurück.

»Ihre Gebete wurden erhört. Es ist ein Beweis für das Wirken der Götter. Denkt darüber nach, wie gering die Wahrscheinlichkeit war, dass wir sie fanden«, sagte Varosch leise. »Es heißt oft, dass die Götter daneben stehen und nichts tun, wenn der Mensch in Not ist«, fuhr er fort. »Aber manchmal denke ich mir, dass wir nur nicht sehen, was sie für uns tun, dass sie das Wohl vieler bedenken müssen, wenn sie die Not einzelner zulassen.«

»Na, im Moment lassen sie die Not vieler zu«, sagte Janos. »Ich habe die Armeen von Thalak nie gesehen, aber in meinen Gedanken stelle ich sie mir als einen endlosen schwarzen Wurm vor, der mit tausend Füßen unsere Reiche in den Staub trampelt. Und manchmal träume ich, dass sich unsere Toten aus dem Staub erheben und mit diesen Armeen in einen Tritt fallen.«

»An Euren Träumen ist leider etwas Wahres dran«, sagte ich leise. »Leandra berichtete mir, dass man Tote über die Stadtmauer von Kelar warf und finstere Magie sie dann wiederbelebte.«

»Nekromantie.« Varosch klang entsetzt. »Es gibt keine Wissenschaft, die verbotener ist als diese, keine, die mehr gegen den Willen der Götter verstößt! Wie kann jemand es wagen, sich so offen gegen die Götter aufzulehnen?«

»Zwei Möglichkeiten«, antwortete ich. »Entweder derjenige glaubt nicht an Götter, oder er hält sich für mächtiger als sie. Nein, drei. Er glaubt, er wäre selbst ein Gott. Ich hörte ein Gerücht, dass die Menschen in Thalak ihn anbeten müssen.«

In der Ferne vernahm ich, wie Faraisa schrie.

»Das Schicksal der Reiche ist etwas, das wir nur schwer beeinflussen können«, sagte Janos. »Auch wenn wir es gerade versuchen. Aber es sollte in unserer Macht stehen, das Schicksal eines Kindes zum Besseren zu wenden. Was wollt Ihr mit Faraisa tun?«

Ich zog nachdenklich an meiner Pfeife. »Ich weiß es noch nicht. Das kommt darauf an, was wir in Gasalabad finden. Wir haben ihr Haussymbol. Vielleicht kennt man in der Stadt ihre Familie und wir finden Verwandte. Vielleicht ein Tempel? Wir haben Gold, und zusammen mit der Mitgift aus Bernstein sollte es für eine Tempelerziehung reichen.«

»Behalten können wir sie nicht«, sagte Varosch. »Obwohl ich das Gefühl habe, Zokora würde es gern. Sie hat dem Kind den Dolch ihres Vaters in den Korb gelegt.«

Ich lachte. »Das wundert mich nicht.«

Eine Weile saßen wir so da, lauschten dem Wind, der die Dünen knistern ließ, und dem fernen Weinen eines Säuglings. Irgendwann standen wir auf und gingen zum Lager zurück.

In dieser Nacht hinderte mich Faraisas Weinen am Schlafen; als es endlich aufhörte, fragte ich mich noch, ob sie nun auch schlief, oder ob es einen anderen Grund für ihr Schweigen gab, aber ich kam nicht dazu, darüber nachzudenken. Der Schlaf holte mich, und ich war dankbar dafür.

17. Ein gastliches Haus

Diese Nacht hatten wir im Freien verbracht, ohne Schutz außer einer Zeltplane. Der Morgen begrüßte mich mit dem Prasseln von Sand, der gegen meine Plane getrieben wurde. Sand fand sich auch in Ohren, Mund und Nase, über Nacht war Wind aufgekommen.

»Die Sonne blutet«, teilte mir Poppet mit. »Ich sehe ein dunkles, braunrotes Band am Himmel, fast scheint es, als ob sich Finger in unsere Richtung strecken.«

»Ein Sturm zieht auf«, meinte Leandra neben mir. Zurzeit trug Sieglinde Faraisa.

»Ein Sturm? Ich kann Regen nur willkommen heißen«, sagte Janos. »Damit werde ich endlich diesen verdammten Sand los. Es ist kaum zu glauben, wohin er überall seinen Weg findet.«

»Ich glaube nicht, dass es regnen wird«, sagte ich leise. »Gewitterwolken sind nicht braunrot.«

»Was sollen diese Wolken tragen, wenn nicht Regen?«, fragte Janos.

»Sand«, kam es von Sieglinde. »Wir müssen uns beeilen! Ich hoffe, dass wir nahe genug an der nächsten Wegestation sind, um sie rechtzeitig zu erreichen.«

»Sand?«, fragte Janos ungläubig. »Wie soll Sand in die Wolken kommen? Ich meine, ich habe auch keine Ahnung, wie das Wasser da hineinkommt, aber Sand?«

»Glaub mir, es ist Sand«, sagte Sieglinde. »Und wenn wir keinen Schutz finden, wird es schwierig.«

»Gut.« Ich sammelte meine Ausrüstung ein. »Dann lasst uns keine weitere Zeit verschwenden.«

»Kein Frühstück?«, rief Janos empört. »Ich soll mit leerem Magen marschieren?«

»Versuch es mit den Füßen«, rief Zokora ihm zu. »Es geht sich besser so.«

»Täusche ich mich, oder versucht sich Zokora hin und wieder an Humor?«, fragte mich Leandra etwas später. Wir hatten uns Tücher um den Kopf gewickelt, und ihre Stimme klang gedämpft. Aber die Tücher schützten uns vor dem Sand, der immer wieder vom Wind aufgetrieben wurde.

»Entweder das oder sie meint alles, was sie sagt, ernst«, antwortete ich ihr.

»Ich weiß nicht, was mich mehr ängstigt«, sagte sie dann mit einem leisen Lachen. »Das eine oder das andere.«

Mir kam ein Gedanke. »Poppet?«

»Ja.«

»Dein Talent ist Stein. Sand ist nichts anderes als geriebener Stein, kannst du etwas tun?«

»Nein. Stein ist Stein, und Sand ist Sand. Und mein Talent ist nur gewachsener Stein. Ziegelstein oder auch eine Mauer aus Fachwerk verwehrt sich meinem Talent.«

Ich blieb stehen. »Seit wann bist du frei?«

»Wie meint Ihr das, Havald?«

»Seit einigen Tagen werden deine Antworten umfangreicher, und du beantwortest auch Fragen, die ich nicht direkt stelle.«

Sie seufzte. »Ich war unachtsam seit der Bärenhöhle. Sie sagte es Euch doch: Ich diene ihr freiwillig.«

»Natalyia, Ihr …«

»Nein, Ser Havald. Poppet. Ich bin Poppet. So ist es besser, glaubt mir. Die anderen vertrauen Poppet, aber nicht Natalyia.«

»Aber …«

»Ser Havald. Vertrauen muss verdient werden, nicht wahr?«

Ich nickte. »Ich danke dir für die Hilfe in den letzten Tagen, Poppet.«

Sie entgegnete nichts.

»Ich sehe etwas!«, rief Varosch von vorn. Er war kaum zu verstehen, der Sand in der Luft verschluckte Geräusche und prasselte gegen das Tuch um meinen Kopf. Ich hatte die Hand auf Poppets Schulter, und wir fingen an zu laufen.

In den letzten Stunden hatte der Wind immer weiter aufgefrischt. Jede ungeschützte Stelle war nun schon wundgerieben von dem ewigen Sand. Sieglinde hatte das Baby unter ihren Umhang gebunden und aus dem leichtesten Tuch, das wir besaßen – das Seidentuch, in das Faraisa eingewickelt gewesen war –, eine Art Zelt konstruiert, in dem das Kind atmen konnte.

»Da vorn!«, rief Varosch.

»Es sieht aus wie eine Wegestation«, keuchte Poppet neben mir. »Ich bin mir nicht sicher, aber sie scheint nicht zerfallen. Ich sehe Bäume, vom Wind gebeugt, aber nicht verdorrt. Es gibt noch Wasser hier.«

Wir rannten, und ich war selbst erstaunt, dass ich nicht fiel. Aber als wir die Wegestation erreichten, fanden wir das Tor vor uns verschlossen. Janos hämmerte gegen das Holz, aber es war sinnlos, der Wind übertönte jedes Geräusch.

»Helft mir hoch!«, rief Varosch, und Janos und ich hoben ihn an und warfen ihn mit vereinten Kräften hoch, sodass er den oberen Rand des Tores erreichte und sich hochzog. Dennoch dauerte es einen Moment, bis sich das Tor öffnete.

Als wir uns durch das Tor zwängten und es dann mit vereinten Kräften wieder gegen den Wind schlossen, kam es uns vor, als wären wir wieder im *Hammerkopf*, diese Wegestation entsprach fast exakt dem Bauplan. Und sie war bewohnt, denn im Stall hörte ich Tiere, und am Brunnenhäuschen in der Mitte des Hofs stand ein Eimer mit einem Seil, der Brunnen selbst war sorgsam mit einer großen Holzplatte gegen den Sand verschlossen.

Ohne Zögern wandten wir uns nach links, dort befand sich das Haupthaus. Knappe zehn Schritte brachten uns zu einer intakten, aber verschlossenen Tür, und Varosch hämmerte dagegen. Diesmal wurde er gehört, und die Tür ging auf.

Mit Seelenreißers Sicht konnte ich kaum mehr erkennen, als dass es ein Mann war, der uns da geöffnet hatte, fast so groß wie ich, aber breiter in den Schultern.

Wind und Sand fegten mit uns in den Raum hinein, dann ebbten sie ab, als die Tür mit vereinten Kräften geschlossen wurde.

Ein kleinerer Mann eilte auf uns zu. »Willkommen, Esseri, willkommen! Ich bin Fahrd, Sohn des Ashmal, Sohn des Jimard. Ich heiße euch in meinem Heim willkommen, so bescheiden es auch sein mag. Den Segen der Götter für euch, Wanderer, und sie seien gepriesen, dass sie euch den Weg hierher zeigten, in einer solchen Nacht. Dies ist Zolam, mein nichtswürdiger Diener, und er wird euch auch zu Diensten sein … so ihr die Münze habt, um zu bezahlen! Es würde mir das Herz brechen und sicherlich auch Zolam, dumm wie er ist, müssten wir euch wieder in den Sturm hinausschicken.« Ich konnte Fahrd gut verstehen, auch wenn seine Aussprache seltsam klang.

»Wir haben Geld«, sagte Janos.

»Den Göttern sei Dank, dass ich nicht gezwungen bin, euch mein Haus zu verwehren, so ungastlich zu sein! Und auch Zolam ist sicherlich erleichtert, euch mit frischen Datteln bewirten zu können und nicht seinen Knüppel zu benutzen. Kommt herein, setzt euch, ein Tee wird euch sogleich gebracht!«

Er klatschte in die Hände, und ich sah andere Umrisse heraneilen, die kleiner und zierlicher waren: junge Mädchen.

»Setzt euch hierher. O Götter, wie haben sie euch gestraft! Eure Augen sind blind? Sahen sie zu viel der Wunder der Schöpfung … Setzt euch … Meine Mädchen werden euch die Füße waschen, und eine Pfeife besten Tabaks wartet, euch zu entspannen. Die beste Küche Bessareins habt ihr in diesem Hause gefunden, wartet noch ein wenig, und eure Gaumen werden ungeahnte Wonnen verspüren. Ich habe auch Zimmer für euch, sauber und rein. Ihr habt Geld, aber habt ihr genügend Geld, oder zwingt ihr mich, euch blutenden Herzens im Stall einzuquartieren?«

»Wir haben Geld«, sagte Janos erneut, ich hörte einen gewissen gereizten Unterton in seiner Stimme.

»Gut, gut!«, rief Fahrd. »Die Götter lächeln in der Tat auf euch herab. Zolam hier ist kaum zu gebrauchen, er ist dümmer als ein Ochse, aber weitaus stärker, und hier zeigt sich, dass er doch zu etwas nütze ist, er wird euer Gepäck auf eure Zimmer bringen, das vermag er gerade noch zu tun. Die besten Zimmer für diese Herrschaften, Zolam, und beeile dich! Siehst du nicht, wie müde unsere hochgestellten Gäste sind?«

Ich fand mich irgendwie auf einer Bank wieder, und zarte Hände lösten die Riemen meiner Stiefel. Ich hörte leichtes Kichern unter dem Tisch, als sie an meinen Stiefeln zerrten; die Mädchen kannten solches Schuhwerk nicht.

»Ich weiß nicht, ob das eine gute Idee ist«, murmelte Janos neben mir. »Bedenkt, wie lange wir die Stiefel tragen.«

»Das ist mir egal«, hörte ich Sieglindes Stimme. »Meine Füße sind wund, und nicht nur sie könnten ein Bad vertragen.«

Aber dann übertönte Fahrd sie wieder, und ich fragte mich, wie lange es dauern würde, bis meine Ohren so wund waren wie meine Füße.

»Die Götter fügen es, dass in meinem Keller der beste Wein der ganzen Reiche lagert. Habt ihr Gold, so kann ich euren Gaumen mit jeder Köstlichkeit erfrischen! Nennt mir nur den Wein, den ihr haben wollt, ich werde ihn sofort bringen lassen und euch eigenhändig kredenzen. Es gibt auch köstliches Wasser hier, denn meine Brunnen sind tief, das Wasser rein und klar, und die Götter verbieten, einen Preis für Wasser zu verlangen, so kann ich euch auch aus reiner Liebe zu meinem Nächsten das beste Wasser geben, das ihr jemals getrunken habt! Es ist wie Nektar aus dem tiefen Schoß der Erde, und manch einer schwört, dass mein Wasser besser ist als der süßeste Wein.« Endlich holte Fahrd einmal Luft. »Und noch mehr wartet auf euch, ihr edlen Reisenden. Ich habe Honigwein, der Honig gesammelt von Jungfrauen im Garten eines fernen Palastes, gegorene Milch oder Trauben. Nennt mir euren Herzenswunsch und ich …«

»Wirt«, hörte ich Zokoras Stimme. Sie klang frostig. »Warme Milch!«

»... werde mich persönlich darum kümmern, dass euch jeder Wunsch von den Augen abgelesen wird. Niemand soll das Haus von Fahrd verlassen und unglücklich gehen. Niemals wird ...«

»Warme Milch.«

» ... ein Gast es erleben, dass ihm ein Wunsch abgeschlagen wird ...«

»Fahrd, Sohn des Ashmal. Bring uns warme Milch«, sagte ich, und der Redestrom versiegte.

»Sofort!«, rief Fahrd entzückt und klatschte in die Hände. »Warme Milch für die Konkubinen, sie wird geschwind gebracht! Aber, so unangenehm es mir ist, es bricht mir fast das Herz, danach zu drängen, aber ich muss auch an mich und meine Familie denken, denn alle hier leben von meiner Großzügigkeit und ...«

»Was wollt Ihr?«, unterbrach ihn Janos grob. Mittlerweile standen meine Füße in kühlem Wasser und wurden von zarten Händen gewaschen. Ich musste zugeben, dass es sich, obgleich ungewohnt, angenehm anfühlte. Allerdings hatte ich das Gefühl, dass es nicht mehr lange dauern würde, bis Blut aus meinen Ohren lief.

»Was ist eine Konkubine?«, hörte ich Zokoras Stimme. Ich sandte ein Stoßgebet an die Götter.

»... ich bedauere es zutiefst, dass ich nach der Farbe eures Geldes fragen muss.«

Ich griff in meinen Beutel.

»Fahrd, Sohn des Ashmal, Sohn des Jimard!«, sagte Sieglindes Stimme, nein, es war Serafine, aber diesmal hatte ihre Stimme Macht, das Geschenk der Fee, wie Sieglinde es nannte.

»Hört mich. Mein Name ist Serafine, Tochter von Hasalf, aus der Linie des Hauses des Adlers. Lange währte meine Reise, und in fremde Länder führte sie mich. Ich kehre nun nach Hause zurück, und dies sind meine Begleiter. Der Mann, mit dem Ihr so respektlos redet, ist Saik Havald. In seiner Heimat ist er reich und mächtig, seine Stimme erreicht das Ohr von Fürsten. Obwohl blind, ist er ein gewaltiger Krieger, und seine Weisheit ist weithin berühmt, fast so berühmt wie sein Harem und die Schönheit seiner tausend Pferde und das Grün des Grases seiner Ländereien, auf dem sie weiden. Der Mann an seiner Seite ist Janos Dunkelhand, ein tapferer Krieger und der Führer der Wache von Saik Havald. Sein Name ist in unseren Ländern wegen der Schärfe seiner Klinge und seiner schnellen Geduld berühmt. Die Schönheit zur Linken des Saik, die Ihr mit unverhohlener Lust anzusehen wagtet, ist Leandra die Weiße. Sie ist die erste Frau des Saiks, Tochter eines Fürsten und in eigenem Namen Herrscherin über fünf Städte, die sie als Mitgift brachte. Sie ist ausgebildet in Schrift und Wort, den Wissenschaften, dem Tanz und Gesang und Dingen, von denen Ihr träumen dürft, aber nicht so, dass es sichtbar wäre. Sie ist eine Perle im Land meines Herrn, und Fürsten hielten um ihre Hand an. Sie zu berühren ist nur unserem Herrn gestattet, alle anderen sind des Todes.«

Ich glaube, ich war genauso sprachlos wie die anderen. Aber Serafine gewann nur noch mehr an Fahrt. »Dieser Mann ist Esseri Varosch Falkenauge, ein Streiter seines Gottes Boron, ein Freund unseres Herrn und selbst ein Held, von dessen Taten viele sprechen. An seiner Seite befindet sich Zokora Schattennacht, die erste Frau von Varosch Falkenauge und Hüterin der Geheimnisse ihres Clans, ihre Augen sind verbunden, damit nur solche, für die ihre Klinge bestimmt ist, ihren Blick sehen, bevor sie sterben. Ihre zarte Hand vollstreckt den Willen der Götter. Die Frau, die stolz neben meinem Herrn steht, ist seine erste Konkubine, auch sie ausgebildet in Tanz, Kunst, Gesang und dem heißen Stahl, den sie verwendet, um Attentäter zu den Göttern zu schicken. Lang war unsere Reise. Sorgt Euch nicht um Gold, Euer Lohn wird reichlich sein, aber hütet Eure Zunge, denn schon habt Ihr meinen Herrn und sein Gefolge beleidigt. Lest die Wünsche ab von seinen Augen und seinen Lippen, doch tut es leise. Ich hoffe, Fahrd, Sohn des Ashmal, Ihr versteht nun, dass dieser erbärmlichen Hütte, die Ihr Euer Heim nennt, hohe Ehre widerfährt! Und nun hinfort und bringt die Milch!«

»Ähhh … gewiss … sofort! Verzeihung!«, sagte Fahrd nur noch, dann eilte er davon.

Ich hatte mich wohl irgendwie verschluckt und musste husten, aber anderen erging es ähnlich. Janos neben mir gab ein leises Röcheln von sich.

»So, Havald. Euer Harem ist berühmt?«, sagte Leandra neben mir. Ich hörte ihre Stimme nah an meinem Ohr. »Und ich bin ausgebildet in gewissen Künsten?«, hauchte sie.

»Beschwer dich bei Serafine«, gab ich leise zurück. »Ich bin schuldlos.«

»Das werde ich tun. Oder auch nicht. Vielleicht erzählt sie mir mehr von meiner Schönheit, Frauen hören das gern.«

»Wirklich?«, fragte ich erstaunt, und sie biss mir lachend ins Ohr.

Nachdem wir uns etwas von dem Rededuell erholt hatten – ich hätte nie gedacht, dass man so viele Worte ohne Atem zu holen aussprechen kann –, beschrieb mir Poppet den Raum. Die grundsätzliche Aufteilung sowie die Lage der Türen und Fenster waren mir noch vom *Hammerkopf* im Gedächtnis. Doch es gab deutliche Unterschiede in der Einrichtung. Im Verhältnis zu Eberhards *Hammerkopf* konnte man diesen Gasthof nur als opulent bezeichnen. Reich bestickte Teppiche hingen an den Wänden und bedeckten den Boden, das Geschirr war aus Silber und die Becher aus kostbarem Glas, was, wie Sieglinde erklärte, hier im Alten Reich nicht so kostbar war wie bei uns. Spiegel, eine absolute Rarität in den Neuen Reichen, fanden sich dann auch gleich zweifach an den Wänden.

Die Tische und Bänke waren deutlich niedriger, als wir es gewohnt waren, und gepolstert, und die Mädchen, die uns so freundlich die Füße wuschen, waren gut ein Dutzend an der Zahl.

»Das hört sich an, als ob wir uns in einem Haus der Lust befinden«, sagte ich dann.

Ich spürte, wie Janos neben mir mit den Schultern zuckte. »Ich weiß es nicht. Ich denke nur, dass alles seinen Preis hat. Dieser Fahrd würde uns die Luft zum Atmen verkaufen, wenn er könnte. Ich traue ihm keinen Schritt weit. Es hätte ihm das Herz gebrochen, hätte er uns in den Sturm schicken müssen? Pah! Es hätte ihm was anderes gebrochen, hätte er es versucht!«

Es gab andere Gäste außer uns, aber nicht viele. Drei Männer in diesen fließenden Gewändern, die man hier trug, saßen, bis an die Zähne bewaffnet, in einer Ecke, sowie ein älterer Mann von ausgesprochener Leibesfülle, der ununterbrochen am Essen war und sich zwischen einem Bissen und seinem Wein hin und wieder Naschereien von einem der Mädchen in den Mund schieben ließ.

Die Mädchen waren leicht, fast skandalös bekleidet, in Gewändern, die zum Teil durchsichtig waren, alle schwarzhaarig und dunkeläugig, und keine von ihnen war älter als fünfzehn.

Als man uns Wein brachte, griff Varosch nach einem der Mädchen und zog es an sich heran. Sie hielt still, als er ihr Obergewand anhob und ihren Rücken musterte. Er fluchte leise. Dann ließ er sie wieder gehen.

»Sie ist mit Peitschenhieben gezeichnet«, sagte Poppet leise.

Ich nickte. »Halte ein Auge auf Varosch. Tut er etwas Ungewöhnliches, dann will ich es wissen. Ich weiß nicht, wie sein Gerechtigkeitsempfinden hier ankommt.«

Das Essen selbst war von wirklich außergewöhnlicher Qualität und bestand aus zahlreichen Gängen, jeweils nur eine geringe Menge, aber hervorragend. Entgegen seinem Versprechen hatte der Wirt weder Orthentaler noch Fiorenzer Wein in seinem Keller, aber der Wein war gut genug, wenn auch etwas süßlich. Die Naschereien wurden auf kleinen silbernen Tellern nebenher angeboten und waren das, was mich am meisten beeindruckte. Immer wieder musste ich fragen, was ich hier aß, von den meisten Dingen hatte ich nie gehört. Kandierte Früchte, Honiggebäck so süß, dass es einem die Zähne zusammenzog, aber man nicht davon lassen konnte, und zum Schluss Birnen, überzogen von einer zähen, süßen Substanz, die so gut schmeckte, dass ich ein Dutzend davon hätte essen können. Serafine kannte es, es nannte sich Schokolade, ein Wort, das ich mir zu merken vornahm. Kurz, es war ein beeindruckendes Gelage.

Nach dem Essen wurde ich sehr schnell müde, und nicht nur mir erging es so. Nach den Anstrengungen der letzten Tage war uns ein frisches Bett wahrhaft willkommen. Die Räume, zu denen uns ein schweigender Zolam führte, waren nicht weniger üppig eingerichtet als der Gastraum, mit einem breiten Bett, Schränken, Tisch und Anrichte, sowie zwei Stühlen aus Rosenholz. Die Laterne, die Zolam für uns entzündete, war parfümiert und erfüllte den Raum mit dem Geruch von Rosen.

Hinter den dicken Mauern war von der Macht des Sturms nur wenig zu bemerken, aber er schien bereits wieder abzuflauen. Der Wirt hatte uns versichert, dass der »himmlische Wind« bald abziehen würde; er sagte, die Stürme seien hier oft nur kurz, dafür umso heftiger.

Ich bat Varosch, zu mir zu kommen, bevor wir uns schlafen legten.

»Die Mädchen hier werden misshandelt«, sagte Varosch, kaum dass er drinnen war. »Ich kann das nicht einfach übersehen.«

»Ihr müsst«, antwortete ich ihm leise. »Dies ist nicht unser Land und nicht unser Recht. Wir sind Gäste unter seinem Dach.«

»Es ist nicht recht«, beharrte er.

»Ist Euch wohler, wenn ich Euch sage, dass ich es genauso sehe? Aber es ist nicht unsere Aufgabe.«

»Wie könnt Ihr dazu schweigen, Ser Havald?«

»Das ist einfach. Ich denke nur daran, was mit unseren Frauen geschieht, wenn Thalak eine Stadt erobert.«

Varosch stand einen Moment da und atmete dann tief durch. »Ich werde nichts unternehmen.«

»Ich danke Euch, Varosch. Wir werden abreisen, sobald wir können. Ich wünsche Euch eine gute Nacht.«

»Sera Leandra, Ser Havald, auch Euch eine gute Nacht.«

Er gähnte bereits, als er sich zum Gehen umwandte.

Es war ansteckend. Ich gähnte so heftig, dass ich eine Maulsperre befürchtete, entkleidete mich, wusch mich und fiel neben Leandra, die auch schon schlief, ins Bett. Das Lager war bequem und warm. Als ich mich ein letztes Mal streckte, dachte ich schläfrig, dass ich mich in meinem ganzen Leben noch nie so müde gefühlt hatte. Ich schloss die Augen und schlief.

18. Die Macht der Worte

Das Bett war auf einmal fürchterlich kalt und unbequem, und ich vermisste Leandras Nähe neben mir. Ich drehte mich zu ihr auf die Seite, und etwas Kaltes, Hartes zog mich mit lautem Klirren zurück.

Ich lag nicht, sondern ich saß halb, meine Arme über mir von kaltem, hartem Metall gefasst, mit dem Rücken an kaltem Stein. In Ketten. Ich war in Ketten gelegt! Dies war kein Traum. Abgesehen davon war ich nackt, so wie die Götter mich schufen.

»Oh, seid Ihr erwacht?«, hörte ich eine mir unbekannte Stimme. Ketten klirrten neben mir, und ich wandte mein Gesicht in die Richtung.

»Was … was ist passiert?«

»Ich sollte mich vielleicht vorstellen. Ich bin Armin di Basra, Flötenspieler, Akrobat und Herzensbrecher. Ich komme aus dem fernen Janas, wo die süßesten Datteln wachsen und die schönsten Mädchen zu Hause sind. Ich würde mich gern verbeugen«, die Ketten rasselten, »doch ich sehe mich in dergleichen misslichen Lage, in der Ihr seid, angekettet wie ein Hund an der Wand.«

»Ich bin Havald.«

»Was Euch an Sicht fehlt, scheint Ihr auch an Worten zu sparen. Nun, Havald, willkommen in der ersten Hölle Soltars, dem Saal des Wartens.«

Ich versuchte mich aufzurichten, aber ich war immer noch benommen und schwach, die Welt drehte sich, und für einen Moment war ich dankbar dafür, dass mich die Ketten hielten.

»Könnt Ihr mir sagen, was passiert ist?«

»Nichts leichter als das! Zwar bin ich hier seit Tagen eingesperrt, aber die Schärfe meines Geistes und der Witz meiner Zunge werden Euch überzeugen, dass ich, Armin di Basra, tatsächlich das Wissen besitze, das Ihr benötigt.«

»Janos! Varosch!«, rief ich. Keine Antwort. »Leandra! Sieglinde! Natalyia! Zokora?«

»Sind dies die Namen Eurer Götter? Ruft sie noch lauter, und ein Wunder wird geschehen, die Tür zu unserer Zelle wird sich öffnen! Seht, ich verfüge über die Gabe der Prophezeiung!«

Tatsächlich hörte ich, wie eine Tür sich öffnete und schwere Schritte auf mich zu kamen.

»Welcher Hund bellt hier das Haus zusammen?«, rief eine raue Stimme.

»Nicht ich, o Meister der Ketten und des Knüppels. Es ist der Fremde, in seiner Not flehte er um Beistand durch seine Götter. Verschont ihn, er wusste es nicht besser und …«

»Schließ dein plapperndes Maul, sonst stopfe ich es dir!«

»Wie Ihr wünscht, o Herrscher der Drohungen.«

»Ich warne Euch …«, begann ich. Dann traf etwas Hartes meinen Kopf.

Als ich diesmal erwachte, wusste ich, dass ich mich nicht im Bett befand, sondern immer noch angekettet an einer Wand. Neben mir schnarchte jemand leise. Ich tastete mit dem Fuß, bis ich mit meinen Zehen ein knochiges Schienbein berührte, und stieß ihn an.

»Was? Ihr!«, rief Armin. »Oh, wie unhöflich! Mich aus meinen süßen Träumen und vom Busen einer Jungfrau zu reißen! Besitzt Ihr denn keinen Anstand? Ist es nicht genug, dass ich hier gefangen bin wie ein Hund, muss ich meinen Zwinger auch noch mit einem Köter teilen, der nichts von Etikette versteht?«

»Redet Ihr immer so viel?«, fragte ich.

»Redet Ihr immer so viel, fragt er! So sagt mir, warum auch nicht? Warum sollte ich meine Worte auf die Waage legen, wie ein geiziger Kaufmann seine Ware wiegt? Worte habe ich, es ist der einzige reiche Schatz, der mir geblieben ist. Welche Zeit verschwende ich denn, die Eure etwa? Glaubt mir, Ihr habt keine Zeit, meinen wohlgesetzten Worten zu lauschen und … Au!« Ich hatte ihn aus Versehen noch mal gestoßen. »Wollt Ihr mit mir, Armin di Basra, nun auch noch Zwist anfangen? Soll dies mit einem Händel, oder eher Füßel, enden, mit mir, dem einzigen Freund, den Ihr in diesem traurigen Domizil haben werdet? O Götter, wollt Ihr mir die Last des Schicksals noch weiter erschweren, muss ich mich nun harter Tritte erwehren, ich, den das Schicksal nun wahrlich genug getreten hat?«

O Götter. Ich holte tief Luft. Das konnte ja noch heiter werden. Mein Kopf dröhnte, meine Augen schmerzten, und ich sah doppelt. Ich setzte mich aufrecht hin, Armin für den Moment vergessend, und blinzelte. Ja, ich *sah* etwas! Nicht viel, aber es war nicht das Dunkel meines Augenlichts, sondern die Dunkelheit eines Kellerraums, in den durch einen Türspalt ein Hauch von Licht fiel, der nun schärfer und schärfer wurde, als das Doppelbild verschwand. Ich konnte wieder sehen!

»Danke!«, hauchte ich. Die Götter hatten meine Gebete erhört.

»Nicht nur hat er keinen Benimm, jetzt haben ihn auch noch die Geister verlassen. Oder dankst du mir für eine Lektion in Anstand?«

Ich wandte ihm den Kopf zu. Viel konnte ich im Halbdunkel nicht ausmachen, außer dass er klein und zierlich war, sein Kopf rasiert bis auf einen Zopf, und er einen Spitzbart trug. Er machte einen noch elendigeren Eindruck, als ich es wohl tat, er sah regelrecht ausgemergelt aus. Wenn er auch nur ein Gramm Fett übrig hatte, dann verbarg es sich gut vor meinen Augen.

»Ich entschuldige mich, Armin«, sagte ich, während ich mich weiter umsah. Drei Wände waren aus großen gleichförmigen Quadern aus grauem Stein erbaut. Unter dem Stroh zu meinen Füßen sah ich diese ebenen Steinplatten, wie sie bisher in allen Kellern einer Wegestation zu finden gewesen waren. Ich befand mich im Keller der Station, ohne Zweifel, ich hatte ja nun einige von ihnen gesehen. Ich vermutete, dass dieser hier derjenige unter dem Gastraum war. Die Eisenketten waren alt und rostig, aber immer noch stabil und sauber im Gestein hinter mir eingelassen. Die Wand vor mir war anscheinend nachträglich eingezogen worden und enthielt eine stabile, eisenverstärkte Tür aus Holz.

Armin und ich saßen nebeneinander in der linken Ecke des Raums, ich mehr zur Mitte und er am Rand, rechts von uns waren noch zwei Kettenpaare unbesetzt. Altes, fauliges Stroh war achtlos auf dem Boden verteilt, und ich konnte mir nur zu gut vorstellen, wie alles mögliche Ungeziefer über mich kroch. Meine Kopfhaut juckte bereits, aber die Ketten ließen das Kratzen nicht zu.

»Ein wahrer Herr seid Ihr, dass Ihr Euch entschuldigt. Und ich wäre ein schlechter Mensch, würde ich Eure Worte nicht annehmen. Euch sei verziehen.«

»Danke. Und jetzt beweist mir Euren scharfen Geist und sagt mir, was geschehen ist.«

»Nun, das ist einfach, nicht mal eine Herausforderung! Ihr seid ein Wanderer aus fremden Landen, von weither gereist. Das erkenne ich daran, dass Ihr keinen Bart habt, dennoch seid Ihr kein Eunuch, denn der Bart wächst, also klingen Eure Glöckchen noch zu Eurer eigenen Freude.«

»Glöckchen? Eunuch? Ich weiß nicht, wovon Ihr sprecht.«

Er seufzte. »Ich wollte vornehm sein. Ein Eunuch ist traditionell glatt rasiert. Ihm wurden die Eier abgeschnitten. Verständlich genug?«

Ich hustete. »Äh, ja … fahrt fort.«

»Also, Ihr habt keinen Bart und seid dennoch kein Eunuch, also kommt Ihr nicht aus Bessarein. Ihr wart bis vor kurzem sauber, seid wohlgenährt. Braungebrannt an Händen und Hals, kein Bauer also, der Rest von Euch ist wie Käse. Die Narben an Eurem Körper sagen mir, dass Ihr ein Krieger wart, bis die Blindheit Euch traf. Ihr seid nicht allein gereist, großer Krieger oder nicht, ein Blinder kommt nicht weit allein. Vier schöne Frauen hattet Ihr dabei. Das bedeutet, Ihr seid reich. Zwei Wachen, das bedeutet, Ihr seid durch Eure Blindheit ungefährlich und müsst andere für Euch kämpfen lassen. Ihr kamt mit dem Sandsturm und wurdet hier freundlich empfangen, dazu angehalten, Eure Münze zu zeigen, damit dieser Fahrd aufhört zu jammern. Ihr seid gut bewirtet worden, wart müde von Euren Strapazen und gingt schlafen, gewiss, dass sichere Riegel Euch schützen würden. Und fandet Euch hier wieder.«

»War das Essen vergiftet?«

»O nein, das wäre zu auffällig. Aber reichlich war es, nicht wahr? Satt habt ihr Euch gegessen nach all den Anstrengungen Eurer Reise? Wein getrunken? Die Müdigkeit, die Ihr dann verspürt habt, kam nur vom guten Essen. Dieser Vater aller Lügner ist bekannt für seine Küche. Nein, es war die Laterne in Eurem prächtigen Zimmer. Sie war parfümiert, nicht wahr?«

Ich nickte.

»Seht Ihr? So wiegte Euch der sanfte Duft einer lieblichen Blume in den Schlaf.«

»Woher wisst Ihr, wie viele Begleiter ich hatte?«

»Ich bin weit gereist, und es war nicht der Name von Göttern, nach denen Ihr gerufen habt. Zwei Männer, vier Frauen. Männernamen enden selten auf a oder e. Die Frauen müssen schön sein, sonst wären sie hier bei uns, und die Männer kräftig, sonst würden auch sie unser Schicksal teilen.«

»Und meine Blindheit?«

»Das war das Einfachste.« Er zuckte mit den Schultern. »Ich hörte, wie die Wachen sich darüber lustig machten.«

»Die Tür war gesichert, das weiß ich. Wie konnten sie in unsere Zimmer gelangen?«

»Wenn die Tür sicher war, was bleibt? Ihr habt es erraten, Esseri: die Wand. Es gab einen großen Schrank im Raum, aus Rosenholz und herrlich verziert, groß, schwer und massiv?«

In der Tat. Wer versperrte schon seinen Schrank?

»Nun, da habt Ihr es. Euer Schicksal und Niedergang in wenigen wohlgesetzten Worten.«

Ich schüttelte den Kopf. »So einfach kann das nicht gewesen sein. Mittlerweile sind meine Freunde auch erwacht und müssten sich befreit haben.«

Er fing an zu lachen. »Havald, ich befürchte, Ihr seid ein besserer Narr, als ich es bin. Erwacht und sich befreit? Ahnt Ihr denn gar nicht, was passiert ist?«

»Sagt es mir.«

»Was sagt Euer Hunger, nach diesem reichlichen Mahl? Wie geht es Euren Schultern und Handgelenken, wie steif seid Ihr?«

Er hatte recht. Alles andere war mir nicht aufgefallen, aber mir knurrte der Magen.

»Ihr habt drei Tage geschlafen. Dies ist der dritte Abend nach dem Sturm. Eure Frauen und Freunde weilen schon lange nicht mehr in diesen Mauern. Und sollten sie erwacht sein, so ist ihre Lage misslicher als unsere, wenigstens für den Moment, denn ich kann Euch sagen, wo sie sich befinden. In den Kellern des alten Sklavenmarktes. Morgen Abend werden sie versteigert. Der Hüter unserer Zelle ist ein wahrhaftiger Freund im Vergleich zu den Wachen der Sklavenhändler. Eure Frauen sind bereits entehrt, es sei denn, eine wäre noch Jungfrau gewesen. Eure Freunde ... wenn sie sich gefügt haben, leben sie noch. Versuchten sie Ärger zu bereiten, sind sie bereits mit Gewissheit tot.«

»Ist der Sklavenmarkt in Gasalabad?«, fragte ich.

»Ja, dort könntet Ihr ihn finden, wärt Ihr in der Lage, diesen angenehmen Raum zu verlassen. Aber ich befürchte, unser Gastgeber hat andere Verwendung für uns.«

»Und welche wäre das?«

»Futter für die Arena. Ein blinder Krieger und ein Gaukler. Ein kurzzeitiges Amüsement. Ich denke, Fahrd bekommt nicht mehr als ein halbes Silberstück für uns beide, aber er ist zu feige, uns selbst zu töten. Wohin nur mit unseren Leichen, wir würden anfangen zu stinken! Also verkauft er uns an die Arena.«

Ich musterte meine Fesseln. Sie waren aus Eisen, und ein eiserner Stift war kalt in den Verschluss geschlagen. Er saß fest. Die Kettenglieder waren rostig, aber fest, und auch die Verankerung im Stein schien mir stabil. Ich zog an den Ketten, es klirrte laut, aber außer einem neuen Schmerz an meinen Handgelenken tat sich nichts.

Ich wollte, Poppet wäre da. Oder einer der anderen. Mir kam ein Gedanke. »Was ist mit meiner Ausrüstung?«

»Was soll mit ihr sein? Fahrd hat sie, zusammen mit Eurem Geld. Er wird alles, was Ihr je besessen habt, auf dem Markt verkaufen, so ist er reich geworden.«

»Woher wisst Ihr das alles?«

»Ich hatte Zeit zum Grübeln. Außerdem besitzt Fahrd einen gewissen Ruf.«

»Und dennoch hat er auch Euch erwischt?«

»Der Trick mit der Laterne war mir neu. Auch ein alter Hund muss neue Tricks lernen, wenn er älter werden will. Ich fürchte, ich habe zu langsam gelernt. Ich hoffe natürlich, dass meine Wortgewandtheit den Hunger der Löwen stillen wird, denen man mich zum Fraß vorwirft, aber ich muss zugeben, dass ich leichte Zweifel hege, ob ich diese Fütterung überlebe.«

»Ich bin sicher, Ihr werdet sie mit Eurer Zunge zähmen.«

Ich stand auf, immer noch unsicher, aber allmählich ging es mir besser. Ich betrachtete wieder meine Fesseln. Nur dieser kleine Stift hielt sie geschlossen. Mit einem Hammer gesetzt. Ein erneuter Hammerschlag mit einem Stempel würde ihn wieder heraustreiben. Mir fehlte indes der Hammer.

Ich versuchte die Hand aus dem eisernen Ring zu ziehen, auch das war sinnlos. Irgendwie hatte ich es in all meinen Jahren vermeiden können, in Ketten zu liegen, und es verbitterte mich, nun diese Erfahrung zu machen.

Ich schloss die Augen und versuchte zu fühlen, wo Seelenreißer sich befand. Doch ich spürte nichts.

Dieser Stift. So ein kleines Stückchen Metall stand mir im Weg. Ich versuchte, ob ich den einen Stift mit der anderen Manschette treffen konnte. Das ging. Aber der Stift rührte sich nicht. Ich sah ihn mir genauer an: Das eine Ende war gestaucht.

Poppet hätte mit ihrem Talent die Kette aus der Wand gelöst, Leandra oder Zokora wäre bestimmt ein Spruch eingefallen.

»Warum lächelt Ihr?«, fragte Armin neugierig.

»Ich dachte gerade an meine Gefährtinnen und wie sie reagieren werden, wenn sie sich gefangen finden.«

»Ich sagte Euch schon, sie werden schlimmer leiden als wir. Für uns ist es einfach. Ein Happs und ein Rülpser und wir ruhen friedlich im Magen eines Löwen. Ihnen steht ein ganzes Leben voll Leid bevor.«

Nicht wenn ich es verhindern konnte. Aber wie? Ich besaß nur ein geringes magisches Talent. Genug, um eine Kerze zu entzünden. Ich musterte wieder den Stift. Leandra hatte mir erklärt, wie Magie funktionierte. Es gab eine Kraft in allen Dingen um uns herum. Ein Magier entzog diese Kraft seiner Umgebung und formte sie neu, so musste es auch sein, wenn ich einer Kerze die Flamme gab oder nahm. Wenn ich eine Kerze löschte, nahm ich ihr die Kraft. Kraft ist Wärme. Vor meinem Auge sah ich, wie Sieglinde Eiswehr erhob und einen stählernen Lanzenschaft berührte. Er lief mit Raureif an, dann schlug sie ihn leicht und er zersprang in tausend Stücke.

Das gleiche Prinzip. Jeder Soldat wusste, dass Stahl bei tiefen Temperaturen spröde wird. Schwerter brachen leichter, wenn sie kalt waren.

Ich lenkte alle meine Gedanken auf den Stift an meiner rechten Manschette. Ich stellte mir vor, er wäre eine Kerzenflamme. Wie genau tat ich das, was ich tat? Es fühlte sich an, als ob ich an einer Schnur zupfen würde ... eine Schnur ... Leandra hatte mir von Bändern aus purer Kraft erzählt ... Unterschied sich mein bescheidenes Talent vielleicht doch nicht so sehr von ihrem?

»Was tut Ihr da?« Armin. Meine Konzentration brach, und ich seufzte. »Ich versuche die Manschetten zu überreden. Um Euch nicht zu stören, tue ich es leise«, gab ich etwas bissig zurück.

»Nun denn, macht weiter. Wenn meine Stimme Löwen zähmen kann, so vermögt Ihr sicherlich auch eine dumme Manschette zu überreden.«

Ich berührte den Stift mit einem Finger. Täuschte ich mich, oder war er abgekühlt? Eis und Kälte. Ich hatte wahrlich genug davon gespürt in der letzten Zeit. Sonne und Hitze, auch davon gab es genug. Ich sah den Stift vor mir, an einem Ende das Eis, am anderen Ende die Glut, stellte mir vor, wie es sich abwechselte, hin und her, her und hin, die Glut hier, das Eis dort, nun das Eis wieder hier und die Glut dort … Ich spürte den Druck auf meinen Schläfen, wie immer, wenn in meiner Nähe Magie gewirkt wurde, doch diesmal war es ein willkommenes Zeichen. Immer stärker wurde der Druck, der Schmerz in meinem Kopf stieg, meine Augen tränten, und der Bolzen schien vor mir zu verschwimmen. Ein helles Singen erfüllte die Luft, als Glut und Eis immer schneller die Plätze tauschten, ein Kreischen von gequältem Metall … Und mit einem Knall, als hätte Varosch seine Armbrust abgeschossen, brach der Stift. Ich sank langsam auf die Knie.

»Was ist da los!«, rief eine Stimme von der Zellentür, aber ich war kaum im Stande aufzublicken.

»Der Fremde spinnt! Er quietscht wie ein Ferkel! Holt ihn hier heraus, ich will meine Ruhe! Ich komponiere gerade ein Gedicht über die hässlichen Füße deiner Tochter, da will ich nicht gestört werden.« Armin zog hart an seinen Ketten, und sie spannten sich mit einem Knall, nicht unähnlich dem, der zu hören gewesen war, als der Stift brach.

»Ha!«, rief der Wärter. »Damit kannst du mich nicht herausfordern. Die Götter haben mir Söhne geschenkt.«

»Ich bin erleichtert. Für eine Frau wären die Füße wahrlich hässlich gewesen, aber für einen Eurer Söhne gerade richtig. Ich danke Euch für diese Inspiration.«

»Willst du mich beleidigen?«

»Das würde ich mich niemals wagen, o Vater der Knüppel!«

»Gut, sieh zu, dass es so bleibt.«

Ich kniete auf dem Boden und keuchte.

»Was ist mit Euch?«, fragte Armin. Er klang tatsächlich besorgt.

Ich wischte mir die Tränen aus den Augen. »Nichts, ich muss mich nur erholen. Armin, Eure Worte sind wahrlich schärfer als ein Schwert, Ihr schneidet ihn, und er merkt es nicht einmal«, sagte ich leise.

»Und Ihr seid wahrlich ein größerer Meister, als ich es für möglich hielt. Eure Worte können Eisen überzeugen. Sagt mir, o Havald, Bezwinger von Eisen, sollte ich nun Angst um meine Seele haben? Ich würde es begrüßen, könnte ich sie noch ein wenig behalten. Sie ist gewiss nicht viel wert, aber es ist meine einzige und ich hänge an ihr. Ohne sie käme ich mir so gestorben vor.«

»Wie meint Ihr das?«, fragte ich. Ich lehnte mich erschöpft an die Wand und versuchte wieder zu Kräften zu kommen. Ich fühlte mich, als wäre ich den ganzen Tag mit schwerem Gepäck bergauf gerannt. Meine Hände zitterten, meine Knie ebenfalls, und ich sah bunte Lichter vor den Augen. Aber der verdammte Stift war gebrochen.

»Es macht mir Hoffnung, dass Ihr fragt, Hoffnung, dass Ihr kein Nekromant seid, ein Verfluchter der Götter, eine Geißel des Namenlosen, um die Welt zu strafen. Wenn Ihr kein verfluchter Seelenräuber seid, würde ich Euch gern Freund nennen, vielleicht sogar Herr, wenn Ihr auch mir helfen würdet, diese lästigen Dinger loszuwerden. Solltet Ihr aber ein Seelenfresser sein … Ich schwöre Euch, meine Seele ist zäh und ledrig und würde Euch bestimmt Magengrimmen verursachen.«

»Ich bin kein Nekromant, Ihr könnt beruhigt sein.«

»Vielleicht seid Ihr gar ein Maestro? Ein Meister der Künste?«

Ich schüttelte den Kopf. »Nein, tut mir leid. Nur ein kleiner Trick.«

»Kein Trick kann klein sein, wenn er Großes bewirkt! Macht weiter mit den Stiften, denn morgen früh wird man uns für die Arena holen. Aber vielleicht wäre es angebracht, wenn es etwas leiser ginge. Nur ein wenig leiser. Ein kleines, klitzekleines Bisschen leiser. Vielleicht sogar ohne den Knall am Ende.«

»Armin, ich werde mir Mühe geben.«

Langsam ließen meine Kopfschmerzen nach. Ich suchte in dem alten Stroh den geborstenen Stift und sah zu meiner Überraschung, dass er glänzte, als wäre er poliert wie ein Spiegel. Die Bruchkante sah nicht einmal gebrochen aus, sondern wirkte, als wäre der Stift von einer scharfen Klinge säuberlich entzweigeschnitten worden; auch hier glänzte das Metall wie ein Spiegel. Aber dort, wo ich den Stift berührte, wurde er stumpf und grau. Ein seltsames Phänomen. Vielleicht konnte es mir Leandra erklären. Für einen Moment packte mich die Angst, ich könnte sie nie wiedersehen.

Ich untersuchte die beiden Teile des Stifts, dann den intakten in der linken Manschette. Ließ sich Eis und Glut näher aneinander bringen? War es dann weniger anstrengend? Leandra hatte auf jeden Fall recht: Es war Schwerstarbeit. Es wäre wirklich leichter, diesen Stift mit einem Hammer herauszuschlagen. Hätte man einen Hammer.

Diesmal fiel es mir deutlich leichter, meinen Trick anzuwenden. Es war zu dunkel, um genau zu erkennen, was passierte, aber auch hier hatte ich den Eindruck, als ob eine Stelle des Stifts zu schimmern begann.

»Soll ich vielleicht Lärm machen, Meister Havald? Ein Liedchen singen, mit den Ketten rasseln?« Armin. Schon wieder. Ich merkte, wie mir meine Konzentration entglitt, hörte auf und atmete tief durch, während ich darauf wartete, dass meine Kopfschmerzen nachließen. »Nein, danke. Stört mich einfach nicht. Wisst Ihr, es kann eine Menge schief gehen, wenn man hierbei gestört wird.«

»Oh«, sagte Armin und schwieg dann tatsächlich.

Im Halbdunkel der Zelle musterte ich den Stift. Er besaß in der Mitte, wo das Metall poliert erschien, einen Ring, etwa so breit, wie ein Fingernagel dick ist. Aus einer plötzlichen Eingebung heraus zog ich an der Manschette. Mit einem kaum hörbaren Klicken zersprang der Stift in zwei Teile.

Ich war frei. Ich öffnete beide Manschetten, bewegte meine Hände und kratzte mich endlich am Kopf. Es war eine Wohltat.

»Ihr seid wahrlich beeindruckend. Diesmal habe ich nichts gehört. Würdet Ihr mir die große Freude machen und auch mich von meinen Ketten erlösen? Ihr werdet es nicht bereuen.«

Ich musterte ihn skeptisch.

»Ihr seid ein Fremder hier und kennt weder die Sitten noch die Gebräuche noch das Land. Als Euer Diener könnte ich mich gewiss als nützlich erweisen.«

»Das ist es nicht, Armin. Ich überlege gerade ... Was haltet Ihr davon, wenn ich für Eure Ketten einen Hammer verwende?«

»Zum Hämmern fehlt der Hammer«, sagte er.

»Ich bin sicher, hier findet sich irgendwo einer.«

Ich schloss die Manschetten wieder um meine Handgelenke.

»Was haltet Ihr von dem Vorschlag, Herr? Könnt Ihr Euch vorstellen, mich in Eure Dienste zu nehmen? Braucht Ihr nicht Hilfe, blind wie Ihr seid?«

»Ich bin nicht blind, Armin.«

»Nicht blind? Ich hörte, wie die Wachen erzählten, dass der Sklavenhändler es mit einem Licht überprüft hat. Er war sich sicher, dass Ihr blind seid.«

»Ich war es. Jetzt nicht mehr.«

»Die Götter seien gepriesen, ein Wunder ist geschehen in dieser armseligen Zelle! Und ich war dabei ... und habe nichts davon bemerkt! Wollt Ihr nicht vielleicht doch die Stifte ...«

»Glaubt mir, mit einem Hammer geht es einfacher.«

Ich fing an zu singen. *»Sah eiiiin Knab ein Määäääädglein stehen, mit güüüüüülden Haar so schööööööön wie die Sonn! Hob der Knab sein Hööööörnlein an ...«*

»Götter, jetzt ist er verrückt geworden«, hauchte Armin. »Die Magie hat sein armes Hirn verbrannt!«

»Ruhe da drinnen!«, rief die Wache.

»Als die Magd das Hööööörnlein sah, wurd iiiiiihr schwach und bang. Sodass dann der Knaa-ab ihr Hääääääändlein nahm ...«

Die Zellentür sprang auf, und die Wache stürmte herein, Knüppel in der Hand und zum Schlag erhoben. Fast reagierte ich aus Überraschung zu langsam, denn an seinem Schwertgehänge hing kein anderes Schwert als Seelenreißer!

»Zu mir!«, rief ich. Die Klinge sprang aus der Scheide in meine Hand, der Stahl leuchtete in einem fahlen Licht, und ich spürte seine Freude und Erregung, als sich meine Finger um sein vertrautes Heft schlossen und die Klinge jenen Bogen schlug, der so typisch für diese verfluchte Waffe war. Der Kopf des Wächters flog zur Seite weg, Seelenreißer badete im Blut des Sterbenden, und noch bevor ich mich zu Armin wandte und zweimal zuschlug, war das Blut im Stahl versickert. Diesmal teilte ich das Gefühl der Freude und der Genugtuung, wehrte mich nicht, als ich spürte, wie Seelenreißers Kraft in mich floss.

Armin saß da und sah mit großen Augen auf seine Handgelenke herab. Beide Manschetten waren sauber am Gelenk getrennt. Für Seelenreißer war gewöhnliches Eisen kaum ein Hindernis.

»Ihr seht, ich brauchte doch keinen Hammer«, sagte ich. Langsam hob er seinen Blick zu mir und schluckte. Seine Augen lagen starr auf meinen, und ich las Angst und Furcht und etwas anderes.

»Herr … Eure Augen …«, flüsterte er.

»Was ist mit meinen Augen?« Leandra hatte sich meine Augen angesehen, es war nichts Besonderes an ihnen zu erkennen, auf keinen Fall etwas, was die Blindheit erklären konnte.

»Es stehen silberne Sterne in ihnen«, hauchte er, als er vor mir auf die Knie sank.

Ich ergriff ihn an einem dürren Arm und zog ihn hoch. »Schwachsinn. Ihr habt eine zu lebhafte Vorstellung.« Gleichzeitig fragte ich mich, woran mich seine Worte erinnerten, aber es fiel mir nicht ein.

Ich löste meinen Schwertgurt von dem toten Wächter, behielt aber den blanken Stahl in der Hand. Seelenreißers Sicht hatte auch seine Vorteile, für ihn existierte Holz und Stein kaum. Hatte ich vorher nur selten seine Fähigkeiten verwendet, so nutzte ich nun seine Sicht, ohne weiter darüber nachzudenken.

Ich stieß die Zellentür auf und fand mich in einem kleinen Raum wieder, links war die originale Tür des Kellers, geradeaus war eine weitere Wand, in sie eingezogen eine offene Tür, und dahinter sah ich einen Eisotterpelz vor einer offenen Kiste liegen.

Ich eilte hinüber und lächelte. Der Wächter hatte mir in der Tat einen Gefallen getan. Er brachte mir Seelenreißer und verriet mir zugleich, wo unsere gestohlenen Sachen gelagert waren. Ich hatte die Geschichten und Legenden um die Bannschwerter gehört. Es hieß, dass man sie ihren Besitzern nicht stehlen konnte, weil sie immer einen Weg zu ihnen zurück fanden. Mittlerweile zweifelte ich nicht mehr daran.

»Armin.« Ich winkte den Gaukler heran. »Hilf mir beim Ankleiden.«

19. Ein schrecklicher Kuss

Unsere Ausrüstung füllte gut drei Kisten. Sogar unser Gold und Zokoras Rohdiamanten waren dort zu finden. Ich stockte, als ich Steinherz und Eiswehr sah: Ihr Anblick machte mir klar, dass meine Freunde sich tatsächlich in einer misslichen Lage befinden mussten. Auch Zokoras Schwert lag in der Waffenkiste, neben einer Menge kleinerer und größerer Dolche, einer Garotte und spitzen Nadeln, die ihr Haar geziert hatten, als es ihr noch bis zu den Hüften ging. Auch ihr kurzes Blasrohr lag dort, es war kürzer als mein Unterarm, sowie ein kleines Kästchen aus Ebenholz. Ich öffnete es vorsichtig, und darin lagen noch drei Blasrohrpfeile und vier kleine Phiolen, eine davon leer. Fahrd, Sohn des Ashmal, Sohn des Jimard, stand eine unangenehme Überraschung bevor. Ich fand auch meinen Geldbeutel, natürlich war er leer, oder ... vielleicht doch nicht? Langsam drehte ich den Beutel um, und ein Ring fiel in meine Handfläche. Der Ring des Kommandanten.

Ich sah wieder Kennards amüsiertes Gesicht vor mir. *Es wird einen Moment geben, in dem Ihr die Legitimation, die der Ring Euch verleiht, gut gebrauchen könnt. Aber es ist Eure Entscheidung.*

Kurzentschlossen schob ich den Ring über meinen Finger.

»Euer Name?«

Ich wusste nicht, wo ich mich befand, dennoch erschien es mir fast, als wäre ich nicht zum ersten Mal an diesem Ort. Die Person, die vor mir stand und mich prüfend musterte, war mir sehr wohl bekannt. Sein Antlitz prangte auf allen Münzen seines Reiches.

»Havald.«

»Havald von Kelar, genannt auch Roderic, Graf von Thurgau, Ritter des Bundes und Paladin des Königreichs Illian, wolltet Ihr sagen, nicht wahr?« Eine Hand senkte sich, eine Feder berührte ein

blütenweißes Pergament und schrieb meinen Namen und die Titel nieder, elegant und flüssig. »Ihr übernehmt hiermit das Kommando über die Zweite Legion. Es ist Eure Pflicht, sie einzusetzen, um die Interessen des Reiches zu wahren, die Bürger des Reiches zu schützen und die Länder zu sichern, die Euch zum Schutz befohlen wurden.«

»Ja, Herr.«

»Eure Aufgabe lautet wie folgt: Aushebung neuer Rekruten, Ausbildung derselben und Ausrüstung. Eurem Schutz befohlen sind folgende Länder, früher als die Kolonien und heute als die Neuen Reiche bekannt: Illian, Jasfar und Letasan. Achtet auf meine Worte: Die Zweite Legion ist diesen Reichen nicht unterstellt, aber auch Ihr habt weder die Befugnis, den Herrschern dieser Reiche Befehle zu erteilen, noch darf die Legion gegen die Bürger dieser Reiche eingesetzt werden. Ist Euch das klar?«

»Ja, Herr.«

»Mit diesem Siegel an Eurer Hand seid Ihr berechtigt, die notwendigen Materialien und das Personal zu requirieren. Ich würde Euch empfehlen, vom Zeugmeister in der Zitadelle ein Torbuch zu beziehen, es könnte Euch nützlich sein.« Er lächelte. »Überrascht, Havald?«

»Nein, Herr. Ich wusste es.«

»Ihr werdet es auch wieder vergessen.« Er sah mich an. »Kennt Ihr die imperialen Gesetze?«

»Nein, Herr.«

»Lasst Euch so schnell wie möglich einen Gesetzestext geben, sein Studium dürfte interessant sein für Euch. Ihr könnt leider keinen Text von hier mitnehmen. Das hier ist alles nicht wirklich, wisst Ihr?«

Ich gab keine Antwort. Er seufzte.

»Gut. Ich gebe Euch mein Wort, dass ich die Gesetze so gerecht gestaltet habe, wie es mir möglich war. Das ist normalerweise eine richtig lange Zeremonie, aber Ihr habt es eilig, und das mit Grund. Also, schwört Ihr bei den Göttern, dass Ihr die Gesetze des Reiches achten werdet?«

»Ich schwöre es bei Soltar, Astarte und Boron.«

»Gut. Das war es schon. Viel Glück, Ihr werdet es brauchen. Ach ja, Havald?«

»Ja, Herr?«

»Wenn das Pferd wiehert … duckt Euch!«

Ich blinzelte. Für einen Moment war es mir, als hätte der Ring geleuchtet und ich hätte in ihm irgendetwas gesehen. Schulterzuckend zog ich meine Handschuhe an. Noch einmal jedenfalls würde ich nicht das Risiko eingehen, ihn zu verlieren. Wenn ich ihn abziehen würde, dann nur, um ihn dem Kommandanten der Legion anzustecken.

»Ser Havald?«, kam es von Armin. Er zog noch eine Schnalle an meinem Knie fest und stand dann auf. »Darf ich fragen … Ihr seht aus wie … Wer seid Ihr?«

»Ein Krieger aus einem fremden Land.« Ich verließ den Lagerraum und schloss die Tür, nachdem mir Armin gefolgt war. Die Tür war offensichtlich aus einem anderen Raum ausgebaut worden, sie besaß ein Schloss. Ich drehte den Schlüssel um und steckte ihn ein.

»Nur Adlige dürfen hier einen Kettenpanzer tragen, wisst Ihr das?«

»Ja«, sagte ich. Ich blieb an der Kellertreppe stehen und lauschte. Diese Treppe führte hoch zur Küche. Das einzige Geräusch, das ich hörte, war ein leises Schnarchen. Ich bedeutete Armin, hinter mir zu bleiben, schlich die Treppe hoch und öffnete leise die Tür. Natürlich quietschten die Türangeln, und natürlich erwachte die Person, die ich schnarchen gehört hatte. Es war ein junges Mädchen, das sich vor dem Herd schlafen gelegt hatte. Sie sah mich aus großen, erschreckten Augen an.

Ich legte einen behandschuhten Finger an meine Lippen. »Sssscchhhh!«

Sie nickte. Ich legte die Hand an meine Wange und neigte den Kopf zur Seite, das altbekannte Zeichen für Schlaf. Sie nickte erneut und rollte sich langsam wieder in ihre Decke, die Augen krampfhaft geschlossen.

Ich lauschte an der Tür zum Waschraum. Stille. Ein kurzer Blick, der Raum war leer. Dann schlich ich weiter zur Tür, die von der Küche zum Gastraum führte.

Hinter mir schepperte es. Ich sah zurück. Dort stand Armin, übertrieben gebückt auf Zehenspitzen, und hielt sich den Finger an die Lippen.

»Tut mir leid, o Herrscher des Schwertes! Ich werde leise sein! Keinen Ton werdet Ihr von mir hören! Selbst eine Eule würde mich nicht wahrnehmen und …« Er sah wohl meinen Blick, denn er verstummte abrupt.

Langsam öffnete ich die Tür einen Spalt. Fahrd stand an der Theke und unterhielt sich mit einem Einheimischen. Ich wusste nichts über die Bräuche und Sitten hier und nur wenig über Kleidung und wie diese den Stand einer Person kennzeichnete, aber er machte für mich einen verwegenen Eindruck. Solche Gesichter sah man oft vom Galgen baumeln. Langsam zog ich Zokoras Blasrohr aus meinem Ärmel, stellte sicher, dass ich das richtige Ende in den Mund nahm, und zielte. Ich hatte noch nie mit einem Blasrohr geschossen, aber das Prinzip war einfach, und die Distanz betrug wohl nicht viel mehr als ein Schritt. Ich hätte ihm den Pfeil auch direkt in den Nacken stechen können.

Ich traf, und Fahrd erstarrte mitten in der Bewegung. Der Mann vor ihm redete einen Moment weiter, bis ihm Fahrds Starre auffiel.

Vielleicht war es auch die Tatsache, dass ich nun die Tür öffnete und den Gastraum betrat. Der fette Mann von unserer Ankunft saß immer noch – oder wieder – in der Ecke und aß, er missachtete mich vollständig. Bis auf zwei weitere Männer, die aufsprangen, als sie mich sahen, war der Gastraum leer.

Der Mann an der Theke zuckte zusammen, dann erkannte er mich und lachte. »Schau mal an, der Blinde! Ich dachte, du bist unten festgekettet.«

Ja. Und jetzt dämmerte ihm, dass ich Kettenpanzerung trug und ein Schwert in der Hand hielt. Seine Augen weiteten sich, und er sprang zurück, als ich einen großen Schritt in den Raum tat. »Leg deine Waffen nieder und ergib dich«, sagte ich. »Das gilt auch für euch beide!«, rief ich den anderen Männern zu.

»Ergeben! Wozu?« Er hatte sein Schwert gezogen, ich bemerkte die gekrümmte Klinge und fragte mich, inwieweit diese wohl einen Einfluss auf seinen Kampfstil hatte.

»Ergebt euch, und ich lasse Gnade walten. Ich möchte wissen, was hier passiert ist und wohin die anderen verschleppt wurden.«

»So, möchtest du das wissen? Na, dann komm her und finde es heraus.«

Ich trat einen Schritt näher und fand heraus, dass eine gekrümmte Klinge den Kampfstil durchaus veränderte. In einer wirbelnden Bewegung traf die Klinge meinen linken Arm und schnitt daran entlang, ein Teil des Eisotterpelzes über meiner Schulter platzte auf, aber die Kette hielt. Leder hätte nicht gehalten.

Der Mann fluchte, als er unter dem Mantel die Kettenglieder funkeln sah, und wich einen Schritt zurück. Das Spielchen können zwei spielen, dachte ich und machte eine einfache Standardfinte, gefolgt von einem simplen Ausfall. Er sah mich erstaunt an, und seine Klinge fiel ihm aus der Hand, als ich Seelenreißer aus seinem Herzen zog.

»Wie wäre es jetzt mit Ergeben?« Ich zog eine Augenbraue hoch. Mein Blut pulsierte, und Seelenreißer sang in meiner Hand, aber es war mir egal, was die Klinge wollte, ich beachtete sie nicht. Aber ich verwehrte mich ihr auch nicht, wir waren eins.

Die beiden Männer sahen sich gegenseitig an, sprangen zur Tür und zerrten an ihr … Sie blieb geschlossen. Einer der beiden versuchte den Schlüssel im Schloss zu drehen, der andere zog sein Schwert und wandte sich mir zu.

»Ihr werdet sterben!«, rief er. »Ich habe schon vier Männer im Kampf getötet. Meine Klinge ist weithin berüchtigt und mein Auge sicher. Lasst uns gehen, dann geschieht Euch nichts.«

»Vier?«, rief eine Stimme hinter mir. »Vier! O du Ausgeburt einer räudigen Hündin und einer Schlange! Vier! Fürst Havald tötete eigenhändig vierhundert! Wollt Ihr ihn beeindrucken, dann müsst Ihr etwas anderes versuchen.«

Ich seufzte.

Der andere hatte es endlich geschafft, den Schlüssel umzudrehen, und riss nun die Tür auf. Und rannte.

Als der zweite sich auch zur Flucht wandte, warf ich meinen Dolch, Knauf voran. Der Mann fiel der Länge nach auf die Türschwelle, bäumte sich einmal auf und lag dann still.

»Armin, mach dich nützlich und fessele ihn«, rief ich über die Schulter zurück und eilte dem ersten Mann hinterher. Er hastete quer über den Hof zum Stall und brüllte irgendetwas. Ein Pferd wieherte, und ohne genau zu wissen weshalb, rollte ich mich geduckt nach rechts ab ... Vier Pfeile schlugen im Boden ein, dort, wo ich mich eben noch befunden hatte. Seelenreißer schlug einen fünften, verspäteten Pfeil zur Seite.

Wachen auf dem Wehrgang. Ich hasste Bögen, vor allem wenn ich keinen Schild trug. Ich wusste, wo es zum Wehrgang hinauf ging. Im Zickzack rannte ich in Richtung des Aufgangs. Das Tor der Wegestation war geschlossen. Solange es nicht geöffnet wurde, konnte mir keiner entkommen.

Eine Bewegung neben mir – eines der Mädchen. Ich zwang Seelenreißers Gier zur Seite, aber er hatte bereits ein anderes Ziel gefunden. Er zuckte hoch und bohrte sich in das Holz über mir, ins tief hängende Dach des Lagers. Mit einem dumpfen Rocheln fiel ein Mann herunter, dann war ich vorbei und eilte die Stufen zum Wehrgang empor. Erneut schoss ein Pfeil auf mich zu, Seelenreißer bewegte sich nur leicht, und der Schaft glitt so knapp an meinem Ohr vorbei, dass ich den Luftzug spürte. Der Wächter schrie in Panik und Angst, als ich auf ihn zustürmte, seine Finger zitterten zu sehr, als dass er einen neuen Pfeil auflegen konnte, und dann war ich vorbei, eine Blutspur von Seelenreißers Spitze hinter mir her ziehend. Es war wie ein Rausch. Die Sicht meines Schwertes verriet mir eine Wache hinter einer Holzwand, Seelenreißer fand sein Herz, ohne dass ich den Schritt verlangsamen musste. Er leuchtete fahl wie Mondlicht, und ich merkte, wie das Leuchten auf mich überging. Es war wie damals auf dem Pass, als Seelenreißers Licht die Nacht erhellt hatte. Eine Klinge versuchte in meine Seite einzudringen, aber Seelenreißer entging sie nicht. Zwei Kreise aus Stahl – und Kopf wie auch Arm mit Schwert fielen zu Boden. Ich rannte weiter. Mit jedem neuen Tod weitete sich seine Wahrnehmung, suchte er neue Opfer, neues Leben für sich. Hier verbarg sich ein weiterer Wächter im Heu, die Klinge fuhr herab und durchtrennte Heuballen und Hals zugleich. Dort schoss ein verzweifelter Bogenschütze Pfeil um Pfeil ab, während ich vom Wehrgang auf die Zinnen und von dort aufs Dach sprang, ihm entgegen, bis Seelenreißer in sein Herz stieß. Dann sprang ich vom Dach und nagelte den Letzten am Boden fest.

Als ich die Klinge aus dem Sterbenden zog, haftete kein Blut am Stahl. Bleich und blutleer sackte der Mann in sich zusammen. Ein feines, helles Singen erfüllte die Nacht und erlosch, zusammen mit Seelenreißers Licht, als ich ihn in die Scheide führte. Zum ersten Mal seit Jahren kehrte er zufrieden dorthin zurück.

Ich stand im Hof und sah mich um. Ich sah acht Leichen und wusste von drei weiteren außer Sichtweite, auch wenn ich mich nicht erinnern konnte, wie ich sie getötet hatte. Ich fühlte mich gesättigt, als hätte ich ein reiches Mahl zu mir genommen. Armin kniete über dem gebundenen Gefangenen in der Tür zum Gasthof und starrte mich ungläubig an.

Ich warf einen Blick hoch zu dem Zeichen über dem Eingang zum Gasthof. Dort im Stein prangte der Bulle. Mir fiel etwas ein. Hatte nicht Kennard gesagt, auf den Straßen und in den Wegestationen gelte imperiales Recht?

Ich bückte mich und griff den Gefangenen am Kragen, hob ihn hoch und drückte sein Gesicht gegen das Relief.

»Weißt du, was das bedeutet?«, knurrte ich.

»Ja«, röchelte der Mann.

»Und was bedeutet es?«

»Das Zeichen der Bullen, Askannons Legionen.«

»Und welches Recht gilt hier?«

»Das imperiale Recht.«

Ich ließ ihn sinken und warf ihn in den Gastraum zurück.

Langsam betrat ich den Raum, Armin eilte an mir vorbei, und ich zog die Tür hinter mir zu. Dann kniete ich mich neben dem Mann auf den Boden und zog langsam meinen linken Handschuh aus.

»Siehst du diesen Ring?«, fragte ich. Er blinzelte, seine Augen weiteten sich noch mehr, er wurde womöglich noch bleicher … dann rollten seine Augen nach hinten und er sackte in sich zusammen.

»Armin?« Ich hörte keine Antwort. Ich sah auf und fand ihn neben dem erstarrten Fahrd stehen. Er wedelte mit seiner Hand vor den Augen des Wirts herum, blies ihm ins Ohr, schnippte ihm mit seinen Fingern an die Nase.

»Armin!«

Er zuckte zusammen. »Ja, Herr?«

»Wir hatten einen Säugling dabei. Durchsuche das Haus nach dem Kind. Lebend oder tot, ich will es haben. Und bring mir das älteste der Mädchen!«

»Sie wird sich eifrig bemühen, Herr«, rief er, als er losrannte.

Ich seufzte. »Ich will nur mit ihr reden!«

»Gewiss, Herr. Alles, was Ihr sagt!«, hörte ich ihn noch, dann war er weg.

»Nun zu dir, Herr der Lügen.« Ich wandte mich Fahrd zu.

»Nein, zu dir, Herr der Täuschung«, sagte der fette Mann von seinem Platz aus. Ich hatte ihn ganz vergessen. Er schob den schweren Tisch mit überraschender Leichtigkeit zur Seite und erhob sich, während er sorgsam mit einem Tuch seine Lippen abtupfte. »Ich hätte einen Schwur auf alle Götter leisten mögen, dass Ihr blind seid«, sagte er. Nun, da er stand, sah ich, dass er weniger fett als vielmehr massiv war und ein Riese noch dazu. Sitzend, mit vorgebeugten Schultern und eingezogenem Nacken hatte er nur ausgesehen wie ein fetter Mann. Das war er gewiss auch, aber wenn man fast einen Fuß größer war als ich, fiel das nicht mehr so auf.

Ich wich einen Schritt zurück.

»Mein Name ist Ordun. Ich bin der Herr dieses Ortes, Fahrd ist nur mein Diener. Ein erbärmlicher, winselnder Wurm. Aber er ist mir nützlich, und Ihr werdet ihn nicht töten.«

Ich griff nach Seelenreißer.

»Ihr werdet Euer Schwert nicht ziehen.«

Meine Hand lag um das Heft, aber das war auch schon alles, es schien, als ob die Klinge festgefroren wäre in der Scheide.

»Und Euch nicht bewegen.« Er lächelte und zeigte weiße, ebenmäßige Zähne. »Ihr seid ein interessanter Mensch, Saik aus einem fernen Land. Als Eure Dienerin Euch vorstellte, hielt ich es für eine Übertreibung, eine blumige Rede, aber sie hat kaum gelogen, nicht wahr?«

Ich wollte etwas sagen, konnte es aber nicht.

»Stimmt, Ihr könnt nicht sprechen. So eine Schande. Genießt das Gefühl, ähnlich muss sich auch der arme Fahrd fühlen. Was habt Ihr mit ihm gemacht? Gift? Ja, es wird wohl Gift sein.« Er trat noch näher an mich heran. »Oh, ich sehe, Ihr ahnt schon, wer ich bin. Oder besser, was.« Er verzog den Mund zu einem Grinsen. »Es wird interessant werden mit Euch. Euer Leben, Euer Wissen, Eure Wünsche, Hoffnungen und Ideale, man könnte sagen, Eure Seele … liegt vor mir wie ein herrliches Mahl. Ich erweise Euch eine Ehre, wisst Ihr? Seit langem habe ich keine solche Seele mehr gegessen, es war so langweilig, immer nur die kleinen Geister, aber Ihr … Ihr seht köstlich aus. Sozusagen zum Anbeißen.«

Er hob seine riesigen Hände und legte sie mir auf die Schläfen. Ich spürte den Druck, als ich seine Magie erkannte, die sich wie glühende Dolche in meinen Schädel brannte. Ich wollte schreien, weglaufen, wegsehen, irgendetwas tun, kämpfen … irgendetwas … aber ich war gelähmt, ich konnte kaum denken! Es schien, als ob eine gewaltige Faust meinen Geist gefangen hielt und langsam zerdrückte.

Er lächelte, und sein Kopf kam mir immer näher, seine Augen bannten mich, und seine Lippen spitzten sich zu einem ungeheuerlichen Kuss. Gern hätte ich die Augen geschlossen, um diesen letzten Anblick nicht ertragen zu müssen.

»Ich werde Euch langsam kosten, wie einen guten Wein, ein ganz besonderer Jahrgang seid Ihr. Und niemand wird uns stören …«

Phhft!

Orduns Augen weiteten sich. Ich sah einen kleinen Pfeil in seinem Hals stecken, genau im Winkel zwischen Kiefer und Ohr.

»Wie kann man nur so selbstverliebt reden!«, sagte Armin mit Verachtung in der Stimme. »Da wird einem ja übel.«

Ich konnte mich immer noch nicht bewegen, und Orduns Augen hielten mich weiter gefangen. Sie waren auf mich konzentriert, und zu meinem Entsetzen bewegten sich seine Lippen millimeterweise näher an die meinen heran.

»Ich dachte mir, ich stelle ihn aus, wie Ihr es mit Fahrd getan habt.« Armin schlenderte näher, in mein Sichtfeld hinein. Er hielt Zokoras Blasrohr in der Hand. Ich hatte es auf die Theke gelegt, als ich den Raum betrat, aber es war leer gewesen.

»Aber der Pfeil aus Fahrds Nacken ist ja schon einmal benutzt, vielleicht wirkt das Gift ja nicht mehr so gut. Vor allem bei der Menge an Muskeln und Fett.«

Armin trat an mich heran und zog an meinem Arm. Mit einem leisen Schaben glitt Seelenreißer aus seiner Scheide. Orduns Augen zogen sich zusammen, er schielte an seinen Wangen vorbei nach unten.

»Es sei sehr schwer, Nekromanten zu töten, hörte ich. Es heißt, sie können das Leben opfern, das sie anderen stahlen. Es gibt nur wenige sichere Methoden. Verbrennen ist eine. Oder aber ein Bannschwert. Die Legenden sagen, dass ein Bannschwert zielsicher genau eine Seele trifft, denn sie wurden dafür geschmiedet, Nekromanten und anderes Gezücht zu besiegen.«

Er hob meine Hand und führte Seelenreißer an das fette Handgelenk des Riesen vor mir. Eine kleine Bewegung, und Blut sprudelte auf die Klinge, lief an ihr entlang und verschwand in dem gierigen Stahl.

»Ich bin nur ein armseliger kleiner Gaukler, aber mein Leben lang habe ich auf den Märkten die Geschichten gehört. Ich will sehen, ob sie stimmen.«

Vor meinen Augen sah ich plötzlich, wie Orduns Gesicht einen anderen Ausdruck annahm, sich zu einem anderen Antlitz formte und mit einem Lächeln entschwand, dann erschien ein nächstes und wieder ein anderes. Immer schneller wechselten die Gesichter, ein Kaleidoskop von Antlitzen, ein jedes schien mich anzulächeln, bis eines übrig blieb mit Entsetzen in den Augen: das von Ordun selbst.

»Beachtlich«, sagte Armin. »Das waren mindestens drei Dutzend. Wie alt er wohl ist?«

Noch immer hielt mich Ordun mit seinen Pranken, aber plötzlich entstanden in seinem fetten, runden Gesicht Falten, leichte zuerst, dann immer tiefere, bis sie zu groben Furchen wurden und die Haut die Beschaffenheit von Leder annahm. Bis vor kurzem hatte ich in einen polierten Spiegel schauen und dort auch Alter in meinem Gesicht erkennen können, aber nicht ein solches. Seine Lippen und Wangen senkten sich ab, der Mund öffnete sich und gab den Blick auf gelbe Zähne und schrumpfendes Zahnfleisch frei, Zähne fielen heraus und klackerten wie Würfel auf dem Boden, ein Augenlid sackte haltlos nach unten, und ein milchiges Auge verrutschte in der Höhle. Ich merkte, wie sein Bann nachließ, und sprang zurück, riss Seelenreißer von seinem Arm weg; um nichts in der Welt wollte ich, dass meine Klinge ihn zu sich nahm.

Zu meiner Überraschung fuhr Seelenreißer in seine Scheide und war zufrieden.

Immer noch stand der Riese vor uns, sein Gesicht zeigte Jahrhunderte des Alters, noch immer fiel er nicht, noch immer gab es Leben in ihm. Seine Augen konnten nichts mehr sehen, aber dennoch schienen sie mich zu fixieren. Er röchelte etwas.

»Was hat er gesagt?«, fragte Armin neugierig. Dann fiel Ordun zu Boden. Ich hörte ein Knirschen, als sein Körper auf den Stein fiel, er zuckte einmal und war still. Ich ging zu dem Mann hinüber, den ich als Ersten erschlagen hatte, hob sein Krummschwert auf und trennte mit einem Schlag Orduns Kopf von seinem Körper. Ich war der festen Überzeugung, er wäre schon tot, aber er zuckte noch einmal ... und platzte auf wie der alte, verfaulte Leichnam, der er war. Ein übler Geruch stieg auf, und ich wich zurück.

»Götter!«, rief Armin. »Jetzt brauche ich etwas zu trinken!«

Ich wich weiter von dem Monstrum zurück bis zur Theke. Ich lehnte mich an und wandte den Kopf zu Armin. »Wenn du schon dabei bist, ich könnte auch einen Schluck vertragen.«

»Sicher, Herr!« Er füllte mir ein Glas mit Wein und reichte es mir. »Sagt, hatte Armin di Basra nicht Recht? War er nicht nützlich für Euch?«

Ich nahm einen Schluck, um den bitteren Geschmack wegzuspülen, und sah den kleinen Mann an. Seine Augen strahlten, und sein Spitzbart hüpfte auf und ab, als er lächelte und zugleich trank. Wein lief ihm an den Mundwinkeln herab, und er stellte das Glas leer auf die Theke zurück.

»In der Tat. Du hast mir das Leben gerettet. Ich danke dir.«

»Nicht das Leben. Ich habe Euch die Seele gerettet, Herr. Glaubt mir, Esseri, das Leben ist ohne Seele nichts. Ist das nicht ein guter Beweis für meine Befähigung? Nehmt mich in Eure Dienste!«

»Aber was ist mit deinem letzten Auftrag? Hast du den Säugling gefunden?«

Er lachte, es klang zugleich erfreut und traurig. »Selbstverständlich habe ich diesen Auftrag erfüllt. Seht zur Treppe.« Er wies zu dem Aufgang, der vom Gastraum hoch zu den Zimmern führte. Dort saß eine junge Frau mit Faraisa an ihrer Brust, die Kleine schmatzte laut und gluckste zufrieden, während die junge

Frau mit starren Augen ins Leere sah. Dem Säugling schien es gut zu gehen, und Erleichterung ließ meine Knie schwach werden. Ich hatte wohl doch mehr um die Kleine gebangt, als ich selbst dachte. Aber dann erst sah ich das Gesicht der jungen Frau richtig. Ihre Züge kamen mir bekannt vor. Ich schluckte, denn vor wenigen Momenten hatte ich eben dieses Gesicht über das von Ordun huschen sehen.

»Ist sie ...?«

Armin sah zu der Frau hinüber und dann zu dem, was von dem Nekromanten übrig geblieben war. »Ja. Er lag bei ihr, seitdem ist sie so. Sie verlor ihr Kind, aber ihre Brüste vermissen es. Sie weilt nicht mehr unter den Lebenden. Sie ist tot, auch wenn ihr Körper es nicht weiß. Und Ihr, Esseri, habt ihre Seele befreit und zu Soltar geschickt.«

»Woher willst du das alles wissen?«

Er sah mich an. »Wir sollten uns setzen.« Er klatschte in die Hände, und zwei andere Mädchen erschienen, sahen erschreckt die Treppe herunter zu ihm. Die Frau mit dem Säugling rührte sich nicht.

»Ihr beide, nehmt Eimer und Lumpen und schafft fort, was hier auf dem Boden klebt. Ihr werdet erfreut sein, wenn ihr seht, was es ist. Beeilt euch!« Er klatschte noch mal in die Hände, und die Mädchen rannten los.

Er beugte sich vor und berührte die junge Frau zärtlich an der Wange. Es war mehr als nur Mitleid, es kam einem so vor, als würde er sie kennen, mehr als nur kennen ... »Komm, meine kleine Blüte, steh auf und folge mir. Und nimm das Kind an die andere Brust.«

Langsam erhob sich die junge Frau, legte Faraisa um und folgte Armin zu einem Tisch weit von den Leichen entfernt. Fahrd stand immer noch hinter der Theke, dort ließen wir ihn stehen. Armin griff an ihm vorbei und nahm eine Flasche und zwei Gläser mit zum Tisch, dort half er der jungen Frau dabei, sich zu setzen, und nahm dann selbst Platz.

»Setzt Euch, Esseri, denn die Geschichte dauert länger.«

20. Ein altes Recht

Die beiden Mädchen von eben erschienen am Fuß der Treppe, Eimer und Wischmopp in der Hand, und erschraken, als sie die Leiche des ersten Mannes und das, was von Ordun übrig war, sahen. »Das ist Ordun!«, rief dann die ältere der beiden, dann fingen beide an zu weinen, pure Angst und Entsetzen in ihren Blicken.

»Mädchen, es ist gut!«, rief Armin. »Niemals mehr müsst ihr unter ihm leiden. Aber schafft das, was übrig ist, um der Götter willen heraus. Er stinkt jetzt mehr als im Leben!«

Die beiden verbeugten sich und machten sich mit einem strahlenden Lächeln an die unerfreuliche Arbeit.

Armin schenkte mir Wein ein. Der Gaukler hatte einen guten Geschmack, der Wein war nicht zu süß, genau richtig.

Ich hatte jetzt die Gelegenheit, den Mann genauer zu mustern. Er war vielleicht zwei Dutzend und zehn Jahre alt, nicht ausgehungert, wie ich zuerst dachte, sondern drahtig. Er hatte sich unten aus dem Lager eine Hose gegriffen und sie mit einer Schnur um die Hüften gebunden, war also halb nackt, aber er saß da, als wäre er gekleidet wie ein Fürst. Eine stattliche Anzahl Tätowierungen schmückte seinen braungebrannten Oberkörper, weiße Stellen markierten die Körperteile, an denen er wohl Bänder oder auch Schmuck getragen hatte. Seine Hände waren feingliedrig, aber kraftvoll, und seine dunkelbraunen Augen fanden die meinen und hielten meinem Blick stand.

»Wie ich schon sagte, ich bin Armin di Basra, Flötenspieler, Akrobat und Herzensbrecher. Wenigstens früher einmal. Heute ist mein Herz entzwei. Ich stamme aus Janas, und es ist wahr, dass dort die süßesten Datteln wachsen und die hübschesten Mädchen zu Hause sind. Aber es ist nicht die volle Wahrheit, denn ich bin mehr. Bis vor nicht allzu langer Zeit besaß ich einen Zirkus. Ihr hättet uns sehen sollen, Esseri, wie wir unsere Kunststücke vorführten, halsbrecherische Akrobatik am Hochseil, Flammenspucken, Jonglieren, Taschenspielertricks und Wahrsagerei! Wir waren berühmt bis über die Grenzen des Reiches hinaus. Seit fünfzig Jahren bestand der Zirkus, mein Vater führte ihn vor mir, und wir boten unsere Künste vor Fürsten, Kalifen und Königen feil. Das größte aller Kunststücke aber war die Dressur! Und davon war es besonders der letzte Akt: ein junges Mädchen und ihr Ritt auf einer Sandkatze!« Er sah meinen Blick und lächelte. »Ihr wisst nicht, was das ist? Eine Sandkatze ist die Königin der Wüste. Eine Katze so groß wie ein Pony, mit goldenem Fell, sechs mächtigen Pranken ... ein königliches Tier in der Tat, aber es ist ihre Schläue, die sie so gefährlich macht. Nur Könige und Kalifen dürfen sie jagen, und noch nie zuvor wurde eine dieser Katzen gefangen genommen, sie starben lieber. Aber hier war sie, Helis, meine Schwester, kaum sechzehn Jahre alt, und ritt auf einem solchen Tier. Die Sandkatze ist majestätisch, Esseri, und von herzerweichender Schönheit und Perfektion. Kein anderes Tier kommt ihr gleich, noch nicht einmal der majestätische Greif.«

Ich nickte, denn ich sah den Schimmer in seinen Augen, das Leuchten darin, als er von diesem Tier sprach.

»Niemals zuvor gab es eine solche Dressur. Der Emir von Gasalabad begehrte dieses Wunder zu sehen und lud uns in seine Stadt ein. So geschah es auch, vor mehr als einem Jahr errichteten wir unsere Manege dort auf dem großen Markt und begeisterten für einen Mond Jung und Alt, Adel und Gemeine, Freie und Unfreie. Mit reich gefülltem Beutel brachen wir auf, um nach Janas zurückzukehren. Helis strahlte, denn wir hatten nun genug für ihre Mitgift, sodass sie bei ihrer Rückkehr angemessen heiraten konnte.«

Ich suchte nach meiner Pfeife und war mir nicht sicher, ob ich sie ebenfalls eingesteckt hatte, doch ich fand sie und auch den Rest von meinem Tabak. Hinter Armin sah ich, wie die Mädchen mit einer kleinen Schaufel den letzten Rest von Ordun in einen Sack bugsierten. Eines der Mädchen bemerkte meinen

Blick, lächelte verlegen und zog den Sack mit spitzen Fingern durch die Tür nach draußen, während die andere einen Eimer über die Stelle ausgoss und mit einer Bürste anfing heftig den Boden zu schrubben.

Mit der Leiche des anderen Mannes wurde weniger zimperlich verfahren, sie ergriffen ihn an jeweils einem Stiefel und zogen ihn einfach hinaus auf den Hof.

Ich holte meine Pfeife heraus, doch Armin hielt mir seine Hand entgegen. »Lasst mich dies für Euch tun.« Ich zögerte kurz und reichte ihm Pfeife und Tabak. Sorgfältig stopfte er die Pfeife und öffnete dann ein Porzellandöschen, das auf unserem Tisch stand. In dem Döschen glimmte eine Glut. Daneben lagen feine Kienspäne, einen davon entzündete er und hielt mir meine Pfeife wieder hin. Ich nahm sie und zog an ihr, während er mir sorgfältig Feuer gab. Er hatte gut gestopft. Ich nickte dankend.

»Nun, so weit kam es nicht«, fuhr er fort. »Wir waren keine vier Tagesreisen weit weg, als uns in der Nacht eine Gruppe Räuber überfiel. Gaukler müssen zäh sein, und wir sahen es nicht ein, unser Hab und Gut diesen gottlosen Banditen zu überlassen. Wir schlugen sie zurück, aber dann fanden wir heraus, dass es eine Täuschung war. Helis war entführt worden und die Sandkatze, die Königin der Wüste, tot, ohne die Spur eines Kampfes. Mein Bruder Golmuth – er ist nur ein Jahr jünger als ich – übernahm die Führung unserer Sippe. Er ist ein guter Bruder, aber er hat nicht den Stahl, den es für eine solche Rache braucht. In einem unserer ältesten Rituale erklärte er mich für tot, bis ich mit unserer Schwester wiederkommen würde. Meine Sippe zog davon und ließ mich zurück, die Katze zu begraben und meine Schwester zu finden.« Er wischte sich eine Träne aus dem Auge und goss sich und mir Wein nach. »Wer konnte sie entführt haben? Sie war schön, unsere Helis, jung und kräftig. Aber das waren andere Frauen auch. Ich suchte überall und fand meinen Weg auch in die tiefen Keller des Sklavenmarktes. Langsam, nur langsam bekam ich Stück um Stück heraus, was ich wissen wollte. Kein gewöhnlicher Sklavenhändler hatte meine Schwester ergriffen. Wir sind Gaukler, aber Helis ist frei geboren und für unsere Verhältnisse aus guter Familie. Längst schon wussten alle Gaukler des Landes von ihrem Schicksal, kaum einer der Sklavenhändler hätte es gewagt, sich an einer unseres Volkes zu vergreifen. Gerüchte kamen mir zu Ohren von einem Mann, der so etwas sehr wohl wagen würde. Aber nur, wenn es ein spezielles Opfer wäre, eine Person mit einer … Gabe.« Er sah nachdenklich in sein Weinglas. »Helis hatte eine solche Gabe, wie auch ich eine besitze. Sie konnte eine wahre Freundschaft mit Tieren schließen. Ich … ich vermag Tiere zu verstehen. Es liegt in unserem Blut, auch mein Vater konnte das. Das mit der Sandkatze war kein Dressurakt, sondern ein Freundschaftsdienst einer wahrhaft edlen Kreatur. Nur eine Art von menschlichem Ungeheuer sucht Leute mit diesen besonderen Gaben: ein Nekromant, und nur ein solcher, konnte die Katze ohne sichtbare Spuren eines Kampfes besiegen. Ich suchte weiter und fand auf dem Basar eine Kette, die einst Helis gehört hatte. Durch Drohung und Bestechung fand ich heraus, wer diese Kette verkauft hatte, es war niemand anderer als Fahrd. So kam ich hierher, nur wenige Tage vor Euch. Ihr könnt Euch mein Entsetzen vorstellen, als ich nach einem Mädchen fragte, um sie auszuhorchen, und mir dann Helis angeboten wurde. Am schlimmsten aber war, dass ihre Seele nicht mehr in ihr weilte. Ich tat, als ob ich sie in mein Zimmer mitnehmen, als ob ich meine Lüste an ihr stillen wollte … Aber ich muss mich verraten haben, denn noch als ich sie in meine Arme nahm, in ihren Augen das suchte, was einst meine Schwester war, schlief ich ein. Den Rest der Geschichte kennt Ihr, Herr.«

Ich blickte zu der jungen Frau hinüber, zu Helis. Sie starrte auf den Tisch und wippte leicht vor und zurück, dabei summte sie leise. In ihren Armen schlief eine zufriedene Faraisa.

»Lasst mich Euer Diener sein und Helis die Amme Eurer Tochter. Es gibt noch Reste von ihr, von Helis, sie ist selbst wie ein junges Kind, mit ruhigem Gemüt. Nur ihre Augen strahlen nicht mehr. Ich bringe es nicht übers Herz, ihren Körper zu töten, Herr. Also suche ich eine Anstellung für uns beide.«

»Ja, Armin, ich stelle euch ein.« Ich schluckte. »Ich achte auf Helis. Aber du … kannst du in Erfahrung bringen, ob Ordun … ob Ordun sich an meinen Gefährtinnen vergriffen hat?«

»Habt Ihr auf seinem Antlitz die Gesichter Eurer Gefährtinnen gesehen?«, fragte er leise.

Ich schüttelte den Kopf.

»Dann hat er es nicht getan. Er war wohl ziemlich vorsichtig. Nur Ihr müsst ihn unsagbar gereizt haben.«

»Leandra oder Poppet wären interessanter für ihn gewesen«, sagte ich leise.

Armin zuckte mit den Schultern. »Wer weiß schon, was in ihm vorging. Aber ich werde fragen. Danach werde ich dafür sorgen, dass die Leichen verschwinden, und Pferde für uns auswählen. Wenn Ihr Gasalabad noch rechtzeitig erreichen wollt, müssen wir am Morgen reiten wie die Dämonen. Die Sonne wird bald aufgehen, viel Zeit bleibt uns nicht.«

»Gut«, sagte ich. »Aber es gibt noch etwas anderes zu tun.«

Er sah mich fragend an.

»Schickt mir noch die älteste der Frauen. Sie wird diesen Hof für mich führen.«

»Für Euch, Herr? Er gehört Fahrd.«

»Jetzt nicht mehr.« Ich sah zu dem Wirt hinüber, er stand noch immer an derselben Stelle. Er weinte.

»Gut, dass du mich an ihn erinnert hast. Ich muss noch mit ihm und diesem dort«, ich sah zu dem anderen Gefangenen hinüber, »eine innige Unterhaltung führen.«

Als ich mich erhob, sah ich Armin an, dass er noch etwas sagen wollte, aber sich nicht traute. »Was ist, Armin?«

»Nichts, Esseri, nichts von Belang. Es ist nur … Es steht mir nicht zu, Euch das zu fragen.«

Ich seufzte. »Ich werde dich nicht auffressen. Frage.«

»Esseri, ich … Es ist nur …«

»Was?«

»Singt Ihr öfter? Ihr singt so schrecklich, schrecklich falsch, und ich möchte nicht …«

Ich stand auf und machte mich an meine Arbeit.

Als wir am Morgen aufbrachen, ließ ich einen abgeschlossenen Hof zurück. Das älteste der Mädchen, ihren Namen hatte ich schon wieder vergessen, sollte auf ihn aufpassen, bis ich zurückkam. Vor dem Hof, auf einem kleinen Hügel, staken zwei Pfähle im Boden, jeder mit einer festen Querstange am oberen Ende. An diesen beiden T hingen kopfüber, hoch genug, dass kleinere Aasfresser sie nicht erreichen konnten, Fahrd und der letzte Bandit, ihre Pulsadern auf traditionelle Weise geöffnet. Auf einer Tafel aus Holz vor dem Richtplatz hatte ich die Beschreibung ihrer Verbrechen eingebrannt.

Armin half mir dabei. Die Gaukler, so schien es, überlieferten die alten Legenden mündlich an ihren Feuern. So, sagte Armin, habe das Imperium früher Recht gesprochen.

»Aber die T-Galgen hat man hier seit Jahrhunderten nicht mehr gesehen«, sagte er. Er blickte sich um und musterte die Reihe Lanzen, die am Fuß der Galgen aus dem Boden ragten. »Da ist das schon eher bekannt.«

»Ich glaube, das kennt man überall«, antwortete ich ihm, als ich den letzten Kopf auf eine Lanzenspitze drückte. Ich wusch mich, und wir ritten davon.

Einer der Köpfe, ein besonders massiger, war skelettiert und trug eine uralte Rune eingebrannt in das Gebein. Nekromant.

21. Das goldene Gasalabad

Wir ritten wirklich wie die Dämonen und erreichten Gasalabad am Mittag des folgenden Tages, dem Tag der Sklavenversteigerung. Schon seit einiger Zeit war das Land grüner geworden, und auf dem letzten Teil unserer Reise entsprach es endlich Serafines Beschreibungen. Als wir auf der alten imperialen Straße über einen Hügel ritten und ich die Stadt vor mir liegen sah, war ich zunächst stark beeindruckt. Die hohen Wände mit den seltsam geschwungenen Zinnen und den runden Türmen strahlten gelb, fast schon golden, in der Mittagssonne. Der Gazar, der Fluss, der der Stadt seinen Namen gab und dem Land das Grün brachte, floss wie ein stählernes Band durch die Stadt hindurch, Dutzende von kleineren oder größeren Flussschiffen segelten den Strom hinab oder wurden auf Treidelpfaden flussaufwärts gezogen.

Eine gewaltige Festung, dachte ich, größer noch als Kelar. Aber als wir näher kamen und dann von den Wachen am Haupttor angehalten wurden, sah ich, dass diese beeindruckenden Mauern nicht aus Felsgestein, sondern aus gebrannten Ziegeln errichtet worden waren. Nicht nur das, überall waren Zeichen von Alter, Vernachlässigung und Verfall zu erkennen. An manchen Stellen befanden sich große Löcher in den Wällen, als habe jemand mit einem großen Löffel die Ziegelsteine abgegraben. Acht Jahre hatten die Katapulte Thalaks mannsgroße Steine gegen die Wälle von Kelar geworfen ... Diese Mauern hier hätten keine Woche standgehalten. Ich war enttäuscht.

»Der Segen der Götter sei mit dir, Leutnant. Reich sei dein Haus mit dem Gelächter von Kindern, fruchtbar und wohlgerundet die Lenden deiner Frauen und hoch der Lohn der Stadt für einen solch tapferen Soldaten, wie du es bist«, begrüßte Armin den Wachsoldaten, der nun vortrat, um uns zu mustern.

Ich war Armins Rat gefolgt und trug nun einen Burnus, wie man diese wallenden Gewänder nannte. Er hatte uns die besten Pferde ausgesucht, und wir hatten insgesamt fünf dabei, zwei waren mit dem nötigsten unserer Ausrüstung bepackt. Der Rest unseres Gepäcks lagerte noch immer in der Wegestation.

»O schweigt, Vater der Übertreibung«, entgegnete der Soldat. »Arm bin ich, und keine Frau wird sich in meiner armseligen Hütte einfinden, wenn ich nicht meine Arbeit tue. Wer, o Meister des großen Mundes, ist dein Gebieter, und was ist sein Begehr in unserer goldenen Stadt?«

Nur weil ich darauf achtete, sah ich die gleitende Handbewegung Armins, hörte ich den Klang von Münzen, als die Hand des Soldaten scheinbar nebensächlich an der Gürteltasche vorbeiglitt.

»Hauptmann, mögen die Götter es fügen, dass deine Sorgfalt beobachtet und reich belohnt wird! Dies ist mein Herr Saik Havald, ein Fürst aus fernen Landen, er ist hier, um seinen Harem zu vergrößern. Seht, seine Tochter wurde ihm aus einer toten Mutter geboren, und nun sucht er eine Frau, die sich des kleinen Wurms erbarmt.«

Der Soldat besah sich die stille Helis, die Faraisa in den Armen hielt und nur geradeaus schaute. »Warum, Sohn eines Aufschneiders, sollte ein hoher Herr mit so wenig Gefolge reisen und gar mit einem Kind? Wäre es nicht sicherer im Harem? Gebt zu, Ihr verschweigt etwas!«

»O nein, Herr Oberst, niemals würde ich mich erdreisten. Unser Gewissen ist so rein wie die Milch einer Jungfrau, es ist nur so, dass mein Herr abergläubisch ist. Er denkt, der kleine Wurm soll seine neue Mutter selbst erkennen.«

»So eine Mär habe ich noch nie gehört, o Sohn der Lügen, und deshalb glaube ich sie Euch, denn niemals würde jemand auf die Idee kommen, von Jungfrauenmilch zu schwärmen, hätte er sie nicht selbst gekostet.«

»O Meister des Schwertes, du wirst bestimmt einst die Wache des Kalifen befehligen, bist du doch ein Mann von außergewöhnlicher Menschenkenntnis und tiefer Weisheit.«

Immer wieder hatte ich das Geräusch von Münzen gehört, und irgendwie schien man sich wohl handelseinig geworden zu sein, denn der Soldat lächelte zu mir hoch, widmete Helis einen langen Blick und hob die Hand. Auf diese Geste hin öffneten sich die Tore der Stadt Gasalabad vor uns.

Als wir einritten, gab mir Armin einen weißen Stein, auf dem ein Symbol eingraviert und mit Tusche unterlegt war.

»Bewahrt diesen Stein gut auf, Esseri, er kennzeichnet Euch als einen höchst ehrenwerten Gast der Stadt und öffnet Euch die meisten Tore ohne Fragen.«

Ich beugte ich mich zu Armin hinüber. »Was hat uns das jetzt gekostet?«

»Sieben Silberstücke.«

Ich zog die Augenbrauen hoch. »Ist das nicht ein wenig viel? Wieviel hätte es gekostet, wäre ich einfach eingeritten und hätte nach Einlass gefragt?«

»Ein Kupferstück oder so.«

Ich sah Armin fassungslos an. »Willst du uns am ersten Tag gleich ruinieren? Was sollte das Ganze?«

»Nun, mehrere Dinge. Zum einen ist dieser Soldat unser Freund fürs Leben und wird sich an uns wohlwollend erinnern. Wenigstens solange er nicht über den Rang eines Obersten aufsteigt. Als General wird er unbestechlich sein, das gebietet ihm seine Ehre. Zum anderen weiß er nun, dass Ihr eine oder mehrere Frauen sucht. Er wird keine Fragen stellen, sollten wir mit ihnen überhastet die Stadt verlassen. Zur Not wird er bezeugen, dass sie mit uns einreisten. Mit eigenen Augen wird er sie dann gesehen haben. Er weiß, dass Ihr wirklich ein Fürst seid und den Kettenmantel unter Eurem Burnus tragen dürft. Und nicht zuletzt weiß er nun, dass ein Kind eine Mutter braucht. Solange Ihr niemanden auf offener Straße grundlos erschlagt, wird die Wache ein Auge zudrücken. Der Tarif dafür ist je Vorfall sieben Silberstücke, der Preis unseres Einlasses.«

Ich konnte gerade noch verhindern, dass meine Kinnlade nach unten fiel. »Wie lernt man solche Verhandlungen, und wie konntest du all das in einer Unterhaltung unterbringen? Oder kanntest du ihn?«

»Nun, es braucht Jahre. Ich kannte ihn nicht. Aber es hilft, wenn beide Handelspartner in der Diebesgilde sind und ihre Zeichen richtig deuten können«, sagte er bescheiden.

Ich schaute sprachlos zurück, wo sich die großen Tore wieder hinter uns schlossen. Der Gardist hatte uns nachgesehen und nickte mir freundlich zu.

»Du bist Mitglied in der Diebesgilde? Und der Mann da auch?«

»Ja. Alle Gaukler sind es, auch wenn wir nicht stehlen. Es ist ein Schutz für uns, so werden wir nicht selbst bestohlen. Abgesehen davon hält uns sowieso ein jeder für Diebe.« Er sah mich an und grinste. »Es heißt, dass die Götter den Gauklern die Gabe schenkten, unsichtbar zu stehlen und niemals mit Beute erwischt zu werden. Ich kann Euch das Geheimnis nennen, o Herr des Unglaubens.«

»Dann nenn es mir.«

»Stiehlt man nicht, kann man nicht erwischt werden! Was ist ein Gaukler ohne Hände? Keiner von uns würde stehlen, wenigstens nicht ohne triftigen Grund!«

Als ich in Gasalabad einritt, wurde ich von Eindrücken und Gerüchen fast erschlagen. Die Straßen, obwohl breiter als die von Kelar, waren so dicht gedrängt und so verstopft, dass es fast schneller gewesen wäre, unsere Pferde zu Fuß zu führen. Überall eilten Händler hin und her, boten junge Männer und Frauen Waren aus Körben an, die sie entweder an einem Joch trugen oder, im Fall der Frauen, auf dem Kopf balancierten. Oft genug sah ich Stadtwachen in ihren lackierten Lederrüstungen und mit ihren langen Stäben, die in metallenen Kugeln endeten. Sänften schwammen im Strom der Menschen mit, hier und da ritt auch ein Adliger mit gelangweiltem Gesichtsausdruck durch die Straßen, deren Ränder mit Kisten und Auslagen gesäumt waren. Alles gab es hier, Bekanntes und Unbekanntes, und ein jeder schrie sich die Seele aus dem Leib, um lauter zu sein als ein anderer Händler. Junge Frauen, verschleiert, sodass nur die Augen sichtbar waren, flanierten die Straßen entlang, oft begleitet von zwei bis drei Männern, die hemmungslos ihre Knüppel einsetzten, um den Frauen Raum zu verschaffen. An jedem Platz, der nicht anderweitig besetzt war, stand ein Bettler, bat im Namen der Götter um Gaben, zeigte furchtbare, schwärende Wunden und Verstümmelungen und hielt mit zittriger Hand eine hölzerne Schale empor, die stets nur ein einziges Kupferstück enthielt.

Über unseren Köpfen spannte sich ein Gewirr aus Seilen, an denen Kleider, Wäsche, Bettlaken, oft auch Töpfe oder Kisten hingen, manche so schwer, dass es aussah, als würden sie im nächsten Moment auf uns herabstürzen.

Über allem lag die warme Luft Bessareins, hier in den Straßen stand sie und brütete die Hitze aus, an die ich mich immer erinnern werde, wenn ich an die goldene Stadt denke. Fliegen, ein Heer, nein, Legionen von Fliegen, tanzten in der Luft, krabbelten in den offenen Mündern der Bettler herum, saßen in Schwärmen auf dem Honigbrot oder den gezuckerten Früchten.

Zwischen halb zerfallenen Häusern, wohl so alt wie die Stadt selbst, überraschte immer wieder ein neues Bauwerk das Auge des Betrachters. Mal stand dort ein Springbrunnen im Schatten von Palmen, an dem die Wasserträger ihre Amphoren befüllten, mal lud ein Garten dazu ein, sich die Fülle der fremdartigen Blumen anzusehen, oder machten die hohen Mauern eines Palastes mit ihren glasierten Steinen neugierig darauf, was sich wohl hinter ihnen verbarg.

Sklaven eilten umher, manche nackt und traurig anzusehen, andere fast schon reich gekleidet und stolz einherschreitend, alle erkennbar an einem kupfernen Band um den Hals. Am überraschendsten für mich war, dass es hier Menschen gab, deren Haut schwarz war, dunkler noch als die von Zokora, wenn auch nicht so glänzend. In den meisten Fällen trugen diese dunklen Menschen Kupferringe um den Hals, aber ich sah auch einige, die reich gekleidet waren und den Kopf hoch erhoben trugen.

Laut, bunt, schreiend und erdrückend, das war Gasalabad, die goldene Stadt Bessareins.

Wir folgten dieser breiten Straße bis zum nächsten Tor in einer hohen Mauer. Dort verbeugte sich Armin tief, ausnahmsweise ohne einen Ton zu sagen. Er zeigte der Wache dort etwas – es sah aus wie ein kleiner Stein –, dann wurden uns die Türen zur inneren Stadt geöffnet, dem Ort, an dem die Reichen und Mächtigen wohnten.

Wir betraten eine andere Welt, in der die Straßen eher noch breiter waren, aber leerer, es gab keinen Verfall, aber dafür reich geschmückte Häuser und Zierbrunnen, immer wieder Palmen und Parkanlagen. Hier gingen die jungen Frauen in kostbaren Gewändern über die Straßen, ohne dass sie von knüppelschwingenden Männern verteidigt werden mussten, verharrten reiche Bürger oder Adlige in Muße an einem Dattelstand oder rauchten vor einer Bäckerei oder einem Teehaus ihre Pfeife.

Das Haus, zu dem uns Armin führte, glich einer Festung, doch waren die Mauern mit glasierten Kacheln verziert, davon viele golden. Das große Tor wurde von Wachen in farbenprächtigen Gewändern geschützt, es bestand aus Bronze und zeigte als Relief eine schöne Frau, die verträumt lächelnd Blumen pflückte.

Als wir in den Hof einritten, eilten fünf braungebrannte Kinder in weißen Hosen heran, für jedes Pferd eines. Zwei junge Mädchen brachten eine Leiter für Helis, und ein junger Mann von ausgesuchter Schönheit, im hochgeschlossenen Gewand eines Schreibers, begrüßte uns mit einer tiefen Verbeugung. Im Eingang befand sich ein Wasserbecken mit parfümiertem Wasser, junge Frauen lösten dort unsere Schuhe und wuschen uns die Füße. Danach ging es weiter über einen Boden, der mit Mosaiken belegt war, in eine große Halle, durch deren große offene Dachfenster goldenes Licht fiel und den Statuen aus kostbarem Gestein schmeichelte. Überall gab es kleinere und größere Springbrunnen, deren Wasser die Luft auf angenehme Art kühlte.

Ich achtete darauf, nicht auf meinen Burnus zu treten, während ich mich sprachlos umsah. Ich kam mir vor wie ein Schweinehirte, der zum ersten Mal ein Haus mit Dach betrat.

Ein grauhaariger Mann in einem reichen Gewand empfing uns in diesem offenen Raum und verbeugte sich tief, Armins Stirn hingegen berührte fast den polierten Boden.

»O Sohn der Weisheit, kennt Ihr den Spruch ›Mit Äpfeln fängt man Affen‹?«, hatte Armin mich gefragt, als wir von der Wegestation aufbrachen.

»Hat er in etwa dieselbe Bedeutung wie ›Mit Speck fängt man Mäuse‹?«

»Ihr seid wahrlich weise, Herr.«

»Bitte, schone meine Ohren und sag, was du zu sagen hast.«

»Nun, es heißt, dass in Gasalabad alles zu haben ist, wenn man nur über genügend Gold verfügt. Besitzt man Reichtum, oder besser, zeigt man seinen Reichtum, so stehen alle Türen offen. Wer wirklich reich ist, steigt ab im Haus der Hundert Brunnen.«

»In Ordnung. Warum?«

»Hört mich erst zu Ende an, o Herr der Ungeduld. Eine Woche dort würde uns zwei bis drei goldene Kronen kosten.«

»Götter, das ist ein Vermögen! Man könnte dafür ein Haus kaufen.«

»Ja, Esseri, aber mit der Wahl dieser Herberge erkauft Ihr Euch andere Privilegien. Seht Ihr, das Sklavengeschäft hat seine eigenen Regeln. Man kann ab einer gewissen Summe nur mitbieten, wenn man einen Bürgen hat, der versichert, dass man den Preis auch zahlen kann. Auch ist es fast unmöglich, vor der Auktion die Sklaven in den Verliesen zu sichten, dies ist nur dem Adel und den wirklich Reichen vorbehalten – und den Gästen des Hauses der Hundert Brunnen. Als Gast dort wird man Euch gern einen jungen Mann zur Verfügung stellen, der die Widrigkeiten, die für Normalsterbliche bei einem solchen Unterfangen auftreten, durch eine Geste auf magische Art verschwinden lässt. Gegen eine gewisse finanzielle Vergütung, versteht sich. Seht Ihr, Esseri, die meisten Sklaven kosten weitaus weniger als eine Nacht im Haus der Hundert Brunnen. Und es ist vonnöten, dass Ihr vor der Auktion die Verliese aufsuchen könnt. Sind Eure Frauen so schön, wie Ihr sagt, werden sie nicht öffentlich versteigert. Man wird schon vorher um sie bieten. Kommt Ihr, was die Götter verhüten mögen, zu spät, so wird man Eure Fragen eher beantworten wollen als die eines Unbekannten, der die Regeln nicht kennt. Niemand wird sich Gedanken darüber machen, warum ein Reicher etwas Seltsames wünscht, der unbedarfte Fremde jedoch wird Misstrauen auf sich ziehen.«

Ich blinzelte, ich musste mir den letzten Teil seiner Worte noch mal durch den Kopf gehen lassen, um ihn zu verstehen.

»Es ist der schnellste Weg zu meinen Freunden?«

»Ja. Es sei denn, Ihr stürmt den Sklavenmarkt mit gezogener Klinge.«

»Das, Armin, ist der andere Plan.«

So kam es, dass kurz nach Mittag Saik Havald, begleitet von seinem treuen Diener Armin und einem diskreten jungen Mann aus dem Haus der Hundert Brunnen, eine steile Steintreppe hinabstieg, die ihn zum Arbeitszimmer des obersten Sklavenaufsehers führte.

Armin startete die Verhandlung auf seine Weise. »O Herr der Ketten und Knüppel, mein Herr ...«

Der oberste Sklavenaufseher war ein älterer Mann von der Statur eines Kampfhundes und mit einem Nacken wie ein Baumstamm. Er hatte kurzes, graues Haar und ein Gesicht wie aus Granit gebrochen, seine Nase war so oft zerschmettert worden, dass sie flach auflag. Eines seiner Ohren fehlte. Zu meiner Überraschung trug er ein kupfernes Band um den Hals.

Mitgefühl lernte man hier wohl als Sklave nicht. Ein Blick aus seinen Augen und eine nur scheinbar zufällige Berührung seines Eisenknüppels ließen Armin verstummen.

»Was wollt Ihr?« Er sprach mit einem seltsamen Akzent, aber ich verstand ihn gut.

»Gestern kam hier eine Ladung Sklaven an. Eine außergewöhnliche Ladung. Elfen, eine Alabaster gleich, die andere wie aus Obsidian. Begleitet von einer blonden Schönheit und einer rothaarigen. Nur die rothaarige Frau hat lange Haare, die drei anderen Frauen tragen sie kurz. Bei ihnen waren zwei Männer, einer blond, schlank und groß, der andere bullig, von einer Statur wie Ihr selbst.«

»Was wollt Ihr mit ihnen?«

»Sie Euch abkaufen.«

Der Aufseher lachte kurz und abgehackt. »Das dürfte schwerlich möglich sein!« Er sah mein Gesicht und hob die Hand. »Beruhigt Euch. Ich habe zumindest eine der beschriebenen Personen erblickt. Die dunkle Elfe. Es ist wahrlich schwer, sie zu vergessen. Sie wurde von zwei weiteren begleitet, deren Gesichter ich nicht sehen konnte. Ich nehme aber an, eine der anderen war ebenfalls eine Frau, auch wenn sie sehr groß war.«

Ich zwang mich zur Geduld. »Gut, wo finde ich sie?«

»Ihr dachtet, sie wären Sklaven?«

»Spielt nicht mit mir«, sagte ich leise. »Ihr wisst so gut wie ich, dass es keine Sklaven sind.«

»Warum sucht Ihr sie dann hier?« Er schien ehrlich erstaunt.

»Weil sie in die Sklaverei verschleppt wurden!«

»Nicht, als sie hier standen und mir selbst eine Ladung Sklaven verkauften. Die kleine Elfe, sie nannte sich Zokora, führte die Verhandlungen. Wir unterhielten uns privat ein wenig, und ich half ihr mit den Papieren.« Er lächelte amüsiert. »Ich habe das Geschäft genossen.«

»Guter Mann. Erzählt mir, was Ihr wisst. Bitte.«

Er sah zu mir hoch. »Es sind Eure Freunde, nicht wahr?«

»Ja.« Ich warf ein Goldstück auf den Tisch. »Erzählt.«

Armin zuckte zusammen und verzog entsetzt das Gesicht. »Esseri, Ihr müsst mehr Taktgefühl entwickeln! So führt man keine Verhandlungen ...«

Der Aufseher warf ihm nur einen Blick zu, und Armins Redeschwall versiegte. Der Mann legte einen Finger auf das Goldstück, zögerte einen Moment und schob es dann wieder zu mir.

»Sie kamen gestern Morgen hier herein. Sie hatten neun Männer dabei. Jeder dieser Männer hatte eine absolute Furcht vor Essera Zokora, ein jeder schien froh, dass ich ihn kaufte. Die Essera fragte mich, was ich verlangen würde, um sicherzustellen, dass jeder dieser Männer bis an sein Lebensende Sklave blieb. Ich sagte es ihr, wir verschwanden in meinem Raum, sie erfüllte meinen Wunsch, dann machte ich die Papiere fertig und zahlte eine ganze Krone für alle neun. Mittlerweile habe ich die Männer mit Gewinn verkauft, an die Kupferminen. Keiner wird bis zu seinem Lebensende wieder das Licht der Welt erblicken. Ich kannte diese Männer, Esseri, es sind Sklavenhändler, die mir oft schwierige Ware brachten.« Sein Mund verzog sich zu einem bösartigen Grinsen. »Aber irgendwie habe ich ihre Gesichter seitdem vergessen.« Er sah zu mir hoch. »Ihr werdet Eure Freunde nicht hier finden, Herr.«

»Wisst Ihr, wo sie sich aufhalten?«

Er schüttelte den Kopf. »Leider nein, Herr.«

»Wie waren sie gekleidet?«

»Wie Sklavenhändler, dunkle Umhänge und scharfe Schwerter, auch die beiden Frauen.«

Ich nickte freundlich. »Ich danke Euch. Kann ich die Sklaven sehen?«

»Nein, ich sagte Euch ja, ich habe sie bereits verkauft. Es war auch besser so, die Angst vor den Minen hat sie wahnsinnig gemacht, ich musste sie knebeln lassen. Sonst würden sie bestimmt immer noch davon faseln, dass Eure Freunde allesamt Hexer sind.«

»Ich verstehe. Habt Dank.« Ich schob die Münze wieder zu ihm. Er ließ sie liegen.

Ich wandte mich zum Gehen.

»Herr?«

»Ja?«

»Wenn Ihr Sera Zokora wiederseht, sagt ihr bitte, dass ich jederzeit wieder Geschäfte mit ihr machen würde.« Er grinste breit. »Ihre Verhandlungstaktik ist beeindruckend.«

Ich war froh, den Gestank der unterirdischen Verliese hinter mir lassen zu können, und holte erst einmal tief Luft, als wir an die Sonne kamen. Der junge diskrete Mann vom Haus der Hundert Brunnen verabschiedete sich mit einer würdevollen Verbeugung – er hatte fünf Goldstücke verdient, ohne einen Ton zu sagen. Es war mir einerlei, ich wusste nun, dass meine Gefährten noch lebten.

»Sie haben sich selbst befreit, Armin. Zumindest drei von ihnen«, sprach ich. »Was sagst du dazu?«

»Ich würde sagen, o Sohn der Freude, dass Ihr Eure Freunde wahrhaft sorgfältig wählt. Und sie sind vorsichtig, was weiterhin für sie spricht, denn sie haben sich verkleidet.«

»Das macht es schwerer, sie zu finden.«

»Aber es ist gut überlegt. Es sind zwei Elfen, Herr. Es gibt Legenden und Erzählungen über diese Wesen, auch wenn man schon sehr lange hier keine mehr gesehen hat. Viele Männer würden sie begehren, wären sie zu erkennen.«

Ich lachte. »Sie sind bereits vergeben.«

»Das würde nicht stören. Sie wären eine Bereicherung eines jeden Harems. Manch einer würde eine Menge Gold zahlen, um sie zu besitzen. Allein weil dann die Jugend zu seinen Lenden zurückkehrt.«

»Das ist einfach nur Schwachsinn. Dummer Aberglaube, nicht mehr.«

»Ja, Herr der Weisheit. Ihr wisst es, weil es Eure Frauen sind, ich weiß es, weil Ihr es mir sagt, doch wissen es die geilen alten Männer, die ihr Anblick an die eigene Jugend erinnert? Welchen Preis ist wohl ein alter Mann zu zahlen bereit, wenn er denkt, er könne Jugend zurückgewinnen?«

Darüber wollte ich nicht nachdenken, die Frage schnitt zu tief in mein eigenes Fleisch.

»Wir müssen sie finden.« Ich sah mich um, als würde einer meiner Gefährten ausgerechnet jetzt durch mein Sichtfeld wandern. Und mir dämmerte langsam, welch ein Unterfangen es sein würde, sie in dieser Stadt wiederzufinden. Gasalabad war ein Ameisenhaufen. Wo sollte ich mit der Suche anfangen?

»Nun, Esseri, lasst das meine Sorge sein. Wenn sie in der Stadt sind, werde ich sie finden. Aber seid Ihr denn sicher, dass sie in der Stadt sind? Werden sie nicht vielmehr versuchen, Euch zu retten?«

»Hätten sie uns dann nicht entgegenkommen müssen?«

Er nickte nachdenklich. »Ja, Herr. Das stimmt nun auch wieder.«

22. Der Platz der Ferne

Armin war aufgebrochen, um sich etwas umzuhören. Wir hatten vereinbart, uns am Abend im Haus der Hundert Brunnen wiederzutreffen. Bis dahin war ich auf mich allein gestellt, und ich beschloss, ein wenig die Stadt zu erkunden. Vielleicht half mir ja der Zufall.

Zokora und zumindest zwei weitere aus der Gruppe waren frei. Ich vermutete, die beiden waren Poppet und Varosch. Die Sklavenhändler, die sie nach Gasalabad hatten bringen wollen, hatten allem Anschein nach eine unangenehme Überraschung erlebt, wahrscheinlich in dem Moment, in dem Zokora erwacht war. Ich hätte gern gesehen, was sie getan hatte, um diese abgebrühten Halunken derart zu erschrecken, dass sie selbst ein Leben in Sklaverei ihrer Gesellschaft vorzogen. Oder besser nicht. Immer wieder vergaß ich, dass es eine Zokora gab, die nicht meine Gefährtin oder vielleicht sogar Freundin war, sondern eine Kriegerin der Dunkelelfen.

Warum waren sie nicht zu der Wegestation zurückgekehrt? Ich ging davon aus, dass Zokora keine Angst vor den dortigen Wachen hatte.

Und von Ordun, vor dem man mit Grund hätte Angst haben können, wussten sie alle nichts. Oder? Hatten sie es erfahren? Ich konnte getrost davon ausgehen, dass Zokora mittlerweile auch die letzten Geheimnisse der Sklavenhändler kannte.

Immerhin befand sich noch ihre Ausrüstung in der Wegestation. Auch wenn Zokora kein Bannschwert besaß, war ich mir doch sicher, dass sie ihr Gepäck nicht missen wollte, schon allein ihr Kettenhemd war unersetzlich für sie.

Es gab zwei Möglichkeiten. Die eine war, sie wussten es nicht. Armin hatte mir erzählt, dass Fahrd oft die Besitztümer seiner Opfer diskret am Markt verkaufte, und bis ich unsere Sachen gefunden hatte, war ich selbst davon ausgegangen, dass sie sich auf dem Weg nach Gasalabad befanden. Was mich anging – wer konnte sagen, was sie über mich erfahren hatten, vielleicht hielten sie mich für tot.

Die andere Möglichkeit war, dass es für Zokora Wichtigeres zu tun gab, als zur Wegestation zurückzukehren. Meine Gefährten waren getrennt worden, und vielleicht wusste Zokora etwas über die anderen. Möglicherweise suchte sie sie.

An die Möglichkeit, dass Leandra, Sieglinde und Janos verletzt oder sogar tot waren, wagte ich nicht zu denken. Mir war nur eins klar: dass sowohl Sieglinde als auch Leandra ihre Schwerter nicht zurücklassen würden.

Hatten wir uns auf der Straße nach Gasalabad verfehlt? Ich versuchte mich zu erinnern, aber gerade auf dem letzten Teil der Reise hatte der Verkehr auf der Straße stark zugenommen. Ich hatte Dutzende von dunkel oder hell gekleideten Reisenden gesehen, viele davon zu Pferd. Keiner von uns hatte erwartet, dass wir einander entgegenreiten könnten. War es denkbar, dass ich meine Gefährten nicht erkannt hatte und sie mich nicht?

Ja. Auf einem Pferd, in diese wallenden Gewänder gekleidet, mit Armin und Helis an der Seite ... Es war möglich. Ich fluchte leise.

Gut. Ich nahm an, dass Zokora, Varosch und Poppet sich in der Stadt befanden. Ich war mir ziemlich sicher, dass es Poppet war; sie war fast so groß wie Leandra, aber eben nicht so elfengleich. Ich musste lächeln, denn bevor ich Leandra kennengelernt hatte, hätte ich Poppets üppigeren Formen selbst den Vorzug gegeben. Genau diese weibliche Figur, so vermutete ich, war der Grund, warum der Sklavenaufseher in der verhüllten Begleitung Zokoras eine andere Frau erkannt hatte.

Ausgerüstet waren sie mit dem, was die Sklavenhändler besessen hatten, bevor sie selbst zu Sklaven wurden. Also mindestens neun Pferden, vielleicht mehr, Waffen und einer unbekannten Menge Gold. Wenn sie mehr brauchten, konnten sie ja die Pferde verkaufen.

»Guter Mann.« Ich hielt einen der Passanten an. »Könnt Ihr mir sagen, wie ich zu einem Pferdemarkt komme?«

»Jawohl, Esseri, das kann ich. Folgt einfach dieser Straße, bis ihr zum Brunnen der Heiterkeit gelangt. Biegt dort rechts in die Straße der Bäcker ein, folgt dieser bis zum Tor der Reue. Hinter diesem Tor liegt der Markt auf dem Platz der Ferne, dort werdet Ihr die besten Pferde finden.«

»Danke.« Ich drückte ihm ein Silberstück in die Hand.

Er sah die Münze sprachlos an, biss in ihren Rand, seine Augen weiteten sich, und er strahlte. »Habt Dank, Esseri, habt Dank für diese großzügige Gabe! Mögen die Götter auf Euch herunterlächeln und Eure Frauen ewig schön sein.«

Ich beschleunigte meinen Schritt. Der Brunnen der Heiterkeit war schnell gefunden. Ein Springbrunnen, angelegt wie ein Teich, mit Schilfrohren aus Stein und deutlich unbekleideten Wassernymphen aus Alabaster, die vergnügt im Wasser zu planschen schienen, ihre Mienen offen und fröhlich, ihre Münder lachend … Ich musste lächeln, als ich diese Statuen sah. Der Brunnen der Heiterkeit.

Bessarein war ein Land von Gegensätzen, die für mich unvereinbar erschienen. Auch bei uns, in den neuen Reichen, gab es Armut, aber ich hoffte, dass sie nicht so elend und so reichlich vorhanden war wie hier. Es gab dort auch Bettler, ja, aber hier saßen gleich zwei an jeder Straßenecke, Kinder genauso wie Greise. Und an ihnen vorbei gingen Männer und Frauen, so reich gekleidet, dass unsere Könige sich schäbig vorkommen würden. Auf dem Land versandeten die alten Kornfelder langsam zu Wüsten, hier herrschte ein Überfluss an Waren, wie ich ihn noch nie zuvor gesehen hatte, und auf derselben Straße, in der gezuckerte Früchte feilgeboten wurden, sah ich hungergeblähte Kinder, die mit Stockhieben von den Eingängen der Gebäude vertrieben wurden, wenn sie es wagten, dort Schatten zu suchen. Über all dem hing ein Geruch, süßlich und schwer, ein Geruch, an dem ich diese Stadt immer erkennen würde. Süß wie Fäulnis und Zucker zugleich.

Gasalabad.

In Bessarein war es deutlich besser, reich zu sein. Dies also war Serafines Heimat. Ich bezweifelte, dass sie viel wiedererkannte. Außer der Gewohnheit, viele Worte um nichts zu machen.

Die Straße der Bäcker war einfach zu finden, ich folgte nur meiner Nase. Ich hatte bisher keine Ahnung gehabt, dass man Brot in derartig vielen Variationen backen konnte, Brot und anderes. Ich kaufte etwas, das man Torte nannte, auch wenn der Händler fast sein ganzes Kupfer aufgab, um auf mein Silber zu wechseln. Mit klebrigen Fingern ging ich weiter und sah einen Jungen am Straßenrand. Er hielt eine Schale mit Wasser in der Hand und eine hölzerne Schale stand zu seinen Füßen, in der anderen Hand hielt er relativ saubere Tücher. Verwundert sah ich, wie ein Passant seine rechte Hand in das Wasser tauchte und der Junge sie ihm mit den Tüchern abtrocknete. Mit der anderen Hand warf der Passant ein Kupferstück in die Schale zu Füßen des Jungen.

Ich tat das Gleiche, aber als ich meine linke Hand in das Wasser tauchte, sah mich der Junge erstaunt an. Er trocknete meine Hände ab, ich gab ihm zwei Kupferstücke. Dann sah ich, wie er das Wasser wegschüttete und aus einer Amphore neu auffüllte. Niemand wusch die linke Hand, es war immer nur die rechte. Ich ging weiter, mich aufmerksam umschauend. Mit der linken Hand wurde gezahlt und Geld gewechselt, mit der rechten Hand wurde gegessen oder auch ein Schwert oder Dolch berührt. Niemand trug seine Waffen so, dass sie mit links gezogen wurden. Sklaven dagegen benutzen beide Hände. Kaum ein Mann war rasiert; die rasierten Männer, die ich sah, hatten alle eine gewisse Weichheit in den Zügen ... Armin hatte wohl die Wahrheit gesagt, als er von den Eunuchen sprach.

Auch das Tor der Reue war leicht zu erkennen, ich hörte das Geschrei und Wehklagen schon von weitem. Es stand wieder einmal in einer inneren Mauer – Gasalabad war von diesen inneren Wehrmauern durchzogen wie Honigwaben. Über den Köpfen der Stadtbewohner, die das Leiden, das dort zu sehen war, oft vollständig ignorierten, wand und krümmte, schluchzte, weinte oder litt ein Panoptikum des Schreckens. In eisernen Käfigen, auf Pfählen aufgespießt, an Fleischerhaken hängend litten dort Unglückliche, und ja, ich wusste, dass eine jede dieser armen Seelen bereute, hier ihren Platz gefunden zu haben. Die Gerichtsbarkeit von Gasalabad machte nicht halt vor Frauen, doch die befanden sich nicht in jener schrecklichen Galerie über unseren Köpfen, sondern auf dem Platz links vom Tor. Dort standen gut zwei Dutzend Pranger, in den meisten waren nackte Frauen zu sehen.

Sie standen, über einen Balken gebückt, mit Hals und Händen in ein Joch eingespannt. Manche schienen mir ohnmächtig oder gar tot, andere ertrugen ihre Strafe schicksalsergeben. Unrat, faules Obst und anderes beschmutzten diese Unglücklichen, nur an zwei Prangern sah ich Familien, die sich um die Gefangenen kümmerten, sie wuschen oder fütterten, aber auch sie versuchten nicht zu verhindern, dass die Frauen beworfen wurden. Um einen dieser Pranger herum hatte sich eine Traube aus lachenden, johlenden Männern gebildet.

Zwei Stadtsoldaten schleppten gerade eine sich heftig sträubende junge Frau zu einem leeren Pranger, drückten sie in die Öffnungen, schlossen das Joch und rissen ihr dann ihr dünnes Kleid vom Leib. Einer der Wächter war der Erste, der sich an ihr verging.

Sie schrie vor Schmerz und Entsetzen auf. Fast sofort wurde sie vom erneuten Gelächter der Männerhorde übertönt. Der Grund ihrer Heiterkeit war ein anderer Mann, der mit breitem Grinsen einen Esel heranführte …

Ich schloss die Augen, wünschte mir beinahe, dass ich wieder blind wäre, und eilte durch das Tor. Auch bei uns gab es öffentliche Hinrichtungen und Strafen und selbst den Pranger. Aber auch gefangene Frauen standen unter dem Schutz Astartes. Bespucken, Beschimpfen oder auch mit faulen Tomaten Bewerfen, all das kam vor, vielleicht auch, verstohlen in der Nacht, anderes. Aber nicht so. Nicht so offen, als wäre es nichts Besonderes. Nicht als Zeitvertreib. Götter.

Waren das die Gesetze Askannons?

Zumindest Gasalabad war eine reiche Stadt und Heimstatt für mehr Menschen, als jemals in Kelar gelebt hatten. Nur in dieser Stadt konnte man leicht eine Legion rekrutieren. Aber die Leute hier waren fremder für mich als ihre Umgebung.

Der Platz der Ferne lag nun vor mir, und er verdiente seinen Namen. Er allein war größer als so manches Dorf, das ich kannte. Als ich den Platz durch das Tor der Reue betrat, vermochte ich nicht das Ausmaß seiner Dimension zu überblicken, ich sah zuerst nur ein Meer aus Menschen, Tieren und bunten Ständen. Zu meiner Rechten, anschließend an die Mauer und direkt neben dem Tor der Reue, stand eine große, stabile, leere Plattform.

Eine Säule, noch weit entfernt von mir, markierte den Mittelpunkt des Platzes. Sie ragte empor wie eine Nadel, zu schlank, um eine solche Höhe zu erreichen und nicht umzufallen. Etwas glänzte golden an ihrer Spitze, ich musste die Augen zusammenkneifen, um zu sehen, was es war. Die Figur eines Mannes. Er trug keinen Burnus, sondern weite Hosen und Jacke; er stand dort, eine Hand erhoben und ausgestreckt, die andere an der Seite in eine Schärpe gehakt, den Kopf zurückgelegt. Er sah nach oben und in die Weite, und über seiner Hand mit dem schweren Lederhandschuh schwebte ein goldener Adler, die Flügel ausgebreitet zu einem mächtigen Flügelschlag, ein Adler, der danach strebte, die Höhe und die Weite zu erlangen, die er brauchte, um glücklich zu sein.

Selten hatte mich etwas so berührt wie der Anblick dieser Statue. Ich war zu weit entfernt, um die Details sehen zu können, aber die anmutige Haltung, die Bewegung des Mannes, der den schweren Vogel soeben in die Luft geworfen hatte, das ferne Ziel, das der Blick von Mensch und Vogel anvisierte, all dies drückte für mich ein Verlangen nach Freiheit und nach Weite aus, den Wunsch, Neues zu sehen, zu erkunden und sich an dem Flug selbst zu erfreuen.

Der Platz der Ferne.

Ich sah mich um, und in diesem Moment hasste ich diese Stadt. Wie war es möglich, dass die Menschen dieses Landes solche Statuen, Brunnen und Plätze errichten konnten, solch einen Sinn für Schönheit besaßen und dennoch so viel Elend zuließen?

Ich trieb im Strom der Menschen mit und beobachtete. Ich erkannte, dass der Platz achteckig und von acht Gebäuden umschlossen war. Der Ort, an dem sie standen, war gewiss von der Wissenschaft der Geometrie und der Ausrichtung des Himmels bestimmt. Jedes dieser Gebäude hatte, obwohl von unterschiedlichem Stil, dieselbe Dimension in Höhe, Breite und Tiefe.

Vier Tempel besetzten Norden, Osten, Süden und Westen, ein jeder anders, ein jeder gleichermaßen beeindruckend. Und zwischen ihnen, zwischen den Tempeln des Himmels, standen an den Orten zwischen den Richtungen des Himmels die Tempel der Welt. Noch wusste ich es nicht, weil sie zu fern waren, als dass ich ihre Bedeutung in diesem Moment hätte erkennen können. Eine Bibliothek, ein Ort des Wissens; der Sitz des Magistrats, wo über das Schicksal der Stadt entschieden wurde; die Börse, der Tempel des größten Gottes dieser Stadt; zuletzt ein Gebäude, das ich erkannte, ohne es je zuvor gesehen zu haben.

Es war ein Oktagon aus präzise geschnittenem grauen Stein, massiven Mauern, deren Bauart nicht zu verwechseln war, einem Tor, das weit offen stand, und hinter den Mauern erhob sich ein achteckiger Turm beinahe höher als der höchste Punkt der Tempel. Über ihm wehte die rote Flagge mit dem goldenen Drachen des Imperiums.

Gerade in den letzten Tagen, als sich unsere kleine Gruppe mühsam entlang einer vom Sand begrabenen alten Straße dieser alten Stadt entgegenbewegt und unsere Augen nichts als versandete Felder und verfallene Dörfer und Gehöfte erblickt hatten, schien uns die Hoffnung, dass das Alte Reich noch in irgendeiner Form bestand, immer schwerer aufrechtzuerhalten.

Der Anblick von Gasalabad, als es golden vor mir lag, hatte mir Hoffnung gegeben, aber sie entsprach nicht dem, was ich mir vom Alten Reich gewünscht hatte.

Aber dieses Gebäude drückte alles aus, was ich von diesem legendären Reich zu wissen glaubte.

Ohne dass ich es bemerkte, trugen mich meine Füße durch die Menschenmassen, vorbei an Ständen, Märkten, Tee- und Backstuben und Brunnen, direkt vor diese graue Zitadelle.

Die Mauern ragten nicht senkrecht in die Höhe, sondern waren leicht nach außen geschwungen. Der unbekannte Architekt hatte ihnen somit eine gewisse Leichtigkeit verliehen und Ähnlichkeit mit einer aufstrebenden Woge. Der Turm hinter den Mauern, der nicht minder massiv war, als ich es von den anderen Bauwerken des Reiches kannte, erhielt durch die Anordnung von großen Fenstern und Galerien eine einfache geometrische Eleganz, die in ihrer Schlichtheit groß wirkte. Obgleich auch hier das Baumaterial harter Fels war, hatte der Architekt diesmal einen Stein von hellem, lichtem Grau gewählt, dunkler unten am Boden, leichter und heller werdend in der Höhe, wo die Zinnen fast weiß erstrahlten. So wirkten die Mauern dieser Festung nicht bedrohlich, sondern versprachen freundliche Sicherheit.

Vor langer Zeit hatte ich einmal zu den Füßen eines alten Priesters Soltars gesessen und mit Vergnügen und deutlichem Hunger das weiße Tempelbrot gegessen, das er mir reichte. Ich hatte ihn gefragt, warum der Tempel seine Form hatte, ob es nicht auch einfach ein kleiner Schrein auf einem Platz getan hätte. Abgesehen davon, dass man mit der Pracht eines Tempels auch den Gott, dem er gehörte, ehren wollte, so erklärte mir der Priester mit einem Lächeln, gebe es ein Geheimnis, verborgen in der Form und Geometrie eines Gebäudes, das den Menschen Erhabenheit vermittelte, Kraft und Ruhe. Ein Tempel, sagte er, drücke allein schon durch seine Form aus, dass man an diesem Ort die Ruhe zur Besinnung habe und die schützende Hand des Gottes in seinem Haus zu spüren sei.

Diese Festung war ein Tempel. Ein Tempel zur Ehre des Alten Reiches.

Ich bemerkte, dass ich nun vor dem Tor stand, genauer gesagt, vor der Brücke zum Tor. Um diese Zitadelle herum lief ein breiter Graben, gefüllt mit dem kostbarsten Gut Bessareins, klarem, frischem Wasser. Schwäne glitten majestätisch über die spiegelglatte Oberfläche, und eine tiefe Mauer, niedriger als meine Hüfte und mit geometrischen Mustern verziert, verhinderte, dass jemand oder etwas in dieses kristallklare Wasser hineinfiel. Gut dreißig Schritt war der Graben breit, genug, dass der Baumeister an jeder der acht Ecken des Gebäudes im Wasser einen eleganten Turm platzieren konnte, Türme, die schlank aus dem Wasser ragten und sich, Blumen gleich, an ihrer höchsten Stelle zu einer Plattform verbreiterten. Dort sah man hinter spielerisch verzierten Zinnen Statuen von Tieren, so zum Beispiel links und rechts der Brücke einen Bullen und einen Greifen. Der Bulle zu meiner Rechten war kraftvoll und stämmig, aber der Künstler zeigte ihn, wie er friedlich an einer Blume zu schnuppern schien. Der Greif war nicht minder majestätisch und schnappte mit seinem gekrümmten Adlerschnabel beinah übermütig nach einem Schmetterling.

Ich suchte und fand die anderen Wappentiere der Kriegerclans des Alten Reiches, alle in irgendwelchen spielerischen Posen auf den Podesten dieser Säulen. Ich lachte laut auf, was mir die Blicke anderer Passanten einbrachte und sie veranlasste, einen weiten Bogen um mich zu machen.

Niemand befand sich zwischen mir und den Wachen am Tor, und ich bemerkte, dass mein Gelächter auch ihre Aufmerksamkeit erregte.

Ich ging weiter, betrat die Brücke und beugte mich über das niedrige Geländer, um einen Blick ins Wasser zu werfen. Es ging kein Wind, der die Oberfläche des Wassers kräuselte, vielleicht verursachte einer der Schwäne eine leichte Welle, doch das Wasser war glatt und klar, sodass man fast bis auf den Grund blicken konnte, wo sich dann doch allmählich die Sicht verlor.

Ich schätzte die Tiefe des Grabens auf gute dreißig Schritt. Von meinem Standpunkt aus konnte ich gut das Fundament des Turms sehen, der den Bullen trug. Vom Turm aus führte, elegant geschwungen, eine versunkene Brücke zum Fundament der Zitadelle, dort entdeckte ich, gut vier Mannslängen unter der glatten Oberfläche, eine massive Tür.

Kopfschüttelnd erhob ich mich und begab mich weiter die Brücke entlang, bis ich etwa sechs Schritte vor dem offenen Tor innehielt und die beiden Wächter musterte.

Es waren Bullen, die schwere Infanterie des Alten Reiches. Sie trugen die schweren Vollpanzer, standen breitbeinig wie die Statuen da, und ihre gepanzerten Hände ruhten auf den Parierstangen von blanken Bastardschwertern. Auf ihrer linken Brust war der Bulle auflackiert, über ihm die Zahl Sechs in der Schrift des Alten Reiches. Der Sechste Bulle, die Sechste Legion.

Nur die Gesichter hinter den offenen Visieren verrieten, dass es sich nicht um Statuen handelte. Hier standen ein Mann und eine Frau; sie trugen diese schweren Rüstungen scheinbar leicht. Ihre Gesichter – der Mann war entgegen der hiesigen Gebräuche glatt rasiert – wirkten sowohl gelassen entspannt als auch aufmerksam. Beide musterten mich in einer Art, die mir sagte, dass sie fähig wären, mich später in jedem Detail zu beschreiben.

Vor mir standen zwei Bullen, lebende Legenden, etwas, das ich vergangen glaubte, bis ich mit eigenen Augen diese Zitadelle erblickt hatte.

Ich sah mich weiter um. Das Tor stand offen, zeigte einen tiefen Tordurchgang und dahinter einen weiten Platz und dann die ebenfalls geöffnete Tür zum Turm. Trotz seiner gewaltigen Ausmaße war der Platz der Ferne gefüllt mit Menschen, doch niemand außer mir und diesen Wachen befand sich auf der Brücke zur Zitadelle, niemand eilte hier geschäftig durch die Tore.

»Die Götter mit Euch, Freunde, würdet Ihr mir sagen, was dies für ein Ort ist?«, fragte ich höflich die beiden Bullen.

Etwas Seltsames geschah, oder ich hatte es vorher nicht wahrgenommen, denn nun sah ich unter dem Bullen auf ihren Brustplatten weitere Schriftzeichen. Rechts von mir stand Lanzenkorporal Frey, die junge Frau zu meiner Linken war Stabssergeant Wilnosch.

»Dies ist die Gesandtschaft der imperialen Stadt Askir«, beantwortete Wilnosch meine Frage. Der Ton ihrer Stimme sollte wohl Gleichgültigkeit vortäuschen, aber durch meine Blindheit waren meine Ohren schärfer geworden, und sie verrieten mir unter der Langeweile gespannte Aufmerksamkeit.

Was an mir, außer dass ich der Einzige auf der Brücke war, hatte diese Aufmerksamkeit ausgelöst?

Ich hatte selbst schon Wache gestanden. Das war schwierig, es dauerte wahrlich nicht lange, bis einen die Füße schmerzten und man sich an Stellen kratzen wollte, die man durch die Rüstung nicht erreichen konnte. Und es lag in der Natur der Sache, dass niemals etwas geschah.

Leicht war es möglich, in einen Dämmerzustand zu verfallen. Man nahm wahr, wer sich dem Tor näherte, aber solange sich nichts Besonderes ereignete, blieb man in diesem Dämmerzustand. Zeremoniell Wache zu stehen, wie es diese beiden hier taten, war noch schlimmer. Wenn man sich nicht bewegen durfte, wurde der Dämmerzustand fast zu einer Art Trance. Wachsoldaten konnten in der Tat im Stehen schlafen.

Was also hatte diese beiden alarmiert?

»Die Botschaft also. Ein prächtiges Gebäude. Ist es erlaubt, es zu betreten?«

»Sicherlich. Bürgern des Reiches steht es frei, hier ein und aus zu gehen.«

»Darf man auch den Turm betreten?« Ich lächelte. »Ich schätze, man hat von dort aus einen guten Überblick über den Platz.«

Stabssergeant Wilnosch warf mir einen Blick zu, der deutlich machte, was sie von der Idee hielt. »Um den Turm zu betreten, solltet Ihr entweder einen Termin vereinbaren oder aber ein Bürger Askirs sein. Ich weise Euch ausdrücklich darauf hin, dass Ihr Euch, seitdem Ihr die Brücke betreten habt, auf imperialem

Boden befindet. Hier gilt nicht das Recht des Königreichs Bessarein, hier gilt imperiales Recht.«

Nun ergriff Lanzenkorporal Frey das Wort: »Es ist unsere Pflicht, Euch darauf hinzuweisen, dass Ihr in diesem Moment gegen ein Stadtgesetz Gasalabads verstoßt. Seit drei Monaten ist es verboten, die Botschaft zu betreten oder mit einem Vertreter der Reichsstadt Askir zu sprechen. Dies geschieht gerade.«

Wilnosch sprach weiter: »Solltet Ihr hierher gekommen sein, um Zuflucht zu erlangen oder Euch der Gerichtsbarkeit der Reichsstadt zu stellen, dann ist es nicht von Belang, wenn ihr Euch weiter hier aufhaltet. Sollte aber Neugier Eure Füße hierher gelenkt haben, empfehle ich, Euch verächtlich von uns abzuwenden, uns vielleicht vor die Füße zu spucken und Euch dann schnell wieder zu entfernen.«

Sie musterte mich aufmerksam, als sie das sagte. Ein Zwist zwischen der Reichsstadt und Bessarein? Seit drei Monden?

»Danke für Eure Auskunft und Warnung.« Ich ließ meinen Blick noch einmal über die Festung schweifen, nickte den Bullen zu und ging nachdenklich davon. Als ich die Brücke verließ, sah ich zwei Stadtwachen, die mich mit Misstrauen in den Augen musterten. Ich ging langsam weiter, ohne ihnen Beachtung zu schenken. Die Wachen beließen es bei ihren Blicken.

Ich hatte fast schon befürchtet, verhaftet zu werden.

Wenn ich Kennard richtig verstanden hatte, existierten die sieben Reiche und die Reichsstadt Askir seit Jahrhunderten miteinander. Nach imperialem Recht beanspruchte Askir noch immer die Hoheit über die Wegestationen und die imperialen Straßen. Ein Anspruch, der nur dadurch gewährleistet werden konnte, dass er auch zu verteidigen war. Also musste die Reichsstadt noch über eine gewisse militärische Macht verfügen.

Zur Frühlingssonnenwende fand der Kronrat oder Reichsrat in Askir statt. Es war unser Ziel, dass Leandra vor ihm sprechen konnte, um Hilfe zu erbitten. Von einem Zwist zwischen den Reichen, oder zumindest Bessarein und der Reichsstadt, war nicht die Rede gewesen.

Ich blickte noch einmal zu der Zitadelle, Verzeihung, Botschaft zurück. Ich war mir sicher, dass sie einen Torraum besitzen musste. Kennard behauptete, dass niemand mehr im Alten Reich das Geheimnis der Tore kannte und nun alle Torsteine verschwunden waren. Die Frage war, ob dies der Wahrheit entsprach. Mit einem funktionierenden Tor, zum Beispiel nach Askir selbst, hätte man keine Schwierigkeiten, diese Festung zu halten. So harmlos, fast verspielt, wie sich diese Zitadelle darstellte, war sie nicht. Der Grund meines unwillkürlichen Gelächters von vorhin war die Erkenntnis gewesen, dass ich selten eine genialere Verteidigungsanlage gesehen hatte. Die implizite Drohung der Statuen auf den geschickt platzierten Wehrtürmen im Wasser mit spielerischen Elementen zu tarnen, sprach von einem gewissen Humor des Architekten. Das war es, was mein Lachen ausgelöst hatte.

Abgesehen von der Statue auf dem Platz gab es nichts, was sich in Gasalabad höher erhob als die Fahne des Alten Reiches, der goldene Drache auf rotem Grund.

23. Von Dieben und Tempeln

Ich wanderte, tief in Gedanken versunken, weiter auf dem Platz umher. So geschickt ging der Dieb vor, dass ich das Zupfen an meinem Gürtel wohl kaum bemerkt hätte, wäre ich nicht noch immer mit den Sinnen eines Blinden ausgestattet gewesen.

Trotzdem war ich zu langsam. Ich erwischte zwar noch den Dieb, aber nicht das kleine Mädchen, dem der Knabe meinen Beutel zuwarf und das dann in ihrem Lumpengewand durch die Menge davonrannte.

Ich schalt mich selbst einen Toren, wie konnte ich so unachtsam sein!

Es ging mir nicht um das Silber, allein das war schon dumm genug, aber diese Diebin machte sich soeben mit einem Schatz davon, der größer war, als sie sich vorstellen konnte: Mein Beutel enthielt unsere verbliebenen Torsteine. Beim hastigen Ankleiden im Keller der Wegestation, hatte ich sie zwischen unserem Gold gefunden und in meinen Beutel getan, mit der Absicht, sie bei nächster Gelegenheit an einem sicheren Ort zu verstauen. Allein, ich hatte es vergessen. Bei den Göttern, wie konnte ein einzelner Mensch mit so viel Torheit geschlagen sein!

»Esseri, lasst mich los, Ihr tut mir weh! Esseri! Was wollt Ihr von mir, ich habe nichts getan!«, rief der Dieb. Ich hatte ihn am Unterarm gepackt. Er wand sich unter meinem Griff, versuchte meine Hand aufzuhebeln und verwendete seine freie Hand, um die Wirkung des Hebels seines Arms zu verstärken. Das zeigte deutlich, dass er sehr wohl Übung darin hatte, zu entkommen, selbst wenn man ihn ertappte. Er war vielleicht zwölf Jahre alt, dreckig, mit sandbraunen Haaren und einem Gesicht, auf dem es nun eine so übertrieben unschuldige Miene zur Schau stellte, noch dazu mit Tränen in den Augen, dass ich gelacht hätte, wären nicht soeben unsere Torsteine verschwunden.

Ich streckte meinen Arm aus und hob den Knaben an. Seine Augen weiteten sich, als er den Boden unter den Füßen verlor.

»Du und ich, mein kleiner diebischer Freund, wir werden uns nun unterhalten«, sagte ich.

Doch ich hatte vergessen, ihm etwas abzunehmen – die verborgene Klinge seines Handwerks, eine kleine Sichel, die scharf genug war, einen Beutel zu zerschneiden, ohne dass der Besitzer etwas merkte.

Er hielt einen Moment lang still, um dann in einer Bewegung, so schnell, dass ich nicht reagieren konnte, mit dieser Klinge Adern und Sehnen der Hand zu durchschneiden, die ihn hielt. Meiner Hand.

Die Hand öffnete sich, Blut spritzte, und der kleine Teufel sprang zur Seite. Ich griff mit der anderen Hand nach ihm, bekam nur sein zerlumptes Gewand zu fassen, und dann warf er sich in die Menge, beinahe schnell genug, um mir erneut zu entkommen. Aber nur beinahe, denn ich brachte ihn mit einem Fuß zu Fall. Er war nun fast nackt, bis auf einen Lendenschurz. Sein nackter Körper glänzte vor Schweinefett, mit dem er sich eingerieben hatte, und vor Blut, das ich auf ihn versprühte. Die Haare auf seinen Kopf waren zu kurz geschoren, um ihn dort zu packen. Ich ergriff ihn mit meiner linken Hand am Hals, ein unsicherer Griff, war der Kerl doch glitschig vor ranzigem Fett und meinem Blut. Dennoch hob ich ihn erneut hoch.

Um uns herum wogte die Menschenmasse, hatte aber während der Auseinandersetzung für uns etwas Platz gemacht, sodass mehr Zuschauer das kleine Schauspiel genießen konnten. Ich hörte sogar, wie Wetten abgeschlossen wurden, ob der kleine Teufel mir erneut entkommen würde oder nicht.

Wie ein Affe turnte er an meinem Arm, schlang seine dürren drahtigen Beine um diesen herum und trat mir mit einem dreckigen Fuß mitten ins Gesicht.

Blut schoss aus meiner Nase, und Tränen und bunte Lichter füllten meine Augen. Bei den Göttern, der kleine Bastard hatte mir die Nase gebrochen!

Beinahe hätte er es doch geschafft, mir zu entschlüpfen, denn ich ließ ihn nun los, und wie eine Katze landete er auf allen vieren und war schon in Bewegung, als ihn der Knauf meines Dolches im Nacken traf.

Hier war es nicht üblich, Waffen mit der linken Hand zu berühren, aber ich trug zwei Dolche im Gürtel und wusste sie auch mit links zu führen.

Ich warf einen Blick in die Menge, als ich ihn auf den Rücken rollte. Kupferstücke wechselten den Besitzer, neugierige Blicke verfolgten, was hier ablief, und ich hörte bewundernde Kommentare über die Zähigkeit meines »Opfers«.

Mir wurde bewusst, wie das Geschehen wirkte. Ich, ein Krieger in Kette und deutlich größer als die meisten Leute hier, verging mich an einem kleinen, dürren, verhungerten Kind! Natürlich wusste jeder, dass es ein ertappter Dieb war, aber wo die Sympathien lagen, war deutlich zu sehen. Bei mir jedenfalls nicht.

Der kleine Mistkerl hatte es in wenigen Sekunden geschafft, mich zu verkrüppeln und mir die Nase zu brechen.

Zwei Lederbänder waren schnell gefunden. Schwieriger war es, mit nur einer funktionierenden Hand den Dieb zu fesseln und dann mein rechtes Handgelenk abzubinden. Als ich fertig war, sahen wir beide aus, als hätten wir zusammen ein Schwein geschlachtet. Es hatte gewiss nicht lange gedauert, aber ich stand mit seltsam schwachen Knien in einer Lache meines eigenen Blutes, mein weißer Burnus war in großen Teilen rot.

Ich warf mir den kleinen diebischen Dämon über die Schulter und ging wortlos auf die Menschenmenge zu. Sie teilte sich vor meinem grimmigen Blick.

Zwei weitere Stadtwachen musterten mich, mein blutüberströmtes Gesicht, den Jungen über meiner Schulter, meine tropfende Hand und wandten sich dann wieder interessanteren Dingen zu.

Unter meinem keuchenden Atem wünschte ich der Götter Zorn auf ihre Köpfe. Wäre es mein eigener Zorn gewesen, sie wären auf der Stelle vom Blitz erschlagen worden. Was war der Sinn von Wachen, wenn sie in einem solchen Fall nur dumm herumstanden?

Mein Ziel war der nächstgelegene Tempel. Der war wohl doch weiter weg als gedacht, denn als ich an den breiten Treppenstufen ankam, zitterten mir die Beine derart, dass ich pausieren musste, bevor ich die breiten Stufen erklomm.

Ein Akolyth trat mir entgegen, er trug die dunklen Gewänder Soltars. Dies war mir mehr als willkommen. »Die Gnade Soltars mit dir, Bruder. Ich suche Einlass in sein Haus, um meine Wunden zu behandeln und diese Ratte hier zu befragen«, begrüßte ich ihn.

»Die Gnade Soltars mit dir, Fremder. Deine Wunden sollen behandelt werden, doch wird niemand in Fesseln das Haus unseres Gottes betreten. Lasst den Jungen frei, und Ihr werdet versorgt.«

»Diese kleine Ratte hat soeben Unersetzliches gestohlen! Ich will ihn befragen, wo ich es wiederfinden kann.«

»Dann wendet Euch an die Diener Borons. Ihr Herr ist es gewohnt, dass jemand in Fesseln in sein Haus geschleift wird«, kam die Antwort des Akolythen.

Ich warf einen Blick in die Richtung, die er mir wies. Borons Tempel war auf der anderen Seite des Platzes, mindestens unerreichbare tausend Schritt entfernt.

»Ich werde verbluten, bis ich dort ankomme.«

Er zuckte mit den Schultern. »Nichts ist für Euch unersetzlicher als Euer eigenes Leben. Lasst den Jungen frei.«

Götter, wie hatte ich nur vergessen können, wie stur Priester waren?

Mir wurde schwach in den Knien, und ich wollte mich auf eine Treppenstufe setzen, doch der Akolyth erhob die Hand.

»Vorsicht, Fremder, wenn Ihr Euch dorthin setzt, habt Ihr den Ort meines Herrn betreten, und ich werde den Jungen freilassen.«

Ich verlor die Geduld. Links und rechts wurde die Treppe von einem steinernen Geländer gefasst, das am Fuß der Treppe in massiven Sockeln endete. Ich drehte mich wortlos zur Seite und begab mich vor den rechten Sockel, wo ich den Jungen fallen ließ.

Der Akolyth war mir gefolgt, und seine Augen weiteten sich, als ich Seelenreißer zog.

»Haltet ein, im Namen Soltars!«, rief er erschreckt, als ich das Schwert erhob, doch zu spät, ich stieß die Klinge herab.

Er stand fassungslos vor mir.

»Nun, Priester, was sagt Ihr, ist der Junge jetzt noch auf dem Grund Eures Herrn?«

Er sah hinab zu dem Jungen und schluckte. Dann schüttelte er langsam den Kopf.

Ich hatte den Jungen so platziert, dass sein Hals im Winkel zwischen Boden und einer Kante des Sockels lag. An der Säule entlang hatte ich Seelenreißer schräg in die Steinplatten des Platzes gestoßen, sodass seine Klinge den Winkel zwischen Boden und Sockel schloss und nun in diesem Dreieck den Hals des Jungen gefangen hielt. Er war erwacht und sah mich mit großen, angstgeweiteten Augen an. Er war vernünftig genug, kein Wort zu sagen, es war fast nur noch Zorn, der mich auf den Beinen hielt. Würde ich nicht bald versorgt, so hätte es dieser kleine Bastard geschafft, mich doch noch unter Soltars Augen treten zu lassen.

Ich kniete mich schwerfällig hin, mein Kettenmantel schien Tonnen zu wiegen, als ich mich auf einem Knie aufstützte.

»Du, mein Junge, wirst dich nicht bewegen. Weißt du, was das für ein Schwert ist?«

Er schüttelte den Kopf.

»Es ist ein Bannschwert. Wenn du dein Leben beenden willst, heb deinen Kopf. Du wirst gar nicht merken, wie es ihn dir abschneidet. Wie du siehst, ist es scharf genug, Stein zu schneiden. Ich trachte dir nicht nach dem Leben, noch will ich dich bestrafen. Wenn ich wiederhabe, was du mir gestohlen hast, lasse ich dich gehen. Aber wenn du willst, kannst du sterben. Tot oder nicht, du wirst mir meine Fragen beantworten. Hast du mich verstanden?«

Er nickte vorsichtig.

Ich erhob mich mit Mühen. »Priester«, sagte ich. »Es ist Eure Verantwortung, dass ihm nichts passiert.«

»Aber, so waren meine Worte nicht gemeint!«, rief er.

Ich blieb stehen. Er stand eine Stufe über mir, dennoch konnte ich auf ihn herabsehen. »Priester Soltars, Eure Worte ließen mir die Wahl, ihn gehen zu lassen, ihn zu töten, oder das zu tun, was ich tat. Es ist ein Kompromiss. Kompromisse machen niemanden glücklich, das solltet Ihr wissen.«

Er sah meinen Blick und trat wortlos zur Seite.

»Ach«, sagte ich. »Ich hätte es beinahe vergessen zu erwähnen. Seht zu, dass niemand meine Klinge berührt. Bannschwerter mögen keine fremden Hände auf sich.« Ich ließ den fassungslosen Priester stehen und schritt durch das große Tor in Soltars Haus.

24. Von Bestimmung und Hoffnung

Ich kniete unweit der Soltarstatue auf einer steinernen Bank. Mit der Hilfe zweier Tempeldiener hatte ich mich meiner Rüstung entledigt, und mein Arm lag nun vor mir auf einem polierten steinernen Tisch. Meine Hand lag über eine Ecke des Tisches hinweg auf einer Erhöhung im Stein. Blutiger Branntwein floss in einer Rinne ab, um unter dem Tisch in einer Schale aufgefangen zu werden.

Mir gegenüber saß ein alter Mann in den Gewändern eines Adepten Soltars, er hatte die Wunde soeben mit Branntwein gewaschen und überprüfte sie nun mit geschickten Fingern. Nach der Waschung mit dem Branntwein war es keine Erholung, seine Finger in der Wunde zu spüren und wieder atmen zu können. Ich mochte Schmerzen nicht.

»Hhm. Havald ist Euer Name, sagtet Ihr?«

Ich nickte.

»Ich fürchte, es sieht schlecht aus für Euch. Er hat Eure Adern und die Sehnen darunter zertrennt. Die Wunde wird schwären, und Ihr werdet die Hand verlieren. Seht, Eure Finger sind schon bläulich. Ich werde amputieren müssen.«

Ich schloss die Augen. Götter, was sollte das? Hätte ich amputieren wollen, hätte Seelenreißer mir den Gefallen erwiesen!

»Heilt die Wunde!«

Er zog eine Augenbraue hoch und sah mich erstaunt an. »Soll ich Euch die Adern und Sehnen wieder zusammennähen? Wie stellt Ihr Euch das vor?«

Ich fing seinen Blick ein und hielt ihn, während ich mit der anderen Hand in eine Tasche griff und ein Döschen auf den Rand des Tisches legte, ein Döschen, auf dessen Deckel das Zeichen Soltars prangte. »Genau so, wie ich es sagte, Priester. Den Rest wird Soltars Gnade mir schenken.« Ja. Spätestens in dem

Moment, wenn Seelenreißer erneut ein Leben nahm. Aber das erzählte ich ihm wohl besser nicht.

Seine Augen weiteten sich, als er das Döschen sah. Mit zitternden Fingern öffnete er es, sah die gekrümmte goldene Nadel und das Garn in der weißen Paste.

»Das … das ist … Wo habt Ihr das her?«

»Ein Geschenk eines Tempels unseres Gottes«, sagte ich. »Nun fangt an. Lasst Soltar Eure Hände führen und vertraut seiner Weisheit mehr als Eurer.«

Er tat nichts, sah mich nur an. »Wer seid Ihr?«, fragte er dann leise.

»Im Moment bin ich jemand, der so lange vor sich hinbluten wird, bis er eher bei Soltar ist als Ihr. Und wenn Ihr nicht anfangt, werde ich ihm sagen, was ich davon halte.«

Er sah mich überrascht an, dann lächelte er. »Das darf ich ja wohl nicht geschehen lassen, oder?« Er ergriff die goldene Nadel mit der linken Hand, schloss die Augen, atmete tief durch und begann, ohne die Augen zu öffnen, mit seinem Handwerk.

Ich wusste nicht, wie lange ich so dasaß. Ich hielt still, während die Nadel auf und ab ging, ich dachte nichts, leerte mich, damit ich nicht zuckte und die Arbeit des Priesters zunichte machte. Mein Blut tropfte weiter in die Schale, und fast war es, als schliefe ich.

Ein anderer Priester gesellte sich zu uns, nahm zu meiner Rechten Platz und beobachtete das Werk des Chirurgen.

»Es ist lange her, dass Ihr das Haus Eures Gottes betreten habt«, sagte er nach einer Weile. Er hatte recht. Vor über zweihundertundfünfzig Jahren hatte man mich rituell gewaschen und mir die Totenmesse gelesen. Seitdem hatte ich mich nicht mehr unter dem Dach befunden, das mir bis dahin mein Leben lang Zuflucht gewährt hatte.

»Ja, das ist eine lange Zeit«, sagte er. »Aber ich hoffe doch, Ihr betet regelmäßig? Die Götter möchten verehrt werden. Sie sind alle etwas eitel.«

Wer mochte nicht angebetet werden? Die Menschen strebten danach, warum nicht auch die Götter? Es war ihr Recht, wenn sie Wunder wirkten, konnten sie auch mal einen Dank erhalten. Eitel … eine seltsame Formulierung, ich hätte sie nicht gewählt, aber vielleicht stimmte es.

Regelmäßig gebetet hatte ich nicht. Ein Mal alle zweihundertundfünfzig Jahre galt wohl nicht als regelmäßig. Oder nur, wenn ich wieder so lange wartete. Ich lachte leise in mich hinein, Blutverlust ließ einen seltsam euphorisch werden. Nicht zu fassen, dass der kleine Bastard es fertig gebracht hatte, mich derart zu verletzen.

»Der Dieb hat nur seine Aufgabe erfüllt. Er lebt, um zu stehlen«, sagte der andere Priester sanft. »Aber er tat mehr als das. Er brachte Euch unter das Dach Eures Gottes. Vielleicht war dies die einzige Bestimmung des Diebs.«

Eine armselige Bestimmung, dachte ich. Selbst einem Dieb gönnte ich mehr. Ich hätte früher oder später schon noch einen Tempel aufgesucht, auch ohne den Dieb.

»Aber es wäre an einem anderen Tag gewesen. Und manche Tage sind anders als andere. Sagt, hat Euch das heilige Garn auf Euren Reisen geholfen?«

Ja. Ich hatte viele Wunden empfangen, die nur wieder zusammenwuchsen, weil das Garn sie heilte. Es war, im wahrsten Sinne des Wortes, ein Gottesgeschenk, und auch Zokora hätte in jener Bärenhöhle nicht überlebt ohne dieses Garn. Der Priester vor mir nähte weiter, ich sah, wie eine sauber genähte Ader sich schloss, bewunderte seine feine Arbeit und auch die Feinheit der Nadel. Wenn er den Faden durch seinen Stich zog, legte er dort einen Hauch der Paste auf, denn der Faden war in die Salbe eingelegt gewesen. Ich konnte fast zusehen, wie die Naht heilte.

»Ihr teilt dieses Geschenk Eures Gottes auch mit anderen, die seine Gnade benötigen? Das ist gut so«, sagte der Priester. »So ist es gedacht. Aber, um auf den Dieb zurückzukommen, er brachte Euch heute hierher. Denn Ihr werdet benötigt. Weniger Ihr selbst als das heilige Garn.«

Der Priester vor mir nähte nun die Haut zusammen, ich war beeindruckt, wie schnell er so weit gekommen war. Meine Finger kribbelten und verloren nun die fahlblaue Färbung. Er war mit Sicherheit der beste Chirurg, dem ich je begegnet war.

»Er folgte Eurem Rat. Seine Augen sind noch immer geschlossen. Und ja, es ist ein Meisterwerk der Heilkunst … Doch Größeres wird von ihm verlangt werden, denn seht, was im Eingang des Tempels geschieht.«

Ich schaute auf und sah über das gebeugte Haupt des Priesters hinweg eine Handvoll Leute in den Tempel stürmen. Eine alte Frau, eine Großmutter, aber noch rüstig, in kostbare Gewänder gekleidet, ihr Gesicht von Gram verzehrt, Panik in ihren blassen Augen, eilte voraus. In ihren Armen lag eine junge Frau, kaum älter als ein Dutzend und vier, blutüberströmt und leblos.

Hinter ihr her eilten Wachen, die sich hastig ihrer Schwerter entledigten, und ein hoch gewachsener Mann mittleren Alters. Sein Gesicht ähnelte dem des Mädchens und der alten Frau.

Selbst auf die Entfernung sah ich den zerfleischten Körper; die Wunde war noch schlimmer als die, welche Zokora in der Bärenhöhle erlitten hatte.

»Es gibt seit einigen Tagen«, fuhr der Priester mit seiner ruhigen Stimme fort, »eine Sensation auf diesem Markt. Ein Bestienhändler stellt einen Greifen zur Schau. Dieses majestätische Tier ist ein erbärmlicher Anblick. Seine Schwingen wurden gestutzt, sein Schnabel mit Bolzen durchbohrt – das erlaubt ihm nur noch ein beschränktes Öffnen des Schnabels –, seine Augen sind meist mit ledernen Kappen verbunden, sodass das Leid in ihnen die Menschen nicht erreicht. Eine schwere Kette hält ihn an einem Pflock, der ungeschickt zwischen die Platten des Marktes getrieben wurde. Als einer der Männer, die ihn füttern, ihn mit einem Stock schlug, zuckte das Tier zusammen und riss den Pflock aus dem Boden. Der Mann, derselbe Mann, der eben jenen Bolzen vorher unauffällig gelockert hatte, tat dies, als die jüngste Tochter des Emirs das arme Wesen bewunderte und gerade verkündete, dass sie dem Greifen die Freiheit schenken wolle. Doch dieses arme Geschöpf wusste nur, dass der Pflock sich löste. Kann man es dem Tier verdenken, dass es blind in die Freiheit flüchten wollte?«

Wohl kaum, dachte ich und beobachtete, wie die alte Frau sich suchend umsah und ihr Blick auf unser kleines Tableau fiel. Sie konnte von ihrer Warte aus gut erkennen, dass hier ein Chirurg an der Arbeit war.

»Es war ihr Schicksal, dass sie dem armen Tier im Weg stand. Zuerst warf der Greif sie nur um, aber der Mann hielt ihn an der Kette zurück und zwar so, dass der Greif über der wehrlosen jungen Frau stand. Dann stach er mit einer Lanze auf den Greifen ein und brachte das Tier zur Raserei. Es wusste nicht, wen es mit seinen Krallen zerriss. Das Ergebnis seht Ihr hier. Der Greif ist nun ohne sein eigenes Verschulden eine menschenmordende Bestie und der Mann ein Held, weil er den Greifen bezwang. Die Tochter des Emirs steht nun an der Schwelle zu Soltars Reich. Alles kam genau so, wie es geplant war.«

Woher wusste der Priester das alles? Es machte keinen Unterschied. Priester wussten viel, und vieles unterlag dem Schweigebann. Selbst wenn sie, wie in diesem Fall, von einem geplanten Verbrechen erfuhren. Dann musste es hart sein zu schweigen.

Der Priester hatte gerade den letzten Stich getan, als die alte Frau uns erreichte. Sie hielt ihm ihre Enkelin entgegen; ich verstand nicht, was sie sagte, es war, als hätte sie keine Stimme, obwohl ich sah, wie ihr Mund sich bewegte.

Ich machte Platz, und die Tochter wurde auf den Chirurgentisch gelegt, von dem der Priester und ich nur eine Ecke in Beschlag genommen hatten. Ich sah nun aus nächster Nähe die fürchterlichen Wunden.

»Nur ein Wunder kann sie retten, Herrin!«, rief der Priester mit Verzweiflung in der Stimme. »Jeder in Gasalabad verehrt die Essera Faihlyd, so auch ich! Ich würde mein Leben geben, um sie zu retten, allein … ich kann nicht!«

Er rang verzweifelt die Hände, und seine Miene sagte, dass er jedes Wort so meinte. Ich sah, wie die alte Frau in sich zusammensackte und ihr Sohn neben sie trat, um sie zu stützen. Noch bewegte sich der jugendliche Brustkorb, noch hielt das Leben die Essera Faihlyd an diesem Ort. Doch die Wunden waren fürchterlich und ich teilte die Ansicht des Priesters: Bald würde die junge Sera vor unserem Gott stehen.

Ich sah den Gram auf den Gesichtern aller um uns herum. So jung wie sie war, hatte diese Frau die Herzen der Menschen doch erobert. Wer war sie, dass sie schon so viele so tief berührte?

Ich betrachtete ihr Gesicht genauer und fand eine Antwort. Manchen Menschen gaben die Götter etwas ganz Bestimmtes. Es war nicht an einer Einzelheit festzumachen, aber andere Menschen erkannten es, wenn sie es sahen. Es gab Menschen, in deren Antlitz man für sich Hoffnung finden konnte. Hoffnung, das letzte Geschenk der Götter an die Menschen.

Der andere Priester war nicht mehr zu sehen, hatte mit mir Platz gemacht, er war wohl hinter mich getreten. Von dort hörte ich seine ruhige Stimme.

»Ein Mensch hat für sie dieses Schicksal vorgesehen. Götter planen anders, und wie für Euch ist auch für sie die Zeit noch nicht gekommen. Nun wisst Ihr, warum ein Dieb Euch heute in dieses Haus brachte. Ihr könntet nun den Chirurg daran erinnern, dass er heute schon einmal ein Wunder gewirkt hat. Es wird ihm die Zuversicht und den Glauben geben, den er für dieses Werk benötigt. Tut dies, indem Ihr ihm mit Eurer geheilten Hand ein ganz bestimmtes Döschen reicht …«

Ich beugte mich vor und berührte die Schulter des Chirurgen. Er sah zu mir – alle sahen zu mir –, als ich ihm mit meiner rechten Hand eine goldene Nadel und ein Döschen reichte. Nur ein feiner Strich an meinem Handgelenk war von seiner Operation noch zurückgeblieben, seine Augen weiteten sich, als er das sah.

»Priester«, sagte ich. »Beginnt Euer Werk, Soltar wird Euch leiten. Und ihr alle, auch die Familie, weicht zurück, damit ihr das Werk des Chirurgen und unseres Gottes nicht behindert.«

Man sah mich an, entfernte sich von dem blutigen Tisch, unter dessen Fuß eine Schale mit Blut überfloss. Der Priester schloss die Augen, ergriff das Gefäß mit dem Branntwein und fing an, die Wunden zu waschen.

Langsam erhob ich mich, alle Augen waren auf die Hände des Priesters gerichtet, niemand sah auf mich, als ich im Stillen meine Sachen an mich nahm und mich abseits des Geschehens wieder ankleidete. Eine Gruppe von Priestern hatte sich mittlerweile zu dem Chirurgen begeben, kniete hinter ihm und sang leise eine Lobpreisung an den Herrn des Todes, eine Totenmesse für diese junge Frau.

Als ich fertig angekleidet war, sah ich mich im Tempel um. Ich konnte einen ganz bestimmten Priester nicht erblicken. Also begab ich mich vor die Stufen, die zu Soltars verhüllter Figur führten.

»Ich danke Euch, Herr.« Natürlich erhielt ich keine Antwort. Aber ich lächelte, als ich mich abwandte und durch das Tor sein Haus verließ. Ich ging die Stufen des Tempels hinunter und massierte die kribbelnden Finger meiner rechten Hand.

Drinnen hörte ich die Priester singen.

Das Döschen ließ ich zurück, denn das Garn darin, so wusste ich, würde aufgebraucht sein, wenn die Essera Faihlyd ihre Augen wieder öffnete.

25. Das Ritual der Vergebung

Um den Jungen an der Säule hatte sich eine kleine Gruppe gebildet, wieder waren darunter Stadtsoldaten, die teilnahmslos zusahen. Als man mich die Treppe des Tempels herunterkommen sah, öffnete sich ein Weg zu ihm.

Ich trat neben den Jungen, setzte ihm meinen Fuß an den Hals und zog mit meiner rechten Hand Seelenreißer aus dem Stein. Die Augen des Jungen weiteten sich noch mehr, als er meine geheilte Hand wahrnahm. Ich fixierte einen Stadtsoldaten. »Ich fühle mich durch diese Blicke belästigt.«

Die Wache, die ich angesprochen hatte, zog eine Augenbraue hoch. »Fremder, die Götter mögen uns verzeihen, dass wir unserer Arbeit nachgehen und Euch damit zu nahe treten. Wäre es nicht besser, Ihr bringt den Jungen zum Gericht und kehrt zurück in Eure Bleibe, denn steht es nicht geschrieben, dass ein jeder sich dort am wohlsten fühlt, wo sein müdes Haupt ruhen kann? Habt Ihr einen solchen Ort in unserer goldenen Stadt gefunden? Oder seid Ihr ohne ein Obdach in unseren Mauern?«

»Ich habe ein Dach über dem Kopf«, antwortete ich ihm, als ich Seelenreißer in seine Scheide führte.

»Es ist auch unsere Aufgabe, verirrten Reisenden den Weg zu weisen. Gestattet mir, Euch zu Eurer Herberge zu begleiten. Wenn Ihr mir einen Namen nennt und es die Götter fügen, kenne ich den Ort Eurer Rast und führe Euch auf den Pfad der Tugend zurück. Zurück zu dem Ort, von dem aus Eure Füße Euch in die Irre führten. Damit Ihr Euch nicht nochmals verirrt, wird man euch des Morgens sogar zum Tor begleiten. Es heißt, ein jeder, sei er noch so verloren, findet seinen Weg nach Hause«, sagte der Mann mit einer Verbeugung. »Es ist uns natürlich eine Ehre.«

Ein wenig hatte ich schon von Armin di Basra gelernt. Ich verbeugte mich ebenfalls. »Die bescheidene Herberge, die mir in dieser schönen Stadt einen Ort der Ruhe gönnt, nennt sich das Haus der Hundert Brunnen. Sollte ich mich verlaufen haben, so wird man dort bestimmt dafür Sorge tragen, dass ich ungestört mein Ziel erreiche.«

Seine Augen zogen sich zusammen, und er atmete tief durch. »Verzeiht, Esseri, dass ich Euch nicht erkannte. So bemüht war ich, den Frieden dieser Stadt zu bewahren, dass ich in meinem Eifer wohl zu lange in der Sonne stand. Meine Sinne waren verwirrt, ich dachte in meiner Einfalt, Ihr hättet einen Jungen ergriffen, der einem Dieb ähnelt. Nun jedoch, durch die Gnade der Götter, sehe ich, dass zwischen Eurem entlaufenen Mündel und einem stadtbekannten Langfinger nur wenig Ähnlichkeit besteht. Unzweifelhaft haben die Götter Euch hierher geführt, damit Ihr Euer Mündel wiederfindet.«

Er verbeugte sich tief, ich verbeugte mich tiefer.

Dann drehte sich die Wache um und wandte sich an die Zuschauer. »Was steht ihr hier und glotzt, als gäbe es tanzende Affen zu bewundern? Habt ihr keine Arbeit? Ich kenne da ein Arbeitshaus, das faule Hände schnell zu fleißigen macht. Hinfort!«

Es war überraschend zu sehen, wie schnell sich die Menge auflöste.

Ich setzte mich neben den Jungen, lehnte mich mit dem Rücken an die Säule des Geländers und zog meine Pfeife heraus.

Der Junge sah zu mir hoch, mit einem Ausdruck puren Entsetzens in seinem Gesicht.

»Nun«, sagte ich, als ich die Pfeife stopfte. »Mein Name ist Havald. Ich bin in einem fernen Land ein Fürst und ein Führer von Kriegern. Das, was du gestohlen hast, ist ein Schatz, der meinem Lehnsherrn gehört. Nicht nur, dass er verzaubert ist, nicht nur, dass er Unglück bringt, wenn man ihn stiehlt, nicht nur, dass er euch nichts nützt, er ist mehr wert als mein eigenes Leben.« Ich lächelte auf ihn herab. »Und weitaus mehr wert als das deine. Also Junge, wie heißt du?«

»Selim, Esseri«, sagte er leise.

»Meinst du, wir können uns zivilisiert unterhalten, ohne dass du weitere Anstrengungen unternimmst, mich zu verstümmeln?«

Er nickte heftig. »O Esseri, ich werde mit Euch reden, auf welche Art Ihr auch immer es wünscht! Sagt mir, wie ich es zi-zizivaliert tun kann, und ich werde mich bemühen, es so schnell wie möglich zu erlernen! Es tut mir leid, dass ich Euer kostbares Blut vergoss, und sicherlich werden mich die Götter dafür strafen.« Dann sah er mich vorwurfsvoll an. »Ich wusste ja nicht, wer Ihr seid!«

Ich strich mit meinem Finger über den Tabak im Kopf der Pfeife, zog an ihr, blies einen Rauchring in die Luft und nahm den Finger von der Glut. Selim wurde totenbleich.

»Zivilisiert bedeutet, nach bestimmten Regeln. Meinen Regeln. Ich stelle dir eine Frage. Du beantwortest sie so wahr, als würdest du vor Boron selbst Zeugnis ablegen. Jede Frage, die du mir beantwortest, lässt mich dir etwas mehr verzeihen. Jedes Ausweichen und jede Lüge wird mich jedoch an den Zorn erinnern, den ich spürte, als du die Hand eines adligen Kriegers, eines Fürsten, *meine* Hand, verstümmelt hast.«

Er schluckte mühsam.

Ich zog ihn mit einer Bewegung in eine sitzende Position und lehnte ihn neben mich an die Säule.

»Nun, da wir uns so gut kennen und uns hier so bequem eingefunden haben, erzähl mir, welchen Weg mein Beutel genommen hat und wo ich ihn wiederfinden werde.«

»Ja, Esseri«, hauchte er.

Noch während wir dort saßen und er meine Fragen beantwortete, erschien im Tor des Tempels die ältere, reich gekleidete Frau. Sie fiel auf der Schwelle auf ihre Knie und pries mit altersbrüchiger Stimme Soltars Gnade, verkündete ein Wunder, denn durch die Macht des Gottes war ihre Enkelin vor ihren Augen geheilt worden.

Überall vor dem Tempel ließen sich die Menschen zu Boden fallen und ehrten den Herrn des Todes mit ihren Gebeten, verkündeten lauthals das Wunder. Sie lobten Soltar oder riefen dankbar den Namen des Mädchens.

»Faihlyd!«, riefen sie. »Faihlyd, Faihlyd! Gepriesen sei Soltar!«

Es war, als ob eine Woge über die Menge auf dem Platz lief und die Menschen in die Knie zwang. Ich sah zu meinem kleinen Dieb hinüber, der das alles ebenfalls mit großen Augen beobachtete.

»Anschließend werde ich dir etwas über Götter, Schicksal und Bestimmung erzählen.«

Ich saß auf einem bequemen Sessel in meinem Zimmer im Haus der Hundert Brunnen. In meiner Pfeife brannte Apfeltabak, den ich auf dem Weg vom Markt zurück erstanden hatte, und ich las mit großer Neugierde ein Buch, das ich auf einem Regal in meinem Zimmer gefunden hatte. Es trug den Titel *Das Elixier der tausend Freuden*. Ich war gerade an der Stelle angekommen, wo die hübsche Prinzessin, die Heldin dieser Geschichte, das erste Mal den Dämon sah, dem sie nun geopfert werden sollte. Er war, wie üblich bei Dämonen, groß, mit roten Schuppen bedeckt, mit Hörnern auf der Stirn, besaß riesige Klauen und war nackt, sodass die Prinzessin sehen konnte, was sie erwartete. Als die Diener des Dämons sie mit Gesang zu ihm brachten, hob er eine dieser mächtigen Klauen, ergriff die zierliche Prinzessin und …

»Esseri! In unserem Bad ist Ungeziefer! Ich weiß nicht, wie dieser kleine Teufel, diese Ausgeburt der Falschheit, in unser Bad gelangen konnte, wie er die Dreistigkeit fand, das Wasser zu besudeln. Es ist schwarz vor Dreck! Ich werde ihn auspeitschen lassen. Anschließend, bei den Göttern, werde ich ihn an unsere Hunde verfüttern.«

Ich schloss mit einem Seufzer das Buch. Gerade als es interessant wurde. »Wir haben keine Hunde.«

Armin di Basra stand in der Tür zu meinem Zimmer, und in seiner Hand hielt er einen nackten, vor Angst elendig zitternden, klatschnassen Selim. Die Haut des Jungen war seltsam gerötet.

»Dann fressen ihn eben die Kamele! Esseri, ich verstehe wirklich nicht, wie er eindringen konnte.«

»Ich habe ihn mitgebracht. Und ihn angewiesen, sich erst wieder unter meine Augen zu wagen, wenn er sauber ist.«

Armin drückte den Jungen auf die Knie, wo dieser zitternd verblieb, und sah von mir zu dem Jungen. »Das erklärt, warum er versuchte, sich mit einer Wurzelbürste blutig zu schrubben. Habt Ihr ihn genauso erschreckt wie mich?«

Ich stand auf und legte bedauernd das Buch zurück ins Regal. »Unser junger Freund hier hört auf den Namen Selim. Bis vor zwei Stunden war er ein Dieb. Er folgte seiner Bestimmung und bestahl mich, um mir erst fast die Hand zu rauben und mir dann zu Kopfschmerzen zu verhelfen.« Ich berührte meine Nase. Sie war ebenfalls wieder geheilt; dass das geschehen war, hatte ich gar nicht gemerkt. »Aber all das war zu einem guten Zweck und sei verziehen. Doch bevor ich ihn ergriff, gab er das, was er gestohlen hatte, an eine andere Diebin weiter.« Ich trat vor Selim. »Er hat mein Angebot angenommen, dein Lehrling zu werden, und teilte mir mit, dass das Diebesgut wahrscheinlich nun in den Händen eines gewissen Jilgar liege. Selim, wie nanntest du ihn?«

»Jilgar Doppeldolch, Fürst der Bettler«, hauchte Selim.

Ich sah Armin an. »Du kennst ihn nicht zufällig?«

»Ich habe von ihm gehört. Mein … Was soll diese Ausgeburt der Schande sein? Mein Lehrling?« Armin blickte Selim entsetzt an. »Esseri, Ihr könnt mich nicht so strafen! Habe ich Euch nicht treu gedient? Was soll ich mit diesem zerrupften Sohn einer Elster?«

Ich seufzte. »Lehre ihn Taschenspielertricks. Er hat ein Talent dazu. Oder verfüttere ihn von mir aus an die Kamele. Sag mir nur, kennst du diesen Jilgar?«

»Ich habe von ihm gehört«, sagte Armin wieder und blickte immer noch fassungslos auf den schlotternden Selim hinab.

»Aber niemand weiß, wo er zu finden ist.« Er schaute zu mir auf und mustere mich erschüttert. »Ihr wollt mir doch nicht erzählen, dass in Eurem Beutel, den Ihr auffällig an Eurem Gürtel trugt, mehr zu finden war als diese Steine. Esseri, selbst Ihr könnt nicht so schwach im Geiste sein! Niemand ist so blöde!«

»Danke, Armin«, sagte ich trocken. »Aber es sind genau die Steine, die wichtig sind, das Silber mag er gern behalten.«

»Wenn du kein Silber brauchst«, sagte Zokora von der Tür her, »dann gib es uns. Wir finden eine Verwendung dafür.«

Armin machte einen kleinen, erschrockenen Satz und wirbelte herum. »Essera! Müsst Ihr mich so erschrecken?«

Zokoras Augen suchten meine, und sie lächelte. »Es ist eine Art Tradition. Sei gegrüßt, Havald, Soltar mag dich wohl wirklich nicht zu sich nehmen.«

»Zokora!«, rief ich, trat einen Schritt auf sie zu, schloss die überraschte Dunkelelfe in meine Arme und gab ihr einen Kuss. Sie biss mir auf die Lippe.

Als ich meine Lippen vor ihren scharfen Zähnen in Sicherheit brachte – ich war mir sicher, Blut zu schmecken –, hörte ich ein Räuspern und sah auf. Das Räuspern kam von einem lächelnden Varosch. Er und Natalyia standen in der Tür, Natalyia machte eine kleine Verbeugung und sah mich scheu an. Sie trugen alle immer noch die Gewänder von Sklavenhändlern und sahen erschöpft, verdreckt und abenteuerlich aus.

»Bei den Göttern, bin ich erfreut, euch wiederzusehen! Ich dachte schon, ich finde euch nie in dieser Stadt! Habt ihr Nachricht von Leandra?«

An der Tür, vorn beim Eingang zu meinen Räumen, fing es an zu hämmern.

»Nein, Havald«, sagte Zokora neben meinem Ohr. »Aber du kannst mich trotzdem wieder herunterlassen.« Ich hielt sie tatsächlich noch immer hoch.

»Ähm, Havald?«, sagte Varosch, als ich Zokora herabließ. »Könnt Ihr den Leuten hier erklären, dass wir tatsächlich Freunde sind und es nicht böse meinen?«

Ich öffnete schließlich die Tür und fand mich einem diskreten jungen Mann gegenüber. Hinter ihm standen ein halbes Dutzend Männer und Frauen aus der Dienerschaft. Alle sehr diskret.

»Ist alles in Ordnung, Esseri?«, fragte der junge Mann überraschend blumenfrei.

»Ja. Es sind Freunde. Sie haben mich gesucht.«

»Seid Ihr sicher?« Er sah mich an. »Rümpft die Nase, wenn es anders ist«, hauchte er, sodass es niemand außer mir hören konnte.

Ich sah ihn überrascht an. »Nein, es ist wirklich so«, antwortete ich ihm. Ich musterte ihn und die Wachen. Er trug das Gewand eines Schreibers, aber bei genauem Hinsehen erkannte ich unter dem Stoff die Rippen einer Rüstung. Auch die Diener waren gewappnet, und in dem einen oder anderen Ärmel zeichnete sich die Kante einer Klinge ab.

Ich war beeindruckt. »Habt Dank für Eure Vorsicht, Verwalter der Räume. Es sind in der Tat Gäste«, sagte ich mit einer Verbeugung.

Er besah mich noch einmal sorgfältig, dann nickte er und verbeugte sich ebenfalls. »Verzeiht die Störung, Esseri. Ich wage es kaum auszusprechen, doch auch auf die Gefahr hin, Euch zu erzürnen: Gewänder in der Art, wie Eure Gäste sie tragen, sind in den Hallen des Hauses der Hundert Brunnen ungern gesehen. Eure Gäste … Wenn sie Euch verlassen, wäre es mir eine Ehre, sie ungesehen aus dem Haus zu geleiten.«

»O Verwalter der Räume«, sagte Armin, als er neben mich trat und sich so tief verbeugte, dass seine Stirn fast den Boden berührte. »Herrscher der Vorsicht und Hüter der Diskretion, es ist nicht so, wie es den Anschein hat. Die Gäste meines Herrn sind keine geifernden Hyänen der Wüste, es sind die Schwester meines Herrn und zwei seiner Leibwächter, welche die Schwester sicher, aber verkleidet zu ihm brachten. Nun, da sie die Lieblichkeit dieser Herberge mit ihren Wundern an Bequemlichkeit gesehen haben, schämen sie sich der Täuschung und wünschen die Dienste eines Schneiders, um dem Haus und seinem Ruf Ehre zu machen.«

Der junge Mann warf mir einen skeptischen Blick zu, ich schaute betont neutral zurück und nickte.

»Ein Meister der Ausrede seid Ihr, dies ist gewiss, aber auch ein guter Diener Eures Herrn«, sagte der Verwalter zu Armin. »Es wird geschehen, wie Euer Herr es wünscht. Der Schneider wird sogleich erscheinen, es wird ihm eine Ehre sein, die Schwester des hohen Herrn und seine treuen Wachen ihrem Stande entsprechend einzukleiden.«

Alle sieben verbeugten sich und verließen rückwärts den Vorraum.

Ich schloss die Tür und seufzte. »Was wird uns das jetzt kosten?«, fragte ich Armin.

»Ein Vermögen, Esseri, ein Vermögen. Aber somit stehen Eure Gäste ebenfalls unter dem Schutz des Hauses der Hundert Brunnen.«

In den Leseraum zurückgekehrt, fand ich meine drei Freunde ohne die dunklen Burnusse der Sklavenhändler vor. Die einfachen Gewänder, die sie trugen, waren Zokora und auch Natalyia zu groß. Zokora und Varosch hatten in Sesseln Platz genommen, Natalyia saß auf dem Boden und hatte mir meinen Sessel freigelassen. Alle drei wirkten sie erschöpft, Zokora noch am wenigsten. Dennoch, ihr Gesicht hatte schärfere Züge gewonnen, es schien mir, als habe sie weiter abgenommen, aber sie begegnete meinem suchenden Blick mit einem fast unmerklichen Lächeln.

Dann sah sie an mir vorbei zu Armin. »Kleiner Mann. Du reinigst das Bad und lässt frisches Wasser ein. Nimm den Wurm hier mit. Schließ die Tür. Wenn du fertig bist, klopfst du. Wenn ich dich beim Lauschen erwische, stirbst du. Geh.«

»O Blüte der Dunkelheit, gern erfülle ich Euren Wunsch!«, rief Armin. »Denn sagt nicht Astarte, dass die Großzügigkeit des Herzens mit großzügigen Taten einhergehen soll? Ein Diener meines Herrn bin ich, das ist wahr, aber, und es wird Euch gewiss das Herz brechen, ich diene nicht Euch.«

»Ähm, Armin?«, sagte ich, als ich sah, wie sich Zokoras Pupillen zusammenzogen. »Erinnerst du dich an das Blasrohr?«

»Blasrohr, Esseri? Welches … O ja! Gewiss!«

»Besitzt du es noch?«

»Sicher, ich hüte es wie meinen Augapfel, mehr noch als …« Er griff unter seinen Burnus und blinzelte.

»Es ist ihres. Gib es ihr zurück.«

Seine Augen weiteten sich. »Gewiss, gern, Esseri, aber … ich befürchte …«

Zokora griff an ihren Nacken und hielt das Blasrohr in der Hand. Sie betrachtete es und sah von ihm zu Armin. »Du hast es mir schon wiedergegeben.«

Armins Augen sahen aus, als ob sie im nächsten Moment aus den Höhlen springen wollten. Er hatte sich sehr beeindruckt von dem Gift gezeigt und so auch von dem Besitzer des Blasrohrs. Ich sah, wie er Zokoras ebenmäßige Züge musterte, die dunkle Haut, das Lächeln. Er erbleichte, als er verstand, wer sie war, vielmehr noch, *was* sie war.

Zokora wies mit dem Blasrohr in Richtung des Bades.

Armin bewegte sich, griff sich den immer noch knienden Selim, riss ihn mit sich, warf die Tür hinter sich zu und verhinderte im letzten Moment, dass sie knallte.

Varosch beugte sich hinüber zu Zokora und legte ihr eine Hand auf den Arm. »Zokora«, sagte er leise.

»Ja, Varosch. Aber wenn er redet, schmerzen meine Ohren.«

Ich kannte das Gefühl. Ich musterte die müden Gesichter meiner Freunde, trat an einen reich verzierten Schrank aus Rosenholz und entnahm ihm vier Gläser. Ich ging zu dem Brunnen in der Ecke des Raums, füllte sie und reichte sie, eines nach dem anderen, an meine Gefährten weiter. Zokora musterte das Glas in ihrer Hand und warf einen kritischen Blick auf den Brunnen.

»Honigwasser. Man kann es trinken, aber es ist ungewohnt. Armin sagt, es stärkt, warnt jedoch vor übermäßigem Genuss, weil sonst die Zähne ausfallen.« Ich lächelte. »Aber ich denke, dass wir es dieses Mal riskieren können.«

Ich trank einen kühlenden Schluck und beobachtete amüsiert die überraschten Reaktionen der anderen. Gasalabad hielt in der Tat die eine oder andere Überraschung für uns bereit.

»Mein Diener hat einen Schneider für euch bestellt, aber ich werde ihn bis nach eurem Bad warten lassen. Erzählt mir, Freunde, wie ist es euch ergangen?«

»Havald«, meinte Natalyia. »Ihr könnt wieder sehen.«

Ich setzte mich. »Ja. Die Götter haben meine Bitten erhört. Sagt, habt ihr irgendeine Nachricht von Leandra und den anderen?«

»Nein, Ser Havald«, sagte Varosch mit leiser Stimme. »Wir wissen nicht, was aus ihr und den anderen geworden ist. Aber wie ich die Maestra kenne, bereuen ihre Entführer die Tat bereits. Das Einzige, was ich Euch berichten kann, ist, dass einer der Sklavenhändler von einem Schiff sprach, das irgendwo am Ufer des Gazar liegt. Dorthin sei sie gebracht worden.«

Ich nickte langsam. Ich würde sie finden, oder sie mich. Wenn sie ihr ein Haar gekrümmt hatten, würde ich Seelenreißers Durst für lange Zeit stillen.

»Und wie ist es euch ergangen?«, fragte ich.

Die drei wechselten einen Blick. Wieder war es Varosch, der sprach. »Schlecht ist es uns ergangen, Havald. Wie auch Ihr gingen wir in jenem verfluchten Hof zu Bett, schwer von diesem Essen. Ich hätte misstrauisch werden sollen, denn meine Herrin schlief schon, als ich mich niederlegte, etwas, das bisher noch nie vorgekommen ist.« Er warf Zokora einen Seitenblick zu, aber sie regte keine Miene. »Als ich erwachte, befand ich mich in einem hölzernen Wagen mit Gittern aus eisenverstärktem Holz, zusammen mit Natalyia und meiner Herrin sowie zwei weiteren Frauen, die vor Angst nicht reden konnten. Vier Pferde zogen diesen Wagen, zwei Sklavenhändler saßen auf dem Kutschbock, zehn weitere ritten Geleit. In unserem Elend ging es uns noch besser als anderen, denn unserem Wagen folgten weitere vierzig Sklaven mit blutenden Füßen und ohne Hoffnung. Warum ich bei den Frauen im Wagen saß, weiß ich nicht. Wir fanden später heraus, dass es Zokora war, die den Händlern so wertvoll erschien. Wahrscheinlich ließen sie uns nur zusammen, weil sie nicht wussten, wer wir waren oder ob wir nicht auch einen Wert für sie besaßen. Als wir am ersten Abend rasteten, erkannte ich, was für ein Schicksal unseren Frauen bevorstand, denn der Wagen wurde geöffnet, ich wurde mit Knüppeln zur Seite getrieben und die beiden anderen Frauen herausgezerrt, lüsterne Blicke versprachen Zokora und Natalyia das gleiche Schicksal für später. Natalyia erwachte, noch während diese Gottlosen über die Frauen herfielen. Wir sahen, dass danach die beiden Frauen achtlos zur Seite geworfen wurden, nur einen Strick um ihren Hals. Die Sklavenhändler lachten und tranken und stellten nur zwei Wachen auf. Bald darauf schliefen sie ein. Am Morgen wurden die beiden Frauen weinend zu uns in den Wagen gestoßen, wir erhielten ein unerträgliches Mahl aus altem Korn, und die Reise ging weiter. Noch immer lag Zokora in den Fängen des betäubenden Gifts, und nichts, was ich tat, konnte sie wecken. Während des Tages schmiedeten Natalyia und ich einen verzweifelten Plan. Die beiden Frauen sahen fürchterlich aus, und Ihr wisst, Havald, wie schön Natalyia ist. Wir waren sicher, dass die Räuber sich diese Nacht eine andere Frau greifen würden. Natalyia reinigte sich so gut sie konnte, und wir beschmutzten Zokora, sodass sie nicht viel weniger elend aussah als die beiden anderen Unglücklichen. Ich ging sogar so weit, mich auf meine Herrin zu erbrechen. Wir wussten beide, wie wichtig meiner Herrin ihre ungeborenen Kinder sind, und Natalyia sagte mir, dass die Gefahr bestand, dass sie diese verlieren könnte, würde ihr widerfahren, was den beiden anderen Frauen zustieß. Nur deshalb willigte ich in diesen Plan ein. Als sie am nächsten Abend Rast machten, genügte ein Blick in den Käfig, um diese Wölfe ihre Wahl treffen zu lassen. Sie zogen Natalyia, die sich ungeschickt wehrte und Verzweiflung mimte, aus dem Wagen.« Varosch holte tief Luft. Er warf einen kurzen Blick zu Natalyia hinüber, die still dasaß und auf den Boden starrte. »Die Szene der Nacht zuvor wiederholte sich. Natalyia wurde danach achtlos zur Seite geworfen und nur leicht gebunden. Ich hatte das Geschehen verfolgt und befürchtete, dass es nicht nur gespielt war, die zwölf Männer vergingen sich übel an ihr. Aber als der größte Teil in trunkenen Schlaf fiel, erhob sich Natalyia. Geplant war, dass sie mich aus dem Wagen befreite, sodass wir zusammen gegen die Sklavenhändler vorgehen konnten. Aber ich hatte vergessen, wer Natalyia ist. Wie ein Schatten eilte sie von einem Mann zum anderen. Ich sah, wie sie sich im Schlaf aufbäumten, als Natalyia sie angriff.« Er hielt kurz inne und nahm einen Schluck. »Danach befreite sie mich, ich werde wohl kaum vergessen, wie sie mich in diesem Moment ansah. Nun … dann … dann fesselte ich die Sklavenhändler und wartete darauf, dass sie erwachten. Denn Natalyia hatte niemanden getötet, sondern ihre Kunst nur benutzt, um sie zu betäuben. Bevor die Sonne aufging, erwachte endlich meine Herrin. Während ich sie wusch und in andere Gewänder kleidete, hörte sie, was ich zu berichten hatte. Sie wies mich an, die anderen Sklaven zu versorgen, und ging mit Natalyia in die Wüste. Die Sonne stand hoch am Himmel, als die beiden zurückkamen.« Er warf einen Blick auf Zokora. »Ich weiß nicht, was dort geschah.«

»Du hättest fragen können«, sagte Zokora. Sie reichte ihm ihr Glas, er füllte es am Brunnen neu und reichte es ihr zurück. Sie trank.

»Ich vollführte zwei Rituale mit ihr. Das erste, das Ritual der Läuterung. Das zweite, das Ritual der Vergebung, denn sie hat ihre Schuld beglichen.«

Wir warteten, aber Zokora fügte nichts weiter hinzu. Varosch ergriff wieder das Wort. »Als sie zurückkam, wies sie mich an, die Sklavenhändler in drei und neun aufzuteilen, die drei sollten jene sein, die sich als besonders grausam hervorgetan hatten. Die anderen neun wurden in einem Halbkreis an Pflöcke gebunden. Im Zentrum dieses Halbkreises warteten die anderen drei, ebenfalls an Pflöcke gebunden. Zokora stand hinter ihnen, nackt und mit einem schrecklichen Ausdruck in ihren Augen. Sie stand zuerst nur so da und sagte nichts, eine ganze Weile lang. Dann griff sie in den Boden zu ihren Füßen und ließ aus ihren geballten Fäusten Sand auf die Sklavenhändler rieseln ...« Varosch wurde auf einmal bleich und schluckte. Wieder warf er einen Blick zu den beiden Frauen hinüber, aber auch diesmal schwiegen sie. Natalyia blickte zu Boden, Zokoras Augen begegneten meinen in ihrer üblichen direkten Art. Erkennen konnte ich in diesen schwarzen Augen nichts.

»Ein jedes dieser Sandkörner verwandelte sich in ein Insekt, einem Hirschkäfer gleich, und fing an zu fressen. Es dauerte an, bis die Sonne unterging, erst danach fiel der letzte gesättigte Käfer von einem blanken Knochen in den blutgetränkten Sand und verwandelte sich erneut in ein Sandkorn.« Er schluckte. »Das wahrhaft Schreckliche an diesem Urteil war, dass die Männer länger lebten, als es eigentlich möglich war.«

Ich nahm einen Schluck aus meinem Glas und atmete tief durch. Noch immer sah Zokora mich an, diesmal erkannte ich, dass sie auf etwas wartete. Dachte sie, ich würde ihr einen Vorwurf machen?

»Soltar wird ihre Seelen richten«, sagte ich dann. »Ich hätte Eurem Handeln zugestimmt.«

»Soltar wird sie so bald nicht richten«, sagte Zokora bestimmt. »Solante hält sie in den Händen. Sie allein entscheidet, wann und ob sie ihrem Bruder die Seelen übergibt.«

Mich fröstelte. »Wie ging es weiter?«, fragte ich dann. Varosch fuhr mit seinem Bericht fort. »Danach wies mich Zokora an, die nächsten drei Sklavenhändler zwischen die Knochen ihrer Kumpane zu binden. Doch diesmal stellte sie nur Fragen, während sie mit dem Sand in ihren Händen spielte. Keine Frage blieb unbeantwortet. Von Euch, Havald, wussten sie nichts, vermuteten Euren Tod, da ein Krüppel in ihren Augen keinen Wert hatte. Leandra vermuteten sie, wie ich Euch schon berichtete, auf diesem Schiff. Wir erfuhren, dass es keine Fügung des Schicksals war, was uns widerfuhr, sondern dass Fahrd Anweisung hatte, so mit einer Gruppe Fremder zu verfahren, auf die eine bestimmte Beschreibung passte. Wir wurden dort erwartet,

Havald! Sie wussten, dass wir kamen und dort Zuflucht vor dem Sturm suchen würden.«

Ich nickte bedächtig. So ungeheuerlich es sich auch anhörte, es schien mir, dass sich der lange dunkle Arm Thalaks sogar bis in dieses Alte Reich erstreckte. »Fahr fort, Varosch.«

Varosch füllte sein eigenes Glas erneut und trank, bevor er weitersprach. »Die Sklavenhändler vermuteten, dass Leandra für ihren unbekannten Auftraggeber einen besonderen Wert besaß. Auch Zokora war für ein bestimmtes Schicksal vorgesehen. Sie wussten nicht, welches, nur dass sie ihrem Auftraggeber wichtig war. Natalyias verzweifelter Plan war umsonst, die Sklavenhändler hätten nicht gewagt, sich an Zokora zu vergehen.«

Ich nickte erneut, aber ich sah Natalyias Blick. In ihren Augen las ich, dass sie der Überzeugung war, nichts hätte sich geändert. Ihr Opfer hatte einen Sinn gehabt und sie aus den Händen dieser Männer befreit.

»Wir erfuhren auch, dass Fahrd üblicherweise die Ausrüstung seiner Opfer auf den Märkten in Gasalabad verkauft, also entschlossen wir uns, dorthin zu reisen, Fahrd aufzufinden und ihm sein Leben und unsere Ausrüstung zu entreißen. Danach wollten wir ein Schiff besteigen, um die Ufer des Gazar abzusuchen, ob wir dieses eine Schiff finden könnten. Wir befreiten die Sklaven, gaben jedem fünften von ihnen einen Dolch, verteilten, was wir an Proviant fanden, und brachen auf nach Gasalabad. Da die Stadt auch das Ziel der Sklavenhändler war, dauerte es nicht lange, bis wir ihre Tore sahen. Zokora fand ein angemessenes Schicksal für die Sklavenhändler, und wir suchten den Markt ab nach Fahrd und unseren Gütern. Bislang umsonst. Auf dem Markt hörten wir, wie eine Wache von einem Esseri sprach, groß und blond, der vor dem Tempel Soltars ein Bannschwert in den Boden gerammt hatte. Natalyia fragte die Wache, wo man diesen Esseri finden könnte. Er gab uns Antwort, obwohl ich das Gefühl hatte, dass er dachte, sie würde uns nichts nützen. Und so fanden wir Euch.«

Damit endete sein Bericht. Varosch schwieg, und für einen langen Moment war nur das Sprudeln des Brunnens zu hören. Dann sah ich zu Natalyia hinüber. »Wie geht es Euch, Natalyia?«

Sie hob die Augen und sah mich an. »Gut, Ser Havald. Das Ritual der Läuterung erlaubt mir, mich daran zu erinnern, als wäre es einer anderen geschehen, und es beseitigte die Spuren dieser Nacht an meinem Körper. Auch bin ich mit der Strafe, die Zokora für die Männer wählte, mehr als zufrieden. Sie hat einem jeden der Sklavenhändler die Männlichkeit verdorrt, bevor wir sie verkauften.«

Verdorrt. Ich entschloss mich, nicht weiter nachzufragen.

Es klopfte zaghaft an der Tür. Natalyia erhob sich und öffnete sie. Armin kniete auf der Schwelle, totenbleich und unfähig, in Zokoras Richtung zu blicken. Er hatte doch gelauscht.

»Das Bad ist gerichtet, Essera«, sagte er leise.

»Gut«, sagte Zokora, als sie sich erhob. Als sie an Armin vorbeiging, packte sie ihn am Ohr. »Du hast Glück, dass ich nicht nachgesehen habe. Vergiss das nicht«, sagte sie und lächelte. Armin schien nicht in der Verfassung, etwas zu entgegnen, und schielte nur hilfesuchend zu mir.

Sie ließ ihn los und sah zurück zu mir. »Nach dem Bad will ich deine Geschichte hören, Havald.«

Ich deutete eine leichte Verbeugung an. »Beim Essen, Zokora. Bis dahin übt Milde mit meinem Diener. Ihr werdet sehen, er ist nützlich.«

Die Tür fiel hinter ihr ins Schloss, und Armin wandte sich mit großen Augen an mich. »Sie ist fürchterlich, Esseri! Wie könnt Ihr in diese Augen sehen? Habt Ihr die rote Glut in ihnen gesehen? Sie ist ein Dämon aus Soltars Höllen.«

Eine von Soltars Höllen wurde beschrieben als dunkles, tiefes und eisiges Loch, in dem die gequälten Seelen für Ewigkeiten keine Sonne sahen.

»Weißt du, du könntest recht haben«, sagte ich dann. »Aber ich mag sie. Ist der Schneider schon erschienen?«

Er sah mich seltsam an und nickte dann eifrig. »Ja, Esseri. Er wartet mit seinen Gehilfen im Raum der Ruhe.«

»Weise ihn an, so wenig wie möglich zu reden. Speziell ist es nicht empfehlenswert, auf die weiblichen Vorzüge der Esseras einzugehen und diese zu blumig zu bewundern.«

Er schluckte. »Ich werde es ihm sogleich auftragen«, sagte er, verbeugte sich und eilte davon.

Ich blieb mit meinen Gedanken zurück.

26. Ein besonderes Mahl

»Wie mundet euch dieses Mahl?«, fragte ich später. Wir befanden uns im Raum des Genusses und hatten eine fürstliche Tafel vor uns, die mit ihren Delikatessen sogar Fahrds letzte Meisterleistung übertraf.

»Hervorragend«, sagte Varosch. Alle drei sahen deutlich besser aus als vorhin; das Bad hatte ihnen gutgetan, und auch die neuen Kleider standen ihnen. Natalyia war gekleidet, wie man es hierzulande von der Schwester eines Fürsten erwartete, in weite wallende Gewänder, die ihre Figur zugleich betonten und sittsam verbargen. Zokora und Varosch trugen Schwarz, jedoch nicht die dunklen Burnusse eines Sklavenhändlers, sondern weite Hosen mit kniehohen Stiefeln und weiten Blusen, über die eine verstärkte Lederweste gezogen wurde. Zokora trug die schwere silberne Kette mit dem Katzensymbol offen um den Hals und wirkte mysteriös, mehr als nur gefährlich. Unter dem Stoff, das wusste ich, trug sie wieder ihre eigene schwarze Rüstung aus so feinen Kettenringen, dass es wirkte, als wäre sie aus Dunkelheit gefertigt statt aus einem berührbaren Metall.

Varosch hatte den Schutz der verstärkten Weste mit Armschienen ergänzt, an seinem linken Arm war ein Stück Stahl angeschnallt, das schräg gezackt war und es ihm erlaubte, mit seinem Unterarm eine Klinge abzuwehren und sie zugleich zu brechen, wenn sie sich in diesen Zähnen verfing. Ich kannte diese Art von Rüstung aus Lassahndaar, Klingenbrecher nannte man sie dort und wohl zu Recht. Stadt- und Tempelwachen waren damit ausgestattet.

Armin hatte darauf bestanden, dass er, Selim und seine Schwester Helis an einem anderen, niedrigeren Tisch speisten. In diesem Moment half er ihr liebevoll beim Essen, sie war so ungeschickt wie ein Kleinkind. Faraisa schlief in einer kunstvollen Krippe neben Helis, die das Kind immer wieder liebevoll angluckste. Es brach mir fast das Herz, diese leeren Augen zu sehen.

Ich wandte mich wieder meinen Gefährten zu. »Diese Stadt wird mich immer wieder neu überraschen können. Aber am meisten beeindruckt mich die kulinarische Vielfalt.« Ich lehnte mich satt zurück und nahm einen Schluck gekühlten Wein. Es war kein Fiorenzer – der Hüter des Weins hatte noch nie von diesem Tropfen gehört –, aber dieser Traubensaft kam dem Fiorenzer recht nahe.

»Delikatessen gibt es auch andernorts«, sagte Zokora.

Ich warf ihr einen Blick zu. »Gibt es auch bei Euch eine besondere Delikatesse?«, fragte ich höflich.

»O ja«, antwortete sie, und zum ersten Mal sah ich einen verträumten Ausdruck auf ihren ebenmäßigen Zügen. Sie schloss die Augen und befeuchtete mit ihrer Zunge die geöffneten Lippen. »Es gibt eine ganz besondere Delikatesse bei uns, die nur auf den Tischen der hohen Häuser zu finden ist«, fuhr sie mit rauchiger Stimme fort. »Gefüllte Haantar-Spinne, noch lebend, nur eine Sekunde in heißes Öl getaucht, um den Saft in ihr zu halten!« Es hätte nur noch gefehlt, dass sie zu schmatzen anfing. »Ich kann sie fast vor mir sehen.« Sie machte eine Geste mit ihrer linken Hand, als ob sie etwas in ihr wog, was sie dann als einen einzigen Happen zu ihrem Mund führte. »Es ist unvergleichlich, wenn die Schale bricht und sich der kühlende Saft ihres Blutes mit der heißen Füllung mischt.«

Sie öffnete ihre Augen und sah mich in einer Weise an, die mich verzweifelt an Leandra denken ließ.

»Nichts auf der Welt gleicht diesem Genuss«, sagte sie dann ehrfürchtig.

Stille herrschte an unserem Tisch, vom anderen Tisch kam ein leises, würgendes Geräusch. Ich hustete leicht und nahm rasch einen weiteren Schluck Wein.

Varosch blickte wie gebannt zu Zokora hinüber, schluckte dann, als er den Ausdruck in ihrem Gesicht sah.

»Das … das ist in der Tat eine besondere Delikatesse«, beeilte sich Natalyia zu sagen. »Ich selbst mag allerdings gebratene Äpfel lieber.«

Ich hatte meine Geschichte bereits erzählt, Varosch lächelte, als ich berichtete, wie der Schlag der Wache auf meinen Kopf mir das Augenlicht wiedergab. Ich beschrieb, wie Ordun mich mit seiner dunklen Magie mühelos besiegt hatte und Armin mich rettete, woraufhin Zokora Armin lobte, er rot anlief und ziemlich verzweifelt aussah, als sie ihm einen überraschend freundlichen Blick gönnte.

Ich wusste nicht, warum Zokora die Menschen so erschreckte. Hier, so hatte ich mittlerweile erkannt, wusste man von Dunkelelfen nur, dass es Elfen mit dunkler Hautfarbe waren, so wie man hierzulande auch Menschen mit derselben dunklen Tönung finden konnte. Es waren hier keine fürchterlichen Legenden über Dunkelelfen im Umlauf, also war es sie selbst, von der der Schrecken ausging.

Sie war von meinen Gefährten die kleinste und zierlichste, reichte wohl nicht höher als mein Brustbein, und ich vermochte sie mit einer Hand anzuheben. Ihre ebenmäßigen, fein gezeichneten Züge machten sie, nach Leandra, zu einer der schönsten Frauen, die ich jemals erblickt hatte. Schon lange erschien mir die Farbe ihrer Haut nicht mehr fremd, ich fand sie sogar anziehend, denn sie war glatt und glänzte wie feinstes geöltes, altersdunkles Mahagoni. Manchmal, wie jetzt, saß sie absolut still, schien nicht einmal zu atmen, war wie eine Statue. Nur die Schöpfung der Götter ließ solche Schönheit entstehen.

Das erinnerte mich an etwas.

Ich griff in meinen Beutel und entnahm ihm eine kleine Spielfigur, gefertigt aus der Schale eines Tiefenkrabblers. Eine Nacht hatten wir auf dem Weg hierher rasten müssen. Ich konnte wieder sehen und hatte mein Schnitzmesser dabei. Beim Schnitzen der schwarzen Königin hatte ich mir besondere Mühe gegeben, denn ich hatte zu diesem Zeitpunkt nicht gewusst, ob ich Zokora jemals wiedersehen würde.

Sie nahm die Figur schweigend entgegen und studierte sie, drehte sie in ihren Händen, fuhr leicht mit ihrem Finger über das Gesicht, das ihre Züge trug. Sie sah mich an, stellte die Figur wortlos auf den Tisch und eilte aus dem Raum.

Überrascht sah ich ihr nach.

»Was hat sie denn?«, fragte ich Varosch.

»Ihr werdet es mir nicht glauben«, sagte er dann und nahm selbst die Figur auf, um sie liebevoll zu betrachten. Ich wartete und erkannte auch in Natalyias Augen, dass sie eine Antwort suchte.

Er gab mir die Figur zurück. »Die Figur ist vortrefflich gelungen. Es ist, als ob sie leben und atmen würde. Ihr habt meine Herrin gut getroffen. Habt ihr Wesen in Eurem Werk gefunden. Aber manches seht Ihr eben doch noch nicht.« Er erhob sich. »Sie ist scheu in gewissen Dingen«, sagte er und eilte seiner Herrin nach.

Armin erlitt am anderen Tisch einen Hustenanfall.

27. Nachtfalke

Jilgar Doppeldolch, so hatte ich erfahren, war ein berüchtigter Mann. Er liebte es, jene, die ihn ärgerten, gleichzeitig mit zwei Dolchen durch die Augen auf eine Tischplatte zu nageln, daher auch sein Beiname. Er herrschte in jenem Teil der Stadt über die Bettler und Diebe, in dem der Platz der Ferne lag. Selim nahm an, dass sich mein Beutel mit den kostbaren Steinen nun in Jilgars Händen befand.

»Alles, was ungewöhnlich ist oder besonders wertvoll, gelangt zuerst zu ihm. Fünfundzwanzig erlesene Edelsteine … Es wäre der Tod für denjenigen, der sie ihm vorenthält«, berichtete mir Selim. Dann machte er eine Pause und überlegte. »Aber Esseri, sagtet Ihr nicht, Euer Schatz sei wertlos für ihn?«

»Ich sagte, die Steine sind verzaubert und werden Unglück bringen. Sprich weiter.«

»Wenn es Edelsteine sind, so sind sie doch von Wert! Er wird sie bald verkaufen. Ich fürchte, Esseri, dass auch meine tief empfundene Reue Euch Euren Schatz nicht wiedergibt.«

»Ich werde jeden einzelnen Stein zurückerhalten, Selim. Und wenn es danach keine Diebe mehr in der Stadt gibt. Wo finde ich diesen Mann?«

Das hingegen wusste der junge Dieb nicht. Ich warf einen Blick hinüber zu dem anderen Tisch. Selim, nun neu als Diener eingekleidet, aß vorsichtig und zögernd und achtete auf Armins Manieren, um es ihm dann gleichzutun. Nur mit der rechten Hand nahm er die Speisen auf.

Was Selim allerdings gehört hatte, war, dass es einen unterirdischen Palast gebe, eine geheime Welt unter den Straßen Gasalabads. Dort, so sagten die Gerüchte, herrschte Jilgar. Teile dieser Welt kannte der Junge sogar, denn auch sein Versteck lag in einem alten Kanal.

Ich war überrascht zu erfahren, dass es unter Gasalabad Kanäle gab. Jede unserer größeren Städte besaß eine Kanalisation, ich kannte das auch aus Kelar. Es half, die Straßen von Abfällen frei zu halten. Hier, in dieser goldenen Stadt, schien man davon jedoch nichts zu wissen. Sklaven reinigten die Straßen mit Reisigbesen, befeuchteten sie mit Gießkannen und versuchten vergeblich, des Unrats Herr zu werden.

»Niemand weiß, woher die Kanäle stammen. Sie sind alt, aber sie wirken, als wären sie nicht fertiggestellt worden. Sie enden oft unvermittelt in blankem Fels, nur an wenigen Stellen erreichen sie die Oberfläche. Ich hörte, dass manche dieser Kanäle in einen großen Saal münden und dass dort der Herr der Diebe zu finden sei. Nur eines weiß ich noch sicher: Befindet man sich in diesem Saal, so hört man oben, hinter der steinernen Wand, vor der dieser König der Diebe thront, das ewige Rauschen des Gazar. Esseri, ich schwöre bei den Göttern, dies ist alles, was ich Euch berichten kann.«

»Du wirst mir helfen, diesen Ort zu finden. Heute Nacht führst du mich zu deinem Versteck. Dann werden wir von dort aus diese Kanäle erforschen.«

Er erbleichte, sah aber meinen Blick und nickte tapfer. »Wie Ihr wünscht, Esseri.«

Noch etwas erfuhr ich. Unter dem Sand ruhte die Stadt auf einem Fundament aus solidem Felsgestein. Ich sah zu Natalyia hinüber, die mir schüchtern zulächelte.

Mit ihr, Varosch und Zokora an der Seite sah ich der nächtlichen Exkursion mit einiger Zuversicht entgegen. Poppet, nein, Natalyia füllte meinen Becher mit Wein auf. Ich hob ihn an meine Lippen und trank ein wenig, meine Gedanken waren bei Leandra. Es war meine Absicht, am nächsten Morgen ein Schiff zu mieten.

Selims Versteck lag nahe am Flusshafen. Selbst jetzt, nachdem die Sonne untergegangen und der kleinere unserer beiden Monde aufgegangen war, herrschte hier im Hafen geschäftige Betriebsamkeit. Selim führte uns zu einem verfallenen Haus am Rand der Hafenanlagen. Schon seit Jahrzehnten war es nicht mehr bewohnt, die Mauern aus gebranntem Lehm fielen immer weiter in sich zusammen. Das Fundament jedoch war aus solidem Stein, in einer Bauweise, die mir mittlerweile wohlbekannt war.

In einer Ecke, unter einem zusammengebrochenen Tisch, auf den ein Teil der Lehmmauer des Hauses gefallen war, befand sich der Zugang zu den Kanälen. Ich hatte die größten Schwierigkeiten, mich durch das enge Loch zu zwängen.

Es war ein Schacht, aber er war nur kurz, kaum tiefer, als ich groß war, kopfüber ließ ich mich fallen und rollte zur Seite ab. Es war schon länger her, dass ich so etwas getan hatte, und das Manöver gelang nicht ganz. Ich behielt eine pochende Schulter zurück, als ich mich erhob.

Der Kanal war trocken, vielleicht zwei Schritt breit und vier Schritt hoch. Hier unten befand sich Selims erbärmliches Lager, hinter einem lockeren Stein bewahrte er seine ganzen Schätze auf. Nicht Diebesgut, wie ich dachte, sondern eine Muschel und eine kleine Statuette von Astarte. Mehr hatte ihm ein Leben als Dieb bisher nicht eingebracht.

Er würde uns nicht in die Kanäle begleiten, auch Armin nicht. Seine Aufgabe war es, Selim wieder zurück zu unserer Herberge zu bringen und dort auf uns zu warten.

Nach einem geflüsterten wortreichen Abschied durch den Schacht gingen wir tiefer in den Kanal hinein. Zokora führte wieder. Sie hatte ihre lederne Binde bereits abgenommen, und ihre Augen glühten. Wir hatten beschlossen, auf ein Licht zu verzichten. Ich besaß Seelenreißer, Zokora sah ohnehin im Dunkeln, und Natalyia würde nicht die Orientierung verlieren, solange sie Stein fühlte. Nur Varosch war im Nachteil, aber früher oder später erwartete ich, dass die Bewohner dieser Kanäle selbst für Licht sorgten. Aber jetzt, am Anfang, wollten wir uns noch nicht verraten.

Warum, so hatte ich Selim gefragt, wussten die Wachen nichts von diesem Ort? Die Antwort war überraschend. Sie wussten von den Kanälen. Ab und an wurde jemand hineingeschickt, wahrscheinlich einer, der sich unbeliebt gemacht hatte. Er kam aber selten genug wieder heraus. Wie es schien, war den Wachen die Angelegenheit nicht wichtig genug. Fett schmierte Räder, Gold schmierte Schwerter. Diese Redensart kannte sogar ich.

Zunächst hoffte ich darauf, Wachen des Königs der Diebe vorzufinden. Ich hatte meine eigene Vorstellung von den Qualitäten solcher Wächter. Ein paar Fragen hatte ich auch.

Zunächst lief alles wie geplant. Sowohl Zokora als auch Natalyia behaupteten, den Fluss Gazar spüren zu können. Er diente ihnen als Orientierung in diesem Labyrinth, tatsächlich waren sie auch immer einer Meinung, wo er sich befinde. Auch wurde uns die Anlage dieser Kanäle schnell klar. Es gab Hauptkanäle, gute zehn Schritt breit, mit zwei Schritt breiten Gehwegen an den Seiten. Diese Wege zeigten, dass die Erbauer mit einem Wasserstand von gut zwei Schritt gerechnet hatten. Die Hauptkanäle verliefen parallel zueinander, verbunden waren sie durch kleinere Nebenäste wie dem, zu dem uns Selim geführt hatte. Hier war der geplante Wasserlauf nur einen Schritt breit und einen halben Schritt tief.

Ich bemerkte das leichte Gefälle nicht, nur Zokora und Natalyia bestanden darauf, dass es existierte.

Zokora war wie üblich gar nicht zu hören. Natalyia glitt wie ein Schatten, nur ab und zu vernahm ich ihren Atem oder das leise Rascheln ihres dunklen Gewandes. Varosch war leise wie eine Katze, nur ich trampelte.

Es war nun nicht wirklich so, dass ich mich nicht auch leise bewegen konnte, aber im Verhältnis zu den anderen hätte ich auch in Begleitung von Trommeln und Schalmeien in diese Kanäle Einzug halten können. Nach einem halben Dutzend geflüsterter »Schs!« sah ich es ein und hielt mich hinten.

Ich war versucht, aus Trotz *Reicht mir die Krone Illians* zu pfeifen, besann mich dann aber doch eines Besseren.

Ein Teil des Plans war gewesen, unbemerkt diesen Ort der Diebe zu erreichen. Allerdings waren Pläne dafür da, zunichte gemacht zu werden. Als wir uns dem ersten Hauptkanal näherten, rochen wir Rauch, und bald sahen wir entfernt auch Feuerschein.

In der Annahme, es handele sich um das Feuer einer Wache oder eines Postens, näherten wir uns vorsichtig. Dann signalisierte mir Varosch, dass ich mich nach vorn begeben könne, er selbst tat dies auch.

Das Licht stammte nicht von einem Posten.

Entgeistert sah ich, was Zokora mir zu zeigen hatte. Der breite Hauptkanal war zu einer unterirdischen Straße geworden, Dutzende, nein, Hunderte von Menschen, Greisen, Kindern, Frauen, Säuglingen, verkommenen und verruchten Gestalten, bevölkerten hier einen unterirdischen Basar. Durch die Konstruktion des Kanals war es eine verkehrte Straße, man ging auf den Gehwegen, in der Tiefe des Kanals befanden sich Verschläge, kleine Hütten und Zelte, sogar der eine oder andere Verkaufsstand, der wohl des Nachts von einem Markt in der Stadt den Weg hier herunter gefunden hatte. Das, was die Bewohner dieser Welt tagsüber an der Oberfläche in ihren Besitz gebracht hatten, fand sich nun in den Kanälen wieder.

Jeder von uns trug schwarze Kleidung. Als ich gesehen hatte, was der Schneider für Zokora und Varosch empfahl, hatte ich auch für mich und Natalyia solche Kleidung geordert. Hohe Stiefel, weite leichte Leinenhosen, eine Schärpe, eine weite Bluse mit robuster Weste und Ballonärmeln sowie lederne Unterarmschützer, dazu noch eine Kopfbedeckung aus Stoff und Leder, die auch über den Nacken ging und einen dunklen Schleier besaß.

Wir sahen uns gegenseitig an, hängten die Schleier vor unsere Gesichter und betraten diese Straße der Verzweiflung und der Armut.

Natalyia ging voran, eine unverkennbar weibliche Gestalt, wir anderen folgten. Diese Formation sollte zu erkennen geben, dass sie wichtiger war als wir und wir ihre Wachen. Was sich die Leute in dieser unterirdischen Welt dachten, wusste ich nicht, wir ernteten Blicke, aber niemand schien sich zu wundern oder gar Gedanken zu machen.

»Der Herr der Diebe wird in diesem Moment wissen, dass sich vier Fremde hier befinden«, flüsterte Varosch. Ich teilte seine Befürchtung.

Lampenöl war teuer, unbezahlbar für die Bewohner der Kanäle, und offenes Feuer war eine schlechte Beleuchtung, also waren die Lichtquellen spärlich und schlecht, primitive Lampen aus Talg und alten Stoffresten waren am häufigsten. Unser Gang durch diese unterirdische Straße war eine Reise durch das Zwielicht, durch dunkle Schatten und vorbei an kaum sichtbaren Gestalten, die sich, als wir nahten, wie Ratten in dunkle Deckung verzogen. Nur die Tatsache, dass der Gehsteig weitestgehend frei war, erlaubte uns ein Vorankommen.

Ab und an gab es Nischen in den Wänden des Kanals, etwa einen Schritt tief und zehn Schritte lang. In einer dieser Nischen hielt Zokora inne und berührte Natalyia vor sich, um sie anzuhalten. Beide Frauen sahen in die Ferne.

»Was ist?«, fragte ich leise Zokora, als ich mich zu ihr gesellte.

»Da vorn, bei dem größeren Lichtschein. Siehst du?«

Es war ein Kreuzungspunkt zweier Hauptkanäle, hier traf sich dieser Kanal, der längs dem Fluss verlief, mit einem noch gewaltigeren, der vom Fluss im rechten Winkel abzugehen schien. An der Kreuzung war dadurch ein Platz entstanden, und auf diesem Platz gab es eine Art Stand, für hiesige Verhältnisse hell und kostbar von vier Laternen zugleich erleuchtet. Ich konnte es nicht so gut erkennen, aber Zokora beschrieb es genauer für uns, die wir nicht ihre Augen besaßen.

Auf einer bequemen Bank saß dort hinter einem Tisch ein Mann, dunkel gekleidet, nicht unähnlich unserer eigenen Tracht. Vier derb aussehende Wächter, die vor allem durch Körpergröße und Masse beeindruckten, standen um ihn herum. Sie trugen Lederrüstungen, die mit Stacheln versehen waren, und Krummdolche. Zwei von ihnen hatten sich theatralisch ein gezogenes Krummschwert auf die Schulter gelegt, die beiden anderen waren mit einer nagelbewehrten Keule und einer Kriegsaxt bewaffnet.

»Was für ein Mummenschanz«, flüsterte Varosch ungehalten. »Ein Schildstoß, und die Stacheln werden in den Körper getrieben, und jede einzelne schwächt den Panzer. Wer kommt nur auf eine solch dumme Idee?«

Ich kniff die Augen zusammen, um besser die von Zokora beschriebene Kriegsaxt erkennen zu können. Seitdem ich durch das Tor Soltars gegangen war, war Seelenreißer mein ständiger Begleiter. Seine außergewöhnliche Klinge machte ihn auch für Dinge nützlich, für die ein Schwert nicht gedacht war. Aber eine schwere Kriegsaxt wie diese dort war etwas Besonderes. Nicht viele besaßen das Geschick, die Kraft und die Statur, eine solche Waffe zu führen. Ihr Schaft aus leicht gebogenem, schwarzem Stahl war gut anderthalb Schritt lang, das dreieckige, elegant geschwungene Blatt bildete eine breite Schneide und einen gekrümmten Dorn. Es gab keine Spitze auf dem Schaft, diese Axt war dazu gedacht, zu schwingen und zu kreisen, nicht zu stechen. Es gab auch kein Holz an dieser Waffe, keine Verankerung, wo sich das Blatt lösen konnte. Die Axt war aus einem Stück geschmiedet. Ich sah es nicht, aber Zokora beschrieb eine kreisförmige, sich selbst auffressende Schlange, die ins Blatt geätzt war.

Ich erkannte diese Waffe. Denn sie war mir vor Jahren von ihrem Eigentümer liebevoll beschrieben worden. Sie gehörte meinem Freund in Coldenstatt, dem Schmied aus dem Nordland, von dem ich den anderen erzählt hatte und den Janos für einen Betrüger mit einer erfundenen Geschichte hielt.

Dies war Ragnars Axt, es konnte keine andere sein. Er hatte sie im Kampf gegen Piraten verloren, während seines Versuchs, die Weltenscheibe zu umsegeln. Die Axt existierte, wahrscheinlich war also auch der Rest seiner Geschichte wahr.

Die Axt besaß einen Namen, Ragnarkrag. Stimmte die Geschichte, dann war die Axt heilig. Odin geweiht, einem Aspekt Borons, der im Nordland von Ragnars Volk verehrt wurde.

Welch seltsame Fügung hatte sie hierher gebracht? Ragnar hatte weitere Äxte dieser Art geschmiedet, und viele lange Nachmittage waren damit zugebracht worden, dass ein Freund den anderen die Geheimnisse des Axtkampfs lehrte.

Noch wusste ich nicht, wann oder ob ich jemals wieder nach Coldenstatt zurückkommen würde, aber hier konnte diese Axt nicht bleiben.

»… ein Hehler, der Ware sichtet«, sagte Varosch. Die Axt hatte mich abgelenkt.

»Was sagt Ihr?«, fragte ich, Zokora warf mir einen vorwurfsvollen Blick zu.

»Entschuldigt. Aber ich habe gegrübelt, ob diese Axt tatsächlich ein heiliges Artefakt sein könnte.«

»Ist sie es?«, fragte Varosch.

»Ja. Aber ich habe nicht auf Eure Worte geachtet.«

»Seht Ihr die Schlange vor diesem Stand?«

Ich nickte. Auch dort war die Sicht eingeschränkt durch Verschläge und Behausungen, die ich keinem Hund zumuten würde, dazwischen, kaum zu erkennen, warteten Kanalbewohner in einer Reihe.

»Zokora berichtet, dass irgendetwas am Tisch passiert. Der Mann scheint die Menschen einen nach dem anderen abzufertigen, ihnen irgendwas zu geben. Ein Hehler wahrscheinlich, er gibt ihnen kein Geld, aber was, das kann auch Zokora nicht erkennen.«

Nicht? Ich hatte Schwierigkeiten, überhaupt etwas zu sehen außer den groben Umrissen.

»Moment«, sagte ich und griff in die breite lederne Tasche, die im Rücken auf meinem Gürtel ritt. Ganz zuunterst, eingeklemmt, weil er für die Tasche etwas zu groß war, lag der Zylinder, den Leandra und Janos so bewundert hatten. Es war mir recht, dass er klemmte, hatte ich doch schon genug Erfahrung mit Langfingern gemacht, aber jetzt brauchte ich einige Zeit, um ihn aus der Tasche zu lösen und nach vorn an Zokora weiterzureichen.

Einen weiteren Moment brauchten wir, bis Zokora herausfand, wie man den Zylinder auseinanderziehen konnte, dann setzte sie das Fernglas ans Auge.

Varosch stellte sich neben sie. Diese Nische hier war dunkel, dennoch konnte es sein, dass uns jemand sah. Es war zu bezweifeln, dass man hier solche Fernrohre kannte, dennoch gab Varosch ihr Sichtdeckung. Es waren diese kleinen Dinge, die mich an dem ehemaligen Tempelwächter so beeindruckten.

»Solante!«, stieß Zokora leise hervor, als sie durch das Rohr sah. »Das ist wie Magie, nur auf dem Kopf!«

»Seht Ihr nun besser?«, fragte ich leicht amüsiert.

»Er hat heute Nacht zuviel getrunken, seine Augen sind blutunterlaufen. Er ist krank, leidet an dem gelben Fieber, und er züchtet Nasenhaare, ein gutes Dutzend links und mehr im rechten Nasenloch. Sein Atem wird nach Fisch stinken, ich sehe eine Schuppe in seinem verfaulten Gebiss, wenn er versucht, gemein zu grinsen.« Sie setzte das Rohr ab, drehte sich zu mir um und zog eine Augenbraue hoch. Natalyia kicherte, und Varosch hatte einen Hustenanfall.

»Ich nehme an, das heißt Ja«, meinte ich trocken.

»Ja«, sagte Zokora und wandte sich wieder nach vorn, um erneut das Glas ans Auge zu heben.

»Er ist ein Hehler«, sagte sie wenig später. »Die Leute bringen ihm, was sie als kostbar erachten. Er hingegen gibt ihnen kein Geld, sondern Knochenscheiben mit eingebrannten Symbolen, nur selten mehr als eine.«

Ware gegen Knochen?

»Nachdem sie diese Scheibe erhalten haben, eilen die meisten Menschen nach links in den großen Kanal, ich kann nicht sehen, was dort geschieht.« Sie setzte das Rohr ab. »Dort muss eine Art Essensausgabe sein, denn wenn sie wiederkommen, fressen sie gierig.«

»Fressen?«, sagte ich.

Zokora warf mir einen Blick zu. »Fressen. Menschen essen, Tiere fressen. Sie fressen wie Tiere.«

»Sie werden Hunger haben«, sagte ich leise. Ihr Blick sagte mir, dass für sie Hunger kein Grund war, sich auf die Ebene eines Tieres herabzubegeben. »Vielleicht. Auch ich hatte schon Hunger. Aber was ich auf ihren Gesichtern sehe, ist kein Hunger, sondern Gier.« Sie schob mit einem Klicken das Rohr zusammen. »Es gibt bei uns gegärten Pilzsaft. Manche Menschen werden süchtig nach ihm. Wenn sie ihn erhalten, sieht man in ihren Gesichtern die gleiche Gier. Diese Menschen hier sind süchtig nach dem, was sie im Tausch gegen diese Scheiben erhalten. Es sieht aus wie ein dunkel gebackenes dünnes Brot.«

»Das ist wahrlich hinterhältig«, sagte Natalyia beeindruckt. »Nahrung, die süchtig macht. Diese Menschen werden alles tun, wenn man droht, es ihnen vorzuenthalten.«

Ich hatte schon oft genug gesehen, was Sucht aus einem stolzen Mann machen konnte. Oft war es der Gerstensaft oder der Wein, aber auch das Spiel und die Frauen. Oder aber exotische Tabake, die scheinbar angenehme Träume verursachten. Letzteren war ich für eine lange Zeit erlegen, jene Jahre sind nurmehr ein Schatten in meiner Erinnerung. Wäre Seelenreißer nicht ein Bannschwert, wäre es möglich gewesen, dass ich sogar mein Schwert versetzt hätte.

Ich schüttelte diese Gedanken ab. »So wie Ihr ihn beschreibt, einschließlich der Nasenhaare, ist er nicht der Mann, der das hier aufgezogen hat. Er ist im besten Fall ein Leutnant, ein niederer Befehlshaber. Aber ich wette, er weiß, wo wir diesen Jilgar finden können.«

»Und du willst die Axt«, sagte Zokora.

»Richtig.«

»Äxte sind unhandlich. Sie brauchen viel Platz. Kommt man ihm zu nahe, ist es vorbei für den Axtkämpfer.«

»Bolzen. Ein Bolzen ins Auge«, sagte Varosch.

»Dennoch ist eine solche Axt Schrecken erregend. Du weißt, dass du nicht bestehen kannst, wenn sie trifft«, meinte Natalyia.

»Wenn«, kam Zokoras verächtliche Antwort.

»Seelenreißer ist meine Waffe. Ich will die Axt, weil sie einem Freund gehört.«

»Also nehmen wir sie uns und fragen diesen Mann nach dem Weg«, sagte Zokora und reichte mir das Fernrohr. »Ich werde gleich zurück sein.«

»Wartet«, sagte ich. »Wenn wir diese Leute niederschlagen, gibt es einen Aufstand. Wir können nicht gegen eine Horde Süchtiger bestehen.«

»Dann zwingen wir den Befehlsgeber des Hehlers herbei«, sagte Natalyia, und ihre Lippen formten sich zu einem gemeinen Lächeln.

Ich sah sie an. »Wie wollt Ihr das bewerkstelligen?«

»Er sitzt. Seine Füße ruhen auf Stein. Lasst mich gehen.«

»Und wenn Ihr gesehen werdet?«, fragte ich.

Sie grinste mich an und gab dem Stein an ihrer Seite einen liebevollen Klaps. Zokora machte einen Schritt zur Seite und ließ sie auf dem schmalen Weg vorbei. Es dauerte nicht lange, bis sie in das Kanalbett sprang und zwischen diesen elendigen Behausungen und den Schatten verschwand.

»Es treibt mir immer noch einen Schauer über den Rücken, wenn ich sehe, wie der Stein ihr nachgibt«, sagte Varosch leise. »Ich frage mich, was sie vorhat.«

Zokora sah zu ihm hin. »Frag das nächste Mal vorher, nicht wenn sie bereits gegangen ist. Aber wir werden es bald wissen.«

Zuerst geschah eine ganze Zeit nichts. Ich reichte Zokora wieder das Rohr, und sie hielt Ausschau.

»Sie ist gut«, sagte Zokora nach einem Moment. »Ich kann sie nicht entdecken.«

Etwas später: »Es ist etwas passiert. Der Mann ist aufgesprungen und er schreit, er hat unbändige Angst! Die Wachen treiben die Menschen aus dem Weg ... Nun wird der Tisch beiseite geschoben und sie sehen alle hinunter. Ich kann nicht erkennen, was es ist. Der Mann scheint unverletzt, aber er ist in Panik. Einer seiner Wächter rennt davon. Der Hehler ist schwer zu beruhigen, aber einer der anderen Wächter drückt ihn wieder auf seine Bank zurück, der Tisch wird wieder hingestellt, und er trinkt. Es muss etwas Sichtbares sein, denn die Menschen versammeln sich zum Gaffen. Er macht keine weiteren Geschäfte. Er weint.« Zokora ließ verächtlich das Glas sinken.

»Ich glaube, es wäre ein geeigneter Zeitpunkt, sich ihm zu nähern«, sagte ich. »Eine Menschenmenge ist immer gute Tarnung.«

»Nicht für Euch«, sagte Varosch. »Ihr seid zu groß.«

Natalyia fand uns auf halbem Weg. Sie tauchte zwischen zwei Verschlägen auf. Ihre Augen glitzerten, sie war guter Laune.

»Was habt Ihr getan?«, fragte ich sie.

»Ich tauchte in den Stein, griff seine Füße und zog sie knöcheltief in den Boden. Dann ließ ich ihn los. Der Stein hält ihn gefangen.« Sie grinste breit.

Varosch pfiff leise durch die Zähne. »Kein Wunder, dass es ihn erschreckte und er in Panik geriet!«

»Warum?«, fragte Zokora überrascht. »Kennt man hier keine Hämmer und Meißel?«

Wir sahen uns gegenseitig an, Natalyia fing an zu kichern, und auch ich hätte beinahe laut losgelacht. »Zokora, Ihr seid einmalig.«

Sie sah mich verständnislos an. »Menschen!«

Wir begaben uns an den linken Rand der gaffenden Menge. In den Hauptkanal. Der eine Wächter war nach links davongeeilt, und hier befand sich auch das Lager mit dem süchtig machenden Brot.

Bislang war noch niemand auf die Idee gekommen, Hammer und Meißel zu holen, oder aber diese Werkzeuge waren zu wertvoll, als dass sie hier jemand besaß.

Es war schon ein seltsamer Anblick, die Schienbeine des Mannes im Stein enden zu sehen.

Eine geraume Zeit verging, bis der Wächter, der aufgebrochen war, Hilfe zu holen oder zu berichten, wiederkam. In seiner Begleitung war eine Frau, ebenfalls in dunklen Gewändern.

Ein langer Umhang fiel von ihren Schultern und berührte hinter ihr fast den Boden. Er bewegte sich in einem Wind, den niemand sonst spürte. Ich konnte keine Struktur in dem Stoff erkennen, es war, als wäre es ein dunkler Schatten und sonst nichts. Selbst Zokoras Rüstung war nicht so dunkel.

Sie trug einen Silberreif in Stirnhöhe über ihrer Haube, der Schleier war vorgelegt. Ähnlich wie wir trug sie eine Weste, und dort hingen, mit dem Griff nach unten, sechs schmale Dolche. Sie bewegte sich voller Autorität, mit großen Schritten; unter dem weiten Stoff erahnte man lange Beine und einen trainierten Körper. Die Leute wichen vor ihr zurück, keiner wagte es, mehr als zwei Schritte an sie heranzutreten.

»Jemand Wichtiges«, hauchte Varosch. »Natalyia, das war eine gute Idee.«

Als sie näher kam, eilte ihr ein Wort voraus. *Nachtfalke.* Allein dieses Wort ließ die Menge erschauern, und auch wir fanden es besser, scheinbar voller Angst zurückzuweichen, als offen in ihrem Weg herumzustehen.

Ich sah meine Gefährten fragend an. Sie zuckten die Schultern, keiner hatte wohl je dieses Wort in einem besonderen Zusammenhang gehört. Bei mir regte sich etwas, aber ich konnte mich nicht genauer erinnern.

Als sie vorbeiging, war ich nahe genug, um doch eine Struktur in dem Umhang zu sehen. Er ähnelte der Haut zwischen den Flugknochen einer Fledermaus und war nicht, wie ich dachte, mit einer Brosche befestigt, sondern hing frei auf ihren Schultern, bis auf zwei Dornen, die im Hals der Frau verschwanden. Der Umhang lebte von ihrem Blut. Ich wich weiter zurück, aus irgendeinem Grund erfüllte mich dieser Anblick mit tiefem Grausen und Abscheu.

Dann wusste ich, woher ich den Namen kannte. Nachtfalken. So nannten sich die Geheimagenten des Alten Reiches.

Ich musterte verstohlen das Gesicht der Frau; so dicht ging sie vorbei, dass ich es durch den Schleier hindurch sehen konnte. Es war ein hübsches, aber grausames Gesicht. Das Leben eines

Menschen hinterließ auf seinem Antlitz Spuren. Ein lustiger Geselle würde Falten bekommen, die zu seinem Wesen passten, die des Lachens. Aber Angst, Gram und Schmerz gruben nicht minder tiefe Furchen in die Haut. Art und Anzahl der Falten passten zum Wesen und zum Alter des Menschen, waren oft ein Wegweiser zu seinem Gemüt. Diese Frau hier wirkte jung. Es schien, als ob die tiefen Furchen von Verachtung, Hochmut und Grausamkeit sich vor ihrer Zeit in die glatte Haut gegraben hätten.

Ihre Augen waren dunkel, wie es bei den Menschen Bessareins so oft der Fall war, dabei kalt und wachsam. Als sie ihren Blick über die Menge, in der ich mich verbarg, schweifen ließ, duckte ich mich feige weg. Ich hatte die Befürchtung, dass ihr Blick mich erkennen würde … Eine Angst, deren wahren Grund ich nicht kannte.

Vorsichtig hob ich meinen Blick wieder, sie war vorbeigegangen und stand nun kaum zehn Schritte entfernt vor dem Mann, der diese Knochenscheiben ausgegeben hatte. Eine kleine Geste nur, und die Wachen hoben den Tisch beiseite und zogen den im Stein gefangenen Hehler auf die Beine.

Sie musterte den Stein, der seine Füße festhielt, ging um ihn herum, ließ sich auf ein Knie nieder. Sie zog ihren schwarzen Handschuh aus und strich fast zärtlich mit den blanken Fingern über den glatten Stein. Auf ihrem Knie drehte sie sich langsam herum, ihre Finger folgten einer unsichtbaren Spur im Gestein. Es hätte lächerlich aussehen sollen, wie sie geduckt, zwei Finger am Boden, dieser nur für sie sichtbaren Spur folgte. Aber so war es nicht. Es wirkte bedrohlich. Die elenden Bewohner wichen vor ihr zurück, bis sie an einer Wand des Kanals ankam, etwa zehn Schritt von dem Hehler im Stein entfernt. Dort richtete sie sich auf und blieb stehen, die Hand auf dem Stein, den sie nachdenklich zu studieren schien.

Natalyias Hand krallte sich in meinen Arm. »Sie sieht mich im Stein«, hauchte sie, und ich erkannte seit langer Zeit wieder Angst in ihren Augen.

Der Nachtfalke kehrte zu dem Mann im Stein zurück, beachtete ihn allerdings kein bisschen. Sie wandte sich an den großen Mann mit der Axt, der sich die ganze Zeit über kaum bewegt hatte. »Kermil.«

Er kniete nieder vor ihr. »Ich diene, Herrin.«

»Verstärke die Wachen. Befrage die Leute hier, ob sie einen großen, blonden Mann gesehen haben, mit einem kurzen Bart und breiten Schultern. Er trägt ein gerades Schwert. Eine zierliche Frau, eine Hand kleiner als ich es bin, mit dunkler, fast schwarzer Haut, eine rothaarige Frau, groß, mit lustvollen Formen, einen weiteren blonden Mann, ebenfalls groß, aber schlank wie eine Gerte. Sucht außerdem einen Gaukler mit Namen Armin und einen Dieb, der Selim heißt.«

Scheinbar aus dem Nichts erschien zwischen ihren Fingern ein Goldstück. »Dieses Goldstück gehört dem, der als Erster Kunde bringt von ihnen. Wer sie sieht und nichts sagt, wer sie versteckt oder gar beschützt, den geleite ich in die Dunkelheit meines Herrn und Gottes.« Sie lächelte unter ihrem Schleier. »Ich werde mir dabei sogar Zeit lassen.«

Kermil schluckte, hob die linke Faust an seine Stirn und duckte sich tiefer. »Ich diene und gehorche, Herrin.«

»Ach ja, schaff dieses stinkende Etwas hier weg.« Sie wandte sich um und kam wieder in unsere Richtung. Erneut duckte ich mich in die Menge, dennoch glaubte ich, sie hätte mich gesehen. Aber in diesem Moment erscholl ein fürchterlicher Schrei, zusammen mit dem Geräusch von Stahl auf Stein und Knochen.

Sie warf einen gelangweilten Blick über ihre Schulter zurück und ging davon. Kermil warf den verkrüppelten Mann achtlos mit einer Hand zur Seite, der Arme flog bestimmt sechs Schritt weit. Blut spritzte in alle Richtungen, aber schon im nächsten Moment stürzte sich die Meute auf den Unglücklichen, um ihn zu plündern.

Kermil trat mit schweren Stiefeln auf die Löcher im Boden, das Knirschen der Knochen klang unerträglich laut in der Stille, die der Nachtfalke hinterließ. Dann warf er achtlos ein Tuch über die Stelle, stellte den Tisch darüber und sah einen der anderen Wächter an. Der erbleichte, nickte aber und nahm hinter dem Tisch Platz. Kermil machte eine Handbewegung und winkte den ersten der Wartenden heran. Während der ehemalige Wächter mit zitternden Fingern eine Knochenscheibe aus einem Kasten nahm, befragte Kermil den Mann, der ein verbogenes silbernes Messer verkaufen wollte, ob er uns gesehen habe.

Wir ließen der Frau viel Vorsprung und folgten ihr dann leise in den Schatten. Vielleicht waren die Nachtfalken einmal ein Kriegerclan des Alten Reiches gewesen, aber ich wusste nun, dass sie nicht mehr dem Imperium dienten, sondern einem anderen Herrn.

Wieder war es Zokora, die die Hand erhob und uns um sich versammelte. »Diese Frau wurde von jemandem meines Blutes ausgebildet. Sie verfügt über Fähigkeiten, die ihr nicht zustehen. Sie gehört mir, und sie wird sterben. Ihr bleibt hier.«

»Zokora ...«, fing ich an, aber sie warf mir einen Blick zu, der mich verstummen ließ.

»Wenn ich falle und es zwischen ihr und euch zum Kampf kommt, lasst ihr keine Zeit und berührt nicht ihren Umhang mit blanker Haut. Entzieht sie sich eurem Blick, sucht sie in den Schatten, auch über euren Köpfen. Havald, verwende nicht dein Schwert, sonst trägt es die Saat des Namenlosen in sich. Jetzt bleibt zurück.«

Sie wandte sich um, schien den Kopf zwischen die Schultern zu ziehen und entschwand vor meinen Augen, als ob sie die tiefen Schatten um sich gehüllt hätte. Varosch griff unter seinen Umhang, nahm seine Armbrust hervor und kniete sich hin. Seinem Köcher entnahm er zwei Bolzen, auf einen stützte er den Schaft der Armbrust, den anderen legte er auf. Er schloss die Augen, ich hörte Borons Namen, dann strich er sachte über den aufgelegten Bolzen. Ich blinzelte, denn für einen Moment dachte ich, das Zeichen seines Gottes auf dem Bolzen leuchten zu sehen.

Dann schien Varosch zu erstarren, wurde still wie Stein.

Keine dreißig Schritt vor uns glitt Zokora aus dem Schatten und versperrte dem Nachtfalken den Weg.

»Ich bin Zokora. Du stirbst hier.«

»Schwester«, sagte der weibliche Dunkelfalke, »ich habe Euch erwartet.«

»Wir sind keine Schwestern«, sagte Zokora.

Ich sah den dunklen Stahl in Zokoras Hand erscheinen und zwei Wurfdolche abwehren. Der Umhang des Nachtfalken wallte auf, schien sich in Rauch und Nebel zu verwandeln. Stahl klirrte auf Stahl, unterbrochen von gepressten Atemzügen, leisem Stöhnen und einem Zischen wie von einer gereizten Schlange. In der Dunkelheit schien es mir, als ob der Kampf sich nicht nur am Boden abspielte, sondern als ob auch Wände und Decke des Kanals ihren Füßen Halt boten. Ein Schatten wand sich um den anderen, silberner Stahl wurde von schwarzem abgewehrt, einmal entstand mit einem puffenden Geräusch dichter Rauch, dem Klirren zerbrechender Phiolen folgten bittere Gerüche. Dann Stille. Der Rauch verzog sich, eine dunkle Gestalt kniete über einem anderen dunklen Schatten. Eine Hand hob sich. Ich spürte Varoschs Anspannung und konnte selbst kaum atmen.

»Havald, Ihr könnt kommen«, sagte Zokora leise, und Varosch drückte ab.

Der Bolzen schien sich, in dem Bruchteil eines Lidschlags, den sein Flug dauerte, in gleißendes Silber zu verwandeln und traf die kniende Frau im Nacken. Lautlos sackte sie zusammen. Varosch ließ die Armbrust fallen und rannte los, wir mit ihm. Bis ich die beiden Frauen genauer sehen konnte, hielt ich Varosch für wahnsinnig. Doch dann sah ich, dass es die Nachtfalken-Frau war, die vornübergebeugt über der anderen stillen Gestalt lag. Diese war in den Umhang des Nachtfalken eingewickelt, von dort kamen auch unheilvolle, leise schmatzende Geräusche.

Ich trug Kettenhandschuhe. Zokoras Warnung gedenkend, stieß ich Varosch zur Seite, als er mit nackten Händen nach dem

Umhang greifen wollte, und zog das Ungeheuer von Zokora herunter. Zuerst hielt es sich mit überraschender Kraft fest, dann jedoch floss es mir entgegen. Ich wollte es wegschleudern, aber nun begehrte es mich. Es wand sich um meinen Arm, bedeckte schneller, als ich reagieren konnte, meine Schultern; ich konnte mein Gesicht gerade noch in die Armbeuge drücken, als es mir um meinen Kopf floss und ich klebrige Wärme spürte, blutige Feuchtigkeit, als ob sich tausend kleine Nadeln in die Haut meines Gesichts bohren wollten.

Nur gedämpft hörte ich die anderen, tausendfaches widerliches Schmatzen übertönte sie, ich spürte, wie man an mir zerrte und an diesem widerlichen Umhang riss. Zum zweiten Mal in wenigen Tagen war ich gelähmt, aber diesmal war ich nicht so hilflos, denn meine Gedanken waren noch frei, und ich hatte einen neuen Trick gelernt. Zwischen meiner Faust in diesem höllischen Gewand und meinem Kopf befahl ich Glut und Eis auf diese Kreatur, wie ich es mit dem Kettenbolzen aus Eisen getan hatte. Was dieses Ungeheuer auch war, etwas, das Eisen sprengte, sollte einer lebenden Kreatur wohl auch schaden.

Zuerst dachte ich, es würde nichts nützen, dieses Wesen könnte nicht von solchen Dingen berührt werden, doch dann merkte ich, wie der Druck in meinem Kopf entstand, als ob mir der Schädel bald zerspringen würde. Ein hohes Kreischen erfüllte meine Welt und zwang mich auf die Knie, Sturheit allein war es, die mich Glut und Eis stärker und schneller wechseln ließ, bis das Wesen erstarrte und mich dadurch wie mit Bändern aus Stahl zu würgen, meinen Arm zu zerbrechen drohte – um dann mit einem lauten Knall in tausend eisig glühende Stücke zu zerplatzen. Für einen Moment stand ich da, sah wieder meine Gefährten, auch Zokora auf dem Boden, mit einem Arm aufgestützt, wie sie mich anstarrten … dann nichts mehr. Ich spürte es nicht einmal, als ich wie ein gefällter Baum meine Länge auf dem Boden maß.

28. Eine Frage der Wortwahl

»Wie lange?«, krächzte ich, als ich erwachte. Jemand hielt mir einen Wasserschlauch an den Mund, und ich trank gierig.

»Nicht lange, Havald«, sagte Natalyia leise. Sie hielt den Schlauch mit einer Hand und tupfte mit einem weingetränkten Lappen an anderer Stelle mein Gesicht ab. »Vielleicht zehn Minuten. Bewegt Euch nicht, es dauert nur ein bisschen, sagt Zokora. Noch ein wenig Geduld, und es ist vorbei.«

»Zokora ...?«

»Sprecht nicht, wartet, bis Eure Kräfte wiederkehren. Zokora lebt und wird überleben. Sie ist nur leicht verletzt, obwohl dieser dämonische Mantel sich länger an ihr genährt hat als an Euch.«

Ich bewegte mich etwas und versuchte, an Natalyias Gesicht vorbeizusehen. Zokora lag unverändert an der Stelle, doch ihr Kopf war in Varoschs Schoß gebettet, auch er tupfte ihr Gesicht ab. Die Haut sah aus wie rohes Fleisch, sogar ihre Augäpfel waren rot vor Blut.

»Der Mantel ist wohl eine Art Parasit. Er vermag es, Blut durch die Haut zu saugen, ohne eine Wunde zu verursachen. Dabei lähmt er seine Opfer durch ein Gift. Einfach einen Moment warten, das ist Zokoras Rat«, sagte Natalyia leise.

Also wartete ich. Ich hätte gedacht, dass in dieser Zeit irgendjemand den Kanal entlangkäme, wir waren kaum fünfzig Schritt von dem Tisch entfernt, unter dem sich blutige Stümpfe im Stein befanden, und keine vierzig Schritt von dem Verschlag, an dem das süchtig machende Brot gegen Knochenscheiben getauscht wurde.

Dort brannten noch immer die vier Laternen, hier war es dunkel. Niemand kam und störte uns.

Ich merkte, wie die Schwäche mich verließ, eben war sie noch da, dann war sie verflogen, als wäre nie etwas gewesen. Ich dankte Natalyia und erhob mich schwerfällig. Etwas knirschte unter meinen Füßen, ich bückte mich und hob es auf. Es war ein Stück leichte und poröse Kohle, wie ich sie noch nie gesehen hatte. Erst als ich überall diese Stücke liegen sah, erkannte ich, was ich in der Hand hielt: einen Rest jenes Ungeheuers. Die Erinnerung, wie es zerplatzt war, war mir geblieben, aber kaum mehr.

»Was ist passiert?«, fragte ich. Meine Stimme klang rau, als hätte ich seit Jahren nicht mehr gesprochen.

»Ihr wisst es nicht mehr?«

Ich schüttelte den Kopf; ab dem Moment, wo der Mantel sich mir um das Haupt geschlungen hatte, war meine Erinnerung mehr als ungewiss.

»Im ersten Moment, als es sich um Euch wickelte, versuchte ich es von Euch zu reißen«, sagte Natalyia leise. »Varosch war bei Zokora, sie atmete nicht mehr, aber Varosch beschwor Borons Gnade und gab ihr den Kuss des Lebens, er hätte Euch nicht helfen können, ohne Zokora sterben zu lassen.«

»Verzeiht mir, Ser Havald«, sagte Varosch leise. »Ihr habt noch gestanden und gekämpft, und ich entschied mich für meine Herrin. Von Euch weiß ich, dass Soltar Euch nicht will …«

Ich hustete. »Das ist keine Garantie, dass er seine Meinung nicht doch noch ändert«, sagte ich.

Varosch nickte. »Ich weiß, aber …«

»Ich hätte nicht anders gehandelt.« Ich blickte zu Natalyia hinüber. »Ich spürte, wie Ihr versucht habt, den Mantel von mir zu reißen. Was ist dann geschehen?«

»Ich wollte ihn zerschneiden. Es war, als ob ich in feuchten Lehm schnitt, ich spürte unter meiner Klinge Euren Kettenärmel, aber das Biest wurde dabei nicht verletzt.«

»Wie habt Ihr mich gerettet?«

»Gar nicht, Havald. Ich dachte an Öl, um das Biest zu versengen, aber ich kam nicht dazu. Die ganze Zeit wogte und wallte der Mantel um Euch, versuchte Euch weiter einzuwickeln, doch plötzlich erstarrte er, wurde grau, glühte dann in einem dunklen Rot auf, gleich dem von glühendem Metall, dann zerbarst er in einer Wolke aus Dampf und Rauch. Einfach so. Das, was Ihr in der Hand haltet, ist, was von ihm blieb.«

Langsam erinnerte ich mich wieder. »Wie lange hat es gedauert?«, fragte ich leise. Es fühlte sich an wie eine Ewigkeit.

»Grau, rot. Peng!«, sagte Zokora. Ihre Stimme klang etwas belegt, aber ihre Augen wirkten trotz allem amüsiert, auch wenn sie zu kaum mehr im Stande war, als sich auf einen Arm zu stützen. Sie lachte leise, als sie mein Gesicht sah. »Wenn du weißt, was du getan hast, bring es mir bei. Es war wirkungsvoll.«

Dies schien mir Zokoras höchstes Lob zu sein. Ihr erging es wohl wie mir, noch während sie sprach, schien die Kraft in ihren Körper zurückzufließen und sie richtete sich weiter auf.

»Ich habe euch erzählt, wie ich den Bolzen in meinen Ketten sprengte. Mir fiel nichts anderes ein, also habe ich es bei dem Mantel auch versucht.«

»Es hat geklappt«, sagte Varosch, als er Zokora beim Aufstehen half. Zokoras Gesicht sah immer noch roh aus, aber es blutete nicht mehr.

»Wie konnte sie Euch besiegen?«, fragte ich.

»Ich war töricht«, sagte Zokora. »Ich hätte sie von hinten erschlagen sollen. Sie wusste von uns, den Dunkelelfen, und sie war vorbereitet. In ihrer Hand hielt sie eine gläserne Ampulle. Sie enthielt ein gewisses Gas, unendlich kostbar und selten. Es versetzt einen Elfen in einen langen Schlaf, der Jahrhunderte dauern kann. Dieses Gas – man braucht Jahre, um die notwendige Menge zu destillieren, es wird dem glühenden Schoß der Erde entrissen und kostet viele Leben.« Sie schüttelte den Kopf. »Es ist mir unbegreiflich, woher sie es hatte. Als ich es roch und erkannte, versuchte ich die Luft anzuhalten, ich hätte fliehen sollen in dem Moment, war aber zu stolz und hoffte, sie noch zu besiegen. Die Hoffnung war falsch. Das Gas zwang mich nieder.« Sie lachte bitter. »In dem Moment, in dem der schlafende Elf eine Störung verspürt, wacht er wieder auf. Und der Schattenmantel war eine Störung.«

Ich nickte bedächtig und massierte mir die Schläfen, mein armer Kopf pochte noch immer, als wäre er der Amboss eines wahnsinnigen Schmieds. »Sie wusste in dem Moment, als sie Natalyias Spur im Stein fühlte, dass wir hier waren. Sie lockte uns, sie wusste, dass Ihr sie töten wolltet, und kannte Eure Art gut. Es gehörte zu ihrem Plan, dass Ihr auf einem Zweikampf besteht.«

»Ja. Und dieser Plan ging auf.« Zokora sah zu mir auf. »Dieser Feind macht mir Angst. Ich bin es nicht gewohnt, Angst zu empfinden.«

Ich lachte.

Sie sah mich erstaunt an. »Ich verstehe nicht, machst du dich über mich lustig?«

Ich berührte sie leicht am Arm. »Nein, Zokora. Nein. Ich mache mich nicht lustig. Ich lache aus zwei Gründen. Zum einen, so heißt es, ist Lachen gut gegen die Angst. Zum anderen: Bis jetzt hat noch jedesmal der Feind verloren. Ich lache, weil ich denke, dass auch er langsam Angst bekommen wird, speziell vor Euch.«

»Warum vor mir?«

»Ihr wisst es nicht? Ihr seid ein unerschütterlicher Pfeiler in unserer Gruppe. Ein jeder hier verlässt sich auf Euch, vertraut Euch sein Leben an. Der Nachtfalke wusste das. Hätte sie Euch besiegt, dann hätte sie uns einen unbeugsamen Willen geraubt, nämlich den Euren.«

»Du hättest um mich getrauert?«

»Es hätte mir das Herz gebrochen. Nicht nur mir, seht Euch Natalyia und Varosch an. Sie tragen es offen in ihren Augen.« Ich lachte erneut, es fiel mir leicht. »Seht Ihr, dass ist der Grund, warum unser Feind Angst haben muss vor Euch und warum ich lache.«

Sie schluckte, sah zu Natalyia hinüber, dann zu Varosch. Der trat einen Schritt vor und nahm Zokora in die Arme. Ihr Kopf senkte sich gegen seine Brust. »Ich habe es dir schon gesagt. Du bist meine Liebe«, flüsterte er. Langsam, fast unmerklich, nickte ihr Kopf auf seiner Brust. Über ihren Kopf hinweg sah Varosch mich an. Seine Lippen formten das Wort *Danke*.

Es gab nichts zu danken. Ich meinte jedes Wort genau so, wie ich es gesagt hatte.

Ich sah auf den Leichnam des Nachtfalken hinab. Der Bolzen hatte ihren Schädel durchschlagen und lag nicht weit von ihr, ein ganz normaler Bolzen aus dunklem Holz. Kein Silber also, ich hatte es mir nur eingebildet.

Im Tod hatten sich ihre Züge geglättet, sie war fast nicht mehr zu erkennen ohne diesen bitteren Gesichtsausdruck. Vorsichtig öffnete ich mit der Spitze eines Dolches ihr Gewand. Auf ihrem Busen ruhte an einer Kette aus schwarzem Stahl eine matt glänzende schwarze Scheibe. Hastig schlug ich das Gewand wieder über sie, es hieß, der Namenlose Gott könne durch seine heiligen Symbole sehen und hören.

Gut, dann hatte auch er meine Worte vernommen.

Ich sah mich um, suchte eine Spalte oder ein Loch und fand nichts. Also zog ich Seelenreißer, erhob ihn und stieß ihn zweimal in den Stein. Als ich ihm seinen Blutzoll zahlte, war er genügsam, ich merkte es kaum. Dann hob ich mit der Spitze zweier Dolche das Amulett des Namenlosen Gottes vom Hals seiner Dienerin und schob es in den tiefen Spalt, den Seelenreißer für mich im Stein geschaffen hatte. Ich trat zurück.

»Götter!«, entfuhr es Varosch. Er starrte auf den Spalt und erbleichte. Ich sah hinunter: Grauer Rauch stieg aus dem Schlitz im Stein auf und schien rasch an Dichte und Substanz zu gewinnen.

Mit einem Fluch sprang ich zurück von dem Spalt, ergriff Seelenreißer, aber Natalyia stürzte an mir vorbei, fuhr mit der Hand durch den Rauch und über das Gestein und schloss den Spalt. Ein leiser Schmerzensschrei entfuhr ihr, aber der Rauch wand und krümmte sich und schien mit einem Seufzer zu vergehen.

Ich eilte zu ihr und ergriff ihre Hand, die sie umklammert hielt. Dort, wo sie durch den Rauch gegriffen hatte, war ihre jugendliche Haut der Haut des hohen Alters gewichen, runzlig und mit Altersflecken. Sie sah mich mit großen Augen voller Schrecken an.

»Danke, Natalyia, du hast schnell und mutig gehandelt«, sagte ich leise.

Zokora trat an sie heran und berührte das Mal des Namenlosen mit einem Finger.

»Dies wird vergehen. Du bist jung, und deine Jugend wird das Alter vertreiben. Es wird dauern, vielleicht ein Jahr, aber vertrau mir, der Namenlose kann gegen Astarte nicht bestehen.«

Natalyia nickte, aber ihre Augen waren auf den Ort gerichtet, wo sie die Spalte verschlossen hatte.

Ich sah zur Kreuzung zurück, dort war alles wie gehabt. Ich verstand nicht, warum uns niemand entdeckte, aber es gab eine Erklärung. Ich wandte mich in die andere Richtung. Dieser Kanal war breit und hoch, viel breiter als der andere. Doch hier hatte niemand eine Hütte gebaut. Dort hinten in der Dunkelheit musste etwas sein, etwas, das Angst verbreitete oder verboten hatte, hier zu hausen.

»Wir haben Zeit verloren«, sagte ich dann. »Sie«, ich blickte auf die Leiche zu meinen Füßen herab, »kann uns keine Fragen mehr beantworten. Aber ich kenne jemanden, der es kann.« Ich sah zu der Kanalkreuzung zurück.

»Kermil«, sagte Varosch.

»Richtig. Sagt, Varosch, eine Frage quält mich. Woher wusstet Ihr, dass es nicht Zokora war? Ich weiß, dass Ihr sie kennt, aber das Licht war unsicher und, bei den Göttern, es war ihre Stimme!«

Varosch grinste, während Zokora überrascht den Kopf von seiner Brust löste und ihn fragend ansah.

»Wir sahen Euch über der anderen knien, so dachten wir. Ihr habt die Hand gehoben und uns herbeigerufen«, erklärte Natalyia. »Da erschoss Varosch sie mit seiner Armbrust.«

»Er hat sie erschossen?«, fragte Zokora und schien zum ersten Mal, seit ich sie kannte, fassungslos. »Einfach so?«

»Ein Bolzen in die Stirn tötet fast alles. Sie gehört wohl nicht zu den Ausnahmen.«

»Aber wie wusstet Ihr, dass sie nicht Zokora war?«, beharrte ich.

»Das war einfach. Sie rief ›Havald, Ihr könnt kommen‹.«

»Und?« Ich verstand noch immer nicht.

»Seit dem Wolfstempel hat Euch Zokora immer geduzt. Sie duzt sogar die Götter. Bis auf Solante.« Varoschs Grinsen wurde breiter.

Ich sah zu Zokora. Sie lächelte scheu und mit einer Spur Stolz auf ihren Geliebten. »Seht Ihr, darum haben wir einen Grund zum Lachen«, sagte ich. Ich sah wieder hoch zu Varosch. »Kermil trägt eine Axt, die einem Freund gehört. Er erzählte mir, dass sie heilig sei, und sagte, sie verleihe ihrem Träger große Kraft. Ich glaubte es nicht, bis ich sah, wie Kermil den Unglücklichen mit einer Hand weit in die Menge warf. Ich habe den Schlag nicht gesehen, aber ich befürchte, er war leicht und schnell ausgeführt.«

»Ich habe es gesehen«, sagte Natalyia. »Ein Schlag fast aus dem Handgelenk, als ob die Axt nur wenig schwerer wäre als ein Schwert.«

»Dann stimmt Ragnars Geschichte. Zokora, wir können den Spieß umdrehen. Ihr habt die Stimme der Frau gehört.«

»Ja.«

»Könnt Ihr sie nachmachen?«

Sie nickte.

»Gut. Varosch, ich will mich nicht von ihm in Scheiben schneiden lassen, ich brauche auch Eure Hilfe.«

29. Ragnarkrag

Der Nachtfalke erschien am Rand der Dunkelheit. »Kermil!«, rief sie. »Komm her.«

Der große Axtkämpfer verbeugte sich und eilte zu ihr.

»Folge mir!«, befahl der Nachtfalke und eilte tiefer in die Dunkelheit. Dem Axtkämpfer fiel wohl etwas auf, aber es war zu spät. Aus der Dunkelheit bohrte sich ein schwarzer Bolzen in sein rechtes Hüftgelenk. Während er aufbrüllte, gab es ein Klacken, als Varosch seine Armbrust spannte, dann flog der nächste Bolzen und traf ihn ins andere Gelenk. Unfassbarerweise stand der Mann noch, als ihm ein weiter Bolzen in die Schulter fuhr. Als er zusammenbrach, fand schon das nächste Geschoss sein Ziel, und mit ihm fiel die Axt zu Boden.

Noch nie hatte ich jemanden so schnell eine Armbrust spannen sehen.

Das Gebrüll des Mannes brachte die Menschenmenge an der Kreuzung in Bewegung. Wir eilten zu Kermil, Natalyia stopfte ihm ein Tuch in den Mund, Varosch und ich ergriffen ihn, und Zokora nahm die Axt. Wir hasteten in die Dunkelheit davon.

»Ergreift sie!«, rief jemand, obwohl er gewiss nichts sehen konnte. Die Menge verwandelte sich in eine Meute, ergoss sich in den Hauptkanal und rannte hinter uns her.

Plötzlich erfüllte ein gleißendes Licht den Kanal und teilte ihn in Helligkeit und Schatten. In der Mitte des Kanals stand ein steinerner T-Galgen, an ihm hing nackt, die Adern geöffnet und kopfüber der blasse Leichnam der Nachtfalken-Frau. Die Woge brach an diesem Punkt, die Masse stoppte, als wäre sie gegen eine unsichtbare Wand gerannt.

Das Licht verschwand.

Weiter hinten warfen wir uns in eine Nische und sahen gespannt zurück. Keiner schien uns folgen zu wollen.

»Ihr versteht Euch darauf, Zeichen zu setzen«, sagte Varosch keuchend, als er den Mann fallen ließ.

»Dankt Natalyia, sie hat den Stein für den Galgen geformt.«

Ich blickte zu Zokora hinüber. Hier hinten war kaum noch Licht, aber ich erkannte dennoch den nachdenklichen Ausdruck auf ihrem Gesicht. Sie sah zur Kanalkreuzung zurück, in ihrer linken Hand hielt sie am ausgestreckten Arm die Axt, die nicht viel kleiner war als sie selbst.

»Wie heißt die Axt?«, fragte sie mich.

»Ragnarkrag.«

»Spalter der Welten. Hm.«

»Ihr kennt die alte nordische Sprache?«

»Nein. Aber ich habe von der Axt gehört. Auch wir besitzen Barden, aber unsere leben länger und kennen ältere Geschichten.« Ich sah ihre Zähne in der Dunkelheit leuchten. »Du hast gut daran getan, ihn so zu fangen«, sagte sie. »Die Axt wird Janos gefallen. Er hat die rechte Statur dazu.« Sie sah mir in die Augen. »Verrate ihm nicht den Namen der Axt.«

»Warum nicht?«

»Ich traue ihm noch immer nicht. Er hat für Balthasar gearbeitet.«

»Natalyia auch.«

Zokora schüttelte den Kopf. »Das war nicht das Gleiche. Sie konnte nicht anders. Er schon.«

Sie ging zu mir und drückte mir die Axt in die Hand. Dann fing sie an, sich zu entkleiden, reichte Varosch ein Kleidungsstück nach dem anderen, bis sie nackt vor uns stand. Sie nahm einen ihrer Dolche und ging zu unserem Gefangenen hinüber.

Sie kniete sich neben Kermil, beugte sich über ihn und schien ihn leidenschaftlich zu küssen. Der Mann schrie gedämpft und bäumte sich auf.

Zokora richtete sich auf und spuckte etwas zu Seite weg.

Ihr Mund war blutüberströmt.

»Kermil«, sagte sie leise und genüsslich lächelnd. »Mein Name ist Zokora. Was auch immer die Nachtfalken können, gelernt haben sie es von meinem Volk. Ich bin eine Dunkelelfe, Kermil, und noch bevor wir beide fertig sind, wirst du dich nach der Freude unseres ersten Kusses sehnen. Nun sag mir, was weißt du über den König der Diebe?«

Ich wog die Axt in meiner Hand und ging ein paar Schritte weiter in die Dunkelheit. Es dauerte nur Momente, dann gesellten sich Natalyia und Varosch zu mir.

»Ich dachte, Ihr wärt als Assassine ausgebildet?«, fragte ich Natalyia leise.

»Ja. Aber ich hatte nie so recht den Magen dazu.«

Wir schwiegen einen Moment, hinter uns hörte ich Zokora flüstern, ich verstand nichts, aber es klang fast … liebevoll. Ich schüttelte mich.

»Es gehört zu ihr dazu«, sagte Varosch leise. »Ohne das wäre sie nicht vollständig.«

»Ihr braucht sie nicht in Schutz zu nehmen, Varosch. Ich weiß das, und Ihr habt recht.« Ich wünschte mir, ich könnte meine Pfeife anzünden, aber die Glut hätte man weit in der Dunkelheit gesehen. »Insgeheim bin ich ihr dankbar. Denn würde sie es nicht tun, müsste es einer von uns.«

»Könntet Ihr es?«, fragte Varosch.

»Ja. Nur nicht so … vollendet. Aber ja, ich könnte es. Ihr nicht?«

Ein langer Moment verging. »Ja. Ich könnte es wohl auch.«

Ich sah zurück an die Stelle, wo Zokora und der unglückliche Kermil nur tiefere Schatten im Schatten waren. Ein leises Stöhnen war zu hören.

»Jeder von uns könnte es. Noch ist die Grausamkeit, zu der ein Mensch fähig ist, nicht von einer anderen Rasse übertroffen worden«, sagte ich.

Zokora kam zu uns zurück und benutzte die Bluse des toten Nachtfalken, um sich das frische Blut abzuwischen. Es war genug, aber weniger, als ich erwartet hatte. Dann half Varosch ihr beim Ankleiden. »Wisst Ihr nun den Weg?«, fragte ich, als

Varosch ihren Umhang an ihr festmachte und seine Armbrust ergriff.

»Ja«, sagte sie. »Er hat sich bemüht, ausführlich zu berichten.«

»Soltar erbarme sich seiner«, sagte ich leise.

»Wieso?«, fragte sie.

»Ist er denn nicht tot?«, fragte ich erstaunt.

»Nein. Hätte ich ihn töten sollen?«

Ich schüttelte den Kopf.

»Gut, denn auch ich habe ein Zeichen gesetzt.«

Ich sah zu dem dunklen, stillen Schatten hinüber, zögerte und entschloss mich, nicht nachzusehen, was sie meinte. Oder zu fragen. Wir brachen auf in die Dunkelheit.

30. Der König der Diebe

»Jilgar ist der König der Diebe. Doch er ist nur ein Vornesteher«, flüsterte Zokora, als wir ihr durch die Kanäle folgten.

»Ein Frontmann? Jemand, der vorgeschoben ist?«, fragte ich.

»Ja. Hörst du immer noch schlecht?«

Ich lächelte in die Dunkelheit.

»Hier unten«, fuhr sie fort, »befindet sich ein Tempel des Namenlosen. Er und seine Priester sind es, die hier herrschen. Jilgar ist nur eine Puppe der Priester.«

»Ich hoffe nicht, dass die Torsteine im Tempel gelandet sind. Mit dem Erstürmen von Tempeln habe ich in letzter Zeit schlechte Erfahrungen gemacht«, sagte ich.

»Nein. Die Interessen des Namenlosen liegen nicht bei weltlichen Gütern.«

»Verehren die Dunkelelfen diesen Gott?«, fragte ich sie.

Sie schüttelte den Kopf. »Wiederum Nein. Aber wir wissen von ihm. Bei uns ist er nicht namenlos. Wir nennen ihn ‚den Gott, der Angst hat', eben weil sein Name nicht bekannt ist. Das ist bei uns ein Zeichen der Feigheit. Kein Dunkelelf wird seinem Gegner seinen Namen verschweigen.«

Ich schüttelte sprachlos den Kopf. So besiegte man also einen Gott. Ich musterte Zokora mit neuer Achtung. Ihr Volk war vielleicht das einzige, das ihm keine Diener gab.

»Weißt du, wo der Tempel sich befindet?«, fragte Varosch. Seine Hände strichen liebevoll über seine Armbrust.

»Nein«, antwortete sie. »Aber ich kenne Jilgars Fluchtweg.« Sie lächelte ein süßes, gemeines Lächeln voller Vorfreude. »Jede Frau weiß, es gibt keine Fluchtwege. Nur Löcher in der Verteidigung.«

Es gab einen Namen für solche großen und tiefen Räume in Kanalisationen. Sie erfüllten irgendeinen Zweck. Aber ich kannte ihn nicht, für mich war es nur ein riesiger Raum, in den die größten Kanäle mündeten. Aus einem dieser Kanäle trat ich hervor und schritt in aller Ruhe die steinerne Treppe herunter.

So wie es aussah, mochte Jilgar die Dunkelheit nicht. Gut ein Dutzend Laternen und weitere zwei Dutzend Fackeln erhellten diesen Raum.

Auf einem steinernen Sockel hatte der König der Diebe seinen Thron und Tisch errichten lassen, dort tafelte er mit seinen getreuesten Halunken. Das gemeine Volk und der Pöbel mussten mit den Abfällen vorlieb nehmen, die er zu ihnen hinunterwarf.

Jilgar Doppeldolch hatte an diesem Abend seinen Beinamen wieder gepflegt, der Leichnam einer älteren Frau war an ein Brett genagelt, das neben dem Tisch an der Wand lehnte.

Ich hatte mir Jilgar anders vorgestellt, wie, wusste ich auch nicht, aber nicht als diese ausgemergelte Gestalt in den geschundenen Kleidern eines Edelmanns. Seinen Tisch teilte er mit vier weiteren Personen, darunter eine Frau, die nicht halb so aufreizend war, wie sie sich gab. Vielleicht hundert Bettler und Diebe bildeten den Hintergrund für diese erlauchte Abendgesellschaft.

Dennoch, unvorsichtig war Jilgar nicht. An verschiedenen Stellen im Raum, in den Öffnungen kleinerer Kanäle und auch in der Menge zu seinen Füßen, hatte er Bogenschützen und Messerwerfer versteckt. Keiner von ihnen hatte eine Schussbahn auf ihn, sehr wohl aber auf die Menge. Kermil hatte uns deren Position verraten, uns auch einen Weg zu ihnen genannt. Und noch mehr. Bis auf die Männer, die der Fürst der Diebe in der Menge postiert hatte, waren alle anderen bereits ausgeschaltet.

Zokora hatte die Bogenschützen auf ihre Art befragt, und Varosch wusste nun, wer sich sonst noch in der Menge versteckt hielt. Er hatte einen Platz gefunden, der ihm freies Schussfeld über den ganzen Raum gab, inklusive auf Jilgar.

Auf dem Tisch stand eine große offene Truhe. Jilgar und seine Kameraden sichteten den heutigen Fang, goldene Kerzenständer, kostbare Kleidung, ein paar bestickte Schuhe, ein verbogenes silbernes Messer, das ich heute schon einmal gesehen zu haben meinte.

Noch auf dem Podest, vor dem Tisch, lagen vier gefesselte Personen, darunter eine junge Frau. Mein Herz schlug für einen Moment höher, als ich die langen, weißblonden Haare sah, aber nein, es war nicht Leandra. Beim Kampf gegen Balthasar waren ihre Haare verbrannt, und sie waren noch nicht sehr weit nachgewachsen.

Dennoch war ich froh, als ich das Gesicht der Frau sah und es Leandras nicht ähnelte. Zwei andere Gesichter jedoch kannte ich. Sie gehörten Armin und Selim. Selim war unversehrt, Armin jedoch blutüberströmt und scheinbar ohnmächtig.

Deshalb also wussten sie von uns. Kein übermächtiger Feind. Oder doch? Der Nachtfalke hatte verlangt, dass man auch nach Selim und Armin Ausschau halten sollte. Also hatte sie nicht gewusst, dass sie bereits gefangen waren.

Sei's drum. Der dunkle Fürst hatte seine Pläne, wir die unseren.

Es war überraschend, wie weit ich kam, bis jemand bemerkte, dass ich hier zur falschen Festlichkeit geladen schien.

Jilgar blickte überrascht auf, als man ihn in die Seite stieß und auf mich aufmerksam machte. Die Menge um mich herum teilte sich. Nur ein Mann mit Pockennarben im Gesicht versuchte in meinen Rücken zu gelangen. Ich berührte Seelenreißer, hatte aber meine Klinge noch nicht gezogen.

»Die Götter lächeln heute auf mich herab!«, rief Jilgar, und ich konnte mir beinahe vorstellen, wie Zokora mit den Augen rollte.

»Seht, welch edler Gast sich zu uns gesellt! Wisst ihr, wer das ist?«, rief er. Natürlich nicht, die Menge sah mich nur angstvoll an. Sie ahnten, dass etwas nicht stimmen konnte, niemand war so dumm und begab sich einfach so in die Höhle des Löwen. Ich sah Blicke von mir zu den Mündungen der Kanäle eilen, wo allerdings kein Doppelglied an Stadtsoldaten auftauchte. Sie blieben leer und dunkel.

»Dies ist niemand anderes als Armins Herr! Ihr erinnert euch bestimmt, Armin versprach uns ja, dass sein Herr uns strafen würde wie ein Engel des Todes, der auf unsere verzweifelte Welt herniederfährt, um die Sündigen zu quälen.«

Danke, Armin, dachte ich und rollte nun beinahe selbst mit den Augen.

Angst machte sich auf den Gesichtern der Leute um mich herum breit, sie wichen weiter von mir zurück. Ich ging langsam auf das Podest zu.

Jilgar erhob sich und lachte. »Was willst du, engelsgleicher Held?«, fragte er spöttisch.

»Mein Name ist Havald. Ihr habt etwas, das mir gehört. Gebt es mir, und Ihr könnt weiterleben«, sagte ich leise, aber vernehmlich.

Es schien ihn wenig zu beeindrucken. »Da seht ihr ihn, den Helden aus dem fernen Land! Was für große Töne seinem Maul entfleuchen! Nun seht auch, was mit ihm geschieht!«

Er schnippte mit den Fingern.

Nichts geschah.

Ich ging weiter. Er schnippte erneut mit den Fingern. Diesmal hörte man den Schlag einer Armbrust. Hinter mir brach der Pockennarbige lautlos zusammen.

Jilgars Augen weiteten sich. »Ergreift ihn!«, rief er und ließ sich nach hinten fallen. Fast sah es so aus, als teilte er Natalyias Talent und könnte sich durch Stein bewegen.

Die anderen am Tisch waren ebenfalls aufgesprungen. Die Frau zog einen Dolch und beugte sich über Armin, setzte ihm ihre Klinge an die Kehle. »Wenn du noch einen Schritt …«

Klangggg!

Lautlos und mit einem Bolzenschaft im Auge fiel sie vornüber vom Podest hinunter. Ich ging weiter. Seelenreißer war noch nicht gezogen. Ein anderer Tischgast zog sein Schwert.

Klannggg!

Varoschs Bolzen steckte diesmal im Ohr. Der Bandit sank in sich zusammen.

Klannggg!

In der Menge fiel jemand zu Boden.

Ich blieb vor dem Podest stehen und zog Armin, der bei meiner Berührung die Augen öffnete, die junge Frau und Selim zu mir herunter. Die vierte gebundene Gestalt erkannte ich nun auch. Es war einer der diskreten Herren des Hauses der Hundert Brunnen. Sein Gesicht war frei von Panik, als er zu mir aufsah, aber dennoch deutlich erleichtert.

Ich durchschnitt Armins Fesseln. »Geht es?«, fragte ich, als ich ihm meinen Dolch reichte. Er nickte nur.

Ich trat an den Tisch heran. Zwei Tischgäste waren übrig, beide standen an der Wand, die Hände von ihren Waffen weit weggestreckt, und sahen mich an, als wäre ich einer der Dämonen aus Soltars tiefster Hölle.

Niemand sagte etwas, ein jeder schien die Luft anzuhalten.

Mit einer Hand leerte ich die Kiste aus. Fast zuletzt fiel ein wohlbekannter Beutel heraus. Ich öffnete ihn und sah hinein. Alle fünfundzwanzig Steine waren da, ich kannte jeden einzelnen, hatte ich sie doch oft im Schein des Lagerfeuers nachdenklich studiert.

Ich schloss den Beutel und band ihn mir nicht an den Gürtel, sondern steckte ihn in den Brustausschnitt. Auch ein alter Hund konnte noch neue Dinge lernen.

Armin hatte mittlerweile Selim, die junge Frau und den diskreten Herrn befreit. Letzterer nahm sich die zwei Dolche der Frau mit dem Bolzen im Auge. Sie sahen mich fragend an, ich wies auf die Treppe, über die ich diesen Raum betreten hatte. Ich ging rückwärts, immer noch hatte ich Seelenreißer nicht gezogen, mein Blick schwenkte über die Menge und verharrte hier und da drohend.

Niemand stellte sich mir in den Weg, dafür sahen immer mehr Leute hinüber zu dem Tisch, auf dem Gold und Silber verführerisch glänzten.

Mit einem lauten Krachen fiel ein Teil der Wand hinter dem Tisch, wo Jilgar verschwunden war, nach vorn, zertrümmerte den Stuhl, den Jilgar zu seinem Thron gemacht hatte, und ebenso den Tisch.

In der Wandöffnung, Jilgars Fluchtweg, war nun ein T-Galgen zu sehen, und an ihm, kopfüber, mit geöffneten Adern, geknebelt, aber noch lebendig, hing Jilgar, sein Gesicht eine Fratze des Entsetzens.

Ich hatte den Fuß der Treppe erreicht, über mir verschwand als Letzter der diskrete Mann im Dunkel des Ganges.

»Wollt ihr Gold und Silber etwa auf dem Tisch liegen lassen?«, fragte ich fast beiläufig. Angstvolle Gesichter wandten sich von mir zum Tisch und wieder zurück.

»Ich habe, was mein ist. Der Rest gehört euch.«

Es war, als hätte man in einen Ameisenhaufen hineingestochen, die ganze Hofgesellschaft des Königs der Diebe erhob sich in einer Welle und stürmte auf das Podest zu.

Die Fackeln und Laternen im Raum wurden trüber, flackerten und gingen aus, Dunkelheit beherrschte den Thronsaal der Diebe, und wildes Geschrei ertönte, als der Kampf um die Beute ausgetragen wurde.

»Wollt Ihr eine neue Mode im Galgenbau erschaffen?«, fragte mich Varosch später. In dem Moment, als wir die Oberfläche erreicht hatten, hatte sich die junge Frau hastig, aber tiefempfunden bedankt und war davongeeilt. Die dünne Sichel des kleinen Mondes spendete uns so viel Licht, dass uns die Nacht hell erleuchtet vorkam.

»Es ist eher eine alte Mode«, sagte ich. »Und bisher tragen diese Bäume nur Früchte, die sich ihren Platz dort verdient haben.«

Varosch lachte leise. »Havald, meint Ihr nicht, es könnte den Herrscher dieser Stadt erzürnen, wenn Ihr in seiner Stadt imperiales Recht anwendet?«

»Wer spricht denn davon? Es ist nur zufällig die gleiche Methode.«

»Ausbluten am imperialen T. Meint Ihr nicht, das wird die Gerüchte mehren?«, fragte Varosch dennoch.

Ich zuckte mit den Schultern. »Wenn es nach mir geht, brauchen wir solche Bäume nicht mehr zu pflanzen.« Mir fiel etwas auf. »Wo ist Selim?«

Armin trat vor.

»Esseri, verzeiht, er ist mir entkommen. Der undankbare Dieb entwich in einem der Kanäle. Es ist nicht schade um ihn, denn er hat uns und Euch ohne Zögern verraten.«

»Hast du ihn getötet?«, fragte ich, denn ich sah einen sonderbaren Ausdruck auf seinem Gesicht.

»Verrat ist eine Sünde. Es mag sein, dass er zufällig in meinen Dolch lief, Esseri, doch wenn, hatte er Glück, denn die Götter fügten es so, dass die Klinge schmal und scharf war.«

»Was willst du damit sagen? Dass er seinen Tod nicht bemerkt hat?«

Armin warf sich mir vor die Füße. »Ich wusste, dass Ihr nicht den Tod des Jungen wünscht, aber auch nicht seinen Verrat. Er weiß viel über Euch. Die Klinge traf ihn sowohl glücklich als auch unglücklich. Glücklich, weil sie seine Adern verfehlte. Unglücklich, weil sie den Ort fand, wo im Hals der Ton entsteht. Er wird fortan Selim der Stumme sein.«

»Das hättest du nicht tun dürfen«, sagte ich.

Er presste die Stirn in den Staub zu meinen Füßen. »O Meister der Gnade, ich tat ihm einen Gefallen, denn hätte ich es nicht getan, wäre er fortan als Selim der doppelte Verräter bekannt geworden. Ihr wisst, Herr, er verriet zuerst die Diebe, dann, nachdem er Eurer Gnade teilhaftig wurde, auch Euch. Hätte er seine Stimme behalten, wäre der Tod ihm sicher gewesen.«

Der junge Mann vom Haus der Hundert Brunnen räusperte sich. »Esseri, Euer Diener hat recht. Dieser Selim wäre gestorben, vielleicht hätte er auch Euch noch einmal in Gefahr gebracht. Verschont Euren Diener.«

Ich seufzte.

»Steh auf. Ich werde mir deine Strafe auf dem Weg zurück überlegen.«

»O Meister der unendlichen Gnade, ich wusste, dass Ihr ein weiser Mann seid, dem die Worte der Vernunft wie strahlende Fackeln in der Dunkelheit …«

»Havald«, sagte Zokora.

»… erscheinen. Nie habe ich einem besseren Herrn …«

»Ja?«

»… gedient, nie sah ich mehr Mut, mehr Tapferkeit mehr …«

»Schweigepflicht«, sagte sie.

»… mehr wahrhaft gottgegebene Einsicht! Ich …«

»Armin?«

»O Gebieter, was wünscht Ihr von mir?

»Schweig.«

Stille. Göttliche Stille.

31. Ein kleiner Scherz und alte Legenden

Kurz bevor wir in die Straße einbogen, die zum Haus der Hundert Brunnen führte, wandte ich mich an den diskreten jungen Mann. »Wie seid Ihr dorthin gelangt?«

»Es war meine Pflicht, über Euch zu wachen, Esseri. Ich bin heute der Hüter der Nacht. Ich sah Euch und Eure Freunde unser Haus verlassen. Die Straßen von Gasalabad können gefährlich sein.«

»Wie Ihr selbst erfahren habt.«

Er blickte zu Boden. »Ja, Esseri. Als ich Euren Diener und den Jungen aus dem Haus kommen sah, musste ich mich entscheiden, ob ich in den Kanal steigen oder Euren Diener nach Hause geleiten sollte. Ich war feige und entschloss mich, Eurem Diener ungesehen zu folgen. Er wurde überfallen, ich versuchte einzugreifen und unterlag selbst. Das ist es auch schon.«

»Wie ist Euer Name, Freund?

»Faisal da Farin, aus dem Haus des Wassers.«

»Ich dachte, aus dem Haus der Hundert Brunnen?«

»Nein. Das Haus des Wassers ist mein Hausname, die Familie, zu der ich gehöre.«

»Kennt Ihr die anderen Häuser?«

»Ja, die meisten«, antwortete er.

Zokora hielt warnend die Hand hoch. Wir traten in den Schatten einer Mauer und standen still. Über uns raschelte etwas, dann sprangen vom Dach eines Gebäudes vier dunkle Gestalten herab.

»Mögen die Engel in den Himmeln euren Großmut loben, bevor die Dämonen der Höllen euch euren Geiz spüren lassen. Gebt, und gebt reichlich von Herzen, und die Götter werden auf euch herabsehen, in dem Wissen, dass ihr eine gute Tat vollbracht und einen armen Bauernsohn aus einer kleinen finanziellen Notlage befreit habt. Also gebt mir, o hohe Herren, euren Schmuck und euer Gold!«, deklamierte einer der Männer vor uns, er hätte einen besseren Barden abgegeben als einen Halunken.

Hinter uns sprangen vier weitere Kerle von den Dächern herab.

Zokora sah mich an und verdrehte die Augen.

»Waren das alle?«, fragte ich.

»Noch vier«, sagte sie. »Auf dem Dach.«

Meine Augen waren noch an die Dunkelheit gewöhnt, jetzt sah ich sie deutlich. Vor und hinter uns standen jeweils vier abgerissene Gestalten, bis auf zwei waren sie mit Knüppeln bewaffnet, durch die Nägel getrieben waren, einer besaß einen Krummdolch, der andere sogar ein rostiges Schwert.

Die letzten vier sprangen herab, einer von ihnen besaß eine Handaxt, die anderen drei wieder diese Knüppel.

»Wenn ich euch daran erinnern dürfte, euer Gold bitte«, sprach der Anführer und legte seine Hand drohend auf den Knauf des Schwerts. Irgendwie hatte ich das Gefühl, dass er langsam unruhig wurde. Etwas lief wohl nicht nach seinem Plan. Ich kannte das Gefühl.

»Wenigstens ist er höflich«, bemerkte Varosch.

»Geht und lebt«, sagte Zokora und machte eine wedelnde Handbewegung. »Shuu!«

»Shuu?«, fragte Natalyia.

»Ich übe gerade Rücksicht. Ich bin leise«, sagte Zokora. »Menschen schlafen meistens nachts.«

»Oh, das macht nichts«, sagte Faisal. »Werdet ruhig laut, o Blüte der Nacht.«

Ich sah, wie Zokora ihr Symbol berührte, dann öffnete sie ihren Mund. »Miau.«

Varosch fing an zu lachen.

»Edle Herren …«, begann der Anführer. Zokora fuhr zu ihm herum, ihre Augen glühten rötlich auf, und aus ihrem Mund erschallte der Jagdschrei einer großen Eiskatze, wie ich ihn schon einmal, tief in den Höhlen unter den Donnerbergen, vernommen hatte. Ich konnte diese Katze fast sehen, dort wo Zokora stand, mit Schultern höher als meine, von einer majestätischen Schönheit und so weiß, wie Zokora dunkel war.

Der Schrei hielt an, das Grollen des mächtigen Brustkastens war, als ob man Findlinge durch die Straßen rollen würde. Es schien mir, als ob die Luft vibrierte und ich selbst fast keine Luft mehr bekam.

Dann hörte der Schrei abrupt auf. Die Eiskatze bleckte lange, weiße Zähne, sah grinsend in die Runde, verschwand und ließ eine selbstzufriedene Zokora zurück.

Die Straßenräuber sahen sie fassungslos an.

Zokora wedelte wieder mit der Hand. »Shuu!«

Die Straßenräuber drehten sich um und rannten, was sie konnten. Um uns herum wurden überall in den Häusern Lichter entzündet, und von vorn, vom Tor zur inneren Stadt, kamen Wachen herbeigeeilt.

Als sie uns erreichten, lachte ich immer noch hysterisch. Die ganze Anspannung des heutigen Abends, die Ängste, die ich spürte, all das fiel von mir ab. Ich war nicht der Einzige. Varosch hatte Zokora in die Arme genommen, seine Schultern bebten. Natalyia lehnte an der Wand und schlug mit der flachen Hand darauf, Armin hatte sich hinter mir in Deckung gebracht.

Auch der Hüter der Nacht japste nach Luft.

»Mögen die Götter euch sicher geleiten«, sagte einer der Wächter und sah uns seltsam an. »Habt ihr hier eine Katze gesehen?«

»Shuu«, sagte Natalyia und machte eine wedelnde Handbewegung. Es war zu viel für mich, erneut brach ich in schallendes Gelächter aus.

»Mögen die Götter euch strafen, ehrbaren Menschen die Nachtruhe zu nehmen!«, rief eine Stimme aus einem Haus. Aus einem anderen Fenster flog ein Nachttopf und traf beinahe einen Wächter. »Wachen, nehmt sie fest! Es ist nicht sittsam, einen solchen Lärm zu machen!«, rief eine Stimme aus demselben Fenster.

»Sohn eines altersschwachen Kamels und einer blinden Hündin!«, rief der Wächter erbost zurück. »Rate, wen du hier mit deinem Kot bedacht hast. Was denkst du denn, was sittsam ist? Gleich nehme ich dich fest und schleife dich eigenhändig vor den Richter!«

Schweigen.

Schließlich konnte ich mich wieder beruhigen. Der Hüter der Nacht verstand es, die Wachen zum Abziehen zu überreden, und wir gingen weiter, bevor uns weitere unangenehme Wurfgeschosse treffen konnten.

»Was war das?«, fragte Natalyia und wischte sich Tränen aus den Augen. »Was habt Ihr gemacht?«

»Das war der Schrei meines Totems«, antwortete die Dunkelelfe.

»Zokora«, sagte ich noch immer leicht atemlos und wischte mir die letzten Tränen aus den Augen. »Macht das nie wieder!«

Sie sah mich an und lächelte breit.

»Ich habe mich an einem Witz versucht«, sagte sie dann. »Ich glaube, ich verstehe jetzt den menschlichen Humor. Du hast recht. Lachen ist gut gegen Angst.«

Die Wachen am inneren Tor sahen uns misstrauisch an, aber sie öffneten uns das Tor. Ich wollte noch ein paar Worte mit dem Hüter der Nacht wechseln und führte ihn zu einem der friedlich plätschernden Brunnen.

Endlich konnte ich mir auch wieder eine Pfeife genehmigen.

»Faisal, ich wollte Euch gerade nach anderen Häusern fragen, als meine Gefährtin sich diesen … Witz erlaubte.«

Er nickte, aber seine Mundwinkel zuckten.

»Habt Ihr je vom Haus des Adlers gehört?« Armins Kopf zuckte zu mir herum, er sah mich überrascht an.

»Ja, Esseri«, antwortete Faisal. »Es war einst das mächtigste Haus Bessareins. Es war das Haus, das über Jahrhunderte den

Gouverneur stellte, als Bessarein kein Königreich, sondern eine Provinz des Alten Reiches war. Als der Ewige Herrscher abdankte und Bessarein an den Erben der alten Könige zurückgab, verlor das Haus des Adlers seine Macht. Es half dem neuen Kalifen, die Staatsgeschäfte zu übernehmen, aber der war jung und ungeduldig. Er ließ allen Beratern aus dem Haus des Adlers die Köpfe abschlagen. So bewies er allen, dass nun er die Macht besaß.«

»Schlaues Kerlchen«, sagte Varosch trocken.

»Menschen!«, meinte Zokora verächtlich. »Einkerkern hätte es auch getan, und er hätte ihre Weisheit weiter nutzen können. Sie hätten alles getan, um ihre Loyalität zu beweisen.«

Sowohl Faisal als auch Armin sahen sie überrascht an. »Ihr versteht Euch auf Diplomatie, o Blüte der Nacht?«, fragte Faisal vorsichtig. Ich sah, dass Armin mit sich kämpfte; er hielt sich, mit einem verzweifelten Blick in meine Richtung, selbst den Mund zu.

»Keine Diplomatie. Elfenverstand«, sagte Zokora in einem Ton, der klar zu erkennen gab, was sie von den geistigen Fähigkeiten des Kalifen hielt.

»Es heißt, der erste Kalif sei ein begnadeter Flötenspieler gewesen«, sagte Faisal mit einem Zucken in den Mundwinkeln. »Man kann also kaum sagen, dass er ganz und gar unfähig war.«

Neben mir hustete Varosch, ich klopfte ihm auf die Schultern und er nickte dankbar.

»Wie lange lebte er nach dieser Demonstration seiner Macht?«, fragte Natalyia neugierig.

»Oh, nicht was Ihr denkt. Er starb eines natürlichen Todes. Sein Herz hörte auf zu schlagen.«

»Ja, sicher. Wie lange lebte er?«, fragte Natalyia erneut.

»Er ertrank am nächsten Tag. In seinem privaten Bad. Dem sichersten Ort des Kalifats. Selbst der oberste Priester des Boron wurde gerufen, um zu sehen, ob ein Verbrechen geschehen war. Er sagte, nur der wahre Kalif hätte dieses Bad betreten«, sagte Faisal mit einer Verbeugung in ihre Richtung. »Ihr seht, o schöne Blume eines fremden Landes, niemand hat Rache genommen. Er schlief im heißen Wasser ein und ertrank. Dann schlug auch sein Herz nicht mehr.«

»Hat man noch einmal vom Haus des Adlers gehört?«, fragte ich und warf Natalyia einen drohenden Blick zu. Sie sah schon wieder so aus, als ob sie lachen wollte.

»Der letzte Akt des Kalifen war, die Schriftrolle des Hauses des Adlers aus dem Raum der Häuser zu nehmen und zu verbrennen.«

»Stehen auf diesen Rollen alle Namen der Mitglieder der Häuser?«, fragte Natalyia.

»So ist es, o Herrin der Gelehrsamkeit.«

»Geschah irgendetwas, um das Haus offiziell zu bannen?« Ich sah Natalyia nachdenklich an. Worauf wollte sie hinaus?

»Nein.« Der Kürze seiner Antwort nach wusste auch Faisal nicht so recht, worum es ihr ging.

»Also, sollte diese Rolle irgendwann wieder dort im Raum der Häuser auftauchen, so ist dieses Haus wieder in allen Ehren eingesetzt?«

»O Perle der Weisheit, Ihr verblüfft mich, denn in der Tat ist es so.« Diesmal war Faisals Verbeugung tiefer als zuvor.

Ich verstand nun. Serafine. Natalyia sah meinen Blick. Ich schüttelte leicht den Kopf, sie sah mich an, zögerte einen Lidschlag lang und nickte.

»Warum interessiert Ihr Euch für dieses Haus, Esseri?«, fragte mich Faisal.

»Eine unserer Gefährtinnen entstammt dem Haus des Adlers«, antwortete ich. »Sie wird interessiert sein am Schicksal ihrer Vorfahren.«

»Kam sie mit Euch aus diesem fernen Land?«, fragte Faisal.

Ich nickte.

»Dann stammt sie von der Tochter des Wassers ab«, sagte Faisal ehrfürchtig. »Ratet Ihr, sich verborgen zu halten.« Er sah Natalyia an. »Seid Ihr …?«

»Nein«, sagte ich. »Ist sie nicht. Wer war diese Tochter des Wassers?«

»Das war zu den Tagen des Alten Reiches. Jeder hier kennt die Geschichte. Sie war die älteste Tochter des letzten Gouverneurs. Damals waren hier noch die Legionen des Reiches stationiert. Es heißt, sie habe sich in einen stattlichen Soldaten verliebt. Um ihm nahe zu sein, trat sie der Legion bei. Es gibt Balladen über diese beiden und ihre Abenteuer.« Er lächelte. »Es ist eine dieser unsterblichen Liebesgeschichten, und sie entflammt immer wieder aufs Neue die Herzen der jungen Mädchen. Denn seht, es war kein gewöhnlicher Soldat, den sie liebte. Auch er war in dieser Stadt geboren. Und wären sie nicht beide mit der Zweiten Legion gefallen, so hätte er die Krone des Kalifats getragen und nicht sein flötenspielender Cousin.«

Er lehnte sich an eine Säule und schaute auf den Springbrunnen, ich bezweifelte, dass er das Wasser sah. »Man sagt, Askannon selbst habe bestimmt, dass diese beiden nicht mit der Legion ausrücken sollten.«

»Wie hieß denn das Liebespaar?«, fragte ich leise.

»Niemand weiß es mehr. Der zweite Kalif ließ alle Namensnennungen aus den Archiven streichen. Die Balladen nennen sie die Tochter des Wassers, weil es heißt, dass sie Wasser finden konnte, und ihn die Säule der Ehre, weil er niemals ein Wort brach. Aber es gibt zwei Schriftrollen, auf denen die Namen nicht gestrichen sind. Die eine ist die Soldrolle der Zweiten Legion, die andere das Original des Vertrags zu Askir. Wenn die Legenden stimmen, dann setzte Askannon diese beiden Namen persönlich ein, weil sie über Bessarein herrschen sollten. Ihr seht, warum sich Balladen um dieses Liebespaar ranken. Man sagt, es wäre alles anders gekommen, hätte die Order, die beiden hier zu belassen, die Legion rechtzeitig erreicht. »

Eine Weile lauschten wir nur dem Plätschern des Wassers.

»Woher wisst Ihr das alles?«, fragte ich dann.

Der diskrete Mann lächelte. »Ich bin öfter Hüter der Geschichten als Hüter der Nacht. Ich eigne mich, wie ich nun bemerke, auch besser dafür.«

»Die Zweite Legion«, sagte Varosch leise. »Kamen viele ihrer Soldaten von hier?«

»Wisst Ihr das nicht? Jede Legion bestand zu gleichen Teilen aus Bewohnern aller Provinzen. So ist es auch noch heute. Das soll verhindern, dass die Legionen Partei ergreifen.«

»Einhundertvierzig Mann aus Bessarein«, sagte Varosch.

»Nein. Einhundertfünfundzwanzig. In den letzten Jahren des Imperiums wurden die Legionen auf tausend Mann reduziert.«

»Das wären acht Provinzen«, sagte Natalyia.

»Die sieben Reiche und die Reichsstadt ergeben acht. Woher kommt Ihr, dass Ihr das nicht wisst?«

»Von sehr weit her«, sagte ich. »Also war die Zweite Legion nur noch tausend Mann stark. Wie groß war eine volle Legion früher?«

»Zwölfhundertundfünfzig aus jeder Provinz und der Reichsstadt. Zehntausend Mann. Mit Tross und Versorgungswagen waren es oft mehr als dreizehntausend.«

Varosch verschluckte sich. »Eine Stadt aus Stahl«, sagte er leise.

»Ja«, bestätigte Faisal. »Das trifft es wohl am besten.« Er sah zu mir hoch. »Am Platz der Ferne befindet sich eine Bibliothek. Dort findet Ihr Aufzeichnungen über die Geschichte Bessareins. Sie sind nicht jedem zugänglich, aber wenn Ihr es wünscht, stehen sie Euch offen.«

»Ich bin sicher, dass wir auf Euer Angebot zurückkommen werden«, sagte ich.

Später ließ ich mir von Armin aus meinem Kettenmantel helfen. Wir befanden uns im Raum des Genusses, weil dies der größte Raum war und wir dort alle sitzen konnten.

»Was haltet Ihr von der Geschichte?«, fragte Varosch, als er Zokoras Rüstung über ihren gebeugten Kopf zog. Mein Kettenmantel hatte sich irgendwo in meinem Rücken verfangen, also war auch ich vornübergebeugt. Beobachtete man einen Ritter, wie er mithilfe anderer gewappnet wurde, konnte man sich leicht amüsieren. Endlich löste sich das, was die Kette hielt, und sie fiel rasselnd über meinen Kopf hinweg zu Boden. Ich streckte mich; ohne das Gewicht fühlte ich mich unnatürlich leicht.

Zokoras Kette glitt natürlich ohne die geringsten Schwierigkeiten von ihrem Körper, bei ihr sah es auch noch elegant aus.

»Schwer zu sagen. Wer weiß schon, was passiert wäre, wenn die Legion ohne sie marschiert wäre«, beantwortete ich Varoschs Frage.

»Ich glaube, die Barbaren hätten gesiegt. Es hätte die Neuen Reiche nie gegeben«, meinte Varosch.

»Aber Serafine sprach nie von diesen Dingen«, sagte Natalyia. »Man sollte doch meinen, das Ganze wäre erwähnenswert. Was ist mit dir, Armin?«, fragte sie.

Armin hatte sich verschluckt und hustete. Varosch schlug ihm auf den Rücken, und der Bessareiner ging beinahe zu Boden durch den Schlag. Er keuchte, hustete noch einmal und holte dann tief Luft. Er sah mich vorwurfsvoll an und deutete auf seinen Mund. Die Nennung von Serafines Namen war der Grund seines Anfalls. *Sie* war die Tochter des Wassers gewesen, deren Name der alte Kalif hatte austilgen lassen.

»Wenn er nicht bald reden kann, stirbt er uns noch weg«, sagte Varosch.

»Wenn er zu viel redet, stirbt er auch«, drohte Zokora.

»Du kannst sprechen, Armin, aber versuch beim Wesentlichen zu bleiben.«

Armin hustete noch einmal und nickte. »Woher kennt Ihr den Namen der Tochter des Wassers? Niemand kennt ihn mehr!«

»Ich glaube, sie hat einst unsere Länder vor der Vernichtung bewahrt«, sagte ich leise. Sieglinde und Serafine. Leandra, Janos. Es wurde Zeit, dass wir sie suchten. »Mehr will ich über sie nicht sagen, Armin. Du musst deine Neugier zügeln.« Mit etwas Glück konnte er Serafine bald selbst befragen. Sie kam offensichtlich mit den Wortschwällen hierzulande besser zurecht.

»Aber …«

»Armin, es ist mir ernst. Stell keine Fragen mehr, oder willst du aus dem Raum verbannt werden, wenn wir reden wollen?«

»Sag ihm auch, was passiert, wenn er uns verrät«, meinte Zokora.

»Er hat uns nicht verraten.«

»Ja. Aber seine Wunden sind nicht tief. Er blutet nicht mehr«, sagte die Dunkelelfe und sah Armin misstrauisch an. »Auch das ist ein alter Trick. Wir geben uns mehr Mühe mit dem Foltern.«

»Essera, ich bitte Euch …«

»Ich kann es nachholen, um zu sehen, wo die Wahrheit bei ihm liegt.«

Armin wurde bleich.

»Zokora! Er hat uns nichts getan. Er hat mir das Leben gerettet«, verteidigte ich ihn.

»Es gibt Gründe, einem Feind das Leben zu retten. Er ist dann dankbar«, sagte sie, schüttelte aber den Kopf und ließ sich in einen Stuhl sinken. »Intrigen. Ich sehe sie schon überall.«

32. Das Haus des Adlers

Am nächsten Morgen brachen wir zeitig auf. Keiner von uns hatte länger als eine oder zwei Stunden geschlafen, aber ich spürte, dass die Zeit drängte. Armin führte uns zum Hafen zurück. Während er mit dem Kapitän eines Flussschiffes verhandelte, warf ich einen letzten Blick auf die Hütte, den Eingang zu Selims Versteck. Dort stand eine Traube Wachsoldaten. Sie waren mit Fackeln ausgerüstet und hatten offensichtlich vor, in die Kanäle zu steigen.

»Weißt du, was dort los ist?«, fragte ich einen Hafenarbeiter.

»Esseri, ich weiß es nicht. Aber ich hörte Gerüchte, dass gestern Nacht jemand die Diebesgilde zerstört habe. Angeblich ein Nekromant. Die halbe Stadt ist in Panik deswegen.«

Ich ließ ein paar Kupfermünzen in seine Hand gleiten. Langsam verstand ich, wie man sich hier zu verhalten hatte. »Hast du noch andere Gerüchte gehört?«

»Nein, Esseri. Nur dass die Wache auf dem Weg in den Kanal sei, weil dort die Spuren der Zauberei zu sehen seien.«

Vielleicht war die Idee mit den T-Galgen doch nicht so gut gewesen. Ich dankte dem Hafenarbeiter und ging zu den anderen zurück. Diesmal waren wir standesgemäß gekleidet. Seelenreißer hing auf meinem Rücken, unter meinem Umhang kaum zu sehen, an der Seite trug ich ein Krummschwert. Armin hatte allen, auch mir, die Haare schwarz gefärbt. Natalyia genoss ihre Rolle als Adlige, aß von einem silbernen Teller Konfekt, ohne die Sänfte zu verlassen, die Armin für sie organisiert hatte. Ein Sklave wedelte ihr mit einem großen Fächer Luft zu.

Wir waren offensichtlich gerade handelseinig geworden. Die Sklaven halfen noch mit dem Gepäck der hohen Dame, wurden dann entgolten, und wir waren an Bord.

»Ich wusste gar nicht, dass die Sklaven für sich selbst arbeiten können«, sagte ich, als ich den Sänftenträgern nachsah.

»Sie können sich so ihre Freilassung erkaufen«, erklärte mir Armin. »Aber es ist schwierig, denn kaum ein Herr gibt ihnen die Zeit dazu.«

Ich sah mich auf dem Schiff um. Es war sauber, die dunklen Planken glänzten wie frisch geölt. Auch Segelzeug und Tauwerk waren ordentlich, die Mannschaft, insgesamt acht Männer, sah gut genährt aus und trug saubere Leinenhosen anstatt der üblichen Lumpen.

»Das ist die *Lanze des Ruhms*, Esseri. Das beste Schiff im Hafen, kein anderes hat diese geschmeidigen Linien und fliegt einem Falken gleich über die Wasser des Gazar. Es ist …«

Zokora räusperte sich vernehmlich.

»Es ist das beste Schiff, Esseri. Was wichtiger ist, der Kapitän und die Mannschaft sind vertrauenswürdig«, beendete Armin hastig seinen Vortrag.

»Und es hat ein Vermögen gekostet.«

»Ja, Esseri. Ich hoffe, es war Euch recht.«

Ich seufzte. Wir besaßen eine Menge Gold. Aber wenn das so weiterging, war es bald aufgebraucht.

Im Heck des Schiffes gab es eine große Kajüte mit offenen Fenstern. Darüber war Segeltuch gespannt, sodass die Sonne kaum hereinschien, und ein leichter Wind trieb die stehende Hitze fort. Sessel gab es nicht, nur runde Kissen und halbhohe Tische. Eine Schale lockte uns mit frischen Früchten.

Ich setzte mich in eine Ecke, legte Seelenreißer neben mich und betrachtete das Treiben am Hafen, während die Mannschaft die *Lanze* von den Pollern löste und mit langen Stangen von der Hafenmauer abstieß.

Dieselben langen Stangen wurden verwendet, um das Schiff in die Flussmitte zu manövrieren. Da wir zuerst flussabwärts wollten, mussten wir auf die andere Seite des Gazar. Hier auf dem Wasser herrschte ein anderer Geruch als in der Stadt, die langsame Bewegung des Schiffes und der leichte Wellengang lullten mich ein. Auch Helis war mit von der Partie, sie brauchte immer wieder Hilfe, um sich um Faraisa zu kümmern, aber ihre offenkundige Liebe zu dem Kind machte alle unsere Widernisse mit ihr mehr als wett. Ordun mochte ihr die Seele entrissen haben, aber vielleicht hatte er doch nicht alles vernichtet, auf jeden Fall blieb die Liebe einer Mutter zum Kind. Gab es überhaupt eine stärkere Kraft auf der Weltenscheibe?

Ich sah Armin zu, wie er die Kleine liebevoll an die Brust seiner Schwester legte und Helis dann übers Haar strich. Was ging in Armin vor, wenn er Helis sah? Ich erinnerte mich nur zu gut an den Hass in seinen dunklen Augen und die Genugtuung, als Ordun vor uns zerfallen war. Auch wenn Zokora nach wie vor misstrauisch war, so wusste ich, dass uns niemand auf der Welt in jenem Moment so etwas hätte vorspielen können. Sein Hass auf Nekromanten zumindest war echt.

Armin sagte, er habe einen großen Zirkus geleitet. Auch das glaubte ich ihm. Er war gebildet, konnte lesen und schreiben. Und er nahm seinen Dienst sehr ernst; ich war erstaunt über die Entschlossenheit, mit der er die Schweigepflicht eingehalten hatte. Dennoch war ich sicher, dass er niemals zuvor ein Diener gewesen war.

Vertraute ich Armin? Ja. War ich einfältig? Vielleicht.

Ich sah zu Zokora hinüber. Sie saß auf einem Kissen, Varosch lag in ihrem Schoß, und sie spielte mit seinen Haaren, streichelte ihn, während sie über das breite Wasser des Gazar blickte.

Ich erinnerte mich an das grausame Gesicht der Nachtfalken-Frau. Zokoras Rasse hielt die Neuen Reiche in Angst und Schrecken, hier jedoch würde man sie verehren, gäbe sie sich zu erkennen. Im Alten Reich war sie eine Elfe, und niemand fragte nach ihrer Hautfarbe. Als ich zum ersten Mal Zokoras Gesicht gesehen hatte, hatte ich auch gedacht, in ihren Zügen Grausamkeit zu erkennen. Ich wusste sehr gut, wozu sie fähig war, aber nun sah ich diese Grausamkeit nicht mehr, so sehr ich auch danach suchte. Sie hatte gerade ihren Schleier vorgelegt, denn ihre Augen waren geschwollen und schillerten in allen Farben. Auch mein linkes Auge war noch immer beinahe geschlossen, nur meine rechte Gesichtshälfte war in meiner Armbeuge vor diesem lebenden Mantel geschützt gewesen.

Die Dhau, so nannte man diese Art von Schiff, glitt mit der Strömung den Gazar hinunter. Armin hatte mir erklärt, dass solche Schiffe sogar seetüchtig waren, aber das Meer war weit entfernt. Da der Fluss quer durch die Stadt verlief, erstreckten sich die Wehranlagen Bessareins auch auf den Fluss: Er floss hier durch acht mächtige Tore mit gewaltigen Fallgittern.

Nachdem die *Lanze* das letzte Tor passiert hatte, ließ der Kapitän den Mast aufrichten und ein dreieckiges Segel setzen. Der Wind kam, ideal für uns, aus dem Osten, fast exakt von achtern aus.

Am Ufer sah ich einen Reiter. Er trabte, dennoch war die Dhau schneller als er. Dies war eine angenehme Art zu reisen.

Ich winkte Armin heran. »Sag mir, was kostet uns diese Reise?«

»Zweiundzwanzig Goldstücke, Esseri!« Er strahlte.

»Götter! Dafür hätten wir das Schiff kaufen können.«

»Esseri, es ist Euer Schiff. Ihr *habt* es gekauft! Nur so ist sicherzustellen, dass die Mannschaft loyal ist und Ihr nach Belieben Eure Reiseziele selbst bestimmen könnt.«

Ich sah, wie der Kapitän Armin einen fragenden Blick zuwarf und Armin eine kleine Geste machte, woraufhin der Kapitän sich scheinbar gleichgültig abwandte.

Ich sah Armin prüfend an. »Wie lange kennst du den Kapitän und seine Mannschaft schon? Seitdem Helis entführt wurde oder länger?«

Seine Augen weiteten sich fast unmerklich.

»Lange also.«

»Ja, Esseri. Wie konnte ich nur denken, dass Euren scharfen Augen das entgeht? Sie sind wie die eines Adlers und …«

»Armin«, sagte Zokora mit halb geschlossenen Augen. »Weckt mich bloß nicht!« Als ob sie schlafen würde.

»Sie gehören zu meinem Haus«, sagte er dann beinahe beschämt.

»Und welches wäre das?«, fragte ich leise.

»Ein verborgenes Haus«, sagte er mit einem seltsamen Unterton.

Ich hob eine Augenbraue an. »Du kanntest Serafines Namen auch. Woher?«

»Sie hat unserem Haus die größte Ehre gebracht«, sagte er, und nach einer Pause: »Mein Haus ist das des Adlers.«

Ich nickte und zog meine Pfeife heraus. Als er sie greifen wollte, um sie mir zu entzünden, schüttelte ich den Kopf. »Weißt du, Armin, ich glaube nicht an Zufall. Vielleicht lassen die Götter manches absichtlich geschehen, aber ich bin dennoch der Meinung, dass mein Schicksal mir gehört. Du, mein Freund, bist ein sehr, sehr großer Zufall.«

Er sah zu mir hoch und blickte mir in die Augen, als ich meinen Tabak entzündete. Ich nahm den Finger von der Glut und wartete.

Er zögerte einen Moment, bevor er sprach, bei weitem nicht so blumig wie sonst. »Eines der Schwerter in Eurem Gepäck heißt Eiswehr. Es gehörte dem Thronerben. Ihr kennt das Schicksal der Zweiten Legion.«

Ich hörte weiter nur zu.

»Viele Gerüchte ranken sich um die Zweite Legion. Sie unterlag niemals im Kampf. Und dann marschiert sie in die Berge … und niemals hört wieder jemand von ihr. Es gibt eine Legende, dass er zurückkehren wird, wenn das Reich in höchster Not ist.«

Ich bemühte mich, meine Gesichtszüge unter Kontrolle zu halten, war aber wohl nicht besser als er darin, denn Armin lächelte.

»Ihr wisst etwas, Esseri.«

»Ja. Aber es ist noch nicht an der Zeit. Hab Geduld.« Ich sah ihn an. »Eben, als du deiner Schwester das Haar gebürstet hast, fragte ich mich, ob ich dir trauen kann. Kann ich?«

»Bis über den Tod hinaus. Ich schulde es Euch für Orduns Tod und für mein Leben und dafür, dass Ihr meiner Schwester eine Bestimmung gabt.«

Bestimmung. Ich dachte an den Dieb Selim. »Bestimmung geben nur die Götter.« Ich sah zu Helis hinüber. »Sie erinnert mich an jemanden.«

»Ich kann Euch auch sagen, an wen«, sagte Armin leise. »Bestimmt habt Ihr zu Ehren Serafines Statuen errichtet. Deswegen erkennt Ihr sie. Sie könnte Serafines Zwillingsschwester sein.«

Ich schloss die Augen. Götter! Ich atmete tief durch. Als ich diesmal zu Helis hinübersah, war es, als ob ein Schleier gelüftet wurde. Ich hatte nur noch Fragmente der Erinnerung eines Toten, aber eine davon war ein lachendes Gesicht. Als ich damals in jener Kammer des Eises und des Todes ihren Geist gesehen hatte, war sie blaues Elmsfeuer gewesen, ihre Züge kaum zu erkennen. Sieglindes Gesicht nahm, wenn Serafine für sie sprach, bis zu einem gewissen Grad diese vagen Züge an. Auch wenn Helis gut ein Dutzend Jahre jünger war als Serafine, sah ich doch nun die Züge der Kriegerin deutlicher und plastischer als jemals zuvor.

Serafine hatte Sieglinde mitgeteilt, dass sie schwächer wurde. Fast hoffte ich, dass sie mittlerweile vergangen war und so nichts von Helis' Schicksal erfuhr.

Ich entschloss mich, den anderen nichts davon zu erzählen. Ich betrachtete nachdenklich die junge Frau, die Faraisa mit glucksenden Geräuschen zum Lachen brachte. So also hatte die zähe Kundschafterin des Zweiten Bullen ausgesehen.

Kein Wunder, dass der Sergeant sie liebte. Die Säule der Ehre. Er hatte mir versprochen zu gehen, nachdem er nicht mehr gebraucht wurde, und er hielt sein Wort, er ging, als Balthasar im magischen Licht verglüht war.

Vielleicht war er zu schnell gegangen. Ich verstand allmählich, warum Sieglinde Serafine nicht fortlassen wollte.

Ich nahm einen Apfel aus der Obstschale und biss hinein. Einmal hatte ich dabei zugesehen, wie ein großer Teppich gewebt wurde, einer von denen, die Wände von Palästen schmückten. Ein Bilderteppich. Der Webmeister hatte einen genauen Plan für sein Werk, ein jeder Faden lief so, wie er es wollte. Wie weit reichte der Bilderteppich dieser ganzen Geschichte? War er mit dem Fall des Reiches, mit Askannons Abdankung, beendet? Oder blieb noch Stoff und Garn für das Ende der Geschichte? Sortierte hier ebenfalls ein Webmeister die Fäden? War ich ein solcher Faden?

Bestimmung. Als ich damals vor Soltars Tor gestanden hatte und tief unter mir die Wogen an die Klippen gedonnert waren, dachte ich, es wäre meine Bestimmung, durch dieses Tor zu gehen. Als ich mit meinen Ordensbrüdern auf dem Pass stand und die anstürmenden Horden sah, schien es meine Bestimmung, dort zu sterben. Und vor wenigen Wochen hatte ich einen uralten Tempel gestürmt und gewusst, dass es meine Bestimmung war, dort mein Ende zu finden.

Wie oft hatte mich Soltar abgewiesen?

Armin wartete immer noch darauf, dass ich weitersprach. »Nein. Es gibt keine Statuen zu Ehren Serafines. Aber wenn ich kann, werde ich eine Statue errichten. Ich verspreche dir, ich werde dir die ganze Geschichte erzählen, wenn die Zeit gekommen ist.«

»Ja, Esseri«, sagte er, offensichtlich unzufrieden mit meiner Aussage. Aber er fragte nicht weiter nach.

Dort am Ufer lag ein anderes Schiff. Ich zog das Fernglas hervor und musterte das Fahrzeug sorgfältig. Wie erkannte man das Schiff eines Sklavenhändlers? Käfige, Gitter, Ketten und Gestank. Und Sklaven. Das hier war es nicht.

»Ihr sucht das Sklavenschiff, auf dem Ihr Eure Gefährten vermutet, nicht wahr?« Ich sah zu Armin hinüber und nickte. »Der Kapitän hat von einem solchen Schiff gehört. Wir werden seinen Liegeplatz etwa am Mittag erreichen. Ihr braucht kein magisches Glas, um das Schiff eines Sklavenhändlers zu erkennen. Es ist immer schwarz, hat immer schwarze Segel und Tauwerk, und immer kreisen Aasvögel über ihm.« Seine Stimme klang bitter. »Es gab nicht zu allen Zeiten Sklavenhändler in Bessarein. Zu Zeiten des Imperiums waren sie verschwunden.

Aber seit etwa zwei Jahrhunderten sind sie eine Plage. Alles ist käuflich in Bessarein, Seelen, Leben und Ehre. Glaubt mir, Esseri, es war nicht immer so. Gasalabad war einst wirklich eine goldene Stadt und nicht nur dünn vergoldet.« Er lehnte sich an die Bordwand und schloss die Augen, er wirkte müde. »Es gibt noch Hoffnung für die Stadt. Seit vierzig Jahren hält das Haus des Löwen den Posten des Emirs in Gasalabad. Sie lösten das Haus der Pferde ab. Das Rad dreht sich, Esseri. Das Haus des Löwen ließ das Haus des Adlers hinrichten, aber die Säule der Ehre entstammt diesem Haus. Das Oberhaupt des Hauses der Löwen ist eine ehrbare und weise Frau, die Esseri Falah. Sie ist alt, aber viele beten täglich, dass die Götter sie noch lange rüstig erhalten mögen. Ihr Sohn, der Emir, ist ein guter Mann, ruhig und gebildet, er herrscht seit zwölf Jahren, und vieles hat sich seitdem zum Besseren gewendet. Aber die größte Hoffnung der Stadt ruht auf den Töchtern des Emirs. Faihlyd und Marinae. Marinae ist die älteste Tochter. Sie hat einen Fürsten aus dem Haus des Baumes geheiratet und lebt weitab von hier. Aber es heißt, sie kehrt zurück in die Stadt ihrer Väter. Jeden Tag eilen die Menschen auf die Zinnen, um zu sehen, ob sie schon kommt. Faihlyd ist ihre jüngere Schwester. Sie ist jung, jünger noch als meine Helis. Aber schon seit ihrer Geburt war es so, dass Faihlyd etwas Besonderes war. Mit zwei Jahren nahm sie an den Ratssitzungen teil, mit drei Jahren lauschte sie am Fuß des Tempels der Astarte den Lehren der Priester. Als sie fünf war, zahmte sie mit Hand und Stimme einen Löwen. Sie sorgt für Arbeit in der Stadt, lässt die Wälle reparieren, neue Brunnen bauen, eine Werft für neue Schiffe. Es gab hier einst viel Wald, Esseri, doch er wurde schon vor Jahrhunderten gerodet. Aber Faihlyd lässt die Wüste bewässern und neue Bäume pflanzen.«

Er hielt inne und seufzte. »Gestern hat sie sich mit einem Greifen angefreundet und wollte ihm die Freiheit schenken. Aus irgendeinem Grund wurde sie von ihm angegriffen, und nur durch ein Wunder wurde sie gerettet. Soltar selbst stieg vom Himmel herab und reichte dem Hohepriester seines Hauses das

Garn der Heilung, ein heiliges Artefakt, das seit Jahrhunderten nicht mehr im Haus des Gottes gesehen wurde. Ein halbes Dutzend Leute erinnern sich an seine Augen, in denen silberne Sterne standen, doch niemand an das Gesicht.«

»Ich glaube nicht, dass sie den Gott gesehen haben. Aber vielleicht wollten sie ihn sehen«, sagte ich vorsichtig.

»Ob sie ihn gesehen haben oder nicht, das Wunder geschah. Von den schrecklichen Wunden blieb keine Narbe zurück. Es wird erzählt, dass die Heilung vollständig war, als wäre nichts geschehen. Aber man erzählt auch, dass das Lächeln aus den Augen der Essera Faihlyd verschwunden ist. Niemand hat sie seitdem erblickt. Ein jeder in der Stadt betet für sie.«

»Sie ist die Hoffnung?«, fragte ich leise.

»Ja, Esseri. Sie wird noch in diesem Mond mit ihrer Volljährigkeit das Amt des Emirs übernehmen. Zum ersten Mal seit Jahrhunderten wird ein Löwe auf dem Thron des Löwen sitzen, der dessen auch würdig ist.«

»Ich dachte, ein Emir wäre nur ein Berater des Kalifen.«

»Ja. Aber der Kalif ist vor fast einem Jahr in hohem Alter gestorben, möge Soltar seiner Seele Frieden und Freude schenken. Er war ein vorsichtiger Kalif, ruhig und gütig. Kein schlechter Mann, aber er tat kaum mehr, als das zu erhalten, was ihm gegeben war. Er hinterließ keinen Erben. Es gibt neun Emire. Stirbt ein Kalif ohne Erbe, wird aus diesen Emiren ein neuer Kalif gewählt. In sechs Wochen ist die Trauerzeit vorüber und die Emire finden sich in Gasalabad, der goldenen Stadt, ein, um einen der ihren zum neuen Kalifen zu wählen. Durch das Blut der Löwen ist Faihlyds Anspruch der größte.«

»Es gibt weibliche Kalifen?«

»Kalifas.« Armin zuckte mit den Schultern. »Zu Zeiten des Imperiums besetzte der Kaiser die Ämter nach Befähigung, nicht nach Geschlecht. Es gab Königinnen, warum nicht auch Kalifas?«

Lange sah ich Armin an. »Armin, sag mir, wer trachtet ihr nach dem Leben. Der Adler?«

Er sah erschrocken zu mir hoch. »O nein, Esseri, das könnt Ihr nicht denken! Seit Jahrhunderten sind wir …«

»Seid ihr was?«, schnitt ich ihm das Wort ab.

»Mit dem Löwen verbündet. Sie stammt aus der Linie der Löwen, die auch Jerbil den Löwen gebar. Wie Eure Gefährtin vermutete, wird die Schriftrolle des Adlers wieder im Raum der Häuser zu finden sein, wenn Essera Faihlyd die Kalifenkrone trägt.« Er sah mich ernsthaft an. »Ihr seht, wie sehr ich Euch, einem Fremden, vertraue. Diese Worte in einem Ohr, das nie von Loyalität und Ehre hörte, bedeuten unser aller Tod.«

»Danke, dass du mich zu einem Staatsfeind machst«, sagte ich trocken. »Gut, der Adler ist es nicht. Wer ist es dann?«

»Niemand, Esseri. Es wäre auch sinnlos. Marinae ist kaum weniger beliebt als ihre Schwester Faihlyd. Und wenn man sie tötet, so nützt es immer noch nichts, denn es gibt einen Erben des Hauses des Baumes und des Löwen, Marinaes Kind. So groß ist der Wunsch nach Erneuerung, dass man auch einen Säugling zum Kalifen machen würde, wobei die Esseri Falah oder der Emir bis zur Volljährigkeit die Regenten wären. Die Zeit des Löwen und des Adlers ist zurückgekommen.«

Natalyia setzte sich abrupt auf. »Sagte Armin eben etwas vom Haus des Baumes?«, fragte sie aufgeregt.

»Ja«, antwortete ich und zog an meiner Pfeife. »Er sagte, dass es einen Erben für das Haus des Baumes und das Haus des Löwen gäbe, selbst wenn der Emir und seine Töchter sterben würden.«

»Aber …«, sagte Natalyia. »Sterben würden … wieso …« Ihre Augen weiteten sich. »Ser Havald, kann es möglich sein …?« Sie sah meinen Blick und sagte nichts weiter.

»Habt Ihr denn etwas vom Haus des Baumes gehört?«, fragte Armin und musterte Natalyia interessiert.

»Ja«, antwortete ich ihm. »Ein Gerücht nur. Aber ich hörte, dass man eine Karawane fand. Bei dieser Karawane befand sich ein Kind mit dem Symbol des Hauses des Baumes. Aber es gab nur Tote auf dem Sand.«

»Sprecht Ihr die Wahrheit, Esseri?«, fragte er mit tonloser Stimme.

»*Wir* waren es, die diese Karawane fanden«, sagte Natalyia. »Und ich schwöre bei allen Göttern, dass es wahr ist, was er sagt. Wir fanden nur Tote auf dem Sand.« Auf dem Sand. Natalyia war genauso vorsichtig wie ich. Das Leben des Kindes hing davon ab.

Armin nickte. »Entschuldigt mich, Esseri.«

Er stand auf und ging zu Helis hinüber, nahm sie in den Arm und fing an zu weinen.

33. Engel des Todes

Ich stand auf und begab mich zum Bug des Schiffes. Varosch folgte mir.

»So«, sagte er. Er hatte alles mit angehört. »Unsere kleine Faraisa ist also eine Erbin. Es fügt sich zusammen, nicht wahr?«

»Es sieht so aus.« Ich schaute ans Ufer und beobachtete die Menschen auf den Feldern. »Glaubst du, dass Boron, Astarte, Soltar und die anderen auf dieser Weltenscheibe wandeln?«, fragte ich ihn nachdenklich. »Dass sie eingreifen? Uns direkt leiten? Du bist ein Diener Borons, du musst dir darüber schon Gedanken gemacht haben.«

»Ja, habe ich.« Er lenkte wie ich seinen Blick auf den Fluss, und gemeinsam beobachteten wir eine Schar Wildgänse, wie sie aus dem Wasser aufstiegen. »Die Antwort ist Ja. Ich bin verwundert, dass ausgerechnet Ihr diese Frage stellt«, sagte er dann.

»Dass ich noch lebe, ist die Schuld dieses Schwertes. Es ist nicht wahr, dass Soltar mich nicht nehmen würde. Es war nur noch nie so weit.«

»Warum sträubt Ihr Euch so, Havald?«

»Weil ich Herr meines Schicksals bin. Ich treffe die Entscheidungen.«

»Und warum auch nicht. Es ist Euer Recht.«

»Ich will nicht an der Nase herumgeführt werden wie ein Ochse am Ring.«

Er lächelte. »Was ist, wenn die Götter nicht Eure Entscheidungen lenken, sondern nur wissen, welche das sein werden? Vielleicht bauen sie ihren Plan so auf. Denn der Mensch erhielt auch einen freien Willen.«

»Also bekam ich damals dieses verfluchte Schwert, weil Soltar wusste, dass ich heute hier stehen würde und diese Unterhaltung mit Euch führe?«

»Wäre ich Soltar, wüsste ich die Antwort.« Er klopfte mir auf die Schulter. »Und Ihr wüsstet sie immer noch nicht. Handelt einfach, wie Ihr denkt, handeln zu müssen, mehr können auch die Götter nicht verlangen. Also sagt mir, was bedeutet das alles nun für uns?«

»Ich war im Tempel von Soltar, als dieses Wunder geschah, von dem Armin berichtete. Ein Priester dort hat den ganzen Vorgang beobachtet. Er sagte auch, dass man die Tochter des Emirs ermorden wollte. Der Greif war lediglich ein Werkzeug.«

»Ein Priester Soltars? Hhm.« Er kratzte sich am Hinterkopf. »Zwei Töchter. Die eine entführt, die andere beinahe ermordet. Wieso wissen nur wir davon?«

»O, auch andere wissen von dieser Verschwörung. Der Mann, der den Greifen in die Raserei trieb. Die Personen, die Zokora und Leandra ganz besonders behandelt haben wollten. Und die Person, die von all dem einen Vorteil hat. Jemand will die Macht, will Emir werden, vielleicht auch Kalif. Was ist da schon ein Mord mehr oder weniger?«

»Wer auch immer es ist, als er von dem Wunder erfuhr, hat er sich wahrscheinlich vor Angst selbst benässt. Es sieht so aus, als ob Soltar dagegen ist, dass der Verrat gelingt.«

Natalyia gesellte sich zu uns, hob die Hand vor die Augen und blickte zu einer Gruppe Reiter hinüber, die entlang dem Fluss ritten.

»Warum habt Ihr Armin nichts von Faraisa sagen wollen?«, fragte sie. »Traut Ihr ihm nicht?«

»Ich habe keine Veranlassung, ihm nicht zu trauen. Ich denke nur, je weniger davon wissen, desto besser ist es.«

»Geheimnisse. Ich mag keine Geheimnisse mehr«, sagte sie. Sie runzelte die Stirn. »Irgendetwas ist seltsam an diesen Reitern da. Ich glaube ... Havald!« Sie stieß mich halb zur Seite, halb warf sie sich auf mich. Ich verstand zuerst nicht, bis sie in meinen Händen niedersank.

»Deckung!«, rief Varosch. »Armbrustschützen.«

Er stieß Natalyia und mich tiefer hinter der Reling in Deckung und spannte bereits seine eigene Armbrust. Er sah zu uns herüber. »Ich kriege die Bastarde! Ich ... Natalyia!«

Ich hatte den Bolzen schon gesehen. Er steckte tief in ihrem linken Schulterblatt.

Ich hielt sie, als sie zu mir hochsah und lächelte. Sie hob die rechte Hand und fuhr mir leicht wie eine Feder über die stoppelige Wange. Ihre schönen Augen glänzten seltsam.

»Natalyia.«

»Zokora vergab mir, Havald. Habt auch Ihr mir vergeben? Ist meine Schuld beglichen? Havald ...« Sie gab einen leisen, seltsamen Laut von sich, ihre Hand fiel von meinem Gesicht, und ihre Augen brachen.

Ich hielt sie. Mit grimmigem Gesicht hob Varosch seine Armbrust und drückte ab. Ein Schrei ertönte vom Ufer.

Ich dachte daran zurück, wie sie mir ihre Augen geliehen hatte, an ihre unauffällige Hilfe, ihr scheues Lächeln, ihre Tapferkeit bei den Sklavenhändlern. Sie mochte einst der Feind gewesen sein, doch in meinen Armen war eine gute Freundin gestorben. Sie gab ihr Leben für mich. Hätte sie mich nicht zur Seite gestoßen, wäre der Bolzen in mein Herz gefahren.

Ich ließ Natalyia sachte auf das Deck der Dhau gleiten und schloss ihre Augen. Schon wurde ihre Haut grau.

»Ja, Poppet«, sagte ich und strich ihr über das Haar. »Ich habe dir schon lange vergeben.«

War es erlaubt, die Götter zu verfluchen? Ich tat es. Ich hatte Soltar aus den Tiefen meines Herzens gebeten, meine Freunde zu verschonen. Wenigstens dieses eine Mal. Aber nein, er wollte seine Seelen haben. Ich warf einen Blick über die Bordwand. Es waren fünfzehn, nein, einer fiel gerade. Vierzehn. Sollte er seine Seelen doch erhalten. Ich zog Seelenreißer.

Die Mannschaft des Schiffes war in Deckung gegangen, der Kapitän lag rücklings auf dem Deck und hielt die Doppelruder mit seinen Füßen auf Kurs.

»Lauft auf das Ufer auf!«, schrie ich.

»Das ist Wahnsinn!«, rief er zurück.

»Deral. Tu, was er sagt«, verlangte Armin von hinten. Er hatte sich schützend über Helis und Faraisa geworfen. »Mein Herr weiß, was er tut.«

Nun, Armin, dachte ich, diesmal täuschst du dich. Aber Soltar wusste es sicherlich.

Der Kiel der Dhau knirschte am Ufer, das Licht der Sonne brach sich auf Seelenreißers Stahl, der nicht mehr fahl erschien, sondernd gleißend.

»Soltar!«, rief ich und sprang über die Bordwand. Bolzen surrten wie ein Bienenschwarm an mir vorbei, zwei wehrte meine Klinge ab, einer traf mich in der Hüfte. Ich zog ihn achtlos heraus, er verfing sich in der Kette, und ich ließ ihn baumeln. Ein letzter Schütze war im Stande abzudrücken – Seelenreißer schlug auch diesen Bolzen zur Seite –, dann war ich zwischen ihnen.

Einer der Reiter erhob seine Axt, aber ein Bolzen wuchs aus seinem Auge und er fiel, ich beachtete es kaum. Wiehernde, schreiende Pferde, der Geschmack von Eisen in meinem Mund, zum ersten Mal überhaupt ließ ich Seelenreißer ohne Einschränkung gewähren, wehrte mich nicht gegen ihn. Soltars Priester hatte ihn mir gegeben, also sollte das Schwert auch Soltars Werk verrichten. Natalyia würde nicht allein vor ihn treten.

»Havald«, hörte ich Varosch leise hinter mir sagen. »Ich bin es.«

»Ich weiß«, antwortete ich ihm. Ich stand auf blutgetränkter Erde und Sand. Ein Teil des Blutes war auch von mir. Ich bemerkte einen Bolzen in meinem Oberschenkel, bis eben hatte ich nicht einmal mitbekommen, dass er dort steckte. Seelenreißer schlug den Schaft ab, dann zog ich die Spitze heraus und warf sie beiseite. Mein linker Arm pochte und war schwer, ein Schwertstreich hatte eine ganze Reihe Kettenglieder geöffnet und auch mein Fleisch. Bis auf den Knochen. Außer der Schwere meines Arms spürte ich allerdings wenig von der Wunde.

»Seid Ihr noch in der Raserei gefangen?«, fragte Varosch vorsichtig. Ich spürte ihn hinter mir, aber er kam nicht näher. Wer weiß, was ich für einen Anblick bot. Bis auf eine Ausnahme waren Varosch und ich die Einzigen, die hier noch atmeten. Nicht einmal die Pferde hatte Seelenreißer verschont.

Oder war ich es doch selbst gewesen, war es mein eigener Blutrausch? War es Raserei, wie Varosch dachte? Im Moment war mir das einerlei. Ich führte Seelenreißer in seine Scheide zurück. Er glitt fast freudig hinein.

»Nein, Varosch, ich glaube nicht. Ich bin keine Gefahr für Euch.«

»Lasst die Toten hier, Havald. Kommt zurück auf das Schiff. Es gibt etwas, das Ihr Euch anschauen solltet.«

»Es sind nicht alle tot«, sagte ich und blickte zu meinem Fuß hinunter. Mein Stiefel stand auf der Kehle eines Mannes, angstgeweitete Augen sahen zu mir. Ich bückte mich, griff ihn am Kragen und zerrte ihn auf die Füße. »Der hier wird mir alles sagen, was ich wissen will, nicht wahr?« Ich schüttelte den Mann.

»Ja, Esseri!«

»Ich bleibe bei ihm«, sagte Varosch und zog Lederriemen aus einer Tasche an seinem Gürtel. »Geht auf das Schiff zurück, es geht um Natalyia. Außerdem brauchen Eure Wunden Heilung.«

Ich stieß den Mann vor Varosch auf den Boden. »Da habt Ihr ihn«, sagte ich und begab mich zum Schiff.

»So fand ich sie vor«, sagte Zokora. Ich kniete auf dem Deck und tropfte Blut auf die gescheuerten Planken. Vor mir hätte Natalyia liegen sollen, wie ich sie gebettet hatte. Nun lag dort eine Statue aus Stein.

»Götter!«, hauchte ich. Der Bolzen steckte noch immer in dem steinernen Rücken. Aber es war gar keine Statue: Jedes Haar, jede Pore war vorhanden, es war Natalyia, nur war sie zu Stein geworden.

»Sie ist wirklich würdig, meine Schwester zu sein«, sagte Zokora mit Genugtuung in ihrer Stimme. Ich sah verständnislos zu ihr hin. Warum lächelte sie? Hatte ihr Natalyia denn überhaupt nichts bedeutet? Sie sah meinen Blick, und ihr Lächeln schwand. »Havald. Verstehst du denn nicht?«

Verstehen. Was?

»Der Tod braucht seine Zeit. Wenn ich dir ins Herz steche, lebst du noch ein bis drei Minuten. Wie schnell starb sie?«

»Sekunden nur ...«, krächzte ich. Meine Kehle war trocken, ich schmeckte immer noch Eisen.

Zokora lehnte sich auf ihre Fersen, legte die Hände in ihren Schoß und den Kopf auf die Seite. Ihre dunklen Augen suchten meine. »Sie besitzt ein Talent für Stein. Stein blutet nicht, Stein stirbt nicht. Havald. Spürst du es nicht? Ich dachte, du kannst so etwas spüren«, sagte sie eindringlich.

Konnte es sein ... Ich berührte Seelenreißer und schloss die Augen. Wenn ich seine Sicht nutzte, sah ich weder Stein noch tote Körper und nur schwach das Holz. Nur Lebendes zeigte er mir deutlicher.

Ich sah Natalyia. Wenn ich nicht sicher gewesen wäre ... Seelenreißer sah sie, also lebte sie noch!

»Ich wusste nicht, dass du sie liebst«, sagte Zokora leise.

»Das wusste ich auch nicht. Bis sie in meinen Armen starb.«

»Was ist mit Leandra?«, fragte Varosch.

»Götter, was soll ich auf eine solche Frage antworten? Ich liebe Leandra, und ich liebe auch sie! Varosch, woher sollte ich wissen, dass ich Natalyia liebe? Es ist eine andere Liebe ... wie die zu einer Schwester.«

Varosch lachte leise. »Eine äußerst gutaussehende Schwester.«

Zokora verdrehte die Augen. »Dass Männchen immer daran denken! Im Moment ist sie eine äußerst gutaussehende Statue.«

Ich sah hoch in den wolkenlosen blauen Himmel über mir. Siebzehn. Es waren siebzehn gewesen. Acht von ihnen trugen

Varoschs Bolzen. Wogen siebzehn Seelen eine einzige Seele auf? Hatte Soltar mein Gebet doch erhört?

Ich sah zu Zokora hinüber. »Könnt Ihr sie denn heilen?«

Sie lächelte leicht. »Wenn ich eine Traube finde, kann ich sie heilen, meine Göttin verlieh mir diese Gabe nicht umsonst. Früher oder später werde ich eine Traube für sie haben. Ich bin darauf gespannt, was Natalyia als Bezahlung anbieten wird.«

»Ihr sagtet, es könne Jahre dauern, bis Ihr eine Traube findet.«

Sie nickte. »Zwei Dinge hierzu. Stein altert nicht. Und es heißt, in Gasalabad gebe es alles zu kaufen.«

Während Zokora nach unseren Wunden sah, hatte Armin den Auftrag, die Angreifer auszuplündern und nachzusehen, ob er irgendetwas über sie herausfinden konnte. Als er wiederkam und einen Beutel und die letzte Ladung Waffen auf das Deck der *Lanze* warf, stießen wir uns vom Ufer ab und setzten unsere Reise fort. Immer deutlicher sah ich die Vorteile einer Schiffsreise, denn Zokora konnte ihre Behandlung fortsetzen, ob wir nun fuhren oder vor Anker gingen.

Zwei der Mannschaftsmitglieder waren bei dem Angriff ebenfalls verletzt worden, einer davon so schwer, dass er Gefahr lief zu sterben. Zokora kümmerte sich zuerst um ihn. Auch er war von einem Bolzen in den Rücken getroffen worden.

Wir hatten Natalyia nach hinten in die Kabine gebracht, wo ich sie mit meinem Mantel zudeckte. Immer wieder warf ich einen Blick zu ihrer stillen Gestalt hinüber. Konnte es denn tatsächlich sein, dass sie noch lebte?

Armin hatte mir mittlerweile geholfen, meinen Kettenmantel auszuziehen, und musterte die Risse in der Kette kopfschüttelnd.

»Esseri, Ihr seid fürchterlich. Wie konntet Ihr hoffen, gegen diese Menge zu bestehen?«

Ich bewegte meinen linken Arm und begutachtete den roten Streifen, der sich schräg über den Oberarm zog. Ein schwarzer

Punkt ragte aus der roten Haut heraus, ich benutzte die Spitze meines Dolches, um ihn zu lockern, griff ihn dann und zog das zerstörte Kettenglied aus meinem Fleisch. Ich zog die Luft durch meine Zähne, denn das tat jetzt tatsächlich weh. Ich warf den zerstörten Ring über Bord und bewegte meine Finger.

»So eine Glanztat ist es nicht«, sagte ich dann leise. Ich ließ meine Beinkleider herab und massierte die kleine Delle im Muskel meines Oberschenkels. »Sie trugen Leder, keine Ketten. Sie waren mit Kreuzbögen bewaffnet, darin lag auch ihre Kunst. Als ich bei ihnen war, habe ich die Arbeit eines Metzgers geleistet, nicht die eines Kriegers.«

»Ich sah, dass einige von ihnen Handäxte besaßen. Ein einziger Schlag mit einer solchen Axt ... Es wäre auch für Euch vorbei gewesen.«

»Ja. Aber da darf ich mich bei Varosch bedanken, er wachte über mich wie ein Engel Borons. Jedesmal wenn ich die Gefahr nicht sah, schickte er einen Bolzen. Nein, Armin, dies war keine Heldentat. Ich trug diesen Kettenmantel und Seelenreißer, sie Armbrüste und Leder. Du hast selbst gesehen, wie das Schwert wütete.«

»Ja, Esseri«, sagte er dann. »Aber Ihr habt Euch nicht gesehen, wie Ihr auf sie zugestürmt seid! Ich schwöre bei allen Göttern, sie erbleichten, weil sie wussten, dass Ihr Soltars Engel wart!«

»Armin. So etwas will ich nicht wieder hören. Das ist Aberglauben, oder, noch schlimmer, Blasphemie.«

Er senkte den Kopf.

Ich reichte ihm aus meinem Packen einen ledernen Beutel mit Werkzeug. Er rollte das Leder aus und betrachtete die Zangen und Ahlen darin.

»Kannst du damit umgehen?«

Er nickte. »Ja, Esseri, aber ich habe wenig Übung. Kette ist hier selten.« Er nahm meinen Kettenmantel und fing an, die zerstörten Ringe zu entfernen.

»Gut. Nun sag mir, was du bei unseren Angreifern gefunden hast.«

»Bis auf die Schwerter und Armbrüste ist alles in dem Beutel dort drüben.«

Ich schüttelte den Beutel vor mir aus. Gold und Silber glänzten auf den polierten Bohlen, dazwischen lagen Ringe, Broschen und Ketten sowie eine Anzahl kleiner Schriftrollenbehälter und eine lederne Mappe.

»Öffnet eine dieser Rollen, und Ihr wisst, wer sie waren.«

Ich folgte Armins Rat und rollte eines der Schriftstücke auf. Ich brauchte ziemlich lange, um die verschnörkelte, schwer lesbare Schrift zu entziffern. Doch es war klar genug. Im Auftrag des Emirs wurde dem Träger dieses Schreibens – in diesem Fall ein gewisser Heptar di Tenim – bescheinigt, dass er als Kopfgeldjäger eingetragen war.

Ich sah unseren Gefangenen an. Er lag nackt und gefesselt im Bug und schwitzte in der Sonne. Vielleicht war er dieser Heptar. Es interessierte mich nicht. Noch wusste ich nicht, wann wir dazu kamen, uns mit ihm zu unterhalten, aber ich war mir sicher, dass er uns alles erzählen würde, was er wusste. Bis jetzt hatten wir ihn auf Zokoras Rat hin noch kein bisschen beachtet.

»Kopfgeldjäger?«

»Ja, Esseri ... Au!« Er schüttelte die Hand. »Du von den Göttern verfluchte Ausgeburt eines rostigen Nagels! Was wagst du, mich zu stechen!«, zeterte Armin. Er war mit der Ahle abgerutscht und hatte sich in den Finger gestochen. Er steckte sich den Finger in den Mund, lutschte einen Moment an ihm und musterte ihn dann kritisch.

»Der Finger ist noch dran«, teilte ich ihm mit.

»Den Göttern ist gedankt dafür!« Er studierte die Kette und die Werkzeuge. »Vielleicht wäre eine Unterweisung nicht verkehrt, o Meister der Rüstung, bevor ich mir ein Auge aussteche.«

Ich lachte über seinen empörten Ton. »So schwer ist es nicht, Armin. Die Ahle ist nur dafür da, die Ringe zu halten. Seht.« Ich schob die Ahle durch eine Reihe Kettenglieder, sodass die nächste Reihe dadurch hoch stand und besser zu bearbeiten war.

Er warf mir einen Blick zu, der alles bedeuten konnte, und riss mir den Kettenmantel beinahe wieder aus der Hand.

Ich zählte das Gold und Silber durch, das ich eben vor mir auf die Planken geschüttet hatte. Es war ein kleines Vermögen.

»Das sind fast elf Kronen«, teilte mir Armin mit. »Zehn davon, zur einen Hälfte in Gold, zur anderen in Silber, fand ich im Beutel des Anführers. Zusammen mit diesem hier.« Er tippte mit der Ahle auf die Mappe. Ich nahm sie auf und sah sie mir an. Sie war etwa zwei Hand breit und vier Hand hoch. Im ersten Moment wusste ich nicht, wie sie zu öffnen war, dann begriff ich es und zog die Mappe auseinander. Sie enthielt Zeichnungen – Zeichnungen von uns. Von Leandra, Janos, Sieglinde, Zokora, Varosch und mir.

»Er hat Euch nicht gut getroffen, Esseri. Ihr wirkt deutlich älter auf diesem Bild.«

Kein Wunder. Es waren Porträts. Auch wenn der Zeichner sich mit den Gesichtern am meisten Mühe gegeben hatte, hatte er weitere Details mit hineingenommen, so zum Beispiel den Kragen oder die Schultern. An Sieglindes Bild konnte ich erkennen, wann diese Zeichnung entstanden war. Eine Schulter war frei, und nur an einem Abend war sie derart freizügig zu sehen gewesen.

Doch so gut die Zeichnungen uns auch trafen, leicht zu erkennen waren wir nicht mehr. Auf diesen Bildern trugen die Frauen alle lange Haare, aber bis auf Natalyia, von der kein Bild existierte, entsprach das lange nicht mehr der Wirklichkeit. Janos sah auf dem Bild aus wie der Bandit, der er damals vorgab zu sein, und ich selbst wirkte vierzig Jahre älter. Varosch wiederum machte irgendwie einen jugendlicheren Eindruck als jetzt. Sein Gesicht hatte Charakter gewonnen in den letzten Wochen und neue Linien, die ihm besser standen und ihn reifer aussehen ließen.

Beinahe mit gebrochenem Rückgrat qualvoll zu sterben veränderte einen Menschen. Auch er trug nun einen Bart. Diese

Bilder waren alt, dennoch hatten die Kopfgeldjäger uns gefunden.

Ich erhob mich und trat nach hinten zur Kajüte, wo Varosch gerade eine Schale mit Wasser füllte, das er über einer kleinen Kohleschale erhitzt hatte. Er stellte sie vor Zokora auf den Boden, neben den Flussschiffer, der so schwer verletzt worden war. Der Mann lag ruhig. Zokora fuhr ihm über die Augen, warf die blutige Bolzenspitze achtlos über ihre Schulter in den Fluss und wusch sich die Hände.

»Wie sieht es aus?«, fragte ich.

Zokora schaute zu mir hoch und schüttelte den Kopf. »Ohne meine Magie bin ich nicht mehr als eine gute Heilerin. Nicht gut genug für diese Wunde. Er schläft, ich konnte ihm Linderung verschaffen. Aber ich befürchte, dass Wundbrand einsetzen wird, obwohl ich ihn gründlich gewaschen habe.«

»Die Priester Soltars verwenden Branntwein.«

»Und wir gebrannten Pilzsud. Haben wir Branntwein?«

»Deral!«, rief ich nach dem Kapitän. »Haben wir Branntwein?«

»Nur wenig, Esseri.«

»Armin soll ihn für uns holen.«

Armin öffnete eine Luke im Bug und verschwand darin, nach ein paar Minuten tauchte er wieder auf und hielt eine leicht verstaubte Steingutflasche in der Hand. Ich wies mit dem Kopf in Richtung der Dunkelelfe.

»Hier, Essera!« Er reichte Zokora die Flasche mit einer Verbeugung. Sie griff sie sich und zog mit ihren Zähnen den Korken heraus, spuckte Wachs aus und nahm einen Schluck.

»Ich dachte, er sei für die Wunde«, sagte ich.

Sie warf mir einen tadelnden Blick zu, beugte sich über den Bewusstlosen und brachte ihren Mund an die Wunde. Der Mann bäumte sich auf, Varosch sprang hinzu und drückte ihn wieder herunter. Zokora lehnte sich zurück, sah mich an und fuhr mit dem Finger über die Einschussstelle. Eine blaue Flamme loderte empor, der Mann schrie auf, und ich half Varosch, ihn festzuhalten. Der Verwundete stöhnte und schrie, trommelte mit den Händen und Füßen auf die Planken des Decks, dann stöhnte er noch einmal und wurde schlaff.

Die Flamme erlosch, Zokora hielt beide Hände neben die Wunde und drückte. Dunkles, fast schwarzes Blut quoll heraus. »Das ging jetzt besser«, sagte sie. »Gute Idee, eine andere Komponente zu versuchen. Dieser Branntwein nimmt die Magie besser auf als Pilzsud. Vor allem schmeckt er besser.«

Sie führte die Flasche erneut an die Lippen und trank diesmal wirklich.

Der Mann fing an zu schnarchen. Varosch nahm mit einer Holzzange Leinenstreifen aus dem kochenden Wasser, wartete einen Moment und fing an, den Verletzten zu verbinden. Immer wieder hielt er inne und blies auf seine Finger. Dann sah er zu mir hoch. »Es ist heiß«, sagte er.

Ich nickte, das hatte ich auch bemerkt.

»Wolltet Ihr etwas?«, fragte er.

»Schaut Euch das an«, sagte ich und zog die Mappe mit den Bildern auseinander.

Zokora warf auch einen Blick darauf. »Sie sind dir gelungen, Havald.«

»Die Zeichnungen sind nicht von mir. Die Reiter waren Kopfgeldjäger. Jemandem war es zehn goldene Kronen wert, uns töten zu lassen. Diese Bilder trugen sie bei sich.«

»Und sie wussten, wo wir waren«, sagte Varosch. Er beugte sich vor, um die Bilder genauer zu mustern, und tippte dann mit einem geröteten Finger auf Zokoras Bild. »Nur im Gasthof trug sie den Umhang auf diese Weise. Das war, als Rigurd dem Eiskoller nachgab. Der erste Tag, an dem sie ihr Gesicht zeigte.« Er lächelte. »Das war auch das erste Mal, dass ich sie sah.«

Ich erinnerte mich auch sehr gut. Er hatte recht.

»Vor allem, wie kamen diese Bilder hierher? Es braucht Monate, um die Strecke zurückzulegen, es sei denn …«

Ich nickte. Es sei denn, dass auch diese Bilder durch ein Tor gebracht wurden.

»Ich frage mich, wer der Künstler war«, sagte ich.

»Das kann ich Euch beantworten. Holgar besaß solche Mappen.«

»Es scheint, dass er als Zeichner talentierter war denn als Jäger«, sagte Zokora.

Vielleicht. Holgar hatte sich zu sehr auf seine Magie verlassen; warum auch nicht, beinahe hätte sie ja funktioniert. Aber eben nur beinahe. Im Zeichnen war er jedenfalls gut gewesen.

»Wenn wir die Originale finden, wissen wir, wer uns sucht. Denn das hier sind nur Kopien.« Varosch drückte einen Finger auf sein eigenes Bild und hielt ihn hoch. Die Tusche hatte abgefärbt. »Diese Zeichnungen sind keinen Tag alt.«

»Woran hast du das gemerkt?« Ich wäre nicht auf die Idee gekommen.

»Ich musste auch im Skriptorium arbeiten. Die Priester meinten, es beruhige die Seele, Kopien der Worte unseres Gottes zu erschaffen. Ich war nie gut darin, lernte aber schnell, wie lange man ein Pergament nicht berühren soll. Diese Tusche hier hat noch einen gewissen Glanz. Wie ich schon sagte, keinen Tag alt.«

»Dann verteilt man unsere Bilder hier«, vermutete ich. »Aber weshalb auch Leandra? Sie wurde doch schon gefangen.«

»Vielleicht hatte sie keine Lust, auf das Schiff zu gehen«, sagte Zokora und lächelte.

Wenn sie sich hatte befreien konnen ... Ich wunschte es so sehr! Aber dann war sie nicht auf dem Schiff. Wenn sie nicht dort war, wo sollte ich sie suchen?

»Wenn sie entkommen konnte, ist sie wahrscheinlich zur Wegestation zurück, um über Euer Schicksal Aufschluss zu erhalten«, sagte Varosch.

»Ich hoffe bei den Göttern, dass unsere Freunde diesen Sklavenhändlern entkamen. Aber dass wir wie Blinde aneinander vorbeireisen, ist ärgerlich. Vor allem, weil wir nicht einfach umkehren können. Wir müssen das Schiff finden, um Gewissheit zu erlangen«, rief ich und sprang auf, ich konnte nicht länger ruhig dasitzen. »Aber wenn sie in die Stadt geritten ist, wird es schwierig, sie zu finden. Gasalabad ist wie ein Ameisenhaufen.«

»Wir haben Euch auch gefunden«, sagte Varosch beruhigend. »Übrigens, wer auch immer uns diese Kopfgeldjäger schickte, ist vermögend. Dieses Pergament ist neu und von guter Qualität. Nicht abgeschabt und wiederverwendet.« Er musterte es genauer. »Eine Art, die ich nicht kenne.«

»Es ist Papyira, Esseras«, kam Armins Kommentar. »Nicht Pergament.« Er reichte mir meinen Kettenmantel. »Esseri, meine Arbeit ist beendet. Ist sie gut genug?«

Ich inspizierte den Riss, er war nur noch dadurch zu bemerken, dass die Ersatzringe eine andere Tönung hatten.

»Danke, Armin, das ist gute Arbeit.«

Er strahlte und machte eine tiefe Verbeugung. »Es ist mir eine Freude, Esseri, Euch mit meiner Arbeit zufriedengestellt zu haben, denn es heißt, dass der, der gut und fleißig arbeitet, vor den Augen der Götter Gefallen findet und ihn die himmlischen ...«

Zokora sah ihn an und legte einen Finger auf ihre Lippen. »Kleiner Mann, spare Wörter wie Lebensjahre«, sagte sie. »Psst!«

»Verzeiht, Essera! Ich wollte nur ...«, sagte er rasch. Er schluckte den Rest herunter.

»Was ist dieses Papyira?«, fragte ihn Varosch.

»Was meint Ihr?«, entgegnete er vorsichtig, immer noch den Blick auf Zokora gerichtet, die ihn unbewegt ansah.

»Papyira«, erinnerte Varosch ihn.

»Was? Oh, ja, sicherlich, Esseri. Papyira ist etwas Ähnliches wie Pergament, aber aus Schilf gewonnen«, antwortete Armin. »Fragt mich nicht nach dem Wie, Esseri, ich weiß nur, dass es daher kommt. Für tägliche Schriften nimmt man bei uns Papyira. Nur offizielle Schriftstücke, Archive, Bibliotheken und Tempel verwenden Pergament. Und Geldverleiher.«

»Siehst du, kleiner Mann, es geht auch kürzer«, sagte Zokora.

Armin sah sie vorwurfsvoll an. »Aber Essera, die Götter haben dem Menschen die Wörter gegeben, dass er sie benutzt! Wie wollt Ihr sonst Gedanken fassen und anderen mitteilen?«

Sie zog eine Augenbraue hoch. »Vielleicht sparsam?«

»Steht es nicht geschrieben ...«

»Armin. Hilf mir in meinen Kettenmantel«, unterbrach ich ihn.

»Ich glaube, er macht es absichtlich«, sagte Varosch. Er rollte einen Bolzenschaft zwischen seinen Fingern und sah an ihm entlang. Dann nahm er ein kleines Messer und schnitt etwas vom Gefieder ab. Er nickte zufrieden und sah meinen fragenden Blick. »Rabenfedern. Ich habe noch nichts Besseres gefunden.«

»Krähe. In Kelar verwendeten wir Krähenfedern«, sagte ich.

»Rabe ist besser. Für einen Bolzen muss das Gefieder härter sein als für einen Pfeil. Deshalb lackiere ich es auch. Havald, ich glaube wirklich, er macht es absichtlich.«

»Armin?«

Varosch nickte und nahm sich den nächsten Bolzen vor. Selbst ich sah, dass der Bolzen krumm war. Mit einer Zange löste er die Spitze und warf den Schaft dann über Bord.

»Es gehört schon etwas dazu, eine Dunkelelfe zu ärgern«, sagte ich.

»Oh, er ärgert sie nicht. Sie amüsiert sich über den kleinen Mann.«

Ich blickte hinüber zu Armin, der einem der Verwundeten gerade einen Wasserschlauch an den Mund setzte. »Er ist in Ordnung. Und er ist nicht besonders klein. Nicht für hiesige Verhältnisse.«

»Er ist kaum größer als Zokora.«

»Findest du Zokora klein?«, fragte ich ihn.

»Nein. Für mich ist sie groß.«

Ich blickte weiter zu Armin. »Für manche ist er vielleicht auch größer. Hast du seine Worte beachtet? Er ist gebildet. Er tut nur klein.«

»Ja«, sagte Varosch. »Das meint Zokora auch. Deshalb versucht sie ihn zu locken.«

Ich lachte.

»Was ist?«, fragte Varosch überrascht.

»Nichts. Mir kam gerade ein absurder Gedanke. Was ist, wenn er ihr auf diese Art den Hof macht?«

»Dann werde ich mich mit ihm unterhalten«, sagte Varosch und blickte prüfend über den nächsten Bolzen. Natürlich war es Zufall, dass die Spitze auf Armin zeigte. »Aber nur ganz kurz.«

34. Vögel und Schlangen

Ich befand mich unter Deck, in einem niedrigen Zwischenraum, in dem eine fast unerträgliche Hitze herrschte. Durch die offene Luke fielen Sonnenstrahlen herein, in ihnen tanzten und leuchteten Tausende Staubpartikel. Sich hier länger aufzuhalten war eine Qual.

Mit großer Mühe und Vorsicht hatten wir Natalyia hierher umgeladen, sehr, sehr vorsichtig, denn ich hatte Angst, sie zu zerbrechen.

Neben ihr lag der nackte und schwitzende Kopfgeldjäger. Noch immer hatte niemand ein Wort zu ihm gesagt. Ich beugte mich ein letztes Mal über Natalyia und strich ihr über die steinerne Wange. Konnten ihre offenen Augen etwas sehen? Ich wüsste nicht, wie. Wieder berührte ich Seelenreißer, um mich zu vergewissern, dass Natalyia noch unter uns weilte. Nichts hatte sich verändert, mein Schwert sah sie, auch wenn ihr Umriss nicht flackerte, sondern eine saubere Linie bildete. Dann erhob ich mich, verließ den Laderaum und ließ die Luke hinter mir zufallen. Der Kopfgeldjäger blieb mit Natalyia zurück. Als ich ihn neben sie gelegt und er erkannt hatte, dass die Statue keine Statue war, hatte er die Kontrolle über sich verloren. Er stank.

Zokora sagte, dass seine Angst vor dem Ungewissen unser bester Verbündeter war. Ich hoffte nur, dass sich Natalyia von ihm nicht allzu sehr belästigt fühlte.

Deral, der Kapitän der *Lanze der Ehre*, trat an mich heran. Er war einen Hauch größer als Armin, aber breiter, sehr kräftig und muskulös gebaut – wahrscheinlich von seiner ständigen Arbeit mit den schweren Steuerrudern, von denen die Dhau zwei besaß, eines auf jeder Seite, mit einem Querbalken verbunden. Er trug wie seine Mannschaft saubere weite Leinenhosen und war barfüßig. Eine goldene Kette glänzte an seinem linken Knöchel, und er trug, was mich irgendwie faszinierte, einen kleinen goldenen Ring durch den linken Nasenflügel. Sein hellgrauer Bart war sauber gestutzt, und seine Glatze sonnengebräunt. Seine Augen waren, wie oft bei den Bewohnern Bessareins, dunkel und leicht mandelförmig.

Während er auf mich zukam, zog er eine dunkelbraune Lederweste an, die jemand mit zusätzlichen Streifen aus Metall verstärkt hatte. Seit dem Überfall trug auch er ein Schwertgehänge mit einem relativ kurzen Krummschwert. Das schwarze Leder des Gürtels war an manchen Stellen dunkler als an anderen, Blut ging auch aus Leder nur schwer wieder heraus. Bis vor kurzem hatten diese Waffe und der Gürtel einem Kopfgeldjäger gehört.

»Esseri, das Sklavenschiff müsste hinter der nächsten Flussbiegung liegen. Seht!« Er streckte seine Hand aus und wies zum Himmel, wo gut zwei Dutzend Aasvögel kreisten. »Sie legen oft hier an. In der Nähe gibt es ein kleines Dorf, das sie verschonen, um hier ungestört lagern zu können. Niemand will sie gern haben, sie werden von schlechten Omen begleitet.«

»Danke, Deral. Lass uns hier an Land. Ich möchte deine Leute nicht noch einmal gefährden.«

»Sie sind nicht feige, Esseri. Sie würden Euch in den Kampf folgen.«

»Vielleicht ist ihre Tapferkeit vonnöten«, antwortete ich. »Aber ich versuche, mit List vorzugehen und nicht mit Stahl.«

»Mögen Euch die Götter die List des Wüstenfuchses zum Geleit geben, Esseri. Wir werden wachsam sein.«

Ich fing an, meine Ausrüstung und Waffen zu überprüfen, dennoch verweilte Deral neben mir. Ich sah ihn fragend an.

»Esseri, ich wollte der dunklen Elfe danken für die Kunst der Heilung an meinem Sohn, doch ich weiß nicht, ob ich mich ihr nähern darf.«

»Warum denn nicht?«

»Es ist mir unklar, wie die Verhältnisse sind, ob sie Eurem Harem zugehörig, eine Konkubine oder ein Leibwächter ist. Ein jedes erfordert eine andere Etikette.«

»Sie ist ein Kampfgefährte und Freund. Sie und Varosch sind ein Paar.«

Er verbeugte sich. »Ich danke Euch, Esseri. Ich werde dem Meister der Raben danken.« Mit einer weiteren Verbeugung verließ er mich und ging zu Varosch hinüber.

Der hörte sich an, was Deral zu sagen hatte, nickte lächelnd und klopfte dem überraschten Kapitän auf die Schultern.

»Soll ich nicht doch mitkommen, Esseri?«, fragte Armin, als er Varosch vier Köcher über die Bordwand reichte.

»Wache über Faraisa und Helis. Mit deinem Leben«, sagte ich. »Das ist wichtig genug.«

»Eurer Tochter wird nichts geschehen, Esseri. Ich werde über sie wachen wie ein Engel, der das Tor zum Paradies gegen die finstersten Dämonen verteidigt«, sagte er und verbeugte sich.

Ich nickte ihm zu, und wir brachen auf.

»Irgendwann werde ich weich werden und ihn fragen, was es mit diesen Engeln und Dämonen auf sich hat«, sagte Varosch leise.

»Warum?«

Er zuckte mit den Schultern. »Ich habe die heiligen Worte meines Glaubens sorgfältig gelesen, von Engeln und Dämonen steht dort nichts geschrieben.«

Wir hatten einen kleinen Hügel erreicht und duckten uns hinter ein Gebüsch. Von hier aus hatten wir einen guten Blick auf das Sklavenschiff. Ich reichte Zokora das Fernglas. Wir ließen uns bäuchlings nieder, und ich schob vorsichtig einen Ast zur Seite, um einen Blick auf das Schiff zu gewinnen.

Es war größer als unsere Dhau, aber nicht so schnittig, eher breiter. Ich hatte mit meiner Vermutung über die Käfige recht gehabt, ein paar davon befanden sich an Deck, aber die meisten an Land. Es war wirklich nicht zu verwechseln, und es stank bis hierher.

Eine hölzerne Palisade, etwas vom Wasser entfernt, bildete eine Art Gehege, das mehr als mannshoch war. Ich war nicht im Stande zu erkennen, ob sich jemand darin befand. Auf Anhieb konnte ich nur knapp ein Dutzend Sklavenhändler erkennen. Zwei befanden sich an Bord des Schiffes, eine Dreiergruppe amüsierte sich damit, einen Sklaven auszupeitschen, die anderen saßen um ein Feuer herum. Nur ein Einziger wirkte wie eine Wache und wanderte herum.

»Ich habe bisher noch keine Beschreibung von Engeln gefunden«, teilte ich Varosch mit. »Aber ich las unlängst von einem Dämon. Ein Dämon wäre demnach so groß wie ein Höhlenbär, hat Hörner, Hufe als Füße und klauenbewehrte Pranken als Hände. Er ist geschuppt wie ein Drache und rot. Er hat den Schwanz einer Hyäne und eine Männlichkeit so lang wie eine Schlange.«

»Wo habt Ihr das gelesen, Havald?«, fragte Varosch. Er feuchtete einen Finger an und hielt ihn hoch.

»In einem Buch mit lustvollen Erzählungen.«

Er warf mir einen Blick zu und zog eine Augenbraue hoch.

»Es lag im Raum der Ruhe auf einem Regal.«

»Still«, sagte Zokora. Jetzt hörte ich es auch. Ein leises Rasseln, als ob Nüsse aneinander rollten. Ich sah zu ihr herüber. Sie lag auf dem Boden, rechts von mir, und hatte ihre rechte Hand leicht erhoben. Ihr Blick war ebenfalls nach rechts gewendet, aber ich sah nicht, worauf. Aber aus dieser Richtung kam dieses seltsame Geräusch. Ihre Hand zuckte vor. Ein geschuppter Leib bäumte sich auf und wand sich um ihren Arm, aber als sich Zokora auf den Rücken warf, lachte sie. »Da hast du die dämonische Männlichkeit.« Sie machte eine blitzschnelle Bewegung, als ob man mit einer Peitsche schnalzte, und es knackte. Dann warf sie die Schlange über mich hinweg ins Gras links von uns.

»Sie hat gestört«, sagte sie und drehte sich wieder auf den Bauch, um das Fernglas anzusetzen.

Die Schlange war nicht weit von mir gelandet. Sie wand sich noch ein, zwei Mal, ein leises Rasseln ertönte, dann lag sie still. Sie war dunkelbraun mit grünen und gelben Flecken, ein gutes Tarnmuster hier, doch ihr Kopf hatte eine leuchtendrote Zeichnung. Das Maul stand offen, und ich konnte die Fänge sehen und einen Tropfen, der sich dort bildete.

»Ich mag keine Schlangen«, flüsterte Varosch. »Genauer gesagt, ich hasse sie. Wurde mal von einer gebissen.«

»Ist sie giftig?«, fragte ich flüsternd Zokora.

»Woher soll ich das wissen? Sie hat gestört!«

Varosch und ich tauschten einen Blick.

»Was seht Ihr?«, fragte ich leise.

»Niemanden von uns«, antwortete sie. »Sechzehn Sklavenhändler. Unaufmerksam, sie rechnen nicht mit Ärger. Nur zwei Wachen. Gut zwei Dutzend Sklaven in den Käfigen. Weitere in der Palisade, aber ich kann durch die Spalten nur wenig sehen.«

»Wären unsere Gefährten hier, hätte man sie gesondert untergebracht«, sagte ich, »als spezielle Ware vielleicht sogar bevorzugt behandelt. Womöglich in dem Zelt dort. Der Wächter blickt immer wieder dorthin.«

»Sie wären dumm, sie so leicht zu bewachen«, sagte Varosch. »Ich glaube, wir werden sie hier nicht finden.«

»Aber wir müssen sichergehen. Und fragen, ob sie etwas wissen.«

Ich spürte plötzlich einen Druck in den Schläfen, als ob ich auf gewirkte Magie reagieren würde. »Zokora, webt Ihr gerade Magie?«

»Nein.« Sie ließ das Glas sinken und blickte fragend zu mir.

»Jemand wirkt aber Magie hier.«

Sie drehte sich auf den Rücken und sah sich vorsichtig um. Varosch und ich taten das Gleiche.

»Immer noch, Havald?«, fragte Varosch.

»Ja. Es dauert an.«

»Auf jeden Fall wurden wir entdeckt«, sagte Zokora. »Aber wie?«

»Ich würde lieber wissen, was diese Magie bewirkt«, sagte Varosch. Er hob den Kopf und sah zu den Sklavenhändlern hinüber. »Dort drüben tut sich nichts. Seid Ihr Euch sicher, Havald?«

»Ich bekomme immer Kopfschmerzen davon.«

Einer der Aasvögel über uns gab einen krächzenden Laut von sich. Ich sah hoch und erkannte, dass der ganze Schwarm sich sammelte. »Die Vögel!«

»Bei den Göttern«, rief Varosch, als die Aasvögel wie von einer Hand geführt auf uns herabstürzten.

»Das gibt Ärger«, sagte ich, denn vom Lager der Sklavenhändler ertönten Rufe, Arme wiesen auf den Vogelschwarm, der sich auf uns niedersenkte und so unseren Standort wie ein riesiger Fingerzeig markierte.

Klenggg!, ertönte Varoschs Kreuzbogen, und einer der Vögel trug einen Bolzen im Gefieder.

Ich sprang auf und zog Seelenreißer. Ich hoffte, dass er Verständnis dafür hatte.

Auch Zokora sprang auf, der schwarze Stahl ihrer Klinge schien in ihre Hand zu springen. Wir bauten uns über und neben Varosch auf, der als Nahkampfwaffe nur einen Dolch besaß.

»Varosch, bleib unten«, rief Zokora.

»Kümmert Euch um die Sklavenjäger, wenn sie kommen«, fügte ich noch hinzu, dann waren die Vögel da.

»Jemand hat wirklich etwas gegen uns«, sagte Varosch. Ich hörte es klacken, als er seine Armbrust erneut spannte.

Seelenreißer schien nicht allzu sehr beleidigt, denn er begann in meiner Hand zu tanzen.

Es war genauso schnell vorbei, wie es begann, denn die Vögel taten nur eines: Sie schlugen im Sturzflug auf. Auf uns und auf den Boden. Es gab dumpfe Aufschläge, Blut spritzte, Federn flogen. Aber es war ganz und gar nicht harmlos. Diese Aasfresser waren recht groß und schwer, besaßen lange gekrümmte Schnäbel. Als sie uns trafen, war das wie ein Hammerschlag, ich taumelte, Zokora warf es sogar auf die Knie. Varosch fluchte leise, einer der Vögel hatte seine linke Wange geöffnet. Als Zokora sich wieder erhob, wechselte sie ihr Schwert von der linken in die rechte Hand.

Die Sklavenhändler waren überraschenderweise auf Entfernung geblieben, waren nun aber alle bewaffnet. Offensichtlich wussten auch sie nicht, was das alles zu bedeuten hatte. Ich fragte mich, warum sie nicht auf den Gedanken kamen, uns anzugreifen, aber ich hatte das Fernglas vergessen, wir waren so weit weg von ihnen, dass es durchaus so wirken konnte, als hätten wir nichts mit ihnen zu tun.

»Was ist mit Euch, Zokora?«, fragte ich. Meine Schultern fühlten sich an, als hätte sie jemand mit dem Hammer bearbeitet, aber ansonsten ging es mir gut. Die Kopfschmerzen waren vergangen.

»Schlüsselbein«, sagte sie. »Jetzt ist es sinnlos. Rückzug?«

Ich nickte. Im Moment konnten wir nichts ausrichten, und die Sklavenhändler waren vorgewarnt oder zumindest deutlich aufmerksamer.

Varosch erhob sich mit angeekeltem Gesichtsausdruck aus dem Haufen dieser Vögel und wischte sich Blut und Federn aus dem Gesicht. »Ich hasse Magie«, sagte er. Ich konnte ihm nur beipflichten.

»Wer auch immer das ist, wir machen ihn nervös«, sagte Zokora, als sie versuchsweise ihre Schulter berührte. Sie verzog leicht das Gesicht.

»Wie kommt Ihr darauf, Zokora?«, fragte ich und blickte hoch, ob noch andere Vögel zu sehen waren. Ein einzelner kreiste noch dort oben. »Im Moment bin ich es, der nervös ist.«

»Das hat ihn etwas gekostet, und es war unklug. Also ist er nervös.«

»Wen hat es was gekostet?«, fragte Varosch, ich wollte gerade das Gleiche fragen.

»Den Maestro«, antwortete Zokora. Wir gingen, ohne einen Blick in Richtung des Sklavenschiffes zu werfen, einfach davon.

Eine Gruppe Wanderer, denen Seltsames zugestoßen war und denen ein stinkendes Schiff egal war.

»Das Fernglas!« Ich wollte mich gerade zurückbegeben und es unter den Vögeln suchen, als Zokoras Stimme mich aufhielt.

»Ich habe es«, sagte sie. »Wir wissen nun, dass einer unserer Feinde ein Maestro ist«, fuhr sie fort. Varosch wollte nach ihrer Schulter sehen, doch sie schüttelte den Kopf und ging weiter. »Auf dem Schiff.«

»Oder ein Nekromant«, sagte Varosch und blickte beunruhigt hoch zum Himmel. »Die Vögel waren tot, als sie uns trafen. Das passt zu einem Nekromanten.«

»Beides wäre eine schlechte Nachricht«, sagte ich. Wir hatten das Schiff bald erreicht, wo Armin mit einem Krummschwert in der Hand stand und uns fragend ansah, als wir die Bordwand erklommen. Varosch hob Zokora an Bord.

»Mir scheint, als hätten wir unseren Vorsprung, sollten wir je einen besessen haben, aufgebraucht. Der Ärger häuft sich, der Feind ist in der Offensive«, sagte er, als er ihr vorsichtig half, die Kette auszuziehen.

»Ich fürchte, da habt Ihr recht«, sagte ich. »Zwei Angriffe, und Natalyia ist in totenähnlicher Starre und Zokora verletzt. So kann das nicht weitergehen.«

»Wird es auch nicht«, sagte Zokora. »Varosch, auch Weste und Bluse.« Varosch nickte und befreite sie vorsichtig von ihrem Obergewand.

Armin starrte, als Zokora halb nackt vor ihm stand, dann wirbelte er herum und blickte angestrengt in die andere Richtung.

Derals Stimme ertönte. »Wenn einer von euch räudigen Hunden noch einmal in die falsche Richtung schaut und die Essera mit seinen lüsternen Gedanken belästigt, peitsche ich ihn aus, bis er seinen Schwanz für einen Mond lang einzieht!«

Zokora ignorierte die Flussschiffer, legte den Kopf zur Seite und musterte ihre Schulter. Unter der glatten Haut war der Bruch deutlich zu sehen.

»Kann ich helfen?«, fragte ich und achtete darauf, mit meinem Blick nicht abzuschweifen.

»Ja. Einer von euch muss ihn richten. Havald, du machst das.«

»Lass mich«, sagte Varosch.

»Du wärst zu vorsichtig. Havald.«

»Ja.«

Sie setzte sich und beugte sich vor, schloss die Augen. Ich kniete mich neben sie, zog meine Kettenhandschuhe aus und musterte die Verletzung. Ein Teil des Knochens drückte von innen an die Haut, die Bruchstelle zeichnete sich klar ab. Es erschien mir wie ein glatter Bruch.

Ich hatte schon das eine oder andere Mal Knochen gerichtet, auch einmal ein Schlüsselbein, und hatte so eine Ahnung, was zu tun war. Viel mehr nicht. Ich war kein Heiler. Eher das Gegenteil.

Zokora hatte eine Haltung eingenommen, die den Knochen gut unter der Haut hervortreten ließ. Aber die Haut begann bereits anzuschwellen, in Kürze würde man den Knochen nicht mehr so deutlich sehen können.

Sie schien meine Gedanken zu lesen. »Wenn du den Knochen nicht gut greifen kannst, öffne die Haut. Sag mir, wenn der Knochen sitzt. Aber halte ihn weiter, bis ich fertig bin«, sagte sie ruhig. Sie atmete tief und gleichmäßig.

Ich brachte meine Hände vorsichtig in Stellung, erst einmal ohne sie zu berühren, dann griff ich schnell und hart zu.

Zokoras Halsmuskeln zuckten unter ihrer Haut, mehr zeigte sie nicht.

»Soltar, hilf«, sagte ich leise und schloss die Augen. Aber keine göttliche Hilfe wurde mir zuteil. Dann also so gut ich konnte. Ein wenig Beistand wäre nicht verkehrt gewesen, Soltar, dachte ich und führte die beiden Knochenenden zusammen. Es knirschte, und Zokora schnaubte durch die Nase. Ich brauchte zwei Versuche, bis ich sicher war, dass der Knochen richtig stand, jedes Mal hörte ich und fühlte ich das Schaben.

Varosch kniete bleich neben mir, er schien die Luft anzuhalten.

»Jetzt, Zokora«, sagte ich leise.

Sie fing flüsternd an zu beten – ich verstand nichts, sie betete in ihrer Sprache –, aber ich hörte mehrfach den Namen ihrer Göttin.

Für einen Moment schien nichts zu geschehen, dann spürte ich unter meinen Fingern Hitze aufsteigen. In wenigen Sekunden schwoll die Haut an, ich hatte Angst, den Halt am Knochen zu verlieren, aber dann schwoll sie auch schon wieder ab.

»Aaah«, sagte Zokora und schien sich zu entspannen.

»Lass los«, sagte sie dann. »Du greifst hart.«

Ich ließ sie los und sah, dass sich dort, wo ich hingegriffen hatte, Schwellungen bildeten.

»Das war es schon?«, fragte Varosch beeindruckt. »Alles geheilt?«

Sie schüttelte den Kopf. »Nein. Keine Trauben. Es ist …« Sie schien zu überlegen, wie sie es formulieren sollte. »Der Knochen ist nur ein wenig geheilt. Als ob es zwei Tage her wäre.«

»Beeindruckend genug«, sagte ich. »Ich bewundere Eure Heilmagie immer wieder.«

»Warum beeindruckt? Tut nicht dein Schwert das Gleiche?«, fragte sie.

»Ja. Aber nur wenn es tötet, nachdem ich eine Verletzung erfahren habe. Aber es ist und bleibt eine verfluchte Klinge, und Eure Magie kommt von Eurer Göttin.«

»Nein, Havald«, sagte Zokora und stand auf. »Keine Magie. Meditation.«

»Ich hörte den Namen Solante in Euren Worten. Ich dachte, Ihr betet um Heilung.«

Sie sah hoch. »Denk nicht so viel. Ich habe gebetet und meditiert. Selbst Menschen könnten das, würden sie sich die Zeit nehmen, es zu lernen.«

Irgendwie beeindruckte es mich noch mehr, dass es keine Magie war. »Wie lange braucht man, um das zu erlernen?«

Sie legte den Kopf auf die Seite und sah mich von unten an. »Kaum länger als vierzig oder fünfzig Jahre. Bis man die richtige Atmung beherrscht. Der Rest kommt von allein.«

»Bei Gelegenheit kannst du es mir beibringen«, sagte Varosch und lächelte.

»Ich bringe dir zuerst bei, mich zu verbinden, ich muss die Schulter steif halten. Varosch, ich brauche fingerdicke Stecken und Streifen aus nassem Leder sowie stabiles Leinentuch. Ich will den Knochen nicht wieder brechen, wenn ich das Lager erkunde.«

»Nein, Zokora. Schont Euch wenigstens diese eine Nacht«, sagte ich bestimmt, als Varosch anfing, nach dem Gewünschten zu suchen.

»Wer soll das Lager sonst ungesehen erkunden? Du?« Sie wirkte amüsiert.

»Warum nicht?«

»Dann geh jetzt. So wie du schleichst, macht es keinen Unterschied, ob du auf die Nacht wartest oder nicht.«

Ich sah sie an. »Wisst Ihr, die Idee ist gar nicht so schlecht«, sagte ich dann.

35. Die Sklavenhändler

»Mögt Ihr gute Geschäfte finden, o Händler der Grausamkeit. Denn es steht geschrieben, dass gute Waren gutes Gold in sich tragen und ein guter Handel zufrieden macht. Warum soll nicht auch ein reicher Mann zufrieden sein und die Glückseligkeit nur den Armen vorbehalten?«

»Ja, ja«, sagte der Sklavenhändler und winkte ab. »Was wollt Ihr?«

Armin und ich waren ganz offen auf das Lager der Sklavenhändler zugeschritten. Ich hatte ihn gebeten, sich die Zeichnungen von Leandra, Sieglinde und Janos genau anzusehen, vielleicht entdeckte er die Gefangenen an einer Stelle, die ich übersah.

Der Sklavenhändler trug den üblichen schwarzen Burnus. Er schien mir nicht aus dieser Gegend, seine Haut war dunkler, und er sprach mit einem anderen Akzent. Ein gefetteter Spitzbart bog sich uns aggressiv entgegen, als ob er uns stechen wollte, seine Augen begutachteten uns misstrauisch. Er hatte eine Hand auf dem Heft seines Krummschwertes liegen, und seine ganze Haltung zeigte, dass er mehr als bereit war, den lästigen Besuch einfach totzuschlagen, sollte der ihn zu sehr nerven.

Armin wirkte angemessen fahrig und rang die Hände. »Wir suchen Sklaven, Esseri«, sagte er dann.

»Ja. Pferde verkaufen wir auch nicht.« Er musterte mich von oben bis unten. Ich war zwar gut gekleidet, aber verdreckt und machte wohl auch einen verwegenen Eindruck. Mein Auge war nun fast vollständig zugeschwollen, und mein Gesicht war gerötet. Was der lebende Umhang nicht vermochte, hatte die Sonne vollbracht: Ich hatte einen deutlichen Sonnenbrand.

Der Empfehlung Armins folgend, trug ich Ringe an jedem Finger und war vollgehängt mit Ketten, trug ein Krummschwert und gleich mehrere Dolche an der linken Seite. Ich klimperte.

Irgendwo im Laderaum der *Lanze* hatte er Stiefel gefunden, die an der Spitze hochgebogen waren, und an einer dieser Stiefelspitzen hing ein Glöckchen, das mich zum Wahnsinn trieb, an der Spitze des anderen Stiefels hing nur noch ein Band, das zweite Glöckchen fehlte. Ich war dankbar dafür.

Ich sah, in meinen eigenen Augen, absolut lächerlich aus.

»Esseri, ich weiß, wie diese Leute Dinge sehen, vertraut mir. Ihr sollt wirken wie ein gefährlicher Mann, der so tut, als würde er sich über seinen Stand erheben wollen. Ein Räuber in besserem Gewand. Die Sklavenhändler werden sich Euch überlegen fühlen, aber nicht so sehr, dass sie Euch nicht ernst nehmen.«

Armins Plan schien aufzugehen, denn der linke Mundwinkel des Sklavenhändlers zuckte amüsiert, als er seinen Blick wieder Armin zuwandte.

»Mein Herr sucht einen kräftigen Arbeiter und ein, zwei hübsche Frauen für die Nacht. Wenn sie noch nicht gezähmt sind, ist es ihm recht. Er mag es, kratzende Katzen gefügig zu machen.«

Ich sah Armin an. Er duckte sich und hob abwehrend die Arme, als ob ich ihn gleich schlagen wollte. »Verzeiht mein loses Mundwerk, Esseri, er muss es erfahren, wie soll der Hüter der Ketten sonst wissen, welche Ware er Euch zeigen will?«, rief er mit einer weinerlichen Stimme. Ich trat ihm in den Hintern, sodass er beinahe in den Staub fiel. Das Glöckchen läutete hell.

Nun, der Tritt war in seinem Plan nicht vorgesehen, aber ich fand, dass er passte.

»Verzeiht, Esseri«, greinte er, als er sich aus dem Staub erhob und misstrauisch meinen Stiefel musterte.

Der Sklavenhändler schien jedenfalls nichts Ungewöhnliches darin zu finden. »Ich habe da etwas für dich«, sagte er zu mir und machte mit dieser vertraulichen Anrede klar, was er von mir hielt. »Folgt mir.«

Das fröhliche Klingeln des Glöckchens begleitete uns auf diesem Markt des Leidens mit jedem zweiten Schritt, sein Klang erschien mir wie ein Hohn. Ich wusste, dass die Gefangenschaft dieser Frauen und Männer noch nicht lange währte. Das Schiff lag hier am Ufer, um frische Ware einzukaufen; außer dem Dreck und Unrat und den Spuren der Misshandlungen bedrückte mich die Hoffnungslosigkeit in den stumpfen Augen der Unglücklichen am meisten.

Wenn Armin und ich an einen der Käfige herantraten, wurden wir von den bedauernswerten Insassen meist teilnahmslos angesehen, ab und an regte sich Neugier, selten Hoffnung. Die Frauen waren besser untergebracht als die Männer, wenigstens die jungen, die meisten zeigten aber auch Spuren von Misshandlung.

Der Gestank allein war eine Qual.

Mit einer spitzen Stange stocherte der Sklavenhändler in den Käfigen herum, bedeutete so dem einen oder anderen jungen Mädchen, sich zu erheben und mir ihre Reize zu offenbaren, oder einem Mann, mir seine Muskeln zu zeigen. Oft sah ich die verdreckten Reste ordentlicher Kleidung. Mittlerweile wusste ich, dass Entführung und Verkauf in die Sklaverei hier oft verwendet wurde, um andere zu schädigen. Die Sklavenhändler erhielten den größten Teil ihrer Opfer von Leuten, die aus ihren eigenen Beweggründen handelten. Vielleicht war dies die Tochter eines Händlers, der seine Schulden nicht bezahlen konnte, oder diese dort eine Frau, die einen stolzen Mann beleidigt hatte. Die Sklavenhändler nahmen alles, es war ihnen einerlei.

Aber meine Gefährten fanden sich hier nicht.

»Nein, nein«, sagte ich. »All das findet nicht meine Zustimmung. Sie sind wie Vieh! Habt Ihr nicht etwas mit den Resten von Stolz? Etwas Besonderes?«, fragte ich. Es missfiel mir, so über die Unglücklichen zu sprechen.

Noch einmal wurde ich von dem Sklavenhändler gemustert. Ich griff in meinen Beutel und klimperte mit den Münzen.

»Mein Herr mag den Stolz am Anfang und die Aufgabe danach«, sagte Armin, und ich trat erneut nach ihm, diesmal wich er scheinbar ungeschickt aus, um wiederum im Staub zu landen.

Der Sklavenhändler lachte kurz. »Folgt mir«, sagte er erneut.

Er führte uns zu einem großen Zelt aus dunklem Tuch, groß genug, dass es ein Haus hätte sein können, und schlug die Plane über dem Eingang zur Seite.

Das Zelt war prunkvoll eingerichtet, Teppiche und Kissen bedeckten den Boden. Senkrecht fallende Planen teilten das Innere des Zeltes in Räumlichkeiten auf. Der Eingang mündete in den größten Raum, wo zwei weitere Sklavenhändler gezuckerte Früchte aßen und Shah spielten. Hier befanden sich fünf Käfige. Aber diese waren anders, sie waren aus Metall und besaßen die Form von runden Vogelkäfigen. Sie waren vergoldet und im Vergleich zu den anderen Käfigen außerhalb des Zelts ein Muster an Reinlichkeit. Nur zwei der Käfige waren besetzt, die drei anderen warteten mit offenen Türen.

»Die Schmuckstücke unserer Sammlung«, sagte der Sklavenhändler.

In einem Käfig befand sich eine junge Frau, die mir seltsam bekannt vorkam. Sie trug reiche Gewänder, die noch nicht ganz zu Lumpen verkommen waren. Sie blickte uns hoheitsvoll und verächtlich an, ihre mandelförmigen Augen wünschten mir direkt die Seuche der Götter an den Hals.

Im anderen Käfig befanden sich ein Jüngling und ein Mädchen. Für hiesige Verhältnisse war ihr Aussehen exotisch: blasse Haut, blonde Haare und blaue Augen. Beide waren einander sichtbar ähnlich, wohl ein Geschwisterpaar. Sie zeichneten sich aus durch eine ungewöhnliche Schönheit in Gliedern und Gesicht. Auch diese beiden blickten zornig und ungebrochen, obwohl sie mit jeweils einer silbernen Kette an Hand und Fuß aneinander gebunden waren. Diese Kette konnte aber gewiss nicht wirklich aus Silber sein, Silber war weich, und eine solch dünne Kette hätte auch ein Kind zerreißen können.

Armin gab einen seltsamen Laut von sich, ich sah hinüber zu ihm, er schien von den Gesichtern fasziniert.

»Eine stolze Essera ist das hier.« Der Sklavenhändler lachte und trat gegen den Käfig mit der jungen Adligen. »Sie beschwört regelmäßig den Zorn ihres Vaters auf uns herab. Glaubt man ihr, werden uns bald die Soldaten Bessareins jagen und uns einen grausamen Tod bescheren. Dass das noch nicht geschehen ist, scheint sie zu bedrücken. Manchmal ist ihre Verzweiflung größer als ihr Mut, und sie sitzt da und weint, aber bislang hat sie sich immer gefangen und faucht dann wieder.«

»Warte ab, du Ausgeburt einer widerlichen Schlange und einer totgeborenen Hyäne. Dein Lachen wird dir vergehen, wenn der Foltermeister meines Vaters dir deine Gedärme durch die Nase zieht!«

Der Händler lachte und klopfte gegen den Käfig. »Sie gibt uns immer diese guten Anregungen, bald sind wir versucht, ihre Ideen an ihr auszuprobieren.« Er wandte sich dem anderen Käfig zu. »Diese beiden hier sind ein ganz besonderer Fang. Ein Prinzenpaar, könnte man sagen, die Tochter und der Sohn eines Barbarenführers. Sie sprechen keine kultivierte Sprache und sind fast so stolz wie dumm. Sieh ihre Augen, sie warten nur auf die Gelegenheit, sich mit Zähnen und Klauen auf uns zu stürzen. Es wundert mich, dass ihre Zähne nicht spitz gefeilt sind, wie man es von den Barbaren sagt. Sie sind dennoch wie Tiere, aber nett anzusehen.«

Der Hass in den Augen der Geschwister war in der Tat deutlich. Ich hatte das Gefühl, dass sie bereit waren, selbst alles zu ertragen, wenn man ihnen nur eine Gelegenheit gab, sich ihrer Peiniger zu entledigen.

Er wandte sich mir zu. »Na, wie ist es um die Schwere deines Beutels bestellt? Kannst du dir die zwei leisten? Wenn du Katzen zähmen willst, hier hast du zwei Tiger! Er hat schon einem von uns das Genick gebrochen, und sie entfernte mit ihren scharfen Zähnen meinem Freund Kurgas dort beinahe seine Männlichkeit.«

Einer der Shah-Spieler schaute bei diesen Worten auf und sah unseren Sklavenhändler böse an. »Du hast vergessen zu erwähnen, dass sie mich täuschte! Diese beiden sind verschlagen wie Füchse.«

»Wenn du tatsächlich geglaubt hast, dass sie auf einmal willig wäre, bist du selbst schuld.« Der Sklavenhändler lachte. »Ich vergaß. Sie ist noch ungebraucht, ich habe mich persönlich davon überzeugt.« Er schlug mit der Hand gegen den Käfig. »Es hat ihr gewiss Spaß gemacht.«

Ich war mir nicht so sicher, ob er damit recht hatte, dass sie nichts verstanden. In den Augen der jungen Frau loderte es.

»Was ist mit den anderen Käfigen?«, fragte ich. »Habt Ihr andere Schmuckstücke schon verkauft?«

»Nein, aber wir bekommen eine frische Lieferung«, sagte er. »Wir haben unsere Freunde gestern erwartet, aber sie haben sich verspätet. Wenn du bis morgen warten willst, sie treffen gewiss noch diese Nacht ein.«

»Was ist mit diesen silbernen Ketten, o Herr der Schadenfreude?«, fragte Armin. Ich sah erstaunt zu ihm hinüber, er war bleich geworden, und auf seiner Stirn stand der Schweiß. Seine Blicke hingen wie gebannt an dem Geschwisterpaar. Ich konnte mir sein Verhalten nicht erklären. Selbst wenn er Angst hätte vor ihnen, wozu ich den Grund nicht sah, waren die Stangen des Käfigs stabil.

Der Händler sah Armin drohend an. »Hüte deine Zunge, kleiner Mann.«

»Verzeiht, aber es war die Neugier, die meine Zunge beherrschte.«

»Dein Herr sollte dir die Zunge heraustrennen lassen. Ich erledige das gern für ihn, ich habe darin Erfahrung.«

»Die Ketten interessieren auch mich«, sagte ich ungerührt, während sich Armin hinter mir in Sicherheit brachte.

»Man sagte uns, dass wir sie nicht entfernen sollen.«

»Warum?«

Er zuckte mit den Schultern. »Ich weiß es nicht. Diese Ware ist bereits bestellt. Ich habe sie dir nur für den Fall gezeigt, dass du Gold genug hast, den vereinbarten Preis zu überbieten.«

»Ich nehme alle drei.«

»Nur die Barbaren sind zu haben«, sagte er. »Die Esseri ist für einen anderen bestimmt.«

»Was zahlt er denn, der andere?«, fragte Armin hinter meinem Rücken.

»Dein Diener hat ein loses Maul«, antwortete der Sklavenhändler. »Aber die Frage ist gestellt, so soll sie beantwortet werden. Fünfzehn goldene Kronen für die Esseri mit der Armee des Vaters und fünf für die beiden Wilden.«

Ich pfiff leise durch die Zähne.

Er lachte. »Ich wusste, dass du ein Blender bist. Ich nehme es dir nicht übel. Nimm dir eine andere unserer Sklavinnen, für ein Silberstück kannst du sie dir frei wählen.«

»Ich zahle euch fünfundzwanzig für alle drei«, sagte ich.

»Wirklich?«, meinte der Mann. »Dann lass mich die Farbe deines Goldes sehen!«

»O Meister der Falschheit«, rief Armin, »denkt Ihr wirklich, dass mein Herr so dumm ist, sich mit einer solchen Summe in Eure Fänge zu begeben? Kein Sklave der Welt ist dieses Gold wert! Fünf wären eher angebracht.«

»Dein Meister feilscht nicht, fang du nicht an damit. Und ob er so blöde ist, werden wir ja sehen.« Er grinste hämisch.

»Ich bin nicht so blöde«, sagte ich und stand etwas gerader. »Damit das Geschäft nicht gefährdet wird, bittet doch ihn hier«, ich wies auf den Shah-Spieler, der sich an dem Mädchen hatte vergehen wollen, »mich um meinen Beutel zu erleichtern. Nachdem er dann tot ist, können wir weiter verhandeln.«

Er blickte mich prüfend an und suchte meine Augen. »Kurgas! Erleichtere ihn um seinen Beutel.«

»Mach es doch selbst«, kam die Antwort des Shah-Spielers.

Der Mann lächelte. »Du hast doch gehört, ich werde für das Geschäft gebraucht. Oder traust du dich nicht?«

Mit einem Wutschrei sprang der Mann auf und zog sein Schwert. Ich ließ Seelenreißer stecken und zog das Krummschwert.

Die Waffe war für mich ungewohnt, die Balance nicht dort, wo ich sie wollte, aber der andere war auch nicht der beste aller Schwertkämpfer. Meine erste Parade kam beinahe zu spät, die Spitze seines Schwertes glitt knapp an meinem Auge vorbei, erneut Parade, Finte, Ausfall, Finte, Ausfall, Parade … Diese Art, mit einem Schwert umzugehen, war fremd und vertraut zugleich. Parade, Ausfall, Parade, meine dritte Finte war keine.

Mit einem überraschten Gesichtsausdruck sah Kurgas auf den Stahl in seiner Brust hinab, sein Schwert entglitt den kraftlosen Fingern. Er sank auf die Knie und rutschte von der blutigen Klinge. Ich war beinahe verwundert, das Blut zu sehen, aber diese Klinge war nicht Seelenreißer, das Blut tropfte ganz normal vom Stahl.

»Du hast Mut«, sagte der andere Sklavenhändler. »Nicht viel Hirn, einen der unseren in unserer Mitte zu erschlagen, aber Mut.«

»Sind wir uns handelseinig?« Ich nahm meinen Beutel auf. »Hier drin sind fünf Kronen. Bewegen wir uns doch mit diesen Sklaven und drei deiner Freunde zu meinem Schiff. Dort sollst du die anderen zwanzig Goldstücke erhalten.« Ich warf ihm den Beutel zu.

»Das Schiff, es gehört dir, hm?«

Er wog den Beutel in seiner Hand. Ich konnte fast seine Überlegung sehen. Sollte er doch versuchen, uns am Schiff anzugreifen, mir wäre es nur recht, einen Teil von diesen Dreckskerlen außer Sicht ihres Lagers zu entsorgen.

»So soll es sein«, sagte er dann. »Aber es werden sechs von uns sein. Steck das Schwert weg.« Er spuckte in seine Hand und hielt sie mir hin. War das ein Trick? Armin bedeutete mir mit seinen Augen, dass er keinen vermutete.

Ich schob das Schwert zurück in die Scheide und spuckte auch in meine Hand. Wir schlugen ein, und es war mir, als ob ich mit einem von Armins Dämonen ein Geschäft einging.

Ich hatte es eilig, seinen Auswurf von meiner Hand zu wischen. Der Sklavenhändler bemerkte es und schien belustigt.

»Nun, ein weiterer edler Herr für die Folterbank meines Vaters! Vielleicht wird er Euch auch nicht spannen lassen, sondern auf glühende Stangen spießen und Euch um sie biegen wie eine Brezel! Denkt bloß nicht, dass Ihr ungestraft mein Lager teilen könnt, ich …«

Der Sklavenhändler trat heran, griff mit einer Hand das Haar der Frau, zog es an die Gitterstäbe und schlug sie mit der anderen Hand nieder.

»Bei den Göttern, danach verlangte es mich schon die ganze Zeit!«, rief er und schüttelte seine Hand.

»Was soll das?«, fragte ich ihn.

Er grinste unbeeindruckt. »Es war nicht die Rede von unbeschädigter Ware. Und die da hat ein Maul, das dem deines Dieners in nichts nachsteht. Wenn sie erwacht, wirst du sehen, welchen Gefallen ich dir getan habe.«

»Für wen habt Ihr sie zurückgehalten?«, fragte ich. »Wird er nicht erzürnt sein, wenn Ihr nicht liefert?«

Er schüttelte grinsend den Kopf. »Lebe länger ohne die Antwort, Fremder. Ich werde sagen, dass diese Zunge durch das Messer starb. Aus Gram, weil sie schwächlich war. Es passiert oft genug. Abgesehen davon, er hätte auch anzahlen können, oder pünktlich sein.«

Ich hielt es für klüger, keine weiteren Fragen zu stellen.

Ich rechnete noch immer mit Verrat, aber vorerst geschah alles wie besprochen. Acht Sklaven wurden losgekettet und trugen an zwei Stangen einen dieser hölzernen Käfige herein. Die Frau und die Geschwister wurden in den Käfig gesteckt; die Geschwister betraten ihn ungerührt und fast hoheitsvoll und warfen einen Blick in die Runde. Jeder wusste, dass sie sich die Gesichter merkten. Es schien mir, als ob allein die Tatsache, dass sich die Geschwister so ruhig verhielten, die Sklavenhändler nervös machte. Wer waren diese zwei? Ich war froh zu sehen, dass sie die Frau in Ruhe ließen, denn von ihr wusste ich längst, wer sie war.

Die acht Sklaven schulterten den Käfig, und wir machten uns auf den Weg.

Als wir die *Lanze der Ehre* sichteten, bot sie einen fast idyllischen Anblick. Deral war wohl niemand, der etwas von ruhenden Fingern hielt. Hier rollte einer Tau zusammen, dort polierte jemand die Reling, hier bereitete ein anderer Schiffer eine Kochstelle vor. Eine große Plane war zwischen zwei dieser seltsamen Bäume gespannt worden, dort lag eine schwarze Schönheit – ihr Gesicht und die Schulter von einem Schleier verborgen – dekorativ auf einem Lager aus Kissen und schlief. Varosch und drei andere Besatzungsmitglieder waren nirgendwo zu sehen.

Armin eilte voran aufs Schiff. Die acht Sklaven ließen den Käfig herab. Die Esseri und das Geschwisterpaar, mit rauen Stricken aneinander gebunden, wurden aus dem Käfig gezogen. Die anderen Sklavenhändler zogen sich mit Käfig und den acht Trägern zwanzig Schritt zurück, mein Handelspartner und ich blieben an derselben Stelle.

Armin kam zurück zu uns, in den Händen einen Beutel.

»Esseri, ich sagte doch, es ist zu viel!« Er verzog weinerlich das Gesicht.

»Was ist?«, fuhr ich ihn an. »Die Aufgabe war einfach!«

»Aber wir haben keine zwanzig Kronen mehr!«, rief Armin mit allen Anzeichen von Verzweiflung in der Stimme.

Neben mir spannte sich der Sklavenhändler an.

»Ich nahm mir die Freiheit, das fehlende Gold mit Euren alten Ringen aufzuwiegen, ich habe nur solche genommen, die Ihr nicht mehr tragt. Ich nahm sogar dem Kapitän den Ring ab, den Ihr ihm gabt, mit dem Versprechen, dass er einen neuen erhält.«

Der Sklavenhändler entspannte sich wieder und lachte.

»Lass sehen, Wurm!«, rief er und streckte die Hand aus. Armin zögerte einen kleinen Moment, dann reichte er dem Sklavenhändler den Beutel.

Fast hatte ich erwartet, dass etwas geschah, denn dies wäre der Moment dazu gewesen. Armin war lange genug an Bord gewesen, um in einen Plan, sollte ein solcher existieren, eingeweiht zu werden. Aber es gab nichts dergleichen, alles blieb ruhig. Die Augen des Geschwisterpaars ruhten auf uns, sie sahen mich und Armin spekulierend an, hauptsächlich aber ruhte ihr Blick auf Armin.

Der Sklavenhändler öffnete den Beutel und wühlte darin, biss auf den Rand einer Krone und hielt den einen oder anderen Ring hoch, um ihn zu begutachten.

Dann nickte er. »Was fehlt, sei dir geschenkt«, sagte er, verbeugte sich leicht und reichte mir drei Rollen. »Es ist schwer zu glauben, aber dein Diener hat zum ersten Mal in seiner nichtswürdigen Existenz wahr gesprochen: Ein gutes Geschäft macht zufrieden. Jedes andere Wort, das er gesprochen hat, war eine Lüge. Aber es ist mir einerlei. Ich weiß nicht, wer du bist und was du verbergen willst, aber das nächste Mal achte darauf, dass dein Diener nicht besseres Schuhwerk trägt als du. Kein Diener trägt Sandalen aus der Haut von Krokodilen.«

Wir sahen alle auf Armins Sandalen hinab. Armin sah betreten drein, und fast schien es mir, als würde er erröten.

Der Sklavenhändler lachte erneut. »Wir werden die Hyänen der Wüste geschimpft. Doch wer in unser Lager zum Handeln kommt, wird nicht betrogen. Ein guter Rat noch. Löst nicht die silbernen Ketten von ihnen. Niemals. Mögen Euch die Götter eine gute Reise gönnen.«

Dann drehte er sich um und ging davon, ohne sich ein weiteres Mal umzusehen.

Hinter einem Gebüsch keine zehn Schritt von mir entfernt erhob sich Varosch. Auch er sah dem Sklavenhändler nach. Und blickte dann auf Armins Schuhwerk.

»Ich vergaß es einfach, Esseri. Wer denkt schon in einem solchen Moment an seine Sandalen! Man steht darauf, sie werden staubig, und man vergisst sie. Denkt Ihr immer an Euer Schuhwerk?«

Ich machte einen Schritt auf ihn zu, und es bimmelte.

»Ja, Armin«, sagte ich. »Und das ist der Grund.«

Seine Augen weiteten sich, und er warf sich auf den Boden vor mir. »Ich werde Euch sofort die Schuhe entfernen«, rief er und griff nach meinen Stiefeln.

Ich schloss die Augen, bat die Götter um Geduld und hob den Fuß an.

»Ich weiß, es ist offensichtlich, aber Havald, das sind nicht unsere Gefährten«, sagte Varosch und musterte die bewusstlose junge Frau und das nackte Geschwisterpaar, das nun auch ihn stolz und aufmerksam abschätzte.

»Nein«, sagte ich. »Es sind nicht unsere Freunde und meine Liebste, aber ich konnte sie nicht dort lassen.«

Ich krümmte meine Zehen in dem warmen Erdreich, bückte mich und warf die beiden Stiefel ins Wasser.

»Armin, bring unsere Gäste zu unserem Lager. Sei vorsichtig mit den Barbaren, dort ist mehr, als das Auge sieht. Und sorge dafür, dass die Essera, wenn sie erwacht, sich waschen und neu kleiden kann. Vielleicht«, ich schluckte, »findest du bei Natalyias Kleidern etwas für sie.«

36. Die Tochter des Löwen

»Legen wir nun ab, Esseri?«, fragte mich Deral, als ich meine bloßen Füße auf die warmen Planken der *Lanze* setzte. Seine Männer sammelten die Armbrüste auf, die außer Sichtweite hinter der Bordwand gelegen hatten, und entspannten sie.

»Nein«, sagte ich. »Wir müssen noch warten. Oder einen Entschluss fassen.«

Derals Augen weiteten sich, als er sah, wie Armin vorsichtig die junge Adlige neben die Feuerstelle unter den Schatten der Plane bettete. »Götter! Das kann nicht sein!«, rief er und wollte zu ihr eilen. Ich hielt ihn zurück.

»Deral. Bei unserem Leben, es ist nicht gut, sie zu kennen, nicht bevor es an der Zeit ist.«

Er zögerte.

»Nennt auch nicht den Namen.« Ich machte eine diskrete Geste gen Himmel. Er schaute hoch und erblickte den einsamen Aasgeier, der immer noch über uns seine Kreise zog.

Ich ging nach achtern, sah nach Natalyia, die mir unverändert erschien, und fing an, mich aus meinen verdreckten Gewändern zu schälen. Helis, die dort in der Ecke einen Platz für sich und Faraisa gefunden hatte, sah mit einem kindlichen Lächeln zu mir auf und wiegte Faraisa in den Armen. Der Säugling schlief, ruhig und gesättigt, an ihrer Brust.

Zokora trat an mich heran. »Das ist die Frau von der Karawane«, sagte sie leise.

»Ja. Es ist wahrscheinlich die Mutter.«

Zokora trug immer noch dieses luftige Kleid. »Diese Gewänder stehen Euch.«

»Ich werde Varosch sagen, dass du meinen Körper bewunderst. Es wird ihn anspornen, sich mehr Mühe zu geben. Bist du ein guter Liebhaber?«, fragte sie mit einem aufreizenden Lächeln.

»Das, Zokora, geht Euch nichts an.«

Ihr Lächeln wurde breiter. »Ich werde Leandra fragen, ob sie dich mir für eine Nacht leiht.«

»Das werdet Ihr nicht tun!«, rief ich erschrocken, aber sie lachte nur.

Vom Lager her hörte ich eine wütende weibliche Stimme. Die beiden Geschwister saßen ruhig im Sand neben dem Kochfeuer und tranken aus einem Wasserschlauch, den Varosch ihnen reichte. Dafür, dass die Sklavenhändler sie als so gefährlich erachteten, waren sie ruhig und gesittet. Das konnte man von der jungen Adligen nicht behaupten. Ich sah, wie sich die junge Frau auf Armin stürzte und ihn mit einem Hagel aus Schlägen bedachte.

Er wehrte sich nicht, hielt nur die Arme schützend über sein Gesicht, während er versuchte, auf sie einzureden.

Ich rannte los, Zokora an meiner Seite.

»Beruhigt Euch, o Blume der Barmherzigkeit! Ihr seid … Au! … unter Freunden hier … ich bitte Euch … hört, Au! … hört auf … nicht das!« Sie trat zu.

Er krümmte sich und fiel zur Seite weg.

Sie sprang auf, rannte auf einen der Schiffer zu, der völlig perplex mit erhobenen Händen vor ihr zurückwich, aber sie wollte nichts außer seinem Dolch, den sie ihm aus seiner Schärpe riss. Blanker Stahl funkelte in der mittäglichen Sonne, als sie ihn drohend vor sich hielt. Ihre eine Hand war erhoben, während der Stahl in ihrer anderen Hand ein langsames Muster wob. »Wagt nicht, näherzukommen!«, rief sie, als ich ans Ufer sprang. »Ich schlitze euch auf und werfe euch den Krokodilen zum Fraß vor!«

Sie wich vor mir zurück. Varosch sah mich fragend an, auch der Schiffer blickte verwirrt und ängstlich.

Ich beachtete sie erst gar nicht und begab mich zu Armin. Als ich ihn hochzog, sah ich, dass er Tränen in den Augen hatte.

»Geht es?«, fragte ich. Er nickte nur und sah mich hilflos an. Zokora erschien, sie hielt ihr Blasrohr in der Hand und blickte fragend zu mir.

»Geh an Bord und wasch dich, kleide dich sauber an«, sagte ich zu Armin.

»Ich werde in Borons Tempel Myrrhe verbrennen und für Eure ewigen Qualen beten. Der Gott der Gerechtigkeit wird mich erhören und dem Henker göttliches Geschick verleihen, auf dass ihr tausend Tage sterben werdet. Dann werde ich ein Fest geben und Euer Kopf, in Aspik und auf einer silbernen Schale, mit einem Apfel im Maul wie ein Schwein, wird meine Tafel krönen.« Tränen liefen ihr über das Gesicht, und die Wut, Trauer und der Hass in ihren Augen sagten mir, dass sie zur Zeit zu allem bereit war.

Zokora war neben mich getreten und sprach nun zu der Frau. »Bist du blind? Du siehst nicht«, sagte sie. Ihre Stimme war ruhig und gelassen. »Sieh.«

Die junge Frau blinzelte.

»Sieh die frischen Kleider. Sieh den Braten auf dem Feuer, die Schale Obst und das Wasser daneben. Sieh ein Lager aus Kissen, im kühlen Schatten.« Zokora hielt die Hand vor die Augen und blinzelte hoch zur Sonne. »Das ist wohl die Erklärung, Havald«, sagte sie. »Zuviel Hitze versengt den Geist.« Sie drehte sich um und ging an mir vorbei Richtung Schiff. »Nimm ihr den Dolch ab, sonst schneidet sie sich noch«, sagte sie im Vorbeigehen und verschwand an Bord.

»Wer ist sie, dass sie es wagt, so mit mir zu sprechen?«, fragte die junge Frau fassungslos.

Ich sagte kein Wort, ließ mich am Feuer nieder und legte Seelenreißer neben mich. Aus der Obstschale nahm ich einen Apfel und biss hinein. Vor nicht ganz einem Mond waren die einzigen Äpfel, die ich essen konnte, verschrumpelte Winteräpfel gewesen. Ich genoss den frischen Geschmack.

»Geht«, sagte ich dann zu ihr. »Wenn Ihr sterben und Eure Tochter nie mehr wiedersehen wollt, dann geht!«

Sie spuckte mir vor die Füße. »Du bist ein Ungeheuer!«, rief sie und stürzte sich auf mich.

Idiot!, dachte ich und meinte damit mich selbst, denn ungeschickter hätte ich es wohl kaum sagen können. Ich wich ihrem Dolch mit einiger Mühe aus. Sie verstand sogar, damit umzugehen.

»Hört auf, Essera, es war ungeschickt … formuliert!« Ich sprang zurück und griff ihre Dolchhand. »Was ich meinte … hört auf zu kratzen! … war … Ihr seid frei … und könnt … verflucht! … gehen!«

Ich stieß sie zurück und warf den Dolch zur Seite weg.

Sie stand schwer atmend vor mir.

»Bravo, Havald«, sagte Varosch von dort, wo er mit den Geschwistern stand. »Das war taktvoll.«

Ich warf ihm einen bösen Blick zu, er grinste. Die beiden Geschwister standen da und verfolgten das Geschehen mit Neugier in den Augen.

»Setzt euch endlich! Ihr seid Gäste!«, rief ich, und zu meinem Erstaunen ließen sie sich gleichzeitig nieder, so gut aufeinander abgestimmt, dass sie silbernen Ketten sich nicht einmal spannten.

Soviel also dazu, dass sie nichts verstanden.

»Wie meint Ihr das?«, fragte die junge Frau misstrauisch.

»Hättet Ihr drei Wünsche frei, welche wären das?«

»Meine Tochter, meine Freiheit, deinen Kopf.«

Götter, war die Frau stur.

»Ich gewähre euch die ersten zwei. Meinen Kopf will ich allerdings behalten«, antwortete ich. »War das jetzt klarer?«

»Ich verstehe nicht!«, rief sie und fing an zu weinen. »Meine Tochter ist verloren!«

Götter, warum ich?

Ich griff in meinen Beutel, und als ich ihr meine Hand hinhielt, lagen sechs Perlen aus Bernstein auf meiner Handfläche.

Ihre Augen weiteten sich. »Wo ist sie? Wo ist meine Tochter!« Sie machte Anstalten, sich wieder auf mich zu stürzen.

»Wenn Ihr Euch nicht sofort hinsetzt und mir zuhört, ich schwöre es bei den Göttern, versohle ich Euch den Hintern! Sie ist wohlauf, und wenn Ihr mir zuhören würdet, könntet Ihr sie schon längst in Euren Armen halten.«

Sie hörte nicht zu. Natürlich nicht. Sie sah sich um. Hier an Land war sie nicht. Also blieb das Schiff. Sie rannte los.

»Nein, wartet!«

Zu spät.

Ich lief ihr hinterher. Varosch klatschte langsam in die Hände. »Gut gemacht!« rief er. Am besten brachte ich ihn später um. Ich spurtete hinter ihr her.

Sie hatte das Schiff erreicht, die Mannschaft wich vor ihr zurück, eine Entscheidung, die ich nicht gutheißen, aber verstehen konnte. Sie erblickte Helis und stürzte sich auf sie.

»Du Hexe! Gib mir meine Tochter!«

Helis warf sich schützend über Faraisa, Armin versuchte zwischen die beiden Frauen zu gelangen, aber die junge Frau war zu schnell und packte Helis an den Haaren. Armins Schwester fing an zu weinen.

Armin versuchte die junge Frau von seiner Schwester zu lösen, aber sie schien ihn gar nicht wahrzunehmen.

»Hexe! Tochter einer Sumpfnatter, gib mir mein Kind!« Sie fuhr Helis mit ihren Fingern durchs Gesicht, und Helis schrie angstvoll auf.

Armin griff die junge Adlige am Arm, schwang sie herum und gab ihr eine Ohrfeige.

»Niemand, auch Ihr nicht, spricht so zu meiner Schwester!«, schrie er sie an, und diesmal nahm sie ihn wahr, kein Wunder, denn noch nie hatte ich Armin so laut gehört.

»Sie ist ein größeres Opfer, als Ihr es seid!«, rief er. »Ein Nekromant nahm ihr den Geist und ihr Kind. Sie ist die Amme Eurer Tochter und liebt sie von Herzen, und auch Ihr rührt sie nicht an! Ihre Muttermilch hat Eurer Tochter das Leben gerettet, und so werdet Ihr es ihr nicht danken!« Empört stieß er sie zurück.

Fast in Zokoras Arme. Diese ergriff die junge Frau mit der rechten Hand an der Schulter. »Setz dich«, sagte Zokora in einem Tonfall, der zu der jungen Frau durchdrang. Oder war es Zokoras Griff, der die Adlige auf die Planken der *Lanze* niederzwang?

»Götter«, sagte ich, als ich mich vor ihr niederließ. Sie sah an mir vorbei zu Helis, die weinend versuchte, Faraisa zu beruhigen. Jedes Mal wenn die junge Adlige sich bewegen wollte, spannten sich die Sehnen in Zokoras Hand, und die junge Frau saß wieder still.

»Wie schwer kann es sein, gute Nachrichten zu überbringen, Marinae, Tochter des Löwen! Ihr seid frei, und Euer Kind lebt!«

»Was?«, fragte sie, und jetzt endlich sah ich, dass ich sie erreicht hatte. Ich seufzte.

»Hör auf, wie ein hysterischer Mann herumzukreischen!«, sagte Zokora mit Stahl in der Stimme. »Du bist eine Frau, benimm dich auch so!«

Ich blinzelte.

»Ist es in Euren Geist eingedrungen?«, fragte Armin, immer noch in empörtem Tonfall. »Die Götter haben Euer Flehen erhört.« Er sah mich fragend an. »Es ist ihr Kind?«

Ich nickte.

Er beugte sich vor, nahm der leicht widerstrebenden Helis den Säugling aus dem Arm und reichte ihn vorsichtig der jungen Adligen.

Ein Schatten huschte über das Deck. Ich gab Varosch ein Zeichen. Er stand auf und kam näher, die beiden Geschwister sahen sich gegenseitig an und erhoben sich ebenfalls.

»Varosch«, sagte ich, als er nahe genug war. Ich sah hoch zu dem Aasgeier. »Ist er Euch zu hoch?«

Er folgte meinem Blick. »Nur fast.«

»Es wäre nett, wenn er herunterfällt. Es wäre mir auch lieb, wenn es eine Überraschung für ihn wäre.«

»Ich werde es einrichten.«

Die beiden Geschwister standen an Land und sahen mit einem feinen Lächeln zu, wie Marinae ihr Kind in die Arme schloss. Die junge Adlige weinte leise, aber herzerweichend. Zokora ließ sie los.

»Ich wusste, dass es nicht Euer Kind sein kann, Esseri«, sagte Armin leise. »Nicht mit der Haut und den Augen. Aber dass es ihr Kind wäre ... Ihr wisst, wer sie ist?«

»Ja.«

»Seit wann?«

»Seit heute Morgen, als du von dem Haus des Löwen gesprochen hast.«

Er sah zu der jungen Mutter hinüber, dann wieder zu mir. »Ihr seid nicht aufgebrochen, um sie zu retten?«

»Du weißt, wen ich suche. Achte auf die beiden und Helis.«

Ich verließ das Schiff wieder und stand bei den Geschwistern. »Folgt mir«, sagte ich und entfernte mich ein wenig vom Schiff. Sie folgten mir, und als ich mich setzte, ließen auch sie sich nieder und sahen mich aufmerksam an.

Klangggg!

Aus der Höhe ertönte ein Schrei, der für einen Aasgeier sehr menschlich klang. Ich folgte dem Sturz des Vogels mit meinen Augen, bis er unweit von uns auf die Erde aufschlug.

Varosch trat aus dem Schatten der Plane heraus und gesellte sich zu mir. »Guter Schuss«, sagte ich zu ihm.

Er nickte. »Ich bin auch ganz zufrieden. Habt Ihr den Schrei gehört?«

»Ja. Ich glaube, Ihr habt jemanden tief getroffen.«

»Das, Havald, war auch die Absicht.«

Ich wandte mich dem Geschwisterpaar zu. »Versteht ihr meine Sprache?«

Das Mädchen sah ihren Bruder an. Dieser schüttelte den Kopf.

»Aber vorhin hast du mich verstanden?«

Er nickte. Varosch setzte sich neben mich, sah von ihnen zu mir und zuckte mit den Schultern.

»Du verstehst mich?«

Er nickte erneut.

Götter. Er verstand mich, aber nicht meine Sprache ... von mir aus.

»Ihr seid frei und könnt gehen.«

Er schüttelte den Kopf und hob den Arm mit der silbernen Kette. Was war nur mit der Kette? Sie war so dünn, dass er sie mühelos zerreißen könnte.

Beide rissen gleichzeitig an der Kette, sodass sie straff gespannt wurde ... Ein hoher Ton ertönte, als sie Kette vibrierte, aber sie hielt.

Götter, die beiden lasen meine Gedanken!

Der Bruder nickte.

»Zeigt mir die Kette.«

Er hielt mir seinen Arm hin. Die Manschetten wurden durch einen einfachen Splint gesichert, ein Kind konnte ihn herausziehen. Er hielt einen Finger in die Nähe, und ich roch plötzlich verbranntes Fleisch, er zog den Finger wieder weg und schüttelte den Arm, sodass die Manschette leicht verrutschte. Ich sah, wie sich dort frische Brandblasen bildeten.

»Ihr seid keine Barbaren.«

Er schüttelte den Kopf.

Ich blickte zu Varosch hinüber.

»Was soll ich Euch raten? Ich wüsste es auch nicht«, meinte er.

Der Sklavenhändler hatte gesagt, dass ich die Kette niemals lösen sollte. Grund genug für mich, es zu tun. Ich zog den Splint heraus, und die Manschette öffnete sich. Ich wartete auf eine Reaktion, aber beide sahen mich nur an. Dann hielt sie mir ihren Arm hin.

Ich löste die beiden Ketten von ihnen und warf sie zur Seite in den Sand. Beide knieten sich vor und scharrten gleichzeitig mit der rechten Hand im Sand. Dann erhoben sie sich, drehten sich um und gingen davon, immer noch so nackt, wie die Götter sie schufen.

Varosch und ich sahen ihnen hinterher.

»War das ihr Danke?«, fragte Varosch. Ich musterte die Spuren im Sand und konnte nichts Besonderes an ihnen erkennen.

»Vielleicht. Ich hoffe, die Götter wachen über sie.« Ich sah den Geschwistern nach, bis sie hinter einem Hügel verschwanden.

»Die beiden waren seltsam«, sagte Varosch dann.

»Weißt du, Varosch, der Sklavenhändler sagte, sie seien extrem gefährlich. Siehst du einen Grund, ihm das zu glauben?«

Er schüttelte den Kopf. »Nein. Kein Grund. Ich glaube trotzdem, dass er die Wahrheit sagte.« Er bückte sich und nahm die Fesseln auf. »Ich habe noch nie von magischen Fesseln gehört. Aber es scheint sie zu geben. Ich denke, ohne Grund trugen die beiden sie nicht.«

Armin kam angerannt. »Wo sind sie hin?«

»Ich habe sie freigelassen.«

»Esseri, ich danke Euch! Es wäre eine Sünde gewesen, die beiden weiterhin gefangen zu halten.« Er sah die Fesseln in Varoschs Hand. »Werft diese unheiligen Fesseln weg! Verscharrt sie tief im Sand oder versenkt sie im Gazar!«

»Was weißt du über die beiden?«, fragte ich Armin.

»Sie gehören einem heiligen Volk an, das in der Wüste lebt. Immer wieder wird von ihnen erzählt, aber gesehen hat sie bisher niemand. Aber die zwei entsprachen genau der Beschreibung.«

»Nackt in der Wüste? Und dabei bleich und blond?«, fragte Varosch.

Armin nickte. »Sie sind heilig. Die Sonne scheint sie nicht so zu berühren wie Euch.« Er sah zu mir hoch. »Die Haut auf Eurer Nase löst sich bereits.«

»Ich danke dir. Ich hätte es sonst wohl nicht bemerkt.«

»Was nun?«, fragte Varosch. Der Braten war soweit durch, und Armin hatte für uns einen niedrigen Tisch an Bord der *Lanze* gedeckt. Es war früher Nachmittag.

»Ich weiß es nicht. In dem schwarzen Zelt der Sklavenhändler stehen drei Käfige für eine ›besondere‹ Lieferung. Der Händler sagte, dass er auf eine Lieferung warte, die sich verspätet habe, ist sich aber sicher, dass sie heute Nacht eintrifft.«

Zokora schnitt sich ein Stück Braten ab. »Vielleicht Leandra, Sieglinde und Janos?«

Ich sah sie missmutig an. »Ich weiß es nicht! Das ist ja das Problem! Ich hoffe, dass sich Leandra befreien konnte und die Sklavenhändler umsonst warten.«

»Ihr habt vermutet, dass, wenn unsere Gefährten sich befreien konnten, sie vielleicht zur Wegestation unterwegs sind, um nach Euch zu suchen, Havald«, sagte Varosch. »Wenn sie dort sind, wird man ihnen mitteilen, dass Ihr nach Gasalabad geritten seid. Und dort wird man unsere Gefährten wohl bald an das Haus der Hundert Brunnen verweisen. Es ist genügend Zeit vergangen, dass sie vielleicht schon dort auf uns warten.«

»Oder aber man hält sie betäubt, und sie liegt in einem Käfig auf dem Weg hierher.«

»Dann bleibt uns nichts, als die Nacht abzuwarten, nicht wahr?«, sagte Zokora.

»Ja, aber mir gefällt es nicht. Es gibt auch andere Dinge zu bedenken. Essera Marinae und Faraisa. Natalyia. Der Maestro oder Nekromant, der uns durch diesen Vogel beobachtete. Diese Porträtbilder, die nicht hier sein dürften. Und der Angriff auf Faihlyd.«

»Marinaes Schwester?«, fragte Zokora.

Ich nickte. »Armin erzählte mir, dass das halbe Land sie wie eine Heilige verehrt. Er meint sogar, dass die Emire sie zur Kalifa bestimmen könnten. Ich weiß, dass der Angriff des Greifen auf sie kein Unfall war, aber sonst scheint niemand diese Möglichkeit auch nur in Betracht zu ziehen.«

»Wenn wir ihr helfen, kann es sein, dass sie uns etwas schuldet, wenn Leandra vor dem Rat der Könige sprechen will«, meinte Varosch. »Das könnte von Vorteil sein.«

Ich nickte nur und aß weiter. Der Braten war gut. Hase. Varosch hatte ihn geschossen. Hasen hatte ich schon oft gegessen, aber es waren Armins Gewürze, die den Unterschied machten.

Varosch streckte sich. »Es ist schon seltsam, dass man sie so nahe an der Stadt gefangen hielt.«

»Vielleicht weiß man in der Stadt noch nicht einmal etwas von dem Schicksal der Essera.« Ich wischte mir den Mund ab und lehnte mich zurück. »Abgesehen davon glaube ich nicht, dass sie verschleppt werden sollte. Jemand benutzte die Sklavenhändler, um sie nahe der Stadt bereitzuhalten. Das ist das nächste Problem. Der Sklavenhändler sagte, er erwarte den ursprünglichen Käufer bald. So wie er tat, ist der Käufer eine wichtige Person. Es könnte von Nutzen sein zu wissen, wer er ist.«

»Meint Ihr, er erscheint noch?«, fragte Varosch.

»Das kommt darauf an, wer die Vögel auf uns regnen ließ.« Ich blickte in die Richtung, in der sich hinter der Flussbiegung das Lager der Sklavenhändler befand.

»Habt ihr etwas gehört?«, fragte ich.

Varosch schüttelte den Kopf, aber Zokora nickte. »Schreie im Sklavenlager.«

Ich ergriff Seelenreißer, sprang auf und rannte los, Varosch und Zokora dicht hinter mir.

37. Der Ritt zurück

Im ersten Moment konnte ich nichts Ungewöhnliches erkennen. Die Sklaven in den Käfigen sahen uns mit angstgeweiteten Augen an, schienen aus ihrer Lethargie herausgerissen, aber sonst fand ich nichts.

»Die Sklavenhändler«, sagte Varosch.

»Was ist mit ihnen?« Ich sah mich um und konnte gerade keinen entdecken.

»Sie sind weg«, sagte er.

»Das kann nicht sein!«

Aber es war so. Wir durchsuchten das gesamte Lager und fanden nicht eine Spur der Sklavenhändler.

»Havald!«, rief Zokora aus dem schwarzen Zelt. Varosch und ich eilten zu ihr.

»Götter!«, sagte Varosch. »Wer kann so etwas?«

Der Käfig des Geschwisterpaars war zerstört. Er schien plattgedrückt, als habe eine riesige Faust auf ihn geschlagen. Die stabilen eisernen Stangen waren verbogen und zum Teil sogar gebrochen.

»Fragt lieber *was*«, sagte ich.

Zokora zog die Luft in die Nase, als ob sie Witterung aufnehmen würde.

»Katze«, sagte sie. »Raubkatze. Hier.«

Sie bückte sich. Zwischen zwei Gitterstangen hing ein Büschel hellbrauner Haare.

»Welche Raubkatzen zerstören einen Käfig und lassen alles andere unberührt?«, fragte ich verwundert.

»Was jetzt?«, wollte Varosch wissen.

»Wir haben keine Wahl. Wir müssen warten«, sagte ich.

»Was machen wir mit den Sklaven?«, fragte er.

»Befreien ist das, was mir in den Sinn kommt. Aber ich frage besser Armin, ich will uns nicht noch mehr Ärger einhandeln.«

Zokora rümpfte die Nase. »Ich verstehe jetzt, was ihr mit Sklaverei meint«, sagte sie dann. »Unsere Sklaven stinken nicht so.«

»Es ist ein Problem, Esseri«, sagte Armin, als wir wieder zurück an Bord des Schiffes waren. »Anders als es Euch erscheint, ist der Raub von Sklaven nicht üblich. Es ist oft so, dass sie legal erstanden werden. Oft werden die Kinder verkauft, um Schulden zu bezahlen, oder es sind Gefangene aus den Grenzgebieten. Diese Händler gaben Euch Papiere für die Essera und die Geschwister, nicht wahr?«

Ich hatte die Rollen, die der Sklavenhändler mir gegeben hatte, fast vergessen.

»Ihr habt gehört, welche Geschichte er über die Geschwister erzählte. Wären sie tatsächlich die Kinder eines Barbarenführers, wäre es nach unseren Gesetzen ganz legal gewesen, sie in die Sklaverei zu führen.« Er zuckte mit den Schultern. »Wenn Ihr die Sklaven befreit, kann das tatsächlich als Diebstahl gewertet werden. Allerdings sind die Sklavenhändler gegangen und haben die Ware zurückgelassen. Wer weiß schon, wer die Käfige geöffnet hat?« Er grinste.

»Da hast du recht. Geh hin und sieh nach, ob du herausfinden kannst, wer es war«, sagte ich.

Er sprang auf. »Es wird so sein, wie Ihr befehlt, Esseri!«, rief er, verbeugte sich und eilte davon.

Ich rief den Kapitän heran. »Deral. Wie lange brauchen wir bis nach Gasalabad?«

Er blickte den Fluss entlang in Richtung der Stadt und kratzte sich am Kopf. »Wenn wir jetzt aufbrechen, erreichen wir die Stadt morgen Mittag. Noch ist der Wind ungünstig. Bestenfalls, wenn er wechselt, in den frühen Morgenstunden.«

»Wie lange mit dem Pferd?«

»Etwas weniger, Ihr könntet in der Nacht dort sein. Wir haben heute Morgen sehr gute Fahrt gemacht, wisst Ihr?«

Ja. Ich erinnerte mich, dass wir mit Strömung und Wind fast die Geschwindigkeit eines galoppierenden Pferdes erreichten, nur konnte man ein Pferd nicht stundenlang im Galopp reiten. Doch, konnte man, wenn man es zuschanden reiten wollte und es darauf ankommen ließ, zu Fuß anzukommen.

Ich bedankte mich bei Deral und ging zu Essera Marinae aus dem Haus des Löwen hinüber. Sie saß im Bug des Schiffes, hielt ihr Kind in den Armen und sah auf das Wasser hinaus, tief in Gedanken versunken. Faraisa schlief.

Sie hörte mich kommen und sah auf. »Esseri, ich habe mich noch gar nicht bei Euch bedankt«, sagte sie leise.

»Ich bin schon froh, dass Ihr nicht mehr mit dem Dolch auf mich losgeht.« Ich machte eine abwinkende Geste. »Ich habe eine Entscheidung getroffen. Meine Gefährten werden Euch in die Stadt zurückbringen. Aber dazu gibt es ein paar Dinge zu sagen. Hört mir gut zu, es ist lebenswichtig für Euch und Eure Familie.«

»Ich höre Eure Worte, Esseri.«

Ich holte meine Pfeife heraus und stopfte sie. »Was Euch zustieß, ist kein Zufall«, begann ich. »Wir sind allesamt Fremde hier, also kenne ich die politische Situation nicht und mag mich irren. Mein Diener erzählte mir, dass Euer Haus eines der wichtigsten in Eurem Reich ist und vielleicht sogar die nächste Kalifa stellt.«

»Ja, meine Schwester Faihlyd.«

Ich nickte. »Jemand will verhindern, dass das Haus des Löwen wieder auf den Thron des Reiches gelangt. Ihr und Eure Tochter seid die einzigen Überlebenden Eurer Karawane, es ist klar, dass man Euch entführen wollte. Warum, weiß ich nicht, vielleicht als Druckmittel. Ihr wisst es nicht, aber vorgestern wäre Eure Schwester Faihlyd beinahe ermordet worden, als ein Tierpfleger einen Greifen so reizte, dass das Tier sie anfiel und beinahe zerfleischte.« Sie sah entsetzt auf, ich hob die Hand. »Wartet, lasst mich aussprechen. Es heißt, dass ein Wunder im Tempel des Soltar sie vollständig heilte. Ich hörte auch von meinem Diener, dass man Euch in Gasalabad erwartet, aber niemand scheint zu wissen, wann genau Ihr eintreffen sollt.«

»Wir sind früher aufgebrochen, ich wollte Zeit mit meiner Schwester verbringen, bevor sie Amt und Würden meines Vaters übernimmt. Wir sehen uns zu selten, und sie hat Faraisa noch nie gesehen. Ich war so froh, Faihlyd wiederzusehen …« Eine Träne löste sich aus ihrem Auge, und sie schniefte leise.

Götter, dass die Tränen einer Frau so schwer wiegen konnten. Ich suchte verzweifelt nach einem sauberen Tuch. Ich hatte natürlich keines dabei. Sie wischte sich die Träne ab und sah mich an. »Worauf wollt Ihr hinaus, Esseri?«

»Ich habe eine Bitte an Euch, die Euch schwerfallen wird. Ich möchte, dass Ihr Euch verbergt, bis ich Euch Nachricht zukommen lasse, dass es sicher ist. Ich habe Anlass zu glauben, dass derjenige, der Euch entführen ließ, nach politischem Einfluss und Macht trachtet, also ist es jemand von Rang. Da auch Ihr nicht wisst, wer er ist, seid Ihr nicht sicher in Eurem Heim. Wenn Ihr mir Eure Kleidung überlasst, kann ich es arrangieren, dass man Euch für tot hält.«

»Ich soll also wie ein herrenloser Hund in die Stadt schleichen und meine Familie glauben lassen, ich wäre tot?« Sie sah mich entsetzt an.

»Habt Ihr eine bessere Idee, um zu verhindern, dass es wirklich so kommt? Vergesst nicht, Essera, wir sind fremd hier, unsere Möglichkeiten sind begrenzt.«

»Aber Ihr traut Eurem Diener.«

»Ja. Doch auch er weiß nicht alles. Auch wir haben Feinde in der Stadt, und wir wissen nicht einmal, wieso. Vielleicht einfach nur, weil unsere Wege sich kreuzten.«

»Warum tut Ihr das alles?«, fragte sie dann.

»Was soll ich sonst tun? Hätte ich Euch in dem Käfig lassen sollen?« Ich zuckte mit den Schultern. »Das eine folgt aus dem anderen. Aber täuscht Euch nicht. Meine Liebste wurde ebenfalls entführt, befindet sich vielleicht in diesem Moment in denselben Krallen, denen ich Euch entrissen habe. Mein Interesse an anderen Dingen als an ihrer Rettung ist gering.« Ich sah sie durchdringend an. »Die Intrigen Eures Reiches stören mich nur, versteht Ihr? All das ist für mich ohne Belang. Wir sind nur auf der Durchreise. Vor einem Mond wusste ich nicht einmal, dass es dieses Reich gibt. Ich werde für Euch tun, was ich kann, aber nur, weil ich nicht anders kann.«

»Ich habe es verstanden, Esseri«, sagte sie steif. »Mein Kind und ich sind eine Belastung für Euch.«

Ich sah ihr geradewegs in die Augen. »Ja. Selbst wenn das Haus des Löwen fallen sollte, ist es nicht von Bedeutung für mich.«

»Das sind harte, aber klare Worte. Ich werde tun, was Ihr verlangt, und mich verborgen halten. Aber nur für drei Tage. Und ich wünsche nicht, dass die Nachricht von meinem Tod verbreitet wird.«

»Gut, wie Ihr wollt. Für drei Tage dann. Wird man Euch auf der Straße erkennen?«, fragte ich sie.

»Ich glaube nicht. Es ist drei Jahre her, seit ich zuletzt in der Stadt war.«

»Deral und mein Diener haben Euch erkannt.«

»Das ist seltsam genug, denn ich glaube nicht, dass sie mich jemals unverschleiert gesehen haben.«

Richtig, ich hatte diesen Brauch vergessen. »Warum seid Ihr jetzt unverschleiert?«

Sie griff an ihr Gesicht und errötete. »Die Sklavenhändler nahmen mir meinen Schleier ab … Und bis jetzt dachte ich nicht mehr daran. Ihr dürft mich nicht ansehen, Esseri, es ist bei Strafe verboten.«

Ich seufzte. »Wartet.«

Ich fand einen Schleier bei Helis und gab ihn der Esseri. »Fühlt Ihr Euch nun besser?«, fragte ich, als ihr Gesicht verborgen war.

»Es ist ein Schutz. Der Anblick einer unverschleierten Frau weckt starke Gelüste in Männern«, sagte sie ernsthaft.

Götter. »Gut«, seufzte ich. »Ich werde Euch Gold mitgeben. Kleidet Euch neu ein, aber anders, als Ihr es gewohnt seid. Benutzt auch andere Händler oder Schneider, färbt Eure Haare und zieht Euch zurück, bis ihr meine Nachricht erhaltet. Und haltet Euch fern von Personen, die Euch kennen könnten.«

»Wie erkenne ich, dass die Nachricht von Euch ist?«

»Der Bote wird einen Namen nennen, oder die Nachricht enthält ihn: Serafine.«

Ihre Augen weiteten sich. »Die Tochter des Wassers?«, fragte sie leise.

»Ich dachte, der Name wäre unbekannt.«

»Es ist nicht erlaubt, ihn zu kennen«, sagte sie. »Das ist ein Unterschied. Das Haus des Löwen war einst eng mit dem Haus des Adlers verbunden.«

»Ich hoffe«, sagte ich, als ich mich von der Reling abstieß, an der ich lehnte, »Ihr könnt mir die Geschichte irgendwann in Gänze erzählen. Doch jetzt muss ich aufbrechen.«

»Der Schutz der Götter sei mit Euch«, sagte sie leise.

»Und mit Euch.«

»Was genau habt Ihr vor?«, fragte Varosch, als er mir half, die sechs besten Pferde der Sklavenhändler auszusondern. Man sah uns dabei zu. Zu meiner Überraschung war ein großer Teil der Sklaven nicht geflohen, einige saßen sogar noch in ihren Käfigen, obwohl die Tür offen stand. Ich verstand es nicht, aber es war ihre Entscheidung.

»Ihr werdet zur Stadt zurückfahren. Zokora soll sich um unseren gefangenen Kopfgeldjäger kümmern, ich will wissen, wer diese Meute auf uns gehetzt hat.«

»Zokora sagte mir, sie habe schon eine Idee, wie sie das anstellen kann«, teilte mir Varosch mit. »Was werdet Ihr tun?«

»Ich werde von hier aus zur Wegestation reiten und von dort zur Stadt. Irgendwo auf der Strecke hoffe ich etwas über Leandra herauszufinden.«

»Das sind zwei Tagesreisen!«, sagte Varosch erstaunt.

»Ja. Ich werde die Pferde und meinen Hintern zuschanden reiten. Ich muss irgendetwas tun, ich kann nicht nur herumsitzen und meine Zeit vertrödeln.«

»Havald«, sagte Varosch, als ich einen Sattel auf das erste Pferd warf. Er war anders als die, welche ich kannte, aber ich hoffte, dass mein Hinterteil und ich uns daran gewöhnen konnten.

»Es ist nicht so, dass Ihr faul herumgesessen habt. Es ist gerade mal zwei Tage her, dass Ihr Euer Augenlicht wiedererlangt habt. Wir haben viel erreicht.«

»Es sind drei Tage. Erreicht habe ich wenig, Leandras Schicksal und das der anderen ist immer noch ungeklärt.«

»Sie leben«, sagte Varosch. »Das spüre ich.«

Ich saß auf. Die Pferde hier waren kleiner, als ich es gewohnt war, und das Pferd wirkte auch nicht glücklich mit dem ungewohnt hohen Gewicht auf seinem Rücken.

»Ich glaube auch, dass ich es wüsste, wenn Leandra in Soltars Reich eingegangen wäre. Aber ich kann nicht sicher sein, er hält sich nicht immer an die Regeln. Passt auf Euch auf«, sagte ich und griff die Leinen der anderen Pferde.

»Und Ihr auf Euch«, rief Varosch, als ich davonritt.

»Havald!«, rief er mir nach. »An was für Regeln?«

Ein andermal, mein Freund, dachte ich, als das Lager der Sklavenhändler hinter mir zurückfiel.

Die Suche nach dem Weg in die alte Reichsstadt Askir geht im nächsten Band von »Das Geheimnis von Askir« weiter:

Wild entschlossen, Leandra zu befreien, reist Havald zurück nach Gasalabad – und gerät mitten in die Thronwirren des Emirats. Havald und seine Gefährten decken eine verschlungene Intrige um das magische Auge von Gasalabad auf und sehen sich bald dunklen Kräften gegenüber, die das Land unter ihre Kontrolle bekommen wollen. Werden es Havald und die Gefährten schaffen, aus der sengend heißen Wüste von Bessarein endlich in das Alte Reich und nach Askir zu gelangen?

Anhang der handelnden Personen:

Die alten Reiche

Maria – die mittlere Tochter Eberhards
Lisbeth – die jüngste Tochter Eberhards
Sieglinde – die Tochter Eberhards und Serafines Gastgeberin
Holgar – ein Händler mit einem Hang dazu, sich Feinde zu machen
Kennard – ein Geschichtsgelehrter
Eberhard – Wirt des Hammerkopfs und Sieglindes Vater
Leandra de Girancourt – eine Halbelfe, die ihre Heimat retten will
Zokora – eine Dunkelelfe mit Sinn für Humor
Varosch – ein Adept des Boron, Scharfschütze und Zokoras Liebhaber
Janos Dunkelhand – Mörder und Dieb, oder Agent und Liebhaber, überzeugend in allen Rollen
Serafine – ein Geist aus alter Zeit
Helis – die Schwester Armins und das Opfer eines Nekromanten
Poppet – eine lebende Puppe
Natalyia – Assassine des dritten Tuchs, Agentin von Thalak und eine treue Freundin

Bessarein

Fahrd – ein sehr geschäftstüchtiger Gastwirt und guter Koch
Armin di Basra – Diener Saik Havalds, ein Meister der Worte und anderem
Ordun – ein Mann mit ungesundem Appetit
Balthasar – ein Nekromant der zu lange lebte
Golmuth – der Bruder Armins, er führt einen Zirkus
Faihlyd – eine junge Frau mit überraschenden Talenten
Marinae – Schwester von Faihlyd, aber Tochter des Baums
Faraisa – ein Säugling und Erbe des Baums

Selim – ein Dieb der seiner Bestimmung folgte
Jilgar Doppeldolch – Fürst der Diebe
Falah – Faihlyds Großmutter, eine Frau die weiß, was sie will
Deral – Kapitän der Lanze der Ehre

Orte von Interesse

Lassahndaar, Tolmar und Kalath – Städte in den neuen Reichen
Kelar – Havalds Geburtsort, von Thalak zerstört
Coldenstatt – die nördlichste Stadt der neuen Reiche
Gasalabad – die Haupstadt von Bessarein
Janas – eine Stadt an der Westüste Bessareins und Armins Heimat
Bessarein – ein Wüstenkönigreich, eines der sieben Königreiche die das alte Reich ausmachen

Die Götter

Soltar Gott des Todes
Astarte Göttin der Liebe
Boron Gott der Gerechtigkeit